21가지 유형으로 작품 이해의 눈을 활짝 틔워주는
한국단편소설 II

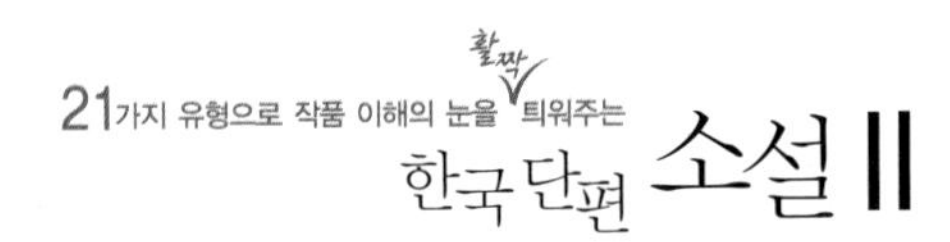

초판발행 | 2005년 12월 30일
2쇄발행 | 2007년 1월 15일

엮은이 | 서울대 국문과 현대문학 박사과정(강심호 외 3인)
펴낸이 | 심만수
펴낸곳 | (주)살림출판사
출판등록 | 1989년 11월 1일 제9-210호

주소 | 413-756 경기도 파주시 교하읍 문발리 파주출판도시 522-2
전화 | 영업 031)955-1350 기획·편집 031)955-1370
팩스 | 031)955-1355
이메일 | salleem@chol.com
홈페이지 | http://www.sallimbooks.com

ISBN 89-522-0471-9 44810
89-522-0469-7 44810 (세트)

* 잘못된 책은 구입하신 서점에서 바꾸어 드립니다.

값 11,000원

21가지 유형으로 작품 이해의 눈을 활짝 틔워주는

한국 단편소설 II

서울대 국문과
현대문학 박사과정
(강심호 외 3인)

살림

이 책을 읽기에 앞서……

고등학생이 문학작품을 읽어야 하는 까닭은?

다양한 삶의 간접체험……정서함양……교양습득……. 땡! 틀렸다. 정말로 그렇게 생각하나? 좀더 솔직하게 이야기하자. 바로 그렇다. 정답은 '공부' 때문이다. 내신 성적을 위한 시험에서건, 수학능력 시험에서건 좋은 점수를 받기 위해서다. 그런데 시험을 대비해서 문학을 공부하는 것이 앞에서 얘기한 문학작품을 읽는 목적과 전혀 다른 것은 아니다. 왜냐하면 시험에서 요구하는 것이 문학작품을 얼마나 잘 읽어낼 수 있는가이기 때문이다. 읽을 줄 알면, 문제도 풀 수 있다. 그렇다면 어떻게 문학작품을 읽어야 할까?

많은 작품을 읽는 것만이 왕도가 아니다
먼저 유형을 익혀야 한다

많은 작품을 읽으면 좋지만 무턱대고 여러 작품을 읽는 것은 좋은 방법이 아니다. 여러 가지 방식으로 작품들을 묶어서 그 연관성을 살펴보는 방법을 권한다. 여러 갈래의 시나 소설들을 한데 묶어 관련시켜 읽으면서 자신의 사고를 확장시켜 나가는 것이 중요하다. 여러 작품들을 이런 저런 테마로 묶어본다면, 처음 보는 작품을 만나더라도 당황할 필요가 없다. 중요한 주제는 이미 다 알고 있기 때문이다. 이 책에는 언급되지 않은 작품은 있어도 빠뜨린 테마는 거의 없다.

공부하듯 문학작품을 읽지 마라
암기과목이 아니다

어떤 책이든 각종 볼펜과 울긋불긋한 형광펜을 손에 들고 밑줄을 쳐가면서 외우려고 달려들면 그만큼 흥미는 반감된다. 그저 가벼운 마음으로 읽기를 권한다. 한 번에 모두 읽지 않아도 좋다. 목차를 보고 우선 관심이 가는 테마를 찾아서 읽어 보라. 한 꼭지 한 꼭지 읽어가다 보면 어느 사이에 세상과 인간에 대한 이해의 폭이 넓어져 있을 것이다.

감히 장담한다!

| 차례 |

21가지 유형으로 작품 이해의 눈을 활짝 틔워주는
한국
단편
소설
II

21가지 유형으로 작품 이해의 눈을 활짝 틔워주는
한국
단편
소설
I

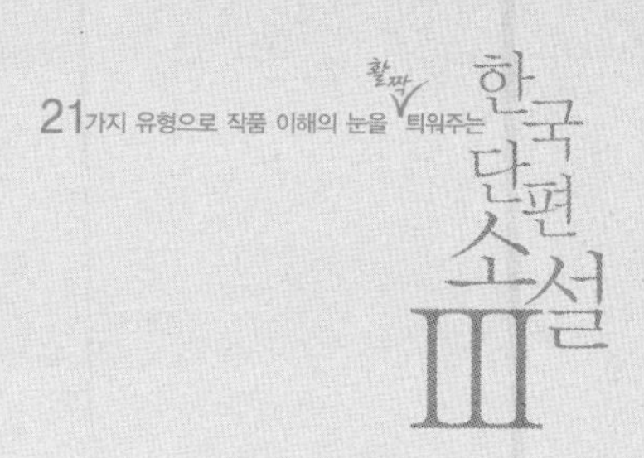
21가지 유형으로 작품 이해의 눈을 활짝 틔워주는
한국 단편 소설
III

일러두기

· 이 책에 실린 작품들은 서울대 국어국문과 박사과정의 젊은 학자들로 구성된 필자들이 우리 문학사의 여러 작품들 가운데 학생들에게 꼭 읽혔으면 하는 비중 있는 작품들을 신중하게 선별한 것입니다. 그리고 아울러 그들의 감각과 안목을 바탕으로 알기 쉬운 해설을 덧붙였습니다.
· 소설 원작의 맞춤법 표기는 작가의 의도를 해치지 않는 범위 내에서 현재의 표기법을 따랐습니다. 그러나 속어와 사투리는 문학작품의 고유한 맛을 살리기 위해 고치지 않고 그대로 두었습니다.
· 작품에 표기된 년도는 초판 소설본의 발표 년도를 기준으로 했습니다.

04
현대인과 소외

황석영(1943~)

만주 장춘 출생. 황석영은 1962년 고등학생 신분으로 사상계의 신인 문학상을 타면서 문단에 진출했다. 그 뒤 1970년 조선일보 신춘문예에 단편 「탑」과 희곡 「환영의 돛」이 당선되면서 문학 활동을 본격적으로 시작하게 되었다. 그 이후 작가의 경력은 이채롭다. 그는 1966부터 67년까지 베트남 전쟁에 참전했고, 참전 이후 본격적인 창작활동에 돌입해서 「객지」 「한씨 연대기」 「삼포 가는 길」 등의 대표적인 중단편들을 활발하게 발표했다. 또, 1976년부터 85년까지는 해남, 광주로 옮겨가서 민주화 운동을 펼쳤고, 그 와중에 광주항쟁의 기록인 『죽음을 넘어 시대의 아픔을 넘어』를 출간했다. 한편 1989년에는 동경을 거쳐 평양을 방문했고, 그로 인해 국가보안법 위반으로 귀국을 못하고 독일에 체류하다가 93년 귀국해서 7년형을 선고받고 복역했다. 1998년 사면되어 감옥을 나온 작가는 현재 지속적인 창작활동을 하고 있다. 황석영은 초기에는 탐미주의적인 경향을 띤 작품을 창작했지만, 중편 「객지」를 발표하면서 리얼리즘에 바탕을 둔 민중적 차원에서 파악한 현실을 소설로 형상화하고자 했다. 그가 형상화한 노동과 생산, 부와 빈곤 등의 소재는 그때까지의 한국문학에서는 낯선 소재였으며, 황석영이 보여주는 작품의 세계는 한국문학의 새로운 가능성을 던진 것으로 평가될 수 있다.

조세희(1942~)

경기 가평 출생. 조세희는 1965년 경향신문 신춘문예에 「돛대 없는 장선」이 당선되어 등단했다. 문단에서 그를 주목하게 된 것은 1975년 난장이 연작의 첫 작품인 「칼날」이 발표되면서부터다. 그 이후로 76년에는 「뫼비우스의 띠」 외 2편을, 77년에는 「육교 위에서」 외 3편을 발표했고, 78년에는 「클라인 씨의 병」 「내 그물로 오는 가시고기」 「에필로그」를 발표하면서 마침내 난장이 연작을 마무리했다. 이 연작들은 『난장이가 쏘아올린 작은 공』이라는 이름의 작품집으로 출간되어 상업적으로도 성공했고, 문학적으로도 높은 평가를 받게 되었다. 이와 같은 난장이 연작에서 조세희는 1970년대 한국 사회의 최대과제였던 빈부격차와 노사문제를 환상적인 기법을 통해 드러내고자 했다. 그 결과 계급 간의 갈등이 마치 비논리적이고 동화적인 세계에 존재하는 것처럼 느껴지는 효과를 불러일으킬 수 있었고, 그로 인해 현실의 냉혹함이 더 적절하게 드러날 수 있게 되었다. 조세희의 난장이 연작은 이처럼 주제와 양식 그리고 기법 면에서의 참신하면서도 의미 있는 시도로 인해 1970년대 한국 문학의 주요한 성과로 자리매김 되고 있다.

1

산업화 시대와 변두리의 삶

삼포 가는 길

황석영

난장이가 쏘아올린 작은 공

조세희

산업화 시대와

1945년 8.15해방을 맞이한 후, 얼마 지나지 않아 일어난 6.25전쟁은 우리 민족이 살아갈 삶의 터전을 대부분 앗아가고 말았다. 전쟁으로 인해 국토는 황폐해졌고, 공장, 발전소, 건물, 교량, 철도 등의 경제 시설도 철저하게 파괴되었다. 이런 상황에서 1961년 5월 16일 군사쿠데타로 정권을 잡은 군사정권은 공업화를 우선 과제로 삼는 성장 위주의 경제 정책을 적극적으로 추진해 나갔다.

전쟁 이후 폐허가 되다시피 했던 국가를 중진국 반열로까지 끌어올리자는 목표는 이 시기 지상 최고의 과제였다. 그 결과 우리 나라의 경제는 놀랄 만큼 성장하여 공업국으로 발돋움하게 되었고, 수출도 비약적으로 늘어났다. 그러나 이와 같은 화려한 성장 뒤에는 그만큼의 어두운 그늘이 드리워져 있었다.

수출을 증대시키기 위해 단기간 내에 급속한 발전이 가능한 재벌기업을 중심으로 경제정책이 운용되자, 노동자들은 아주 값싼 임금을 받고 힘든 노동을 감내해야 했으며 작업중에 일어나는 크고 작은 산업재해에도 합당한 보상을 제대로 받지 못했다. 또한 농민들도 공업화에 따른 피해를

변 두 리 의 삶

감수해야 했다. 농어촌 근대화 사업으로 인해 농촌 공동체가 파괴되면서, 농토를 떠난 농민들이 도시로 흘러들어 도시 빈민이나 부랑 노동자의 신세로 전락하게 되었던 것이다.

위에서 말한 사회적 조건과 맞물려 70년대의 한국문학은 근대화의 틈바구니에서 삶의 터전을 상실한 이들을 작품의 소재로 다루기 시작했다. 부랑 노동자와 도시 빈민 그리고 노동자의 삶이 사실적으로 작품 속에 등장하게 된 것이다. 따라서 이들의 절박한 삶의 모습과 그 속에서 싹트는 저항의식 그리고 현실에서 느끼는 좌절과 미래에 대한 희망이 이 시기 문학의 주된 주제가 된다. '개발'과 '성장'의 구호로 일구어낸 외형적인 근대화의 성공 이면에는 그 눈부신 '발전'만큼이나 어두운 그늘이 드리워져 있기 마련이다. 문학은 겉으로 드러나는 화려한 외양을 그리기보다 그 이면 속에 가려진 우리 사회의 모순을 극명하게 드러내는 역할을 담당해왔다.

:: '개발'과 '성장'의 어두운 그늘

1973년 『신동아』에 발표된 황석영의 「삼포 가는 길」에서 형상화하고 있는 것은 고향을 잃고 떠돌아다니는 부랑 노동자들의 삶이다. 60~70년대 우리 사회에서 급격하게 이루어진 산업화는 농어촌 공동체의 해체를 가져왔고, 그에 따라 농토를 떠나 도시로 흘러든 농어민들은 노동자의 길로 들어서게 된다. 그러나 노동자로서의 삶도 순탄하지만은 않아서, 도시의 공장 노동자로 정착하기까지 이 공사판 저 공사판으로 떠돌아다니는 처지에 놓일 수밖에 없었다. 이 작품에 등장하는 막노동자 정씨와 영달이 바로 그런 처지의 인물들이다.

공사판을 떠돌아다니는 '영달'은 넉 달 동안 머물러 있던 공사판의 공사가 중단되자 밥값을 떼어먹고 도망쳐 나온다. 딱히 갈 곳이 없어 머뭇거리던 그는 비슷한 처지의 막노동자인 '정씨'를 우연히 만나 동행하게 된다. '정씨'는 '큰집(교도소)'에서 목공 · 용접 등의 기술을 배우고 출옥하여 영달이처럼 공사판을 떠돌아다니던 노동자인데, 그는 영달이와는 달리 정착해서 살려고 고향인 삼포(森浦)로 향하는 길이다. 그들은 도중에 찬샘이라는 마을에 들렀다가 술집 주인으로부터 '백화'라는 작부(창녀)를 잡아오면 만 원을 주겠다는 제안을 받는다. 그러나 이들은 눈길에서 만난 '백화'와 인간적인 교감을 나누게 된다. 백화는 이제 겨우 스물 두 살이지만 열 여덟에 가출한 후 수많은 술집을 전전하며 산전수전 다 겪은 작부다. 영달과 정씨는 그녀의 신세가 측은하게 느껴져 생각을 바꾸고 함께 동행하게 된다. 감천에 있는 기차역에 도착하자 백화는 영달에게 자기 고향으로 함께 가자는 제안을 하지만, 영달은 능력이 없다며 응하지 않고 자신의 비상금을 모두 털어 백화에게 차표와 요깃거리를 사 준다. 감격한 백화는 자신의 본명이 실은 '이점례' 임을 알려주고 떠난다. 백화가 떠나고 영달과 정씨는 삼포로 가는 기차를 기다리던 중 삼포에도 공사판이 벌어졌고, 삼포가 관광지로 개발된다는 사실을 알게 된다. 정씨는 그 사실을 알고 마음의 정처를 잃어버렸다는 생각에 발걸음을 떼지 못한다.

이 작품에서 떠돌이 일용 노동자인 '영달' 과 '정씨' 그리고 술집 작부인 '백화' 는 모두 밑바닥 인생이면서 고향을 떠나온 사람들이라는 공통점이 있다. '영달' 과

노동문제

18세기 중엽 영국에서 시작된 산업혁명은 기존의 공업형태를 새롭게 변화시켰다. 새로운 기계가 발명되고 사람이나 가축의 힘 대신에 동력이 사용되면서 기존의 소규모 가내수공업은 공장제 공업의 형태로 바뀔 수밖에 없었다. 같은 시간에 더 좋은 품질의 상품을 더 많이 생산할 수 있었기 때문이다. 그런데 공장제 공업은 많은 자본이 필요하다. 기계 설비, 공장 용지 그리고 원자재를 구입하기 위해서는 무척 많은 돈이 필요했던 것이다. 이 때문에 그와 같은 생산수단, 즉 땅이나 돈, 기계 등을 가지지 않은 사람들은 공장의 노동자로 취직하여 살아갈 수밖에 없게 되었다.

문제는 여기서 발생한다. 공장제 공업의 특징은 다른 생산방법보다 많은 근로자가 동시에 동일장소에서 동일종류의 상품을 생산할 목적으로 동일한 자본가의 생산계획에 따라 일하는 데 있다. 따라서 이러한 공장제 생산에서는 자연히 여러 가지 노동문제가 생겨난다. 자본을 가진 사람들은 그 자본을 통해 최대의 이윤을 얻기 위해서 노동자들에게 낮은 임금을 주고 오랫동안 일을 시키고 싶어 했기 때문이다. 따라서 장시간노동 문제 · 저임금 문제가 빈번하게 발생했다. 그리고 공장 내에서 갑작스런 사고가 나도 그 사고로 인한 치료비나 보상을 하지 않으려 했기 때문에 산업재해 문제가 발생했다.

그런데 이와 같은 문제를 자본가와 노동자 개개인이 만나서 자율적으로 해결하기는 힘들었다. 노동자 개개인은 자본가에 비해 상대적인 약자이기 때문이다. 이런 초기 자본주의의 모순을 해결하기 위해서 점차 국가가 이에 적극 관여하여 근로조건의 최저기준을 법으로 정하고, 노동조합 활동을 보장하는 등 적극적인 해결책을 강구하게 되었다.

'정씨'가 만났을 때 서로를 쉽게 이해하고 동행하게 되는 것도 이들의 비슷한 처지 때문이다. 또 영달과 정씨가 백화를 잡아서 돈을 벌겠다는 생각을 바꾸고 백화를 부축해가며 눈길을 헤쳐가는 것도 역시 비슷한 동류의식 때문이다.

백화는 영달과 정씨를 처음 만났을 때 상소리를 거침없이 내뱉으며 경계심을 숨기지 않는다. "개새끼들 뭘 보구 지랄야"나 "이거 왜 이래? 나 백화는 이래봬두 인천 노랑집에다, 대구 자갈마당, 포항 중앙대학, 진해 칠구, 모두 겪은 년이라구. 조용히 시골 읍에서 수양하던 참인데…… 야아, 내 배 위로 남자들 사단 병력이 지나갔어……"와 같은 백화의 말은 그녀가 겪은 거친 인생을 고스란히 드러내준다. 하지만 그녀도 눈길 속에서 영달과 정씨의 도움을 받고 또 폐가에서 모닥불을 피워주는 영달의 모습을 보고는 감춰두었던 순정을 숨기지 않는다.

영달도 마찬가지다. 처음에는 백화를 잡아 여비 만 원을 벌겠다는 생각이었지만, 점차 백화의 처지를 이해하게 되고 그녀를 돌보게 된다. 공사판을 떠도는 영달이나 술집을 전전하는 백화나 모두 비슷한 떠돌이 신세에 가진 것 없는 하층민이기 때문에 그들은 상대방이 가진 내면의 아픔을 진정으로 이해하게 되고, 연민과 사랑의 감정을 느끼게 되는 것이다. 영달이 어린애처럼 가벼운 백화를 업으며 예전에 돈이 없어서 헤어진 옥자를 떠올리고 눈시울을 붉히는 모습은 이들의 서로에 대한 진정한 이해와 공감이 상징적으로 드러난 장면이라고 할 수 있다.

감천의 기차역에서 백화를 먼저 떠나보내며 영달이 자신의 여비를 털어 기차표와 요깃거리를 사다주자 백화는 자신의 본명을 알려주고 돌아선다. '백화'는 작부 노릇을 할 때의 이름이고 본명은 아무에게도 가르쳐주지 않았었다. 그런 그녀가 '이점례'라는 본명을 알려주는 것은 영달과 정씨에게 진정한 유대의식을 느꼈다는 사실을 의미하는 것이다. 즉, 돈을 주고 몸을 파는 비인간적인 관계가 아니라 순수한 애정을 통해 서로를 이해하게 되었다는 사실을 뜻하는 것이라 할 수 있다. 「삼포가는 길」이 밑바닥 인생들이 보여주는 따뜻한 인정과 연대의식, 즉 민중의식이 잘 나타나 있는 소설이라고 평가받는 것은 바로 이런 장면들이 있기 때문이다.

한편, 정씨가 찾아가는 고향 '삼포'도 중요한 의미를 가지고 있다. 떠돌이인 정씨에게 '삼포'는 고통스런 삶을 견디게 해주는 최후의 안식처이자 '마음의 정처'다. 그의 기억 속에 있는 고향 삼포의 모습은 "정말 아름다운 섬이오. 비옥한 땅은 남아돌아가구, 고기두 얼마든지 잡을 수 있구 말이지"와 같은 말에서 알 수 있듯이 훼손되지 않은 농어촌 공동체의 모습을 띠고 있다. 이렇게 보면 '삼포'는 단순한 지명이 아니다. 삼포는 영원한 마음의 고향을 뜻하는 심리적인 지명인 것이다.

그러나 작품 말미에 정씨 일행은 대합실 안에서 어떤 노인을 만나 삼포가 개발되고 있다는 사실을 알게 된다. 이제 삼포에서 예전 고향의 모습은 찾아볼 수 없다. 관광지로 개발되면서, 트럭들이 드나들며 돌을 나르고 신작로가 뚫렸다. 삼포는 이제 정씨가 떠나고자 했던 도시와 다를 바 없는 산업화된 공간이 되어버린 것이다. 그와 함께 정씨도 돌아갈 고향을 잃어버린 부랑 노동자 신세로 전락한 것이다. 작품의 결말부에 "기차가 눈발이 날리는 어두운 들판을 향해 달려갔다"는 대목을 보면, 우리는 고향을 상실한 정씨와 영달이 결국 정착하지 못하고 떠돌이 삶을 계속하리라는 것을 추측할 수 있다. 「삼포가는 길」은 이처럼 급속한 산업화가 초래한 고향상실의 아픔이 잘 형상화되어 있다.

1976년 『문학과 지성』에 발표된 조세희의 「난장이가 쏘아올린 작은 공」은 황석영의 「삼포가는 길」과 마찬가지로 70년대 노동자의 현실을 담고 있다는 공통점이 있다. 하지만 이 작품에서는 이제 부랑 노동자의 세계를 벗어나 빈민촌에 정착한 공장 노동자들의 생존조건이 다루어진다. 70년대 후반이 되면 노사관계의 갈등 양상과 무허가 주택의 철거문제 등 근대화와 산업화의 그늘에서 신음하는 노동자와 하층민들의 삶이 중요한 현실 문제로 떠오르게 되는데, 이 작품은 그러한 경향을 반영하고 있다.

「난장이가 쏘아올린 작은 공」은 수도 파이프 수리공으로 생계를 이어가는 난장이 아버지와 인쇄소 제본 공장에 나가는 어머니 그리고 공부를 잘하는 우등생이었지만 가정 형편이 어려워 학교를 그만두고 인쇄소에 나가는 두 아들 영수와 영호 그리고 막내 영희, 이렇게 다섯 식구로 이루어진 가족의 이야기다. 가난하지만 성실하게 하루하루를 살아가던 이들 가족들은 어느 날 그 지역을 재개발하기 위해 무허가 건물들을 헐겠다는 내용이 담겨있는 철거 계고장을 받게 된다. 물론 철거민들을 위해서 지어진 아파트 입주권이 나오긴 하지만 가난한 철거민들에게 그것은 그림의 떡이나 다름없다. 그래서 주민들 대부분은 입주권을 팔아서 변두리나 시외로 세를 얻어 나간다. 하지만 영수네는 세든 사람의 전세금을 내주려고 이웃집 명희네에게서 돈을 빌렸다. 그 빌린 돈을 갚기 위해서는 입주권의 가격이 조금이라도 더 오를 때까지 버텨야만 했다. 다행히 시가보다 높은 가격에 입주권이 팔려서 빌린 돈을 갚고도 십만 원이나 남았고, 가족들은 철거민들이 몰리는 성남으로 이사가기로 결정한다. 그러나

연작소설

연작소설이란 하나하나 떨어뜨려 놓고 보면 제각각 하나의 단편 혹은 중편소설처럼 보일 만큼 완결된 구조를 갖는 소설들이 일정한 연관성을 지니면서 장편의 형태로 묶여 있는 소설 유형을 말한다. 조세희의 『난장이가 쏘아올린 작은 공』도 이와 같은 연작소설이다. 『난 · 쏘 · 공』은 「뫼비우스의 띠」「칼날」「우주 여행」「난장이가 쏘아올린 작은 공」「육교 위에서」「궤도 회전」「기계 도시」「은강 노동 가족의 생계비」「잘못은 신에게도 있다」「클라인 씨의 병」「내 그물로 오는 가시고기」「에필로그」 등 총12개의 에피소드로 이루어진 연작장편소설로, 각각의 에피소드들은 하나하나 완결된 구조로 되어있으며, 또한 전체 장편소설의 부분을 이루고 있다. 이 책에 실린 부분은 4번째 에피소드 의 1부에 해당한다. 이 밖에 양귀자의 『원미동 사람들』, 이문구의 『우리 동네』 등도 우리 나라의 대표적인 연작소설들이다.

바로 그날 난장이 아버지와 막내 영희가 집을 나간다. 영수와 영호는 이들을 찾기 위해 백방으로 수소문을 했지만 찾을 수가 없었다. 그래서 어쩔 수 없이 남은 세 식구만 이사를 떠난다. 한편 집을 나온 영희는 자기네 입주권을 사간 부동산 업자를 따라간다. 영희는 그 부동산 업자의 비서이자 동거인으로 같은 아파트에 머물면서 입주권을 되찾을 기회를 엿본다. 그러던 어느 날 영희는 금고를 뒤져서 입주권과 약간의 돈을 훔쳐 도망쳐 나오고, 주택공사로 달려가 난장이 아버지의 이름으로 아파트에 입주할 수속을 끝마친다. 그런 후에 집으로 돌아와 보니 가족들은 이미 떠난 뒤였다. 이웃인 신애 아주머니에게서 아버지가 굴뚝에서 떨어져 돌아가셨다는 것과 가족들이 성남으로 이사했다는 말을 전해듣고 영희는 쓰러져서 깊은 잠에 빠진다.

이 작품은 같은 제목의 연작 12편 중 네 번째에 해당하는 중편소설이다. 총 3부로 구성되어 있으며 각 부마다 서술 시점이 교차되고 있다는 점이 특징적이다. 1부에서는 큰아들 영수의 시점을 통해 철거 통지서를 받은 가족들이 겪는 고통이 드러나 있으며, 2부에서는 둘째 아들 영호의 시점으로 영희의 가출과 철거되는 집을 지켜보는 심정이 그려져 있다. 3부는 영희의 눈으로 서술되는데, 투기업자에게 순결을 바치면서까지 입주권을 되찾기 위해 몸부림치는 영희의 모습이 중심을 이룬다.

「난 · 쏘 · 공」의 주된 갈등은 아주 명쾌하다. 가진 자와 못 가진 자의 대립이 중심 갈등이 된다. 이런 측면에서 보면 영수네 가족의 아버지가 '난장이'인 것은 중요한 의미가 있다. 이 작품에서 '난장이'는 신체적으로 작다는 측면보다는 사회적으로 힘이 미약한 사람, 즉 소외된 빈민 노동자들을 상징하고 있다고 말할 수 있다. 이들은 공간적으로는 도시의 외곽에 형성된 빈민촌에 거주하며 계층적으로는 특별한 기술이 없는 공장 노동자에 속한다.

70년대 개발 우선주의 정책이 시행될 당시의 한국 사회에서 수출을 위해 내세울 수 있는 것은 값싼 노동력밖에 없었다. 원료가 풍부하지도 못했고, 선진국과 경쟁할 만한 기술이 있는 것도 아니었기 때문에 임금을 낮춰서 제품의 가격을 싸게 만들어 내다 팔 수밖에 없었던 것이다. 때문에 그 당시 노동자들은 값싼 임금과 열악한 노동 환경에서 고통 받아야 했다.

그리고 농촌 사회에서 이주해온 이와 같은 값싼 임금의 노동자들은 도시의 외곽에 무허가 건물을 짓고 머물 수밖에 없었는데, 도시개발 정책이 진행되면서 그런 건물들은 철거당할 운명에 놓이게 된다. 물론 이들을 위해 아파트나 주택들을 지어 우선적으로 입주할 수 있는 권한을 부여하기는 했지만, 값이 너무 비싸서 노동자들은 엄두를 낼 수조차 없었고 보통은 시에서 보상하는 액수보다 조금 더 비싼 값으로 투기꾼들에게 입주권을 팔아 넘기기 마련이었다. 이 소설에서 '난장이'는 바로 이와 같은 처지에 놓여있었던 빈민 노동자 철거민들을 상징적으로 드러내는 소설적 장치인 것이다.

「난 · 쏘 · 공」에는 이와 같은 상징적인 표현들이 자주 등장한다. 어린 시절 영희가 어머니에게 '주머니가 달린 옷'을 입고 싶다고 조르는 장면이 나오는데, 여기서 '주머니가 달린 옷'이란 돈이나 재물을 모을 수 있는 처지를 의미하는 것이다. 그와 대조적으로 영수와 영호 그리고 영희는 어릴 적부터 '주머니 없는 옷'을 입어야만 했다. 즉, '주머니'의 유무는 가진 자/못 가진 자를 구분하는 기준이 되는 것이다.

또, 난장이 아버지는 늘 달나라로 가는 꿈을 꾼다. 부잣집 가정교사인 지섭은 난장이 아버지에게 나쁜 짓 안 하고 열심히 일했는데도 살기 어렵다면 이 땅에서는 더 이상 기대할 것이 없다, 차라리 달나라로 떠나야 한다고 말한다. 난장이 아버지는 그 말에 공감해 늘 달나라를 꿈꾸는데, 이때 난장이 아버지가 꿈꾸는 '달나라'란 결국 유토피아(이상향)를 의미한다.

이 달나라에 조금이라도 가까이 다가가기 위해 올라갔던 굴뚝에서 난장이 아버지가 떨어져 죽는 것 그리고 도달하기 불가능한 달나라가 이상향으로 설정된 것은,

현실의 개선이 그만큼 힘들다는 작가의 생각이 반영된 결과다. 작가의 이와 같은 생각은 영수네 가족이 사는 동네를 '낙원구 행복동'이라고 반어적으로 명명(이름 붙이기)한 점에서도 알 수 있다. 실제로 철거촌에 사는 사람들의 삶은 지옥과도 같은 것인데, 그런 곳을 '낙원', '행복'이라고 이름 붙인 까닭은 철거민들의 궁핍하고 처절한 삶을 더욱 강조하기 위해서다. 마치 현진건의 「운수좋은 날」에서 아내가 죽는 처절한 하루를 '운수좋은 날'이라고 명명한 것과 유사한 방식인 것이다.

그런데 작가는 이런 '난장이'들이 겪어야 하는 가난과 불평등은 역사적인 것이라는 생각을 작품 속에 드러내 놓고 있다. "아버지의 아버지와 아버지의 할아버지, 할아버지의 아버지, 그 아버지의 할아버지…… 우리의 조상은 세습하여 신역을 바쳤다"는 대목을 보면 '난장이'들이 살아가는 현실은 과거의 노비나 다름없는 생활이며, 그런 가난하고 불평등한 삶은 대를 이어 세습된다는 작가의 인식을 엿볼 수 있다.

「난 · 쏘 · 공」은 난장이 일가로 대표되는 가난한 소외계층과 공장 노동자들의 삶을 파헤침으로써 1970년대 경제 성장이라는 미명하에 가려졌던 우리의 노동현실을 극명하게 폭로하고 있다. 이 작품 속에 열거된 여러 가지 문제들, 즉 생존에 필요한 최저 수준에도 못 미치는 저임금, 열악한 작업환경, 고용자로부터 강요되는 부당한 노동행위, 노동 조합에의 탄압 그리고 가진 자들의 위선과 사치 등은 개발과 성장을 강조한 산업사회의 부정적인 측면들이었던 것이다. 발표된 지 30여 년이 지난 지금에도 이러한 작품이 그 생명력을 발휘하는 이유는, 빈부의 격차와 그로 인해 벌어지는 여러 가지 사회문제는 손쉽게 해결되기 어려운 것이며 항상 우리가 해결 방안을 고민해야 하는 중요한 문제이기 때문일 것이다.

삼포森浦 가는 길 _ 황석영

영달은 어디로 갈 것인가 궁리해 보면서 잠깐 서 있었다. 새벽의 겨울 바람이 매섭게 불어왔다. 밝아오는 아침 햇볕 아래 헐벗은 들판이 드러났고, 곳곳에 얼어붙은 시냇물이나 웅덩이가 반사되어 빛을 냈다. 바람소리가 먼 데서부터 몰아쳐서 그가 섰는 창공을 베면서 지나갔다. 가지만 남은 나무들이 수십여 그루씩 들판가에서 바람에 흔들렸다.

그가 넉 달 전에 이곳을 찾았을 때에는 한참 추수기에 이르러 있었고 이미 공사는 막판이었다. 곧 겨울이 오게 되면 공사가 새 봄으로 연기될 테고 오래 머물 수 없으리라는 것을 그는 진작부터 예상했던 터였다. 아니나다를까, 현장 사무소가 사흘 전에 문을 닫았고, 영달이는 밥집에서 달아날 기회만 노리고 있었던 것이다.

누군가 밭고랑을 지나 걸어오고 있었다. 해가 떠서 음지와 양지의 구분이 생기자 언덕의 그림자나 숲의 그늘로 가려진 곳에서는 언 흙이 부서지는 버석이는 소리가 들렸으나 해가 내려쬐인 곳은 녹기 시작하여 붉은 흙이 질척해 보였다. 다가오는 사람이 숲 그늘을 벗어났는데 신발 끝에 벌겋게 붙어 올라온 진흙 뭉치가 걸을 때마다 뒤로 몇 점씩 흩어지고 있었다. 그는 길가에 우두커니 서서 담배를 태우고 있는 영달이 쪽을 보면서 왔다. 그는 키가 훌쩍 크고 영달이는 작달막했다. 그는 팽팽하게 불러오른 맹꽁이 배낭을 한쪽 어깨에 느슨히 걸쳐 메고 머리에는 개털모자를 귀까지 가려 쓰고 있었다. 검게 물들인 야전잠바의 깃 속에 턱이 반나마 파묻혀서 누군지 쌍통을 알아볼 도리가 없었다. 그는 몇 걸음 남겨 놓고 서더니 털모자의 챙을 이마빡에 붙도록 척 올리면서 말했다.

"천씨네 집에 기시던 양반이군."

영달이도 낯이 익은 서른댓 되어 보이는 사내였다. 공사장이나 마을 어귀의 주막에서 가끔 지나친 적이 있는 얼굴이었다.

"아까 존 구경 했시다."

그는 털모자를 잠근 단추를 여느라고 턱을 치켜들었다. 그러고 나서 비행사처럼 양쪽 뺨으로 귀가리개를 늘어뜨리면서 빙긋 웃었다.

"천가란 사람, 거품을 물구 마누라를 개 패듯 때려잡던데."

영달이는 그를 쏘아보며 우물거렸다.

"내…… 그런 촌놈은 참."

"거 병신 안 됐는지 몰라, 머리채를 질질 끌구 마당에 나와선 차구 짓밟구…… 야 그 사람 환장한 모양이더군."

이건 누굴 엿먹이느라구 수작질인가, 하는 생각이 들어서 불끈했지만 영달이는 애써 참으며 담뱃불이 손가락 끝에 닿도록 쭈욱 빨아 넘겼다. 사내가 손을 내밀었다.

"불 좀 빌립시다."

"버리슈."

담배꽁초를 건네주며 영달이가 퉁명스럽게 말했다. 하긴 창피한 노릇이었다. 밥값을 떼고 달아나서가 아니라, 역에 나갔던 천가 놈이 예상 외로 이른 시각인 다섯 시쯤 돌아왔고 현장에서 덜미를 잡혔던 것이었다. 그는 옷만 간신히 추스르고 나와서 천가가 분풀이로 청주댁을 후려 패는 동안 방아실에 숨어 있었다. 영달이는 변명 삼아 혼잣말 비슷이 중얼거렸다.

"계집 탓할 거 있수, 사내 잘못이지."

"시골 아낙네치곤 드물게 날씬합디다. 모두들 발랑 까졌다구 하지만서두."

"여자야 그만이었죠. 처녀 적에 군용차두 탔답니다. 고생 많이 한 여자요."

"바가지한테 세금두 내구, 거기두 줬겠구만."

"뭐요? 아니 이 양반이……."

사내가 입김을 길게 내뿜으며 껄껄 웃어제꼈다.

"거 왜 그러시나. 아, 재미 본 게 댁뿐인 줄 아쇼? 오다가다 만난 계집에 너무 일심 품지 마셔."

녀석의 말버릇이 시종 그렇게 나오니 드러내 놓고 화를 내기도 뭣해서 영달이는 픽 웃고 말았다. 계피떡이나 인절미를 전방으로 호송되는 군인들에게 팔았다는 것인데 딴은 열차를 타며 사내들 틈을 누비던 계집이 살림을 한답시고 들어앉아 절름발이 천가 여편네 노릇을 하려니 따분했을 것이었다. 공사장 인부들이나 떠돌이 장사치를 끌어들여 하숙도 치고 밥도 파는 사람인데, 사내 재미까지 보려는 눈치였다. 영달이 눈에 청주댁이 예사로 보였을 리 만무했다. 까무잡잡한 얼굴에 곱게 치떠서 흘기는 눈길 하며, 밤이면 문밖에 나가 앉아 하염없이 불러대는 「흑산도 아가씨」라든가, 어쨌든 나중엔 거의 환장할 지경이었다.

"얼마나 있었소?"

사내가 물었다. 가까이 얼굴을 맞대고 보니 그리 흉악한 몰골도 아니었고, 우선 그 시원시원한 태도가 은근히 밉질 않다고 영달이는 생각했다. 그가 자기보다는 댓 살쯤 더 나이 들어 보였다. 그리고 이 바람 부는 겨울 들판에 척 걸터앉아서도 만사태평인 꼴이었다. 영달이는 처음보다는 경계하지 않고 대답했다.

"넉 달 있었소. 그런데 노형은 어디루 가쇼?"

"삼포에 갈까 하오."

사내는 눈을 가늘게 뜨고 조용히 말했다. 영달이가 고개를 흔들었다.

"방향 잘못 잡았수. 거긴 벽지나 다름없잖소. 이런 겨울철에."

"내 고향이오."

사내가 목장갑 낀 손으로 코 밑을 쓱 훔쳐냈다. 그는 벌써 들판 저 끝을 바라보고 있었다. 영달이와는 전혀 사정이 달라진 것이다. 그는 집으로 가는 중이었고 영달이는 또 다른 곳으로 달아나는 길 위에 서 있었기 때문이었다.

"참…… 집에 가는군요."

사내가 일어나 맹꽁이 배낭을 한쪽 어깨에다 걸쳐 메면서 영달이에게 물었다.

"어디 무슨 일자리 찾아가쇼?"

"댁은 오라는 데가 있어서 여기 왔었소? 언제나 마찬가지죠."

"자, 난 이제 가봐야겠는걸."

그는 뒤도 돌아보지 않고 질척이는 둑길을 향해 올라갔다. 그가 둑 위로 올라서더니 배낭을 다른 편 어깨 위로 바꾸어 메고는 다시 하반신부터 차례로 개털모자 끝까지 둑 너머로 사라졌다. 영달이는 어디로 향하겠다는 별 뾰족한 생각도 나지 않았고, 동행도 없이 길을 갈 일이 아득했다. 가다가 도중에 헤어지게 되더라도 우선은 말동무라도 있었으면 싶었다. 그는 멍청히 섰다가 잰걸음으로 사내의 뒤를 따랐다. 영달이는 둑 위로 뛰어 올라갔다. 사내의 걸음이 무척 빨라서 벌써 차도로 나가는 샛길에 접어들어 있었다. 차도 양쪽에 대빗자루를 거꾸로 박아놓은 듯한 앙상한 포플러들이 줄을 지어 섰는 게 보였다. 그는 둑 아래로 달려 내려가며 사내를 불렀다.

"여보쇼, 노형!"

그가 멈춰 서더니 뒤를 돌아보고 나서 다시 천천히 걸어갔다. 영달이는 달려가서 그 뒤편에 따라붙어 헐떡이면서

"같이 갑시다, 나두 월출리까진 같은 방향인데……."

했는데도 그는 대답이 없었다. 영달이는 그의 뒤통수에다 대고 말했다.

"젠장, 이런 겨울은 처음이오. 작년 이맘때는 좋았지요. 월 삼천 원짜리 방에서 작부랑 살림을 했으니까. 엄동설한에 정말 갈 데 없이 빳빳하게 됐는데요."

"우린 습관이 되어 놔서."

사내가 말했다.

"삼포가 여기서 몇 린 줄 아쇼? 좌우간 바닷가까지만도 몇백 리 길이요. 거기서 또 배를 타야 해요."

"몇 년 만입니까?"

"십 년이 넘었지. 가 봤자…… 아는 이두 없을 거요."

"그럼 뭣하러 가쇼?"

"그냥…… 나이 드니까, 가보구 싶어서."

그들은 차도로 들어섰다. 자갈과 진흙으로 다져진 길이 그런 대로 걷기에 편했다. 영달이는 시린 손을 잠바 호주머니에 처박고 연방 꼼지락거렸다.

"어이 육실허게는 춥네. 바람만 안 불면 좀 낫겠는데."

사내는 별로 추위를 타지 않았는데, 털모자와 야전잠바로 단단히 무장한 탓도 있겠지만 원체가 혈색이 건강해 보였다. 사내가 처음으로 다정하게 영달이에게 물었다.

"어떻게 아침은 자셨소?"

"웬걸요."

영달이가 열적게 웃었다.

"새벽에 몸만 간신히 빠져나온 셈인데……."

"나두 못 먹었소. 찬샘까진 가야 밥술이라두 먹게 될 거요. 진작에 떴을걸. 이젠 겨울에 움직일 생각이 안 납디다."

"인사 늦었네요. 나 노영달이라구 합니다."

"나는 정가요."

"우리두 기술이 좀 있어 놔서 일자리만 잡으면 별 걱정 없지요."

영달이가 정씨에게 빌붙지 않을 뜻을 비췄다.

"알고 있소, 착암기 잡지 않았소? 우리넨, 목공에 용접에 구두까지 수선할 줄 압니다."

"야 되게 많네. 정말 든든하시겠구만."

"십 년이 넘었다니까."

"그래도 어디서 그런 걸 배웁니까?"

"다 좋은 데서 가르치고 내보내는 집이 있지."

"나두 그런 데나 들어갔으면 좋겠네."

정씨가 쓴웃음을 지으며 고개를 저었다.

"지금이라두 쉽지. 하지만 집이 워낙에 커서 말요."

"큰집……."

하다 말고 영달이는 정씨의 얼굴을 쳐다봤다. 정씨는 고개를 밑으로 숙인 채 묵묵히 걷고 있었다. 언덕을 넘어섰다. 길이 내리막이 되면서 강변을 따라서 먼 산을 돌아나간 모양이 아득하게 보였다. 인가가 좀처럼 보이지 않는 황량한 들판이었다. 마른 갈대밭이 헝클어진 채 휘청대고 있었고 강 건너 곳곳에 모래바람이 일어나는 게 보였다. 정씨가 말했다.

"저 산을 넘어야 찬샘골인데. 강을 질러가는 게 빠르겠군."

"단단히 얼었을까."

강물은 꽁꽁 얼어붙어 있었다. 얼음이 녹았다가 다시 얼곤 해서 우툴두툴한 표면이 그리 미끄럽지는 않았다. 바람이 불어, 깨어진 살얼음 조각들을 날려 그들의 얼굴을 따갑게 때렸다.

"차라리, 저쪽 다릿목에서 버스나 기다릴 걸 잘못했나 봐요."

숨을 헉헉 들이키던 영달이가 투덜대자 정씨가 말했다.

"자주 끊겨서 언제 올지도 모르오. 그보다두 현금을 아껴야지. 굶어두 돈 있으면 든든하니까."

"하긴 그래요."

"월출 가면 남행열차를 탈 수는 있소. 거기서 기차 타려오?"

"뭐…… 돼가는 대루. 그런데 삼포는 어느 쪽입니까?"

정씨가 막연하게 남쪽 방향을 턱짓으로 가리켰다.

"남쪽 끝이오."

"사람이 많이 사나요, 삼포라는 데는?"

"한 열 집 살까? 정말 아름다운 섬이오. 비옥한 땅은 남아 돌아가구, 고기두 얼마든지 잡을 수 있구 말이지."

영달이가 얼음 위로 미끄럼을 지치면서 말했다.

"야아 그럼, 거기 가서 아주 말뚝을 박구 살아 버렸으면 좋겠네."

"조오치, 하지만 댁은 안 될걸."

"어째서요."

"타관 사람이니까."

그들은 얼어붙은 강을 건넜다. 구름이 몰려들고 있었다.

"눈이 올 거 같군. 길 가기 힘들어지겠소."

정씨가 회색으로 흐려 가는 하늘을 걱정스럽게 올려다보았다. 산등성이로 올라서자 아래쪽에 작은 마을의 집들이 점점이 흩어져 있는 게 한 눈에 들어왔다. 가물거리는 지붕 위로 간신히 알아볼 만큼 가느다란 연기가 엷게 퍼져 흐르고 있었다. 교회의 종탑도 보였고 학교 운동장도 보였다. 기다란 철책과 철조망이 연이어져 마을 뒤의 온 들판을 둘러싸고 있는 것도 보였다. 군대의 주둔지인 듯했는데, 마을은 마치 그 철책의 끝에 간신히 매어달려 있는 것 같았다.

그들은 읍내로 들어갔다. 다과점도 있었고, 극장, 다방, 당구장, 만물상점 그리고 주점이 장터 주변에 여러 채 붙어 있었다. 거리는 아침이라서 아직 조용했다. 그들은 어느 읍내에나 있는 서울식당이란 주점으로 들어갔다. 한 뚱뚱한 여자가 큰 솥에다 우거지국을 끓이고 있었고 주인인 듯한 사내와 동네 청년 둘이 떠들어대고 있었다.

"나는 전연 눈치를 못 챘다구, 옷을 한 가지씩 빼어다 따루 보따리를 싸 놨던 모양이라."

"새벽에 동네를 빠져나간 게 틀림없습니다."

"어젯밤에 윤 하사하구 긴밤을 잔다구 그래서, 뒷방에서 늦잠자는 줄 알았지 뭔가."

"새벽에 윤 하사가 부대루 들어가자마자 튄 겁니다."

"옷값에 약값에 식비에…… 돈이 보통 들어간 줄 아나, 빚만 해두 자그마치 오만 원이거든."

영달이와 정씨가 자리에 앉자 그들은 잠깐 얘기를 멈추고 두 낯선 사람들의 행색을 살펴보았다. 영달이는 연탄 난로 위에 두 손을 내려뜨리고 비벼대면서 불을 쪼였다. 정씨가 털모자를 벗으면서 말했다.

"국밥 둘만 말아주쇼."

"네, 좀 늦어져두 별일 없겠죠?"

뚱뚱한 여자가 국솥에서 얼굴을 들고 미리 웃음으로 얼버무리며 양해를 구했다.

"좌우간 맛있게만 말아주쇼."

여자가 국자를 요란하게 놓고는 한숨을 내리쉬었다.

"개쌍년 같으니!"

정씨도 영달이처럼 난로를 통째로 껴안을 듯이 바싹 다가앉아서 여자를 물끄러미 올려다보았다.

"색시가 도망을 쳤지 뭐예요. 그래서 불도 꺼졌고, 국거리도 없어서 인제 막 시작을 했답니다."

하고 나서 여자가 남자들에게 외쳤다.

"아니 근데 당신들은 뭘 앉아서 콩이네 팥이네 하구 있는 거예요? 냉큼 가서 잡아오지 못하구선, 얼마 달아나지 못했을 테니 따라가서 머리채를 끌구 와요."

주인 남자가 주눅이 든 목소리로 대답했다.

"필요없네. 아무래도 월출서 기차를 탈 테니까 정거장 목만 지키면 된다구."

"그럼 자전거 타구 빨리 가서 기다려요."

"이거 원 날씨가 이렇게 추워서야."

"무슨 얘기예요, 그 백화라는 년이 돈 오만 원이란 말요."

마을 청년이 끼어들었다.

"서울식당이 원래 백화 땜에 호가 났던 거 아닙니까. 그 애가 장사는 그만이었죠."

"군인들이 백화라면, 군화까지 팔아서라두 술을 마실 정도였으니까."

뚱뚱이 여자가 빈정거렸다.

"웃기네, 그래 봤자 지가 똥갈보라. 내 장사 수완 덕이지 뭐. 그년 요새 좀 아프다는 핑계루…… 이건 물을 긷나, 밥을 제대루 하나, 손님을 받나, 소용없어. 그년두 육 개월이면 찬샘 바닥서 진이 모조리 빠진 거예요. 빚이나 뽑아내면 참한 신마이루 기리까이하려던 참이었어. 아, 뭘해요? 빨리 가서 역을 지키라니까."

마누라의 호통에 주인 사내가 깜짝 놀란 듯이 어깨를 움츠렸다.

"알았대니까……."

"얼른 갔다 와요. 내 대포 한턱 쓸게."

남자들 셋이 우르르 밀려 나갔다. 정씨가 중얼거렸다.

"젠장, 그 백화 아가씨라두 있었으면 술이나 옆에서 쳐 달랠걸."

"큰일예요, 글쎄 저녁마다 장정들이 몰려오는데……."

"아가씨 서넛은 있어야지."

"색시 많이 두면 공연히 번거러워요. 이런 데서야 반반한 애 하나면 실속이 있죠, 모자라면 꿔다 앉히구……. 왜 좀 놀다 가려우? 내 불러다 줄게."

"왜 이러슈, 먼 길 가는 사람이 아침부터 주색 잡다간 저녁에 이 마을서 장사지내게."

"자, 국밥이오."

배추가 아직 푹 삭질 않아서 뻣뻣했으나 그런 대로 먹을 만하였다. 정씨가 국물을 허겁지겁 퍼넣고 있는 영달에게 말했다.

"작년 겨울에 어디 있었소?"

들고 있던 국그릇을 내려놓고 영달이는

"언제요?"

하고 나서 작년 겨울이라고 재차 말하자 껄껄 웃기 시작했다.

"좋았지 정말, 대전 있었습니다. 옥자라는 애를 만났었죠. 그땐 공사장에서 별 볼일두 없었구 노임두 실했어요."

"살림을 했군."

"의리있는 여자였어요. 애두 하나 가질 뻔했었는데, 지난 봄에 내가 실직을 하게 되자, 돈 모으면 모여서 살자구 서울루 식모 자릴 구해서 떠나갔죠. 하지만 우리 같은 떠돌이가 언약 따위를 지킬 수 있나요. 밤에 혼자 자다가 일어나면 그 애 때문에 남은 밤을 꼬박 새우는 적두 있습니다."

정씨는 흐려진 영달이의 표정을 무심하게 쳐다보다가, 창 밖으로 고개를 돌리고는 조용하게 말했다.

"사람이란 곁에서 오랫동안 두고 보지 않으면 저절로 잊게 되는 법이오."

뒤란으로 나갔던 뚱뚱이 여자가 호들갑을 떨면서 돌아왔다.

"아유 어쩌나…… 눈이 올 것 같애. 하늘에 먹구름이 잔뜩 끼고, 바람이 부는군. 이놈의 두상이 꼴에 도중에서 가다 말고 돌아올 게 분명하지."

정씨가 뚱뚱보 여자의 계속될 수다를 막았다.

"월출까지는 몇 리요?"

"한 육십 리 돼요."

"뻐스는 있나요?"

"오후에 두 대쯤 있지요. 이년을 따악 잡아갖구 막차루 돌아올 텐데…… 참, 어디까지들 가슈?"

영달이가 말했다.

"바다가 보이는 데까지."

"바다? 멀리 가시는군. 요 큰길루 가실 거유?"

정씨가 고개를 끄덕이자 여자는 의자에 궁둥이를 붙인 채로 앞으로 다가 앉았다.

"부탁 하나 합시다. 가다가 스물 두엇쯤 되고 머리는 긴데다 외눈 쌍꺼풀인 계집년을 만나면 캐어봐서 좀 잡아오슈, 내 현금으루 딱, 만 원 내리다."

정씨가 빙그레 웃었다. 영달이가 자신 있다는 듯이 기세 좋게 대답했다.

"그럭허슈, 대신에 데려오면 꼭 만 원 내야 합니다."

"암 내다뿐이요. 예서 하룻밤 푹 묵었다 가시구려."

"좋았어."

그들은 일어났다. 문을 열고 나오는 그들의 뒷덜미에다 대고 여자가 소리쳤다.

"머리가 길구 외눈 쌍꺼풀이에요. 잊지 마슈."

해가 낮은 구름 속에 들어가 있어서 주위는 누런 색안경을 통해서 내다본 것처럼 뿌옇게 보였다. 바람이 읍내의 신작로 한복판에서 회오리 기둥을 곤두세우고 있었다. 그들은 고개를 처박고 신작로를 따라서 올라갔다. 영달이가 담배 한 갑을 샀다.

들판을 스치고 지나가는 바람소리가 날카롭게 들려왔다.

그들이 마을 외곽의 작은 다리를 건널 적에 성긴 눈발이 날리기 시작하더니 허공에 차츰 흰색이 빽빽해졌다. 한 스무 채 남짓한 작은 마을을 지날 때쯤 해서는 큰 눈송이를 이룬 함박눈이 펑펑 쏟아져 내려왔다. 눈이 찰지어서 걷기에는 그리 불편하지 않았고 눈보라도 포근한 듯이 느껴졌다. 그들의 모자나 머리카락과 눈썹에 내려앉은 눈 때문에 두 사람은 갑자기 노인으로 변해 버렸다. 도중에 그들은 옛 원님의 송덕비를 세운 비각 앞에서 잠깐 쉬어 가기로 했다. 그 앞에서 신작로가 두 갈래로 갈라져 있었던 것이다. 함석판에 뺑끼로 쓴 이정표가 있긴 했으나, 녹이 슬고 벗겨져 잘 알아볼 수도 없었다. 그들은 비각 처마 밑에 웅크리고 앉아서 담배를 피웠다. 정씨가 하늘을 올려다보며 감탄했다.

"야 그놈의 눈송이 탐스럽기도 하다. 풍년 들겠어."

"눈 오는 모양을 보니, 근심 걱정이 싹 없어지는데……."

"첨엔 기분두 괜찮았지만, 이렇게 오다가는 길 가기가 그리 쉽지 않겠는걸."

"까짓 가는 데까지 가구 내일 또 갑시다. 저기 누가 오는군."

흰 두루마기를 입고 중절모를 깊숙이 내려 쓴 노인이 조심스럽게 걸어오고 있었다. 노인의 모자챙과 접힌 부분 위에 눈이 빙수처럼 쌓여 있었다. 정씨가 일어나 꾸벅하면서

"영감님 길 좀 묻겠습니다요."

"물으슈."

"월출 가는 길이 아랩니까, 저 윗길입니까?"

"윗길이긴 하지만…… 재가 있어놔서 아무래두 수월친 않을 거야, 아마 교통도 두절될 모양인데."

"아랫길은요?"

"거긴 월출 쪽은 아니지만 고을 셋을 지나면 감천이라구 나오지."

영달이가 물었다.

"감천에 철도가 닿습니까?"

"닿다마다."

"그럼 감천으루 가야겠구만."

정씨가 인사를 하자 노인은 눈이 가득 쌓인 모자를 위로 들어 보였다. 노인은 윗길 쪽으로 가다가 마을을 향해 꺾어졌다. 영달이는 비각 처마 끝에 회색으로 퇴색한 채 매어져 있는 새끼줄을 끊어냈다. 그가 반으로 끊은 새끼줄을 정씨에게도 권했다.

"감발 치구 갑시다."

"견뎌날까."

새끼줄로 감발을 친 두 사람은 걸음에 한결 자신이 갔다. 그들은 아랫길로 접어들었다. 길은 차츰 좁아졌으나, 소달구지 한 대쯤 지날 만한 길은 그런 대로 계속되었다. 길 옆은 개천과 자갈밭이었고 눈이 한꺼풀 덮여 있었다. 뒤를 돌아보면, 길 위에 두 사람의 발자국이 줄기차게 따라왔다.

마을 하나를 지났다. 그들은 눈 위로 이리저리 뛰어 다니는 아이들과 개들 사이로 지나갔다. 마을의 가게 유리창마다 성에가 두껍게 덮여 있었고 창 너머로 사람들의 목소리가 들려왔다. 두 번째 마을을 지날 때엔 눈발이 차츰 걷혀 갔다. 그들은 구멍가게에서 소주 한 병을 깠다. 속이 화끈거렸다.

털썩, 눈 떨어지는 소리만이 가끔씩 들리는 송림 사이를 지나는데, 뒤에 처져서 걷던 영달이가 주춤 서면서 말했다.

"저것 좀 보슈."

"뭘 말요?"

"저쪽 소나무 아래."

쭈그려 앉은 여자의 등이 보였다. 붉은 코트 자락을 위로 쳐들고 쭈그린 꼴이 아마도 소변이 급해서 외진 곳을 찾은 모양이다. 여자가 허연 궁둥이를 쳐들고 속곳을 올리다가 뒤를 힐끗 돌아보았다.

"오머머!"

여자가 재빨리 코트 자락을 내리고 보퉁이를 집어들면서 투덜거렸다.

"개새끼들 뭘 보구 지랄야."

영달이가 낄낄 웃었고, 정씨가 낮게 소곤거렸다.

"외눈 쌍꺼풀인데 그래."

"어쩐지 예감이 이상하더라니……."

여자는 어딘가 불안했는지 그들에게로 다가오기를 꺼려하며 주춤주춤했다. 영달이가 말했다.

"잘 만났는데 백화 아가씨, 찬샘에서 빵소니치는 길이구만."

"무슨 상관야, 내 발루 내가 가는데."

"주인 아줌마가 댁을 만나면 잡아다 달라던데."

여자가 태연하게 그들에게로 걸어 나왔다.

"잡아가 보시지."

백화의 얼굴은 화장을 하지 않았는데도 먼길을 걷느라고 발갛게 달아 있었다. 정씨가 말했다.

"그런 게 아니라…… 행선지가 어디요? 이 친구 말은 농담이구."

여자는 소변보다가 남자들 눈에 뜨인 일보다는 영달이의 거친 말솜씨에 몹시 토라져 있었다. 백화가 걸음을 빨리 하며 내쏘았다.

"제 따위들이 뭐라구 잡아가구 말구야. 뜨내기 주제에."

"그래 우리두 너 같은 뜨내기 신세다. 찬샘에 잡아다 주고 여비라두 뜯어 써야겠어."

영달이가 여자의 뒤를 바싹 쫓아가며 농담이 아님을 재차 강조했다. 여자가 획 돌아서더니, 믿을 수 없을 만큼 재빠르게 영달이의 앞가슴을 밀어냈다. 영달이는 미처 피할 겨를도 없이 눈 위에 궁둥방아를 찧고 나가 떨어졌다. 백화가 한 팔은 보퉁이를 끼고, 다른 쪽은 허리에 척 얹고 서서 영달이를 내려다보았다.

"이거 왜 이래? 나 백화는 이래봬두 인천 노랑집에다, 대구 자갈마당, 포항 중앙대학, 진해 칠구, 모두 겪은 년이라구. 조용히 시골 읍에서 수양하던 참인데…… 야아, 내 배 위로 남자들 사단 병력이 지나갔어. 국으로 가만있다가 조용한 데 가서 한 코 달라면 몰라두 치사하게 뚱보 돈 먹자구 나한테 공갈 때리면 너 죽구 나 죽는 거야."

영달이는 입을 벌린 채 일어설 줄을 모르고 백화의 일장 연설을 듣고 있었다. 정씨는 웃음을 참느라고 자꾸만 송림 쪽으로 고개를 돌렸다. 영달이가 멋쩍게 궁둥이를 털면서 일어났다.

"우리두 의리가 있는 사람들이다. 치사하다면, 그런 짓 안 해."

세 사람은 나란히 눈 쌓인 길을 걸었다. 백화가 말했다.

"그럼 반말 놓지 말라구요."

영달이는 입맛을 쩍쩍 다셨고, 정씨가 물었다.

"어디까지 가오?"

"집에요."

"집이 어딘데……."

"저 남쪽이에요. 떠난 지 한 삼 년 됐어요."

영달이가 말했다.

"애네들은 긴밤 자다가두 툭하면 내일 당장에라두 집에 갈 것처럼 말해요."

백화는 아까와 같은 적의는 나타내지 않았다. 백화는 귀 옆으로 흘러내리는 머리카락을 자꾸 쓰다듬어 올리면서 피곤한 표정으로 영달이를 찬찬히 바라보았다.

“그래요. 밤마다 내일 아침엔 고향으로 출발하리라 작정하죠. 그런데 마음뿐이지, 몇 년이 흘러요. 막상 작정하고 나서 집을 향해 가보는 적두 있어요. 나두 꼭 두 번 고향 근처까지 가봤던 적이 있어요. 한 번은 동네 어른을 먼발치서 봤어요, 나 이름이 백화지만 가명이에요. 본명은…… 아무에게도 가르쳐 주지 않아.”

정씨가 말했다.

“서울식당 사람들이 월출역으루 지키러 가던데…….”

“이런 일이 한두 번인가요 머. 벌써 그럴 줄 알구 감천 가는 길루 왔지요. 촌놈들이니까 그렇지, 빠른 사람들은 서너 군데 길목을 딱 막아 놓아요. 나 그 사람들께 손해 끼친 거 하나두 없어요. 빚이래야 그치들이 빨아먹은 나머지구요. 아유, 인젠 술하구 밤이라면 지긋지긋해요. 밑이 쭉 빠져 버렸어. 어디 가서 여승이나 됐으면…… 냉수에 목욕재계 백 일이면 나두 백화가 아니라구요, 씨팔.”

걸을수록 백화는 말이 많아졌고, 걸음은 자꾸 처졌다. 백화는 여러 도시에서 한창 날리던 시절의 얘기를 늘어놓았다. 여자가 결론지은 얘기는 결국 화류계의 사랑이란 돈 놓고 돈 먹기 외에는 모두 사기라는 것이었다. 그 여자는 자기 보퉁이를 꾹꾹 찌르면서 말했다.

“아저씨네는 뭘 갖구 다녀요? 망치나 톱이겠지 머. 요 속에는 헌 속치마 몇 벌, 빤스, 화장품, 그런 게 들었지요. 속치마 꼴을 보면 내 신세하구 똑같아요. 하두 빨아서 빛이 바래구 재봉실이 나들나들하게 닳아 끊어졌어요.”

백화는 이제 겨우 스물두 살이었지만 열여덟에 가출해서, 쓰리게 당한 일이 많기 때문에 삼십이 훨씬 넘은 여자처럼 조로해 있었다. 한 마디로 관록이 붙은 갈보였다. 백화는 소매가 해진 헌 코트에다 무릎이 튀어나온 바지를 입었고, 물에 불은 오징어처럼 되어 버린 낡은 하이힐을 신고 있었다. 비탈길을 걸을 때, 영달이와 정씨가 미끄러지지 않도록 양쪽에서 잡아주어야 했다. 영달이가 투덜거렸다.

"고무신이라두 하나 사 신어야겠어. 댁에 때문에 우리가 형편없이 지체되잖나."

"정 그러시면 두 분이서 먼저 가면 될 거 아네요. 내가 고무신 살 돈이 어딨어?"

"우리두 의리가 있다구 그랬잖어. 산 속에다 여자를 떼놓구 갈 수야 없지. 그런데…… 한 푼두 없단 말야?"

백화가 깔깔대며 웃었다.

"여자 밑천이라면 거기만 있으면 됐지, 무슨 돈이 필요해요?"

"저러니 언제 한번 온전한 살림 살겠나 말야!"

"이거 봐요. 댁에 같은 훤칠한 내 신랑감들은 제 입에 풀칠두 못해서 떠돌아다니는데, 내가 어떻게 살림을 살겠냐구."

영달이는 백화의 입담을 감당할 수가 없었다. 세 사람은 감천 가는 도중에 있는 마지막 마을로 들어섰다. 마을 어귀의 얼어붙은 개천 위로 물오리들이 종종걸음을 치거나 주위를 선회하고 있었다. 마을의 골목길은 조용했고, 굴뚝에서 매캐한 청솔 연기 냄새가 돌담을 휩싸고 있었는데 나직한 창호지의 들창 안에서는 사람들의 따뜻한 말소리들이 불투명하게 들려왔다. 영달이가 정씨에게 제의했다.

"허기가 져서 떨려요. 감천엔 어차피 밤에 떨어질 텐데, 여기서 뭣 좀 얻어먹구 갑시다."

"여긴 바닥이 작아 주막이나 가게두 없는 거 같군."

"어디 아무 집이나 찾아가서 사정을 해보죠."

백화도 두 손을 코트 주머니에 찌르고 간신히 발을 떼면서 말했다.

"온몸이 얼었어요. 밥은 고사하고, 뜨뜻한 아랫목에서 발이나 녹이구 갔으면."

정씨가 두 사람을 재촉했다.

"얼른 지나가지. 여기서 지체하면 하룻밤 자게 될 테니, 감천엘 가면 하숙두 있구, 우리를 태울 기차두 있단 말요."

그들은 이 적막한 산골 마을을 지나갔다. 눈 덮인 들판 위로 물오리 떼가 내려앉았다가는 날아오르곤 했다. 길가에 퇴락한 초가 한 칸이 보였다. 지붕의 한 쪽은 허물어져 입을 벌렸고 토담도 반쯤 무너졌다. 누군가가 살다가 먼 곳으로 떠나간 폐가임이 분명했다. 영달이가 폐가 안을 기웃해 보며 말했다.

"저기서 신발이라두 말리구 갑시다."

백화가 먼저 그 집의 눈 쌓인 마당으로 절뚝이며 들어섰다. 안방과 건넌방의 구들장은 모두 주저앉았으나 봉당은 매끈하고 딴딴한 흙바닥이 그런 대로 쉬어 가기에 알맞았다. 정씨도 그들을 따라 처마 밑에 가서 엉거주춤 서 있었다. 영달이는 흙벽 틈에 삐죽이 솟은 나무 막대나 문짝, 선반 등속의 땔 만한 것들을 끌어모아다가 봉당 가운데 쌓았다. 불을 지피자 오랫동안 말라 있던 나무라 노란 불꽃으로 타올랐다. 불길과 연기가 차츰 커졌다. 정씨마저도 불가로 다가앉아 젖은 신과 바지가랑이를 불길 위에 갖다 대고 지그시 눈을 감았다. 불이 생기니까 세 사람 모두가 먼 곳에서 지금 막 집에 도착한 느낌이 들었고, 잠이 왔다. 영달이가 긴 나무를 무릎으로 꺾어 불 위에 얹고, 눈물을 흘려 가며 입김을 불어대는 모양을 백화는 이슥히 바라보고 있었다.

"댁에…… 괜찮은 사내야. 나는 아주 치사한 건달인 줄 알았어."

"이거 왜 이래. 괜히 나이롱 비행기 태우지 말어."

"아녜요. 불 때는 꼴이 제법 그럴 듯해서 그래요."

정씨가 싱글벙글 웃으면서 영달에게 말했다.

"저런 무딘 사람 같으니, 이 아가씨가 자네한테 반했다…… 그 말이야."

"괜히 그러지 마슈. 나두 과거에 연애해 봤소. 계집년이란 사내가 쐬빠지게 해줘두 쪼끔 벌릴까 말까 한단 말입니다. 이튿날 해만 뜨면 말짱 헛것이지."

"오머머. 어디 가서 하루살이 연애만 해본 모양이네. 여보세요, 화류계 연애가 아무리 돈에 운다지만 한 번 붙으면 순정이 무서운 거예요. 내가 처음 이 길 들어서서 독하게 사랑해본 적두 있었어요."

지붕 위의 눈이 녹아서 투덕투덕 마당 위에 떨어지기 시작했다. 여자는 나무 막대기를 불 속에 넣고 휘저으면서 갑자기 새촘한 얼굴이 되었다. 불길에 비친 백화의 얼굴은 제법 고왔다.

"그런데…… 몇 명이었는지 알아요? 여덟 명이었어요."

"진짜 화류계 연애로구만."

"들어봐요. 사실은 그 여덟 사람이 모두 한 사람이나 마찬가지였거든요."

백화는 주점 '갈매기집' 에서의 나날을 생각했다. 그 여자는 날마다 툇마루에 걸터앉아서 철조망의 네 귀퉁이에 높다란 망루가 서 있는 군대 감옥을 올려다보았던 것이다. 언덕 위에 흰 뺑끼로 칠한 반달형 퀀셋 막사와 바라크가 늘어서 있었고 주위에 코스모스가 만발해 있어, 그 안에 철창이 있고 죄지은 사람들이 하루종일 무릎을 꿇고 있으리라고는 믿어지질 않았다. 하루에 한 번씩, 긴 구령 소리에 맞춰서 붉은 줄을 친 군복에 박박 깎인 머리의 군 죄수들이 바깥으로 몰려나왔다. 죄수들이 일렬로 서서 세면과 용변을 보는 모습이 보였었다. 그들은 간혹 대여섯 명씩 무장 헌병의 감시를 받으며 마을로 작업을 하러 내려오는 때도 있었다. 등에 커다란 광주리를 메고 고개를 숙인 채로 그들은 줄을 지어 걸어왔다.

"처음에 부산에서 잘못 소개를 받아 술집으로 팔렸었지요. 거기에 갔을 땐 벌써 될 대루 되라는 식이어서 겁나는 것두 없었구요. 나이는 어렸지만 인생살이가 고달프다는 것두 깨달았단 말예요."

어느 날 그들은 마을의 제방공사를 돕기 위해서 삼십여 명이 내려왔다.

출감이 멀지 않은 사람들이라 성깔도 부리지 않았고 마을 사람들도 그리 경원하지 않았다. 그들이 밖으로 작업을 나오면 기를 쓰고 찾는 것은 물론 담배였다. 백화는 담배 두 갑을 사서 그들 중의 얼굴이 해사한 죄수에게 쥐어 주었다. 작업하는 열흘간 백화는 그들의 담배를 댔다. 날마다 그 어려뵈는 죄수의 손에 몰래 쥐어 주고는 했다. 다음부터 백화는 음식을 장만해서 감옥 면회실로 그를 만나러 갔다. 옥바라지 두 달 만에 그는 이등병 계급장을 달고 백화를 만나러 왔다. 하룻밤을 같이 보내고 병사는 전속지로 떠나갔다.

"그런 식으로 여덟 사람을 옥바라지했어요. 한 달, 두 달 하다 보면 그이는 앞사람들처럼 하룻밤을 지내구 떠나가군 했어요."

백화는 그런 일 때문에 '갈매기집'에 있던 시절, 옷 한 가지도 못해 입었다. 백화는 지나간 삭막한 삼 년 중에서 그때만큼 즐겁고 마음이 평화로웠던 시절은 없었다. 그 여자는 새로운 병사를 먼 전속지로 떠나 보내는 아침마다 차부로 나가서 먼지 속에 버스가 가릴 때까지 서 있곤 했었다. 백화는 그 뒤부터 부대 근처를 전전하며 여러 고장을 흘러다녔다.

아직 초저녁이 분명한데 날씨가 나빠서인지 곧 어두워질 것 같았다. 눈은 더욱 새하얗게 돋보였고, 사위는 고요한데 나무 타는 소리만이 들려왔다.

"감옥뿐 아니라, 세상이란 게 따지면 고해 아닌가……."

정씨는 벗어서 불가에다 쬐고 있던 잠바를 입으면서 중얼거렸다.

"어둡기 전에 어서 가야지."

그들은 일어났다. 아직도 불길 좋게 타고 있는 모닥불 위에 눈을 한움큼씩 덮었다. 산천이 차츰 희미하게 어두워졌다. 새들이 이리저리로 깃을 찾아 숲에 모여들고 있었다. 영달이가 백화에게 물었다.

"그래 이젠 어떡할 셈요, 집에 가면……."

백화가 대답을 않고 웃기만 했다. 정씨가 말했다.

"시집가야지 뭐."

"시집은 안 가요. 이제 와서 무슨 시집이에요. 조용히 틀어박혀 집의 농사나 거들지요. 동생들이 많아요."

사방이 어두워지자 그들도 얘기를 그쳤다. 어디에나 눈이 덮여 있어서 길을 잘 분간할 수가 없었다. 뒤에 처졌던 백화가 눈 덮인 길의 고랑에 빠져버렸다. 발이라도 삐었는지 백화는 꼼짝 못하고 주저앉아 신음을 했다. 영달이가 달려들어 싫다고 뿌리치는 백화를 업었다. 백화는 영달이의 등에 업히면서 말했다.

"무겁죠?"

영달이는 대꾸하지 않았다. 백화가 어린애처럼 가벼웠다. 등이 불편하지도 않았고 어쩐지 가뿐한 느낌이었다. 아마 쇠약해진 탓이리라 생각하니 영달이는 어쩐지 대전에서의 옥자가 생각나서 눈시울이 화끈했다. 백화가 말했다.

"어깨가 참 넓으네요. 한 세 사람쯤 업겠어."

"댁이 근수가 모자라니 그렇다구."

그들은 일곱 시쯤에 감천 읍내에 도착했다. 마침 장이 섰었는지 파장된 뒤인데도 읍내 중앙은 홍청대고 있었다. 전 부치는 냄새, 고기 굽는 냄새, 곰국 냄새가 풍겨왔다. 영달이는 이제 백화를 옆에서 부축하고 있었다. 발을 디딜 때마다 여자가 얼굴을 찡그렸다. 정씨가 백화에게 물었다.

"어느 방향이오?"

"전라선이에요."

"나는 호남선 쪽인데. 여비는 있소?"

"군용차를 사정해서 타구 가면 돼요."

그들은 장터 모퉁이에서 아직도 따뜻한 온기가 남아 있는 팥시루떡을 사 먹었다. 백화가 자기 몫에서 절반을 떼어 영달에게 내밀었다.

"더 드세요. 날 업구 왔으니 기운이 배나 들었을 텐데."

역으로 가면서 백화가 말했다.

"어차피 갈 곳이 정해지지 않았다면 우리 고향에 함께 가요. 내 일자리를 주선해 드릴게."

"내야 삼포루 가는 길이지만, 그렇게 하지?"

정씨도 영달이에게 권유했다. 영달이는 흙이 덕지덕지 달라붙은 신발 끝을 내려다보며 아무 말이 없었다. 대합실에서 정씨가 영달이를 한쪽으로 끌고 가서 속삭였다.

"여비 있소?"

"빠듯이 됩니다. 비상금이 한 천 원쯤 있으니까."

"어디루 가려우?"

"일자리 있는 데면 어디든지……."

스피커에서 안내하는 소리가 웅얼대고 있었다. 정씨는 대합실 나무 의자에 피곤하게 기대어 앉은 백화 쪽을 힐끗 보고 나서 말했다.

"같이 가시지. 내 보기엔 좋은 여자 같군."

"그런 거 같아요."

"또 알우? 인연이 닿아서 말뚝 박구 살게 될지. 이런 때 아주 뜨내기 신셀 청산해야지."

영달이는 시무룩해져서 역사 밖을 멍하니 내다보았다. 백화는 뭔가 쑤군대고 있는 두 사내를 불안한 듯이 지켜보고 있었다. 영달이가 말했다.

"어디 능력이 있어야죠."

"삼포엘 같이 가실라우?"

"어쨌든……."

영달이가 뒷주머니에서 꼬깃꼬깃한 오백 원짜리 두 장을 꺼냈다.

"저 여잘 보냅시다."

영달이는 표를 사고 삼립빵 두 개와 찐 달걀을 샀다. 백화에게 그는 말했다.

"우린 뒤차를 탈 텐데…… 잘 가슈."

영달이가 내민 것들을 받아 쥔 백화의 눈이 붉게 충혈되었다.

그 여자는 더듬거리며 물었다.

"아무도…… 안 가나요."

"우린 삼포루 갑니다. 거긴 내 고향이오."

영달이 대신 정씨가 말했다. 사람들이 개찰구로 나가고 있었다. 백화가 보퉁이를 들고 일어섰다.

"정말, 잊어버리지…… 않을게요."

백화는 개찰구로 가다가 다시 돌아왔다. 돌아온 백화는 눈이 젖은 채 웃고 있었다.

"내 이름 백화가 아니에요. 본명은요…… 이점례예요."

여자는 개찰구로 뛰어나갔다. 잠시 후에 기차가 떠났다.

그들은 나무 의자에 기대어 한 시간쯤 잤다. 깨어보니 대합실 바깥에 다시 눈발이 흩날리고 있었다. 기차는 연착이었다. 밤차를 타려는 시골 사람들이 의자마다 가득 차 있었다. 두 사람은 말없이 담배를 나눠 피웠다. 먼길을 걷고 나서 잠깐 눈을 붙였더니 더욱 피로해졌던 것이다. 영달이가 혼잣말로

"쳇, 며칠이나 견디나……."

"뭐라구?"

"아뇨, 백화란 여자 말요. 저런 애들…… 한 사날두 시골 생활 못 배겨나요."

"사람 나름이지만 하긴 그럴 거요. 요즘 세상에 일이 년 안으루 인정이 휙 변해 가는 판인데……."

정씨 옆에 앉았던 노인이 두 사람의 행색과 무릎 위의 배낭을 눈 여겨 살피더니 말을 걸어 왔다.

"어디 일들 가슈?"

"아뇨, 고향에 갑니다."

"고향이 어딘데……."

"삼포라구 아십니까?"

"어 알지, 우리 아들놈이 거기서 도자를 끄는데……."

"삼포에서요? 거 어디 공사 벌릴 데나 됩니까. 고작해야 고기잡이나 하구 감자나 매는데요."

"어허! 몇 년 만에 가는 거요?"

"십 년."

노인은 그렇겠다며 고개를 끄덕였다.

"말두 말우, 거긴 지금 육지야. 바다에 방둑을 쌓아 놓구, 추럭이 수십 대씩 돌을 실어 나른다구."

"뭣땜에요?"

"낸들 아나, 뭐 관광호텔을 여러 채 짓는담서 복잡하기가 말할 수 없대."

"동네는 그대루 있을까요?"

"그대루가 뭐요. 맨 천지에 공사판 사람들에다 장까지 들어섰는 걸."

"그럼 나룻배두 없어졌겠네요."

"바다 위로 신작로가 났는데, 나룻배는 뭐에 쓰오. 허허 사람이 많아지니 변고지, 사람이 많아지면 하늘을 잊는 법이거든."

작정하고 벼르다가 찾아가는 고향이었으나, 정씨에게는 풍문마저 낯설었다. 옆에서 잠자코 듣고 있던 영달이가 말했다.

"잘 됐군. 우리 거기서 공사판 일이나 잡읍시다."

그때에 기차가 도착했다. 정씨는 발걸음이 내키질 않았다. 그는 마음의 정처를 방금 잃어버렸던 때문이었다. 어느 결에 정씨는 영달이와 똑같은 입장이 되어 버렸다.

기차는 눈발이 날리는 어두운 들판을 향해서 달려갔다.

1973년

난장이가 쏘아올린 작은 공 _ 조세희

1

사람들은 아버지를 난장이라고 불렀다. 사람들은 옳게 보았다. 아버지는 난장이였다. 불행하게도 사람들은 아버지를 보는 것 하나만 옳았다. 그 밖의 것들은 하나도 옳지 않았다. 나는 아버지, 어머니, 영호, 영희 그리고 나를 포함한 다섯 식구의 모든 것을 걸고 그들이 옳지 않다는 것을 언제나 말할 수 있다. 나의 '모든 것' 이라는 표현에는 '다섯 식구의 목숨' 이 포함되어 있다. 천국에 사는 사람들은 지옥을 생각할 필요가 없다. 그러나 우리 다섯 식구는 지옥에 살면서 천국을 생각했다. 단 하루라도 천국을 생각해 보지 않은 날이 없다. 하루하루의 생활이 지겨웠기 때문이다. 우리의 생활은 전쟁과 같았다. 우리는 그 전쟁에서 날마다 지기만 했다. 그런데도 어머니는 모든 것을 잘 참았다. 그러나 그날 아침 일만은 참기 어려웠던 것 같다.

"통장이 이걸 가져왔어요."

내가 말했다. 어머니는 조각마루 끝에 앉아 아침식사를 하고 있었다.

"그게 뭐냐?"

"철거 계고장예요."

"기어코 왔구나!"

어머니가 말했다.

"그러니까 집을 헐라는 거지? 우리가 꼭 받아야 할 것 중의 하나가 이제 나온 셈이구나!"

어머니는 식사를 중단했다. 나는 어머니의 밥상을 내려다보았다. 보리밥에 까만 된장 그리고 시든 고추 두어 개와 조린 감자.

나는 어머니를 위해 철거 계고장을 천천히 읽었다.

낙　　원　　구

주택 : 444, 1　　　　　　　　197X. 9. 10

수신 : 서울특별시 낙원구 행복동 46번지의 1839 김불이 귀하

제목 : 재개발사업 구역 및 고지대 건물 철거 지시

귀하 소유 아래 표시 건물은 주택개량촉진에 관한 임시 조치법에 따라 행복 3구역 재개발지구로 지정되어 서울특별시 주택개량 재개발사업 시행 조례 제15조, 건축법 제5조 및 동법 제42조의 규정에 의하여 197X. 9. 30까지 자진 철거할 것을 명합니다. 만일 위 기일까지 자진 철거하지 않을 경우에는 행정대집행법의 정하는 바에 의하여 강제 철거하고 그 비용은 귀하로부터 징수하겠습니다.

철거 대상 건물 표시

서울특별시 낙원구 행복동 46번지의 1839

구조　　건평　　평

끝

낙원구청장

어머니는 조각마루 끝에 앉아 말이 없었다. 벽돌공장의 높은 굴뚝 그림자가 시멘트담에서 꺾어지며 좁은 마당을 덮었다. 동네 사람들이 골목으로 나와 뭐라고 소리치고 있었다. 통장은 그들 사이를 비집고 나와 방죽 쪽으로 걸음을 옮겼다. 어머니는

식사를 끝내지 않은 밥상을 들고 부엌으로 들어갔다. 어머니는 두 무릎을 곧추세우고 앉았다. 그리고 손을 들어 부엌 바닥을 한 번 치고 가슴을 한 번 쳤다. 나는 동사무소로 갔다. 행복동 주민들이 잔뜩 몰려들어 자기의 의견들을 큰 소리로 말하고 있었다. 들을 사람은 두셋밖에 안 되는데 수십 명이 거의 동시에 떠들어대고 있었다. 쓸데없는 짓이었다. 떠든다고 해결될 문제는 아니었다.

나는 바깥 게시판에 적혀 있는 공고문을 읽었다. 거기에는 아파트 입주 절차와 아파트 입주를 포기할 경우 탈 수 있는 이주 보조금 액수 등이 적혀 있었다. 동사무소 주위는 시장바닥과 같았다. 주민들과 아파트 거간꾼들이 한데 뒤엉켜 이리 몰리고 저리 몰리고 했다. 나는 거기서 아버지와 두 동생을 만났다. 아버지는 도장포 앞에 앉아 있었다. 영호는 내가 방금 물러선 게시판 앞으로 갔다. 영희는 골목 입구에 세워놓은 검정색 승용차 옆에 서 있었다. 아침 일찍 일들을 찾아 나섰다가 철거 계고장이 나왔다는 소리를 듣고 돌아온 것이었다. 누군들 이런 날 일을 할 수 있을까. 나는 아버지 옆으로 가 아버지의 공구들이 들어 있는 부대를 둘러메었다. 영호가 다가오더니 나의 어깨에서 그 부대를 내려 옮겨 메었다. 나는 아주 자연스럽게 그것을 넘겨 주면서 이쪽으로 걸어오는 영희를 보았다. 영희의 얼굴은 발갛게 상기되어 있었다. 몇 사람의 거간꾼들이 우리를 둘러싸고 아파트 입주권을 팔라고 했다. 아버지가 책을 읽고 있었다. 우리는 아버지가 책을 읽는 것을 처음 보았다. 표지를 쌌기 때문에 무슨 책을 읽는지도 알 수 없었다. 영희가 허리를 굽혀 아버지의 손을 잡아끌었다. 아버지는 우리들의 얼굴을 물끄러미 쳐다보더니 자리를 털고 일어났다. "난장이가 간다" 고 처음 보는 사람들이 말했다.

어머니는 대문 기둥에 붙어 있는 알루미늄 표찰을 떼기 위해 식칼로 못을 뽑고 있었다. 내가 식칼을 받아 반대쪽 못을 뽑았다. 영호는 어머니와 내가 하는 일이 못마땅한 모양이었다. 그러나 마음에 드는 일이 우리에게 일어나 주기를 바랄 수는 없는 일이었다. 어머니는 무허가건물 번호가 새겨진 알루미늄 표찰을 빨리 떼어 간직하지 않으면 나중에 괴로운 일이 생길 것이라는 것을 알고 있었다.

어머니는 손바닥에 놓인 표찰을 말없이 들여다보았다. 영희가 이번에는 어머니의 손을 잡아끌었다.

"너희들이 놀게 되지만 않았어도 난 별 걱정을 안 했을 거다."

어머니가 말했다.

"스무 날 안에 무슨 뾰족한 수가 생기겠니. 이제 하나하나 정리를 해야지."

"입주권을 팔려고 그래요?"

영희가 물었다.

"팔긴 왜 팔아!"

영호가 큰 소리로 말했다.

"그럼 아파트 입주할 돈이 있어야지."

"아파트로도 안 가."

"그럼 어떻게 할 거야?"

"여기서 그냥 사는 거야. 이건 우리 집이다."

영호는 성큼성큼 돌계단을 올라가 아버지의 부대를 마루 밑에 놓았다.

"한 달 전만 해도 그런 이야길 하는 사람이 있었다."

아버지가 말했다. 어머니가 내준 철거 계고장을 막 읽고 난 참이었다.

"시에서 아파트를 지어놨다니까 얘긴 그걸로 끝난 거다."

"그건 우릴 위해서 지은 게 아녜요."

영호가 말했다.

"돈도 많이 있어야 되잖아요?"

영희는 마당가 팬지꽃 앞에 서 있었다.

"우린 못 떠나. 갈 곳이 없어. 그렇지 큰오빠?"

"어떤 놈이든 집을 헐러 오는 놈은 그냥 놔두지 않을 테야."

영호가 말했다.

"그만둬."

내가 말했다.

"그들 옆엔 법이 있다."

아버지 말대로 모든 이야기는 끝나버린 것이나 마찬가지였다. 마당가 팬지꽃 앞에 서 있던 영희가 고개를 돌렸다. 영희는 울고 있었다. 어렸을 때부터 영희는 잘 울었다. 그때 나는 말했다.

"울지 마, 영희야."

"자꾸 울음이 나와."

"그럼, 소리를 내지 말고 울어."

"응."

그러나 풀밭에서 영희는 소리를 내어 울었다. 나는 손으로 영희의 입을 막았다. 영희의 몸에서는 풀냄새가 났다. 개천 건너 주택가 골목에서는 고기 굽는 냄새가 났다. 나는 그것이 고기 굽는 냄새인 줄 알면서도 어머니에게 묻고는 했다.

"엄마, 이게 무슨 냄새야?"

어머니는 말없이 걸었다. 나는 다시 물었다.

"엄마, 이게 무슨 냄새지?"

어머니는 나의 손을 잡았다. 어머니는 걸음을 빨리 하면서 말했다.

"고기 굽는 냄새란다. 우리도 나중에 해먹자."

"나중에 언제?"

"자, 빨리 가자."

어머니는 말했다.

"너도 공부를 열심히 하면 좋은 집에 살 수 있고, 고기도 날마다 먹을 수 있단다."

"거짓말!"

어머니의 손을 뿌리치면서 내가 말했다.

"아버지는 나쁜 사람야."

어머니가 우뚝 섰다.

"너 방금 뭐라고 했니?"

"우리 아버지는 나쁜 사람야."

"너 매 좀 맞아야겠구나. 아버지는 좋은 분이다."

"나도 주머니가 달린 옷을 입고 싶어."

"빨리 가자."

"엄마는 왜 우리들 옷에 주머니를 안 달아주지? 돈도 넣어주지 못하고, 먹을 것도 넣어줄 게 없어서 그렇지?"

"아버지에 대해 말을 막 하면 너 매맞을 줄 알아라."

"아버지는 악당도 못 돼. 악당은 돈이나 많지."

"아버지는 좋은 분이다."

"알아."

나는 말했다.

"수백 번도 더 들었어. 그렇지만 이젠 속지 않아."

"엄마, 큰오빠는 말을 안 들어."

영희는 부엌문 앞에 서서 말했다.

"엄마 몰래 또 고기 냄새 맡으러 갔었대. 나는 안 갔어."

어머니는 아무 말이 없었다. 나는 영희를 흘겨보았다. 영희는 또 말했다.

"엄마, 큰오빠가 고기 냄새 맡으러 갔었다고 말했더니 때리려고 그래."

영희는 좀처럼 울음을 그치지 못했다. 나는 영희의 입에서 손을 떼었다. 영희를 풀밭으로 끌고 들어간 것이 잘못이었다. 영희를 때려주고 나는 후회했다. 귀여운 영희의 얼굴은 눈물로 젖었다. 우리는 그때 주머니 없는 옷을 입고 있었다.

아버지는 철거 계고장을 마루 끝에 놓고 책을 읽었다. 우리는 아버지에게서 무엇을 바라지는 않았다. 아버지는 그동안 충분히 일했다. 고생도 충분히 했다. 아버지만 고생을 한 것이 아니다. 아버지의 아버지, 아버지의 할아버지, 할아버지의 아버지, 그 아버지의 할아버지…… 또…… 대대로 거슬러 올라간다. 그들은 아버지보다 더 심한 고생을 했을 수도 있다. 나는 공장에서 이상한 매매 문서가 든 원고를 조판한 적이 있다. 그 내용의 일부를 짜기 위해 나는 열심히 손을 놀렸다. '婢 金伊德의 한 소생 奴 今同 庚寅生, 奴 今同의 양처 소생 奴 金今伊 丁卯生, 奴 今同의 양처 소생 奴 德水 己巳生, 奴 今同의 양처 소생 奴 存世 辛未生, 奴 今同의 양처 소생 奴 永石 癸酉生, 奴 金今伊의 양처 소생 奴 鐵壽 丙戌生, 奴 金今伊의 양처 소생 奴 今山 戊子生.' 나는 그때 이것이 무엇인지 몰랐다. 그 판을 짜고 다음 판을 짜나가다 겨우 알았다. 노비매매 문서의 한 부분이었다. 나는 열흘 동안 같은 책을 조판했다. 그 열흘 동안 나는 아버지와 아무 말도 하지 않았다. 어머니하고도 이야기를 하지 않았다. 나는 어머니의 어머니, 어머니의 할머니, 할머니의 어머니, 그 어머니의 할머니들이 최하층의 천인으로서 무슨 일을 해왔는지 알고 있었다. 어머니라고 달라진 것은 없었다. 마음 편할 날 없고, 몸으로 치러야 하는 노역은 같았다. 우리의 조상은 세습하여 신역을 바쳤다. 우리의 조상은 상속, 매매, 기증, 공출의 대상이었다. 어느 날 어머니는 나에게 말했다.

"너희들은 엄마를 잘못 두어 이 고생이다. 아버지하고는 상관이 없단다."

어머니는 장남인 나에게만 말했다. 외할머니에게 들은 말을 나에게 전한 것이었다. 천년을 두고 우리의 조상은 자손들에게 이 말을 남겼다. 그러나 나는 알고 있었다. 아버지도 씨종의 자식이었다.

할아버지의 아버지대에 노비제는 사라졌다. 증조부 내외분은 아무것도 몰랐다. 나중에서야 해방을 맞았다는 것을 알았으나 두 분이 한 말은 오히려 "저희들을 내쫓지 마십시오" 였다. 할아버지는 달랐다. 할아버지는 유습에서 벗어나려고 했다. 늙은 주인은 할아버지에게 집과 땅을 주었다. 그러나 쓸데없는 일이었다. 모르는 면에서는 할아버지나 증조부나 같았다. 증조부대까지는 선조들이 살아온 경험이 도움이 되었으나 할아버지대에는 그것이 도움을 주지 못했다. 할아버지에게는 어떤 교육도 없었고 경험도 없었다. 할아버지는 집과 땅을 잃었다.

"할아버지도 난장이였어?"

언젠가 영호가 물었다.

나는 영호의 머리를 쥐어박았다.

좀 큰 영호는 말했다.

"왜 지난 일처럼 쉬쉬하는 거야? 변한 것이 없는데 우습지도 않아?"

나는 가만있었다.

영희는 손수건을 꺼내 두 눈에 대었다 떼었다. 아버지는 계속 책을 읽었다. 어머니는 뒷집 명희 어머니와 이야기하고 있었다.

"얼마에 파셨어요?"

"십칠만 원 받았어요."

"그럼 시에서 주겠다는 이주 보조금보다 얼마 더 받은 셈이죠?"

"이만 원 더 받았어요. 영희네도 어차피 아파트로 못 갈 거 아녜요?"

"무슨 돈이 있다구!"

"분양 아파트는 오십팔만 원이구 임대 아파트는 삼십만 원이래요. 거기다 어느 쪽으로 가든 매달 만오천 원씩 내야 된대요."

"그래 입주권을 다들 팔고 있나요?"

"영희네도 서두르세요."

어머니는 괴로운 얼굴로 서 있었다. 어머니를 명희 어머니가 다그쳤다.

"저희는 내일이라도 떠날 준비가 돼 있어요, 영희네가 돈을 해준다면. 집이야 도끼질 몇 번이면 무너질 테구."

영희의 눈에 다시 눈물이 괴었다. 커도 마찬가지였다. 계집애들은 잘 울었다. 내가 영희 옆으로 다가갔을 때 영희는 장독대 바닥을 가리켰다. 장독대 시멘트 바닥에 '명희 언니는 큰오빠를 좋아한다' 고 씌어 있었다. 집을 지을 때 남긴 낙서였다. 영희가 웃었다. 우리에게는 그때가 제일 행복했다. 아버지와 어머니가 도랑에서 돌을 져 왔다. 그것으로 계단을 만들고, 벽에는 시멘트를 쳤다. 우리는 아직 어려 힘드는 일을 못했다. 그래도 할 일이 많았다. 우리는 며칠 동안 학교에 가지 않았다. 하루하루가 즐거웠다. 처음 보는 사람들이 하루에도 몇 차례씩 떼를 지어 동네를 돌았다. 그때만은 더러운 옷을 입은 어린아이들도 울음을 그쳤다. 윽박지르는 주인의 기세에 눌린 개들도 짖기를 멈추고 뒤로 물러섰다. 온 동네가 조용해졌다. 갑자기 평화스러워져 어안이 벙벙할 정도였다. 나는 우리 동네에서 풍기는 냄새가 창피했다. 그들은 아버지에게 허리를 굽혀 인사했다. 그들과 악수할 때 아버지는 발뒤꿈치를 들었다. 아버지가 어떤 자세를 취했건 상관이 없었다. 난장이 아버지가 우리들에게는 거인처럼 보였다.

"너 봤지?"

내가 물었다.

영호가 고개를 끄덕였다.

"나도 봤어."

영희가 말했다.

그때 아버지에게 허리를 굽혀 인사한 사람은 개천에 다리를 놓고 도로를 포장하고, 우리 동네 건물을 양성화시켜 주겠다고 말했다. 우리는 어른들을 따라 크게크게 손뼉을 쳤다. 다음 사람은 먼저 사람이 다리를 놓고, 도로를 포장하겠다고 하니 구청장으로 보내고, 자기는 이러이러한 나랏일을 하겠으니 그 일을 하게 해달라고 말했다. 어른들은 또 손뼉을 쳤다. 우리도 따라 쳤다. 커서까지 나는 그때 일을 종종 생각하고는 했다. 두 사람의 인상은 아주 진하게 나의 머릿속에 남았다. 나는 그들을 증오했다. 그들은 거짓말쟁이였다. 그들은 엉뚱하게도 계획을 내세웠다. 그러나 우리에게 필요한 것은 계획이 아니었다. 많은 사람들이 이미 많은 계획을 내놓았다. 그런데도 달라진 것은 없었다. 설혹 무엇을 이룬다고 해도 그것은 우리와는 상관이 없는 것이었을 것이다. 우리가 필요로 하는 것은 우리의 고통을 알아주고 그 고통을 함께 져줄 사람이었다.

"그런 사람이 또 있겠니!"

어머니가 말했다.

"누구 말씀이세요?"

영호가 물었다.

"명희 엄마 말이다. 얼마나 고마우냐. 십오만 원을 대줘 건넌방 전세돈을 빼줬잖니."

"영희 엄마."

명희 어머니는 담 너머에서 말했다.

"섭섭하게 생각하지 말아요."

"그럼요."

어머니가 말했다.

"어떻게든 해드릴 테니 걱정 마세요."

"그 돈이 보통 돈이우."

"알고 있어요. 명희 생각을 하면 가슴이 메어져요."

나도 마찬가지였다.

"명희 언니."

영희가 소리쳐 불렀었다.

"놀러와. 우리 집에 놀러와."

"새 집이라 좋지?"

"응."

"네가 장독대에 써놓은 거 지우지 않으면 너희 집에 놀러가지 않을 거야."

"지울 수가 없어."

"왜?"

"세멘이 굳어져서 못 지워."

"그럼 난 안 가."

영희는 몹시 실망하는 눈치였다. 그러나 나는 명희를 만났다. 그때는 방죽 오른쪽은 숲이었다. 거기 앉아 있으면 숲 사이로 인쇄공장의 불빛이 보였다. 그곳 공원들은 밤중에도 일을 했다.

"네가 약속하면 허락할 테야."

명희가 말했다.

"무슨 약속?"

내가 물었다.

"넌 저 공장에 나가면 안 돼."

"미쳤어? 난 저 따위 공장엔 안 나가."

"정말이다? 약속했어."

"그래. 약속했어."

"그럼, 만져 봐."

명희는 나에게 가슴을 맡겼다. 아주 작은 가슴이었다.

"네가 처음야."

명희가 말했다.

"내 가슴을 만져 본 사람은 너밖에 없어."

나는 왼팔로 명희의 어깨를 안고 오른손으로 그 애의 가슴을 만졌다. 동그스름한 가슴이 따뜻했다.

"아무에게도 말하면 안 돼."

명희가 속삭이듯 말했다. 그 애의 입김이 귀밑에 느껴졌다.

"말 안 할게."

"동생들한테도 말하지마."

"말 안 해."

"네가 비밀을 지키고, 아까 한 약속을 지키면 네가 하고 싶은 대로 하게 해줄 테야."

"정말이지?"

"정말야."

"지금 다른 데 만지면 안 되니?"

그런데 명희는 만날 때마다 힘이 없어 보였다. 어떤 때는 정신없이 가만히 앉아만 있었다.

"왜 그러니?"

나는 걱정이 되었다.

"너 어디 아프니?"

"아니."

"그럼 왜 그래?"

"우리 집 밥은 먹기가 싫어."

"왜?"

"질렸어."

"그럼 넌 죽어."

"죽고 싶어."

"명희야, 난 저 따위 공장엔 안 나갈 거야. 공부를 해서 큰 회사에 나갈 테야. 약속해."

"배가 고파."

작은 명희가 웃으며 말했다.

"뭐가 먹고 싶니?"

내가 물었다.

명희는 나의 손을 잡았다. 그 애는 나의 손가락을 하나하나 짚어가며 말했다.

"사이다, 포도, 라면, 빵, 사과, 계란, 고기, 쌀밥, 김."

명희는 나의 손가락 하나를 마저 짚지 못했다. 그때의 명희에게는 그 이상의 것은 필요하지 않았을 것이다. 그 명희가 자라면서 다방 종업원이 되고, 고속버스 안내양이 되고, 골프장 캐디가 되었다. 그 애가 어느 날 핼쑥해진 얼굴로 집에 돌아왔다. 그 애로서는 마지막 인사였다. 어머니는 명희가 집에 올 때마다 배가 불러 있었다고 나중에 말했다. 명희는 음독자살 예방 센터에서 숨을 거두었다. "싫어! 엄마! 싫어!" 독약 기운에 빠져 명희는 소리쳤다. 성장한 명희는 마지막 순간에 어렸을 적 일들 속을 헤매었을 것이다. 그 애가 남긴 예금통장에 십구만 원이 들어 있었다.

"십오만 원야요."

명희 어머니가 말했다.

"우선 건넌방 사람들을 내보내세요."

어머니는 돈을 받아들었다. 아무 말도 못 했다.

"헐릴 집이라는 걸 알면서 세 들어올 사람이 있겠어요?"

"그래서 그래요."

"모진 소리 더 듣지 말고 우선 나가겠다는 사람은 내보내세요."

"이게 어떤 돈인데!"

"명희 언니는 큰오빠를 좋아했어."

영희가 말했다.

"큰오빠도 알았지?"

"그만둬."

영희가 기타를 쳤다. 나는 벽돌공장 굴뚝 위에 떠 있는 달을 보았다. 나의 라디오는 고장이 났다. 며칠 동안 나는 방송통신고교의 강의를 받지 못했다.

나는 명희와의 약속을 지킬 수 없었다. 중학교 3학년 초에 학교를 그만두었다. 더 이상 나갈 수 없었다. 아버지와 어머니는 내가 공부를 계속하기를 바랐다. 그러나 밀어줄 힘이 없었다. 자세히 보면 아버지는 같은 또래의 사람들보다 많이 늙어 보였다. 우리 식구들밖에 모르는 일이었다. 아버지의 신장은 백십칠 센티미터, 체중은 삼십이 킬로그램이었다. 사람들은 이 신체적 결함이 주는 선입관에 사로잡혀 아버지가 늙는 것을 몰랐다. 아버지는 스스로 황혼기에 접어들었다는 체념과 우울에 빠졌다. 실제로 이가 망가져 잠을 못 이루는 밤이 많았다. 눈도 어두워지고 머리의 숱도 많이 빠졌다. 의욕은 물론 주의력과 판단력도 줄었다. 아버지가 평생을 통해 해온 일은 다섯 가지이다. 채권매매, 칼 갈기, 고층건물 유리 닦기, 펌프 설치하기, 수도 고치기이다. 이 일들만 해온 아버지가 갑자기 다른 일을 하겠다고 했다. 서커스단의 일이었다. 아버지는 처음 보는 꼽추 한 사람을 데리고 와 여러 가지 이야기를 했다. 처음 얼마 동안은 그의 조수로 일하면 된다고 했다. 두 사람은 자기들이 무대 위에서 해야 할 연기에 대해 이야기했다. 그러자 어머니가 아버지에게 대들었다. 우리들도 아버지를 성토했다. 아버지는 힘없이 물러섰다. 꼽추는 멍하니 앉아 우리를 보았다. 꼽추는 눈물이 핑 돌아 돌아갔다. 그의 뒷모습은 아주 쓸쓸해 보였다. 아버지의 꿈은 깨어졌다. 아버지는 무거운 부대를 메고 일을 찾아나갔다. 그날 저녁이었다.

"애들아!"

어머니가 우리를 불렀다.

"아버지의 음성이 이상해지셨어."

"왜 그러세요?"

내가 물었다. 아버지는 아무 말 안 했다.

"약방엘 다녀와야겠다."

어머니가 봉당으로 내려섰다.

"백반을 사와."

아버지가 말했다. 아버지의 목소리 같지 않았다. 아주 짧은 혀가 안으로 말려드는 소리를 냈다. 어머니가 히비탄 트로키라는 약을 사왔다.

"백반은 안 나오고 이게 더 좋은 약이래요. 이걸 빨아 잡수세요."

아버지는 말없이 약을 받아 입에 넣었다. 아버지는 그 일 이후 말을 잘 안 했다. 혀가 안으로 말려든다고만 했다. 잠을 잘 때는 혀를 이로 물었다.

"아버지는 너무 지치셨다."

어머니가 말했다.

"알겠니? 이젠 아버지를 믿지 마라. 너희들이 아버지 대신 일해야 한다."

어머니가 울었다. 어머니는 인쇄소 제본공장에 나가 접지 일을 했다. 고무골무를 끼고 인쇄물을 접었다. 나는 겁이 났다. 나는 인쇄소 공무부 조역으로 출발했다. 땀을 흘리지 않고는 아무것도 얻을 수 없다는 것을 뒤늦게 알았다. 명희는 나를 만나주지 않았다. 아주 쌀쌀했다. 영호와 영희도 몇 달 간격을 두고 학교를 그만두었다. 마음이 차라리 편해졌다. 우리를 해치는 사람은 없었다. 우리는 보이지 않는 보호를 받고 있었다. 남아프리카의 어느 원주민들이 일정한 구역 안에서 보호를 받듯이 우리도 이질 집단으로서 보호를 받았다. 나는 우리가 이 구역 안에서 한 걸음도 밖으로 나갈 수 없다는 것을 깨달았다. 나는 조역, 공목, 약물, 해판의 과정을 거쳐 정판에서 일했다. 영호는 인쇄에서 일했다. 나는 우리가 한 공장에서 일하는 것이 싫었다. 영호도 마찬가지였다. 그래서 영호는 먼저 철공소 조수로 들어가 잔심부름을 했다. 가구공장에서도 일했다. 그 공장에 가 일하는 영호를 보았다. 뽀얀 톱밥 먼지와 소음 속에 서 있는 작은 영호를 보고 나는 그만두라고 했다. 인쇄공장의 소음도 무서운 것이었으나 그곳에는 톱밥 먼지가 없었다. 우리는 죽어라 하고 일했다. 우리의 팔목은 공장 안에서 굵어 갔다. 영희는 그때 큰길가 슈퍼마켓 한쪽에 자리잡은 빵집에서 일했다. 우리가 고맙게 생각한 것은 환경이 깨끗하다는 것 하나뿐이었다. 영희는 하늘색 빵집 제복을 입고 일했다. 영호와 나는 유리창 밖에서 영희가 일하는 것을 보았다. 영희는 예뻤다. 사람들은 영희가 난장이의 딸이라는 것을 믿지 않으려고 했다. 우리는 무슨 일이 있든 공부는 해야 한다고 생각했다. 공부를 하지 않고는 우리 구역에서 벗어날 수가 없다고 생각했다. 세상은 공부를 한 자와 못한 자로 너무나 엄격하게 나누어져 있었다. 끔찍할 정도로 미개한 사회였다. 우리가 학교 안에서 배운 것과는 정반대로 움직였다. 나는 무슨 책이든 손에 잡히는 대로 읽었다. 정판에서 식자로 올라간 다음에는 일을 하다 말고 원고를 읽는 버릇까지 생겼다. 동생들에게 필요하다고 느껴지는 것은 판을 들고 가 몇 벌씩 교정쇄를 내기도 했다. 영호와 영희는 나의 말을 잘 들었다. 내가 가져다준 교정쇄를 동생들은 열심히 읽었다. 실제로 우리가 이 노력으로 잃은 것은 하나도 없었다. 나는 고입 검정고시를 거쳐 방송통신고교에 입학했다.

그해 늦가을 밤 아버지는 나를 작은 나무배에 태우고 방죽 안으로 들어갔다. 아버지는 말없이 노만 저었다.

"돌아와요."

영희가 마당에서 소리쳤다.

"그 배 위험해요."

그러나 아버지는 방죽 한가운데로 노를 저어갔다. 손을 흔드는 영희의 모습이 희미하게 떠올랐다. 나는 방죽의 물이 별빛을 받아 반짝이는 것을 보았다. 배 안으로 물이 스며들고 있었다. 우리는 언덕 위에 교회를 지을 때 나무널빤지를 훔쳐왔다. 영호와 나는 한밤중에 깨어 널빤지를 훔쳐왔다. 영희는 잠자리에 들기 전에 철조망 안으로 기어 들어가 널빤지를 훔쳐왔다. 교회 건물은 말짱했다. 그런데 우리의 배는 망가져 물이 스며들었다. 영희는 아버지를 걱정했다. 나는 수영을 할 줄 알았다. 아버지는 방죽 한가운데서 노를 세웠다. 스며든 물이 우리의 발목을 넘어 찼다. 나는 신발을 벗어서 물을 퍼냈다. 아버지가 내 신발을 빼앗았다. 아버지는 웃고 있었다.

"영수야."

아버지가 말했다.

"어제 왔던 꼽추 아저씨 생각나니?"

"언제요?"

"어제."

나는 다른 신발을 벗어서 또 물을 퍼냈다. 아버지가 다시 내 손을 막았다.

"전 모르겠어요."

내가 말했다.

"모르는 척해도 쓸데없어. 난 다 안다."

"뭘 아신단 말씀예요?"

어제가 아니라 이미 삼 년 반 전의 일이었다. 생전 처음 보는 꼽추였다. 그런데 아버지는 말했다.

"그 아저씨와 전에도 일을 했었어. 아주 큰 바퀴를 탔었다."

"아버지, 무슨 말씀을 하시는 거예요? 그런 일이 언제 있었어요?"

"너는 장남이야. 장남인 네가 믿지 않으니까 두 동생도 믿질 않아."

"어머니도 모르시는 일야요."

"얘야."

아버지가 말했다.

"너만은 알고 있어야 한다. 너희 어머니는 병야. 어제 왔던 꼽추 아저씨가 또 올 거다. 나를 막지 마. 다른 일은 이제 힘이 들어 못 하겠다. 너는 내가 언제까지나 수도 파이프를 갈아 잇고, 펌프 머리를 들어 달 수 있을 거라고 믿니? 높은 건물에서 줄을 타고 내려오는 일도 할 수가 없어. 이젠 안 돼."

"아버지는 일을 안 하셔도 돼요. 저희들이 일을 하잖아요."

"누가 너희더러 일하라고 했니?"

아버지는 말했다.

"너희들은 학교에만 나가면 돼. 그게 너희들이 할 일이다."

"알았어요, 아버지."

내가 말했다.

"이제 그 신발을 주세요."

아버지는 나를 쳐다보다가 신발을 내주었다. 나는 물을 퍼냈다.

"어제 꼽추 아저씨는 나를 도와줄 생각으로 왔었어. 내일 또 올 거다. 너희들이 그 아저씨를 처음 본다는 건 말도 안 돼. 우리는 함께 일했었다. 생각나지 않니? 아예, 힘으로 나를 윽박지를 생각은 하지 마라."

"그 아저씨가 왔던 게 언제라구요?"

"어제."

"그 노를 주세요."

아버지는 세워들고 있던 노를 나에게 주었다. 나는 말할 수 없었다. 처음 본 꼽추였다고 해도 믿지 않았을 것이다. 어제가 아니라 삼 년 반 전의 일이라고 해도 아버지는 믿지 않았을 것이다. 나는 조심스럽게 노를 저었다. 물가에 닿기 전에 배는 가라앉았다. 나는 아버지를 안고 수초 사이를 헤쳐 나갔다. 우리는 물에 젖어 온몸을 떨고 있는 아버지를 어머니에게 맡겼다. 아버지를 어머니 이상으로 간호할 사람은 이 세상에 없었다.

"아버지는 병이세요."

내가 말했다.

"닥쳐라!"

어머니가 말했다.

"언제나 알아듣겠니! 아버지는 지치셔서 그런 거야."

그해 겨울을 아버지는 방 안에서 났다. 나는 배를 끌어내 말뚝에다 매었다. 날이 추워지자 울 안으로 끌어들였다. 그날 밤 방죽이 얼었다.

밤에 명희 어머니가 또 왔다.

"영희 엄마."

명희 어머니가 말했다.

"조금만 기다려 보세요. 입주권이 자꾸 올라요. 아침에 십칠만 원 했던 게 십팔만 오천 원으로 뛰었어요. 우리는 괜히 먼저 팔아 가지고 손해만 봤어요."

"저런!"

"만 오천 원이나!"

어머니는 낮에 떼어놓았던 알루미늄 표찰을 종이로 쌌다. 그것을 철거 계고장과 함께 옷장 안에 넣었다.

"영희야."

어머니가 불렀다.

"아버지 어디 가셨니?"

"모르겠어요."

"영호야."

"아까 아무 말씀 없이 나가셨어요."

"영희야, 큰오빠는 어디 있니?"

"방에 있어요."

"아버지가 어딜 가셨을까?"

어머니의 목소리가 불안해졌다.

"얘들아, 아버지를 찾아봐라."

나는 아버지가 놓고 나간 책을 읽고 있었다. 그것은 『일만 년 후의 세계』라는 책이었다. 영희는 온종일 팬지꽃 앞에 앉아 줄 끊어진 기타를 쳤다. '최후의 시장'에서 사온 기타였다. 내가 방송통신고교의 강의를 받기 위해 라디오를 사러 갈 때 영희가 따라왔었다. 쓸 만한 라디오가 있었다. 그런데 영희가 먼지 속에 놓인 기타를 들어 퉁겨 보는 것이었다. 영희는 고개를 약간 숙이고 기타를 쳤다. 긴 머리에 반쯤 가려진 옆얼굴이 아주 예뻤다. 영희가 치는 기타 소리는 영희에게 아주 잘 어울렸다. 나는 먼저 골랐던 라디오를 살 수 없었다. 좀더 싼 것으로 바꾸면서 영희가 든 기타를 가리켰다. 그 라디오가 고장이 나고 기타는 줄이 하나 끊어졌다. 줄 끊어진 기타를 영희는 쳤다. 나는 아버지가 무슨 생각을 하고 있는지 알 수 없었다. 『일만 년 후의 세계』라는 책을 아버지는 개천 건너 주택가에 사는 젊은이에게서 빌렸다. 그의 이름은 지섭이었다. 지섭은 밝고 깨끗한 주택가 삼층집에서 살았다. 지섭은 그 집 가정교사였다. 아버지와 그는 서로 통하는 데가 있었다. 지섭이 하는 말을 나는 들었었다. 그는 이 땅에서 우리가 기대할 것은 이제 없다고 말했다.

"왜?"

아버지가 물었다.

지섭은 말했다.

"사람들은 사랑이 없는 욕망만 갖고 있습니다. 그래서 단 한 사람도 남을 위해 눈물을 흘릴 줄 모릅니다. 이런 사람들만 사는 땅은 죽은 땅입니다."

"하긴!"

"아저씨는 평생 동안 아무 일도 안 하셨습니까?"

"일을 안 하다니? 일을 했지. 열심히 했어. 우리 식구 모두가 열심히 일했네."

"그럼 무슨 나쁜 짓을 하신 적은 없으십니까? 법을 어긴 적 없으세요?"

"없어."

"그렇다면 기도를 드리지 않으셨습니다. 간절한 마음으로 기도를 드리지 않으셨어요."

"기도도 올렸지."

"그런데 이게 뭡니까? 뭐가 잘못된 게 분명하죠? 불공평하지 않으세요? 이제 이 죽은 땅을 떠나야 됩니다."

"떠나다니? 어디로?"

"달나라로!"

"얘들아!"

어머니의 불안한 음성이 높아졌다. 나는 책장을 덮고 밖으로 뛰어나갔다. 영호와 영희는 엉뚱한 곳을 찾아 헤매고 있었다. 나는 방죽가로 나가 곧장 하늘을 쳐다보았다. 벽돌공장의 높은 굴뚝이 눈앞으로 다가왔다. 그 맨 꼭대기에 아버지가 서 있었다. 바로 한걸음 정도 앞에 달이 걸려 있었다. 아버지는 피뢰침을 잡고 발을 앞으로 내밀었다. 그 자세로 아버지는 종이비행기를 날렸다.(하략)

1976년

주제심화 Q&A

1. 황석영의 「삼포 가는 길」과 조세희의 「난장이가 쏘아 올린 작은 공」은 모두 도시노동자를 작중인물로 다루고 있으면서도 이들을 형상화하는 방식이 다르다. 어떤 점에서 그러한 차이가 비롯되는 것인지 설명하시오.

우선 두 작품은 작중 인물을 명명하고 묘사하는 방식에서부터 차이를 보인다. 「삼포 가는 길」의 경우 정씨, 영달, 백화 등과 같이 그들이 주로 불리는 이름을 사용한다. 실제 사회에서 통용되는 가명이나 호칭 등을 사용함으로써 현실감을 높이고 있는 것이다. 「난장이가 쏘아 올린 작은 공」에서는 대부분의 작중 인물에게 실명을 붙이고 있지만, 유독 난장이의 경우만큼은 실명을 사용하지 않고 그냥 난장이라고 부른다. 이렇게 실명을 부르지 않는 이유는 이 소설에서 난장이가 유일하게 이상적인 공간인 달나라의 세계를 상상할 수 있기 때문일 것이다. '난장이' 라고 부르는 것은 그에게 동화적인 인상을 줌과 동시에 현실에서 무능력하고 핍박받는 그의 처지를 더욱 확대시켜 보여주기 위한 것이다.

또 사회 현실을 바라보는 작가의 시각 역시 다소간의 차이가 발견된다. 황석영의 경우 되도록 당시의 도시 노동자가 처한 현실을 사실에 가깝게 묘사하려고 애쓰지만, 조세희의 경우 많은 부분을 생략하거나 상징으로 처리해 버린다. 따라서 「난장이가 쏘아 올린 작은 공」에 등장하는 철거계고장과 같은 경우 현실의 법칙이 더욱 선명하게 드러나게 만드는 효과를 지닌다. 이처럼 「삼포 가는 길」의 경우 리얼리즘적인 묘사를 통해 도시노동자를 그리고 있지만, 「난장이가 쏘아 올린 작은 공」의 경우 환상과 상징을 통해 현실을 더욱 낯설게 그리고 있다는 점이 다르다고 말할 수 있다.

2. 「난장이가 쏘아 올린 작은 공」에서 난장이는 현실 세계와는 동떨어진 달나라라는 환상적인 세계를 꿈꾼다. 이 작품에 환상이 가져다주는 효과에 대해 설명하시오.

70년대 한국 소설의 주류는 리얼리즘이었다. 현실을 있는 그대로 묘사해 독자로 하여금 현실의 모순을 일깨워주기 위한 리얼리즘의 방법이 소설에 적용된 것이다. 사실 리얼리즘적인 측면에서 보자면 「난장이가 쏘아 올린 작은 공」은 현실과는 거리가 멀거나 환상적인 이야기들이 작품 중간에 삽입되어 있어 좋은 평가를 받기 힘든 작품이다. 이 때문에 이 작품은 독자들로부터는 폭넓은 지지를 이끌어 냈지만, 평론가들에게 고른 평가를 받지는 못했다. 이 작품에 대해 가장 오해가 큰 부분이 바로 환상에 대한 부분이다.

환상이란 현실 세계와는 거리가 먼 이차 세계를 필요로 하며, 이 이차 세계가 독자에게 압도적인 기이함을 주어 이를 현실로 판단해야할지 주저함을 안겨 주어야 한다. 「난장이가 쏘아 올린 작은 공」에서 달나라의 세계는 이러한 구실을 한다. 이 작품에서 달나라의 세계는 일종의 이상향을 상징하는데, 이는 난장이가 현실 속에서 적응하지 못한 채 내면의 세계에서 자신의 존재 의의를 찾았음을 말해준다. 그는 현실에서는 실패한 난장이이지만, 달나라의 세계에서만큼은 자신의 진실을 인정받을 수 있는 것이다. 이러한 환상은 70년대의 노동 현실을 깨닫게 해주는 장면을 낯설게 보이게 하여 현실감을 강화시켜 준다.

그러나 리얼리즘의 입장에서 보자면 「난장이가 쏘아 올린 작은 공」에 사용된 환상은 현실에 대한 도피로 비춰질 수도 있다. 그러나 모든 노동 소설이 계몽적이거나 현실비판적인 결론으로 끝나야 하는 것은 아니다. 오히려 이 작품처럼 환상을 동원하여 현실에 대한 낯선 느낌을 불러일으키는 것이 때로는 더욱 효과적으로 현실에 대한 비판을 감행할 수 있게 되는 경우도 생기는 것이다.

최인호(1945~)

서울 출생. 최인호는 1963년 고등학교 2학년 때 벌써 단편 「벽구멍으로」로 한국일보 신춘문예에 입선할 만큼 문학적인 재능이 뛰어났다. 그의 실질적인 문학활동은 1967년 조선일보 신춘문예에 단편 「견습환자」가 당선되면서 시작되었다. 이후 최인호는 급격한 산업화로 인해 인간소외의 문제가 대두되었던 1970년대의 사회상을 잘 드러내는 소설을 잇달아서 창작해 당대 한국문단에 소설 붐을 일으킨 장본인이 되었다. 그의 작품세계는 크게 두 갈래로 나타난다. 「타인의 방」 「깊고 푸른 밤」 등의 단편소설들은 한국사회가 도시화되어 감에 따라 생겨난 문제점들을 예리하게 반영하면서 신선한 감수성과 경쾌한 문체를 통해 1970년대적 감수성의 혁명을 일으켰다는 평가를 받는다. 그런 한편 『별들의 고향』 『고래사냥』 『겨울 나그네』 등의 신문 연재소설에서는 도시적 감수성을 섬세한 심리묘사로 풀어내어 많은 대중들의 사랑을 받았다. 그는 1987년 가톨릭으로 귀의 후 역사소설과 종교소설을 쓰면서 자신의 문학적 영역을 넓혀오다가, 2000년대 초 『상도』를 통해 다시 한번 베스트셀러 작가로서의 관록을 보여주었으며, 현재도 왕성하게 창작활동을 계속하고 있다.

오정희(1947~)

서울 출생. 오정희는 서라벌 예대 문예창작과 대학 2학년 때인 1968년 중앙일보 신춘문예에 단편 「완구점 여인」이 당선되면서 등단했다. 그녀의 소설은 간결한 문체로 섬세하게 내면을 묘사함으로써 인간의 존재론적인 불안과 내면의 고뇌를 예리하게 드러냈다는 평가를 받는다. 작품활동 초기에 작가는 육체적 불구나 왜곡된 관능, 불완전한 성 등을 주요 모티프로 삼으면서 타인들과 더불어 살지 못하고, 철저하게 단절되고 고립된 채 살아가는 인물들의 파괴충동을 주로 그려내었다. 그러다가 1980년대 이후에는 중년 여성들을 주인공으로 내세워 사회적으로 규정된 여성의 존재보다는 본질적이고 근원적인 여성성을 찾는 작업에 주력했다. 대표작으로는 전쟁으로 분열되어가는 한 가정과 그 속에서 자라나는 어린 소녀의 이야기를 통해 낯설고 유배당한 듯한 고독감을 그려낸 「유년의 뜰」과 여성의 정체성을 찾으려 하지만 가족의 울타리를 벗어날 수 없어 갈등하는 여성에 관한 이야기를 다룬 「중국인 거리」, 그리고 신화와 생명의 공간인 우물을 통해 삶과 죽음, 빛과 어둠, 그리움과 사랑의 관계를 그린 「옛 우물」 등이 있다.

2
현대인의 일상에 스며든 소외의식

타인의 방

최인호

순례자의 노래

오정희

현대인의 일상에

누구나 자신이 혼자 버려졌다는 느낌을 가져본 적이 있을 것이다. 혹은 자신이 정말 쓸모없는 존재가 아닐까 하는 생각에 울화가 치밀어오른 경험이 있을 수도 있다. 또 자신이 살고 있는 아파트 엘리베이터에서 인사도 나누지 않던 이웃과 함께 타고 잠시나마 어색하게 서 있었던 적도 있었을 것이다. 언젠가 혼자 사는 노인이 아무도 돌보지 않아서 죽은 지 몇 달 만에 발견되었다는 뉴스 보도가 있기도 했다. 참 황량하기 그지없는 이야기들이다.

도대체 왜 이런 일이 벌어진 것일까. 어른들의 어렸을 적 이야기를 들어보거나 옛 사람들의 기록을 들춰보면, 예전에는 이웃 간에 모르는 것이 없을 만큼 친하게 지냈다고들 한다. 이웃 사람의 집에 결혼이나 환갑과 같은 잔치가 있으면 동네 사람들이 모두 모여 일을 도와주고 함께 기뻐했고, 누군가 병을 앓거나 장례를 치러야 할 일이 있으면 그때도 이웃들이 힘을 합쳐 일을 거들어 주었다. 그랬던 사람들의 인간관계가 왜 그렇게 소원해지고 황량해졌을까.

학자들은 그 원인을 산업화에 있다고 말한다. 좁은 의미로는 '공업화' 라고도 한다. 사회가 산업

스 며 든 소 외 의 식

화되면 생산활동의 분업화와 기계화를 통해 2, 3차 산업의 비율이 높아진다. 그리고 그에 따라 여러 가지 사회, 문화 구조의 변화가 나타난다. 이와 같은 산업화는 경제적인 측면에서는 생산에 효율을 향상시킴으로써 풍요를 가져다 주었다. 하지만 그와 함께 빈익빈 부익부와 같은 경제적 불평등의 문제나 환경파괴와 같은 사회적인 문제점들도 함께 발생하게 된 것이다.

현대사회의 황폐해진 인간관계도 바로 그 같은 산업화가 초래한 사회문제라고 볼 수 있다. 우리나라에서는 1962년부터 1982년 사이에 고도 성장을 이룩하며 획기적인 2차 산업과 수출증대를 일궈냈다. 그리고 그 대가로 산업화의 문제점들도 함께 대두된 것이다. 다음에서 살펴볼 소설들은 이렇게 산업화가 가져온 인간관계의 문제점들을 형상화한 소설들이다. 현재 우리의 모습과 견줘보면서 작품들을 감상해 보자.

:: 현대사회의 위태로운 인간관계

1971년 『문학과 지성』에 발표된 「타인의 방」은 주인공이 출장을 마치고 자신의 아파트로 돌아오면서 시작된다. 그는 열쇠를 가지고 있음에도 불구하고 아내가 문을 열어주길 기다리며 초인종을 계속 누른다. 그는 이렇게 여러 번 초인종을 누르다 이웃 사람들과 언쟁을 벌이게 된다. 이웃 사람들은 이전에 그를 본 적이 없었고, 그래서 수금사원으로 착각하기도 한다. 설마 본 적이 없을 리는 없다. 다만 워낙 이웃에 대해 서로 무관심하기 때문에 가끔 봐도 기억을 못하는 것일 것이다. 우리 주변을 둘러 보자. 우리들도 우리 이웃에 누가 사는지, 무슨 직업을 가지고 있는지 자세히 알지 못한다. 그만큼 이웃에 대해 무관심하게 살아가고 있지 않은가.

하여간 그래도 문은 열리지 않는다. 마침내 그는 열쇠로 문을 열고 실내로 들어간다. 그제서야 주인공은 아내가 친정아버지가 위독하다는 전보를 받았다는 내용의 쪽지를 남기고 외출한 사실을 깨닫게 된다. 그러자 그는 심한 고독을 느끼게 된다. 아내에게 더운 음식으로 대접받기를 기대했지만 집안에는 먹을 만한 음식조차 없다. 신문을 보려 했지만 신문도 없다. 시계는 일주일 전의 날짜로 죽어 있다. 주인공은 하는 수 없이 욕실에서 목욕을 한다. 그리고는 음악을 들으며 소파에 길게 누워버린다.

아무튼 주인공은 그렇게 누워서 쉬다가 화장대에 놓인 아내의 쪽지를 보며 아내가 거짓말을 하고 있음을 깨닫게 된다. 원래 그는 내일 돌아오기로 되어 있었다. 그렇지만 아내는 오늘 전보를 받았다고 써놓았다. 그러니까 오늘 쓴 쪽지에 내일 올 전보에 대해 얘기한 결과가 되는 것이다. 아내의 편지는 거짓말이라는게 드러난 셈이다. 어쩌면 아내는 그가 출장 간 날부터 집을 비웠을지도 모른다고 생각하는 것도 무리는 아니다. 좀 민망한 내용이지만, 주인공은 아내의 성기에 지퍼가 달려있다고 말한다. 현실적으로는 가능한 일이 아니다. 다만 아내에 대한 이런 묘사를 통해서 독자들은 주인공과 아내의 사이가 매끄럽지 못했었던 것이리라 추측할 수 있다.

그런데 갑자기 주인공에게 무슨 소리가 들려온다. 그리고 방안의 가구들과 사물들이 일제히 움직이기 시작한다. 불을 켜면 도로 제자리에 가라앉았다가 불을 끄면 다시 소란스러워진다. 이제 그는 하나하나 훑어보기 시작한다. 그러나 그 물건들은 이미 어제의 물건이 아닌 것처럼 느껴진다. 왜 그럴까. 어떤 충격적인 사건을 겪고 나서 둘러보는 주위의 모습은 예전과 다르게 느껴지기 마련이다. 사랑에 빠지게 되었을 때도 그렇고, 또 이별을 했을 때도 그렇다. 세상 모든 사물이 달라 보이게 된다. 이 소설에서의 주인공은 아내의 외출을 아내가 그에게서 떠나가고자 한다고 생각한다. 주인공이 즐겨 부르는 노래, '나뭇잎에 놀던 새여. 왜 그런지 알 수 없네. 낸들 그대를 어찌하리. 내가 싫으면 떠나가야지'는 주인공의 심정이 고스란히 투영되어 있는 노래다. 누가 봐도 아내의 행동은 의심받기 충분하다. 아내가 예전과 달라진 상황을 주인공이 알아차렸을 때, 주인공에게 오는 충격은 무척 컸을 것이다. 그런 충격이 주변의 물건들을 다르게 보이도록 만든 것이다.

그는 술을 마시고 꽁초를 찾아 담배를 피운다. 또 안심이 되지 않아 집안 여기저기를 살펴보기도 한다. 그때 갑자기 책상이 흔들리기 시작하더니 이내 방안의 가구와 온갖 기물들이 날뛰기 시작한다. 주인공은 불을 켜기 위해 스위치 쪽으로 향하려 하지만 다리가 움직이질 않는다. 마침내 주인공은 모든 것을 체념하고 조용히 받아들인다.

이틀 후 한 여자, 즉 아내가 아파트에 들어온다. 여자는 새로운 물건이 하나 있음을 발견한다. 소설을 읽는 독자는 이 물건이 어쩌면 주인공일지도 모른다고 생각하게 된다. 다리와 온몸이 굳어져 가는 주인공에 대한 묘사를 읽은 바로 직후이기 때문이다. 여자는 며칠 동안 그 물건을 돌보다가 이내 싫증이 나 방을 떠나면서 전에 남긴 내용의 메모를 화장대 위에 남긴다. 「타인의 방」은 이렇게 끝을 맺는다.

이 소설에서 특징적인 부분은 주인공이 마지막에 사물로 변한다는 것이다. 마치 카프카의 「변신」에 나오는 주인공 그레고리 잠자가 벌레로 변한 것처럼 주인공은 '물건' 으로 변한다. 이건 현실적으로는 있을 수 없는 일이다. 그래서 우리는 이런 소설을 '초현실주의적인 기법의 작품' 이라고 부르곤 한다. 출장에서 돌아온 주인공은 자신의 방임에도 불구하고 우울하고 고독해 한다. 그리고 그런 주인공의 심리상태가 방안에 있는 모든 사물들에 투영된 상황을 사물들이 움직인다고 묘사한 것이다. 그

초현실주의 surrealism

초현실주의는 2차대전 후에 다다이즘에 동조했던 시인과 예술가들 중의 일부가 앙드레 브르통을 중심으로 일으킨 문학 운동의 하나다. 앙드레 브르통이 1924년 파리에서 「선언문」을 발표하면서 공식적으로 발족했다. 초현실주의자들은 프로이트 등의 정신분석가들이 밝혀낸 무의식의 세계가 지금까지 문학에서 이용되지 않은 재료와 방법을 제공한다고 믿었다. 무의식은 합리성이나 논리에 따라서 전개되지 않고 비합리적이고 비논리적이며 자동적으로 자유로운 연상 작용으로 전개되는데, 이러한 무의식의 내용이 의식적인 조작을 받지 않고 그대로 표출되게 하기 위해서는 꿈을 꾸는 듯한 상태에서 손이 저절로 움직이게 하는 '자동기술(automatic writing)' 의 방법을 사용해야 한다고 초현실주의자들은 생각했다. 한편, 초현실주의는 사실주의를 비판하면서 등장했다. 초현실주의에 따르면 의식 세계의 사실은 인위적인 조직과 합리화 과정을 통해 꾸며낸 것이므로, 인간의 내면에서 볼 때 표면적인 사실은 거짓이거나 무의미하다. 초현실적인 진실을 파악하고 전달하는 것이 인간을 조직된 일상의 사실에서 해방시키는 일이다. 그러므로 현실, 나아가서는 진실을 덮어버리는 일체의 도덕, 철학, 미학은 부정되어야 한다고 생각했다. 그에 따라 초현실주의의 주제는 사랑, 특히 본능적인 성욕, 현실의 도덕적 의미와 관계 없는 자유분방, 현실에 대한 반항 등이 자주 다뤄졌다. 현재 초현실주의는 문예사조로서의 의미는 거의 퇴색되었고, 기법으로 많은 예술가들에게 이용되고 있다.

의 주변에 있는 모든 사물은 이제 어제의 사물이 아니며 낯설고 불편할 뿐이다. 그는 환경에 대하여 주인이 되지 못하고 오히려 자신을 둘러싸고 있는 환경으로부터 외면당하고 있다는 비애를 느끼게 된다.

왜 이런 느낌이 들었을까. 예전에는, 그러니까 급속하게 산업화되고 도시화되기 전에 농촌에서 공동체를 이루며 살았을 때는 사람들이 서로에 대해서 무척 잘 알고 지냈다. 지금도 도시에서 멀리 떨어진 시골마을에서는 뒷집의 사돈의 팔촌이 뭐하면서 사는지 속속들이 잘 알고 지낸다. 말하자면 이웃 간의 관계를 비롯한 거의 모든 인간관계가 매우 인간적인 바탕 위에서 맺어졌다는 뜻이다. 이에 반해 이 소설에서 보이는 것처럼 현대 도시사회에서는 그렇지 못하다. 주인공의 옆집에서 3년 동안 이웃해서 살아도 이웃집 사람들은 주인공을 알아보지 못한다. 그 이유는 현대사회에서는 인간관계가 '이익'과 관련해서 맺어지기 때문이다. 현대 도시사회에서 사람들은 나에게 이로움을 주는 사람과만 관계를 맺을 뿐이다. 하지만 자신이 그렇게 타산적인 인간관계를 맺으며 살아가고 있다는 사실을 평소에는 잘 알기 힘들다. 그러다가 이 소설에서처럼 아내의 부정과 같은 충격적인 사건을 겪으면 그 타산적인 인간관계의 허약함을 금방 알아차리게 된다.

현대사회에서는 내가 다른 사람에게 이익을 가져다 줄 수 없을 때, 혹은 더 나아가 어쩌면 손해를 끼치게 될 지도 모르는 상황이 되면 그동안의 인간관계가 무너져 버리는 경우가 많다. 지난 외환위기 때 사업이 부도가 나거나, 실직으로 인해 가정이 어렵게 된 사람들이 졸지에 외톨이가 되어버린 것도 바로 그 때문이다. 인간관계가 필요/불필요에 따라서 맺어지거나 단절되는 것이다. 이런 상황을 고려하면 주인공이 물건으로 변하는 결말부분이 이해가 된다. 아내와의 관계가 무너지면서 주인공은 자신과 자신을 둘러싼 사람들의 관계가 마치 자신과 사물들이 맺는 관계와 비슷하다고 생각하게 된 것이다. 물건은 필요한 경우에만 사람과 관련을 맺는다. 누구도 망치를 항상 들고 다니지 않는다. 단지 못을 박아야 할 필요가 있는 경우에만 망치를 찾게 된다. 현대사회의 인간관계 역시 그렇다고 느껴지는 순간, 주인공은 마침내 자신이 사물이나 다름없다는 생각을 하게 되는 상황으로까지 나아가게 되는 것이다.

소설의 마지막 부분에서 독자들은 다시 한번 그런 정황을 확인할 수 있다. 집에 돌아온 주인공의 아내는 '새로운 물건'을 발견한다. 그 '새로운 물건'은 다름 아닌 그녀의 남편이다. 그러나 그녀는 그녀의 남편, 즉 '새로운 물건'을 다른 집안의 물건들과 똑같이 취급한다. 이것은 주인공과 가구 집기들과의 관계가 그러하듯이 아내와 주인공 남편의 관계도 인간적인 관계가 아닌 한낱 필요/불필요의 관계에 다름 아니라는 것을 상징적으로 드러내는 것이다. 작가는 이와 같은 현대사회의 인간관계를 초현실주의적인 방식을 통해 극단적으로 묘사한 것이다. 이런 정황을 감안하고 작품을 읽으면 「타인의 방」은 현대인의 소외 의식을 표현한 초현실주의적 기법의 작품이라고 할 수 있을 것이다.

이제 1983년 『문학사상』에 실렸던 오정희의 「순례자의 노래」를 살펴보도록 하자. 이 작품은 조금 꼼꼼하게 읽어나갈 필요가 있다. 왜냐하면 작가가 주인공인 '혜자'에 대한 정보를 이야기가 진행됨에 따라서 조금씩 흘리고 있기 때문이다. 소설은 주인공인 혜자가 아침부터 내리는 눈을 창틀에 올라앉아 바라보면서 이런 저런 생각을 떠올리는 장면으로 시작된다. 그녀는 아무도 없는 집안에 혼자 있다. 그 이유가 얼마 지나지 않아 나온다.

작가가 속시원하게 혜자에 대해 알려주는 것이 아니라 그녀에 대한 정보를 조금씩 흘리고 있으므로 작품을 읽는 독자 입장에서는 그 정보들을 모아서 주인공의 상황과 성격을 추측해야 한다. '한 달 전까지 남편과 두 아이, 살림을 보아주던 시모(媤母)가 살던 집'이라는 대목을 보면, 혜자가 결혼을 해서 아이를 둘 낳은 여인임을 알 수 있다. 또 '퇴원을 앞둔 그녀의 거취'라는 말에서 혜자가 병원에 입원해 있었다는 사실을 알 수 있다. 또 '이혼한 전처' '그녀가 원한 이혼'이라는 구절 등에서 주인공 혜자가 이혼을 했다는 사실을 알게 된다. 하지만 무슨 이유로 입원을 했고, 무슨 이유로 이혼을 했는지는 이야기를 좀더 지켜봐야지만 알 수 있다. 또 주인공 혜자가 남편과 아이를 찾는 전화에 대해 짤막하고 무뚝뚝하게 대꾸하는 것과 그들이 남긴 흔적을 찾아 집안을 뒤지고 마침내 울음을 터뜨리는 대목을 보면 주인공이 무척 외로워하고 있음을 알 수 있다.

자, 이제 정리해 보자. 우리는 이 작품의 주인공 혜자에 대해서 이렇게 추측할 수 있다. 혜자는 결혼을 해서 아이 둘을 낳았다, 그런데 무슨 일 때문인지 그녀는 병원에 입원했고, 그동안 남편과 이혼을 하게 되어서 함께 살지 못하게 된다, 이제 그녀는 퇴원해서 집에 돌아왔지만 가족들은 없고 혼자 외롭게 지낸다……. 주인공은 이런 상황에 놓여 있는 것이다.

늦은 점심을 먹고 나서 초인종 소리에 깬 혜자는 우연히 작은 수첩을 발견하고 친구들에게 전화를 걸기 시작한다. 아주 가깝게 지내던 친구들이었지만, 전화번호는 모두 바뀌어 있다. 2년간 병원에 입원해 있는 동안, 가깝던 친구들은 전화번호를 바꿔도 연락조차 하지 않았던 것이다. 주인공은 배신감을 느끼게 된다. 우리는 살면서 친하게 지내는 사람들과의 관계가 항상 지속되리라고 생각하지만 그건 착각이다. 조금만 일상적인 삶에서 벗어나도 그와 같은 관계는 쉽사리 깨지는 경우가 비일비재하다. 혜자가 그런 경우다.

간신히 친구 정옥과 전화를 하게 된 혜자는 광교 K빌딩 13층 스카이라운지에서 친구 봉선이의 송별회가 있다는 걸 알게 된다. 그리고 나서 이번에는 예전에 알았던 인형극 연출자 민 선생에게 전화를 건다. 우리는 이 민 선생과의 전화내용을 통해서 혜자가 이전에 인형 만드는 일을 했다는 사실을 알게 된다. 또 하나의 정보를 확보한 셈이다.

주인공 혜자가 친구들이나 민 선생에게 악착같이 전화를 하는 이유는 무엇일까. 그건 외로움 때문이다. 남편과 아이들도 자신을 떠나고, 두 해 동안의 입원으로 인해 인간관계도 모두 끊어진 주인공의 입장을 생각해 보면, 그 외로움을 짐작할 수 있다. 인간은 사회적 동물이라고 한다. 따라서 다른 사람과 대화를 나누고 어울려 살아가야 하는 사람이 홀로 생활하게 됐을 때는 무척 힘들어 하는 것은 당연한 일이다. 이 때문에 혜자는 항상 허기증에 시달리게 된다. 이 허기증이라는 병적인 증세는 사람들의 관심이나 사랑에 대한 욕구불만이 육체적으로 나타난 것이다. 부모님의 사랑을 듬뿍 받지 못했거나 어린 시절 고아가 된 아이들은 일반적인 아이들보다 훨씬 많이 먹는다고 한다. 혜자의 경우도 이와 같은 경우라고 할 수 있을 것이다. 낡은 수첩에서 친구들의 전화번호를 찾아 전화를 거는 것도 마찬가지 이유에서 비롯된 행동이다.

민 선생과 전화통화를 하고 나서 혜자는 다시 인형제작을 시작하겠다는 결의를 다진다. 그리고 저녁에 친구들을 만나서 자신의 계획에 대해 얘기하겠다고 결심한다. 그런데 이쯤 해서 작가는 또 한 가지의 정보를 흘린다. 혜자가 어떤 피해의식을 가지고 있다는 것, 그리고 그녀가 심상치 않은 일에 연루되어 있다는 사실을 은근히 제시해 놓았던 것이다. '그것은 그들에게는 이태 전 어느 여름 석간신문 귀퉁이의 1단 기사에 불과한 일이었다'는 대목에 이르면 우리는 혜자가 어떤 사건 때문에 석간신문에 실린 적이 있다는 사실까지 알게 된다.

보통 사람들이 신문에 실릴 일은 별로 없다. 아주 훌륭한 일을 했거나 그 반대인 경우가 대부분이다. 그런데 아주 훌륭한 일을 해서 신문에 난 사람이라면 혜자처럼 외롭게 살지는 않았을 것이고, 그렇다면 자연히 혜자가 2년 전에 무언가 큰 사건을 겪었으리라는 짐작을 할 수 있다.

아무튼 혜자는 친구들을 만나기 위해 집을 나선다. 약속시간보다 조금 빨리 도착한 주인공은 약속장소의 맞은 편 건물이 예전 남편의 직장이라는 것을 알고 남편을 찾아간다. 그러나 남편과 아이들이 뉴욕지사로 떠났다는 사실을 남편 친구 이군호에게 들어 알게 된다. 다시 혼자라는 사실을 확인하고 혜자는 엘리베이터 안에서 울음을 터뜨린다. 남편의 회사에서 나온 혜자는 모임장소에서 친구들을 기다린다. 하지만 친구들은 오지 않고 혜자는 마티니 3잔을 마시고 약속장소를 빠져 나온다.

작가는 이 대목에서 혜자에 대한 아주 중요한 정보를 또다시 흘려놓는다. 친구들을 기다리면서 옛날을 회상하는 내용에서 우리는 혜자가 사람을 죽였고, 그 때문에 정신병원에 입원했었다는 사실을 알 수 있게 된다. '남자는 죽고 그 앤 풀려났지만 그럼 뭘 하니, 폐인이 다 된 걸…… 아무리 정당방위라지만……남들의 얘기 속에서는 죽은 것은 언제나 도둑이 아닌, 남자였다…… 그녀가 속치마 바람이었고 사내가 흉기를 지니고 있지 않았다는 것이 끝내 석연치 않은 의혹으로 자랐던 것이리라.' 이

가부장제 家父長制

가부장제는 가장(家長)이 가족 성원에 대해 강력한 권한을 가지고 가족을 지배, 통솔하는 가족 형태다. 이런 가족 형태에서 가족 구성원들은 세습적으로 계승되는 가장의 지배를 받게 되는데, 대개는 장남이 그 지위를 계승한다. 옛날 고대 로마가 대표적인 가부장제 사회였다고 한다. 로마 시대의 가장은 아이들을 죽일 수 있는 권한을 가졌고 필요에 따라 다른 사람에게 팔 수도 있었을 뿐 아니라, 혼인과 이혼을 강제적으로 결정할 수도 있었다고 한다. 한편 중국의 가부장제는 국가적인 규모로까지 확대되어, 군주 즉 천자가 중국 사회의 가족적 구성원 가운데 최정점에 있는 형태를 띠었다. '국가(國家)' 라는 말에 집 家 자가 들어 있는 것을 보아도 가부장제의 영향력을 알 수 있다. 우리나라도 옛날 봉건 사회에서는 이 가부장제가 지배적이었다. 특히 가장과 가족 성원 사이의 권한 격차가 매우 커서 가장의 권위를 중심으로 하는 집안의 질서가 엄격히 유지되었다. 이러한 전통에서는 가장을 중심으로 한 남성주의적인 문화가 팽배하게 되는데, 그 같은 전통이 현대까지 부분적으로 이어져서 여성의 인권문제와 같은 부작용을 낳게 되었다. 최근 논란이 되고 있는 '호주제' 의 문제도 남자를 우선시하는 호주승계제도가 가지고 있는 가부장제적 성격에서 비롯하는 것이라고 지적된다.

대목을 보면 이제 우리는 혜자가 겪은 사건의 전말을 대략 추측할 수가 있게 된다. 혜자가 혼자 있을 때 도둑이 들었고 우여곡절 끝에 사내를 죽였다, 그리고 그 충격으로 혜자는 정신병원에 입원하게 되었고, 남편과 이혼하게 됐다, 이상이 우리가 추측할 수 있는 사건의 전말이다.

약속장소에서 나온 혜자는 지하도 입구에서 동냥하고 있는 장님거지의 동전 바구니를 잘못해서 걷어차게 된다. 돈을 주워주다가 그 장님거지에게 자꾸 이야기를 건네게 된다. 이런 행동 역시도 외로움 때문이다. 남편과 아이들이 미국으로 갔다는 이야기를 전해 듣고, 친구들은 만나주지 않는 상황들이 혜자를 더욱 외롭게 만들었던 것이다. 하지만 놀랍게도 그 장님거지는 가짜 장님이었다. 그 거지는 따스하게 관심을 보이는 혜자를 사납게 쫓아보낸다. 그러자 혜자는 또 허기증을 느끼고 포장마차에서 배를 채운다. 그리고는 꿈에서 본 것과 비슷한 돌담길을 죽 따라 걸어간다.

이런 마지막 대목에 와서야 작가는 혜자가 겪은 상황을 모두 알려준다. 우리가 앞에서 추측한 내용과 다르지 않다. 혜자는 지하실 작업장에서 인형을 만들고 있다가 침입한 낯선 사내를 전기인두로 지져서 숨지게 했던 것이다. 물론 공포심 때문에 벌어진 우발적인 사건이다. 또 그녀가 속치마 바람으로 있었던 건 지하실 작업장이 너무 더웠기 때문이다. 이것이 혜자가 겪은 일의 전부일 뿐이다. 하지만 이런 개인의 진실은 세상 사람들에게 먹혀들지 않는다. 흉기가 없는 사내의 죽음, 속치마 바람의 여자. 이와 같은 정황에 대해 사람들은 제멋대로 상상해서 한 여인이 겪은 슬픈 사건을 재단한 뿐이다. 그 때문에 남편과 아이들로부터 혜자는 버림받았고, 친구들로부터도 따돌림받게 된 것이다.

작가는 이 소설에서 「타인의 방」과는 또 다른 소외의 양상을 제시하고 있다. 그것은 바로 남성 중심 사회에서 소외된 여성의 삶이다. 이 소설에서 작가는 우리 사회가 가진 남성 중심적인 사고의 폭력적인 힘에 대해 고발하고 있는 것이다. 이 소설에서 혜자는 엄연한 피해자다. 무단으로 침입한 남자에게 저항하다가 우발적으로 살인을 저질렀지만, 그건 정당방위였고 공포심 때문에 저지른 일일 뿐이었다. 하지만 사람들은 그 사건에 남성 중심적인 통념을 덧붙인다. 속치마 바람의 여자가 외간남자를 죽인 사건이라고 선정적으로 생각했던 것이다. 그리고 그런 사회 통념으로 인해서 정작 피해자는 모두에게 버림받고 외롭게 살아가게 된다.

사람들은 보이는 것만 믿고, 자신이 생각하는 대로만 믿는 경향이 있다. 혜자가 만난 장님거지도 그런 사실을 암시적으로 드러낸다. 진실(가짜 장님)은 은폐되고, 거짓(장님인 척하는 일)이 버젓이 통용되는 것이 바로 인간세상이라는 것이다. 그 중에서 특히 여성이 겪은 일은 훨씬 더 사람들에 의해 왜곡되고 있다는 것, 이것이 바로 작가가 이 작품을 통해 던지고자 하는 메시지이다.

또한 이 작품에서도 「타인의 방」에서처럼 현대사회의 깨지기 쉬운 인간관계를 잘 보여주고 있다. 주인공이 일단 살인자라는 낙인이 찍히고, 정신병원에 입원했던 환자라는 낙인이 찍히자 가장 사랑했던 가족들을 비롯해서 친구들, 함께 작업했던 사람 등 모두가 그녀에게 등을 돌린다. 그들은 그녀가 왜 그렇게 되었는지에 대해서는 조금도 배려하지 않는다. 이처럼 '이익'과 '필요'에 따라 맺어지는 인간관계는 깨지기 쉬운 유리처럼 나약하다. 자신의 의도와는 무관하게 상황에 따라 완전히 고립될 수도 있는 것이 바로 현대사회의 인간관계인 것이다.

이제 우리는 이 작품의 제목 「순례자의 노래」에서 '순례자'가 의미하는 것이 무엇인지를 직감할 수 있다. 진정한 인간관계, 왜곡과 선입견이 없는 세상을 찾아 떠나는 사람, 그것이 바로 작가가 말하는 순례자의 의미다. 돌담을 따라 걷는 혜자의 꿈속에서 주인공이 보는 것은 어린 시절의 '예쁜 단추알, 비밀의 표지, 조그맣게 접힌 종이쪽지 따위'다. 그것을 통해 무엇인가 찾을 것이라는 예감과 확신으로 걷다가 주인공은 꿈에서 깨어난다. 꿈 속에서 찾아 헤매는 그 무엇은 바로 사람 사이의 진정한 관계일 것이다. 어린 시절에는 그 진정한 인간관계, 왜곡과 선입견이 없는 세상이 있으리라고 생각한다. 순수했기 때문이다. 하지만 어른이 된 주인공은 그것을 찾을 수 없다. 그저 끊임없이 찾아 헤매일 뿐이다. 이 소설의 작가는 바로 이런 이야기를 우리에게 들려주고 있는 것이다.

타인他人의 방房 _ 최인호

그는 방금 거리에서 돌아왔다. 너무 피로해서 쓰러져 버릴 것 같았다. 그는 아파트 계단을 천천히 올라서 자기 방까지 왔다. 그는 운수 좋게도 방까지 오는 동안 아무도 만나지 못했었고 아파트 복도에도 사람은 없었다. 어디선가 시금치 끓이는 냄새가 나고 있었다. 그는 방문을 더듬어 문 앞에 프레스라고 쓰인 신문 투입구 안쪽의 초인종을 가볍게 두어 번 눌렀다. 그리고 이미 갈라진 혓바닥에 아린 감각만을 주어오던 담배 꽁초를 잘 닦아 반들거리는 복도에 던져 버렸다. 그는 아주 참을성 있게 기다리고 있었다. 그의 아내가 문을 열어 주기를. 문을 열고 다소 호들갑을 떨며 눈을 동그랗게 뜨고 자기를 맞아주기를. 그러나 귀를 기울이고 마지막 남은 담배에 불을 댕기었는데도 방 안쪽에서는 소식이 없었다. 그는 다시 그 작은 철제 아가리 속에 손을 넣어 탄력감 있는 초인종을 신경질적으로 누르기 시작했다. 손끝에 가벼운 경련이 일었다. 그리고 그는 또 기다리기 시작했다.

처음에 그는 초인종이 고장난 것이 아닐까 하는 의심도 들었다. 그러나 그가 초인종을 누를 때마다 아득한 저쪽에서 희미한 소리가 반영되어 오는 것을 꿈결처럼 듣고 있었기 때문에, 필시 그의 아내가 지금쯤 혼자서 술이나 먹고, 그리고는 발가벗은 채 곯아떨어졌을 것이라고 단정했다.

나는 잠이 들어 버리면 귀신이 잡아가도 몰라요.

아내는 그것이 자기의 장점인 것처럼 자랑하고 있다. 그래서 그는 분노를 느끼며 숫제 오 분 동안이나 초인종에 손을 밀착시키고 방 저편에서 둔하게 벨소리가 계속 울리고 있는 것을 초조하게 느끼고 있었다. 물론 그의 방 열쇠는 두 개로, 하나는 아내가 가지고 있고 또 하나는 그가 그의 열쇠 꾸러미 속에 포함시켜서 가지고 있는 것이다. 원하기만 한다면 그는 자기 자신의 열쇠로 방문을 열 수 있을 것이었다. 그러나 그는 어느 편이냐 하면 그런 면엔 엄격해서 소위 문을 열어주는 것은 아내 된 도리이며, 적어도 아내가 문을 열어준 후에 들어가는 것이 남편의 권리가 아니겠느냐는 생각을 고수하고 있는 편이었다.

그래서 그는 이번엔 주먹으로 문을 두드리기 시작했다. 처음에는 천천히 두드렸지만 나중에는 거의 부숴버릴 듯이 쾅쾅 두들겨대고 있었다. 온 복도가 쩡쩡 울리고 어디선가 잠을 깬 듯한 어린아이의 울음소리가 들려왔다. 그러자 아파트 복도 저쪽 편의 문이 열리고, 파자마를 입은 사내가 이쪽을 기웃거리며 내다보았는데 그것은 그 사람 한 사람뿐만은 아니었다. 왜냐하면 그는 남의 시선을 개의치 않고 문을 두드리고 있었기 때문에 그 사람뿐만 아니라, 다른 방의 사람들도 문을 열고 조심스럽게, 그러나 사뭇 경계하는 듯한 숫돌 같은 얼굴을 하고 이쪽을 노려보고 있었다.

"여보세요."

마침내 그를 유심히 보고 있던 여인이 나무라는 목소리로 말을 꺼냈다.

"그 집에 무슨 볼일이 있으세요?"

"아닙니다."

그는 피로했으나 상냥하게 웃으면서 그러나 문을 두드리는 것을 계속 하면서 말을 했다.

"그 집엔 아무도 안 계신 모양인데 혹 무슨 수금 관계로 오셨나요?"

"아닙니다."

그는 그를 수금 사원으로 착각케 한 여행용 가방을 추켜들며 적당히 웃었다.

"그런 일로 온 게 아닙니다."

"여보시오."

이번엔 파자마를 입은 사내가 손 매듭을 꺾으면서 슬리퍼를 치륵치륵 끌며 다가왔다.

"벌써부터 두드린 모양인데 아무도 없는 것 같소. 그러니 그냥 가시오. 덕분에 우리 집 애가 깨었소."

"미안합니다."

그는 정중하게 사과를 하였다. 하지만 그는 더러워서 정말 더러워서, 침이라도 뱉을 심산이었다.

"사실은 말입니다."

그는 방귀를 뀌다 들킨 사람처럼 무안해 하면서 주머니를 뒤져 열쇠 꾸러미를 꺼냈다. 그리고 그는 익숙하게 짤랑이는 대여섯 개의 열쇠 중에서 아파트 열쇠를 손의 감촉만으로 잡아 들었다.

"전 이 집의 주인입니다."

"뭐라구요?"

여인이 의심스럽게 그를 노려보면서 높은 음을 발했다.

"당신이 이 집 주인이라구요?"

"그런데요."

그는 대답하였다. 그러자 여인은 고개를 갸우뚱거렸다.

"아니 뭐 의심나는 것이라두 있습니까?"

"여보시오."

아무래도 사내가 확인을 해야 마음 놓겠다는 듯 다가왔다. 사내는 키가 굉장히 큰 거인이었으므로 그는 사내를 올려다보았다.

"우리는 이 아파트에 거의 삼 년 동안 살아왔지만 당신 같은 사람을 본 적이 없소."

"아니 뭐라구요?"

그는 튀어 오를 듯한 분노 속에서 신음소리를 발했다.

"당신이 나를 한 번도 본 적이 없다고 해서 그래 이 집 주인을 당신 스스로 도둑놈이나 강도로 취급한다는 말입니까? 나두 이 방에서 삼 년을 살아왔소. 그런데두 당신 얼굴은 오늘 처음 보오. 그렇다면 당신도 마땅히 의심받아야 할 사람이 아니겠소?"

그는 화가 나서 고래고래 소리를 질렀다.

"어쨌든."

사내는 집요하게 물고 늘어졌다.

"당신을 의심하는 것은 안됐지만 우리 입장도 생각해 주시오."

"그건 나두 마찬가지라니깐."

그는 화가 나서 투덜거리면서 방문 열쇠 구멍에 열쇠를 들이밀었다. 방문은 소리 없이 열렸다.

"정 못 믿겠으면 따라 들어오시오. 증거를 뵈 주겠소."

그는 방안으로 들어섰다. 방안은 컴컴하였다.

"여보!"

그는 구두를 벗고, 스위치를 찾으려고 벽을 더듬거리면서 분노에 차서 소리를 질렀다. 하지만 방안은 어두웠고 아무도 대답하질 않았다. 제기랄. 그는 너무 피로해서 퉁퉁 부은 다리를 질질 끌며 간신히 벽면의 스위치를 찾아내었고, 그것을 힘껏 올려붙였다. 접촉이 나쁜 형광등이 서너 번 채집병 속의 곤충처럼 껌벅거리다가는 켜졌다. 불은 너무 갑자기 들어온 기분이어서, 그는 잠시 동안 낯선 곳에 들어선 사람처럼 어리둥절하게 서 있었다. 그때 그는 아직도 문밖에서 사내가 의심스럽게 자기를 쳐다보고 있는 것을 보았고, 그는 조금 어처구니없어서 방문을 쾅 닫아 버렸다. 그때 그는 화장대 거울 아래 무슨 종이가 놓여 있는 것을 발견하였고, 그래서 그는 힘들여 경대 앞까지 가서 그 종이를 주워 들었다.

여보, 오늘 아침 전보가 왔는데, 친정아버님이 위독하시다는 거예요. 잠깐 다녀오겠어요. 당신은 피로하실 테니 제가 출장 가신 것을 잘 말씀드리겠어요. 편히 쉬세요. 밥상은 부엌에 차려 놨어요.

당신의 아내가

그는 울분에 차서 한숨을 쉬면서, 발소리를 쿵쿵 내면서, 한없이 잠겨 들어가는 피로를 느끼면서, 코트를 벗고, 넥타이를 풀고, 와이셔츠를 벗는 일관 작업을 매우 천천히 계속하였으며 그리고는 거의 경직이 되어 뻣뻣한 다리를, 접는 나이프처럼 굽혀 바지를 벗고 그것을 아주 화를 내면서 옷장 속에 걸었다. 그때 그는 거울 속에 주름살을 잔뜩 그린 늙수그레한 남자를 발견했고, 그는 공연히 거울 속의 자기를 향해 맹렬한 욕을 퍼붓기 시작했다.

제기랄. 겨우 돌아왔어, 제기랄. 그런데두 아무도 없다니.

그는 심한 고독을 느꼈다. 그는 벌거벗은 채, 스팀 기운이 새어 나갈 틈이 없었으므로 후텁지근한 거실을, 잠시 철책에 갇힌 짐승처럼 신음을 해가면서 거닐었다. 가구들은 며칠 전하고 같았으며 조금도 바뀌어지지 않은 것처럼 보였다. 트랜지스터는 끄지 않고 나간 탓으로 윙윙거리고 있었다. 그는 그것을 껐다. 아내의 옷이 침실에 너저분하게 깔려 있었고, 구멍 난 스타킹이 소파 위에 누워 있었다. 다리 안쪽을 조이는 고무줄이 탁자 위에 놓여 있었다. 루즈 뚜껑이 열린 채 뒹굴고 있었다.

그는 우선 배가 고팠으므로 부엌 쪽으로 갔는데, 상 위에는 밥 대신 빵 몇 조각이 굳어서 종이처럼 딱딱해 있었다. 그는 무슨 고무줄을 씹는 기분으로 차고 축축한 음식물을 삼켰다.

이건 좀 너무한 편인 걸.

그는 쉴새없이 투덜거렸다. 그는 마땅히 더운 음식으로 대접을 받았어야 했다. 그뿐인가. 정리된 실내에서 파이프를 피워 물고, 음악을 들어야 했을 것이었다. 하지만 그는 운수 나쁘게도 오늘 밤 혼자인 것이다.

그는 신문을 보려고 사방을 훑어보았지만 신문은 아무 데도 없었다. 그래서 그는 신문 볼 생각을 포기하였다. 그는 시계를 보았는데, 시계는 일주일 전의 날짜로 죽어 있었다. 그것은 그의 아내가 사온 시계인데 탁상 시계치곤 고급 시계이긴 하나 거추장스러운 날짜와 요일이 명시되어 있는 시계로 가끔 망령을 부려 터무니없이 빨리 가서 덜거덕 하고 날짜를 알리는 숫자판이 지나가기도 하고 요일을 알리는 문자판이 하루씩 엇갈리기도 했는데, 더구나 시간이 서로 엇갈리면 뾰족한 수 없이 그저 몇천 번이라도 바늘을 돌려야만 겨우 교정되는 시계였으므로, 그는 화를 내면서 시계의 바늘을 돌리기 시작하였다. 더구나 환장할 것은 손톱을 갓 깎은 후였으므로 그는 이 빨 없는 사람이 잇몸으로만 호두알을 깨려는 듯한 무력감을 손톱 끝에 날카롭게 느끼고 있었다. 그는 망할 놈의 시계를 숫제 바닥에 내동댕이쳐 버리고 싶은 충동을 가까스로 참아 가면서 참으로 무의미한 시간의 회복을 반복해 나가고 있었다.

그는 오랫동안 그 작업을 하였다. 그래서 그는 더욱 지쳐 버렸다.

그는 천천히 아픈 다리를 질질 끌며 욕실로 갔다. 욕실 안에 불을 켜자 욕실은 아주 밝아서 마치 위생적인 정육점 같아 보였다. 욕조 안엔 아내가 목욕을 했는지 더러운 구정물이 그대로 담겨져 있었다. 아내의 머리칼이 욕조 가장자리에 붙어 있었고, 그것은 마치 살아 있는 벌레처럼 꿈틀거렸다. 그는 손을 뻗쳐 더러운 물 사이에 숨은 가재 등과 같은 고무 마개를 빼었다. 그러자 작은 욕조는 진저리를 치기 시작했고, 매우 빠른 속도로 물이 빠져나가 좀 후에는 입맛 다시는 듯한 소리를 내면서 더러운 때의 앙금을 군데군데 남기고는 비어 있었다.

그는 우선 세면대에 고무 마개를 틀어막은 후 더운물과 찬물을 동시에 틀었다. 물은 금방 가득 찼다. 그는 얼굴에 잔뜩 비누 거품을 문질렀고, 그래서 그는 마치 분장한 얼치기 바보 같아 보였다. 그는 면도기가 일주일 전 그가 출장 가기 전에 사용했던 것처럼 그대로 날을 세우고 놓여 있는 것을 발견했다. 면도기의 칼날 부분엔 아직도 비눗기가 남아 있었고 그 사이로 자른 수염의 잔해가 녹아 있었다. 그는 화를 내면서 아내의 게으름을 거리의 창녀에게보다도 더 심한 욕으로 힐책하면서 수염을 깎기 시작했다. 수염은 거세었고, 뿌리가 깊었으므로 이미 녹슬고 무디어진 칼날로 잘라내기란 용이한 일이 아니었다. 때문에 그는 얼굴 두어 군데를 베었고 그 중의 하나는 너무 크게 베어져 피가 배어 나왔으므로 얼핏 눈에 띄는 대로 휴지 조각을 상처에 밀착시켰다. 휴지는 침 바른 우표처럼 얼굴 위에 붙여졌다. 우표는 매끈거리는 녹말기로써 접착된다. 하지만 그의 얼굴 위에선 피로써 붙여진다.

그는 화를 내었다. 그는 우울하게 서서 엄청난 무력감이 발끝에서부터 자기를 엄습해 오는 것을 느꼈으며 욕실 거울에 자신의 얼굴이 우송되는 소포처럼 우표가 붙여진 채 부옇게 떠오르는 것을 보았다. 그때 그는 거울에 무엇인가 붙어 있는 것을 발견했다. 그는 손을 뻗쳐 그것이 무엇인가 확인을 했다.

그것은 껌이었다. 아내는 늘 껌을 씹고 있었는데, 그것은 아내의 버릇 중의 하나였다. 밥을 먹을 때나 목욕을 할 때면 밥상 위 혹은 거울 위에 껌을, 후에 송두리째 뜯어내려는 치밀한 계산하에 진득한 타액으로 충분히 적신 후에 붙여 놓는 것이었다. 그는 잠시 낄낄거렸다. 그는 그 껌을 입 안에 털어 넣었다. 껌은 응고하고 수축이 되어 마치 건포도알 같았다. 향기가 빠져 야릇하고 비릿한 느낌이었지만 좀 후엔 말랑말랑해졌다. 아내의 껌이 그를 유일하게 위안해 주었다. 그래서 그는 한결 유쾌해졌고 때문에 노래를 부르기 시작했다.

나뭇잎에 놀던 새여. 왜 그런지 알 수 없네.

낸들 그대를 어찌 하리. 내가 싫으면 떠나가야지.

그의 목소리는 목욕탕 속에서 웅장하였다. 온 욕실 안이 쩡쩡거리고, 소리가 빠져나갈 구멍이 없었으므로 종소리처럼 욕실을 맴돌았다. 그는 휘파람도 후이후이 불기 시작했다.

역시 집이란 즐겁고 아늑한 곳이군 하고 그는 중얼거렸다. 무심코 중얼거렸지만 그는 순간 그 소리를 타인의 소리처럼 느꼈으며 그래서 놀란 나머지 뒤를 돌아보았다. 그는 누군가의 인기척을 느꼈다. 그러나 개의치 않기로 하였다.

그는 욕실 거울 앞에 확대경이 놓여 있는 것을 발견했다. 물론 그는 그것의 용도를 잘 알고 있었다. 그것은 아내가 겨드랑이의 털이나 코밑의 솜털을 제거할 때, 족집게와 더불어 사용하는 것으로 그는 그것을 쥐어 들었다. 그는 그것을 들고 그것을 통하여 자신의 얼굴을 비춰 보았다. 뚜렷한 형상이 가시지 않은 사내가 이상하게 부풀어서 확대되어 있었다. 그는 그것을 움직여 욕실의 형광 불빛을 한 곳으로 모으려고 애를 쓰기 시작했다. 햇빛 밑에서 확대경을 움직거리면 날개 짤린 곤충을 태워버릴 수도 있다. 그는 끈끈하고 축축한 욕실에서 한기를 선뜻선뜻 느껴가면서 형광 불빛을 한 곳으로 모으려고, 빛을 모아 뜨거운 열기를 집중시키려고 땀을 흘리고 있었다. 그는 긴 지난 여름날의 하지(夏至)를 느끼고 있었다.

지난 여름은 행복하였다 라고 그는 생각하였다. 그러자 그는 그것을 입으로 중얼거리고 싶은 충동을 느꼈다. 그래서 그는 소리를 내었다.

그럼 행복했었지. 행복했었구말구. 그는 여전히 자신의 소리에 놀라면서 뒤를 돌아보았다. 그러나 그의 곁엔 아무도 없었다. 그는 좀 무안해졌고 부끄러워졌으므로 과장해서 웃어 제쳤다.

그는 키 큰 맨드라미처럼 우울하게 서서 그를 노려보고 있는 샤워 바드 쪽으로 다가갔다. 샤워 쪽으로 갈 때마다 그는 키를 재고 싶은 충동을 느낀다. 샤워의 모가지는 사형당한 사형수의 목처럼 꺾이어서 매우 진지하게 그를 응시하고 있다. 그는 샤워의 줄기 양옆에 불쑥 튀어나온 더운물과 찬물을 공급하는 조종칸을 잡았다. 그는 더운물 쪽을 조심스럽게 매우 조심스럽게 틀었다. 그러자 뜨거운 비가 쏟아져 내리기 시작했다. 욕실 바닥의 타일을 때리고 금시 수증기가 되어 올랐다. 그는 신기하다. 이것은 어제의 더운물이 아니다 라고 그는 의식한다. 그는 갑자기 오랜 암흑 속에서 눈을 뜬 사내처럼 신기해 한다. 그는 이번엔 찬물을 더운 물만큼 튼다. 그 차가운 물은 이제 예사의 찬물이 아니다 라고 그는 의식한다. 물은 그의 손바닥 위에서 너무 뜨겁기도 했고 차갑기도 해서 그는 잠시 망설이다가, 이윽고 껌을 질겅질겅 씹으며 사나운 비바다 속으로 뛰어든다. 그는 더운물이 피로한 얼굴을 핥고 춤의 신발을 신은 소녀처럼 매끈거리면서 몸을 타고 흘러내리는 감촉을 즐기고 있다.

그는 비누를 풀어 온몸을 매만진다. 거품이 일어 온몸이 애완용 강아지의 흰털처럼 무장하였을 때, 그는 그의 성기가 막대기처럼 발기해서 힘차고 꼿꼿하게 피어오른 것을 보았다. 욕망이 끓어오르고, 그는 뜨거운 물 속으로 다시 뛰어들면서, 신음을 발하면서, 세찬 물줄기가 가슴을, 성기를 아프도록 때리는 감촉을 느끼고 있었다. 뜨거운 빗물은 싱싱한 정육 냄새 나는 발그스레 상기한 근육을 적신다. 이윽고 온몸에 비눗기가 다 빠져도 그는 한참이나 물 속에 자신을 맡긴 채 껌을 씹으면서 함부로 몸을 굴리고 있었다. 피로가 어느 정도 풀리자 그는 물을 잠그고 몸을 정성 들여 닦는다. 그는 심한 갈증을 느낀다.

그는 욕실을 나와 한결 서늘한 거실 찬장 속에서 분말 주스와 설탕을 끄집어낸다. 그는 바닥에 가루를 흘리지 않으려고 조심을 하면서 주스를 타고 설탕을 서너 숟갈, 그러다가 드디어는 거의 열 숟갈도 더 넣어 버린다. 그것에 그는 차가운 냉수를 섞는다. 그리고 손잡이가 긴 스푼으로 참을성 있게 젓는다. 그는 컵을 들고 한 손으로는 스푼을 저으면서 전축 쪽으로 간다. 그는 많은 레코드판 속에서 아무 판이나 뽑아 든다. 그는 그 음악의 이름을 알지 못한다. 전축에 전기를 접속시키자, 전축은 돌연히 윙거리면서 내부의 불을 밝혀든다. 레코드판 받침대가 원을 그리면서 돌기 시작한다. 그는 투원반을 가볍게 날리는 육상 선수처럼 얇은 레코드를 그 받침대 위에 떠올린다. 바늘이 나쁜 전축은 쉭쉭 잡음을 내다가는 이윽고 노래를 토하기 시작한다. 그는 음악을 들으면서 소파에 길게 눕는다. 아직 정리되지 않은 것이 몇 가지 있긴 하지만 그는 안정을 느낀다. 갓스탠드의 은밀한 불빛이 온 방안을 우울하게 충전시킨다. 그는 마치 천장 위에서 보면 사람처럼 보이지도 않는다. 그는 부동의 자세로 누워 있다. 때문에 그는 가구 같은 정물(靜物)로 보인다. 그러다가 그의 눈엔 화장대 위에 놓인 아내의 편지가 들어온다. 그러자 그는 아내의 메모 내용을 생각해 내고 쓰게 웃는다. 아내가 그에게 거짓말을 하였다는 사실을 그는 깨닫는다. 그는 원래 내일 저녁에야 도착하였어야 할 것이었다. 그는 출장 떠날 때도 내일 저녁에 도착할 것이라고 아내에게 일러두었었다. 그런데도 아내는 오늘 전보를 받았다고 잠시 다녀오겠노라고 장인이 위독해서 가보겠다고 쓰고 있다. 그는 웃는다. 아주 유쾌해지고 그는 근질근질한 염기를 느낀다. 나는 안다 라고 그는 생각한다. 아내는 내가 출장 간 그날부터 어디론가 사라져 버렸을 것이다. 아내는 내일 저녁 내가 돌아올 것을 예측하고 잘해야 내일 모레 아침에 도착할 것이다. 다소 민망하고 부끄러워하면서 아내는 내게 나지막하게 사과를 할 것이다.

나는 아내가 다른 여인과 다른 성기를 가진 것을 잘 알고 있다. 그녀의 성기엔 지퍼가 달려 있다. 견고하고 질이 좋은 지퍼이다. 아내는 내가 보는 데서 발가벗고 그 지퍼를 오르내리는 작업을 해 보이기 좋아한다. 아내의 하체에 지퍼가 달린 모습은 질 좋은 방한용 피륙을 느끼게 하고 굉장한 포옹력을 암시한다.

그는 웃으면서 스푼을 젓는다. 그때였다. 그는 무슨 소리를 들었다. 공기를 휘젓고 가볍게 이동하는 발자국 소리였다. 그는 귀를 기울였다. 그는 욕실 쪽에서 무슨 소리가 들려오고 있는 것을 눈치챘다. 그는 난폭하게 일어나서 욕실 쪽으로 걸어갔다. 그는 분명히 잠근 샤워에서 물이 쏟아져 내리고 있는 것을 보았다. 제기랄, 그는 투덜거리면서 물을 잠근다. 그리고 다시 소파로 되돌아온다. 그러자 이번엔 부엌 쪽에서 소리가 들려오기 시작한다. 그는 될 수 있는 한 불평을 하지 않으려고 이를 악물고 부엌 쪽으로 간다. 부엌 석유곤로가 불붙고 있다. 그는 투덜거리면서 그것을 끈다. 그리고 천천히 소파 쪽으로 왔을 때, 그는 재떨이에 생담배가 불이 붙여진 채 타고 있음을 발견한다. 그는 반사적으로 주위를 둘러본다. 그는 엄청난 고독감을 느낀다.

"누구요?"

그는 조심스럽게 소리를 지른다. 그의 목소리는 진폭이 짧게 차단된다. 그는 갇혀 있음을 의식한다. 벽 사이의 눈을 의식한다. 그는 사납게 소파에 누워, 시선에 닿는 가구들을 노려보기 시작한다. 모든 가구들이 비 온 후 한결 밝아 오는 나뭇잎처럼 밝은 색조를 띠고 빛나기 시작한다. 그는 스푼을 집요하게 젓는다. 설탕물은 이미 당분을 포함하고 뜨겁게 달아 있으나 설탕은 포화 상태를 넘어 아직 풀리지 않고 있다. 그래도 그는 계속 스푼을 젓는다. 갑자기 그는 그의 손에 쥐어진 손잡이가 긴 스푼이 여느 스푼이 아님을 느낀다. 그러한 스푼이 그의 의식의 녹을 벗기고, 눈에 보이는 상태 밖에서 수면을 향해 비상하는, 비늘 번뜩이는 물고기처럼 튀어 오르는 것을 보았다. 그는 힘을 다해 스푼을 쥔다. 그러자 스푼은 산 생선을 만질 때 느껴지는 뿌듯한 생명감과 안간힘의 요동으로 충만된다. 그리고 손아귀에 쥐어진 스푼은 손가락 사이를 민첩하게 빠져나간다. 그는 잠시 놀란 나머지 입을 벌린 채 스푼이 허공을 날으면서 중력 없이 둥둥 떠서 흐르는 것을 보았다. 그는 온 방안의 물건을 자세히 보리라고 다짐하고는 눈을 부릅뜬다. 그러자 그의 의식이 닿는 물건들마다 일제히 흔들거리면서 훙을 돋기 시작하는 것이었다. 그는 비틀거리면서 일어나 거실에 스위치를 넣으려고 걷는다. 그는 스위치를 넣는다. 형광등의 꼬마 전구가 번쩍번쩍거리며 몇 번씩 빛을 반추한다. 그러다가 불쑥 방안이 밝아 온다.

그는 스푼이 담수어처럼 얌전하게 손아귀 속에 쥐어 있는 것을 발견한다. 그는 조심스럽게 온 방안의 물건들을, 조금 전까지 흔들리고 튀어 오르고 덜컹이던 물건들을 하나하나 훑어보기 시작한다.

물건들은 놀라웁게도 뻔뻔스러운 낯짝으로 제자리에 가라앉아 있었다. 그는 비애를 느낀다. 무사무사(無事無事)의 안이 속에서 그러나 비웃으면서 물건들은 정좌해 있다. 그는 투덜거리면서 스위치를 내린다. 그리고 소파에 앉아 단 설탕물을 마시기 시작한다. 방안 어두운 구석구석에서 수군거리는 소리가 들려온다. 어둠과 어둠이 결탁하고 역적 모의를 논의한다. 친구여, 우리 같이 얘기합시다. 방 모퉁이 직각의 앵글 속에서 한 놈이 용감하게 말을 걸어온다. 벽면을 기는 다족류 벌레의 발자국소리가 들려온다. 옷장의 거울과 화장대의 거울이 투명한 교미를 하는 소리도 들려온다. 그는 어둠 속에서 눈을 부릅뜬다. 벽이 출렁거린다. 그는 천천히 몸을 움직인다. 방 벽면 전기다리미 꽂는 소켓의 두 구멍 사이에서 소리가 들려온다. 친구여 귀를 좀 대봐요. 내 비밀을 들려줄게. 그는 그의 오른쪽 귀를 소켓에 밀착한다. 그의 귀가 전기 금속 부분품처럼 소켓의 좁은 구멍에 접촉된다. 그러자 그의 온몸이 전기 곤로처럼 달아오르기 시작한다. 그의 몸에 스파크가 일고, 그는 온몸에 충만한 빛을 느낀다.

잘 들어요. 소켓이 속삭인다. 마치 트랜지스터 이어폰을 꽂은 목소리처럼 그의 목소리는 귓가에만 사근거린다. 오늘 밤 중대한 쿠데타가 있을 거예요. 겁나지 않으세요.

그는 소켓에서 귀를 뗀다. 그리고 맹렬한 기세로 다시 스위치에 불을 넣는다. 불이 들어오면 이 모든 술렁임이 도료처럼 벽면에 밀착하고 모든 것은 치사하게도 시치미를 떼고 있다. 그는 불을 켠 채 화장대로 다가간다. 그는 투덜거리면서 키가 크고 낮은 모든 화장품을 열어 감시한다. 그리고 찬장을 열어 그 안에 가지런히 빈 그릇들, 성냥통, 촛대, 옷장을 열어 말리는 바다 생선처럼 걸린 옷들, 그리고 그들의 주머니도 검사한다. 옷들은 좀 괘씸했지만 얌전하게 주머니를 털어 보인다. 그는 하나하나 보리라고 다짐한다. 서랍을 뒤져 남은 물건도 조사한다. 그러다가 이미 건조하여 건드리기만 해도 부서질 듯한 낙엽 몇 송이를 발견했다. 그것은 그에게 지난 가을을 생각키우게 했고 그는 잠시 우울해졌다. 그는 사진틀 속의 퇴색한 사진도 유심히 들여다보았다. 책상에 꽂힌 뚜껑 씌운 책들도 관찰하였다. 그는 부엌으로 가서 석유곤로의 심지도 관찰하고, 낡은 구두 속도 들여다보았다. 다락문을 열어 갖가지 물건도 하나하나 세밀히 보았고 욕실에서 그는 욕조 밑바닥까지 관찰하였다. 덮개가 있는 것은 그 내용물을 검사하였으며 침대도 들어서 털어도 보았다. 심지어 변기도 들여다보았고, 창 틈 사이도 들여다보았다. 물건들은 잘 참고 세금 잘 무는 국민처럼 얌전하게 그의 요구에 응해 주었다. 그러나 그가 들여다보는 물건은 본래 예사의 물건은 아니었다. 그것은 이미 어제의 물건이 아니었다.

그는 한층 더 깊은 피로를 느끼면서 거실로 돌아와 술병의 술을 잔에 가득히 부어 단숨에 들이마셨다. 그러자 그는 아주 쓸쓸하고 허무맹랑한 고독감을 느꼈다. 그래서 그는 다시 한 잔을 그득히 부어 연거푸 단숨에 들이마셨다. 술맛은 짜고 싱겁고, 달고도 썼다.

그는 어디쯤엔가 피다 남은 꽁초가 있을 것이라고 생각하고 서랍을 뒤지다가 말라빠진 담배 꽁초를 발견했다. 그는 그것에 불을 붙였다. 술기운이 그를 달아오르게 하고 그를 격려했기 때문에 그는 어린이처럼 큰 소리로 노래를 부르기 시작했다.

나뭇잎에 놀던 새여. 왜 그런지 알 수 없네.

낸들 그대를 어찌 하리. 내가 싫으면 떠나가야지.

그는 벌거벗은 채 온 방안을 서성거리기 시작했다. 그는 그것이 일상사(日常事)인 것처럼 걷고, 그리고 뛰었다. 그는 부엌을 답사하였고 그럴 때엔 욕실 쪽이 의심스러웠다. 욕실 쪽을 보고 있노라면 그는 거실 쪽이 의심스러웠다. 그는 활차(滑車)처럼 뛰고 또 뛰었다.

그러나 그는 아무것도 아무런 낌새도 발견해 낼 수 없었다. 무생물에 놀란다는 것은 부끄러운 일이다 라고 그는 생각했다. 그러자 그는 비로소 안심이 되었다. 그래서 거만스럽게 걸어가서 스위치를 내렸다. 그는 소파에 앉아 남은 설탕물을 찔끔찔끔 들이켜기 시작했다. 그가 스위치를 내리자, 벽에 도료처럼 붙었던 어둠이 차곡차곡 잠겨서 덤벼들고 그들은 이윽고 조심스럽게 수군거리더니 마침내 배짱 좋게 깔깔거리고 있었다. 말리운 휴지 조각이 베포처럼 늘리워 허공을 날은다. 닫힌 서랍 속에서 내의(內衣)가 펄펄 뛰고 있다. 책상을 받친 네 개의 다리가 흔들거리기 시작한다. 찬장 속에서 그릇들이 어깨를 이고 달그락거리며 쟁그렁거리면서 모반을 시작한다.

그것은 그래도 처음엔 조심스럽게 시작되었다. 하지만 그들의 대상이 무방비인 것을 알자, 일제히 한꺼번에 고래고래 소리를 지르면서 날뛰기 시작했다. 크레용들이 허공을 날은다. 옷장 속의 옷들이 펄럭이면서 춤을 춘다. 혁대가 물뱀처럼 꿈틀거린다. 용감한 녀석들은 감히 다가와 그의 얼굴을 슬쩍슬쩍 건드려 보기도 하였다. 조심해 조심해. 성냥갑 속에서 성냥개비가 중얼거린다. 꽃병에 꽂힌 마른 꽃송이가 다리를 번쩍번쩍 들어올리면서 춤을 춘다. 내의가 들여다보인다. 벽이 서서히 다가와서 눈을 두어 번 꿈쩍거리다가는 천천히 물러서곤 하였다. 트랜지스터가 안테나를 세우고 도립하기 시작한다. 그러자 재떨이가 박수를 치기 시작한다. 소켓 부분에선 노래가 흘러나온다. 낙숫물이 신기해서 신을 받쳐들던 어릴 때의 기억처럼 그는 자그마한 우산을 펴고 화환처럼 황홀한 그의 우주 속으로 뛰어든 셈이었다. 그는 공범자가 되고 싶은 욕망을 느낀다.

그때였다. 그는 서서히 다리 부분이 경직해 오는 것을 느꼈다. 그것은 우연히 느낀 것이었다. 처음에 그는 이 방에서 도망가리라 생각했었기 때문에, 될 수 있는 한 소리를 내지 않고 살금살금 움직이리라고 마음 먹고 천천히 몸을 움직이려 했을 때였다. 그러나 그는 다리를 움직일 수가 없었다. 이상한 일이었다. 그래서 그는 손을 내려 다리를 만져 보았는데 다리는 이미 굳어 석고처럼 딱딱하고 감촉이 없었으므로 별수없이 손에 힘을 주어 기어서라도 스위치 있는 쪽으로 가리라고 결심했다. 그는 손을 뻗쳐 무거워진 다리, 그리고 더욱더 굳어져 오는 다리를 끌고 스위치 있는 곳까지 가려고 안간힘을 썼다. 그러나 그는 채 못 미처 이미 온몸이 굳어 오는 것을 느꼈다. 그래서 그는 숫제 체념해 버렸다. 참 이상한 일이라고 생각하면서 그는 조용히 다리를 모으고 직립하였다. 그는 마치 부활하는 것처럼 보였다.

다음 다음 날 오후쯤 한 여인이 이 방에 들어섰다. 그녀는 방안에 누군가가 침입한 흔적을 발견했다. 매우 놀라서 경찰을 부를까고도 생각했었지만, 놀란 가슴을 누르며 온 방안을 조심스럽게 살펴보았는데 틀림없이 그녀가 없는 새에 누군가가 들어온 것이 확실하긴 했지만 자세히 구석구석 살펴본 후에 잃어버린 것이 없다는 것을 발견하자 안심해 버렸다.

그러나 그녀는 곧 잃어버린 것이 없는 대신 새로운 물건이 하나 놓여 있는 것을 발견했다.

그 물건은 그녀가 매우 좋아했던 것이었으므로 며칠 동안은 먼지도 털고 좀 뭣하긴 하지만 키스도 하긴 했었다. 하지만 나중엔 별 소용이 닿지 않는 물건임을 알아차렸고 싫증이 났으므로 그 물건을 다락 잡동사니 속에 처넣어 버렸다. 그리고 그녀는 다시 그 방을 떠나기로 작정을 했다. 그래서 그녀는 메모지를 찢어 달필로 다음과 같이 써서 화장대 위에 놓았다.

여보, 오늘 아침 전보가 왔는데 친정아버님이 위독하다는 거예요. 잠깐 다녀오겠어요. 당신은 피로하실 테니 제가 출장 갔다고 할 테니까 오시지 않으셔두 돼요. 밥은 부엌에 차려 놨어요.

당신의 아내가

1971년

순례자의 노래 _ 오정희

눈이 내리고 있었다. 아침부터 내리는 눈이었다. 혜자는 창문을 열어놓고 창틀에 올라앉아 천지를 어지럽게 흔들며 편편이 쏟아져 내리는 눈을 바라보았다. 눈이 내리기 때문인가, 들려옴직한 작은 소음까지 묻혀버린 듯 동네는 조용했다. 하루에도 몇 차례씩 담 안으로 날아들어온 야구공을 넘겨달라고 소리치거나 몰래 담을 타넘는 아이들의 소리도 들리지 않았다. 문간방에 세든 처녀마저 일터로 나가고 나면 통상적으로 비어 있기 마련이었던 집이어서 생겼을 것이 분명한, 동네 아이들의, 담을 타넘어 들어오는 버릇은 쉽게 고쳐지지 않았다. 집에 돌아온 첫날, 마루문에 기대어 지켜보는 그녀를 흘끗거리면서도 유유히 담을 타넘는 사내아이를 날카롭게 불러세웠을 때 그애가 불만스레 내뱉은 말에 오히려 안도감을 느꼈던 것을 혜자는 기억하고 있었다. 여지껏 맨날 그랬단 말예요. 다른 애들두요. 집안에 사람이 없으니 어떡하란 말예요. 안도감을 느꼈다는 것은 아마 적어도 그녀의 집이 흉가이거나 마음씨 고약한 거인이 지키는, 저주받은, 황폐한 정원은 아니라는 의미에서였을 것이다.

잎 떨군 나뭇가지에 무겁게 얹힌 눈이 가끔 툭, 툭, 부러지는 소리를 내며 떨어지고 그 서슬에 눈 위에 내려앉아 먹이를 찾던 참새들이 포르르 날아올랐다. 문간방에서 대문으로 이어지는 곳에 발자취가 없는 것으로 보아 문간방 처녀는 아직 나가지 않은 모양이었다.

혜자는 희게 눈 덮인 마당으로 내려가 눈을 한 움큼 쓸어쥐었다. 발목까지 눈 속에 빠졌다. 이대로 눈이 내린다면 저물기 전 무릎까지 쌓이기 쉬울 것이다. 눈을 쓸어야겠다고 생각하면서도 혜자는 그대로 서 있었다. 어느 집에선가 피아노 소리가 들려왔던 것이다. 한 손으로 서툴게 간신히 멜로디만 잇는 노래를 혜자는 조그맣게 따라 불렀다.

산도 들도 나무도 하얀 눈으로 하얗게 하얗게 덮일 거예요. 하아얀 마음으로 자라니까요. 혜자가 어린 시절 불렀고 그녀의 아이들 역시 어릴 때 부르던 동요였다. 아이들을 학교에 보내고 난 후 한가롭게 빈 집을 지키던 어느 젊은 엄마가 내리는 눈발을 보며 홀연히 솟아오르는 어릴 때의 멜로디를 좇아 건반을 두드리는 것이리라.

피아노 소리는 갑자기 그치고 혜자는 노래를 부르던 그대로 입을 벌린 채 우두커니 서 있었다. 문득 지난 밤의 꿈을 떠올린 것은 사라진 소리에서 비롯된 깊은 정적 때문이었을 것이다.

지난 밤, 그녀는 꿈을 꾸었다. 오랫동안 잊고 있었지만, 어릴 때부터 그리고 어른이 되고 나서도 종종 꾸던 꿈이었다. 꿈에는 늘 같은 길을 간다. 이제는 잊혀지고 버려진 옛 성벽처럼 퇴락하고 이끼 낀 돌담이 끝없이 이어지고 돌담을 따라 걸으며 혜자는 꿈 속에서도 여기가 어디던가, 그 전에도 왔었는데, 하며 너무도 익숙한 분위기에 친근하게 중얼거리곤 했다. 돌담을 따라 한없이 가다가 어디쯤에서 닳아지고 부서진 돌 틈에 손을 넣으면 틀림없이 그 언젠가 약속과 맹세의 뜻으로 넣어둔 작고 예쁜 단추알, 비밀의 표지, 조그맣게 접힌 종이쪽지 따위를 찾아내리라는 예감과 확신으로 하냥 걷다가 꿈은 깨이곤 했다. 꿈은 시작도 끝도 종잡을 수 없는 하나의 길, 헤매임이었을 뿐이었지만 꿈을 깨임이란 또 역시 줄곧 따라가던 길의 잃음에 다름 아니어서 혜자는 잠을 깬 후에도 미아처럼 막막하고 안타까운 느낌에서 헤어나지 못하곤 했던 것이다. 그것은 도대체 어디로 가는 길이었을까. 그리고 또한 익숙한 느낌은 무엇이었을까. 귀신처럼 늙어 살고 있는 어머니라면 그게 바로 저승길, 혹은 전생(前生)의 길이라고 주저하지 않고 한마디로 명쾌히 대답할 것이다. 근 이 년 가까이 잊고 있던 꿈을 다시 꾸기 시작한 것은 확실히 집에 돌아왔다는 자기암시, 확신일 것이다.

손이 차갑게 얼어들어왔다. 쓸어쥔 눈이 손 안에서 녹고 있었다. 혜자는 젖은 손을 문지르며, 발을 굴러 신에 묻은 눈을 털어내고 집안으로 들어왔다. 방과 마루는 한껏 어지러져 있어 발을 내디딜 때마다 벗어던진 잠옷이며 물컵, 걸레, 트랜지스터 라디오 따위가 밟혔다. 당연했다. 일주일 전에 집에 돌아온 이래 그녀는 집안일에 전혀 손을 대지 않았다. 늘 아귀처럼 달려드는 허기로 어쩔 수 없이 밥은 지었으나 설거지는 내팽개쳐 두었다. 욕조에 더운물을 채워 한기가 느껴질 만큼 물이 식을 때까지 몇 시간이고 몸을 담그고 들어앉았고 욕실에서 나온 알몸 그대로 불을 끈 마루에서 서성이기도 했다. 엊그제 그녀는 집 뒤편 마당의 시멘트 갈라진 틈에서 딸아이의 노란 꽃핀을 주워 그것을 들여다보며 하루를 보냈다. 중학교 졸업반이 된 딸애는 이미 오래전에 꽃핀 꽂을 나이가 지났다.

한 달 전까지 남편과 두 아이, 살림을 보아주던 시모(媤母)가 살던 집이었지만 그녀가 돌아왔을 때 그녀의 살림살이만 고스란히 남긴 채 말끔히 비워져 있었다. 퇴원을 앞둔 그녀의 거취에 대해 많은 논란과 숙의가 있었겠지만 이미 호적 정리까지 깨끗이 마친 그녀에게 집을 내주기로 한 것은 그쪽으로서는 대단한 배려였을 것이다. 담당의사로부터 언제든 퇴원해도 좋으리라는 통고를 받자 남편은 말했었다. 곧 집을 비우기로 했소. 그 집에 들어가는 것이 싫으면 팔고 작은 아파트를 얻는 것도 한 방법이 될 거요. 내 생각이긴 하지만 그 편이 여러모로 좋을 것 같소. 집이 팔릴 동안 임시로 친정에 가 있는 게 어떻겠소. 그날 이후 혜자는 남편을 만난 적이 없었지만 어쨌든 그로서는 이혼한 전처에 대한 예를 다한 셈이었다. 표면상으로는 그녀가 원한 이혼이었고 그 역시 그리 될 수밖에 없는 방향으로 생각이 기울고 있었지만 그것이 그녀가 병원에 있는 동안 이루어진 일이라는 점을 괴로워한 듯했다.

그러나 그녀는 퇴원하는 길로 이 집으로 들어왔다. 인간은 망각의 동물이다, 당신은 심신이 아주 건강하다, 그 전처럼 충분히 잘 살아갈 수 있다, 무엇보다 두려움을 갖지 말라고 의사는 말했었다. 긴 여행 뒤의 휴식처럼 극도의 게으름 속에 잠겨 있는 자신을 이따금 울리는 전화벨 소리, 이제는 이곳을 떠난 남편과 아이들을 찾는 소리들이 소스라치는 현실감으로 그녀를 일깨웠다. 없어요, 이사갔습니다. 모르겠는데요. 짤막하고 무뚝뚝한 대꾸로 전화를 끊고 나면 그녀는 미친 듯 그들이 남긴 흔적을 찾아 집안을 뒤졌다. 그것은 마치 그녀가 떠나 있던 시간들을 지우려는 노력과 같았다. 벽에 붙인 스티커, 빗살에 낀 검고 윤기나는 긴 머리칼, 한귀퉁이에 수놓은 손수건 따위 흔적은 어디서나 발견되었지만 그것은 오히려 그녀와 그들 간에 놓인 엄청난 공백을 강하게, 생생하게 인식시켰고 그들은 이제 돌아오지 않는다는 것, 되찾을 수 없는 시간들임을 상기시켰을 뿐이었다. 어쩌면 더 깊은 사랑으로 굳게 맺어질 수 있지 않았을까. 서로의 가슴 밑바닥에 단단히 도사린 수치심과 두려움을 숨길 수 없을지라도. 한바탕 집안을 휘젓고 난 뒤면 그녀는 무릎을 싸안고 소리 죽여 흐느껴 울었다. 그리고 기진할 때까지 울고 나면 텅 빈 위장의 속쓰림, 오랜 벗처럼 친근한 허기증이 달래듯 부드럽게 찾아오는 것이었다.

찬밥을 고추장에 비벼 늦은 점심을 먹고 잠깐 누웠던 혜자의 낮잠을 깨운 것은 요란한 벨 소리였다. 누굴까. 얼결에 화들짝 놀라 깬 그녀가 마루문을 열었을 때 또 한 차례 초인종이 울리고 등기 왔습니다, 도장 주세요, 소리치는 집배원의 모습이 철대문 너머로 보였다. 도장이 어디 있더라. 도시 등기 우편이 올 데가 없다는 생각과 집배원의 다그침에 허둥대며 예전의 버릇대로 대부분 빈 화장대 서랍들을 차례로 열었다. 역시 도장은 없었다. 도장이 없어요. 혜자는 밖을 향해 황망히 소리쳤다. 원참, 손도장이라도 찍으쇼.

등기 편지는 건넌방 처녀에게 온 것이었다. 건넌방은 아무런 기척 없이 조용하고 부엌문에는 맹꽁이 자물쇠가 걸려 있었다. 혜자는 부엌 창으로 손을 들이밀어 편지를 넣어두고는 방으로 들어왔다. 놀라 잠에서 깬 탓에 아직 쿵쿵 뛰는 가슴을 누르며 한껏 열린 화장대 서랍들을 닫으려다 혜자의 손이 멈칫 멎었다. 그곳에 들어있는 눈에 익은 작은 수첩 때문이었다. 까마득히 잊고 있었던 것, 그러나 분명히 손때묻은 자신의 것이었다. 그녀는 수첩을 꺼내 성급히 한 장씩 넘겼다. '29일 덕수궁' '冬服(동복) 세탁소' '16일 오후 3시 아라야' '신세계 백화점 바겐세일, 15일부터 21일까지, 모직 셔츠와 조끼' 짤막짤막한 메모들은 흐릿하게 기억나는 것도 있고 전혀 짐작이 가지 않는 것도 많았다. '3일 우미화원 꽃바구니, 카네이션 빛깔 섞어 60송이' 이것은 아마 스승의 환갑 잔치에 가져갈 선물이었을 것이다. 때로 미소지으며 때로 애써 기억을 더듬어 눈살을 찌푸리며 혜자는 하나씩 읽어나갔다. 수첩의 뒷부분에는 전화번호들이 적혀 있었다. 위로부터 나란히 적힌 것은 그녀의 대학동창들의 전화번호였다. 그네들은 한 달에 한 번씩은 모이던 친목계 회원이기도 했다. 비교적 가깝게 지내던 친구들이었는데 왜 그네들 생각을 한 번도 한 적이 없었을까. 혜자는 비로소 할 일을 찾아낸 듯 성급히 전화 다이얼을 돌렸다. 숙자가 근무하는 여성지 편집실로 전화를 했을 때 전화를 받은 상대방은 그녀가 오래전에 잡지사를 그만두었음을 알려주었다. 애경의 집으로 전화를 걸자 막바로 테이프에 녹음된 여자의 음성이 흘러나왔다. 지금 거신 전화번호는 잘못된 번호이오니 다시 거시기 바랍니다. 아라비아 숫자를 짚어 확인하며 다시 돌렸으나 마찬가지였다. 이상한 일이었다. 무엇엔가 홀린 기분이었다. 명화의 집은 아예 신호음만 갈 뿐 받지를 않았다. 그녀는 참을성을 가지고 춘자의 집 번호를 돌렸다. 전화번호가 바뀌었습니다. 상대방은 짧은 한마디로 전화를 끊었다. 혜자는 수화기를 내려놓고 잠시 망연해졌다. 자신이 홀로 떨어져 있던 이태간의 세월이 비로소 엄청난 현실감으로 압박해왔던 것이다. 그것은 쓰디쓴 배반감이기도 했다.

이게 마지막이야. 그녀는 속으로 다짐하며 마치 자신의 운(運)을 걸고 마지막 패를 던지는 도박꾼처럼 비장한 심사가 되어 다섯번째로 다이얼을 돌렸다. 신호가 떨어지고 여보세요, 응답하는 목소리에서 곧장 정옥의 얼굴을 떠올리며 혜자는 짐짓 느릿느릿 말했다. 정옥이? 나 혜자야. 어머, 어머. 뜻이 분명치 않은 감탄사의 되풀이에 이어 말이 끊겼다. 죽은 사람에게서 온 전화라도 받은 듯 질린 기색이 역력히 전해졌다. 오랜만이구나. 정말 그래. 건강은 어떠니? 그녀의 말을 받으며 정옥이 허둥지둥 덧붙였다. 어디 있니? 집이야, 집에 왔어. 다른 친구들 잘 있지? 통 연락이 안 되는구나. 그럴 거야. 이사를 많이 했어.

만나고 싶다는 혜자의 말에 정옥은 잠시 뜸을 들인 후 대답했다. 마침 잘됐어. 봉선이가 남편 따라 외국으로 가게 되어 송별회를 해주기로 했어. 7시야, 광교 K 빌딩 13층 스카이라운지 알지? 거기야. 모두들 널 보면 반가워할 거야.

정옥과 통화를 끝낸 후 혜자는 다시 인형극 연구소로 전화를 걸었다. 민 선생은 인형 제작도 하지만 인형극 연출에 더 뜻이 큰 사람이었다. 혜자가 만든 '빨간 모자'와 '해님 달님'의 인형으로 텔레비전 방송국에서 극을 연출한 적도 있었다. 그때 민 선생은 혜자가 만든 인형들이 표정이 살아 있고 아이디어가 참신하다고 칭찬했다. 언젠가 인형 전시회를 해도 좋지 않느냐고 부추긴 것도 그였다. 2년간은 그녀에게만 긴 시간은 아니었던 모양이었다. '김혜자'라는 이쪽의 밝힘을 듣고도 그는 금시 알아듣지 못했다. '빨간 모자'와 '해님 달님' 극에 쓰인 인형을 만들었던 김혜자라고 설명을 했을 때야 그는 아, 가늘게 놀람의 외침을 내뱉었다. 그러나 그는 곧 예사롭게 물었다. 오랜만입니다. 어떻게 지내세요. 그도 잘 알 것이다. 혜자가 어떻게 지냈는가는 아는 사람 사이에서는 일흔 번도 더 돌아다녀 낡아빠지고 진부한 얘깃거리가 되었을 테니. 건강은 괜찮으십니까. 아주 좋은 편이에요. 요즘도 인형극 하시지요. 그녀는 오래 얘기하고 싶었다. 그는 친절하고 더욱이 혜자의 인형에 대해 호감을 가진 사람이었다. 언제 짬내서 한번 놀러나오십시오. 지금이라도 나갈 수 있노라고, 저녁의 약속 시간까지 서너 시간쯤 낼 수 있노라고 말하고 싶었으나 혜자는 아쉽게 수화기를 내려놓으며 그는 워낙 바쁜 사람이라는 생각으로 서운한 마음을 달랬다. 그는 인형극에 미쳐 마흔이 넘은 이제까지 독신으로 지내며 인형극에 관한 책을 쓰고 소극장과 국민학교 강당, 그리고 텔레비전 방송국으로 바쁘게 뛰어다녔다. 그렇더라도 그가 혜자의 인형에 보인 관심은 잊지 않았을 것이다. 인형 전시회를 하고 전시회장에서 직접 인형극을 보여주자는 제안도 잊지 않았을 것이다. 내일이라도 민 선생을 만나야겠다고 혜자는 생각했다. 다시 인형 만드는 일을 할 수 있으리라. 낙도와 벽지의 학교로 순회공연을 다니고 또 인형극의 인형들을 한 세트씩 갖춰 싼 값에 보급한다면 어린이들은 스스로 집안에 작은 극장을 갖춰 인형극 놀이를 할 수 있으리라. 그것이야말로 자신이 뜻을 갖고 하고 싶은 일이며 또한 얼마간 돈도 벌 수 있을 것이다. 그것은 당연하고도 근사한 일이었다. 스스로 돈을 벌어 생활할 수 있어야만 비로소 진정한 의미의 자존(自存), 독립이 될 것이다. 다시금 인형 제작을 시작하겠다는 결의가 그녀에게 갑작스런 생기와 활력을 주었고 그것은 또한 이제껏의 생활이 단순히 기생적(寄生的)인 삶으로, 굴욕적인 것이었다고 자신을 준열하게 비판하게끔 만들었다. 저녁에 친구들을 만나는 자리에서 지금 자신이 하고 있는 일, 앞으로의 창창한 계획에 대해 얘기하리라. 인형과 인형극에 대해 자기만큼 알고 있는 사람이 그들 중 누가 있겠는가. 민 선생과 함께 할 전시회나 순회공연 얘기는 거짓말이 아니다. 약속된 것은 아니지만 조만간 그렇게 될 것이 틀림없었다. 민 선생은 늘 혜자가 만드는 인형에 관심을 표하지 않았던가. 친구들 사이에서 자신의 얘기가 일흔 번씩이나 돌고 돌았을 것이란 생각은 자신의 기우일 뿐일지도 몰랐다. 처음 전화받았을 때 민 선생이 곧 그녀를 기억해내지 못하던 것, 그리고 뒤를 이은, 감전된 듯한 놀라움과 막연한 약속의 말에서 그녀를 기피하는 심사를 읽은 것은 이편의 공연한 피해의식인지도 몰랐다. 자신이 생각하는 만큼 남들은 자신에게 관심을 갖거나 오래 기억하고 있지 않다고 의사도 말하지 않았던가. 그리고 그것은 그들에게는 이태 전 어느 여름 석간신문 귀퉁이의 1단 기사에 불과한 일이었다. 적어도 그들은 한 지인(知人)의 불행한 사건을 잊지 않기 위해 이 년 동안 살았던 것은 아니었다. 그들이 자식을 기르고 재산을 늘리며 삶의 기쁨을 탐욕스럽게 거머쥐고 찾아 헤맬 동안 자신은 한없이 이어지는 지루하고 단조로운 실뜨기놀이와 오후 한 시에서 세 시까지 이어지는 해바라기, 의사와의 의미 없는 문답놀이로 시간을 보내며, 다만 잊혀지려는 염원으로 기다려 왔다. 환경을 바꿔보는 것도 좋으리라는 남편의 충고를 따르지 않고 이곳으로 다시 돌아 온 것은 천만 잘한 일이었다. 빈 집의 적막함, 혼자 있는 쓸쓸함이 아니었다면 어떻게 다시금 인형 만드는 일에 손을 대겠다는 생각을 할 수 있었겠는가. 작은 수첩을 찾아낼 수가 있었겠는가.

혜자는 다락으로 올라갔다. 그녀의 작업장으로 쓰던 지하실이 허섭쓰레기와 쓰지 않는 살림살이 따위로 채워져 자연스레 폐쇄되자 그곳에 있던 물건들을 커다란 트렁크에 넣어 다락 구석에 올려 두었던 것이다.

트렁크에는 두텁게 먼지가 앉았고 쇠장식은 녹이 슬었으나 잠겨져 있지는 않았다. 그녀가 넣어두었던 그대로 한 겹 신문지 아래 그것들은 고스란히 들어 있었다. 굵고 가는 토막 철사, 굳어버린 접착제 튜브, 물감 들인 새의 깃털과 한 움큼의 스펑클, 얼굴뿐인 견우와 직녀, 만들다 만 선녀의 나래옷. 그녀의 손에 의해 닫혀진 후 한 번도 열려본 적이 없었을 트렁크 속에서 재처럼 조용히 누워 있는 그것들을 하나씩 들춰내며 그녀는 이상하게 가슴이 무너지는 듯한 슬픔을 느꼈다. 한꺼번에 쓸어담은 듯 뒤섞인 갖가지 인형의 머리와 팔다리, 옷감 자투리들을 들추자 또 한 겹 신문지가 나타났다. 그녀는 잠깐 눈을 감고 심호흡을 했다. 트렁크 맨 밑바닥에 감추어진 것, 그녀의 가슴 밑바닥에 돌처럼 단단히 자리잡은 것이 무엇인지 그녀는 너무도 잘 알고 있었다. 상기도 백 년 동안의 깊은 잠에서 깨어나지 못한 아름다운 공주, 그녀가 마지막으로 완성한 작품이었다. 의상을 입히고, 화려한 드레스의 주름을 펴기 위해 마지막 인두질을 할 때 그 사건이 일어났던 것이다. 떨리는 손으로 신문지를 벗겨내자 화관에 둘러싸인 풍성한 머리털을 자랑스럽게 흐트린 공주의 얼굴이 드러나고 몸체가 드러났다. 그리고 그녀는 화려한 의상의 곳곳에서 끊긴 사슬 토막처럼 금빛으로 반짝이는 좀벌레의 허물을 보았다.

눈발은 훨씬 가늘어져 있었다. 저물녘인데도 먼 하늘이 맑게 트여오는 것을 보면 이대로 그쳐버릴 성도 싶었다. 네 시였다. 약속 시간까지는 아직 넉넉히 시간이 남아 있었지만 혜자는 외출 준비를 시작했다. 저물자 이내 밤 드는 쓸쓸한 집을 뒤로 하고 나갈 수 있다는 사실이 그녀에게 어느 정도의 기쁨과 흥분을 불러일으켰음에 틀림없었다. 세수를 하고 시간을 들여 화장을 했다. 밤 화장이야 조금 짙어도 무방하리라 싶었다. 더욱이 오늘은 모처럼 허물없는 친구들을 만나는 날이 아닌가. 옷장문을 활짝 열어 옷걸이에 걸린 옷들을 하나씩 점검했으나 입고 나갈 만한 것은 없었다. 지난 이 년간 옷을 한 벌도 해입지 않았고 또 그동안 엄청나게 몸이 불었던 것이다. 모양과 색깔이 마땅치 않은 점은 백 번 양보하고라도 입어본 옷들은 하나같이 단추가 채워지지 않았고 그것은 그녀를 암담한 절망감에 빠뜨렸다. 옷장에 걸린 옷들을 모조리 입어본 후에야 그녀는 몸에 맞는 옷을 찾아낼 수 있었다. 십여 년 전 유행했던 자루 모양의 풍덩한 옷이었다. 흰 칼라가 대담하게 넓게 목을 두르고 어깨 아래부터 망토처럼 퍼진 검정 벨벳 원피스를 지어입고 외출한 그녀가 퇴근길의 남편을 만났을 때 아내의 옷차림에 까다로웠던 그는 대단히 소녀 취향의 옷이라고, 그녀의 나이에 걸맞지 않음을 넌지시 둘러 말했고 그녀 역시 곧 새로운 유행을 따라 그 옷을 입지 않게 되었던 것이다. 몸이 얼마나 불었는지 옷을 입자 자루 속에 든 듯 답답하게 죄어왔다. 길게 자란 머리를 묶고 그녀는 자신의 모습이 무성영화 시대의 배우와 같다는 생각을 하며 거울을 보았다.

마루의 유리문이 드르륵 열리고 건넌방 처녀의 목소리가 들렸다. 아줌마, 나 나가요. 좀 있다가 우리 방 연탄 구멍 막아주세요. 혜자가 다락에서 트렁크를 들추고 있는 동안 들어왔었던 모양이었다. 대문 여닫기는 소리를 들으며 혜자는 눈을 흘겼다. 격일로 야간 근무와 주간 근무를 하는 공장에 다닌다고 했지만 지난 일주일 이래 혜자가 알기로도 세 번이나 방에 사내를 끌어들였다. 아, 내보내야지 안 되겠어. 행실 나쁜 계집애의 연탄불 시중이나 들면서 살겠어? 곧 집이 팔릴 거라고, 방을 내달라고 말해야지, 내일 당장. 그녀는 단호히 중얼거렸다.

다섯 시가 넘자 혜자는 코트를 걸치고 집을 나섰다. 눈이 와서 교통 사정이 나쁠 수 있다는 점을 감안하더라도 삼사십 분이면 약속 장소에 충분히 가 닿을 수 있으리라는 것을 알면서도 텅 빈 집에 괴어드는 어둠에 등을 밀리듯 바삐 집을 나섰다.

시간이 넉넉했기에 종로에서 차를 내린 혜자는 곧장 지하도를 건넜다. 환기가 안 되는 지하도는 악취가 가득하고 사람들이 묻어들인 눈으로 질척거렸다. 전동차 소리로 끊임없이 발밑이 우릉우릉 흔들렸다. 창백한 불빛 아래 분주히 오가는 사람들을 혜자는 방심한 눈길로 바라보며 느릿느릿 걸었다.

눈은 완전히 그치고 저무는 거리에는 바람이 불고 있었다. 지하도를 빠져나와 비로소 큰숨을 내쉬며 혜자는 가야 할 방향을 가늠했다. 오랫동안 시내에 나와본 적이 없었지만 그녀의 머리 속에 찍힌 약도는 명료했다. 지하도의 입구, 지상에 한 발을 올려놓은 채 그녀는 잠시 다섯 시 사십 분을 가리키는 시계탑이 얼어붙은 분수, 그리고 분수 옆에 세워진 이제 막 꼬마전구 불빛들의 명멸하기 시작하는 대형 크리스마스 트리를 보았다. 허옇게 눈이 얹힌 크리스마스 트리 너머 저편에 K 빌딩 13층 스카이라운지의 불빛이 희미하게 떠 있었다. 횡단보도가 없는 그곳까지 가기 위해 세 개의 지하도를 건너야 했다. 아직 시간이 많이 남았군. 약속시간보다 일찍 가서 우두커니 앉아 있는 것도 청승맞아 보일 텐데. 근처에서 커피라도 한 잔 마시며 몸을 녹일 생각으로 두리번거리던 그녀의 눈길이 길 건너 왼쪽 갈색 빌딩에 이르러 찔린 듯 멎었다. 순간 K 빌딩이며 불빛 깜박이는 대형 트리 따위는 눈앞에서 걷힌 듯 사라졌다. 오직 창마다 불을 밝힌 15층 빌딩만이 가득 들어왔다. 왜 진작 그 생각을 못 했을까. 정옥에게서 K 빌딩의 위치를 들었을 때 그 맞은 편에 남편의 근무지가 있다는 걸 전혀 생각지 못한 자신의 우둔함을 가볍게 나무라며 혜자는 빠져나온 지하도로 다시 바삐 내려갔다. 그는 아직 사무실에 있을 것이다. 설혹 퇴근시간이 지났다 하더라도 그는 언제나 늦게까지 회사에 남아 일을 하곤 했었다. 그리고 그는 언제든 어려운 일이 있으면 의논해 주기 바란다고 말하지 않았던가. 인생의 어느 한 시절, 결코 짧지 않은 세월을 가장 가깝게 함께 지낸 사람으로서 이 추운 날 따뜻한 커피 한 잔 나누는 일에 어떤 끈끈함이나 칙칙함이 있는가, 그러한 관계에조차 인색하다면 사람들의 어울려 살아감, 인생이란 도대체 무엇이란 말인가. 더욱이 자신은 이제 새로운 출발, 멋진 일들에 대한 계획으로 가득 차 있지 않은가. 곧 일을 시작할 것이라는, 게다가 인형극계의 독보적인 존재인 민 선생과 함께 하는 일이라면 남편도 훨씬 미더워할 것이다.

쉴새없이 자문자답으로 의기양양해진 혜자가 '영우무역'이 들어 있는 5층에서 엘리베이터를 내렸을 때 수위가 앞을 가로막았다. 빌딩의 5, 6, 7층을 모두 '영우무역'이 쓰고 있었던 것이다. 어떻게 오셨습니까, 아주머니. 혜자는 예상치 않은 벽에 잠깐 주춤했으나 곧 당당히 대답했다. 기획실장을 찾아왔는데요. 그가 인터폰을 들었다. 교환이 나오는 동안 수위는 다시 물었다. 누구시라고 그럴까요. 안사람이라고 해주세요. 젊은 수위는 고개를 갸웃하고 다시금 찬찬히 그녀를 아래위로 훑었으나 기획실이 나오자 곧 수화기를 건네주었다. 기획실장입니다. 바로 곁에서 말하듯 송수화기를 가득 채우며 크게 울리는 목소리가 이상하게 귀에 설었다. 당신…… 이세요? 나예요, 영선이 엄마예요.

귀에 설고 여유 있는 그의 목소리가 와락 그녀를 위축시켜 혜자는 서툴게 더듬거렸다. 누구십니까, 제가 기획실장입니다만……그리고 잠시 사이를 두었다가 그가 덧붙였다. 혹시 이기덕 실장을 찾으시는 게 아닙니까? 그래요, 이기덕 실장님을 대주세요, 제가 안사람이에요. 허덕이며 하는 그녀의 대답에 상대방은 아, 낮게 부르짖었다. 잠깐 기다리세요. 제가 이군호입니다, 곧 나가지요. 곧이어 왼쪽으로 꺾인 복도로부터 키가 크고 몸피가 가는 사내가 나타났다. 머리가 많이 벗어지고 안경을 쓰고 있었지만 혜자는 첫눈에 그를 알아볼 수 있었다. 남편의 입사동기로 꽤 가까운 사이였던 이군호였다. 만혼을 한 그는 결혼 전까지 술이 취하면 으레 그녀의 집에서 묻어자곤 했었다. 그가 안내한 곳은 접객용의 작은 방이었다. 무언가 얘기하고 있던 두 사람이 그들과 엇비켜 나간 뒤 실내는 시잇시잇 스팀소리만 들릴 뿐 조용했다. 몇 개의 의자와 탁자만이 놓인 장식 없는 방을 혜자는 호기심도 없이 둘러보았다. 그럴 이유가 짐작되지 않는 대로 그가 몹시 당황하고 있다는 느낌을 받았기 때문이었다. 그는 인터폰으로 차를 부탁하고 비로소 그녀에게 말을 건넸다. 많이 좋아지셨군요. 건강은 괜찮으십니까? 모두들 자신에게 한결같이 건강을 묻는다. 마치 당신의 화약고는 안전한가 라고 묻듯이. 혜자는 말없이 웃었다. 요즘은 어떻게 지내세요? 일을 시작했지요. 호오. 반가운 소식이군요. 무슨 일인지 물어도 괜찮습니까? 그럼요. 인형극에 관계하게 되었답니다. 그리고 집을 옮길까해서요. 역시 그이 말대로 환경을 바꿔보는 것이 좋을 것 같은 생각이 들어요. 그런데 그이는 자리에 없나요? 혜자는 웃음 띤 얼굴로 그를 바라보며 조심스레 물었다. 모르셨습니까? 그가 미간을 좁히며 뜻밖이라는 듯 되물었다. 반소매 스웨터를 입은 젊은 여자가 커피를 가져와 탁자 위에 놓았다. 그는 더 이상 입을 열지 않고 찻잔에 설탕을 넣어 천천히 젓기 시작했다. 무슨 말씀이신가요? 뉴욕 지사로 나갔지요. 한 달 되었습니다. 혜자는 방금 한 모금 마신 흰 찻잔에 붉게 찍힌 자신의 입술자국을 뚫어지게 바라보았다. 실내는 너무 더웠다. 속옷 밑으로 축축이 땀이 흐르는 것을 느꼈다. 게다가 꽉 끼이는 옷은 운신할 수 없이 숨통을 죄었다. 코트의 단추는 풀어놓았지만 좁은 벨벳 원피스 위로 살이 터질 듯 괴롭게 부풀어올랐다. 그녀는 손수건을 꺼내 얼굴과 목덜미의 땀을 찍어냈다. 흰 손수건에 분과 루즈, 아이 섀도의 빛깔이 진하게 묻어났다. 아무래도 화장이 너무 짙어진 게라고 혜자는 민망해진 마음으로 생각했다. 한 삼 년 있을 작정으로 아이들까지 데리고 떠났지요. 모르고 계셨군요. 모르긴 해도 그 친구가 아주머니에게 알리지 않은 건 행여 아주머니의 상처를 건드릴지도 모른다는 배려였을 겁니다. 아니, 괜찮아요. 저는 지나가는 길에 그저…… 들른 것뿐이에요. 그이는 절더러 의논할 일이 있으면 언제든 찾아오라고 말했었거든요. 옷 속으로 줄곧 흐르는 땀과 후텁지근하고 더러운 공기에 질식할 것만 같다는 생각을 하며 그녀는 멍청히 말했다. 가야겠어요. 그녀는 무겁게 몸을 일으켰다. 괜찮으세요? 안색이 아주 나쁘군요. 창백한 얼굴로 땀을 흘리고 있는 그녀를 보며 그가 걱정스럽게 물었다. 좀 더워서요. 바쁘실 텐데 시간을 내주셔서 고마워요. 또 친절히 대해 주셔서 고맙습니다. 엘리베이터 문이 닫히고 정중히 허리를 꺾은 그의 모습이 가려지자 그녀는 조용히 울기 시작했다.

시계탑의 전자시계는 일곱 시 이십 분을 가리키고 있었다. 약속 시간인 일곱 시에서 이십 분이 지났는데도 그녀가 아는 얼굴들은 하나도 나타나지 않고 있었다. 그녀가 앉은 창가에서는 시계탑이 맞바라다보여 일초일초 흐르는 시간을 헤아릴 수 있었다. 크리스마스 트리의 불빛이 한결 명료해지고 도시의 불빛은 깊고 현란하게 돋아났다. 어둠이 깊어지고 있는 것이다. 삼십 분이 지났다. 한산하던 실내는 거의 차다시피했고 그녀는 출입문이 여닫힐 때마다 긴장한 눈길을 보냈다. 혹시 그들이 자신을 알아보지 못한 것은 아닐까. 그녀는 자신이 첫눈에 쉽게 알아보지 못할 정도로 모습이 변했다는 걸 알고 있었다. 밖의 어둠을 배면으로 해서 유리창에 음화상처럼 찍힌 얼굴은 자신이 보기에도 낯설었다. 세상이 그녀의 일을 잊어주기를 원하는 간절한 바람으로 그녀는 규칙적인 투약과 주사, 간단없이 찾아드는 나락과 같은 수면과 허기증으로 살을 찌우며 열심히 자신의 모습을 변모시켰고 머리털은 회백색으로 길게 자랐다. 병실을 함께 쓰던 여자가 자기의 머리핀을 훔쳐갔다고 어거지를 쓰며 느닷없이 그녀의 머리털을 뜯을 때까지, 상대방의 손에 한 움큼 뽑힌 회백색 머리털이 자신의 것인 줄 깨닫지 못하고 있었다. 그네들이 자신을 못 알아볼지도 모른다는 생각에 혜자는 출입문 가까운 곳으로 자리를 옮기고 진토닉을 한 잔 시켰다. 벌써 한 시간이 지나고 있었다. 유리로 밀폐되고 난방이 잘된 실내는 역시 더웠다. 그녀는 코트를 벗어 걸쳐놓고 답답하게 죄는 목과 가슴의 단추를 살며시 풀어놓았다.

얼음을 가득 채운 투명한 유리컵에 얇게 저민 레몬 한 조각과 붉은 체리가 떠 있었다. 그것은 그녀에게 시큼하고 떫은 맛이 나는 냉수에 지나지 않았다. 보기에 좋은 것이 먹기에도 좋다는 서양 속담은 적절하지 못한 비유라고 생각하며 점점 작아져 컵의 표면으로 떠오르는 얼음조각을 우울하게 바라보았다. 얼음은 금시 녹아 버리고 레몬의 맛은 속임수처럼 엷어졌다. 그리고 시간이 감에 따라 그들이 오리라는 희망 또한 엷어져 갔다. 아홉 시가 넘자 그녀는 웨이터에게 또 한 잔의 진토닉을 주문했으며 비로소 자신이 약속 시간과 장소를 잘못 안 것이 아닌가 하는 실제적인 의혹에 사로잡혔다. 혹시 내일, 또는 모레로 정해진 날짜를, 오직 나가고자 하는 그녀의 절박한 갈망이 임의로 오늘이라 속삭인 것이나 아닐까. 점점 작아지는 얼음조각들이 달그락 소리로 부딪치다가 흔적 없이 녹아 사라지는 것을 지켜보며 한없이 기다려야 한다는 것은 쓸쓸한 일이었다. 열 시가 되어 또 한 잔의 진토닉을 주문했을 때 젊은 웨이터는 넓고 흰 깃을 목둘레에 부챗살처럼 두르고 강철처럼 뻿뻿하고 윤기 없는 회백색 긴 머리털을 늘인, 몹시 비대한 여자를 마치 유령을 보는 듯한 눈초리로 바라보았다. 그들이 이제 오지 않으리라는 것이 자명한 사실로 드러났고 그녀는 심한 노여움에 사로잡혔다. 그녀가 모임에 나오리라는 것을 알고는 몰래 장소를 옮겼음에 틀림없었다. 이 부근의 어딘가에 자리잡고 앉아 유리창을 통해 환히 보이는, 기다림에 지친 그녀를 손짓하며 끝없이 수군댈 것이다. 글쎄 걔가 전화를 했지 뭐니? 너희들에게도 다 전화를 했었대. 용케 피했구나……. 남자는 죽고 그앤 풀려났지만 그럼 뭘 하니, 폐인이 다 된 걸. 실제로 귓전에서 울리는 소리에 혜자는 귀를 틀어막았다. 아무리 정당방위라지만…… 어쨌든…… 그랬으니까. 이혼했다지? 그럴 거야. 어떻게 같이 살겠어. 무서워서……. 정절을 지키기 위해서였을까? 얼결에 자기도 모르게 한 짓이 아니었을까. 아마 공포 때문이었을 거야. 후에 걔가 정신병원에 들어간 걸 봐도 알지. 남들의 얘기 속에서는 죽은 것은 언제나 도둑이 아닌, 남자였다. 남편도 그랬었다. 뭣인가 자꾸 알아내고 싶어 했다. 그가 단순히 낯털이 도둑인가, 전부터 알던 사이까지는 아니더라도 적어도 지나치며 낯이 익은 사내는 아닌가를 교묘히 우회하며, 그러나 집요하게 캐물었다. 처음 보는 남자였어요. 무슨 일이 있었냐구요? 보는 그대로지요. 제발 날 내버려둬요. 도대체 뭘 알고 싶어서 그러는 거예요. 그녀는 그녀의 생각으로는 수천 번 이상 했었던 말을 되풀이하며 입을 틀어막고 울었다. 그녀가 속치마 바람이었고, 사내가 흉기를 지니고 있지 않았다는 것이 끝내 석연치 않은 의혹으로 자랐던 것이리라.

문득 주위가 조용해진 것을 깨닫고 혜자는 두리번거렸다. 창가의 자리에 이마를 맞대고 앉은 한 쌍의 남녀가 있을 뿐 실내는 텅 비어 있었다. 스탠드에 기대 서 있던 웨이터가 그녀를 보며 커다랗게 입을 벌려 하품을 했다. 시계탑의 시계가 열한 시를 가리키고 있었다.

깊은 밤, 땅 속을 구르는 전동차가 우릉우릉 발밑을 울리며 지나갔다. 사람들의 자취는 뜸했지만 지하도는 여전히 질척이고 악취가 가득했다. 다시금 세 개의 지하도를 거쳐 지상으로 솟아오른 혜자는 바람 부는 하늘을 올려다보았다. 뿌연 대기 속에서 몇 개인가 돋아난 별이 어둡게 깜박였다.

지하도의 마지막 계단을 밟고 입구를 빠져나오다가 그녀는 무엇엔가 무릎을 부딪쳐 허뚱거렸다. 발밑에서 동전 흩어지는 금속성의 소리가 차갑게 울렸다. 그녀는 반사적으로 허리를 굽혀 아래를 살폈다. 형광등이 고장난 지하도의 입구는 어두웠다. 그곳에 담요를 쓰고 웅크리고 앉은 사람에게 발이 걸렸음을, 그의 동냥그릇을 뒤엎었음을 깨닫고 혜자는 황급히 말했다. 미안합니다. 딴 생각을 하다가 그만……. 담요 속에 잠든 아이를 안고 있는 그 여자는 장님이었다. 내리감은 눈으로 턱을 쳐들고 한 손으로 앞을 더듬어 쏟아진 동전을 그러모았다. 혜자는 그녀를 도와 허리를 굽히고 침침한 불빛에 의지해 발밑을 살피며 계단에 떨어진 동전들을 주웠다. 혜자가 주워모은 동전들을 바구니에 넣으려 할 때 그 여자의 손이 느닷없이 손목을 거머쥐었다. 깜짝 놀랄 만큼 끈끈하고 억센 손아귀였다. 그것은 혜자가 손 안에 든 동전을 완전히 털어넣어 빈 손임을 확인할 때까지 아프게 쥐어 비틀며 놓지 않았다. 혜자는 얼얼하게 통증이 느껴지는 손목을 문지르며 그녀를 바라보았다. 그녀는 다시금 잠든 듯 조는 듯 담요 속에 둥글게 몸을 웅크렸다. 아무렴 내가 그 돈을 집어갈 줄 알았나요? 하긴 멍청히 딴 생각을 하다가 걷어찼으니 내 잘못이 많지요. 차가운 바람이 사납게 지하도 입구로 밀어닥쳤다. 혜자는 그 여자 곁에 쭈그리고 앉았다. 얼어붙은 분수 옆 크리스마스 트리의 불빛이 외롭게 깜박이는 것이, 열한 시 반을 가리키는 시계탑이 보였다. 춥지 않아요? 밥은 먹었어요? 아기는 아주 얌전히 자는군요. 이젠 들어가야죠? 날씨가 아주 추워질 거라는군요. 그 여자는 듣는지 마는지 대꾸가 없었다. 숙소가 어디죠? 길을 건네줄까요. 한뎃잠을 자다간 얼어죽고 말아요. 더구나 아기를 데리고……. 살그머니 담요를 들추는 혜자의 손을 사납게 뿌리치며 그 여자는 눈을 부릅떴다. 씨팔, 귀찮게 진드기 붙네, 멀쩡하게 생긴 여편네가, 할 일 없으면 들어가 발 닦구 자라구. 핏발 선 붉은 눈으로 혜자를 노려보며 내뱉고는 아이를 부둥켜 안은 채 동전그릇을 들고 뚜벅뚜벅 서너 계단 내려가 주저앉았다. 섬뜩 놀란 혜자는 쫓기듯 황황히 그곳을 떠났다.

밤이 깊을수록 바람은 심해지고 행인들은 코트깃을 바짝 올리고 종종걸음을 치거나 택시를 잡기 위해 황황히 뛰곤 했다. 옛 기억을 더듬어 집으로 가는 방향의 택시 정류장을 찾아 겨우 한 구간을 걸었을 뿐인데도 그 사이 행인들은 눈에 띄게 줄었다. 대신 차들이 미친 듯 달리고 있었다. 택시 정류장 표지가 된 곳에서도 보안등을 켜고 대기한 택시는 없었다. 어떻게 해야 집에 갈 수 있는지 도시 짐작이 되지 않았다. 그러나 무엇보다 혜자를 괴롭히는 것은 위벽이 쥐어뜯기는 듯한 허기증이었다. 점심때 이후 그녀가 먹은 것이란 맹물과 다름없는 진토닉 세 잔뿐이었다는 생각이, 그 시큼하고 떫은 맛의 억울함이 더욱 그녀의 허기증을 자극했다. 허기가 들 때마다 늘 그러하듯 그릇 가득한 흰밥과 기름 발라 구운 생선, 뜨거운 파전 따위가 눈앞에 떠올라 그녀는 꿀꺽 침을 삼켰다. 병원에서도 늘 그랬다. 언제나 배가 고픈 그녀를 위해 지난 여름 딸애는 닭구이를 보온통에 담아 면회를 왔었다. 눈부시게 흰 여름모자를 쓰고 온 그애는 게걸스레 먹는 그녀를 보며 몹시 울었다. 엄마 우린 모두 죄를 지어요, 용서해주세요, 라고 말하며, 잠시의 작별인 듯 인사를 하고 떠난 그애를 아직 본 적이 없었다. 무엇이든 먹을 것이 있다면, 조금이라도 입에 넣을 수만 있다면, 집에 가는 일이야 그 다음에 생각해도 충분할 것이다.

배를 움켜쥐고 쉴새없이 주위를 두리번거리던 혜자는 길모퉁이 불빛이 버언히 비쳐나오는 포장마차로 들어섰다.

뭐, 먹을 만한 걸 좀 주세요. 배가 고파서 그래요. 칼이며 도마, 냄비 따위를 주섬주섬 챙기던 아낙네는 불쑥 들어선 그녀를 놀란 눈으로 바라보았으나 말없이 그릇에 어묵꼬치 두 개를 넣고는 국물을 부어 내밀었다. 이것밖에 없어요. 다 떨어졌어. 지금 막 들어가려는 참인데……. 꼬치 두 개를 순식간에 먹어치우자 그녀는 국물을 한 그릇 더 부어주었다. 숨도 쉬지 않고 다 마신 혜자가 입가를 훔치며 다시 그릇을 내밀자 아낙네는 진정 딱하다는 표정으로 사죄하듯 손을 내저었다. 정말 소주밖에 없다니까. 혜자는 아낙네가 이빨로 마개를 따주는 소주병을 받아들고 돈을 치렀다.

혜자는 찻길에서 비낀 고궁의 돌담을 끼고 걸었다. 느릿느릿 울리는 자신의 발소리뿐 꿈 속의 길처럼 조용했다. 거짓말처럼 허기증이 말끔히 가신 위장에 술기운이 부드럽게 피어올랐다. 바람이 세차게 불어올 때마다 이끼 낀 돌담의 안쪽, 오래 묵은 나무들이 머리 풀며 울었다. 혜자는 서너 걸음에 한 번씩 멈춰서서 찔끔찔끔 소주를 부어넣었다. 도수 높은 안경을 썼을 때처럼 자꾸 발밑이 꺼져들었다. 약속 위반이야. 혜자는 소리내어 말했다. 어린 시절 소꿉놀이를 하던 동무들이 그녀만 남겨놓고 아무런 말 없이, 단순히 놀이에 싫증이 났다는 이유만으로 돌아가버릴 때 혹은 숨바꼭질 놀이에서 술래가 된 그녀가 열심히 열을 셀 동안 그녀가 절대로 찾을 수 없는 곳에 숨어 나오지 않거나 놀이를 일방적으로 파기해 버린 아이들에게 막막하고 외로워진 그녀가 울듯한 심정으로 외치던 소리였다.

그녀는 다시금 엄마를 이런 곳에 두다니, 우리가 이렇게 살아야 하다니, 차라리 난 죽어버리고 싶어요, 라고 울면서도 나날이 새롭게 아름답게 피어나던 딸에게 거짓말쟁이라고 욕설을 퍼부었다. 그래, 빈 집에 그녀만 남겨두고 남편과 아이들은 훌훌히 떠났다. 마치 어릴 때의 신의 없는 계집애들처럼.

돌담길은 어디까지 이어지는 것일까. 문득 어젯밤의 꿈이 생각났다. 꿈 속에서 늘 가는 길인가. 어느 무너진 돌 틈에 자신을 위한 표지가 있으리라는 것을 알면서도 언제나 안타까움뿐으로 꿈을 깨었었다는 기억이 그녀를 조바심나게 했다. 혜자는 병을 들어 꿀꺽꿀꺽 목 안으로 부어넣었다. 그것이 마치 영원히 깨지 않을 꿈의 묘약인 듯 숨도 쉬지 않고 단숨에 마셨다. 모두들 나를 살인자라고 경계하고 기피하지만……. 그녀는 큰 소리로 말하며 새삼스러운 호기로 빈 병을 힘껏 내던졌다……. 누구라도 그런 상황에서라면 그럴 수밖에 없었을 거야. 정말 그랬다. 혜자는 아이들이 학교에 간 뒤 여느 때처럼 지하실에 꾸민 작업장에서 인형 만드는 일을 하고 있었다. 아주 더운 여름날이었고 더욱이 아교를 녹이기 위해 전기 곤로까지 피운 지하실은 찜통 같았다. 대문은 안으로 걸렸고 찾아올 사람도 없다는 것이 그녀로 하여금 속치마 바람으로 일하게 했을 것이다. 잠자는 공주의 머리칼과 장신구를 붙이는 까다로운 공정(工程)을 끝내고 마무리 작업에 열중해 있을 때 지하실문을 가로막고 기척 없이 들어서는 낯선 사내를 보았다. 그때 그녀가 본 것은 사내의 얼굴이 아니라 자신의 거의 벗은 몸이었다. 그러나 다가오는 사내의 두 눈에 한껏 달구어진 전기 인두를 들이댄 것은 오직 공포심 때문이었다.

몸의 곳곳에서 꽃처럼 피어나는 취기에 흔들리며 혜자는 걸었다. 무너진 돌 틈에 숨은 언젠가 맺은 비밀의 약속, 사랑의 맹세를 찾듯 한 손으로 돌담을 쓸며 똑바로 앞을 보고 걸었다. 모두들 잊었다고, 어쩔 도리가 없지 않았느냐고 누군가 그녀의 귓전에서 웅웅 속삭였다. 그녀가 달아오른 전기 인두를 들이대지 않았다 하더라도 결과는 지금보다 결코 나을 것이 없을 것이라고 속삭였다. 돌담길, 꿈에는 그리도 익숙하게 자주 가는 길, 길이 끝나는 곳에는 꿈 깨인 쓸쓸한 현실이 있을 뿐이라고 어렴풋이 생각하면서도 혜자는 꽃처럼 피어나는 취기가 영원히 그 길을 이어주리라는 기대로 더 깊은 어둠을 향해 한 걸음씩 옮겨놓았다.

1983년

1. 최인호의 「타인의 방」에서 '아파트'라는 공간이 주는 소외감에 대해 설명해 보시오.

도시적 일상의 특징은 그것이 전통적 공동체 사회의 삶에 비해 굉장히 단절적이라는 데 있다. 70년대의 도시개발과 진보된 문명을 기치로 내세운 현대화에 의해 도시의 규모와 의사소통 범위는 점차 개인이 제압할 수 없을 만큼 팽창하기 시작한다. 도시가 비대해질수록 역으로 도시의 소시민의 활동영역은 점진적으로 전문화되고 왜소화 되는 것이다.

도시생활자의 생활 범주와 인간관계가 협소화되는 것을 상징적으로 보여주는 것이 바로 아파트라는 거주공간이다. 아파트라는 도시적 공간은 타인과의 인간관계의 단절을 일상화해버리는 공간인 것이다. 나아가 사물화 된 인간관계는 가정의 틈새로도 파고들어 각각의 방으로 인간을 고립시키기에 이른다. 도시의 샐러리맨의 위상은 이미 지배적이 된 상업문화 논리로 인하여 전문화된 역할과 범위로 축소된다. 이 같은 과정 끝에 결국 그들이 마주치는 것은 거대한 세계 안에서 발견하게 되는 낯설기까지 한 자신의 무력하고 왜소한 모습이다.

「타인의 방」의 '나' 뿐만 아니라 최인호의 작품들에서 자주 등장하는 인물들은 아파트에 거주하는 월급 생활자이거나 특별히 구체적인 성격과 개인적 역사, 이름이 부여되지 않아도 좋을 익명의 개인들, 소시민들이다. 이 도시생활자들은 「타인의 방」의 '나'가 자기의 방으로 돌아올 때 한 번도 본적이 없는 이웃의 '경계하는 듯한 숫돌 같은 얼굴'을 만나고 자신의 방에 들어설 때 스스로 낯설음을 느끼는 것처럼 자기의 생활과 자기의 존재에 계속해서 불안을 느껴야 하는 단절된 삶을 살고 있다.

「타인의 방」의 '나'는 아내가 거짓말을 남기고 외출한 자신의 방에 돌아와 '심한', 그리고 '엄청난' 고독감과 무력감을 느낀다. 그러나 그 과장된 표현에 비하여 그는 자기의 고독에 대해서도 아내의 부정에 대해서도 진지한 반성을 보여주지 않으며 '철책에 갇힌 짐승처럼 신음을 하며 거닐' 뿐이다. 그는 툴툴거리며 한밤의 목욕에서 고독한 관능을 즐기며 노래하고 휘파람을 휙휙 불어댄다. 이미 고독을 깊이 일상화하고 내면화 한 '나'는 그와 같은 방식으로 고독에 대처하는 처방에도 이미 익숙한 것이다.

2. 트라우마(Trauma)의 정의를 설명하고, 오정희의 「순례자의 노래」에서 이러한 트라우마적 증세를 찾아보시오.

트라우마란 신체적인 손상 및 생명을 위협하는 심각한 상황에 직면한 후 나타나는 정신적인 장애가 지속되는 질병을 뜻한다. 전쟁, 천재지변, 화재, 신체적 폭행, 강간, 자동차 · 비행기 · 기차 등에 의한 사고에 의해 발생한다. 증세는 크게 과민반응, 충격의 재경험, 감정회피 또는 마비로 나눌 수 있다. 과민반응의 환자는 늘 불안스러워 하고, 주위를 경계하며, 잠을 잘 이루지 못하는 증세를 보인다. 환자들 대부분의 감정은 비현실적이고, 타락, 분노, 피해의식, 수치심을 잘 느끼게 된다.

오정희의 「순례자의 노래」는 이러한 트라우마를 다루고 있는 소설이다. 작중 인물 혜자의 시점에서 진행되고 있는 소설은 정보를 아주 조금씩 흘리면서 혜자의 과거에 대해 설명한다. 아주 일상적으로 진행되는 듯한 이 소설은 사건이 진행되면 될수록 혜자의 과거에 대해 더 많이 알게 된다는 묘한 구성을 지닌다. 결국 독자는 혜자가 집에 들어온 낯선 사내를 전기인두로 지져서 죽였고, 이 충격으로 인해 정신병원에 입원했으며 결국 남편과 이혼하게 되었다는 사실을 알게 된다. 그녀가 인형에 대해 보이는 집착 역시 이러한 트라우마적인 증세와도 연관되어 있다.

05
세대 의식과 고민

황순원(1915~2000)

평남 대동 출생. 황순원은 원래 시인으로 문학활동을 시작했다. 숭실중학 재학중에 이미 1931년 『동광』에 「나의 꿈」「아들아 무서워 말라」 등의 시를 발표했고, 『방가』 『골동품』 등 2권의 시집을 발간한 바 있다. 그러다가 1937년부터 소설을 창작하기 시작해서 「목넘이 마을의 개」「학」「소나기」「별」「독 짓는 늙은이」 등의 주옥같은 작품들을 남겼다. 짧으면서도 세련된 문체와 다양한 소설적 기법의 구사 그리고 소박하고 치열한 휴머니즘 정신과 한국인의 전통적 삶에 대한 애정이 황순원 소설의 주요한 특징이다. 한국 전쟁 이후 황순원은 서정적인 아름다움을 추구하는데 그치지 않고, 당대의 역사와 사회에 대한 비판적인 의식도 함께 보여준다. 원래 소설문학이 서정성을 드러내는 데 주력할 경우 자칫하면 역사나 현실에 대해 무관심하게 될 위험이 있는데, 황순원의 문학은 이러한 위험에서도 벗어나 있는 것이다. 2000년 9월 14일 향년 86세로 타계했고, 그의 이름을 딴 황순원 문학상이 중앙일보의 주관하에 운영되고 있다.

이청준(1939~)

전남 장흥 출생. 1965년에 『사상계』에 발표된 「퇴원」이 신인상을 받으며 등단하였다. 「병신과 머저리」「매잡이」 등의 초기작 중에는 현실과 관념, 허무와 의지 등의 대응관계를 구조적으로 형상화한 것들이 많다. 그는 경험적 현실을 관념적으로 해석하고 상징적으로 표현하는 경향이 강하다. 이청준의 소설 작업은 1970년대에 들어서면서 매우 활발하게 전개되어 「소문의 벽」「조율사」「떠도는 말들」「이어도」 「자서전들 쓰십시다」「서편제」「잔인한 도시」「살아 있는 늪」 등의 무게 있는 작품을 발표했다. 이청준은 그의 소설에서 정치, 사회적인 메커니즘의 횡포에 대한 인간정신의 대결 관계를 주로 형상화했다. 특히 언어의 진실과 말의 자유에 관심을 기울였다. 이러한 작업을 거치면서 「잔인한 도시」에서는 닫힌 상황과 그것을 벗어나는 자유의 의미를 보다 정교하게 그려내었고, 「살아 있는 늪」에서는 현실의 모순과 그 상황의 문제성을 강조하기도 했다. 이청준은 1980년대에 접어들면서 보다 궁극적인 삶의 본질적 양상에 대한 소설을 많이 창작했다. 「시간의 문」「비화밀교」「자유의 문」 등에서 인간존재와 거기에 대응하는 예술의 형식의 완결성에 대한 추구라는 새로운 테마를 다루고 있는데 여기서 우리는 예술에 대한 그의 신념을 확인할 수 있다.

성장의 고통과 성숙

별

황순원

침몰선

이청준

성 장 의 고

철이 든다는 말이 무슨 뜻일까. '어휴, 이 녀석 철 들었구나. 이제 다 컸네.' 이런 말을 들어 본 적이 있을 것이다. 철이 들었다는 얘기는 결국 어른이 되었다는 말이다. 주위를 둘러보면, 같은 나이라고 해서 행동거지나 말투가 모두 같은 것은 아니다. 어렸을 때부터 고생을 많이 한 사람 쪽이 아무래도 더 어른스럽다. 이는 아마 고생을 하면서, 혹은 어려운 일을 겪으면서 자신과 세상에 대해 깊이 생각할 기회가 있었기 때문일 것이다. 이처럼 어른이 되기 위해서는 어떤 과정이 필요한지도 모른다.

원시 부족들에게는 어른이 되는 독특한 의식이 있는 경우가 많다. 이를 '입사의식(initiation)'이라 하는데, 이런 의식의 대부분은 시련이나 고통이 함께 수반된다. 이러한 '통과 제의'를 거쳐야만 비로소 성인으로 나갈 수 있다는 생각이 담겨 있는 것으로, 현대사회에서는 이런 의식 자체는 사라졌지만 성인이 되기 위해서 어떤 시련이나 고통이 필요하다는 생각은 여전히 남아 있다.

많은 작가들 또한 이런 생각에 바탕을 두고, 유년기에서 소년기를 거쳐 성인의 세계로 입문하는 과정에서 한 인물이 겪는 내면적인 갈등과 정신적인 성장, 그리고 자신을 둘러싸고 있는 세계에

통 과 성 숙

대한 깨달음의 과정을 담고 있는 작품들을 남겼다.

이런 경향의 작품을 '성장소설(initiation story)' 이라고 한다. 다음에 소개하는 작품들은 모두 어린이를 주인공으로 한 성장소설들로 나름의 계기와 과정을 통해 주인공이 변모해 간다는 공통점을 가지고 있다.

:: 유년기의 상처와 극복

어린아이는 대부분 자기 중심적이기 마련이다. 항상 옆에서 보살펴 주는 어머니가 있을 뿐만 아니라 다른 어른들도 자신들이 요구하는 것들은 대부분 들어주기 때문이다. 그래서 어린 시절에는 자기 자신을 중심으로 세상이 움직이는 것처럼 느끼면서 산다. 때문에 어린아이가 바깥의 세상과 만나게 되면 필연적으로 갈등을 겪게 된다. 선과 악, 옳고 그름 등에 대한 사회적 관습과 제도를 습득하고 그것을 체화해야만 정상적인 성인으로 성장할 수 있기 때문이다. 하나의 통과 제의랄 수 있는 이런 과정 속에서 누구나 상처를 입고 또 그것을 치유하면서 커가게 되는데, 그 양상은 개인마다 매우 다양하게 나타난다.

1941년 『인문평론』에 발표된 황순원의 「별」은 어머니를 잃은 소년이 누이의 죽음을 계기로 사랑과 죽음, 그리고 인생의 숨겨진 의미에 대해 눈뜨는 과정을 그린 단편소설이다.

어머니에 대한 그리움으로 가득한 주인공 소년은 누이가 죽은 어머니를 닮았다는 과수 노파의 말을 듣고 어머니의 잇몸은 검지 않고 예뻤다고 주장한다. 노파가 그렇다고 하자 만족해서 집으로 돌아온 소년은, 누이가 준 각시 인형을 발견하고는 지금까지 예뻐 보이던 인형이 갑자기 누이처럼 미워져 땅에 묻어버린다. 그리고는 사사건건 누이에게 반발하며 누이를 혼내 줄 계교만 꾸며낸다. 그러던 어느 날 아버지는 같은 반 친구의 오빠와 사귀던 누이에게, 두 번 다시 그런 일이 있었다가는 죽이겠다고 하면서 이제는 학교도 그만두라고 고함을 지른다. 그러나 의붓어머니는 진정으로 누이를 위해 준다. 소년은 대동강에 가서 누이를 치마로 싸서 강물에 넣으려 하다가 그냥 돌아온다. 결국 누이는 시내 어떤 사업가의 막내아들에게 시집을 가게 된다. 누이는 결혼하던 날 가마 앞에서 의붓어머니의 팔을 붙들고 슬프게 울면서 소년을 찾지만 소년은 그냥 피해 버리고 만다. 그러나 결혼한 지 얼마 안 되어 누이가 죽자, 소년은 누이가 준 인형을 생각해 내고 땅을 파헤치지만 인형은 보이지 않는다. 애꿎은 당나귀에게 누이의 죽음 탓을 하던 소년은 일부러 당나귀 등에서 떨어지고, 그의 눈에 그제야 눈물이 흘러내린다.

「별」의 주인공은 어린 시절 어머니를 잃은 아픔을 간직하고 있다. 그래서 죽은 어

원형 原型 archetype

원형의 글자 그대로의 뜻은 근본적인 형식을 말한다. 문학에서는 이야기의 뼈대를 이루는 보편성을 띤 요소, 예를 들면 모험담에 등장하는 공통적인 영웅상, 연애소설에 나오는 공통적인 미인(공주), 기타 보편적인 행동양식이나 행동이 벌어지는 배경, 사회 관계 등을 원형이라고 한다.
문학에서 발견되는 보편적인 양식들, 즉 이야기 문학에 있어서의 보편적인 인물상, 전형적인 행동방식, 보편적인 이미지 등은 단지 문학의 전통적 수법이나 도구일 뿐 아니라 인류의 깊은 심리 속에 뿌리 박고 있는 것이기 때문에 논리를 초월해서 독자들에게 강한 정서적 반응을 일으킬 수 있다. 가령 요즘 인기 있는 해리포터 시리즈의 뼈대를 추려 우리의 고전소설 홍길동과 비교해 보자. 해리포터는 위대한 마법사의 아들이지만 부모의 죽음으로 인해 이모에 의해 키워지며, 홍길동은 서출이다. 또 해리포터는 이모가족으로부터 박해를 받고 집을 떠나 마법학교로 가고, 홍길동도 아버지의 첩에 의해 박해를 받고 집을 떠난다. 해리포터는 마법학교에서 자신을 수련하고, 홍길동은 스승을 만나 도술을 배운다…….
이 정도만 해도 해리포터와 홍길동 사이에는 많은 공통점이 있음을 알 수 있다. 그것은 이 양자가 모두 고대 신화와 전설에 나오는 위대한 영웅들을 원형으로 취하고 있기 때문이다. (기이한 출생 → 기아 혹은 박해 → 집 나감 등.) 원형은 이처럼 각각 다른 개성의 문학작품 속에 보편적으로 담겨 있는 근본적인 형식을 뜻하는 것이다.

머니의 이미지를 지나치게 소중하게 여긴다. 그렇기 때문에 못생긴 누이가 세상에서 가장 아름다운 모습이어야 할 어머니를 닮았다는 이야기를 들은 아이는 그 사실을 받아들일 수가 없는 것이다. 그리고 어머니가 그렇게 못생겼을 리 없다는 생각 때문에 아이는 누이의 애정을 거부하고 누이에 대해 공격적인 태도마저 보이게 된다. 이처럼 아이가 어머니를 닮은 누이를 거부하고 미워하는 태도는 어머니에 대한 깊은 그리움이 뒤틀려 표현된 것이다. 누이가 만들어준 인형을 땅속에 묻어버리는 행위 역시 결핍된 모성을 보상하고자 하는 악의적인 심리에서 나온 행동이다. 이처럼 죽은 어머니에 대한 집착이 지나친 경우를 우리는 모성고착(Motherfixation)이라고 한다.

이 작품에서 작가는 동생을 한없는 사랑으로 감싸는 누이와 못생긴 누이를 증오하는 소년의 갈등을 대화의 생략과 압축 그리고 암시를 통해 드러내고 있다. 따라서 지극히 평범한 소재를 다루고 있으면서도 그 분위기와 주제 의식이 강렬하게 전달되도록 하는 효과를 가지게 된다. 이러한 문체와 서술은 동화적이고 신비적인 분위기를 조성하도록 하며 작품 말미에 드러나는 '그리움과 상처를 통한 소년의 성장' 이라는 주제를 돋보이게 한다.

옥수수 사건, 인형 사건 등 9개의 에피소드를 통해 드러나는 아이의 누이에 대한 미움과 심술은 지독하리만큼 철저하다. 못생긴 누이가 친절과 애정을 베풀면 베풀수록 '누이가 돌아간 어머니와 같은 애정을 베풀어서는 안 된다' 고 생각하며 어머니를 닮아가는 누이의 사랑을 거부한다. 누이의 죽음을 접한 후에도 소년은 별로 슬퍼하지 않는 듯 보인다. 그러나 손톱으로 딱딱한 땅을 파헤치며 인형을 찾고 누나의 목소리를 그리며 당나귀 위에 올라타는 그의 행동들은 철저히 절제되어 묘사되지만 절절한 그리움과 슬픔을 담고 있다.

인간은 세월이 흘러감에 따라 육체적으로는 자연스럽게 성장한다. 그러나 자아와 의식의 성장은 저절로 주어지는 것이 아니다. 소년의 경우도 마찬가지다. 서럽게 울며 시집을 간 누이는 얼마 되지 않아 세상을 떠나고, 그 소식을 들은 아이는 누이의 얼굴을 아무리 해도 떠올릴 수가 없다. 소년은 당나귀에 올라 타 '우리 뉠 왜 쥑엔! 왜 쥑엔!' 하고 이유없이 화풀이를 하다가 누이의, '데런!' 하는 소리를 들은 것으로 착각하고는 일부러 당나귀의 등에서 떨어져 본다. 하지만 어느 쪽 다리도 삐지 않았고, '데런!' 하고 소리치며 달려오는 누이도 없다. 우리는 이 상징적인 사건을 통해 아이는 더 이상 어린아이가 아닌 어른이 되었음을 알 수 있다. 소년은 더 이상 주변 어른들의 도움을 받는 아이가 아니라 혼자 모든 것을 헤쳐 나가야 할 어른이 된 것이다. 이제 아이의 영원한 그리움과 성장의 상처는 별이 되어 어른이 된 소년의 가슴속에 새겨지게 된 것이다. 그 별은 소년의 영원한 그리움이자 그를 성숙하게 한 시련의 아름다운 상처이기도 한 것이다.

「별」의 소년이 누이의 죽음이라는 시련을 통해 성숙하게 되었다면, 이청준의 「침몰선」에서의 주인공 소년 진은 바다에 박혀 버린 침몰선을 통해 세계를 경험하고 그 배와 함께 유년기를 거쳐 청년으로 성장한다. 1968년 『세대』에 발표된 이 작품은 한

성장소설 initiation story

성장소설이란 지적, 도덕적, 정신적으로 미숙한 상태에 있던 어린아이 혹은 소년이 자아의 미숙함을 딛고 일어서서 자기 자신이 가진 고유한 가치와 세계의 의미를 깨닫게 되는 과정을 그린 것이다. 이러한 성장소설의 대표적인 작품으로는 헤르만 헤세의 「데미안」을 꼽을 수 있다. '새는 알을 깨고 나온다' 는 명언으로 유명한 이 작품은 주인공 싱클레어가 선과 악, 정신과 육체 사이에서 갈등하며 정신적인 방황을 겪는 모습이 잘 묘사되어 있다. 이러한 방황 속에서 만난 데미안, 에바 부인 등과 같은 인생의 조언자들을 통해서 정신적인 성장을 하게 된다.

성인인 소설가가 어린 자아의 내면적인 성장과 세계에 대한 자각을 그리고 있는 만큼 성장소설은 시점이 중요한 문제가 된다. 전지적 작가 시점으로 어린 주인공의 의식의 변화 과정을 포착하는 것과, 일인칭 관찰자 시점으로 세계를 관찰하는 가운데 화자의 성장 과정이 드러나는 경우가 있다.

국 전쟁시 바닷가 마을을 배경으로 세상에 눈뜨고 성장해 가는 소년의 이야기를 그린 소설이다. 침몰한 배를 바라보는 소년의 시선 변화를 통해 어른이 되어 세계에 편입되어 가는 한 소년의 성장과정을 보여주고 있다.

주인공 소년 진에게 침몰선은 마을의 우물이나 정자나무처럼 그저 으레 거기에 있는 풍경의 하나일 뿐이었다. 그러던 어느 날 감나무 가지 잎들 사이로 바다를 내다보던 소년의 눈에 침몰선이 새롭게 들어오게 된다. 이는 곧 소년이 자기 자신의 외부에 존재하는 현실에 대해 눈을 돌리게 되는 순간을 의미한다. 그러나 아직은 그 현실의 상황을 스스로 판단하지 못하는 미성숙의 초보적인 단계일 뿐이다. 우리 어렸을 때를 생각해 보자. 아이들끼리 세상 돌아가는 일을 이야기하는 경우에 어머니나 아버지, 삼촌, 이웃집 아저씨에게서 들을 말을 그대로 옮기는 경우가 많지 않았던가. 세상을 자기 스스로의 눈으로 바라보지 못하고 소문이나 들은 풍월에 따라 이해하여 어떤 환상을 가지는 경우가 많았을 것이다. 이 소설의 주인공 진의 경우도 마찬가지다. 진은 마을을 들락거리는 수많은 사람들이 침몰선에 대해 말하는 내용을 가지고 침몰선에 대한 환상을 가지게 된다. 그래서 소년은 그 배가 완전히 침몰해서 움직일 수 없다는 사실을 믿지 않는다. 모두들 전쟁과 피난이라는 험난한 세월 중에 그 배의 존재조차 잊어버리지만 그는 언젠가는 그 배가 다시 바다로 나아갈 것이라고 생각한다.

그러나 소년 역시 언제나 그런 꿈만을 꾸는 어린아이로 남아 있을 수는 없다. 한 소녀와의 만남을 통해, 신비로운 침몰선도 자신이 부여한 환상에 지나지 않음을 깨닫게 되면서 그의 정신적 방황은 시작된다. 진은 다른 청년들이 그랬듯이 마을을 떠나게 되고, 또 그들이 그랬듯이 침몰선에 대해 무관심한 청년이 되어 마을로 돌아온다. 이제 침몰선은 그에게도 더 이상 의미를 가지지 못한다. 조금씩 턱수염이 돋아나는 성인이 되면서 침몰선의 존재가 잊혀져 가듯, 어린 시절 가졌던 꿈과 환상도 사라져 가게 된 것이다. 이제 그는 전쟁이라는 와중에 보였던 어른들의 모습, 죽음과 전쟁의 상처를 이해할 수 있는 성인이 된 것이다.

성장소설이라는 측면에서 생각해 보면 이 소설의 제목이자 주된 소재인 침몰선은 상징적인 의미를 가진다. 바다는 미지의 세계를 향해 열려 있지만 그 바다를 바라보고 살아가는 사람들의 의식은 폐쇄적이어서, 흔히 바닷가 사람들은 단순하고 시야가 좁다고 한다. 주인공도 바닷가에서 태어나 자랐기 때문에 또 다른 세상이 있다는 것을 깨닫지 못했고, 그래서 침몰선이 무엇인지를 굳이 알지 않아도 되었다. 그러나 전쟁이라는 현상을 겪으면서 비로소 외부와 접촉하게 되고 침몰선이 무엇인지도 알게 된다.

따라서 침몰선은 소년의 심리 상태를 나타내 주는 소재이자, 소년에게 새로운 세계를 경험하게 하여 시대에 눈뜨게 하는 매개체이다. 또한 침몰선에 대해 변해 가는 소년 진의 시선에서, 소년의 성장이라는 보편적인 상황을 떠올릴 수 있다면, 침몰선은 세상에 대한 은유라고도 파악할 수 있다. 소년이 침몰선을 바라보는 시선이 달라지듯이, 나이가 들어감에 따라 세상을 파악하는 방법이 달라지는 것이다. 아이였을 때는 주변 어른들의 생각이라는 필터로 걸러지던 세상이, 커가면서 자기 스스로의 경험에 따라 인식되고 이해할 수 있게 되는 것이다.

별 _ 황순원

동네 애들과 노는 아이를 한동네 과수 노파가 보고, 같이 저자에라도 다녀오는 듯한 젊은 여인에게 무심코, 쟈 동복 누이가 꼭 죽은 쟈 오마니 닮았디 왜, 한 말을 얼김에 듣자 아이는 동무들과 놀던 것도 잊어버리고 일어섰다. 아이는 얼핏 누이의 얼굴을 생각해 내려 하였으나 암만해도 떠오르지 않았다. 집으로 뛰면서 아이는 저도 모르게, 오마니 오마니, 수없이 외었다. 집 뜰에서 이복동생을 업고 있는 누이를 발견하고 달려가 얼굴부터 들여다보았다. 너무나 엷은 입술이 지나치게 큰 데 비겨 눈은 짭짭하니 작고, 그 눈이 또 늘 몽롱히 흐려 있는 누이의 얼굴. 아홉 살 난 아이의 눈은 벌써 누이의 그런 얼굴 속에서 기억에는 없으나 마음속으로 그렇게 그려 오던 돌아간 어머니의 모습을 더듬으며 떨리는 속으로 찬찬히 누이를 바라보았다. 참으로 오마니는 이 누이의 얼굴과 같았을까. 그러자 제법 어른처럼 갓난 이복동생을 업고 있던 열한 살잡이 누이는 전에 없이 별나게 자기를 자세히 들여다보는 동복 남동생에게 마치 어머니다운 애정이 끓어오르기나 한 듯이 미소를 지어 보였을 때, 아이는 누이의 지나치게 큰 입 새로 드러난 검은 잇몸을 바라보며 누이에게서 돌아간 어머니의 그림자를 찾던 마음은 온전히 사라지고, 어머니가 누이처럼 미워서는 안 된다고 머리를 옆으로 저었다. 우리 오마니는 지금 눈앞에 있는 누이로서는 흉내도 못 내게스레 무척 이뻤으리라. 그냥 남동생이 귀엽다는 듯이 미소를 짓고 있는 누이에게 아이는 처음으로 눈을 흘기며 무서운 상을 해보였다. 미운 누이의 얼굴이 놀라 한층 밉게 찌그러질 만큼. 생각다 못해 종내 아이는 누이가 꼭 어머니 같다고 한동네 과수 노파를 찾아 자기 집에서 왼편 쪽으로 마주난 골목 막다른 집으로 갔다. 마침 노파는 새로 지은 저고리 동정에 인두질을 하고 있었다. 늘 남에게 삯바느질을 시켜 말쑥한 옷만 입고 다녀 동네에서 이름난 과수 노파가 제 손으로 인두질을 하다니 웬 일일까. 그러나 아이를 보자 과수 노파는 아이보다도 더 의아스러운 듯한 눈치를 하면서 인두를 화로에 꽂는다. 아이는 곧 노파에게, 아니 우리 오마니하구 우리 뉘하구 같이 생겠단 말은 거짓말이디요? 했다. 노파는 더욱 수상하다는 듯이 아이를 바라보다가 그러나 남의 일에는 흥미 없다는 얼굴로, 왜 닮았디, 했다. 아이는 떨리는 입술로 다시, 아니 우리 오마니 입하구 뉘 입하구 다르게 생기디 않았이요? 하고 열심히 물었다. 노파는 이번에는 화로에 꽂았던 인두를 뽑아 자기 입술 가까이 갖다 대어보고 나서, 반만큼 세운 왼쪽 무릎 치마에 문대고는 일감을 잡으며 그저, 그러구 보믄 다르든 것 같기두 하군, 했다. 아이는 인두질하는 과수 노파의 손 가까이로 다가서며 퍼뜩 과수 노파의 손이 나이보다는 젊고 고와 보인다는 생각을 하면서, 우리 오마니 닛몸은 우리 뉘 닛몸터럼 검디 않구 이뻤디요? 했다. 과수 노파는 아이가 가까이 다가와 어둡다는 듯이 갑자기 인두 든 손으로 아이를 물러나라고 손짓하고 나서 한결같이 흥없이, 그래앤, 했다. 그러나 아이만은 여기서 만족하여 과수 노파의 집을 나서 그달음으로 자기 집까지 뛰어오면서, 그러면 그렇지 우리 오마니가 뉘처럼 미워서야 될 말이냐고 속으로 수없이 되뇌었다. 안뜰에 들어서자 누이가 안 보임을 다행으로 여기며 방 안으로 들어갔다. 그리고 책상 앞으로 가 란도셀 속에서 산수책을 꺼내다가 그 속에 인형을 발견하고 주춤 손을 거두었다. 누이가 비단색 헝겊을 모아 만들어준 낭자를 튼 예쁜 각시인형이었다. 그리고 아이가 언제나 란도셀 속에 넣어가지고 다니는 인형이었다. 과목은 요일을 따라 바뀌었으나 항상 란도셀 속에 이 인형만은 변함없이 들어 있었다. 아이는 인형을 꺼내 들었다. 그러나 지금 아이는 이 인형의 여태까지 그렇게 이쁘던 얼굴이 누이의 얼굴이나처럼 미워짐을 어쩔 수 없었다. 곧 아이는 인형을 내다버려야 한다는 걸 느꼈다. 그걸 품에 품고 밖으로 나섰다.

저녁 그늘이 내린 과수 노파가 사는 골목을 얼마 들어가다 아이는 주위에 사람 없는 것을 살피고 나서 주머니에서 칼을 꺼냈다. 칼끝으로 땅을 파가지고 거기에다 품속의 인형을 묻었다. 그리고는 그곳을 떠났다. 인형인가 누이인가 분간 못할 서로 얽힌 손들이 매달리는 것 같음을 아이는 느꼈다. 그러나 아이는 어머니와 다른 그 손들을 쉽사리 뿌리칠 수 없었다. 골목을 다 나온 곳에서 달구지를 벗은 당나귀가 아이의 아랫도리를 찼다. 아이는 굴러 나가동그라졌다. 분하다. 일어난 아이는 당나귀 고삐를 쥐고 달구지채로 해서 당나귀 등에 올라탔다. 당나귀가 제 꼬리를 물려는 듯이 돌다가 날뛰기 시작했다. 아이는, 그럼 우리 오마니가 뉘터럼 생겠단 말이가? 뉘터럼 생겠단 말이가? 하고 당나귀가 알아나 듣는 것처럼 소리를 질렀다. 당나귀가 더 날뛰었다. 아이의, 뉘터럼 생겠단 말이가? 하는 소리가 더 커갔다. 그러다가 별안간 뒤에서 누이의, 데런! 하는 부르짖음 소리를 듣고 아이는 그만 당나귀 등에서 떨어지고 말았다. 땅에 떨어진 아이는 다리 하나를 약간 삔 채로 나자빠져 있었다. 누이가 분주히 달려왔다. 그러나 아이는 누이가 위에서 굽이보며 붙들어 일으키려는 것을 무지스럽게 손으로 뿌리치고 혼자 벌떡 일어나, 삔 다리를 예사롭게 놀려 집으로 돌아갔다.

갓난 이복동생을 업어 주는 것이 학교 다녀온 뒤의 나날의 일과가 되어 있는 누이가, 하루는 아이의 거동에서 자기를 꺼리고 있다는 것을 눈치채고는 그런 동생을 기쁘게 해주려는 듯이, 업은 애의 볼기짝을 돌려 대더니 꼬집기 시작했다. 물론 누이의 손은 힘껏 꼬집는 시늉만 했고, 그럴 적마다 그 작은 눈을 힘주는 듯이 끔쩍끔쩍하였지만, 결국은 애가 울지 않을 정도로 조심하면서 꼬집어 대는 것이었다. 사실 줄곧 누이에게만 애를 업히는 의붓어머니에게 슬그머니 불평 같은 것이 가고 누이에게는 동정이 가던 아이였다. 그러나 이날 아이는 자기를 기껍게나 해주려는 듯이 이복동생의 볼기짝을 힘껏 꼬집는 시늉을 하는 누이에게 재미있다는 생각이 일기는커녕 도리어 밉고, 실눈을 끔쩍일 적마다 흉하게만 여겨졌다. 아이는 문득 누이를 혼내어 줄 계교가 생각났다. 그는 날렵하게 달려가 이복동생의 볼기짝을 진짜로 꼬집어 댔다. 그리고 업힌 애가 울음을 터뜨리는 걸 보고야 꼬집기를 멈추고 골목으로 뛰어가 숨었다. 이제 턱이 밭은 의붓어머니가 달려나와, 왜 애를 그렇게 갑자기 울리느냐고 누이를 꾸짖으리라. 아이는 골목에서 몰래 의붓어머니가 나오기만 기다렸다. 사실 곧 의붓어머니는 나왔다. 그리고 또 어김없이 누이를 내려다보면서, 앨 왜 그렇게 갑자기 울리니, 했다. 아이는 재미나하는 장난스런 미소를 떠올렸다. 그러나 다음 순간 아이는 누이의 대답이 어떨까 하는 생각이 들면서, 이번에는 저도 모르게 미소가 걷히고 귀가 기울어졌다. 그렇게 자기들에게 몹쓸게 굴지는 않는다고 생각되면서도 어딘가 어렵고 두렵게만 여겨지는 의붓어머니에게 겁난 누이가 그만 자기가 꼬집어서 운다고 바로 이르기나 하면 어쩌나. 그러나 누이는 의붓어머니가 어렵고 힘들고 두렵게 생각키우지도 않는지 대담스레 고개를 들고, 아마 내 등을 빨다가 울 젠 배가 고파 그런가 봐요, 하지 않는가. 아, 기묘한 거짓말을 잘 돌려댄다. 그러나 지금 대담하게 의붓어머니에게 거짓말을 하여 자기를 감싸주는 누이에게서 어머니의 애정 같은 것이 풍기어 오는 듯함을 느끼자 아이는, 우리 오마니가 뉘 같지는 않았다고 속으로 부르짖으며 숨었던 골목에서 나와 의붓어머니에게로 걸어갔다. 그리고는, 난 또 애 업구 어디 넘어디디나 않았나 했군, 하면서 누이의 등에서 어린애를 풀어내고 있는 의붓어머니에게 아이도 이번에는 겁내지 않고, 이자 내가 애 엉뎅일 꼬집었이요, 했다.

아이는 옥수수를 좋아했다. 옥수수를 줄줄이 다음다음 뜯어먹는 게 참 재미있었다. 알이 배고 곧은 자루면 엄지손가락 쪽의 손바닥으로 되도록 여러 알을 한꺼번에 눌러 밀어 얼마나 많이 붙은 쌍둥이를 떼낼 수 있나 누이와 내기하기도 했었다. 물론 아이는 이 내기에서 누이한테 늘 졌다. 누이는 줄이 곧지 않은 옥수수를 가지고도 꽤는 잘 여러 알 붙은 쌍둥이를 떼내곤 했다. 그렇게 떼낸 쌍둥이를 누이가 손바닥에 놓아 내밀어 아이는 맛있게 그걸 집어먹기도 했었다. 그러나 이날 아이는 누이가, 우리 누가 많이 쌍둥이를 만드나 내기할까? 하는 것을 단박에, 싫어! 해버렸다. 누이는 혼자 아이로서는 엄두도 못 낼 긴 쌍둥이를 떼냈다. 아이는 일부러 줄이 곧게 생긴 옥수수자루인데도 쌍둥이를 떼내지 않고 알알이 뜯어먹고만 있었다. 누이는 금방 뜯어낸 쌍둥이를 아이에게 내주었다. 그러나 아이는 거칠게, 싫어! 하고 머리를 도리질하고 말았다. 누이가 새로 더 긴 쌍둥이를 뜯어내서는 다시 아이에게 내밀었다. 그러나 누이가 마치 어머니처럼 굴 적마다 도리어 돌아간 어머니가 누이와 같지 않다는 생각으로 해서 더 누이에게 냉정할 수 있는 아이는, 내민 누이의 손을 쳐 쌍둥이를 떨궈 버리고 말았다. 그러던 어떤 날 저녁, 어둑어둑한 속에서 아이가 하늘의 별을 세며 별은 흡사 땅 위의 이슬과 같다고 생각하고 있는데, 누이가 조심스레 걸어오더니 어둑한 속에서도 분명한 옥수수 한 자루를 치마폭 밑에서 꺼내어 아이에게 쥐어주었다. 그러나 아이는 그것을 먹어볼 생각도 않고 그냥 뜨물항아리 있는 데로 가 그 속에 떨구듯 넣어버렸다.

아이는 또 땅바닥에 갖가지 지도 같은 금을 그으며 놀기를 잘했다. 바다를 모르는 아이는 바다 아닌 대동강을 여러 개 그리고, 산으로는 모란봉을 몇 개고 그리곤 했다. 그러다가 동무가 있으면 땅따먹기도 했다. 상대편의 말을 맞히고 뼘을 재어 구름이 피어오르는 듯한 땅과 무성한 나무 같은 땅을 만드는 게 재미있었다. 그날도 아이는 옆집 애와 길가에서 땅따먹기를 하고 있었다. 옆집 애의 땅한테 아이의 땅이 거의 잠식당하고 있었다. 한쪽 금에 붙어 꼭 반달처럼 생긴 땅과 거기에 붙은 한 뼘 남짓한 땅이 남았을 뿐이었다. 그것마저 옆집 애가 새로 말을 맞히고 한 뼘 재먹은 뒤에는 반달에 붙은 땅이 또 줄었다. 이번에는 아이가 칠 차례였다. 옆집 애가 말을 놓았다. 그것은 아이의 반달땅 끝에서 한껏 먼 곳이었다. 그러나 아이는 기어코 반달 끝에다 자기의 말을 놓았다. 옆집 애는 아이의 반달땅에 달린 다른 나머지 땅에서가 자기의 말이 제일 가까운데 왜 하필 반달 끝에서 치려는지 이상히 여기는 눈치였다. 사실 아이의 어디까지나 반달 끝에다 한 뼘 맘껏 둘러재어 동그라미를 그어 놓았으면 얼마나 아름다울지 모르겠다는 계획을 옆집 애는 알 턱 없었다. 아이는 반달 끝에서 옆집 애의 말까지의 길을 닦았다. 이번에는 꼭 맞혀 이 반달 위에 무지개 같은 동그라미를 그어 놓으리라. 아이의 입은 꼭 다물어지고 눈은 빛났다. 뒤이어 아이는 옆집 애의 말을 겨누어 엄지손가락에 버텼던 장가락을 퉁기었다. 그러나 아이의 장가락 손톱에 맞은 말은 옆집 애의 말에서 꽤 먼 거리를 두고 빗지나갔다. 옆집 애가 됐다는 듯이 곧 자기의 말을 집어 들며 아이가 아무리 먼 곳에 말을 놓더라도 대번에 맞혀 버리겠다는 득의의 미소를 떠올렸다. 그러면서 아이의 말 놓기를 기다리다가 흐려지지도 않은 경계선을 사금파리 말을 세워 그었다. 아이의 반달 끝이 이지러지게 그어졌다. 아이가, 이건 왜 이르캐? 하고 고함쳤다. 옆집 애는 곧 다시 고쳐 금을 그었다. 옆집 애는 아이가 자기의 땅을 줄게 그어서 그러는 줄로 알았는지, 이번에는 반달의 등이 약간 살찌게 그어 놓았다. 아이는 그래도, 것두 아냐! 했다. 그러는데 어느새 왔었는지 누이가 등 뒤에서 옆집 애의 말을 빼앗아서는 동생을 도와 반달의 배가 부르게 긋기 시작했다. 그러나 아이는 누이가 채 다 긋기도 전에 손바닥으로 막 지워버리면서, 이건 더 아냐! 이건 더 아냐! 하고 소리질렀다.

하루는 아이가 뜰 안에서 혼자 땅바닥에다 지도 같은 금을 그으며 놀고 있는데, 바깥에서 누이가 뒷집 계집애와 싸우는 소리가 들려, 마침 안의 어른들이 듣지 못하고 있는 것을 다행으로 열린 대문 새로 내다보았다. 아이가 늘 이쁘다고 생각해오던 뒷집 계집애의 내민 역시 이쁜 얼굴에서, 그래 안 맞았단 말이가? 하는 말소리가 빠른 속도로 계속되는 대로, 또 누이의 내민 밉게 찌그러진 얼굴에서는, 안 맞디 않구, 하는 소리가 같은 속도로 계속되고 있었다. 땅따먹기 하다가 말이 맞았거니 안 맞았거니 해서 난 싸움이 분명했다. 어느 편이 하나 물러나는 법 없이 점점 더 다가들면서 내민 입으로 자기의 말소리를 좀더 이악스레 빠르게들 하고 있는데, 저쪽에서 뒷집 계집애의 남동생이 달려오더니 다짜고짜로 누이에게 흙을 움켜 뿌리는 것이 아닌가. 그러자 뒷집 계집애의 이쁜 얼굴이 더 내밀어지며, 그래 안 맞았단 말이가? 하는 소리가 더 날카롭게 빠르게 계속되는 한편, 누이는 먼저 한 걸음 물러나며 안 맞디 않구, 하는 소리도 떠져갔다. 뒷집 계집애의 남동생이 또 흙을 움켜 뿌렸다. 뒷집 계집애의 남동생이 흙을 움켜 뿌릴 적마다 이쪽 누이는 흠칫흠칫 물러나며 말소리가 줄고, 뒷집 계집애의 말소리는 더욱 잦아갔다. 그러자 아이는 저도 깨닫지 못하고 대문을 나서 그리로 걸어갔다. 아이를 보자 뒷집 계집애의 남동생이 우선 흙 뿌리기를 멈추고, 다음에 뒷집 계집애가 다가오기를 멈추고, 다음에 계집애의 말소리가 늦추어지고, 다음에 누이가 뒷걸음치던 걸음을 멈추었다. 그리고 누이는 뒷집 계집애의 남동생처럼 자기의 남동생도 역성을 들러 오는 것으로만 안 모양이어서 차차 기운을 내어 다가나가며, 안 맞디 않구, 안 맞디 않구, 하는 소리를 점점 빠르게 회복하고 있었다. 거기 따라 뒷집 계집애는 도로 물러나며 점차, 그래 안 맞았단 말이가? 하는 소리를 늦추고 있고, 뒷집 계집애의 남동생도 한옆으로 아이를 피하고 있었다. 그러나 아이는 싸움터로 가까이 가자 누이의 홍분된 얼굴이 전에 없이 더 흉하게 느껴지면서, 어디 어머니가 저래서야 될 말이냐는 생각에, 냉연하게 그곳을 지나쳐 버리고 말았다. 그리고 등 뒤로 도로 빨라가는 뒷집 계집애의 말소리와 급작스레 떠가는 누이의 말소리를 들으면서도 아이는 누이보다 이쁜 뒷집 계집애가 싸움에 이기는 게 옳다고 생각하며 저만큼 골목 어귀에서 여물을 먹고 있는 당나귀에게로 걸어갔다.

열네 살의 소년이 된 아이는 뒷집 계집애보다 더 이쁜 소녀와 알게 되었다. 검고 맑고 깊은 눈 하며, 깨끗하고 건강한 볼, 그리고 약간 노란 듯한 머리카락에서 풍기는 숱한 향기. 아이는 소녀와 함께 있으면서 그 맑은 눈과 건강한 볼과 머리카락 향기에 온전히 홀린 마음으로 그네를 바라보기만 하면 그만이었다. 그러나 소녀 편에서는 차차 말없이 자기를 쳐다보기만 하는 아이에게 마음 한구석으로 어떤 부족감을 느끼는 듯했다. 하루는 아이와 소녀는 모란봉 뒤 한 언덕에 대동강을 등지고 나란히 앉아 있었다. 언덕 앞 연보랏빛 하늘에는 희고 산뜻한 구름이 빛나며 떠가고 있었다. 아이가 구름에 주었던 눈을 소녀에게로 돌렸다. 그리고는 소녀의 얼굴을 언제까지나 들여다보기 시작했다. 소녀의 맑은 눈에도 연보랏빛 하늘이 가득 차 있었다. 이제 구름도 피어나리라. 그러나 이때 소녀는 또 자기만 말끄러미 바라보고 있는 아이에게 느껴지는 어떤 부족감을 못 참겠다는 듯한 기색을 떠올렸는가 하면, 아이의 어깨를 끌어당기면서 어느새 자기의 입술을 아이의 입에다 갖다 대고 비비었다. 아이는 저도 모르게 피하는 자세를 취하였으나 서로 입술을 비비고 난 뒤에야 소녀에게서 물러났다. 벌떡 일어났다. 그리고 아이는, 거친 숨을 쉬면서 상기돼 있는 소녀를 내려다보았다. 이미 소녀는 아이에게 결코 아름다운 소녀는 아니었다. 얼마나 추잡스러운 눈인가. 이 소녀도 어머니가 아니라는 생각이 불현듯 떠올랐다. 아이는 소녀에게서 돌아섰다. 소녀는 실망과 멸시로 찬 아이의 기색을 느끼며 아이를 붙들려 했으나 아이는 쉽게 그네를 뿌리치고 무성한 여름의 언덕길을 뛰어내릴 수 있었다.

하늘에 별이 별나게 많은 첫가을 밤이었다. 아이는 전에 땅 위의 이슬같이만 느껴지던 별이 오늘밤엔 그 어느 하나가 꼭 어머니일 것 같은 생각이 들어, 수많은 별을 뒤지고 있었다. 그러나 아이는 곧 안에서 누구를 꾸짖는 듯한 아버지의 음성에 정신을 깨치고 말았다. 아이는 다시 하늘로 눈을 부었으나 다시는 어느 별 하나가 어머니라는 환상을 붙들 수는 없었다. 아쉬웠다. 다시 어버지의 누구를 꾸짖는 듯한 음성이 들려나왔다. 아이는 아쉬운 마음으로 아버지의 음성이 들려 오는 창 가까이로 갔다. 안에서는 아버지가, 두 번 다시 그런 눈치만 뵀단 봐라, 죽여 없애구 말 테니, 꼭대기 피두 안 마른 년이 누굴 망신시킬려구, 하는 품이 누이 때문에 여간 노한 게 아닌 것 같았다. 좀한 일에는 노하는 일이 없는 아버지가 이렇도록 노함에는 심상치 않은 일이 일어났음에 틀림없었다. 의붓어머니의 조심스런 음성으로, 좌우간 그편 집안을 알아보시구레, 하는 말이 들려나왔다. 이어서 여전히 아버지의, 알아보긴 쥐뿔을 알아봐! 하는 노기 찬 음성이 뒤따랐다. 이번엔 누이의 나직이 떨리는 음성이 한번, 동무의 오래비야요, 했다. 이젠 학교두 고만둬라, 하는 아버지의 고함에, 누이 아닌 아이가 등골이 서늘해짐을 느꼈다. 그러면서 얼마 전에 누이가 호리호리한 키에 흰 얼굴을 한 청년과 과수 노파가 살고 있는 골목 안에 마주 서 있는 것을 본 일이 생각났다. 그때 누이는 청년이 한반 동무의 오빠인데 심부름을 왔었다고 변명하듯 말했고, 아이는 아이대로 그저 모른 체하고 있었으나, 속으로는 누이 같은 여자와 좋아하는 청년의 마음을 정말 모르겠다고 생각했었다. 그 청년과 누이가 만나는 것을 집안에서도 알았음에 틀림없었다. 지금 안에서 의붓어머니의 낮으나 힘이 든 음성으로, 애 넌 또 웬 성냥 장난이가! 하는 것만은 이제는 유치원에 다니게 된 이복동생을 꾸짖는 소리리라. 요사이 차차 의붓어머니가 어렵고 두렵기만 한 게 아니고 진정으로 자기네를 골고루 위해 주고 있다는 것을 깨닫게 된 아이는, 동복인 누이의 일로 의붓어머니를 걱정시키는 것이 아버지에게보다 더 안됐다고 생각됐다. 다시 의붓어머니의 조심성 있고 은근한 음성으로, 넌두 생각이 있갔디만 이제 네게 잘못이라두 생기믄 땅속에 있는 너의 어머니한테 어떻게 내가 낯을 들겠니, 자 이젠 네 방으루 건너가그라, 함에 아이는 이번에는 의붓어머니의 애정에 얼굴이 달아오르면서, 정말 누이가 돌아간 어머니까지 들추어내게 하는 일을 저질렀다가는 용서 않는다고 절로 주먹이 쥐어졌다. 어디서 스며오듯 누이의 흐느끼는 소리가 들려왔다. 두 번 다시 그런 일만 있었단 봐라, 초매(치마)루 묶어서 강물에 집어 넣구 말디 않나, 하는 아버지의 약간 노염은 풀렸으나 아직 엄한 음성에, 아이는 이번에는 또 밤바람과 함께 온몸을 한 번 부르르 떨었다.

꽤 쌀쌀한 어떤 날 밤이었다. 의붓어머니가 아버지에게 애걸하다시피 하여 학교만은 그냥 다니게 된 누이보고 아이가, 우리 산보 가, 했다. 누이는 먼저 뜻하지 않았던 일에 놀란 듯 흐린 눈을 크게 떠 보이고 나서 곧 아이를 따라 나섰다. 밖은 조각달이 달려 있었다. 그리고 수많은 별들이 빛나고 있었다. 싸늘한 바람이 불어왔다. 바람이 불어올 적마다 별들은 빛난다기보다 떨고 있는 것만 같았다. 아이는 앞서 대동강 쪽으로 난 길을 접어들었다. 누이는 그저 아이를 따랐다. 어둑한 속에서도 이제 누이를 놀래어 주리라는 계교 때문에 아이의 얼굴은 미소가 떠올라 있었다. 강둑을 거슬러 오르니까 더 써느러웠다. 전에 없이 남동생이 자기를 밖으로 이끌어낸 것을 의아하게 여기는 눈치로, 그러나 즐거운 듯이 누이가 아이에게, 춥디 않니? 했다. 아이는 거칠게 머리를 옆으로 저었다. 젓고 나서 어둠으로 해서 누이가 자기의 머리 저음을 분간치 못했으리라고 깨달았으나 아이는 그냥 잠자코 말았다. 누이가 돌연 혼잣말처럼, 사실 나 혼자였다믄 벌써 죽구 말았어, 죽구 말디 않구, 살믄 멀 하노…… 그래두 네가 있어 그렇디, 둘이 있다 하나가 죽으믄 남는 게 더 불쌍할 것 같애서…… 난 정말 그래, 하며 바람 때문인지 약간 느끼는 듯했다. 아이는 혹시 집에서 누이의 연애 사건을 알게 된 것이 자기가 아버지나 의붓어머니에게 고자질한 것으로 잘못 알고 있지나 않나 하는 생각이 들자, 누이를 쓸어안고 변명이나 할 듯이 홱 돌아섰다. 누이도 섰다. 그러나 아이는 계획해 온 일을 실현할 좋은 계기를 바로 붙잡았음을 기뻐하며 누이에게, 초매 벗어라! 하고 고함을 치고 말았다. 뜻밖에 당하는 일로 잠시 어쩔 줄 모르고 섰다가 겨우 깨달은 듯이 누이는 어둠 속에서 조용히 저고리를 벗고 어깨치마를 머리 위로 벗어냈다. 아이가 치마를 빼앗아 땅에 길게 폈다. 그리고 아이는 아버지처럼 엄하게 가루 눠라! 했다. 누이는 또 곧 순순히 하라는 대로 했다. 그러나 아이는 치마로 누이를 묶어 강물에 집어넣는 차례에 이르러서는 자기의 하는 일이면 누이가 죽는 한이 있더라도 아무 항거 없이 도리어 어머니다운 애정으로 따라 할 것만 같은 생각이 들며, 누이가 돌아간 어머니와 같은 애정을 베풀어서는 안 된다고 치마 위에 이미 죽은 듯이 누워 있는 누이를 그대로 남겨 둔 채 돌아서 그곳을 떠나고 말았다.

누이는 시내 어떤 실업가의 막내아들이라는 작달막한 키에 얼굴이 검푸른, 누이의 한반 동무의 오빠라는 청년과는 비슷도 안 한 남자와 아무 불평 없이 혼약을 맺었다. 그리고 나서 얼마 안 되어 결혼하는 날, 누이는 가마 앞에서 의붓어머니의 팔을 붙잡고는 무던히나 슬프게 울었다. 아이는 골목에 몸을 숨기고 있었다. 누이는 동네 아낙네들이 떼어놓는 대로 가마에 오르기 전에 젖은 얼굴을 들었다. 자기를 찾고 있음에 틀림없다고 생각하면서도, 아이는 그냥 몸을 숨기고 있었다. 그리고 누이가 시집간 지 또 얼마 안 되는 어느 날, 별나게 빨간 놀이 진 늦저녁 때 아이네는 누이의 부고를 받았다. 아이는 언뜻 누이의 얼굴을 생각해 내려 하였으나 도무지 떠오르지가 않았다. 슬프지도 않았다. 그러다가 아이는 지난날 누이가 자기에게 만들어주었던, 뒤에 과수 노파가 사는 골목 안에 묻어버린 인형의 얼굴이 떠오를 듯함을 느꼈다. 아이는 골목으로 뛰어갔다. 거기서 아이는 인형 묻었던 자리라고 생각키우는 곳을 손으로 팠다. 흙이 단단했다. 손가락을 세워 힘껏힘껏 파 댔다. 없었다. 짐작되는 곳을 또 파보았으나 없었다. 벌써 썩어 흙과 분간치 못하게 된 지가 오래리라. 도로 골목을 나오는데 전처럼 당나귀가 매어 있는 게 눈에 띄었다. 그러나 전처럼 당나귀가 아이를 차지는 않았다. 아이는 달구지채에 올라서지도 않고 전보다 쉽사리 당나귀 등에 올라탔다. 당나귀가 전처럼 제 꼬리를 물려는 듯이 돌다가 날뛰기 시작했다. 그리고 아이는 당나귀에게나처럼, 우리 뉠 왜 쥑엔! 왜 쥑엔! 하고 소리 질렀다. 당나귀가 더 날뛰었다. 당나귀가 더 날뛸수록 아이의, 왜 쥑엔! 왜 쥑엔! 하는 지름소리가 더 커갔다. 그러다가 아이는 문득 골목 밖에서 누이의, 데련! 하는 부르짖음을 들은 거로 착각하면서, 부러 당나귀 등에서 떨어져 굴렀다. 이번에는 어느 쪽 다리도 삐지 않았다. 그러나 아이의 눈에는 그제야 눈물이 괴었다. 어느새 어두워지는 하늘에 별이 돋아났다가 눈물 괸 아이의 눈에 내려왔다. 아이는 지금 자기의 오른쪽 눈에 내려온 별이 돌아간 어머니라고 느끼면서, 그럼 왼쪽 눈에 내려온 별은 죽은 누이가 아니냐는 생각에 미치자 아무래도 누이는 어머니와 같은 아름다운 별이 되어서는 안 된다고 머리를 옆으로 저으며 눈을 감아 눈 속의 별을 내몰았다.

1941년

침몰선沈沒船 _ 이청준

어느 가을날 오후, 진 소년은 처음으로 마을 앞 바다의 침몰선을 보았다. 아니 침몰선은 훨씬 전부터 거기 있었을 것이다. 그러나 소년은 그것을 마음에 두어 본 일이 없었다. 소년은 그가 태어난 일을 전혀 기억할 수 없듯이 그 침몰선이 언제부터 거기 있었는지를 기억해 낼 수 없었다. 그것은 그냥 바다의 한 부분으로 거기 있었다. 그러니까 그 침몰선에 대한 소년의 가장 오랜 기억은 그 가을날 오후의 일이었다. 뜰 앞 감나무 가지에 올라앉아 막 단풍이 들기 시작한 잎들 사이로 한나절 바다를 내다보던 소년의 사념 속으로 문득 그 침몰선의 모습이 들어왔던 것이다.

그때 침몰선은 차오르는 밀물을 타고 금방이라도 닻을 올리고 떠나갈 듯이 출렁거리며 떠오르고 있는 것처럼 보였었다. 그날부터 진 소년에게 침몰선은 바다의 한 부분이 아니었다. 이제 소년은 그 배에 관한 나이 먹은 마을 사람이나 아이들의 이야기에 귀를 기울이기 시작했다. 실상 그때까지도 소년은 그 배가 영영 다시 바다로 나가지 못하게 된 침몰선이라는 것을 모르고 있었다. 마을 가운데의 우물처럼 또는 동구 밖의 정자나무처럼 그 배는 으레 거기 있는 것이려니 여긴 진 소년이 배가 거기에 언제나 머물러 있는 것을 이상히 여길 까닭은 없었다. 언제고 배는 바다로 나가야 한다는 것을 알게 된 것은 소년이 훨씬 더 많은 이야기를 마을 사람들로부터 들은 다음이었다. 이 남쪽 바닷가까지 난리를 밀고 온 못된 사람들이 흐지부지 자취를 감추어갈 무렵의 어느 날 밤, 바다를 뒤흔드는 요란한 진동 소리가 들리더니 아침에 일어나 보니 앞바다 멀찌감치에 집더미 같은 배가 한 척 버티고 있더라 하였다. 그 배는 곧 다시 쿵쿵거리며 넓은 바다로 나갈 것처럼 머리 쪽을 반쯤 밖으로 돌리고 있었는데 웬일인지 그날 해가 저물어도 떠나갈 기척이 없더라는 것이었다. 다음날도 그 다음날도 배는 여전히 떠나가지를 않았다. 드디어 사리가 되어 썰물이 멀리까지 나간 다음에야 마을에서는 그 배가 펄에 얹혀 버린 것을 알게 되었다고 했다. 배에는 사람이 있는 것도 같고 없는 것도 같았지만, 사람들은 두려워서 그 침몰선 부근은 아무도 가보려고 하지를 않았는데, 이제는 국군이 다시 돌아왔어도 마을에서들은 역시 그 배의 근처는 지나가는 것조차도 싫어하고 있었다. 그러면서도 사람들은 배에 관해서 이러쿵저러쿵 제각기 아는 체들을 했다. 그리고 언젠가는 그 침몰선이 물을 타고 바다로 나가게 될 거라고들 하였다. 그 배에 관한 말들은 하도 가지가지여서 진 소년은 어느 것이 진짜고 가짜인지를 알 수가 없었지만 그중에서 한 가지 배가 언제고 다시 떠나가리라는 그것만은 그로서도 아마 정말일 거라고 생각했다. 침몰선이 완전히 펄 위로 거멓게 모습을 드러내 보일 때는 그렇지도 않았지만, 저녁 노을에 붉게 물들거나 햇빛을 받고 은빛으로 선체가 빛나면서 밀물에 잠겨들 때에는, 그날 감나무 잎 사이로 처음 배를 보았을 때처럼 그것이 금방 고동을 울리며 뱃길을 떠나가려고 하는 것만 같았다. 마을 앞 포구로 이어진 허연 물줄기의 띠를 타고 올라오려는 것 같기도 하고 또는 지금 막 망망대해로 나가려는 것처럼 보이기도 한 그 반쯤 돌린 뱃머리가 더욱 그런 느낌을 갖게 했다.

겨울이 되었다. 푸르게 빛나던 바다는 강철처럼 검고 차갑게 변했다. 침몰선이 아직도 그 강철처럼 검고 차가운 바닷물에 잠겨 있었다. 햇빛이 좋은 날은 그 선체가 검은 바닷물 위에서 더욱 눈부셨다. 그러나 진 소년은 이제 마을 사람들이 그 배에 관해서 이야기하는 것을 별로 들을 수가 없었다. 사람들은 이제 그 배가 다시는 뱃길을 떠날 수가 없을 거라고 생각하게 되어버린 것 같았다. 소년은 안타까워했다.

저 배는 언제 떠나가게 될까요?

소년이 안타까워 물으면 사람들은 으레,

흥, 배? 쯧쯧. 아직 배를 생각하고 있구나 넌.

터무니없이 그를 딱해 하거나,

내버려 둬. 갈 테면 가겠지.

관심도 없이 화가 난 사람처럼 아무렇게나 내뱉곤 하였다. 그러나 소년은 그 배에서 생각을 돌릴 수가 없었다. 실끈에 발목을 묶인 작은 새처럼 안타까워지기도 했고, 어떤 때는 그 배가 막상 떠나 버린 뒤의 휑한 바다를 생각하며 은근히 맘속이 허전해지기도 했다. 그런 때 소년은 으레 자기가 조그맣게 되어 그 바다를 건너가곤 했다.

그렇게 소년은 하루도 배를 생각하지 않은 날이 없었다. 하루도 그 배를 바라보며 그 이상한 슬픔 같은 것을 맛보지 않은 날이 없었다.

한데 그해 땡겨울이 되자 마을에는 이상한 일이 일어나고 있었다. 지금까지 그래도 배에 관해서 조금씩 얘기를 해오던 나이 먹은 청년들이 한 사람 한 사람씩 마을을 떠나갔고, 대신 소년이 상상할 수도 없는 먼 곳으로부터 낯선 사람들이 마을로 들어왔다. 그것은 진짜 전쟁이 시작되었기 때문이라 하였다. 새로 마을로 온 사람들은 여자도 있었고 남자도 있었다. 늙은 노인네나 귀여운 계집아이도 있었다. 그들은 모두 조그만 보퉁이 하나씩을 메고 마을로 들어왔으며, 말소리가 이상했다. 어디서 왔느냐고 물으면 그들은 한결같이 그 이상한 말소리로 '옹진!' 이라고만 말하고 성난 사람처럼 입을 다물어버렸는데, 진 소년은 그 이상한 말소리로 보아 옹진이 무척은 먼 곳일 거라고 생각되어지곤 했다. 진 소년은 처음 그 낯설고 공연히 성이 나 있는 것 같은 사람들이 까닭없이 두려웠다.

그러나 그는 오래잖아 금방 그 사람들을 좋아하게 되고 말았다. 이제 마을에는 앞바다의 배에 관해서 말하려는 사람이 하나도 없어졌는데, 뜻밖에도 그 새로 온 사람들이 배에 관해서 소년에게 열심히 이야기를 시작했기 때문이었다.

그들은 배에 관해 모든 것을 귀신처럼 샅샅이 알고 있었다. 소년이 묻는 것이면 무엇이든지 서슴없이 설명을 해주었다. 게다가 무서운 전쟁 이야기며 배가 고파 죽은 사람들과 눈보라를 뚫고 달리는 기차 등등 소년이 생각할 수도 없는 많은 이야기를 들려주었다. 그러나 무엇보다 소년이 재미있어 한 것은 배의 이야기였다. 그 배는 오백 명의 사람을 한꺼번에 실을 수 있으며, 날아가는 비행기도 떨어뜨릴 만큼 굉장한 대포를 가지고 있을 거라고 했다. 그리고 만약 그 배가 마을 앞 바다로 왔을 때 아직도 그 나쁜 군대가 도망을 치지 않고 있었더라면, 그 마을은 필시 불바다가 되었을 것이라고 짐짓 치를 떠는 시늉까지 해보였다. 진 소년은 그래서 그 이야기를 들으려고 언제나 그들이 잘 모여 앉아 있는 집 뒤의 정자나무 아래 양지바른 곳으로 갔다. 그곳에서는 바다가 잘 내려다보였고, 새로 온 사람들은 늘 거기에 모여 앉아 침몰선에 관한 이야기를 하였다. 그리고 소년이 알 수 없는 멀고 먼 그들의 고향 웅진에 대해서 이야기했다. 그러나 그들이 거기 모여 있다고 언제나 이야기를 하고 있는 것은 아니었다. 그들은 오히려 성난 사람처럼 뚱하니 바다만 내려다보고 있을 때가 더 많았다. 그러나 소년은 이제 그러는 그들을 두려워하지는 않았다.

"우리 마을 앞에도 저렇게 바다가 있었지."

가끔 혼잣말처럼 그 사람들은 누구나 그런 말을 했고, 그럴 때 그들은 가만히 혼자 한숨만 내쉬곤 하였다. 뭔가 무척도 슬픈 일을 생각하고 있는 것처럼.

봄이 되었다.

아직도 침몰선은 떠나가지 않았으나 마을에는 이제 아무도 그 배에 관해서 이야기를 하는 사람이 없었다. 처음부터 배에 관해 아는 체를 하던 사람들은 마을을 떠나가 버렸거나 지쳐 버린 듯했고, 새로 온 사람들은 겨울 동안 모두 이야기를 해버린 탓인지 이제는 더 배의 이야기를 해주지 않았다. 그러나 진 소년은 아직도 그 배를 잊지 않고 있었다. 배가 영영 거기 가라앉아 삭아 없어지리라고는 생각할 수도 없었다. 언제고 배는 떠나가고 말 것이다. 아직도 밀물에 잠겨드는 배를 보면 방금 닻을 걷어 올리며 출렁거리고 있는 것처럼 보였다. 그런 소년의 생각을 아무도 믿어주지 않고 배 같은 건 아무래도 좋다고 생각하는 듯한 사람들이 원망스러울 뿐이었다. 그래서 조금씩 얼굴이 부석부석 부어오르기 시작한 그 옹진 사람들을 보고도 진 소년은 그들이 배 이야기를 잊어버렸기 때문에 그러는 것이라고 생각했다. 원망기 어린 소년의 허물에는 그 사람들도 정말 그렇기나 한 듯이 누렇게 뜬 얼굴에 힘없는 웃음을 띠며 머리를 끄덕였다. 그러나 끝내 배의 이야기를 다시 하려고 하지는 않았다. 이제는 그 정자나무 아래 모여 앉아 있는 일도 없었다. 나무막대기 끝에다 쇠못을 송곳처럼 쭈빗하게 깍아 박아 가지고는 들논이나 개울가 같은 곳으로 개구리를 잡으러 다녔다. 그리고 그 잡아온 개구리를 진이네가 바다에서 잡아온 전어 따위를 그렇게 하듯이 구워 먹거나 솥에 넣어 끓여 먹었다. 개구리를 잡아다 구워 먹는 것은 전에도 마을에서 가끔 있어 온 일이었다. 아이들이 그 개구리를 잡아다 창자를 꺼내 버리고 껍질도 벗기고 해서 불에 구워 먹었다. 그 익은 고기가 닭고기처럼 하얗고 깨끗했다. 그것을 진이더러 먹어 보라고 내미는 아이도 있었다. 그러나 진 소년은 그걸 먹지 않았었다. 언젠가 형 준이가 그것을 조금 먹어 보고 자랑을 했다가 아버지에게 되게 야단을 맞은 일이 있었다. 아버지는 그것을 닭들에게 잡아다 주는 것도 못 하게 했다. 개구리를 먹는 놈은 사람이나 닭이나 죽어서 뱀이 된다는 것이었다.

한데 그 옹진 사람들은 그것을 예사로 더욱이 국을 끓이듯이 솥에다 넣고 끓여 먹었다. 개구리를 잡는 것도 그냥 마구잡이로 덮치는 것이 아니라 그 쇠꼬챙이로 등을 콕콕 찍어 잡았다. 그 짓을 아주 선수로 잘했다. 때론 그 꼬챙이질로 뱀까지 찍어 올렸다. 보지는 못했지만, 그 사람들은 뱀도 잡히는 대로 먹어 치운다 하였다. 진 소년은 치를 떨었다. 다시는 그 사람들에게 배의 이야기를 조르지 않았다. 그가 정자나무 밑으로 가서 배를 내려다볼 때 소년은 오히려 그 사람들이 그곳으로 올까봐 두려워지기까지 하였다.

그러자 마을에는 또 한 가지 새로운 일이 생겼다. 어느 날 마을에는 먼저 왔던 사람들과 비슷한 사람들이 한꺼번에 굉장히 밀려 들어왔는데, 이번에 온 사람들은 모두가 남자들이었고 그것도 나이를 먹은 사람들뿐이었다. 옹진에서 온 사람은 많지가 않았고, 그보다 더 멀고 더 알 수 없는 곳에서 온 사람들이었다.

그 사람들은 그 배를 보고도 별로 신기해 할 줄을 몰랐다. 그렇다고 성을 낸 것 같은 얼굴을 하지도 않았다. 우락부락 술을 먹고 첫날부터 온 마을 골목을 개처럼 마구 짖고 돌아다녔다. 그러다 며칠이 되지 않아서 작자들은 모두 바닷가로 내려가 투덕투덕 움막 같은 집을 짓기 시작했다. 그 사람들은 그 바닷가에서 새로 일을 시작하러 온 것이라고 했다. 마을 앞 바다에는 일본 사람들이 쌓다 말고 쫓겨갔다는 긴 제방이 뻗어 있었다. 그것은, 마을 양쪽으로 바다를 껴안듯 뻗어내린 묏부리에서 서로 바다 가운데를 향해 마주 보고 쌓아가다가, 물길이 제일 먼저 드나드는 깊은 포구 근방에서 멈춰지고 말았는데, 태풍이 불 때마다 성난 파도가 밀려와서 허술한 데를 군데군데 끊어 놓고 있었다. 돈 많은 근처 사람이 그 바다를 막는 일을 끝내서 넓은 논을 한꺼번에 만들고 싶어했으나, 그때마다 바다가 화를 내어 가만히 내버려두지를 않았다고 하였다. 그래서 그 둑이 끊어진 곳에는 그때마다 새로 커다란 웅덩이가 생겨 동네 아이들의 낚시터가 되어 주곤 하였다.

진 소년은 물론 일본 사람을 본 일이 없었다. 그래서 그에게는 제방 또한 처음부터 그렇게 되어 있는 바다의 한 부분이었다.

그런데 그 제방을 이어 바닷물이 안으로 들어오지 못하게 하고, 그 둑을 다시 끊어지지 않게 높고 튼튼하게 쌓는다는 것이었다.

마을에서는 아무도 그 일을 옳다고 하지 않았다. 아무리 해도 그 둑은 다시 끊어지게 마련이며 사람들도 나중에는 지쳐 떨어져서 이곳을 떠나게 되고 말 것이라고 했다. 나이 먹은 어른들이 더 그랬다.

그러나 며칠이 더 지나가 정말 흙 구루마가 짜여지고 도깨비처럼 음침한 판잣집 속에 녹슬어 있던 선로들이 조금씩 그 둑으로 깔려 나갔다. 그리고는 드디어 흙을 파내고 구루마들이 구르릉구르릉 소리를 내며 흙을 실어다 부었다. 돌산을 화약으로 깍아내어 실어내기도 했다. 개구리를 잡으러 다니던 옹진 사람들도 그 일터로 가서 구루마를 밀고 흙을 파내는 일을 했다. 마을 사람들마저 한 사람씩 그 공사판으로 내려가서 일을 해주고 밀가루를 얻어 왔다.

일판은 마을에서 조금 더 내려간 바닷가였지만, 그 일이 시작된 뒤로 마을은 굉장히 어수선해진 것 같았다.

침몰선은 여전히 물속을 잠겼다 솟았다 하고 있었다. 그리고 그 배는 아직도 진소년에게 마을의 어떤 일보다도, 온통 마을을 어수선하게 한 그 공사판의 일보다도 더 중요한 것이 되어 있었다. 어느 땐가는 그 배가 다시 마음을 돌려 그곳을 떠나가리라고 믿고 있었다.

진달래가 붉은 빛을 바래기 시작할 무렵 마을에서 또 한 가지 소동이 일어났다. 제일 먼저 마을을 떠나갔던 청년이 씩씩한 옷차림으로 총을 메고 마을로 돌아온 것이다. 그는 그림에서 본 국군이 되어 왔는데, 철모를 쓴 모습이 사람까지 아주 달라진 것 같이 보였다. 마을 사람들은 누구든지 그를 붙들고 반겼다. 청년의 어깨를 흔들며 우는 여자도 있었다. 진은 그가 맨 처음 마을로 들어올 때부터 그의 뒤를 따라가서 그가 집 식구들과 반갑게 만나는 것까지 모두 보았는데, 그때 그 집 식구들은 신도 신지 못하고 마당으로 뛰어 나와서는 넋들이 빠져서 말도 못 하고 있었다.

그런데 청년은 그렇게 당당한 모습과는 반대로 누구에게나 상냥하고 친절하고 자상했다. 고생이 얼마나 많았느냐는 노인네들의 위로 말에도 그는 뭘요, 저야 어떻습니까? 고향에 계신 분들이 외려 지내기가 어려우셨겠지요, 하며 웃었고, 가끔 생각난 듯이 진이 같은 또래의 아이들에게는 캐러멜과 퍼석퍼석한 밀가루 과자를 봉지에서 꺼내 나누어 주기도 했다. 한데 말은 하지 않고 있었지만, 청년이 돌아온 것을 반가워한 것은 진 소년도 마찬가지였다. 말할 것도 없이 그에겐 다시 배를 이야기할 사람이 돌아온 것이었다.

그 배를 싫어하기 전에 마을을 떠나갔으니까 배 이야기를 다시 시작할 것이라고 믿었다. 그러나 한편으론 불안하기도 했다. 배 같은 것은 벌써 잊어버렸는지도 모른다는 생각이 들었다. 진은 가슴을 조이며 청년의 거동을 하나하나 살펴보았다. 잊어버리고 있는 것 같기도 했고, 배 이야기는 나중에 둘이서만 하자고 눈짓을 해주는 것 같기도 했다.

다음날에야 진 소년은 비로소 청년의 마음속을 알아내었다. 그러나 그것은 소년을 절반쯤 실망시키는 것이었다. 아침 일찍 옷을 바꿔 입고 정자나무 아래로 나온 청년을 아이들이 둘러싸고 앉아 이야기를 들었다. 어른들 앞에서는 뭘요, 뭘요, 하면서 괜히 부끄러워하고 겸손해 하기만 하던 청년이 아이들에게 둘러싸여서는 사람이 달라진 듯 이야기에 신이 났다. 그토록 자랑스런 청년의 이야기는 다름 아닌 바로 청년 자신이 싸움터에 직접 겪고 온 전쟁 이야기였다. 캄캄한 밤중에 맞붙어 쌈을 할 때는 먼저 머리를 만져 보고 민둥머리는 칼로 모조리 찔러 죽였다는 이야기며, 어떤 날에는 '우리 편' 서른 명이 싸움을 시작했다가 청년과 다른 한 사람 단둘이만 살아남았었다는 이야기 등등 청년의 자랑은 끝이 없었다. 그러나 청년이 가장 신이 난 것은 그가 적의 탱크로 다가가서 슬쩍 차 위로 뛰어올라가 그 탱크의 뚜껑 안으로 수류탄을 집어넣어 주었다는 이야기를 할 때였다. 대개 진보다 조금씩 더 나이를 먹은 아이들은 숨을 죽이며 청년의 이야기를 듣고 있었다. 그러나 아직도 진 소년은 뭔가를 초조하게 기다리고 있었다. 청년의 이야기가 너무 끔찍스러워 그런 이야기는 이제 그만 끝을 내주었으면 싶었다. 그러나 청년은 아직도 이야기가 끝이 없는 것 같았다.

"느들이."

그러면서 가끔씩 아이들을 휘둘러보고는 또 다른 이야기를 시작하곤 하였다. 나중에는 비행기며 커다란 군함에 관한 이야기까지 하였다. 그는 전쟁에 관해서는 모르는 것이 없었다. 비행기도 타 보고 배도 타 본 사람처럼 전쟁 이야기는 무엇이나 막히는 것이 없었다. 특히 배에서 대포를 쏘아대는 이야기는 아이들을 온통 흥분으로 얼굴이 벌겋게 만들었다.

"하지만 저 배도 이 마을을 불바다로 만들 수 있었대요. 한꺼번에 오백 명이나 되는 많은 사람을 실을 수 있으니까요."

한쪽에서 조마조마 듣고만 있던 진 소년이 앞바다에 우두커니 머물러 있는 침몰선을 가리키며 처음으로 한마디 말참견을 하고 나섰다. 소년의 말은 조금 엉뚱했으나 모처럼 결심을 하고 내놓은 소리였다. 청년이 조금 비위가 상한 듯 소년을 힐끗 돌아다보았다. 소년은 그 눈길에 큰 잘못을 저지른 것처럼 목을 움츠렸다. 그러나 청년은 별로 기분이 나빠진 것 같지는 않았다.

"음, 참 저 배가 아직도 저기 있었군. 그런데 누가 그런 바보 같은 소릴 해. 저건 그냥 수송선이야. 대포 같은 건 없어. 게다가 사람도 많이 실을 수 없는 조무라기 배지."

그는 진에게 그 배를 잘못 말해 준 사람을 비웃으면서 자신 있게 말했다. 진은 청년이 그러고 나서 금세 그 배를 무시해 버린 채 또 다른 전쟁터의 이야기를 시작하자 슬그머니 일어서서 집으로 돌아오고 말았다.

그의 얼굴은 수심에 가득 싸여 있었다. 청년도 방금 그의 말투로 봐서 지금까지 배를 잊어버리고 있었음이 분명했다. 아니, 그보다도 그 배는 정말로 대포도 없고 사람도 조금밖에 실을 수 없는 새끼배일까.

소년은 집으로 오자마자 아직 앙상하게 가지만 하늘로 쳐들고 있는 감나무로 올라가 바다를 내려다보았다. 그러나 소년은 이번에야말로 정말로 실망을 하고 말았다. 지금까지 그렇게 크고 당당하던 배의 모습이 어느새 조그맣게 변해져 있었다. 배는 물속에서 겨우 머리만 내놓은 작은 나무토막처럼 보잘것이 없었다. 대포도 없고 사람도 많이 태울 수가 없다던 청년의 말이 맞을 것만 같았다. 그런 소년의 깊은 실망을 위로해 준 것은 다행히도 아직 그 배가 언제나처럼 금방 다시 떠나갈 듯이 바닷물에 천천히 출렁이고 있는 모습이었다.

며칠 뒤에 청년은 그가 마을로 들어올 때와 똑같이 옷을 입고 다시 마을을 떠나갔다. 마을 사람들이 동구 앞까지 따라 나가서 그가 가는 것을 바래주었고, 그중 몇 사람은 버스가 닿는 장거리까지 따라갔다 왔다. 그러자 며칠이 지나 또 마을을 떠나갔던 청년 하나가 먼젓번 청년과 똑같은 옷차림을 하고 마을로 돌아왔다. 마을 사람들은 이번에도 먼젓번과 똑같이 청년을 반겨 맞아 주었고, 청년은 또 먼젓번 청년이 어떻게 했는지를 알고나 있는 것처럼 그가 했던 대로 뭘요, 뭘요, 고향에 남아 있는 사람들이 더 고생이지요, 하며 부끄러운 듯이 말했고, 아이들에게는 캐러멜과 밀가루 과자를 나누어 주었다. 다른 것은 다만 그보다 먼저 누군가 마을을 다녀갔다는 말을 듣고는 "자식이!" 하면서 씩 웃는 것이 그가 제일 먼저 마을로 돌아온 사람이 되지 못한 것을 퍽 섭섭해 한 것뿐이었다.

그는 다음날 옷을 갈아입고 아침 일찍 정자나무 아래로 나와서 먼젓번 청년처럼 전쟁 이야기를 신나게 했으며, 그 이야기도 또한 먼젓번 청년과 비슷한 것들이었다. 아이들은 물론 그것을 열심히 다시 들었다. 그러나 진은 모든 것이 너무 똑같다고 생각했다. 처음번도 그랬지만 이번에는 더 듣기가 싫었다. 그러나 그 배에 대해선 그도 다시 말하지 않을 수 없었다.

"하지만 저렇게 작은 새끼배에는 대포도 없고 사람도 많이 실을 수 없지요?"

그러자 그 청년은 또 먼젓번 청년처럼 조금 속이 상한 듯 진 소년을 쳐다보았고, 그러나 역시 기분이 나쁘지는 않은 듯,

"음, 참 저 배가 아직도 저기 있었군."

약속이나 한 듯 같은 말을 하더니, 뒤이어 모처럼 먼젓번과 아주 다른 말을 했다.

"하지만 저 배에도 아마 비행기가 내릴 수 있을걸. 여기선 저렇게 조그맣게 보여도 실제론 굉장히 큰 배거든. 물론 대포도 있을 수 있구. 그 대포는 비행기도 파리처럼 떨어뜨릴 수 있는 거지."

며칠이 지나자 그 청년도 다시 마을을 떠나갔다. 물론 먼젓번 청년과 똑같이 온 마을 사람들의 배웅을 받으면서.

두 번째 청년이 다녀간 뒤로 배는 다시 옛날의 그 당당하고 거대한 모습으로 변해 있었다. 정말 오백 명의 사람이라도 한꺼번에 실을 수 있을 것처럼 배는 물 위로 우뚝 솟아올라 있었으며, 삐죽삐죽 수많은 대포들이 걸려 있는 것 같았다.

소년은 이제 날마다 그 감나무 가지에 올라앉아 바다를 내려다보며 깊은 생각에 잠겨드는 일이 많았다.

누구도 그 배가 다시 떠나갈 것이라고는 말하지 않았다. 이제 그 배를 상당히 가까이까지 가서 보고 온 마을 사람들이 있었지만, 그 사람들도 배가 다시 떠나갈 것이라고는 하지 않았다. 배에 관해서 자신 있게 단언하고 간 그 두 청년도 그것은 마찬가지였다. 하지만 소년 스스로는 그렇게 생각하지 않고 있는 자신을 이상하게 생각한 일이 없었다. 그의 생각대로 그 배가 아직도 떠나가 버리지 않고 있는 것이 소년은 오히려 이상스러웠다. 그리고 그를 가끔 깊은 생각에 빠지게 한 것은 그 배에 관해서 확실하게 알고 있는 사람이 아무도 없을지 모른다는 것과, 또 그 배의 모양이 날마다 늘 달라지고 있다는 것이었다.

그러는 사이에 세 번째 청년이 마을로 돌아왔다. 그 역시 전쟁 이야기를 신나게 했고, 마지막으로는 배에 관해서도 이야기를 했다. 그런데 이번에는 청년이 다시 그 배가 형편없이 작은 것이라고 말했으며, 거기 따라 정말로 그의 말처럼 배가 또 형편없이 작아져 버리고 있었다.

소년은 이제 정말로 정신을 차릴 수가 없게 되어 버렸다. 날마다 감나무 가지 위로 올라가 생각에 잠겼지만 시원한 해답이 떠오르질 않았다.

청년들은 계속해서 마을로 돌아왔다가 며칠이 지나면 또 마을을 떠나가곤 했다. 소년은 새로운 사람이 올 때마다 정자나무 아래로 가서 그 사람의 배에 관한 설명을 들었다. 그들은 모두 자신 있게 말했다. 그러나 누구도 배에 관해서 확실한 것을 알고 있는 사람은 없는 것 같았다. 수송함이다, 전함이다, 아니 잠수함이 펄에 얹힌 거다, 구축함의 한 종류다, 천만에 저건 경비정이다, 조그만 상륙용 주정일 뿐이다. ……그 사이에 소년이 알 수도 없는 이름들이 수없이 나왔다. 그러나 그 이름들은 다음 사람이 오면 또 다른 것으로 바뀌게 마련이었다. 아니 어떤 때는 두 사람이 한꺼번에 맞부닥쳐 와서는 서로 자기 생각을 우겨대는 때도 있었다.

싸움은 끝이 없을 것 같았다. 그러는 중에도 마을에서는 한 사람 한 사람씩 새로 마을을 떠나갔고, 그 새로 마을을 떠나간 사람들 중에는 전에 갔던 사람들보다 훨씬 나이를 더 먹었거나 덜 먹은 사람까지도 끼이기 시작했다.

한데 그 무렵 마을에는 지금까지의 어느 때보다도 사람들을 놀라게 한 소식이 한 가지 전해져 왔다. 두 번째로 마을을 다녀간 청년이 영영 다시 돌아올 수 없게 된 것이었다.

마을에는 큰 소동이 벌어졌다. 청년의 집은 소식이 전해지자 순식간에 사람들로 꽉 들어찼고, 한쪽부터 울음바다가 되기 시작했다. 청년이 다시 돌아오지 못하게 되었다는 것은 조그만 상자를 흰 베로 목에다 걸어 안고 온 군인과 그를 따라온 총 멘 다른 군인 한 사람이 전한 소식이었다.

마을 사람들은 그 흰 상자로 청년의 조그만 무덤을 만들었다.

슬픈 소식은 그러나 그 한 번만으로 끝나지 않았다. 첫 번 일이 있은 얼마 뒤에 똑같은 소식이 두 번째로 전해졌다. 이번에는 맨 첫 번째로 마을을 다녀간 청년이 돌아오지 못하게 된 것이다. 그리고 역시 조그만 상자를 흰 베로 목에 걸고 온 군인과 총 멘 군인이 상자와 함께 청년의 소식을 전하고 갔다.

그리고부터는 그런 소식이 꼬리를 물고 마을로 들어왔다. 나중엔 마을을 한 번 다녀간 사람만 그렇게 되는 것도 아니었다. 마을을 떠난 후 몇 달도 못 가서 그런 소식부터 전해 오는 수도 있었다. 또 어떤 때는 그런 소식 대신 다리나 팔이 하나 없어진 모습으로 마을로 돌아오는 사람도 있었다. 그런 사람은 나무발을 짚거나 안경을 쓰고는 마을을 떠나지도 않고 그 목발로 피난민들과 쓸데없는 싸움질이나 일삼고 다녔다. 그만큼 성미가 사납고 신경질이었다.

그 무렵부터 마을로 돌아온 사람들 중에는 전쟁이고 배고 도대체 아무 것도 말을 하고 싶어하지 않는 사람들이 있었다. 그런 사람들은 대개 정자나무 밑으로 나와 앉아서도 혼자서만 깊은 생각에 잠기거나 멍하니 바다를 내려다보며 턱만 쓸고 앉았다가 슬그머니 다시 마을을 떠나가 버리곤 하였다.

그리고 그렇게 묵묵히 마을을 떠나간 사람들 중에서도 얼마 뒤엔 그 먼젓번 사람들처럼 슬픈 소식을 전해 오는 수는 많았다. 그러나 대개 전쟁 이야기를 신나게 지껄이고 돌아간 사람일수록 슬픈 소식은 빠른 것 같았다. 소식은 흰 상자를 목에 건 군인들이 마을까지 가져오는 일이 없었다. 그러나 그걸 누가 가져오는지, 어떻게 해선지도 모르게 슬픈 소식은 며칠이 멀다 하고 마을로 들어왔다. 어떤 때는 그것을 우체부가 봉투 속에 가져오기도 했다.

마을로 돌아와서는 다시 싸움터로 돌아갈 생각을 않고 마을에 그냥 남아 지내는 사람이 가끔 있었는데, 그 군인들이 마을로 오는 것은 그 사람을 데리러 올 때뿐이었다.

소년은 자꾸 더 깊은 생각 속으로 잠겨 들어갔다. 그러나 그는 아직도 믿고 있었다. 그리고 참을성 있게 기다리고 있었다. 누군가 그 배에 관해서 모든 것을 확실하게 알고 있는 사람이 나타나야 하였다.

그리고 오래지 않아 이번에는 정말로 그런 사람이 마을로 돌아왔다. 왜냐하면 그는 그 배에 관해 지금까지의 누구보다 훨씬 많은 것을 알고 있었으며, 게다가 그런 그의 설명을 믿을 수밖에 없는 것은 그가 바로 배를 타고 싸우다 돌아온 사람이기 때문이었다.

그는 마을로 들어올 때 다른 사람들처럼 풀색 옷을 입고 온 것이 아니었다. 그는 반쯤 까뒤집은 이상한 모양의 흰 모자에 옷은 또 가끔 소학교에 다니는 마을 계집애들이 입은 것과 같은, 등받이가 있고 팔목이 좁은 까만 저고리를 입고 있었다. 그것은 바로 바다에서 배를 타고 싸우는 사람들이 입는 옷이라고 했는데, 영락없이 그 계집아이들의 옷을 흉내낸 것이었다. 그는 실상 전쟁이 시작되어 처음 청년들이 돌아왔을 때까지도 아직 마을에 있었고, 그 사람들의 이야기를 진 소년과 같이 정자나무 아래서 들은 일도 있었다. 그러다간 저의 어머니가 말리는 것도 뿌리치고 기어이 고집대로 마을을 떠나갔던 '망나니' 였다. 그런데 그가 어느 누구보다 보기 좋은 모습으로 그리고 바다에서 멋지게 싸우다 돌아온 것이다.

뿐더러 그는 이제 다른 사람들은 차츰 시들해져 가고 있는 전쟁 이야기를 다시 신나게 시작했고, 배에 관해서도 누구보다 자신 있게 설명을 해주었다.

"그 치들 땅굴 속에서 하늘만 쳐다보고 총이나 쏘다 와선……비행긴 뭐 하늘에 날아간 거나 구경했겠지. 주제에 웬 바다 구경까지? 괜히 아는 체들을 한단 말야."

그는 어느새 말씨까지 달라져서 먼젓번 사람들을 우습게 멸시했다. 그리고는 뽐을 내며 자기가 탔던 배에 관한 이야기를 시작했다. ……그 배에는 정말로 비행기가 몇 대라도 운동장처럼 마음놓고 앉을 수가 있다고 했다. 대포는 물론 수없이 많으며, 사람은 한꺼번에 천 명을 싣는 것도 문제가 없다고 했다. 옛날 일본 사람들과 쌈을 했을 때에는 일본 비행기들이 자꾸 그 배의 굴뚝 속으로 날아들어와서 꽝 배를 불태우려고 했지만 그래도 배는 끄떡이 없었을 정도였다고. 파리새끼처럼 자꾸 굴뚝으로 날아든 비행기들 때문에 배는 그것을 녹여 삼키느라 기침 소리 같은 걸 토하는 게 귀찮았을 뿐이었다고.

그런 저런 자랑 끝에 청년은 마침내 앞바다의 침몰선으로 이야기를 옮겨갔다. 청년도 물론 배 이야기를 할 땐 "음 저 배가 아직도 있었군" 하고 다른 청년들처럼 잠깐 놀라 보였지만, 그러나 그는 금방 다시 명랑해져서, 외려 자랑스럽게 설명을 시작했다. 그리고 그 이야기는 지금까지의 어느 것보다 가장 정확하고 공평한 듯했다. 침몰선은 한마디로 청년이 타고 싸운 배에 비해서는 형편없이 보잘것없는 애기배에 불과하지만, 그러나 결코 먼저 사람들의 말처럼 그렇게 작은 배는 아니라고 단언했다.

그 배는 보통 바다를 지키는 일을 하기 때문에 비행기가 앉거나 사람을 엄청나게 많이 실을 수는 없겠지만, 그러나 대포나 총은 얼마든지 많을 것이며 어쩌면 그 배의 한쪽에는 조그만 운동장까지 있을지 모른다고 했다. 그 운동장이란 말은 여하튼 거기에 있던 아이들을 모두 놀라게 했다. 그리고 마지막으로 청년은 그 배가 저 혼자는 다시 바다로 나갈 수 없으며, 아마 언젠가는 다른 큰 배가 와서 넓은 바다로 끌고 나갈 것이지만, 지금은 모든 배들이 한창 전쟁에 바쁘기 때문에 한동안은 그럴 수가 없을 것이라고 했다.

청년도 며칠 뒤엔 다시 마을을 떠나갔다. 그리고 그후로 청년은 다시 돌아오지 않았다. 그는 다른 사람처럼 나쁜 소식이 전해 온 것도 아닌데, 소식이고 사람이고 그에 대한 것은 아무 것도 영영 마을로 돌아오는 것이 없었다.

하지만 그 청년의 이야기를 듣고 나서 진 소년은 한동안 다시 마음이 가라앉았다. 그리고 침몰선도 지금까지 어느 때보다 조용하고 선명한 모습으로 물에 잠겨 있었다.

그러나 소년은 금방 다시 마음이 초조해지기 시작했다. 그것은 이제 배가 요술을 부리는 일 때문이 아니라, 어느 때고 그 배가 다른 배에게 끌려 마을 앞에서 갑자기 사라져 버릴지도 모르기 때문이었다. 그는 무엇보다도 배가 떠나가는 것을 보지 않으면 안 되었다. 그가 여태까지 기다려 온 것도 그것이 떠나가는 것을 보기 위해서였다. 그런데 그 배는 그가 잠이 들고 있는 사이에, 또는 마음을 조금이라도 딴 곳에 뺏기고 있는 사이에 갑자기 거기서 사라져 버릴 수 있었다. 그는 자주, 전보다 더 자주 감나무 가지로 올라가 배를 지켰다. 어떤 땐 거의 하루 종일을 감나무 위에서만 지내는 날도 있었다.

그해 여름 진 소년은, 2년씩이나 늦은 나이로 재 너머에 있는 국민학교에 입학을 했다.

그 사이에도 그 마을 앞 둑 일은 쉬임없이 날마다 계속되고 있었다. 낯선 사람들은 가끔 마을까지 올라와서 개처럼 골목을 쏘다니다 내려갔고, 어떤 때는 아예 밤을 새워가면서 무서운 싸움을 벌이기도 했다. 그 사람들은 대개 자기들끼리 쌈을 하는 것이었지만, 가끔은 싸움의 상대가 마을 사람이 되는 때도 있었다. 쌈을 할 때 그 사람들은 너무나 무시무시했다. 돌멩이로 머리를 까부수거나 곡괭이 자루로 갈빗대를 부러뜨리거나 해놓고 싸움은 겨우 끝이 났고 한 사람이 항복을 하지 않으면 싸움은 언제까지나 계속되어 나갔다. 간조를 받은 날 밤은 투전판이 벌어지는 게 보통이었고, 그 투전판에서 시작한 싸움은 가장 무시무시했다. 마을 사람들은 될수록 그 싸움에 끼어들지 않으려고 했으나 그게 언제나 마음대로 될 수 있는 일이 아니었다. 마을 사람 중에서도 거기서 함께 일을 하는 사람이 있었고, 가끔은 그 투전판에도 끼어들었기 때문이다. 그래서 그 사람들은 뼈가 부서지게 일을 하고도 돈을 조금도 모으지 못한다고 마을에서들은 욕을 먹었다.

그러는 사이에도 늦봄이 되었을 때에는 양쪽에서 뻗어 오던 둑이 바다 가운데에서 만나게 되었다. 물길을 아주 끊어버리는 데는 거기서도 아직 많은 날이 걸렸지만, 그러나 결국 그 일도 끝이 났다. 바닷물부터 우선 막아놓고 때가 늦기 전에 심을 수 있는 곳은 모를 심어야 했다. 그래 사람들은 바닷물을 막자마자 물이 짜지 않은 곳, 가장 마을에서 가깝고 지금까지 갈대가 우거져 있던 곳을 파엎고 모를 심었다. 그런데 이상하게도 그 모를 심은 사람들은 모두가 지금까지 둑 일을 핀잔만 하던 마을 사람들이었다. 낯선 사람들은 계속해서 둑 일만 했다. 둑을 더 튼튼하게 흙을 실어다 붓고 떼를 입혔다. 둑 안쪽으로는 물이 잘 빠지고, 수문을 통해서 들어온 바닷물이 잘 드나들 수 있도록 깊은 골을 팠다. 옹진 사람들도 이젠 모두 둑 일을 하고 있었기 때문에 아직까지 개구리를 잡으러 다니는 사람은 없었다.

제방 일은 잘 되어간 셈이었다. 그러나 그것은 그 바닷벌을 논 모양으로 만들어 모를 심을 수 있게 되었다는 뜻이고, 사실은 한 번 사고가 있었다. 그 사고 때문에 일판 사람이 둘이나 목숨을 잃었는데, 한 사람은 나중에 온 외지 사람이었고 다른 한 사람은 마을 사람이었다. 두 사람이 한 조로 흙 구루마를 밀다가, 비탈길을 맹렬하게 달려내려가는 그 구루마를 타 올랐다가 일이 잘못되어 두 사람이 그 구루마와 함께 둑길 아래로 내동댕이쳐진 때문이었다. 마을 사람은 그 자리에서 머리가 깨져 죽고, 외지 사람은 옆구리로 피를 많이 흘리고 보름쯤 뒤에 역시 숨을 거둬 간 것이었다. 마을에서들은 군인 나간 사람들이 돌아오지 못하게 되었다는 잦은 소식과 함께 유독히 흉흉한 기분이 되었다. 그러나 그렇게 막아놓은 둑 안에서 농사가 잘 지어질 수만 있었다면 사람들은 그 사고에 대해서 더 이상 생각하지 않았을지도 모른다. 처음엔 사람들도 그 정오의 사고쯤 일본 사람들이 둑 일을 시작했을 때의 빈번하고 끔찍한 사고들에 비하면 아무 것도 아니라고 말했었으니까.

한데 사리가 가까워 오는 어느 날 밤 둑은 기어이 변이 나고 말았다. 모든 바닷물이 하나의 파도가 되어 산기슭을 때리는 듯한 무서운 소리가 있은 다음날 아침, 방둑은 크게 두 동강이 나 있었고, 지금까지는 그 둑 너머에서 엉큼스럽게 때를 엿보며 넘실거리던 바닷물이 둑 안을 가득 채우고 있었다. 절강터를 따라 길게 누운 흰 물띠가 갈라진 둑을 지나 훨씬 안으로까지 뻗어 있었다. 물띠의 아래쪽에서는 침몰선이 물살을 가르고 있었다. 그 침몰선의 모습이 너무나 전과 다름없었기 때문에 오히려 전날 밤의 사고가 마치 물띠를 가르고 서 있는 그 침몰선의 장난이었던 것처럼 생각되었다.

어쨌든 그런 사건이 있고부터 마을은 갑자기 액운이 끼어드는 것 같았다. 많은 논을 한꺼번에 잃어버린 것처럼 생각했고, 그 둑 때문에 생겼던 전날의 사고를 다시 상기하게 되었다. 바닷물에 잠겼던 모들이 햇볕에 갈색으로 타서 마을 앞에 펼쳐 있는 모양은 더욱 황폐한 느낌이 들게 했다.

한데도 사람들은 다시 둑 일을 시작했다. 그러나 그 갈라진 둑을 이어 놓자마자 바닷물은 다시 다른 곳을 갈라놓았다. 이번에는 한참 동안 둑 일이 중지되었다. 그러나 가을 무렵 그 일은 다시 시작되었다. 부질없는 일이라는 핀잔이 마을을 돌았다. 그 무렵도 마을에는 돌아오지 못하게 된 청년들의 소식이 잇달아 오고 있었기 때문에 사람들은 필시 액운이 마을을 들씌운 거라고 했다. 그럴 때는 무엇을 해도 되는 일이 없고 횡액만 는다는 것이었다. 그것이 사실 옳은 말이었는지도 모른다. 왜냐하면 그 둑 일을 다시 시작한 얼마 뒤에 일판에선 또 한 번, 이번에는 정말 어마어마한 사건이 일어났으니 말이다.

산비탈을 헐어 흙을 실어낸 곳에선 어느새 커다란 흙언덕이 생겨나고 있었는데, 어느 날 갑자기 휙 소리를 내며 그 흙언덕이 크게 무너져 내렸다. 그리고 그 구루마들을 줄줄이 세워 놓은 언덕 밑에서 삽질을 하고 있던 사람들이 구루마들 때문에 미처 몸을 피할 새도 없이 흙더미 속으로 파묻히고 만 것이다. 처음에는 그 흙에 파묻힌 사람의 수가 얼마나 되는지도 알 수 없었다. 진 소년이 그곳으로 달려갔을 때는 네 사람을 흙 속에서 끌어내 놓고 있었는데, 그 사람들은 벌써 모두 숨이 끊어져 있었고, 어떤 사람은 코와 입에서 벌건 핏물까지 흘러나와 있었다. 그 흙 속에서 사람들은 다시 네 사람의 몸뚱이를 더 찾아냈다. 그 사람들도 모두 이미 숨이 끊어진 채였는데 그중에는 그 옹진서 온 개구리잡이 선수도 한 사람 끼어 있었다. 그러나 무엇보다 마을 사람들을 슬프게 한 것은 군대도 가지 않은, 마을의 나이 많은 오랜 친구를 다시 세 사람씩이나 못 보게 돼 버린 일이었다. 그러자 그로부터 마을 사람들은 생각하기 시작했다. 마을엔 아무래도 어떤 몹쓸 액운이 끼어 들고 있는 것 같다고. 그리고 그 불행한 일들을 몰고 온 액운의 정체가 무엇인가를 곰곰 생각하기 시작했다.

한편 진 소년은 그동안도 그 배를 생각하지 않는 날이 하루도 없었다. 아침이면 재 너머로 학교를 가야 했기 때문에 이제 그가 배를 바라보는 시간은 전보다는 적어졌다. 아침에 재를 넘어가면서 마지막으로 배를 한 번 내려다보고 그리고 학교가 파해 돌아올 때 재를 올라서면서 다시 배를 보게 될 때까지, 진 소년은 어쩔 수 없이 그 학교 아이들과, 아무리 싹싹해도 자신은 친해질 수가 없는 여선생과 함께 묻혀 지내야 했다.

한나절 내내 배를 보지 못한 채 공부도 배우고 놀기도 해야 했다. 그러나 그랬기 때문에 그 학교에선 배에 관한 생각이 더욱더 많았다. 공부를 하거나 놀이를 하고 있을 때나 머릿속은 늘 커다란 배가 와서 그 배를 훌쩍 끌고 가는 생각뿐이었다. 그래 학교가 끝나고 돌아올 때는 마을 뒤 재꼭대기까지가 늘 한달음 길이었다. 고개까지 한달음에 달려 올라와서는 제일 먼저 배를 살피곤 하였다. 그리고 거기 별다른 기색이 없는 것을 알고 나서야 잠시 다리를 쉬고 앉아 바다를 더 내려다보거나, 팔을 펴고 누워서 하늘의 구름을 세거나 하였다.

그러던 어느 날이었다. 진 소년은 그 정자나무 아래 모인 마을 사람들로부터 뜻밖에 한 가지 심상찮은 소리를 들었다. 사람들은 처음 둑을 내려다보며 그 여덟 사람이 죽은 사고에 관한 이야기를 하고 있었다. 그리고는 그 둑이 갈라져 한꺼번에 가을 추수의 꿈이 깨진 이야기며, 끝없이 계속되어 오는 마을 청년들의 슬픈 소식에 관한 이야기도 하였다. 그러다 마침내는 그 즈음 마을 사람들이 모이면 언제나 그랬듯이 이 날도 그 마을을 찾아든 몹쓸 액운에 대한 이야기가 시작됐다. 그런데 그 액운의 이야기 중에 한 사람이 갑자기 이렇게 말했다.

"아마 이 마을에 액살이 뻗치기 시작한 것은 저 배가 저기 가라앉고부터지."

그는 주위를 한 번 휘둘러보고 나서 더욱 자신 있게 단정하고 나섰다.

"보라구. 물길을 딱 끊고 있지 않아. 순조롭게 드나드는 물길을 끊어놓으니 그 물 끝에 앉은 마을이 무사할 것 같아? 액운이 몰고 온 것은 저 검은 괴물이야."

그 소리에 사람들은 머리를 끄덕이면서 새삼스럽게 바다를 내려다보았다. 하얗게 띠를 그리며 뻗어 내려가던 물길이 정말로 침몰선에 막히고 있는 것 같았다.

하지만 그 침몰선이 물띠를 정말로 끊고 있는 것은 아니었다. 멀리서 그렇게 보일 뿐이었다. 진 소년은 숨을 죽인 채 사람들의 표정을 살피고 있었다.

"아닌게 아니라 배가 저기에 가라앉은 다음부터 모든 일이 일어났지. 아이들이 쌈터로 나가기 시작했고, 그 아이들이 다시 돌아오지 못하게 되고, 혹 돌아온다 해도 병신이 되어서야 오고……."

바다를 내려다보고 있던 다른 어른이 말했다. 그러자 그 처음 어른이 더욱 기운을 내어 큰 소리로 말했다.

"그뿐인가. 저 배가 저러고부터 피난민이 몰려들고, 되지도 않은 일을 시작해서 심심하면 사람이나 죽이고, 게다가 둑은 모를 심어 놓자마자 갈라지지……그런 일들이 다 저 괴물이 버티고 있으면서부터였거든……."

진 소년은 정말 기가 죽어서 한쪽에 숨어 있었다. 그는 사람들의 말이 바로 자기를 두고 하는 핀잔같이 생각되었다. 거기다 어른들의 말은 소년의 생각에도 거의 틀림이 없는 것 같았다. 그보다도 소년은 그 배와 싸움에 관해서 신이 나서 이야기했던 사람일수록 더 빨리 그리고 더 많이 마을로 돌아오지 못하게 되었던 사실까지 알고 있었다. 그러나 그는 꼭 입을 다물고 있었다. 만약 그런 말을 했다간 어른들이 더 자신만만해져서 배를 욕할 게 뻔했기 때문이었다.

그러나 어째서 그 배는 하필 액운을 싣고 왔을까. 그리고 배가 거기 있다고 어째서 마을 사람들이 자꾸 죽어가야 한단 말인가…….

집으로 돌아와 감나무 가지로 올라가 바다를 내려다보면서 소년은 왠지 자꾸 눈물이 나올 것만 같았다.

때는 어느새 감들이 익고 있는 한가을녘이었다.

그로부터 다시 이 년이 지나갔다. 남자들은 아직도 어른처럼 머리를 기르기 시작하자마자 마을을 떠나 군대로 갔지만, 이번에는 거꾸로 마을을 떠나갔던 사람들이 다시 마을로 돌아오기 시작했다. 그 사람들은 이제 아주 군인 옷들을 벗어버리고 돌아왔다. 나무발을 짚지도 않고 검은색 안경을 쓰지도 않고 그 사람들은 이제 군인 노릇을 끝내고 마을로 아주 돌아온 것이라고 했다.

침몰선은 아직도 옛날 모습대로 그 자리에 있었고, 둑은 그 사이에 세 번이나 무너졌지만 이번에는 처음부터 아주 단단하게 일을 시작하고 있었다. 사람들이 한 번 마을로 돌아오기 시작하자 다음부터는 거의 같은 일들이 꼬리를 물었다. 그리고 그때부터는 슬픈 소식이나 팔이 떨어져나간 사람이 돌아오는 일도 없었다. 어떤 사람은 아직도 다시 마을을 떠나가기도 했지만, 그런 사람은 이제 아주 드물었다.

그런데 놀라운 것은 어느 날 그 마을로 돌아온 사람 가운데에 뜻밖에도 전에 흰 상자와 슬픈 소식을 전해 왔던 사람이 낀 일이었다. 그는 그 흰 상자를 파묻어 놓은 자기의 무덤을 보고도 화를 내기커녕은 누구보다 그것을 재미있어 하면서 큰 소리로 한바탕 껄껄 웃어대고 말더라는 것이었다.

어쨌든 이제 마을에는 그렇게 한 사람씩 청년들이 다시 돌아오고 있었다. 슬픈 소식은 더 이상 들어오지 않았다. 그런데 그 나중에 마을을 떠나간 사람들이 다시 마을을 다니러 올 무렵쯤 해서는 지금까지와는 전혀 다른 일이 생기기 시작했다. 이제 그 새로 온 사람들은 지금까지와는 달리 전쟁 이야기를 하나도 하지 않았다. 작자들은 그저 히득히득 웃으며 기분 나쁜 이야기들만 들려주면서 혼자서만 괜히 기분들을 좋아했다. 언제나 욕을 섞어가며 작자들이 하는 이야기란 다른 사람을 몹시 때려 주거나 골려 준 이야기가 아니면, 자기들이 거꾸로 그렇게 당하는 이야기들이었다. 그런 이야기 가운데 나오는 어떤 사람은 여자보다 더 순하고 불쌍하게 혼이 나는 이야기도 있었다. 그런 이야기를 하다 말고 그 사람들은 한참씩 히득히득 웃거나 하품을 하거나 했다. 그런 일도 전에 사람들은 절대로 없던 일이었다. 진 소년은 그 모든 것이 마치 오랫동안 고여 있기만 한 웅덩이의 물처럼 따분하고 지겹게 느껴졌다. 하긴 그 사람들도 배에 관해 조금씩 이야기를 할 때가 있기는 하였다. 그러나 그들은 아직도 거기에 배가 있는 게 신경질이 난다는 투였다.

이제 마을 사람들이 그 배를 핀잔하는 일은 적어졌지만 그것은 그만큼 배를 잊어버려 간다는 이야기도 되었다. 마을에선 이제 거의 아무 일도 일어나지 않았다. 배도 여전히 떠나갈 기색이 없었다.

아니 아무 일도 일어나지 않은 것은 아니었다. 그 멀고 먼 북쪽 땅에서 전쟁이 시작되던 해 겨울에 마을로 들어왔던 사람들이 이제는 하나 둘씩 마을을 떠나가기 시작했다. 개구리를 찍고 다니던 사람들이 먼저 마을을 떠나갔고, 한참 뒤에 방둑 일이 끝나자 이번에는 그 사람들이 마을로 올라와 서성서성 떠나갈 준비들을 시작했다.

"쯧쯧, 돈이 다 떨어져야 떠나갈 거다, 저 작자들은……."

떠난다 떠난다 하면서도 낮부터 술을 먹고 동네를 온통 어지럽히고 다니는 꼴을 보고 마을 사람들은 뒤에서 혀를 차며 나무랐다. 하더니 작자들은 정말로 모두 돈들이 떨어져서 외상 밥까지 며칠씩 사먹고 나서야 마을을 떠나갔다.

그리고 몇 년 동안 마을엔 아무 일도 일어나지 않았다. 휴가를 얻어 온 청년들은 언제나 히득히득 그 기분 나쁜 이야기들만 하였고, 둑이 튼튼해진 마을 앞 농장에서는 해마다 가을이면 벼가 익었다. 이젠 침몰선 때문에 마을에 횡액이 들었다고 화를 내는 사람도 없었다. 배는 아직도 그곳에 있었지만, 이번에는 마을 사람들이 그 침몰선을 바다의 한 부분쯤으로 생각하게 되어버린 것이었다. 그 배는 오직 한 사람 진 소년의 마음속에서만 아직도 늘 떠나갈 준비를 하고 있었다.

하지만 그 진 소년은 국민학교 육 학년을 졸업하던 어느 봄날 자신이 먼저 마을을 떠나게 되었다. K시로 가서 그는 중학교를 다녀야 했기 때문이었다. 그는 마을을 떠나면서 고개 위에서 마지막으로 배를 바라다보았다. 그리고 혼자 속으로 말했다. 어쩌면 내가 돌아오기 전에 배가 떠나가 버릴지도 모르지.

그때부터 진 소년은 그의 이름을 '진' 이라고 불러주는 사람을 갖지 못하게 되었다. 그의 이름 '진' 위에 '수' 자를 붙여 '수진' 으로 불려진 것은 소년이 국민학교를 들어가서부터였다. 거기다 선생님이나 학교 아이들은 정성스럽게 '이' 자 성까지 올려붙여 '이수진, 이수진' 으로 그를 불러댔다. 하지만 그 학교만 벗어져 나오면, 집에서는 아직도 그는 진이 쪽이었다. 그런데 이제는 그를 그렇게 부를 사람이 아무도 없었다. 꼭 성까지 붙이는 일은 드물었지만, 이젠 모두가 '수진' 이뿐이었다. 그런 식으로 모든 것이 달라진 속에서 그래도 진 소년은 잘 참았다. 모든 것을 그저 3년만 견디면 되는 것이라 생각했다. 거기다 그 일 년에 두 번씩 방학이 되어 차를 타고 시골 마을로 가는 것이 그를 훨씬 더 잘 견디게 해주었다. 그때마다 배가 아직 그를 기다려

주고 있었기 때문이었다. 머나먼 저곳 스와니 강물 그리워라, 하는 노래며, 시시때때로 올라가던 그리운 뒷동산아, 하는 등의 노래를 열심히 부르며 그는 그 3년을 참아냈다. 그리고 그때까지 그는 언제나 다시 집으로 돌아갈 것만을 생각하고 있었다.

그러나 그 3년이 끝나자 그는 비로소 마을로는 영영 다시 돌아갈 수가 없게 된 자신을 깨달았다. 누가 그렇게 시킨 것은 아니었으나, 수진은 그 무렵 어느 날 문득 제물에 그것이 깨달아진 것이었다.

그는 다시 고등학교를 가야 했다.

고등학교 진학을 하고부터는 일 년에 두 번씩 있는 그 방학 때가 되어도 그는 집에도 잘 가지 않고 열심히 공부를 했다.

그리고 그 무렵부터 어떤 소녀를 사귀기 시작했다. 그 소녀는 키가 조금 작았지만, 항상 무엇에 놀란 사람처럼 크고 맑은 눈을 가지고 있었다. 수진은 공부에 지치면 소녀를 만났다. 그리고 소녀는 맑은 웃음으로 수진의 더운 머리를 식혀 주었다.

소녀는 수진에게 많은 얘기를 했다. 이야기는 대부분 수진에게 전혀 익숙하질 못하거나 구경도 해보지 못한 일들이었지만, 그러나 그는 그녀가 그런 이야기를 할 때의 맑은 미소를 함부로 방해하고 나설 수가 없었다.

어떤 때는 그 화사한 미소에 엉뚱스런 절망감마저 느껴질 지경이었다.

그런데 그 차례가 바뀌어 수진이 이야기를 시작할 때의 그녀의 표정은 더 한층 맑고 신비로웠다. 수진은 그러니까 그녀의 이야기가 아니라 그의 이야기를 들을 때의 그녀의 눈 때문에 소녀를 만나고 있었는지도 몰랐다. 수진이 하는 이야기는 늘 한 가지뿐이었다. 그것은 바다의 이야기였다. 이상하게도 소녀는 아직 바다를 구경한 적이 없었다. 하긴 수진도 K시로 와서야 세상에는 그 바다가 없는 곳이 있을 수 있다는 것을 처음 알았듯이 애초부터 바다를 모른 소녀가 그 바다를 가보지 못한 것은 조금도 이상해 할 일이 아닐 수도 있었다. 하지만 어쨌거나 소녀는 수진의 바다 이야기를 무척이나 좋아했다. 그녀는 결코 수진의 바다 이야기에 싫증을 내는 일이 없었다.

그리고 수진 또한 소녀가 가지지 못한 것, 알지 못한 것, 이야기 할 수 없는 것은 바다뿐이라는 것을 알고 있었기 때문에 언제나 그 바다의 이야기만 하였다.

바다—그것의 이야기는 수진으로도 결코 지치는 일이 없었다. 그가 바다의 이야기를 시작하면, 소녀는 그 커다랗고 맑은 눈동자 속에 바다를 그리기 시작했다. 먼 꿈에라도 젖어들어가듯 그 눈빛이 달콤하고 신비스럽게 변해갔다. 그러는 그녀에게 수진은 그 바다의 모든 것을 빠짐없이 그리고 열심히 설명했다. 햇볕 따가운 날의 돛단배와 태풍에 미친 파도의 이야기를. 마을 앞바다의 물띠와 침몰선과 그 바다를 내려다보는 마을의 정자나무며, 정자나무 아래 모인 마을 사람들의 이야기를, 전쟁과 둑 일과 피난민들의 이야기를. 투전판과 개구리잡이와 싸움질에 관해서까지도. 그리고 그런 모든 일들이 일어나고 있는 마을에서 바다를 내려보던 시절의 자신의 이야기를, 그 바다가 얼마나 아름다운 것인가를. 더욱이 그 침몰선이 금방이라도 다시 먼 바다로 떠나갈 듯이 물결에 천천히 흔들리고 있는 모습들을 빠짐없이 모두 이야기해 주었다.

소녀의 눈은 그럴수록 더욱 안타깝고 신비로운 빛을 띠어 갔다. 그리고 수진은 거기서 거꾸로 그의 바다를 보게 되는 것이었다.

바다—수진은 그 소녀의 눈에서 자신의 바다를 볼 수가 있었다. 아니 그 눈 속의 바다는 현재의 그것보다도 더 아름답고 신비스러워 보였다. 소년은 그 소녀의 눈 속에 더욱더 분명한 바다의 모습을 심어주기 위하여 계속 열심히 이야기를 하였다. 그리고 그러면서 그녀의 눈 속에서 하루도 빠짐없이 그의 바다를 보았다. 수평선에 얹힌 듯 그래서 바다로 나가려는 것인지 마을 쪽으로 포구를 타고 올라오려는 것인지 분간하기 어려운 그 침몰선이 그의 머릿속에서 지워지는 날이 없었다. 그 침몰선이 하루에 두 번씩 드나드는 바닷물(소녀는 그것을 특히 신기해 했다)에 더욱 자태를 선명히 드러내기도 했고 어떤 때는 따가운 햇볕 속에서 눈부시도록 희게 빛나기도 했다.

그런데 이윽고 이상한 일이 일어났다. 소녀의 눈에는 어느 때부터 갑자기 그 바다의 그림자가 사라져가기 시작한 것이다. 그것은 수진이 소녀에게 그 진짜 바다를 구경시켜 주고 난 다음부터였다. 그것도 언제나 그가 자랑해 오던 그 고향의 마을 앞바다를.

소녀는 가끔 진짜 바다를 한 번 보고 싶다고 했다. 수진에게 그 바다를 직접 자기의 눈으로 보게 해 달라고 조바심을 치며 졸라대었다. 수진도 의당 소녀에게 언젠가는 그걸 보여줘야 하리라고 생각하고 있었다. 그녀 앞에 자랑스레 바다를 설명해 주고 있는 자신의 모습을 그려본 일도 한두 번이 아니었다. 하여 어느 해, 그러니까 그가 고등학교 3학년이 되던 해의 여름방학이 되자, 수진은 마침내 그 즐겁고 오랜 꿈을 실현할 결심을 했다. 그리고 그 소녀를 데리고 왕자처럼 당당하게 마을로 돌아왔다.

그러나 참으로 이상한 일이었다. 마을로 돌아온 바로 그 순간부터 수진은 뭔가 이상한 느낌이 들기 시작했다. 침몰선은 아직도 물론 떠나가지 않고 있었다. 마을의 정자나무도 무성하게 여름을 받아주고 있었다. 휴가병 하나가 아직도 그 정자나무 아래서 아이들을 상대로 농지거리를 하고 있었다. 수진은 그러나 뭔가 자꾸만 이상한 느낌이 드는 것을 어쩔 수가 없었다. 바닷물은 그의 이야기로 소녀의 머릿속에 심어두었던 것처럼 푸르지가 못했고, 침몰선은 그렇게 먼 수평선 위의 꿈 같은 모습이 아니었다. 정자나무 아래 모인 사람들은 그리 정다워 보이지도 않았으며, 한낮의 골목길은 그늘도 없이 따갑고 조용하기만 했다.

이상한 느낌은 그뿐만이 아니었다. 소녀에게 그는 무슨 큰 빚이라도 진 사람처럼 이것저것 열심히 이야기를 했으나, 자신은 그럴수록 싱겁기만 할 뿐, 신비롭거나 아름다운 것이 아무 것도 없었다. 소녀가 수진의 말에 동의를 해주어도, 그는 그녀가 마지못해 치렛말 대답을 하고 있는 것뿐이라고 지레 혼자서 미안해지곤 하였다. 소녀의 표정은 아닌게 아니라 K시에서 그 수진의 이야기를 듣고 있을 때보다 훨씬 냉랭하게 굳어져버린 게 사실이었다. 수평선을 바라보는 눈이 그때처럼 안타까운, 아득한 꿈 같은 것을 담지도 않았고, 밀물과 썰물을 보고도 별로 신기해 하지 않았으며, 정자나무 아래 사람들의 이야기에 호기심을 갖지도 않았다. 마치 못 올 데를 온 사람처럼 골목길도 잘 나가지 않고 그의 누이와 하룻밤을 지내고 나서는 날이 밝자마자 도망치듯 K시로 다시 떠나가 버린 것이었다.

소녀를 떠나 보내고 나서 수진은 속으로 안절부절이었다.

그리고 비로소 그녀에게 수없이 많은 거짓말을 하고 있었던 자신을 깨달았다. 그는 자신에게까지 그 거짓말을 되풀이하고 있었다. 전쟁에 관해서, 바다에 관해서, 그리고 그 침몰선에 관해서. 그는 옛날에 벌써 모든 것을 알고 있었다. 그는 어렸을 때의 불가사의한 일들의 비밀의 해답을 알아낸 지가 오래였다. 바다는 그렇게 푸르거나 맑지가 않으며 침몰선은 영원히 떠나지 못하고 그 자리에서 썩어 없어지거나 파괴되리라는 것을, 그리고 그 배가 물길을 막고 있기 때문에 마을에 횡액이 많다는 것도 모두 거짓말이라는 것을. 한데도 그는 그것을 감추고 소녀에게 거짓 꿈 같은 이야기만을 해온 것이었다. 그는 아무래도 견딜 수가 없었다.

방학을 절반도 지내지 못하고 수진은 다시 K시로 갔다.

수진을 본 소녀는 전처럼 여전히 상냥하게 미소를 지어 보였으나 역시 기다리던 바다의 이야기는 꺼내지 않았다. 수진은 더욱 풀이 죽을 수밖에 없었다. 몇 번을 망설인 끝에 간신히 용기를 내어 소녀에게 지난번 그녀의 여행과 바다에 대해서 물었다. 어떤 대답을 듣게 되더라도 묻지 않을 수가 없었기 때문이었다. 그런데 그에 대한 그녀의 대답은 예상보다도 더욱 무참스런 것이었다.

"수진은 바다의 이야기밖에 할 줄 모르나 봐."

그 소녀는 그를 들여다보며 걱정스러운 듯이 말했다.

수진은 그만 까무러칠 듯 깜깜한 절망감을 느꼈다. 그는 거의 정신을 차릴 수가 없었다. 그래 오히려 바다의 이야기를 그녀 앞에 횡설수설 늘어놓고 말았다. 그리고는 겨우 정신이 들었을 때 다시 소녀를 들여다보았다. 소녀는 부드럽게 웃고 있었다. 그러나 그 눈에는 이제 바다의 그림자가 드리워 있지 않았다. 바다가 없는 소녀의 눈은 웃음기도 오히려 잔인스럽게만 느껴졌다. 소녀의 미소는 수진을 즐겁게 하지 못했다. 그것은 오히려 수진을 더욱 심한 절망감으로 몰아넣을 뿐이었다.

—수진은 바다의 이야기밖에 할 줄 모르나 봐.

그 웃음 속에 숨겨진 핀잔이 그토록 아프고 경멸적일 수가 없었다. 그녀의 눈엔 정말 바다가 없었다. 바다가 없는 그녀의 눈에서 수진이 찾아낼 수 있는 것은 아무것도 없었다.

그해 가을 수진은 결국 다시 마을로 돌아오고 말았다. 대학은 나에게 맞지 않는다—이번에는 자신과 마을 사람들에 대해 그런 변명을 앞세우고서였다.

하지만 그는 마을로 돌아온 뒤로도 사람들 앞에 모습을 드러낸 일이 드물었다. 그는 대개 방 안에 들어박히거나, 근처 숲 속으로 들어가 지내는 때가 많았다. 어쩌다가 정자나무 아래로 모습을 나타내 올 때도 있었지만 이젠 옛날처럼 그곳 사람들의 이야기에 귀를 기울이려 하지도 않았다. 그는 속으로 소녀를 미워했다. 그리고 그 바다를 원망했다. 그러나 그는 미워하고 원망하는 마음으로 지내기가 더 견디기 어렵다는 것을 알았다. 그는 소녀를 미워하지 않게 되기 위하여, 바다를 원망하지 않게 되기 위하여 방에서는 책을 읽고 숲에 앉아서는 바다를 생각했다. 바다뿐만 아니라, 침몰선과 전쟁과 그 길고 긴 마을 청년들의 정자나무 아래의 이야기들에 관해서 생각했다. 어렸을 적의 자신을 되돌아보았다.

그러나 그는 끝내 소녀를 용서할 수는 없었다. 그는 자신이 바다에 관해서, 그 바다의 침몰선에 관해서 자신과 소녀에게 거짓말을 해온 이유를 이제 어슴푸레 느끼고 있었다. 그것은 그 정자나무 아래의 마을 청년들이 아이들 앞에 수없이 많은 거짓말을 해가며 어른이 되어 가는 것과도 비슷한 이치였다. 수진이 바다를 너무 아름답게 생각하려는 허물은 소녀가 이 세상 어디에 엄청나게 경이로운 세계가 있으리라 상상하고 그것을 바라는 것과 비슷한 것이었다. 그 꿈이 사실이 아닌 것은 누구의 허물이 될 수가 없었다. 그리고 그 꿈은 깨는 것도 누구의 허물이 될 수가 없었다. 굳이 허물을 따져야 한다면 그건 양쪽에 똑같이 있었다. 누구도 허물로 생각지 않아 온 것을 소녀가 용서하질 못한 것뿐이었다. 소녀에 대한 미움이 결코 사라질 것 같지가 않았다. 그는 마치 대단치도 못한 가문의 내력을 잔뜩 과장하여 자랑하다가 뒤늦게 무안을 당하고 만 사람의 기분이었다. 그리고 그럴수록 그는 거꾸로 바다를 다시 변명하고 싶은 마음이 되었다.

그는 소녀를 미워하는 만큼, 침몰선의 그 먼 항해를 다시 꿈꾸려고 애썼다.

그는 다시 정자나무께로 나와 앉아 바다를 자주 내려다보았다. 혼자 그렇게 앉아 있을 때도 있었고, 휴가 중의 청년을 둘러싸고 앉은 아이들 속에 함께 섞여들 때도 있었다. 하지만 그는 이제 전쟁에 관해선 꽤 많은 사실들을 알고 있었으므로 청년들의 이야기(이제 그것은 전쟁 이야기가 아니지만)엔 별로 귀를 기울인 일이 없었다. 그는 그저 그러고 앉아서 이제는 자신이 알고 있는 선종(船種)들을 상기하면서 혼자서 곰곰 침몰선의 정체를 생각했다.

그러는 동안 그는 이제 학교를 다시 가지 않게 되었으므로 더벅머리를 기르기 시작했다. 더벅머리가 이마와 귀를 덮어 내려왔을 때 그는 그 머리를 뒤로 넘겼다. 그러나 마을 사람들은 이제까지의 '수진' 대신 '자네' 라든가 '총각' 따위로 그를 다시 고쳐 부르기 시작했다. 그것은 이를테면 이제까지의 '수진' 보다 지칭력이 훨씬 약했고, 그만큼 그는 보통명사들의 무리 속으로 자신이 정연하게 섞여 들어가고 있는 느낌이었다. 그는 그것이 적지않이 서글펐다. 그렇다고 이제 와서 머리를 다시 깎을 수는 없었다. 수진은 이제 그런 자신을 잘 알고 있었다. 그런 생각들 속에 바다도 전처럼 좋아할 수가 없었다. 침몰선은 조금씩 알게 되면 될수록 바다는 더욱더 좋아질 수가 없었다.

그런데 그 무렵 어느 날 바람이 몹시 불고 파도가 세차게 일고 있던 그날 밤 새벽녘, 그 바람과 파도들의 소동 때문에 잠을 이루지 못하고 있던 마을 사람들은 오랫동안 잊어버리고 있던 어떤 무서운 소리를 다시 듣게 되었다. 그 소리는 물론 아직 호롱불을 지키고 앉아 있던 수진도 들었다.

다음날 아침 수진은 또 마을 앞 간척장의 둑이 갈라진 것을 보았다. 몇 년 동안 바닷물을 잘 지켜주던 튼튼한 둑이 어느 때보다 더 크게 갈라져 있었다. 침몰선이 가로막고 앉아 있던 포구의 흰 물띠가 제방 안까지 뻗어 올라와 있었다. 지금 막 이삭들을 내밀던 벼들이 바닷물에 흠뻑 잠겨 있었다. 사람들은 오히려 아무 말도 하지 않았다. 무슨 생각에선지 고개를 끄덕이는 사람까지 있었다. 이젠 그 침몰선에 대해서조차 말을 하지 않았다.

며칠이 지나자 간척지의 벼 포기들은 바닷물을 먹고 꺼멓게 타기 시작했다. 바닷물이 밀려나가면 그 벼 포기들은 갑자기 가을을 맞은 듯 갈색으로 변해갔다. 그것은 정말 가을처럼 고운 색깔이 아니었다. 지저분하고 더러웠다. 그곳으로 잠겨드는 그 바닷물도 지저분했다. 그곳을 씻어 내려간 앞바다가 온통 추해진 느낌이었다.

바다는 정말로 언제부턴가 점점 추한 모습으로 바뀌어져가고 있었다. 마을 사람들은 다시 둑 일을 시작하려고 하지 않았다. 더러운 바닷물은 언제까지나 그 더러운 방둑 안을 자유롭게 드나들도록 버려둬지고 있었다.

그러나 마을의 정자나무 아래에는 아직도 늘 휴가병 청년들이 조무래기 아이들에게 둘러싸여 앉아 있었고, 그들은 또 그 아이들에게 옛날과 다름없이 이야기를 들려주곤 하였다. 하지만 이제 그들의 이야기는 자신들도 어렸을 때 그곳에서 몇 번씩이나 들었을 법한 것이었다. 그것은 마치 고인 늪의 물같이 언제나 지루하고 불결스럽기까지 하였다. 그래서 그 지루하고 불결스런 나태감을 벗어나려는 듯 청년들은 가끔 히득히득 기분 나쁜 웃음까지 웃어대서 자신들의 이야기를 거기서 내려다보이는 바다보다도 더 퀴퀴하고 불결스런 것으로 만들었다.

"빌어먹을! 전쟁이라도 났으면!"

그들은 가끔 씨부려대었다.

그리고 옛날에 싸움터에까지 갔다가 마을로 돌아와, 이제는 많은 아이들의 아버지라도 된 사람이라도 그 자리에 끼게 되면 그들은 다시 이렇게 투덜댔다.

"그때는 오히려 좋았겠어요! 이건 뭡니까."

하긴 그럴 수밖에 없는 노릇이기도 하였다. 그들은 진짜 싸움 이야기를 알지 못했고, 게다가 그 우스개 군대놀이의 이야기들에는 자신들도 입이 닳아 맥이 빠졌기 때문이었다. 자신들에겐 정말로 신나는 이야기가 없었기 때문이었다.

언제부턴가 정자나무 아래 모인 사람들의 이야기에 배의 이야기가 다시 끼어들고 있었다. 이번에는 마을로 돌아온 휴가병들이 아니라, 아이들과 몇몇 어른들이 조금씩 그 이야기를 시작했다. 그것은 물론 그 침몰선의 정체를 설명하려는 것이었는데, 그 이야기는 지금까지 수없이 되풀이된 상상 속의 배, 수평선에 얹힌 그 환상적 추리들보다 훨씬 사실적이고 믿을 만한 것이었다. 침몰선은 말하자면 마을 사람들이 지금까지 숨어 머물러 있게 해놓은 자신의 환상으로부터 모처럼의 탈출을 감행하고 나선 격이었다. 또는 그 배가 멀고 먼 수평선으로부터 눈에 띄기 쉽게 훨씬 가까운 곳으로 다가서 왔다고 할 수도 있었다. 이제 사람들은 그 배의 크기와 용도에 대해서는 별로 이야기하지 않았다. 그것은 벌써 문제가 되지 않은 옛날 얘기로 되어 있었다. 사람들은 그 배의 조타실과 침실, 그리고 심지어는 부엌의 구조와 화장실 같은 것에 대해서까지 제법 구체적으로 이야기를 했다. 어떤 사람은 그 배의 옛 주인들이

버리고 간 비품들의 종목(갑판에 아직 뒹굴고 있는 로프며 녹슬은 단도, 또는 임자를 알 수 없는 군모 등등……)에 각별한 관심을 기울이기도 했다.

또 어떤 사람은 그 배가 침몰지 않을 수 없었던 이유에 관련해서 배의 밑바닥의 균열을 설명했다. 다만 이제는 밑바닥에 물이 고여 배의 균열을 알아볼 수 없을 뿐이랬다. 그러자 또 다른 사람은 배는 애초에 침몰한 것이 아니며, 단지 수심을 잘못 측정하여 실수로 펄판에 좌초됐던 것이라고 새로운 사실을 주장하고 나섰다. 그러나 그 배는 그동안 너무 긴 세월이 흘러 이제는 밑바닥이 모두 삭아 달아나고, 남아 있는 벽에는 뻘물이 타고 올라와 조개들이 붙어사는 지경이라는 것이었다.

그러나 그 어느 이야기도 출처가 분명한 건 하나도 없었다. 몰라서 출처를 대지 못하는 사람도 있었고, 어떤 사람은 부러 이야기를 피했다.

그러나 배는 이제 그런 식으로 조금씩 그 비밀을 하나하나 벗어갔다.

거기다 또 어느 날은 갑자기, 마을을 아주 떠나갔던 사람 하나가 다시 동네를 찾아 들어온 일이 있었다. 그 사람은 옛날 개구리를 잡다 말고 공사판 일을 시작했던 옹진 사람이었다.

그리고 거기서도 오래지 않아서 제일 먼저 마을을 떠나갔던 사람이었다. 옹진에서 왔든 다른 어디서 왔든, 피난민들은 한번 마을을 떠나가면 절대로 다시 돌아오는 법이 없었다. 한데 유독 그 사람만이 혼자서 마을로 다시 돌아온 것이었다.

더욱이 그는 이 마을의 누구보다 좋은 옷을 입고 좋은 살결을 하고 있었다. 돈도 마구 헤프게 써댔다. 그러면서도 그는 마을 사람들의 물음에는 그저 대개 "그럭저럭"이라고만 말하거나, "볼일이 조금 있어서 근처까지 왔다가……" 식으로 애매하게 대답을 흘려넘길 뿐이었다.

그러나 며칠 뒤에 수진은 그 사내가 마을을 찾아온 이유를 알았다. 그리고 그것은 수진이 지금까지 배에 관해서 듣고 생각하고 알아차리게 된 마지막의 일이 되었다. 왜냐하면 바로 그 며칠 뒤에, 수진은 지금까지 마을의 아이들이 모두 그랬듯이 이번에는 자신이 스무 살이 되어서 마을을 떠나야 할 차례였기 때문이었다.

"하하, 잘못 왔지, 내가."

하루 아침은 사내가 일찌감치 정자나무께로 나와 앉아 이젠 아무 것도 감출 것이 없다는 듯 커다란 목소리로 지껄여대고 있었다. 알고 보니, 그는 다름 아닌 고철장수였다. 그것도 그저 쇠붙이가 붙어 있는 공짜 폐품이나 버려진 고철들을 맨손으로 주워 모아다 한꺼번에 팔아 넘기는 공짜 장사꾼이었다. 그는 그런 쇠붙이를 찾아 전국 곳곳을 누비고 다니는 중이었다. 이번에 그가 마을을 찾아온 것도 바로 그런 쇠붙이를 위해서였다. 물론 그 앞바다에 버려진 침몰선을 생각하고서였다.

하지만 그는 일찍부터 그 일에 눈을 뜬 바람에 이제는 제법 한밑천을 끌어 모은 여유만만한 고철꾼이었다. 침몰선 수색에 허탕을 치고도 그는 그만큼 대범스럽고 여유가 있었다.

"그거 참, 쇠붙이라곤 단 한 조각도 남아 있질 않았어요. 게다가 지독한 것은 쓸 만한 나뭇조각까지도 깡그리 모두 떼어가 버렸더구먼. 왼통 십 년 묵은 도깨비집 광이야. 내가 잘못 알고 왔어. 이 마을을 말야요."

자신의 심중을 모두 털어놓고 나서 사내가 짐짓 애석하다는 듯 한편으론 통쾌하는 듯 지껄여댄 소리였다. 그는 그러고 나서 그날로 미련 없이 마을을 떠나갔다.

그리고 그 며칠 후에는 수진도 마침내 마을을 떠나갔다.

일 년쯤 지나서 수진은 다른 사람들처럼 군인 제복을 입고 마을로 돌아왔다. 그러나 그의 옷차림은 어딘지 허술하고 시원치가 못했다. 그는 마치 긴 여행을 하고 돌아온 사람처럼 피곤해 보였다. 정자나무 아래서 아이들은 언제나처럼 그를 둘러쌌는데, 그는 거기 그렇게 아이들에 싸여 앉아서도 뭔가 몹시도 피곤하고 난감스러운 듯

맥빠진 얼굴만 하고 있었다.

바다와 침몰선이 거기 아직도 그를 기다리고 있었지만, 그 바다와 침몰선에 대해서도 그는 아무런 말이 없었다. 아니 그는 그것들이 아직 거기에 있는 것조차 알아보질 못한 듯 이제 조금씩 돋아오기 시작한 턱수염만 무심스레 만지작거리고 있었다.

그러나 그는 끝내 아무 말 없이 흐느적흐느적 혼자 집으로 내려가고 말았다.

그리고 수진은 마을을 다시 떠나간 날까지 정자나무께엔 한 번도 모습을 나타내지 않았다.

1968년

주제심화 Q&A

1. 성장소설의 정의에 대해 설명하고, 한국 소설 중 이러한 경향에 드는 작품을 말해보시오.

주인공이 그 시대의 문화적, 인간적 환경 속에서 유년시절부터 청년시절에 이르는 사이에 자기를 발견하고 정신적으로 성장해 나가는, 이를테면 자신을 내면적으로 형성해 나가는 과정을 묘사한 소설을 성장소설이라고 말한다. 교양 소설이라고도 하는데, 여기에서 교양이란 단순히 지식이나 기술을 익히거나 기성사회의 질서나 규범을 습득하는 것이 아니라, 스스로 인간으로서 갖추어야 할 모습으로 형성하는 것을 말한다. 교양소설은 소재를 작가의 일상생활에서 일어나는 경험에서 취하는 수가 많으나, 이것은 자서전이나 사회비판과도 다르고, 현상을 자기 정신의 성장과정에 따라 내면적으로 파악하여, 현상 자체에 전인간적(全人間的)인 보편적 가치를 부여하는 데 특징이 있다. 주로 독일 소설에서 발전해 온 성장소설은 괴테의 『빌헬름 마이스터』를 그 전범으로 한다.

성장 소설의 기본 모티프는 집을 떠나서 사회 속에 내가 던져져서 파란만장한 인생을 살아가면서 생체험을 통해서 혹은 보육을 통해서 점점 성숙해가고, 결국 인생에서의 깨달음을 얻는 것이다. 이러한 관점에서 보자면 이광수의 『무정』을 한국 현대 성장소설의 효시로 꼽을 수 있다. 한 젊은이가 자기 자신이 독립된 인격체라고 하는 것, 자신을 둘러싸고 있는 사회 관습이나 의무에 얽매이지 않고 자율적으로 사고하고 행동할 수 있는 독립된 인격이라는 것을 깨닫고, 그와 동시에 자신이 속해 있는 민족 공동체의 갱생을 위해 헌신을 하는 인물로 나아가는 과정이 제시되어 있다는 점에서 성장소설의 범주에 놓을 수 있다. 이 외에도 김남천의 『대하』, 김원일의 『마당 깊은 집』, 이문열의 『젊은 날의 초상』, 오정희의 『유년의 뜰』, 장정일의 『아담이 눈뜰 때』 등이 이 범주에 속한다고 할 수 있다.

2. 오이디푸스 콤플렉스에 대해 설명하고, 황순원의 「별」을 이러한 관점에서 해석해 보시오.

오이디푸스 콤플렉스란 남성이 부친을 증오하고 모친에 대해서 품는 무의식적인 성적 애착을 뜻한다. 이러한 현상을 개념화 시킨 사람은 프로이트로 그는 그리스 신화에 등장하는 오이디푸스를 예를 들어 성적인 도착에 대해 설명한다. 오이디푸스는 테베의 왕 라이오스와 이오카스테의 아들인데 숙명적으로 아버지를 살해하고 스핑크스의 수수께끼를 풀어 테베의 왕이 되었다. 어머니인 줄 모르고 결혼한 그들은 그 사실을 알자 이오카스테는 자살하고 오이디푸스는 자기 눈을 뺀다.

프로이트는 이러한 경향은 남근기(3~5세)에서 분명하게 나타나며 잠재기에는 억압된다고 한다. '아버지처럼 자유롭게 어머니를 사랑하고 싶다' 는 원망은 '아버지와 같이 되고 싶다' 는 원망으로 변하여 부친과의 동일시가 이루어지며 여기에서 초자아(超自我)가 형성된다.

프로이트는 유아는 이 오이디푸스 콤플렉스를 극복하고서야 비로소 성인의 정상적인 성애가 발전하는 것이지만 이를 이상적으로 극복한다는 것은 매우 힘든 일이며, 일반적으로 신경증환자는 이 극복에 실패한 사람이라고 주장하였다. 그리고 이 콤플렉스는 때와 장소를 가리지 않고 보편적으로 존재하는 생물학적인 것이라고 생각하였다.

황순원의 「별」에 등장하는 사내아이 역시 이러한 오이디푸스 콤플렉스를 겪고 있다. 아이의 무의식 속에서 어머니와 누이가 처음에는 혼합된 양상으로 존재하고 있다. 그러나 시간이 지나면서 그는 어머니와 누이를 구분하려고 한다. 이러한 행동은 그가 모계의 세계를 떠나 자기 자신만의 개체성을 찾기 위한 노력의 일환이다. 아이가 성인으로 입사하기 위해서는 여성을 구분하여야만 하고, 결국 결말에 가서야 그의 이러한 노력이 완성된다.

손창섭(1922~)

평남 평양 출생. 본격적인 작품활동은 1952년과 1953년에 걸쳐 『문예』에 「공휴일」 「비 오는 날」 등의 단편소설이 추천됨으로써 시작되었다. 이후 「생활적」 「미해결의 장」 「인간동물원초」 「혈서」 등의 단편을 잇따라 발표하였는데, 현실의 밑바닥을 어둡고 침통하게 파헤치는 작품 경향으로 크게 주목을 받았다. 1961년 자전적 소설인 「신의 희작 戱作」과 「육체추 肉體醜」를 발표한 이후에는 거의 작품을 발표하지 않고 일본에 건너가 살고 있다. 전후문단의 가장 주목할 만한 작가로 평가되는 손창섭의 소설적 주제는 왜곡된 인간상의 창조라고 할 수 있다. 소설 속의 인물들은 대부분 비정상적인 성격의 소유자이거나 신체장애자로 등장한다. 이러한 인간의 불구성은 인간 자체의 결함에서 온 것이 아니라 전후 현실의 상황에서 비롯된 것이다. 「혈서」의 인물들은 언제나 무의미한 입씨름으로 서로를 헐뜯고, 「유실몽」의 주인공은 '잃어버린 하늘옷'을 생각하는 내면의 환상을 벗어나지 못하며, 「잉여인간」에는 자조적인 인간관이 깃들어 있다. 작가는 선량하지만 현실에서 제대로 삶을 영위하지 못하는 많은 사람들을 쓸모 없는 인간으로 규정함으로써, 오히려 이들을 외면하고 있는 현실을 역설적으로 비판한다. 즉 부정적인 인간상의 창조는 인간의 존재에 대한 냉소 어린 모멸감을 불러일으키지만 이를 통해 역으로 전후 절망적 상황의 중압감을 감지할 수 있도록 해주는 것이다.

김승옥(1941~)

일본 오사카 출생. 김승옥은 1962년 단편 「생명 연습」이 《한국일보》 신춘문예에 당선되어 등단했다. 같은 해 김현, 최하림 등과 더불어 동인지 『산문시대』를 창간하고 이 동인지에 「건」 「환상수첩」 등을 발표하며 본격적인 문단활동을 시작하였다. 김승옥의 소설은 대체로 개인의 꿈과 낭만을 용인하지 않는 관념체계, 사회조직, 일상성, 질서 등에 대한 비판의식을 그 내용으로 하고 있다. 기성의 관념체계나 허구화된 제도, 내용 없는 윤리감각이라는 일상적인 질서로부터 벗어나고자 하는 열망이 김승옥 소설의 중심적이고 일관된 내용인 것이다. 그의 소설은 크게 두 시기로 나누어 볼 수 있다. 초기 소설은 아웃사이더를 향한 열정이 현실보다 강해서 낭만주의적인 색채를 강하게 띤다. 「환상수첩」 「확인해 본 열다섯 개의 고정관념」 「생명 연습」 등의 초기소설은 환각이나 환상을 좇는 삶 혹은 현실을 초월한 삶에 대한 강렬한 동경이 두드러진다. 그러다가 그의 소설은 「무진기행」 이후 현실의 엄정한 법칙성을 인정하면서 변화하기 시작하여, 그의 후기 소설은 초기의 아웃사이더를 향한 열정 대신에 꿈이나 환상을 잃고 살아갈 수밖에 없는 삶에 대한 환멸과 허무의지로 가득 차게 된다. 「서울 1964년 겨울」 「염소는 힘이 세다」 「1960년대식」 「서울의 달빛 0장」 등 김승옥의 후기 소설은 산업사회의 한 기호로서 살아가는 인간들의 상실감을 주로 형상화했다. 김승옥의 소설은 감각적인 문체, 언어의 조응력, 배경과 인물의 적절한 배치, 소설적 완결성 등 소설의 구성 원리 면에서 새로운 기원을 열었다고 평가된다.

2

청년들의 사회의식과 소외문제

비 오는 날

손창섭

서울, 1964년 겨울

김승옥

청년들의 사회

흔히 친구들에게 따돌림을 당했을 때 우리는 소외당했다고 말한다. 못된놈이 자신을 따돌린다면 '그놈 참 나쁜 놈이다. 다신 같이 놀지 말아야지' 그러고 말면 그뿐이다. 그러나 집단적으로 일어나는 따돌림, 예를 들어 '왕따'와 같은 현상은 소외당하는 사람의 인간성을 짓밟는 아주 심각한 사회 문제가 된다. 이는 현대사회에 만연한 인간소외 현상의 하나로 보아야 할 것이다.

사전적인 의미의 인간소외는 인간이 본래 가지고 있는 인간성을 박탈당하여 비인간화되는 현상을 말한다. 좀더 세밀하게 정의하면 인간의 사회적 활동에 의한 산물, 곧 노동의 생산물, 모든 사회적인 관계, 금전, 이데올로기 등이 오히려 인간을 지배하는 상황을 가리킨다.

너무 추상적이니 조금 구체화시켜서 생각해 보자. 인간의 사회적 활동에 의한 산물이 인간을 지배하는 상황으로 어떤 경우를 들 수 있을까? 가장 쉽게 생각할 수 있는 것이 화폐이다. 물건의 교환을 위해 만들어진 금속조각이나 종이조각이, 어느새 인간의 영혼을 지배하고 있는 상황이 되었다. 이를 돈에 의해 인간이 소외된 상황이라고 말할 수 있을 것이다. 돈을 위해 친딸을 창녀로 만드는 사람, 보험금을 타기 위해 자신의 발목을 절단하는 사람 등이 바로 돈에 의한 인간소외 현상의 대표적인 사례가 될 것이다.

또 이데올로기가 인간을 지배하는 상황이 있을 수 있다. 이데올로기는 원래 사회를 원활하게 꾸려가기 위한 도구로서 만들어진 것이다. 인간을 행복하게 하기 위해 만들어진 이념이, 어느 틈엔가 인간을 지배하는 상황이 되면 무서운 숙청과 살인을 부르기도 한다. 이의 대표적인 예가 독일의 나치즘이다. 게르만 민족의 피의 순수성을 위해서는 유대인 수백 수천만 명이 죽어도 상관없다는 생각, 이것이 바로 이데올로기에 의한 인간소외 현상이다. 말하자면 인간에 의해 만들어진 것에 의해 정작 인간 자신이 노예가 되는 상황이 바로 인간소외 현상인 것이다.

각각 1950년대와 1960년대의 인간소외 문제를 집중적으로 다룬 다음의 작품들을 통해 서로 다른 시대에서 살았던 청년들의 각기 다른 사회의식과 인간소외의 문제는 어떤 것인지를 살펴보도록 하자.

:: 인간소외의 두 가지 양상

1950년대의 소설들은 대체로 인물들의 불구적인 상황이나 경제적 궁핍을 소재로 삼는 경우가 많았고, 전반적인 소설의 분위기도 우울한 경우가 많았다. 6·25라는 전쟁이 할퀴고 지나간 사회는, 희망이나 미래를 찾아보기 힘들었고, 당장 살아가기도 벅찬 상황이었다. 1953년 휴전협정이 맺어지면서 일단락된 한국전쟁은 한국민들에게 커다란 상처를 남겼다. 전쟁의 경험만큼 비인간적인 상황도 없을 것이다. 게다가 이념 때문에 남과 북으로 나뉘어 동족의 가슴에 총부리를 겨눠야 하는 상황은 살아남은 사람들에게 불안과 혼동, 인간에 대한 불신과 회의를 심어주기에 충분했다. 『문예』에 발표된 손창섭의 「비 오는 날」도 예외는 아니어서, 등장인물들 모두가 경제적으로 곤궁을 겪고 있으며, 전반적으로 우울하고 비극적인 분위기가 지배하고 있다.

피난지 부산에서 리어카에다 잡화를 늘어놓고 팔면서 생계를 유지해 가는 원구는, 자신도 어렵게 살고 있지만 오히려 소학교 때부터 친구였던 동욱과 그의 여동생 동옥의 생활을 걱정한다. 1·4후퇴 때 월남한 이들 남매는 동욱이 미군 부대를 전전하며 초상화를 주문받아 오면, 동옥이 집에서 그린 그림을 내다 팔아 간신히 생계를 꾸려 나간다. 어느 비 오는 날 동욱을 찾아간 원구는 처음으로 동옥을 만나게 되고, 그 후 비 오는 날이면 자주 그 집을 방문하면서 자신을 대하는 동옥의 태도가 바뀌는 것을 느낀다. 그러던 어느 날 이후 이들 남매는 유일한 생계 수단이었던 초상화 작업마저 못 하게 되고, 동옥이 그동안 모은 돈을 빌려주었던 주인 노파마저 도망가 버린다. 엎친 데 덮친 격으로 주인 노파가 남매가 세 들어 살던 집마저 몰래 팔고 도망갔기 때문에, 그 집에서조차 쫓겨날 처지가 된다. 원구가 한 달여 만에 그 집을 방문했을 때는, 그들은 이미 떠나고 없었다. 원구는 아마도, 동욱은 군대에 끌려갔을 것이지만 동옥은 주인 녀석이 사창가에 팔아먹은 것 같은 생각으로 격분하고는 스스로를 자책하며 집으로 돌아온다.

이 작품은 우리에게 전쟁이 인간을 얼마나 황폐하게 만들 수 있는지를 절감하게 만든다. 전쟁은 인간에게 가장 비인간적인 상황이다. 전쟁은 사랑하는 사람과 가족들 그리고 수많은 사람들의 목숨을 한순간에 앗아갈 뿐만 아니라, 때에 따라서는 '나'의 의사와는 상관없이 타인의 목숨을 빼아야 하는 비극적인 상황이 강요되기도 한다. 또한 전쟁이 휩쓸고 간 세상은 폐허가 되고, 궁핍과 살기 위한 악다구니만이 남아 있을 뿐이다. 이처럼 미래에 대한 희망을 찾기 힘든 상황을 이 작품에서는, 늘 축축하게 내리고 있는 장마비로 암시하고 있다. 끊이지 않고 내리는 장마비는 희망이나 전망을 찾을 수 없었던 암울한 당대의 사회 분위기를 나타낸 소설적인 장치이며, 동욱과 동옥이 사는 폐가 역시 전쟁으로 폐허가 된 세상을 드러내는 상징적인 소재라고 할 수 있다.

그렇다면 이와 같은 전쟁이 휩쓸고 지나간 세상을 살아가는 인물들의 내면은 어떨까. 전쟁은 그 자체의 비인간성만으로도 인간을 황폐화시키지만, 그 뒤를 따르는 지독한 가난 또한 사람을 더욱 멍들게 한다. 그런 상황에서는 아마도 인간 자체를 경멸하고 피하게 되지 않을까. 동옥이 사람들을 기피하는 것은 표면적으로는 육체적인 불구와 지독한 가난에서 비롯된다. 그러나 조금 더 생각해 보면 동옥의 자폐적인 성격은 전쟁을 유발한 인간성 자체에 대한 불신을 상징적으로 드러내는 것이다.

오빠인 동욱 역시 정신적 불구자이기는 마찬가지이다. 그는 가난에 지치고, 불투명한 미래에 낙심한다. 극단적인 불행에서 벗어나 정신적인 안정을 찾기 위해 목사가 되려고 애써보기도 하지만 역부족이다. 동욱이 할 수 있는 일은 술을 마셔 잠시 고통을 잊어보는 것뿐이다. 동욱은 이렇게 불행에 지친 나머지 동기간의 애정까지도 말살하게 된다. 동생을 사랑하면서도 저주하는 일은 삶을 전면적으로 부정할 때에 가능한 정신 상태인 것이다.

따라서 「비 오는 날」에는 인물들이 처한 상황이 한국전쟁 때문이라는 직접적인 언급은 없지만, 그들의 비극적 상황은 6·25라는 역사적 사건으로부터 비롯된 병리적인 사회 현상에서 기인하는 바가 크다. 결과적으로 이 작품은 등장인물들의 허무와 절망, 내일의 희망을 꿈꿀 수 없는 무력감, 극도의 궁핍 등을 통해서 전쟁 직후 한국 사회의 암울한 상황을 드러내고 있다. 또한 그러한 비인간적인 현실을 유발한 전쟁 자체를 간접적으로 비판하고 있는 것이다.

실존주의 existentialism

실존주의는 개인의 구체적 실존, 즉 개인의 삶이란 합리적인 이론으로 설명할 수 없는 비합리적인 것으로, 합리적인 방식과는 다른 질문과 해답이 요청된다는 생각이다. 문학 활동과 관련해서 가장 중요한 영향을 끼친 실존주의 사상가는 사르트르로서, 우리의 1950년대 전후 문학에도 많은 영향을 끼쳤다. 유럽에서는 제2차 세계 대전이 끝난 뒤에 인간의 이성에 대한 믿음이 급격히 흔들리게 된다. 우리에게 장밋빛 미래를 약속하는 듯했던 인간의 이성과 그에 따른 과학의 발전이 전 세계를 잿더미로 만들었으니 당연한 결과일 것이다. 그러자 개인 실존의 비합리성이 프랑스를 중심으로 작가들의 가장 중요한 테마가 되었으며, 그러한 상황이 한국전쟁 직후의 우리 문학계와 많은 유사점이 있었으므로 실존주의 사조가 우리 문학에도 유입되게 된 것이다. 한편 실존주의는 합리적으로 설명할 수 없는 부조리한 세계 속에 인간이 실존한다고 보기 때문에, 결국 인간은 궁극적인 허무와 부조리를 끌어안고 살아갈 수밖에 없다고 본다. 때문에 인생의 부조리함과 무의미함에서 오는 고뇌와 불안이 모든 실존주의 문학의 공통 요소가 된다. 그러나 실존주의는 타락한 세상에 자기를 내던져 포기하는 허무주의와는 달리, 각자가 처한 상황에서 열렬히 스스로 선택하거나 창조한 가치에 따라 성실히 행동하라고 가르친다. 다시 굴러 떨어질 것을 알면서도 열심히 커다란 바위를 굴려 올리는 신화 속의 거인 시지프스가 실존주의자의 모습을 대변하는 이유는 바로 그 때문인 것이다.

손창섭의 「비 오는 날」이 전쟁의 후유증으로 인한 인간 소외의 문제를 다루고 있다면, 1965년 『사상계』에 발표된 김승옥의 「서울, 1964년 겨울」은 현대 사회에서 파편화 되어가는 개인의 소외 문제를 중점적으로 부각시킨 소설이다.

1964년 겨울 서울의 한 포장마차에서 세 남자가 만난다. 김이라는 성을 가진 '나'는 사관학교를 지원했다가 실패하고 구청 병사계에서 일하고 있고, 대학원생 '안'은 부잣집 장남으로 두 사람은 모두 스물다섯 살이다. 서른 대여섯 돼 보이는 또 다른 사내는 서적 외판원이다. 처음에 말문을 튼 '안'과 '나'는 학력과 처지가 천양지차임에도 불구하고, 바깥 세상과 겉돌고 있다는 점에서 상통한다. 나중에 합류한 제3의 사나이는 사랑하는 아내가 병으로 숨지자 그 시신을 병원에 팔고 돈을 받은 뒤, 낙담과 죄책감으로 그 돈을 다 써버리자고 스물다섯 살짜리들을 유혹한다. 억지로 돈을 쓰러 돌아다니던 세 사람은 불자동차 뒤를 쫓아가 불구경을 하는데, 상처한 사나이는 타오르는 불길 속으로 남은 돈을 던져버린다. 세 사람은 그날 밤 같은 여관의 서로 다른 방에 투숙한다. 다음날 이른 아침 상처한 사나이가 밤사이 자살한 것을 알게 된 두 젊은이는 몰래 여관을 빠져 나와 기약 없이 헤어진다.

이 작품은 제목부터가 특이하다. 제목에 1964년이라는 특정 년도를 명시해 놓고 있다. 이는 작가가 1964년에 어떤 특별한 의미를 부여하고 있음을 짐작해 볼 수 있다. 1960년대는 이승만과 자유당의 독재로 부패한 정권을, 시민과 학생들이 단결해서 뒤엎은 4·19 혁명으로 시작했지만, 곧이어 일어난 5·16 군사 쿠데타에 의해 자유민주주의에 대한 정치적 열망이 좌절된 시기이다. 그리고 몇 년 후, 1964년은 6월 3일 경제발전을 빌미로 일본으로부터 차관을 끌어오려는 정부에 반대하는 대학생들이 한일기본조약 반대와 한미행정협정 개정을 요구하며 시위에 나선 때이다. 다시 한 번 자유민주주의의 가치를 회복하고자 나섰던 학생들은 서울시 일원에 비상계엄을 선포하면서 전면적으로 진압에 나선 군사정부에 의해 허무하게 해산하고 만다.

이렇게 되자 대학생들은 정치 경제에 대한 열망을 상실하고 좌절감에 휩싸이게 된다. 게다가 가난을 극복하기 위한 경제 개발과 산업화의 진전은 농촌의 공동체를 붕괴시켰고, 그로 인해 사람들은 뿔뿔이 흩어져 개인주의가 더욱 더 심각해지게 되었다. 김승옥이 1964년이라는 특정 년도를 명시한 이유는, 바로 이때가 어떤 전환점을 이루고 있다고 생각했기 때문일 것이다.

이 작품에서 구청 병사계에 근무하는 '나'와 대학원생 '안'은 모두 스물다섯 살짜리지만 스스로를 너무 늙어버렸다고 생각한다. 그들은 포장마차에서 우연히 만나 대화를 나누지만, 대화의 소재가 되는 것은 무의미한 것들뿐이며 자기 자신에 관한

알레고리 allegory

문학에서 알레고리는 표면적으로는 인물과 행위와 배경 등 통상적인 이야기의 요소들을 다 갖추고 있는 이야기인 동시에, 그 이야기 배후에 정신적, 도덕적 또는 역사적 의미가 전개되는, 뚜렷한 이중 구조를 말한다. 즉 구체적인 이야기의 전개와 그것이 암시하는 추상적인 의미가 그 배후에 동반된다는 사실이 의식되도록 꾸미는 기법을 말하는 것으로 '확장된 비유'라고 정의할 수 있다. 이 알레고리의 가장 대표적인 경우가 '우화'이다. 탈무드에 나와 있는 「포도밭의 여우」를 예로 들어보자.

옛날에 여우 한 마리가 포도밭 주위를 맴돌며 어떻게든 안으로 들어가려고 골똘히 궁리하고 있었다. 울타리가 너무 촘촘해서 드나들기 힘들었기 때문이다. 결국 여우는 사흘 동안 단식을 해서 몸의 살을 빼고는 울타리 사이를 비집고 들어갔다. 포도밭에 들어간 여우는 포도를 마음껏 먹었다. 그런 다음 포도밭에서 나오려 했으나 배가 불러 울타리를 빠져 나올 수가 없었다. 여우는 하는 수 없이 또 사흘을 단식했다. 배가 홀쭉해지도록 살을 뺀 후에야 여우는 포도밭을 빠져 나올 수 있었다. 이때 여우는 혼자 중얼거렸다. "들어갈 때나 나올 때나 결국 배고픈 건 마찬가지로군."

이 우화의 배후에는 '인생도 그와 마찬가지로, 누구나 맨몸으로 태어나 똑같이 맨몸으로 죽는다'는 추상적인 의미가 있음을 명확하게 알 수 있다. 이와 같은 형태가 알레고리인 것이다. 이솝우화나 성경에는 알레고리가 활용된 많은 우화나 예화를 찾아볼 수 있다. 우리 문학에서는 1950년대 말 장용학의 「요한시집」이나 김성한의 「오분간」과 같은 전후문학에서 알레고리 기법을 찾아볼 수 있다.

내용은 없다. 일례로 '나'가 '지난 십사 일 저녁 아홉 시 현재 단성사 옆 골목의 첫 번째 쓰레기통에는 초콜릿 포장지가 두 장 있다'고 하면, 대학원생 '안'은 '적십자병원 정문 앞에 있는 호두나무의 가지 하나는 부러져 있다'고 하면서 역시 의미 없는 이야기로 받아친다. 이들이 나누는 대화는 말의 기본적인 속성, 즉 의사소통과 인간적인 감정의 교류라는 측면을 무시한 말장난일 뿐이다.

대화를 말장난으로 일관한다는 것은 타인과의 진정한 관계 맺기를 거부한다는 뜻으로 현대인의 무의미한 만남을 잘 보여주고 있다. 진실한 만남을 거부하는 이러한 대화를 통해 우리는 파편화된 도시적 삶과 심화된 개인주의가 가져오는 인간소외의 징후를 발견할 수 있다.

반면에 30대의 사내는 전혀 다른 세계의 인물이다. 그는 자기 자신의 모든 것을 털어놓으며, 자신이 진 무거운 짐을 상대방에게 덜어놓으려 한다. 그는 말하자면 자신의 고통을 함께 나눌 공동체적 심성을 상대방에게 요구하는 것이다. 하지만 개인주의자들인 '나'와 '안'은 그런 사내의 태도가 부담스러울 뿐이다. 그들은 사내의 동행 요청에 마지못해 응하여 여관에 같이 투숙하지만, 사내의 죽음 앞에서도 잠시 머뭇거릴 뿐 개입하지 않고 조용히 여관을 빠져 나온다. 이 마지막 장면은 현대 도시의 인간소외 현상의 한 극단을 보여준다.

비 오는 날 _ 손창섭

이렇게 비 내리는 날이면 원구(元求)의 마음은 감당할 수 없도록 무거워지는 것이었다. 그것은 동욱과 그의 여동생 동옥이 생각나는 것이었다. 그들의 어두운 방과 쓰러져가는 목조 건물이 비의 장막 저편에 우울하게 떠오르는 것이었다. 비록 맑은 날일지라도 동욱의 오뉘의 생활을 생각하며, 원구의 귀에는 비 소리가 설레이고 그 마음 구석에는 빗물이 스며 흐르는 것 같았다. 원구의 머릿속에 떠오르는 동욱과 동옥은 그 모양으로 언제나 비에 젖어 있는 인생들이었다.

동욱의 거처를 왕방하기 전에 원구는 어느 날 거리에서 동욱을 만나 저녁을 같이 한 일이 있었다. 동욱은 밥보다도 먼저 술을 먹고 싶어했다. 술을 마시는 동욱의 태도는 제법 애주가였다. 잔을 넘어 흘러내리는 한 방울도 아까워서 동욱은 혀끝으로 잔 굽을 핥았다. 기독교 가정에서 성장했을 뿐 아니라 몇몇 교회에서 다년간 찬양대를 지도해 온 동욱의 과거를 원구는 생각하며, 요즈음은 교회에 나가지 않느냐고 물어 보았다. 동욱은 멋쩍게 씽긋 웃고 나서 이따금 한 번씩 나가노라고 하고 그런 때는 견딜 수 없는 절망감에 숨이 막힐 것 같은 날이라는 것이었다. 동욱은 소매와 깃이 너슬너슬한 양복저고리에, 교회에서 구제품으로 탄 것이라는, 바둑판처럼 사방으로 검은 줄이 죽죽 간 회색 즈봉을 입고 있었다. 무엇보다도 그의 구두가 아주 명물이었다. 개미허리처럼 중간이 잘룩한 데다가 코숭이만 주먹만큼 뭉툭 솟아오른 검정 단화를 신고 있었다. 그건 꼭 채플린이나 신음직한 괴이한 구두였기 때문에, 잔을 주고받으면서도 원구는 몇 번이나 동욱의 발을 내려다보는 것이었다. 그동안 무얼 하며 지냈느냐는 원구의 물음에 동욱은 끼고 온 보자기를 끄르고 스크랩북을 펴 보이는 것이었다. 몇 장 벌컥벌컥 뒤적이는데 보니, 서양 여자랑 아이들의 초상화가 드문드문 붙어 있었다. 그 견본을 가지고 미군 부대를 찾아다니며 초상화의 주문을 맡는다는 것이었다. 대학에서 영문과를 전공한 것이 아주 헛일은 아니었다고 하며 동욱은 능글능글 웃었다. 동욱의 그 능글능글한 웃음을 원구는 이전부터 몹시 꺼렸다.

상대방을 조롱하는 것 같은 그러면서도 자조적이요, 어쩐지 친애감조차 느껴지는 그 능글능글한 웃음은, 원구에게 어떤 운명적인 중압을 암시하여 감당할 수 없이 마음이 무거워지는 것이었다. 대체 그림은 누가 그리느냐니까, 지금 여동생 동옥이와 둘이 지내는데, 동옥은 어려서부터 그림을 좋아하더니 초상화를 곧잘 그린다는 것이다. 동옥이란 원구의 귀에도 익은 이름이었다. 소학교 시절에 동욱이네 집에 놀러 가면 그때 대여섯 살밖에 안 되는 동옥이가 귀찮게 졸졸 따라다니던 기억이 새로웠다. 동옥은 그 당시 아이들 사이에 한창 유행되었던, '중중 때때중 바랑 메고 어디 가나' 를 부르고 다녔다. 그 사이 20년이라는 세월이 흐르고 보니 동옥의 모습은 전혀 기억도 남지 않았다.

동욱의 말에 의하면 지난번 1·4후퇴 당시 데리고 왔는데, 요새 와서는 짐스러워 후회될 때가 있다는 것이었다. 그의 남편은 못 넘어왔느냐니까, 뭘 입때 처년데, 했다. 지금 몇 살인데 미혼이냐고 묻고 싶었지만, 원구는 혼기가 지난 동욱이나 자기 자신도 아직 독신인 걸 생각하고 여자도 그럴 수가 있을 거라고 속으로 주억거리며 그는 입을 다물었다. 동옥의 나이가 지금 이십오륙 세가 아닐까 하고 원구는 지나간 세월과 자기 나이에 비추어서 속어림으로 따져 보는 것이었다. 술에 취한 동욱은 다자꾸 원구의 어깨를 한 손으로 투덕거리며, 동옥이년이 정말 가엾어, 암만 생각해도 그 총기며 인물이 아까워, 그런 말을 되풀이하는 것이었다. 그리고는 다시 잔을 비우고 나서, 할 수 있나 모두가 운명인걸 하고 고개를 흔드는 것이었다. 동욱은 머리를 떨어뜨린 채, 내가 자네람 주저 없이 동옥이와 결혼할 테야, 암 장담하구말구, 혼잣말처럼 그렇게도 중얼거리는 것이었다. 종잡을 수 없는 동욱의 그런 말에 원구는 무슨 영문인지 모르면서, 암 그럴 테지, 하는 동욱의 손을 쥐어흔드는 것이었다. 동욱은 음식점을 나와 헤어질 무렵에 두 손을 원구의 양어깨에 얹고 자기는 꼭 목사가 되겠노라고 했다. 그것이 자기의 갈 길인 것 같다고 하며 이제 새학기에는 신학교에 들어가겠다는 것이었다. 어깨가 축 늘어져서 걸어가는 동욱의 초라한 뒷모양을 바라보고 서서 원구는 또다시 동욱의 과거와 그 집안을 그려 보며, 목사가 되겠노라고 하면서도 술을 사랑하는 동욱을 아껴줘야겠다고 생각하는 것이었다.

그 뒤, 원구가 처음으로 동욱을 찾아간 것은 40일이나 계속된 긴 장마가 시작된 어느 날이었다. 동래(東萊) 종점에서 전차를 내리자, 동욱이가 쪽지에 그려 준 약도를 몇 번이나 펴 보며 진득진득 걷기 힘든 비탈길을 원구는 조심히 걸어 올라갔다. 비는 여전히 줄기차게 내리고 있었다. 우산을 받기는 했으나 비가 후려치고 흙탕물이 튀고 해서 정강이 밑으로는 말이 아니었다. 동욱이가 들어 있는 집은 인가에서 뚝 떨어져 외따로이 서 있었다. 낡은 목조 건물이었다. 한 귀퉁이에 버티고 있는 두 개의 통나무 기둥이 모로 기울어지려는 집을 간신히 지탱하고 있었다. 기와를 얹은 지붕에는 두세 군데 잡초가 반 길이나 무성해 있었다. 나중에 들어 알았지만 왜정 때는 무슨 요양원(療養院)으로 사용되어 온 건물이라는 것이었다. 전면(前面)은 본시 전부가 유리 창문이었는데 유리는 한 장도 남아 있지 않았다. 들이치는 비를 막기 위해서 오른편 창문 안에는 가마니때기가 드리워 있었다. 이 폐가와 같은 집 앞에 우두커니 우산을 받고 선 채, 원구는 한동안 움직이지 않았다. 이런 집에도 대체 사람이 살고 있을까? 아이들 만화책에 나오는 도깨비집이 연상됐다. 금시 대가리에 뿔이 돋은 도깨비들이 방망이를 들고 쏟아져 나올 것만 같았다. 이런 집에 동욱과 동옥이가 살고 있다니 원구는 다시 한 번 쪽지에 그린 약도를 펴 보았다. 이 집임에 틀림없었다.

개천을 끼고 올라오다가 그 개천을 건너선 왼쪽 산비탈에도 도대체 집이라고는 이 집 한 채뿐이었다. 원구는 몇 걸음 다가서며 말씀 좀 묻겠습니다 하고 인기척을 냈다. 안에서는 아무런 응답이 없었다. 원구는 좀더 큰 소리로 안녕하십니까? 하고 불러 보았다. 원구는 제 소리에 깜짝 놀랐다. 목에 엉켰던 가래가 풀리며 탁 터져 나오는 음성이 예상 외로 컸던 탓인지, 그것은 마치 무슨 비명처럼 들렸기 때문이다. 그러자 문 안에 친 거적 귀퉁이가 들썩이며, 백지에 먹으로 그린 초상화 같은 여인의 얼굴이 나타난 것이다. 살결이 유달리 희고 눈썹이 남보다 검은 그 여인은 원구를 내다보며 좀처럼 입을 열지 않았다. 저게 동옥인가 보다고 속으로 생각하며, 여기가 김동욱 군의 집이냐는 원구의 물음에, 여인은 말없이 약간 고개를 끄덕여 보였을 뿐이다. 눈썹 하나 까딱하지 않는 그 태도는 거만해 보이는 것이었다. 동욱은 어디 나갔습니까? 하고 재차 묻는 말에도 여인은 먼저처럼 고개만 끄덕했다. 그리고 나서 원구를 노려보는 듯하는 그 눈에는 까닭 모를 모멸과 일종의 반항적 태도까지 서리어 있는 것이었다. 여인이 혹시 자기를 오해하고 있지 않나 싶어 정원구라는 이름을 밝히고 나서, 동욱과는 소학교에서 대학까지 동창이었다는 것과 특히 소학 시절에는 거의 날마다 자기가 동욱이네 집에 놀러 가거나, 동욱이가 자기네 집에 놀러 왔다는 것을 설명해 주었다. 그래도 여인의 표정에는 별다른 변화가 없었다. 원구는 한층 더 부드러운 음성으로 혹시 동욱 군의 여동생이 아니십니까? 동옥이라구……하고 물었다. 여인은 세 번째 고개를 끄덕여 보인 것이다. 그리고 비로소 그 얼굴에 조소를 품은 우울한 미소가 약간 어리는 것이었다.

동욱이 어디 갔느냐니까 그제야, 모르겠는데요 하고 입을 열었다. 꽤 맑은 음성이었다. 그러면 언제 들어올지 모르겠군요 하니까, 이번에도 동옥이는 머리를 끄덕이는 것이었다. 무례한 동옥의 태도에 불쾌와 후회를 느끼면서 원구는 발길을 돌이키는 수밖에 없었다. 동욱이가 돌아오거든 자기가 다녀갔다는 말을 전해 달라고 이르고 돌아서는 원구에게, 동옥은 아무런 인사도 하지 않았다.

물탕에 젖어 꿀쩍거리는 신발 속처럼 자기의 머리는 어쩔 수 없는 우울에 흠뻑 젖어 있는 것이라고 공상하며 원구는 호박넝쿨 우거진 철둑길을 걸어나갔다. 그 무거운 머리를 지탱하기에는 자기의 목이 지나치게 가는 것 같이 여겨졌다. 그것은 불안한 생각이었다. 얼마쯤 가다가 원구는 별 생각 없이 걸음을 멈추고 뒤를 돌아보았다. 안개비 속으로 보이는 창연한 건물은 금방 무서운 비명과 함께 모로 쓰러질 것만 같았다. 자기가 발길을 돌리자 아마 쓰러질는지도 모른다는 생각에 이제나저제나 하고 집을 지켜보고 섰던 원구는 흠칫 놀라듯이 몸을 떨었다. 창문 안에 드리운 거적을 캔버스 삼아 그림처럼 선명히 떠올라 있는 흰 얼굴이 눈에 띄었기 때문이었다. 그것은 동옥의 얼굴임에 틀림없었다. 어쩌자고 동옥은 비 뿌리는 창문에 붙어 서서 저렇게 짓궂게 나를 바라보고 있는 것일까? 어려서 들은, 여우가 사람을 홀린다는 얘기가 연상되어 전신에 오한을 느끼며 발길을 돌이키는 원구의 눈앞에 찢어진 종이우산을 받고 다가오는 사나이가 있었다. 다행히도 그것은 동욱이었다. 찬거리를 사러 잠깐 나갔다가 오노라는 동욱은, 푸성귀며 생선 토막이 들어 있는 저자구럭을 한 손에 들고 있었다. 이 먼 델 비 맞고 왔다가 그냥 돌아가는 법이 있느냐고 하며 동욱은 원구의 손을 잡아끄는 것이었다.

말할 기력조차 잃은 사람처럼 원구는 묵묵히 뒤를 따라갔다. 좀 전의 동옥의 수수께기 같은 태도는 더욱 이해할 수 없는 무거운 그림자가 되어 원구의 머리를 뒤집어씌우는 것이었다. 동욱에게 재촉을 받고 방 안에 들어서는 원구를 동옥은 반항적인 태도로 힐끔 쳐다보는 것이었다. 물론 일어서거나 옮겨 앉으려고도 하지 않았다. 비 오는 날인데다가 창문까지 거적때기로 가리어서 방 안은, 굴속같이 침침했다. 다다미 여덟 장 깔리는 방안은 다다미 위에다 시멘트 종이로 장판 바르듯 한 것이었다. 한켠 천장에서는 쉴 사이 없이 빗물이 떨어졌다. 빗물 떨어지는 자리에는 양동이가 놓여 있었다. 촐랑촐랑 쪼르륵 촐랑, 빗물은 이와 같은 연속적인 음향을 남기며 양동이 안에 떨어지는 것이었다. 무덤 속 같은 이 방 안의 어둠을 조금이라도 구해주는 것은 그래도 빗물 소리뿐이었다. 그러나 그 빗물 소리마저 양동이에 차츰 물이 늘어 갈수록 우울한 음향으로 변해 가는 것이었다. 동욱은 별로 원구와 동옥을 인사시키거나 소개하려 하지 않았다. 동욱은 젖은 옷을 벗어서 걸고 러닝 셔츠와 팬티 바람으로 식사 준비를 할 테니 잠깐만 앉아 있으라고 하고 부엌으로 나가는 것이었다. 부엌이라야 따로 있는 것이 아니라 비어 있는 옆방이었다. 다다미는 걷어서 벽 한구석에 기대어 놓아 판장뿐인 실내에는 여기저기 빗물이 오줌발처럼 쏟아졌다. 거기에는 취사 도구가 너저분하니 널려 있는 것이었다. 연기가 들어간다고 사잇문을 닫아버리고 나서 동욱은 풍로에 불을 피우느라고 부채질을 하며 야단이었다. 열 시가 조금 지난 회중시계를 사잇문 틈으로 꺼내 보이며 도대체 조반이냐 점심이냐는 원구의 질문에, 동욱은 능글능글하며 자기들에게는 삼시의 구별이 없다고 했다. 언제든 배고프면 밥을 끓여 먹고 밥 생각이 없는 날은 종일이라도 굶고 지낸다는 것이었다. 동욱이가 부엌에서 바삐 돌아가는 동안 동옥은 역시 한자리에 앉아 꼼짝도 하지 않았다. 동옥은 가끔 하품을 하며 외국에서 온 낡은 화보를 뒤적이고 있었다. 그러한 동옥이와 마주앉아 자기는 도대체 무엇을 생각해야 하며 또한 어떠한 포즈를 지속해야 하는가? 원구는 이런 무의미한 대좌(對坐)를 감당할 수 없어 차라리 부엌에 나가 풍로에 부채질이나마 거들어 줄까도 생각해 보는 것이었다. 그러나 고만한 행동도 이 상태로는 일종의 비약(飛躍)이라 적지 아니한 용기가 필요했다. 그러는 동안 원구는 별안간 엉덩이가 척척해 들어옴을 의식했다. 양동이의 빗물이 넘어서 옆에 앉아 있는 원구의 자리로 흘러내린 것이었다. 원구는 젖은 양복바지 엉덩이를 만지며 일어섰다. 그제서야 동옥도 양동이의 물이 넘는 줄을 안 모양이다. 그러나 동옥은 직접 일어나서 제 손으로 치려고 하지도 않았다. 앉은 채 부엌 쪽을 향하여, 오빠 물 넘어, 했을 뿐이었다. 동옥은 사잇문을 반쯤 열고 들여다보며, 이년아 네가 좀 치우지 못해? 하고 목에 핏대를 세웠다. 그러자 자기가 나서기에 절호한 기회라고 생각한 원구는 내가 내다 버리지, 하고 한 손으로 양동이를 들어 올렸다. 그러나 한 걸음도 미처 옮겨 놓을 사이도 없이 양동이는 철거렁 하는 소리와 함께 한 옆이 떨어지며 물이 좌르르 쏟아졌다. 손잡이의 한쪽 끝 갈퀴가 구멍에서 벗겨진 것이었다. 순식간에 방바닥은 물바다가 되고 말았다. 여태껏 꼼짝도 않고 앉아 있던 동옥도 그제만은 냉큼 일어나 한 걸음 비켜서는 것이었다. 그 순간 동옥의 동작이 예사롭지가 않았다. 원구에게 또 하나 우울의 씨를 뿌려 주는 것이었다. 원피스 밑으로 드러난 동옥의 왼쪽 다리가 어린애의 손목같이 가늘고 짧았기 때문이다. 그러한 다리를 옮겨 디디는 순간 동옥의 전신은 한쪽으로 쓰러질 듯이 기울어지는 것이었다. 동옥은 다시 한 번 그 가늘고 짧은 다리는 옮겨 놓는 일 없이 젖지 않은 구석 자리에 재빨리 주저앉아 버리고 말았다. 그리고는 희다 못해 파랗게 질린 얼굴에 독이 오른 눈초리로 원구를 잡아먹을 듯이 노려보는 것이었다. 동옥의 시선을 피하여 탁류의 대하 가운데 떠 있는 것 같은 공포에 몸을 떨며 원구는 마지막 기력을 다하여 허우적거리듯 두 발로 물 괸 방을 허우적거려 보는 것이었다.

그 뒤로는 비가 와서 가게를 벌일 수 없는 날이면 원구는 자주 동욱이네 집을 찾아가는 것이었다. 불구인 신체와 같이 불구적인 성격으로 대해 주는 동옥의 태도가 결코 대견할 리 없으면서도 어느 얄궂은 힘에 조종당하듯이, 원구는 또다시 찾아가지 아니할 수 없는 것이었다. 침침한 방 안에 빗물 떨어지는 소리가 듣고 싶어서일까? 동옥의 가늘고 짧은 한쪽 다리가 지니고 있는 슬픔에 중독된 탓일까? 이도 저도 아니면 찾아갈 적마다 차츰 정상적인 데로 돌아오는 동옥의 태도에 색다른 매력을 발견할 탓일까? 정말 동옥의 태도는 원구가 찾아가는 횟수에 따라 현저히 부드러워지는 것이었다. 두 번째 찾아갔을 때 동옥은 원구를 보자 얼굴을 붉히었다. 그리고는 고개를 숙였다. 세 번째 찾아갔을 때는 원구를 보자 동옥은 해죽이 웃어 보인 것이었다. 그러나 그것은 우울한 미소였다. 찾아갈 때마다 달라지는 동옥의 태도가 원구에게는 꽤 반가운 것이었다. 인사불성에 빠졌던 환자가 제정신으로 돌아올 때처럼 고마웠다. 첫번 불렀을 때는 눈을 감은 채 아무런 반응도 없던 환자가, 두 번째 부르자 눈을 간신히 떴고, 세 번째 불렀을 때는 제법 완전히 눈을 떠서 좌우를 둘러보다가 물 좀 하고 입을 열었을 경우와 같은 반가움을 원구는 동옥에게서 경험하는 것이었다. 두 번째 갔을 때에는 지난번 빗물 쏟아지던 자리에 양동이가 놓여 있지 않았다. 그 자리에는 제창 떼꾼히 구멍이 뚫려 있었다. 주먹이 두어 개나 드나들 만한 그 구멍은 다다미에서부터 그 밑의 널빤지까지 뚫려 있었다. 천장에서 흘러내리는 빗물은 그 구멍을 통과해 널빤지 밑 흙바닥에 둔탁한 음향을 남기며 떨어졌다. 기실 비는 여러 군데서 새는 모양이었다. 널빤지로 된 천장에는 사방에서 빗물 듣는 소리가 났다. 천장에 떨어진 빗물은 약간 경사진 한쪽으로 오다가 소 눈깔만한 옹이 구멍으로 새어 흐르는 것이었다. 그날만 해도 원구와 동욱이가 주고받는 말에 비교적 냉담한 동옥이었다. 그러나 세 번째 갔을 때부터는 원구와 동욱이가 웃을 때는 함께 따라 웃어 주는 것이었다. 간혹 한두 마디씩은 말추렴에도 들었다. 그날은 일찌감치 저녁을 얻어먹고 돌아오려고 하는데 비가 하도 세차게 퍼부어서 자고 오는 수밖에는 없었다. 한 손에 우산을 들고 선 채 회색 장막을 드리운 듯 비에 뿌예진 창 밖을 내다보며 망설이고 있는 원구의 귀, 고집 피우지 말고 자고 가라는 동욱의 말에 뒤이어 이런 비에는 앞 도랑에 물이 불어서 못 건너십니다, 하는 동옥의 음성이 들린 것이었다. 그날 밤 비로소 원구는 가벼운 기분으로 동옥에게 말을 걸 수가 있었던 것이다. 언제부터 그림 공부를 했느냐니까, 초상화 따위가 뭐 그림인가요, 하고 그 우울한 미소를 지어 보이는 것이었다. 원구는 동옥의 상처를 건드릴 만한 말은 일절 꺼내지 않았다. 어렸을 때 애기가 나와서 어딜 가나 강아지 새끼처럼 쫓아다니는 동옥이가 귀찮았다는 말을 하고 중중 때때중을 자랑스레 부르고 다녔다니까, 동옥의 눈이 처음으로 티없이 빛나는 것이었다. 갑자기 동욱이가 중중 때때중 하고 부르기 시작하자 동옥도 가느다란 소리로 따라 부르는 것이었다. 노랫소리가 그치고 나니 방 안에는 빗물 떨어지는 소리가 유달리 크게 들렸다. 비가 들이치는 바람에 바깥 벽 판장 틈으로 스며드는 물은 실내의 벽 한구석까지 적시기 시작하는 것이었다. 그런데 이상한 것은 동옥을 대하는 동욱의 태도였다. 대수롭지 않은 일에도 이년 저년 하고 욕을 퍼붓는 것이었다. 부엌에서 들여보내는 음식 그릇을 한 손으로 받는다고 해서, 이년아, 한 손으로 그러다가 또 떨어뜨리고 싶으냐, 하고 눈을 흘겼고, 남포에 불을 켜는데, 불이 얼른 댕기지 않아 성냥 알을 두 개비째 꺼내려니까, 저년은 밥 처먹구 불두 하나 못 켜 하고 노려보는 것이었다. 그럴 때마다 동옥은 말없이 마주 눈을 흘겼다. 빨래와 바느질만은 동옥의 책임이지만 부엌일은 언제나 동욱이가 맡아한다는 것이었다. 동옥이가 변소에 간 틈에 될 수 있는 대로 위로해 주지 않고 왜 그리 사납게 구느냐니까, 병신 고운 데 없다고 그년 맘 쓰는 게 모두가 틀렸다는 것이다. 우선 그림값만 하더라도 얼마 전까지는 받아 오면 반씩 꼭 같이 나눠 가졌는데 근자에 와서는 동욱을 신용할 수가 없다고 대소에 따라 한 장에 얼마씩 또박또박 선금을 받고야 그려 준다는 것이었다. 생활비도 둘이 꼭 같이 절반씩 부담한다는 것이다. 동옥은 자기가 병신이기 때문에 부모 말고는 자기를 거두어 오래 돌봐 줄 사람이 없으리라는 것이다. 오빠도 언제든 자기를 버릴 것이 아니겠느냐, 그렇기 때문에 자기는 자기대로 약간이라도 밑천을 장만해 두어야 비참한 꼴을 면하지 않겠느냐고 한다는 것이었다. 그러한 동옥의 심중을 생각할 때 헤어져 있으면 몹시 측은하기도 하지만, 이상하게 낯만 대하면 왜 그런지 안 그러리라 하면서도 동욱은 다자꾸 화가 치민다는 것이다. 동옥은 불을 끄고는 외로워서 잠을 이루지 못한다고 했다. 반대로 동욱은 불을 꺼야만 안심하고 잠을 들 수가 있다는 것이었다. 동욱은 어둠만이 유일한 휴식이노라 했다. 낮에는 아무리 가만하고 앉았거나 누워 뒹굴어도 걸레처럼 전신에 배어 있는 피로가 가시지 않는다는 것이었다. 그러한 동욱은 심지를 낮추어서 희미하게 켜 놓은 불빛에도 화를 내어 이년아 아주 꺼버리지 못해 하고 소리를 질렀다. 동옥은 손을 내밀어 심지를 조금 더 낮추었다. 그러고 나서 누가 데려오랬나, 차라리 어머니하고 거기 있을 걸 괜히 왔지 한 번 하고 종알대는 것이었다. 그러자 동욱은 벌떡 일어나며 이년 다시 그 주둥일 놀려 봐라 나두 너 같은 년 끌구 오구 싶지 않았다, 어머니가 하두 애원하시듯 다 버리구 가더라두 네년만은 데리구 가라구 하 조르기에 끌구 와 이 꼴이다, 하고 골을 내는 것이었다. 동옥은 말없이 저편으로 돌아누웠다. 어렴풋이 불빛이 있음에도 불구하고 어둠이 가슴을 내리 누르는 것 같아서 원구는 오래도록 잠을 이룰 수가 없었다. 동욱도 잠이 안 오는 모양이었다. 동옥 역시 필경 잠이 들지 않았으련만 죽은 듯이 가만하고 있었다. 후두둑 후두둑 유리 없는 창문으로 들이치는 빗소리를 들으며, 40주야를 비가 퍼부어서 산꼭대기에다 배를 묶어 둔 노아네 가족만이 남고 이 세상이 전멸을 해버렸다는, 구약성경에 나오는 대홍수를 원구는 생각해 보는 것이었다. 그러다가 어렴풋이 잠이 들려고 하는 때였다. 커다란 적선으로 생각하고 동옥과 결혼할 용기는 없는가, 하는 동욱의 음성이 잠꼬대같이 원구의 귀를 스쳤다. 원구는 눈을 떴다. 노려보듯이 천장을 바라보며 그는 반듯이 누워 있었다. 동욱의 입에서 다시 무슨 말이 흘러나올지도 모른다는 긴장을 느끼면서. 그러나 동욱은 아무 말이 없었다. 빗물 떨어지는 소리만이 여전히 계속되고 있을 뿐이었다. 원구가 또다시 간신히 잠이 들락 할 때였다. 발치 쪽에서 빠드득 하는 이상한 소리가 났다. 원구는 정신을 바짝 차리고 세를 재웠다. 뱀에게 먹히는 개구리 소리 비슷한 그 소리는 뒷벽 쪽에서 들리는 것이었다. 원구는 이번에는 상반신을 일으키고 앉아 귀를 기울이는 것이었다. 그 바람에 동욱이도 눈을 떴다. 저게 무슨 소리냐고 한즉, 뒷방의 계집애가 자면서 이 가는 소리라는 것이었다. 이 뒷방에도 사람이 사느냐니까, 육순

이 넘은 노파가 열두 살 먹은 손녀를 데리고 산다고 했다. 그 노파가 바로 이 집 주인인데 전차 종점 나가는 길목에 하꼬방 가게를 내고 담배, 성냥, 과일, 사탕 같은 것들을 팔아서 근근이 생활해 가고 있다는 것이었다. 뒷집 소녀는 잠만 들면 반드시 이를 간다는 것이었다. 동욱도 처음 며칠 밤은 그 소리에 골치를 앓았지만 요즘은 습관이 되어 괜찮노라고 했다.

이러한 방에서 빗물 떨어지는 소리와 이 가는 소리를 듣고 지내면 아무라도 신경과민이 될 것이라고 생각하며, 원구는 좀 전에 동욱이가 잠꼬대처럼 한 말의 의미를 되새겨 보는 것이었다.

사오 일 지나서였다. 오래간만에 비가 그치고 제법 날이 훤해져서 잡화를 가득 벌여 놓은 리어카를 지키고 섰노라니까, 다 저녁때 원구의 어깨를 툭 치는 사람이 있었다. 동욱이었다. 그는 역시 소매와 깃이 다 처진 저고리와 검은 줄이 간 회색 즈봉을 입고 있었다. 옷이라고는 그것밖에 없는 모양이라 비에 젖은 것을 그냥 짜서 말리곤 해서 여기 저기 구김살이 져 있었다. 그보다도 괴이한 채플린식의 검정 단화의 주먹 같은 코숭이가 말이 아니었다. 장화 대용으로 진창을 막 밟고 다녀서 온통 흙투성이였다. 그러한 동욱의 꼴에 원구는 이상하게 정이 갔다. 리어카를 주인집에 가져다 맡기고 와서 저녁을 같이하자고 원구는 동욱의 손을 끌었다. 동욱은 밥보다도 술 생각이 더 간절하다고 했다. 두 가지 다 먹을 수 있는 집으로 원구는 동욱을 안내했다. 술이 몇 잔 들어가 얼근해지자 동욱은 초상화 '주문 돌이'를 폐업했노라고 했다. 요즘은 양키들도 아주 약아져서 까딱하면 돈을 잘리거나 농락당하기가 일쑤라는 것이다. 거기에다 패스 없는 사람의 출입을 각 부대가 엄중히 단속하기 때문에 전처럼 드나들 수가 없다는 것이었다. 며칠 전에는 돈 받으러 몰래 들어갔다가 순찰장교에게 걸려서 하룻밤 돌키 하우스의 신세를 지고 나왔다는 것이다. 더구나 요즈음은 국민병 수첩까지 분실했으므로 마음놓고 거리에 나와 다닐 수도 없다는 것이었다. 분실계를 내고 재교부 신청을 하자니까, 그 때문에 동회로 파출소로 사오 차나 쫓아다녀 봤지만 까다롭게만 굴고 잘 들어주지 않는다는 것이다. 까짓거 나중에 산수갑산엘 갈망정 내버려둘 테라고 했다. 그래 차라리 군에라도 들어가 버릴까 싶어, 마침 통역 장교를 모집하기에 그 원서를 타러 나왔던 길이노라고 했다. 어디 원서를 좀 구경하자니까, 동욱은 능글능글 웃으며 수속이 하두 복잡하고 번거로워 아예 단념하고 말았다는 것이다. 동욱은 한동안 말이 없이 술잔을 빨고 앉았다가, 가끔 찾아와서 동옥을 좀 위로해 주라는 것이었다. 세상 사람들이 모두 자기를 조소하고 멸시한다고만 생각하고 있는 동옥은 맑은 날일지라도 일절 바깥출입을 않고 두더지처럼 방에만 처박혀 산다는 것이다. 그리고 모든 사람에게 반감을 품고 있다는 것이다. 그러한 동옥도 원구만은 자기를 업신여기지 않고 자연스레 대하여 준다고 해서 자주 찾아와 주기를 여간 기다리지 않는다고 했다. 초상화가 팔리지 않게 된 다음부터의 동옥은 초조와 불안 속에서 한층 더 자신의 고독을 주체하지 못해 쩔쩔맨다는 것이었다. 동욱은 그러한 동옥이가 측은해 못 견디겠노라고 했다. 언젠가처럼 내가 자네람 동옥이와 결혼할 테야 암 하구 말구, 하며 동욱은 고개를 주억거리는 것이었다. 술집을 나와 동욱은 이번에도 원구의 손을 꼭 쥐고 자기는 기어코 목사가 되겠노라고 했다. 동옥을 위해서나 자기 자신을 위해서나 그것만이 이 무거운 짐을 조금이라도 덜 수 있는 유일한 길인 것 같다는 것이었다.

그 뒤에 한 번은 딴 볼일로 동래까지 갔던 길에 동욱이네 집에 잠깐 들른 일이 있었다. 역시 그날도 장마는 구질구질 계속되고 있었다. 우산을 접으며 마루에 올라서도 동욱만이 머리를 내밀고 맞아줄 뿐, 동옥의 기척이 없었다. 방에 들어가 보니 동옥은 담요로 머리까지 푹 뒤집어쓰고 죽은 사람처럼 누워 있었다. 이틀째나 저러고 자빠져 있다고 하며, 동욱은 그 까닭을 설명했다. 동옥은 뒷방에 살고 있는 주인 노파에게 동욱이도 모르게 2만 환이나 빚을 주고 있었는데 노파는 이 집까지도 팔아먹고 귀신같이 도주해 버렸다는 것이다. 어제 아침에 집을 산 사람이 갑자기 이사를 왔기 때문에 그 사실을 알았는데, 이게 또한 어지간히 감때사나운 자여서 당장 방을 비워 내라고 위협하듯 한다는 것이다. 말을 마치고 난 동욱은, 요 맹꽁이 같은 년아, 글쎄 이게 집이라구 믿고 돈을 줘, 하고 발길로 동옥의 옆구리를 걷어찼다. 이년아, 2만 환이면 구화로 얼만 줄 아니, 12백만 환이야, 내 돈을 내가 떼였는데 오빠가 무슨 상관이냐구, 그래, 내가 없으면 네년이 굶어죽지 않구 살 테냐? 너 같은 병신이 단 한 달을 독력으로 살아? 동욱은 다시 생각해도 악이 받치는 모양이었다. 원구를 위해 동욱은 초밥을 만든다고 분주히 부엌으로 들락날락했으나 원구는 초밥을 얻어먹자고 그러고 앉아 견딜 수는 없었다. 그보다도 동옥이 이틀 동안이나 아무것도 먹지 않고 저러고 누워 있다고 하니, 혹시 동욱이가 잠든 틈에라도 몰래 일어나 수면제 같은 것을 먹고 죽어 있지나 않는가 싶어 불안한 생각이 솟았다. 원구는 조금이라도 더 앉아 견디기가 답답해서 자리를 일어서며 아무래도 방을 비워 주어야 하겠거든 자기도 어디 구해 보겠노라고 하니까, 동옥이가 인가(人家) 많은 데를 싫어하기 때문에 이 근처에다 외딴집을 구하는 수밖에 없다는 동욱의 대답이었다.

그 뒤로는 원구도 생활에 위협을 느끼기 시작했다. 한 달 가까이나 장마로 놀고 보니 자연 시원치 않은 장사 밑천을 그럭저럭 축내게 된 것이다. 원구가 얻어 있는 방도 지리한 비에 습기로 눅눅해졌다. 벗어 놓은 옷가지며 이부자리에까지도 곰팡이가 끼었다. 그의 마음에까지도 곰팡이가 스는 것 같았다. 이런 날 이런 음산한 방에 처박혀 있자니, 동욱과 동옥의 일이 자연 무겁고 우울하게 떠오르는 것이었다. 점심 때가 되어서 원구는 퍼붓는 비를 무릅쓰고 집을 나섰다. 오늘은 동욱이와 마주앉아 곰팡이 슨 속을 씻어내리며, 동옥이도 위로해 줘야겠다고 생각하고 원구는 술과 통조림을 사들고 찾아갔다.

낡은 목조 건물은 전과 마찬가지로 금방 쓰러질 듯 빗속에 서 있었다. 유리 없는 창문에는 거적도 그대로 드리워 있었다. 그러나 동욱이, 하고 원구가 불렀을 때 곰처럼 마루로 기어나오는 사나이는 동욱이가 아니었다. 이 집에 살던 젊은 남녀는 어디 갔느냐는 원구의 물음에, 우락부락하게는 생겼으되 맺힌 데가 없이 어딘가 허술해 보이는 40 전후의 그 사나이는, 아하 당신이 정 뭐라는 사람이냐고 하고 대답 대신 혼자 머리를 끄덕끄덕하는 것이었다. 원구가 재차 묻는 말에 사나이는 자기가 이 집 주인이노라 하고 나서 동욱은 외출한 채 소식 없이 돌아오지 않게 되었고, 그 뒤 동옥 역시 어디로 가 버렸는지 모르겠다는 것이었다. 동욱이가 안 돌아오는 지는 열흘이나 되었고, 동옥은 바로 2, 3일 전에 나갔다는 것이다. 원구는 더 무슨 말이 없이 서 있었다. 한 손에 보자기 꾸러미를 들고 한 손으로는 우산을 받고 선 채 원구는 사나이의 얼굴만 멍하니 바라보는 것이었다. 원구는 그대로 발길을 돌려 몇 걸음 걸어 나가다가 되돌아와 보자기에 싼 물건을 끌러 주인 사나이에게 주었다. 이거 원, 이거 원, 하며 주인 사나이는 대뜸 입이 헤벌어졌다. 그리고는 자기 여편네와 아이들이 장사 나갔기 때문에 점심 한 그릇 대접할 수는 없으나 좀 올라와 담배라도 피우고 가라고 권하는 것이었다. 무슨 재미로 쉬어 가겠느냐고 하며 원구가 돌아서려니까 주인은 잠깐만 하고 불러 세우고 나서, 대단히 죄송하게 되었노라고 하며 사실은 동옥이가 정 누구라고 하는 분이 찾아오면 전해 달라고 편지를 맡기고 갔는데, 그만 간수를 잘못해서 아이들이 찢어 없앴다는 것이다. 그래도 아무 말을 않고 멍청히 서 있는 원구를 주인 사나이는 무안한 눈길로 바라보며 동욱은 아마 십중팔구 군대에 끌려나갔을 거라고 하고, 동옥은 아이들처럼 어머니를 부르며 가끔 밤중에 울기에 뭐라고 좀 나무랐더니, 그 다음날 저녁에 어디론가 나가 버렸다는 것이다. 죽지나 않았을까, 자살을 하든 굶어 죽든……하고 혼잣말처럼 중얼거리며 돌아서는 원구의 등에다 대고, 중요한 옷가지랑은 꾸려 갖고 간 모양이니 자살을 할 의사는 없었음이 분명하고 한편 병신이긴 하지만 얼굴이 고만큼 밴밴하고서야 어디 가 몸을 판들 굶어 죽기야 하겠느냐고 주인 사나이는 지껄이는 것이었다. 얼굴이 고만큼 밴밴하고서야 어디 가 몸을 판들 굶어 죽기야 하겠느냐는 말에 이상하게 원구는 정신이 펄쩍 들어, 이놈 네가 동옥을 팔아먹었구나 하고 대들 듯한 격분을 마음속 한구석에 의식하면서도 천근의 무게로 내리누르는 듯한 육체의 중량을 감당할 수 없어 그는 말없이 발길을 돌이키었다. 이놈, 네가 동옥을 팔아먹었구나, 하는 흥분한 소리가 까마득히 먼 곳에서 자기를 향하고 날아오는 것 같은 착각에 오한을 느끼며 원구는 호박넝쿨 우거진 밭두둑 길을 앓고 난 사람 모양 허청거리는 다리로 걸어나가는 것이었다.

1953년

서울, 1964년 겨울 _ 김승옥

1964년 겨울을 서울에서 지냈던 사람이라면 누구나 알 수 있겠지만, 밤이 되면 거리에 나타나는 선술집—오뎅과 군참새와 세 가지 종류의 술 등을 팔고 있고, 얼어붙은 거리를 휩쓸며 부는 차가운 바람이 펄럭거리게 하는 포장을 들치고 안으로 들어서게 되어 있고, 그 안에 들어서면 카바이드 불의 길쭉한 불꽃이 바람에 흔들리고 있고, 염색한 군용(軍用) 잠바를 입고 있는 중년 사내가 술을 따르고 안주를 구워 주고 있는 그러한 선술집에서, 그날 밤, 우리 세 사람은 우연히 만났다. 우리 세 사람이란 나와 도수 높은 안경을 쓴 안(安)이라는 대학원 학생과 정체는 알 수 없지만 요컨대 가난뱅이라는 것만은 분명하여 그의 정체를 꼭 알고 싶다는 생각은 조금도 나지 않는 서른대여섯 살짜리 사내를 말한다.

먼저 말을 주고받게 된 것은 나와 대학원생이었는데, 뭐 그렇고 그런 자기 소개가 끝났을 때는 나는 그가 안 씨라는 성을 가진 스물다섯 살짜리 대한민국 청년, 대학 구경을 해보지 못한 나로서는 상상이 되지 않는 전공을 가진 대학원생, 부잣집 장남이라는 걸 알았고, 그는 내가 스물다섯 살짜리 시골 출신, 고등학교는 나오고 육군사관학교를 지원했다가 실패하고 나서 군대에 갔다가 임질에 한 번 걸려 본 적이 있고 지금은 구청 병사계(兵事係)에서 일하고 있다는 것을 아마 알았을 것이다.

자기 소개들은 끝났지만 그러고 나서는 서로 할 얘기가 없었다. 잠시 동안은 조용히 술만 마셨는데 나는 새카맣게 구워진 군참새를 집을 때 할 말이 생겼기 때문에 마음속으로 군참새에게 감사하고 나서 얘기를 시작했다.

"안 형, 파리를 사랑하십니까?"

"아니오, 아직까진……." 그가 말했다. "김 형은 파리를 사랑하세요?"

"예"라고 나는 대답했다. "날 수 있으니까요. 아닙니다. 날 수 있는 것으로서 동시에 내 손에 붙잡힐 수 있는 것이니까요. 날 수 있는 것으로서 손 안에 잡아본 적이 있으세요?"

"가만 계셔 보세요." 그는 안경 속에서 나를 멀거니 바라보며 잠시 동안 표정을 꼼지락거리고 있었다. 그리고 말했다. "없어요. 나도 파리밖에는……."

낮엔 이상스럽게도 날씨가 따뜻했기 때문에 길은 얼음이 녹아서 흙물로 가득했는데 밤이 되면서부터 다시 기온이 내려가고 흙물은 우리의 발밑에서 얼어붙기 시작했다. 소가죽으로 지어진 내 검정 구두는 얼고 있는 땅바닥에서 올라오고 있는 찬 기운을 충분히 막아내지 못하고 있었다. 사실 이런 술집이란, 집으로 돌아가는 길에 잠깐 한잔하고 싶은 생각이 든 사람이나 들어올 데지, 마시면서 곁에 선 사람과 무슨 얘기를 주고받을 만한 데는 되지 못하는 곳이다. 그런 생각이 문득 들었지만 그 안경잡이가 때마침 나에게 기특한 질문을 했기 때문에 나는 '이놈 그럴듯하다' 고 생각되어 추위 때문에 저려드는 내 발바닥에게 조금만 참으라고 부탁했다.

"김 형, 꿈틀거리는 것을 사랑하십니까?" 하고 그가 내게 물었던 것이다.

"사랑하구말구요." 나는 갑자기 의기양양해져서 대답했다. 추억이란 그것이 슬픈 것이든지 기쁜 것이든지 그것을 생각하는 사람을 의기양양하게 한다. 슬픈 추억일 때는 고즈넉이 의기양양해지고 기쁜 추억일 때는 소란스럽게 의기양양해진다.

"사관학교 시험에서 미역국을 먹고 나서도 얼마 동안, 나는 나처럼 대학 입학시험에 실패한 친구 하나와 미아리에서 하숙하고 있었습니다. 서울엔 그때가 처음이었죠. 장교가 된다는 꿈이 깨어져서 나는 퍽 실의에 빠져 있었습니다. 그때 영영 실의해 버린 느낌입니다. 아시겠지만 꿈이 크면 클수록 실패가 주는 절망감도 대단한 힘을 발휘하더군요. 그 무렵 재미를 붙인 게 아침의 만원된 버스 칸이었습니다. 함께 있는 친구와 나는 하숙집의 아침 밥상을 밀어놓기가 바쁘게 미아리고개 위에 있는 버스 정류장으로 달려갑니다. 개처럼 숨을 헐떡거리면서 말입니다. 시골에서 처음으로 서울에 올라온 청년들의 눈에 가장 부럽고 신기하게 비치는 게 무언지 아십니까? 부러운 건, 뭐니 뭐니 해도, 밤이 되면 빌딩들의 창에 켜지는 불빛, 아니 그 불빛 속에서 이리저리 움직이고 있는 사람들이고, 신기한 건 버스칸 속에서 일 센티미터도 안 되는 간격을 두고 자기 곁에 이쁜 아가씨가 서 있다는 사실입니다. 때로는 아가씨들과 팔목의 살을 대고 있기도 하고 허벅다리를 비비고 서 있을 수도 있어서 그것 때문에 나는 하루 종일을 시내버스를 이것저것 갈아타면서 보낸 적도 있습니다. 물론 그날 밤엔 너무 피로해서 토했습니다만……."

"잠깐, 무슨 얘기를 하시자는 겁니까?"

"꿈틀거리는 것을 사랑한다는 얘기를 하려던 참이었습니다. 들어보세요. 그 친구와 나는 출근시간의 만원 버스 속을 쓰리꾼들처럼 안으로 비집고 들어갑니다. 그리고 자리를 잡고 앉아 있는 젊은 여자 앞에 섭니다. 나는 한 손으로 손잡이를 잡고 나서, 달려오느라고 좀 멍해진 머리를 올리고 있는 손에 기댑니다. 그리고 내 앞에 앉아 있는 여자의 아랫배 쪽으로 천천히 시선을 보냅니다. 그러면 처음엔 얼른 눈에 뜨이지 않지만 시간이 조금 가고 내 시선이 투명해지면서부터는 나는 그 여자의 아랫배가 조용히 오르내리는 것을 볼 수 있습니다."

"오르내린다는 건……호흡 때문에 그러는 것이겠죠?"

"물론입니다. 시체의 아랫배는 꿈쩍도 하지 않으니까요. 하여튼……나는 그 아침의 만원 버스 칸 속에서 보는 젊은 여자 아랫배의 조용한 움직임을 보고 있으면 왜 그렇게 마음이 편안해지고 맑아지는지 모르겠습니다. 나는 그 움직임을 지독하게 사랑합니다."

"퍽 음탕한 얘기군요"라고 안은 기묘한 음성으로 말했다. 나는 화가 났다. 그 얘기는, 내가 만일 라디오의 박사게임 같은 데에 나가게 돼서 '세상에서 가장 신선한 것은?' 이라는 질문을 받게 되었을 때, 남들은 상추니 오월의 새벽이니 천사의 이마니 하고 대답하겠지만 나는 그 움직임이 가장 신선한 것이라고 대답하려니 하고 일부러 기억해 두었던 것이었다.

"아니, 음탕한 얘기가 아닙니다." 나는 강경한 태도로 말했다. "그 얘기는 정말입니다."

"음탕하지 않다는 것과 정말이라는 것 사이엔 어떤 관계가 있죠?"

"모르겠습니다. 관계 같은 것은 난 모릅니다. 요컨대……."

"그렇지만 그 동작은 '오르내린다' 는 것이지 꿈틀거린다는 것은 아니군요. 김 형은 아직 꿈틀거리는 것을 사랑하지 않으시구먼."

우리는 다시 침묵 속으로 떨어져서 술잔만 만지작거리고 있었다. 개새끼, 그게 꿈틀거리는 게 아니라고 해도 괜찮다, 하고 나는 생각하고 있었다. 그런데 잠시 후에 그가 말했다.

"난 방금 생각해 봤는데 김 형의 그 오르내림도 역시 꿈틀거림의 일종이라는 결론을 얻었습니다."

"그렇죠?" 나는 즐거워졌다. "그것은 틀림없이 꿈틀거림입니다. 난 여자의 아랫배를 가장 사랑합니다. 안 형은 어떤 꿈틀거림을 사랑합니까?"

"어떤 꿈틀거림이 아닙니다. 그냥 꿈틀거리는 거죠. 그냥 말입니다. 예를 들면……데모도……."

"데모가? 데모를? 그러니까 데모……."

"서울은 모든 욕망의 집결지입니다. 아시겠습니까?"

"모르겠습니다"라고 나는 할 수 있는 한 깨끗한 음성을 지어서 대답했다.

그때 우리의 대화는 또 끊어졌다. 이번엔 침묵이 오래 계속되었다. 나는 술잔을 입으로 가져갔다. 내가 잔을 비우고 났을 때 그도 잔을 입에 대고 눈을 감고 마시고 있는 게 보였다. 나는 이젠 자리를 떠나야 할 때가 되었다고 다소 서글픈 기분으로 생각했다. 결국 그렇고 그렇다. 또 한 번 확인된 것에 지나지 않다고 생각하면서 '자, 그럼 다음에 또……' 라고 말할까 '재미있었습니다' 라고 말할까, 궁리하고 있는데 술잔을 비운 안이 갑자기 한 손으로 내 한쪽 손을 살그머니 잡으면서 말했다.

"우리가 거짓말을 하고 있었다고 생각하지 않으십니까?"

"아니오." 나는 좀 귀찮은 생각이 들었다. "안 형은 거짓말을 했는지 모르지만 내가 한 얘기는 정말이었습니다."

"난 우리가 거짓말을 하고 있었던 것 같은 느낌이 듭니다." 그는 붉어진 눈두덩을 안경 속에서 두어 번 꿈벅거리고 나서 말했다. "난 우리 또래의 친구를 새로 알게 되면 꼭 꿈틀거림에 대한 얘기를 하고 싶어집니다. 그래서 얘기를 합니다. 그렇지만 얘기는 오 분도 안 돼서 끝나 버립니다."

나는 그가 무슨 얘기를 하고 있는지 알 듯하기도 했고 모를 것 같기도 했다.

"우리 다른 얘기합시다" 하고 그가 다시 말했다.

나는 심각한 얘기를 좋아하는 이 친구를 골려주기 위해서 그리고 한편으로는 자기의 음성을 자기가 들을 수 있는 취한 사람의 특권을 맛보고 싶어서 얘기를 시작했다.

"평화시장 앞에 줄지어 선 가로등들 중에서 동쪽으로부터 여덟 번째 등은 불이 켜 있지 않습니다." 나는 그가 좀 어리둥절해 하는 것을 보자 더욱 신이 나서 얘기를 계속했다.

"……그리고 화신백화점 육층의 창들 중에서는 그중 세 개에서만 불빛이 나오고 있었습니다……."

그러자 이번엔 내가 어리둥절해질 사태가 벌어졌다. 안의 얼굴에 놀라운 기쁨이 빛나기 시작했기 때문이다.

그가 빠른 말씨로 얘기하기 시작했다.

"서대문 버스 정거장에는 사람이 서른두 명 있는데 그중 여자가 열일곱 명이었고, 어린애는 다섯 명, 젊은이는 스물한 명, 노인이 여섯 명입니다."

"그건 언제 일이지요?"

"오늘 저녁 일곱시 십오분 현재입니다."

"아" 하고 나는 잠깐 절망적인 기분이었다가 그 반작용인 듯 굉장히 기분이 좋아져서 털어놓기 시작했다.

"단성사 옆 골목의 첫 번째 쓰레기통에는 초콜릿 포장지가 두 장 있습니다."

"그건 언제?"

"지난 십사일 저녁 아홉시 현재입니다."

"적십자병원 정문 앞에 있는 호두나무의 가지 하나는 부러져 있습니다."

"을지로 삼가에 있는 간판 없는 한 술집에는 미자라는 이름을 가진 색시가 다섯 명 있는데 그 집에 들어온 순서대로 큰미자, 둘째미자, 셋째미자, 넷째미자, 막내미자라고들 합니다."

"그렇지만 그건 다른 사람들도 알고 있겠군요. 그 술집에 들어가본 사람은 꼭 김 형 하나뿐이 아닐 테니까요."

"아 참, 그렇군요. 난 미처 그걸 생각하지 못했는데. 난 그 중에서 큰미자와 하루 저녁 같이 잤는데 그 여자는 다음날 아침, 일수(日收)로 물건을 파는 여자가 왔을 때 내게 빤쓰 하나를 사주었습니다. 그런데 그 여자가 저금통으로 사용하고 있는 한 되들이 빈 술병에는 돈이 백십 원 들어 있었습니다."

"그건 얘기가 됩니다. 그 사실은 완전히 김 형의 소유입니다."

우리의 말투는 점점 서로를 존중해 가고 있었다. "나는……" 하고 우리는 동시에 말을 시작하기도 했다. 그럴 때는 번갈아서 서로 양보했다.

"나는……." 이번에는 그가 말할 차례였다. "서대문 근처에서 서울역 쪽으로 가는 전차의 도로리(트롤리)가 내 시야 속에서 꼭 다섯 번 파란 불꽃을 튀기는 것을 보았습니다. 그건 오늘 밤 일곱시 이십오분에 거길 지나가는 전차였습니다."

"안 형은 오늘 저녁엔 서대문 근처에서 살고 있었군요."

"예, 서대문 근처에서 살고 있었어요."

"난, 종로 이가 쪽입니다. 영보빌딩 안에 있는 변소 문의 손잡이 조금 밑에는 약 이 센티미터 가량의 손톱 자국이 있습니다."

하하하하 하고 그는 소리내어 웃었다.

"그건 김 형이 만들어 놓은 자국이겠지요?"

나는 무안했지만 고개를 끄덕이지 않을 수 없었다. 그건 사실이었다.

"어떻게 아세요?" 하고 나는 그에게 물었다.

"나도 그런 경험이 있으니까요." 그가 대답했다. "그렇지만 별로 기분 좋은 기억이 못 되더군요. 역시 우리는 바라보고 발견하고 비밀히 간직해 두는 편이 좋겠어요. 그런 짓을 하고 나서는 뒷맛이 좋지 않더군요."

"난 그런 짓을 많이 했습니다만 오히려 기분이 좋았……." 좋았다고 말하려고 했는데, 갑자기 내가 했던 모든 그것에 대한 혐오감이 치밀어서 나는 말을 그치고 그의 의견에 동의하는 고갯짓을 해버렸다.

그러자 그때 나는 이상스럽다는 생각이 들었다. 내가 약 삼십 분 전에 들은 말이 틀림없다면 지금 내 옆에서 안경을 번쩍이고 앉아 있는 친구는 틀림없는 부잣집 아들이고, 높은 공부를 한 청년이다. 그런데 왜 그가 이래야만 되는가?

"안 형이 부잣집 아들이라는 것은 사실이겠지요? 그리고 대학원생이라는 것도……." 내가 물었다.

"부동산만 해도 대략 삼천만 원쯤 되면 부자가 아닐까요? 물론 내 아버지의 재산이지만 말입니다. 그리고 대학원생이란 건 여기 학생증이 있으니까…….”

그러면서 그는 호주머니를 뒤적거려서 지갑을 꺼냈다.

“학생증까진 필요 없습니다. 실은 좀 의심스러운 게 있어서요. 안 형 같은 사람이 추운 밤에 싸구려 선술집에 앉아서 나 같은 친구나 간직할 만한 일에 대해서 얘기하고 있다는 것이 이상스럽다는 생각이 방금 들었습니다.”

“그건……그건…….” 그는 좀 열띤 음성으로 말했다. “그건……그렇지만, 먼저 물어 보고 싶은 게 있는데요. 김 형이 추운 밤에 밤거리를 쏘다니는 이유는 무엇입니까?”

“습관은 아닙니다. 나 같은 가난뱅이는 호주머니에 돈이 좀 생겨야 밤거리에 나올 수 있으니까요.”

“글쎄, 밤거리에 나오는 이유는 뭡니까?”

“하숙방에 들어앉아서 벽이나 쳐다보고 있는 것보다는 나으니까요.”

“밤거리에 나오면 뭔가가 좀 풍부해지는 느낌이 들지 않습니까?”

“뭐가요?”

“그 뭔가가. 그러니까 생(生)이라고 해도 좋겠지요. 난 김 형이 왜 그런 질문을 하는지 그 이유를 조금은 알 것 같습니다. 내 대답은 이렇습니다. 밤이 됩니다. 난 집에서 거리로 나옵니다. 난 모든 것에서 해방된 것을 느낍니다. 아니, 실제로는 그렇지 않을는지 모르지만 그렇게 느낀다는 말입니다. 김 형은 그렇게 안 느낍니까?”

“글쎄요.”

“나는 사물의 틈에 끼어서가 아니라 사물을 멀리 두고 바라보게 됩니다. 안 그렇습니까?”

“글쎄요, 좀…….”

“아니, 어렵다고 말하지 마세요. 이를테면 낮엔 그저 스쳐지나가던 모든 것이 밤이 되면 내 시선 앞에서 자기들의 벌거벗은 몸을 송두리째 드러내 놓고 쩔쩔맨단 말입니다. 그런데 그게 의미가 없는 일일까요? 그런, 사물을 바라보며 즐거워한다는 일이 말입니다."

"의미요? 그게 무슨 의미가 있습니까? 난 무슨 의미가 있기 때문에 종로 이가에 있는 빌딩들의 벽돌 수를 헤아리는 일을 하는 게 아닙니다. 그냥……."

"그렇죠? 무의미한 겁니다. 아니 사실은 의미가 있는지도 모르지만 난 아직 그걸 모릅니다. 김 형도 아직 모르는 모양인데 우리 한 번 함께 그거나 찾아볼까요. 일부러 만들어 붙이지는 말고요."

"좀 어리둥절하군요. 그게 안 형의 대답입니까? 난 좀 어리둥절한데요. 갑자기 의미라는 말이 나오니까."

"아, 참, 미안합니다. 내 대답은 아마 이렇게 될 것 같군요. 그냥 뭔가 뿌듯해지는 느낌이 들기 때문에 밤거리로 나온다고." 그는 이번엔 목소리를 낮추어서 말했다. "김형과 나는 서로 다른 길을 걸어서 같은 지점에 온 것 같습니다. 만일 이 지점이 잘못된 지점이라고 해도 우리 탓은 아닐 것예요." 그는 이번엔 쾌활한 음성으로 말했다. "자, 여기서 이럴 게 아니라 어디 따뜻한 데 가서 정식으로 한 잔씩 하고 헤어집시다. 난 한 바퀴 돌고 여관으로 갑니다. 가끔 이렇게 밤거리를 쏘다니는 밤엔 난 꼭 여관에서 자고 갑니다. 여관엘 찾아든다는 프로가 내게는 최고죠."

우리는 각기 계산하기 위해서 호주머니에 손을 넣었다. 그때 한 사내가 우리에게 말을 걸어 왔다. 우리 곁에서 술잔을 받아놓고 연탄불에 손을 쬐고 있던 사내였는데, 술을 마시기 위해서 거기에 들어온 것이 아니라 불을 쬐고 싶어서 잠깐 들렀다는 꼴을 하고 있었다. 제법 깨끗한 코트를 입고 있었고 머리엔 기름도 얌전하게 발라서 카바이드 등의 불꽃이 너풀댈 때마다 머리 위의 하이라이트가 이리저리 움직이고 있었다. 그러나 어디선지는 분명하지는 않았지만 가난뱅이 냄새가 나는 서른대여섯 살짜리 사내였다. 아마 빈약하게 생긴 턱 때문이었을까, 아니면 유난히 새빨간 눈시울 때문이었을까. 그 사내가 나나 안 중의 어느 누구에게라고 할 것 없이 그냥 우리 쪽을 향하여 말을 걸어온 것이었다.

"미안하지만 제가 함께 가도 괜찮을까요? 제게 돈은 얼마든지 있습니다만……" 이라고 그 사내는 힘없는 음성으로 말했다.

그 힘없는 음성으로 봐서는 꼭 끼어달라는 건 아니라는 것 같았지만 한편으로는 우리와 함께 가고 싶은 생각이 간절하다는 것 같기도 했다. 나와 안은 잠깐 얼굴을 마주 보고 나서

"아저씨 술값만 있다면……"이라고 내가 말했다.

"함께 가시죠"라고 안도 내 말을 이었다.

"고맙습니다" 하고 그 사내는 여전히 힘없는 음성으로 말하면서 우리를 따라왔다.

안은 일이 좀 이상하게 되었다는 얼굴을 하고 있었고, 나 역시 유쾌한 예감이 들지는 않았다. 술좌석에서 알게 된 사람끼리는 의외로 재미있게 놀게 되는 것을 몇 번의 경험으로 알고 있었지만, 대개의 경우, 이렇게 힘없는 목소리로 끼어드는 양반은 없었다. 즐거움이 넘치고 넘친다는 얼굴로 요란스럽게 끼어들어야만 일이 되는 것이었다. 우리는 갑자기 목적지를 잊은 사람들처럼 사방을 두리번거리면서 느릿느릿 걸어갔다. 전봇대에 붙은 약 광고판 속에서는 이쁜 여자가 '춥지만 할 수 있느냐' 는 듯한 쓸쓸한 미소를 띠고 우리를 내려다보고 있었고, 어떤 빌딩의 옥상에서는 소주 광고의 네온사인이 열심히 명멸하고 있었고, 소주 광고 곁에서는 약 광고의 네온사인이 하마터면 잊어버릴 뻔했다는 듯이 황급히 꺼졌다간 다시 켜져서 오랫동안 빛나고 있었고, 이젠 완전히 얼어붙은 길 위에는 거지가 돌덩이처럼 여기저기 엎드려 있었고, 그 돌덩이 앞을 사람들은 힘껏 웅크리고 빠르게 지나가고 있었다. 종이 한 장이

바람에 휙 날리어 거리의 저쪽에서 이쪽으로 날아오고 있었다. 그 종이조각은 내 발밑에 떨어졌다. 나는 그 종이조각을 집어들었는데 그것은 '美姬 서비스, 特別廉價' 라는 것을 강조한 어느 비어 홀의 광고지였다.

"지금 몇 시쯤 되었습니까?" 하고 힘없는 아저씨가 안에게 물었다.

"아홉시 십분 전입니다"라고 잠시 후에 안이 대답했다.

"저녁들은 하셨습니까? 난 아직 저녁을 안 했는데, 제가 살 테니까 같이 가시겠어요?" 힘없는 아저씨가 이번엔 나와 안을 번갈아 보며 말했다.

"먹었습니다" 하고 나와 안은 동시에 대답했다.

"혼자서 하시죠"라고 내가 말했다.

"감사합니다. 그럼……."

우리는 근처의 중국요릿집으로 들어갔다. 방으로 들어가서 앉았을 때 아저씨는 또 한 번 간곡하게 우리가 뭘 좀 들 것을 권했다. 우리는 또 한 번 사양했다. 그는 또 권했다.

"아주 비싼 걸 시켜도 괜찮겠습니까?"라고 나는 그의 권유를 철회시키기 위해서 말했다.

"네, 사양 마시고." 그가 처음으로 힘있는 목소리로 말했다. "돈을 써버리기로 결심했으니까요."

나는 그 사내에게 어떤 꿍꿍이속이 있는 것만 같은 느낌이 들어서 좀 불안했지만 통닭과 술을 시켜 달라고 했다. 그는 자기가 주문한 것 외에 내가 말한 것도 사환에게 청했다. 안은 어처구니없는 얼굴로 나를 보았다. 나는 그때 마치 옆방에서 들려오고 있는 여자의 불그레한 신음소리를 듣고만 있었다.

"이 형도 뭘 좀 드시죠"라고 아저씨가 안에게 말했다.

"아니 전……." 안은 술이 다 깬다는 듯이 펄쩍 뛰고 사양했다.

우리는 조용히 옆방의 다급해져가는 신음소리에 귀를 기울이고 있었다. 전차의 끽끽거리는 소리와 홍수 난 강물 소리 같은 자동차들의 달리는 소리도 희미하게 들려오고 있었고, 가까운 곳에서는 이따금 초인종 울리는 소리도 들렸다. 우리의 방은 어색한 침묵에 싸여 있었다.

"말씀드리고 싶은 게 있는데요." 마음씨 좋은 아저씨가 말하기 시작했다. "들어주셨으면 고맙겠습니다. ……오늘 낮에 제 아내가 죽었습니다. 세브란스병원에 입원하고 있었는데……." 그는 이젠 슬프지도 않다는 얼굴로 우리를 빤히 쳐다보며 말하고 있었다.

"네에에." "그거 안되셨군요"라고 안과 나는 각각 조의를 표했다.

"아내와 나는 참 재미있게 살았습니다. 아내가 어린애를 낳지 못하기 때문에 시간은 몽땅 우리 두 사람의 것이었습니다. 돈은 넉넉하진 못했습니다만 그래도 돈이 생기면 우리는 어디든지 같이 다니면서 재미있게 지냈습니다. 딸기철엔 수원(水原)에도 가고, 포도철엔 안양(安養)에도 가고, 여름이면 대천(大川)에도 가고, 가을엔 경주(慶州)에도 가보고, 밤엔 함께 영화 구경, 쇼 구경하러 열심히 극장에 쫓아다니기도 했습니다……."

"무슨 병환이셨던가요?" 하고 안이 조심스럽게 물었다.

"급성 뇌막염이라고 의사가 그랬습니다. 아내는 옛날에 급성 맹장염 수술을 받은 적도 있고, 급성 폐렴을 앓은 적도 있다고 했습니다만 모두 괜찮았었는데 이번의 급성엔 결국 죽고 말았습니다. ……죽고 말았습니다."

사내는 고개를 떨구고 한참 동안 무언지 입을 우물거리고 있었다. 안이 손가락으로 내 무릎을 찌르며 우리는 꺼지는 게 어떻겠느냐는 눈짓을 보냈다. 나 역시 동감이었지만 그때 사내가 다시 고개를 들고 말을 계속했기 때문에 우리는 눌러앉아 있을 수밖에 없었다.

"아내와는 재작년에 결혼했습니다. 우연히 알게 됐습니다. 친정이 대구(大邱) 근처에 있다는 얘기만 했지 한 번도 친정과는 내왕이 없었습니다. 난 처갓집이 어딘지도 모릅니다. 그래서 할 수 없었어요." 그는 다시 고개를 떨구고 입을 우물거렸다.

"뭘 할 수 없었다는 말입니까?" 내가 물었다.

그는 내 말을 못 들은 것 같았다. 그러나 한참 후에 다시 고개를 들고 마치 애원하는 듯한 눈빛으로 말을 이었다.

"아내의 시체를 병원에 팔았습니다. 할 수 없었습니다. 난 서적 월부판매 외교원에 지나지 않습니다. 할 수 없었습니다. 돈 사천 원을 주더군요. 난 두 분을 만나기 얼마 전까지도 세브란스병원 울타리 곁에 서 있었습니다. 아내가 누워 있을 시체실이 있는 건물을 알아보려고 했습니다만 어딘지 알 수 없었습니다. 그냥 울타리 곁에 앉아서 병원의 큰 굴뚝에서 나오는 희끄무레한 연기만 바라보고 있었습니다. 아내는 어떻게 될까요, 학생들이 해부 실습 하느라고 톱으로 머리를 가르고 칼로 배를 찢고 한다는데 정말 그러겠지요?"

우리는 입을 다물고 있을 수밖에 없었다. 사환이 다꾸앙과 파가 담긴 접시를 갖다 놓고 나갔다.

"기분 나쁜 얘길 해서 미안합니다. 다만 누구에게라도 얘기하지 않고서는 견딜 수 없었습니다. 한 가지만 의논해 보고 싶은데, 이 돈을 어떻게 하면 좋을까요? 저는 오늘 저녁에 다 써버리고 싶은데요."

"쓰십시오." 안이 얼른 대답했다.

"이 돈이 다 없어질 때까지 함께 있어 주시겠어요?" 사내가 말했다. 우리는 얼른 대답하지 못했다. "함께 있어 주십시오." 사내가 말했다. 우리는 승낙했다.

"멋있게 한 번 써봅시다"라고 사내는 우리와 만난 후 처음으로 웃으면서 그러나 여전히 힘없는 음성으로 말했다.

중국집에서 거리로 나왔을 때 우리는 모두 취해 있었고, 돈은 천 원이 없어졌고 사내는 한쪽 눈으로는 울고 다른 쪽 눈으로는 웃고 있었고, 안은 도망갈 궁리를 하기에도 지쳐 버렸다고 내게 말하고 있었고, 나는 "악센트 찍는 문제를 모두 틀려 버렸단 말야, 악센트 말야"라고 중얼거리고 있었고, 거리는 영화에서 본 식민지의 거리처럼 춥고 한산했고, 그러나 여전히 소주 광고는 부지런히, 약 광고는 게으름을 피우며 반짝이고 있었고, 전봇대의 아가씨는 '그저 그래요' 라고 웃고 있었다.

"이제 어디로 갈까?" 하고 아저씨가 말했다.

"어디로 갈까?" 안이 말하고,

"어디로 갈까?"라고 나도 그들의 말을 흉내냈다.

아무 데도 갈 데가 없었다. 방금 우리가 나온 중국집 곁에 양품점의 쇼윈도가 있었다. 사내가 그쪽을 가리키며 우리를 끌어당겼다. 우리는 양품점 안으로 들어갔다.

"넥타이를 골라 가져. 내 아내가 사주는 거야." 사내가 호통을 쳤다.

우리는 알록달록한 넥타이를 하나씩 들었고, 돈은 육백 원이 없어져 버렸다. 우리는 양품점에서 나왔다.

"어디로 갈까?"라고 사내가 말했다.

갈 데는 계속해서 없었다. 양품점의 앞에는 귤장수가 있었다.

"아내는 귤을 좋아했다"고 외치며 사내는 귤을 벌여 놓은 수레 앞으로 돌진했다. 삼백 원이 없어졌다. 우리는 이빨로 귤껍질을 벗기면서 그 부근에서 서성거렸다.

"택시!" 사내가 고함쳤다.

택시가 우리 앞에 멎었다. 우리가 차에 오르자마자 사내는 "세브란스로!"라고 말했다.

"안 됩니다. 소용없습니다." 안이 재빠르게 외쳤다.

"안 될까?" 사내가 중얼거렸다. "그럼 어디로?"

아무도 대답하지 않았다.

"어디로 가시는 겁니까?"라고 운전수가 짜증난 음성으로 말했다. "갈 데가 없으면 빨리 내리쇼."

우리는 차에서 내렸다. 결국 우리는 중국집에서 스무 발자국도 더 벗어나지 못하고 있었다. 거리의 저쪽 끝에서 요란한 사이렌 소리가 나타나서 점점 가깝게 달려들었다. 소방차 두 대가 우리 앞을 빠르고 시끄럽게 지나쳐 갔다.

"택시!" 사내가 고함쳤다.

택시가 우리 앞에 멎었다. 우리가 차에 오르자마자 사내는 "저 소방차 뒤를 따라 갑시다"고 말했다.

나는 귤껍질을 세 개째 벗기고 있었다.

"지금 불 구경하러 가고 있는 겁니까?"라고 안이 아저씨에게 말했다. "안 됩니다. 시간이 없습니다. 벌써 열시 반인데요. 좀더 재미있게 지내야죠. 돈은 이제 얼마 남았습니까?"

아저씨는 호주머니를 뒤져서 돈을 모두 털어냈다. 그리고 그것을 안에게 건네줬다. 안과 나는 헤아려봤다. 천구백 원하고 동전이 몇 개, 십 원짜리가 몇 장이 있었다.

"됐습니다." 안은 돈을 다시 돌려주면서 말했다. "세상엔 다행히 여자의 특징만 중점적으로 내보이는 여자들이 있습니다."

"내 아내 얘깁니까?"라고 사내가 슬픈 음성으로 물었다. "내 아내의 특징은 너무 잘 웃는다는 것이었습니다."

"아닙니다. 종삼(鍾3)으로 가자는 얘기였습니다." 안이 말했다.

사내는 안을 경멸하는 듯한 웃음을 띠고 고개를 돌려버렸다. 그러는 사이에 우리는 화재가 난 곳에 도착했다. 삼십 원이 없어졌다. 화재가 난 곳은 아래층인 페인트 상점이었는데 지금은 미용학원인 이층에서 불길이 창으로부터 뿜어나오고 있었다.

경찰들의 호각 소리, 소방차들의 사이렌 소리, 불길 속에서 나는 탁탁 소리, 물줄기가 건물의 벽에 부딪혀서 나는 소리. 그러나 사람들의 소리는 아무 것도 나지 않았다. 사람들은 불빛에 비쳐 무안당한 사람처럼 붉은 얼굴로, 정물처럼 서 있었다.

우리는 발밑에 굴러 있는 페인트 든 통을 하나씩 궁둥이 밑에 깔고 웅크리고 앉아서 불 구경을 했다. 나는 불이 좀더 오래 타기를 바랐다. 미용학원이라는 간판에 불이 붙고 있었다. '원' 자에 불이 붙기 시작했다.

"김 형, 우린 우리 얘기나 합시다" 하고 안이 말했다. "화재 같은 건 아무 것도 아닙니다. 내일 아침 신문에서 볼 것을 오늘 밤에 미리 봤다는 차이밖에 없습니다. 저 화재는 김 형의 것도 아니고 내 것도 아니고 이 아저씨 것도 아닙니다. 우리 모두의 것이 돼버립니다. 그러나 화재는 항상 계속해서 나고 있는 건 아닙니다. 그러기 때문에 난 화재엔 흥미가 없습니다. 김 형은 어떻게 생각하십니까?"

"동감입니다." 나는 아무렇게나 대답하며 이젠 '학' 자에 불이 붙고 있는 것을 보았다.

"아니 난 방금 말을 잘못했습니다. 화재는 우리 모두의 것이 아니라 화재는 오로지 화재 자신의 것입니다. 화재에 대해서 우리는 아무 것도 아닙니다. 그러기 때문에 난 화재에 흥미가 없습니다. 김 형은 어떻게 생각하십니까?"

"동감입니다."

물줄기 하나가 불타고 있는 '학' 으로 달려들고 있었다. 물이 닿은 곳에서는 회색 연기가 피어올랐다. 힘없는 아저씨가 갑자기 힘차게 깡통으로부터 일어섰다.

"내 아냅니다" 하고 사내는 환한 불길 속을 손가락질하며 눈을 크게 뜨고 소리쳤다. "내 아내가 머리를 막 흔들고 있습니다. 골치가 깨질 듯이 아프다고 머리를 막 흔들고 있습니다. 여보……."

"골치가 깨질 듯이 아픈 게 뇌막염의 증세입니다. 그렇지만 저건 바람에 휘날리는 불길입니다. 앉으세요. 불 속에 아주머님이 계실 리가 있습니까?"라고 안이 아저씨를 끌어앉히며 말했다. 그리고 나서 안은 나에게 나지막하게 속삭였다. "이 양반, 우릴 웃기는데요."

나는 꺼졌다고 생각하고 있던 '학'에 다시 불이 붙고 있는 것을 보았다. 물줄기가 다시 그곳으로 뻗어가고 있었다. 그러나 물줄기는 겨냥을 잘 잡지 못하고 이리저리 흔들리고 있었다. 불은 날쌔게 '용'을 핥고 있었다. 나는 '미'까지 어서 불붙기를 바라고 있었고 그리고 그 간판에 불이 붙는 과정을 그 많은 불구경꾼들 중에서 나 혼자만 알고 있기를 바랐다. 그러나 그때 문득 나는 불이 생명을 가진 것처럼 생각되어서, 내가 조금 전에 바라고 있던 것을 취소해 버렸다.

무언가 하얀 것이 우리가 웅크리고 앉아 있는 곳에서 불타고 있는 건물 쪽으로 날아가는 것이 보였다. 그 비둘기는 불 속으로 떨어졌다.

"무엇이 불 속으로 날아 들어갔지요?" 내가 안을 돌아다보며 물었다.

"예, 뭐가 날아갔습니다." 안은 나에게 대답하고 나서 이번엔 아저씨를 돌아다보며 "보셨어요?" 하고 그에게 물었다.

아저씨는 잠자코 앉아 있었다. 그때 순경 한 사람이 우리 쪽으로 달려왔다.

"당신이다"라고 순경은 아저씨를 한 손으로 붙잡으면서 말했다. "방금 무얼 불 속에 던졌소?"

"아무 것도 안 던졌습니다."

"뭐라구요?" 순경은 때릴 듯한 시늉을 하며 아저씨에게 소리쳤다. "내가 던지는 걸 봤단 말요. 무얼 불 속에 던졌소?"

"돈입니다."

"돈?"

"돈과 돌을 손수건에 싸서 던졌습니다."

"정말이오?" 순경은 우리에게 물었다.

"예, 돈이었습니다. 이 아저씨는 불난 곳에 돈을 던지면 장사가 잘 된다는 이상한 믿음을 가졌답니다. 말하자면 좀 돌았다고 할 수 있는 사람이지만 나쁜 짓은 결코 하지 않는 장사꾼입니다." 안이 대답했다.

"돈은 얼마였소?"

"일 원짜리 동전 한 개였습니다." 안이 다시 대답했다.

순경이 가고 났을 때 안이 사내에게 물었다.

"정말 돈을 던졌습니까?"

"예."

"모두?"

"예."

우리는 꽤 오랫동안 불꽃이 튀는 탁탁 소리에 귀를 기울이고 있었다. 한참 후에 안이 사내에게 말했다.

"결국 그 돈은 다 쓴 셈이군요. ……자, 이젠 그럼 약속이 끝났으니 우린 가겠습니다."

"안녕히 계십시오"라고 나도 아저씨에게 작별인사를 했다.

안과 나는 돌아서서 걷기 시작했다. 사내가 우리를 쫓아와서 안과 나의 팔을 한 쪽씩 붙잡았다.

"나 혼자 있기가 무섭습니다." 그는 벌벌 떨며 말했다.

"곧 통행금지 시간이 됩니다. 난 여관으로 가서 잘 작정입니다." 안이 말했다.

"난 집으로 갈 겁니다." 내가 말했다.

"함께 갈 수 없겠습니까? 오늘 밤만 같이 지내 주십시오. 부탁합니다. 잠깐만 저를 따라와 주십시오." 사내는 말하고 나서 나를 붙잡고 있는 자기의 팔을 부채질하듯이 흔들었다. 아마 안의 팔에 대해서도 그렇게 했으리라.

"어디로 가자는 겁니까?" 나는 아저씨에게 물었다.

"여관비를 구하러 잠깐 이 근처에 들렀다가 모두 함께 여관으로 갔으면 하는데요."

"여관에요?" 나는 내 호주머니 속에 든 돈을 손가락으로 계산해 보며 말했다.

"여관이라면 내가 모두 내겠으니 그럼 함께 가시지요." 안이 나와 사내에게 말했다.

"아닙니다. 폐를 끼쳐 드리고 싶지 않습니다. 잠깐만 절 따라와 주십시오."

"돈을 빌리러 가는 겁니까?"

"아닙니다. 받아야 할 돈이 있습니다."

"이 근처에요?"

"예, 여기가 남영동(南營洞)이라면."

"아마 틀림없는 남영동인 것 같군요." 내가 말했다.

사내가 앞장을 서고 안과 내가 그 뒤를 쫓아서 우리는 화재로부터 멀어져 갔다.

"빚 받으러 가기에는 시간이 너무 늦었습니다." 안이 사내에게 말했다.

"그렇지만 저는 받아야 합니다."

우리는 어느 어두운 골목길로 들어섰다. 골목의 모퉁이를 몇 개인가 돌고 난 뒤에 사내는 대문 앞에 전등이 켜져 있는 집 앞에서 멈췄다. 나와 안은 사내로부터 열 발짝쯤 떨어진 곳에서 멈췄다. 사내가 벨을 눌렀다. 잠시 후에 대문이 열리고, 사내가 대문 안에 선 사람과 말하는 소리가 들렸다.

"주인 아저씨를 뵙고 싶은데요."

"주무시는데요."

"그럼 주인 아주머니는……."

"주무시는데요."

"꼭 뵈어야겠는데요."

"기다려보세요."

대문이 다시 닫혔다. 안이 달려가서 사내의 팔을 잡아끌었다.

"그냥 가시죠?"

"괜찮습니다. 받아야 할 돈이니까요."

안이 다시 먼저 서 있던 곳으로 걸어왔다. 대문이 열렸다.

"밤늦게 죄송합니다." 사내가 대문을 향해서 고개를 숙이며 말했다.

"누구시죠?" 대문은 잠에 취한 여자의 음성을 냈다.

"죄송합니다, 이렇게 너무 늦게 찾아와서. 실은……."

"누구시죠? 술 취하신 것 같은데……."

"월부 책값 받으러 온 사람입니다" 하고 사내는 갑자기 비명 같은 높은 소리로 외쳤다. "월부 책값 받으러 온 사람입니다." 이번엔 사내는 문 기둥에 두 손을 짚고 앞으로 뻗은 자기 팔 위에 얼굴을 파묻으며 울음을 터뜨렸다. "월부 책값 받으러 온 사람입니다. 월부 책값……." 사내는 계속해서 흐느꼈다.

"내일 낮에 오세요." 대문이 탁 닫혔다.

사내는 계속해서 울고 있었다. 사내는 가끔 "여보"라고 중얼거리며 오랫동안 울고 있었다.

우리는 여전히 열 발짝쯤 떨어진 곳에서 그가 울음을 그치기를 기다리고 있었다. 한참 후에 그가 우리 앞으로 비틀비틀 걸어왔다.

우리는 모두 고개를 숙이고 어두운 골목길을 걸어서 거리로 나왔다. 적막한 거리에는 찬바람이 세차게 불고 있었다.

"몹시 춥군요"라고 사내는 우리를 염려한다는 음성으로 말했다.

"추운데요. 빨리 여관으로 갑시다." 안이 말했다.

"방을 한 사람씩 따로 잡을까요?" 여관에 들어갔을 때 안이 우리에게 말했다. "그게 좋겠지요?"

"모두 한 방에 드는 게 좋겠지요"라고 나는 아저씨를 생각해서 말했다.

아저씨는 그저 우리 처분만 바란다는 듯한 태도로 또는 지금 자기가 서 있는 곳이 어딘지도 모른다는 태도로 멍하니 서 있었다. 여관에 들어서자 우리는 모든 프로가 끝나버린 극장에서 나오는 때처럼 어찌할 바를 모르고 거북스럽기만 했다. 여관에 비한다면 거리가 우리에게는 더 좁았던 셈이었다. 벽으로 나누어진 방들, 그것이 우리가 들어가야 할 곳이었다.

"모두 같은 방에 들기로 하는 것이 어떻겠어요?" 내가 다시 말했다.

"난 지금 아주 피곤합니다." 안이 말했다. "방은 각각 하나씩 차지하고 자기로 하지요."

"혼자 있기가 싫습니다"라고 아저씨가 중얼거렸다.

"혼자 주무시는 게 편하실 거예요." 안이 말했다.

우리는 복도에서 헤어져서 사환이 지적해 준, 나란히 붙은 방 세 개에 각각 한 사람씩 들어갔다.

"화투라도 사다가 놉시다." 헤어지기 전에 내가 말했지만 "난 아주 피곤합니다. 하시고 싶으면 두 분이나 하세요"라고 안은 말하고 나서 자기의 방으로 들어가 버렸다.

"나도 피곤해 죽겠습니다. 안녕히 주무세요"라고 나는 아저씨에게 말하고 나서 내 방으로 들어갔다. 숙박계엔 거짓 이름, 거짓 주소, 거짓 나이, 거짓 직업을 쓰고 나서 사환이 가져다 놓은 자리끼를 마시고 나는 이불을 뒤집어썼다. 나는 꿈도 안 꾸고 잘 잤다.

다음날 아침 일찍이 안이 나를 깨웠다.

"그 양반, 역시 죽어버렸습니다." 안이 내 귀에 입을 대고 그렇게 속삭였다.

"예?" 나는 잠이 깨끗이 깨어버렸다.

"방금 그 방에 들어가 보았는데 역시 죽어버렸습니다."

"역시……." 나는 말했다. "사람들이 알고 있습니까?"

"아직까진 아무도 모르는 것 같습니다. 우린 빨리 도망해 버리는 게 시끄럽지 않을 것 같습니다."

"자살이지요?"

"물론 그것이겠죠."

나는 급하게 옷을 주워 입었다. 개미 한 마리가 방바닥을 내 발이 있는 쪽으로 기어오고 있었다. 그 개미가 내 발을 붙잡으려고 하는 것 같은 느낌이 들어서 나는 얼른 자리를 옮겨 디디었다.

밖의 이른 아침에는 싸락눈이 내리고 있었다. 우리는 할 수 있는 한 빠른 걸음으로 여관에서 떨어져갔다.

"난 그 사람이 죽으리라는 것을 알고 있었습니다." 안이 말했다.

"난 짐작도 못 했습니다"라고 나는 사실대로 얘기했다.

"난 짐작하고 있었습니다." 그는 코트의 깃을 세우며 말했다. "그렇지만 어떻게 합니까?"

"그렇지요. 할 수 없지요. 난 짐작도 못 했는데……." 내가 말했다.

"짐작했다고 하면 어떻게 하겠어요?" 그가 내게 물었다.

"씨팔것, 어떻게 합니까? 그 양반 우리더러 어떡하라는 건지……."

"그러게 말입니다. 혼자 놓아두면 죽지 않을 줄 알았습니다. 그게 내가 생각해 본 최선의 그리고 유일한 방법이었습니다."

"난 그 양반이 죽으리라고는 짐작도 못했다니까요. 씨팔것, 약을 호주머니에 넣고 다녔던 모양이군요."

안은 눈을 맞고 있는 어느 앙상한 가로수 밑에서 멈췄다. 나도 그를 따라서 멈췄다. 그가 이상하다는 얼굴로 나에게 물었다.

"김 형, 우리는 분명히 스물다섯 살짜리죠?"

"난 분명히 그렇습니다."

"나두 그건 분명합니다." 그는 고개를 한 번 갸웃했다.

"두려워집니다."

"뭐가요?" 내가 물었다.

"그 뭔가가, 그러니까……." 그가 한숨 같은 음성으로 말했다. "우리가 너무 늙어버린 것 같지 않습니까?"

"우린 이제 겨우 스물다섯 살입니다." 나는 말했다.

"하여튼……" 하고 그가 내게 손을 내밀며 말했다.

"자, 여기서 헤어집시다. 재미 많이 보세요" 하고 나도 그의 손을 잡으며 말했다.

우리는 헤어졌다. 나는 마침 버스가 막 도착한 길 건너편의 버스 정류장으로 달려갔다. 버스에 올라서 창으로 내다보니 안은 앙상한 나뭇가지 사이로 내리는 눈을 맞으며 무언지 곰곰이 생각하고 서 있었다.

1965년

주제심화 Q&A

1. 두 작품에서 공통적으로 인물들을 사회적으로 소외시키는 매개체가 무엇인지 설명해 보시오.

손창섭 소설의 인물들은 병든 모습에 찌들어 있다. 그들의 병은 육체적인 것에 원인이 있든, 정신적인 외상이든 간에 우울한 전후의 분위기를 반영하고 있다. 물론 「비 오는 날」에도 이러한 병적인 모습의 직접적인 원인이 전쟁이라고 표현되어 있지는 않다. 그렇지만 그 내부에는 어디까지나 병든 모습 뒤에 어른거리는 전쟁의 상흔이 도사리고 있다. 「비 오는 날」에서 동옥이 '까닭 모를 모멸과 일종의 반항적 태도'를 보이는 것도 이러한 맥락에서 해석할 수 있다.

손창섭 소설의 비극성은 이러한 병든 모습에 더해 외부로부터 다가오는 현실적인 제약들, 즉 경제적 문제 때문에 더욱 강화되는 모습을 보여준다. 동욱과 동옥 남매는 미군 부대에서 초상화 주문을 받아와 겨우 입에 풀칠을 하면서 연명한다. 그러나 그들의 이런 생활도 오래 지속되지는 못하는데, 동욱은 군대에 끌려가고 동옥은 사창가로 팔려가는 것으로 결말이 난다. 인생의 황금기라고 할 수 있는 청년기를 우울하고 병든 모습으로 보내야 하는 것도 비극적이지만, 그들에게 인생의 기회가 주어지지 않는다는 전후의 숙명이 더욱 비극적으로 다가오는 것이다.

김승옥의 「서울, 1964년 겨울」에 등장하는 '사내' 역시 이러한 경제적 이유 때문에 소외감을 느끼는 인물이다. 그는 아내의 시체를 해부용 실습교재로 제공하고 나서 받은 돈을 하룻밤에 다 써버리려고 한다. 경제적인 이유 때문에 사랑하는 아내의 시체를 팔 수 밖에 없었던 그는 결국 자살을 택한다. 이 소설 역시 단순히 자살 사건으로 끝나는 것이 아니라 그러한 자살 사건을 옆에서 목도한 '나'와 '안'이 '사내'의 죽은 시체를 버리고 도망침으로서 그러한 비극은 씁쓸한 느낌마저 나게 만들어준다. 손창섭과 김승옥의 이 두 작품은 인간이 목적을 상실하면 돈을 매개로 열마나 소외될 수 있는지를 극단적으로 보여주는 사례라고 할 수 있다.

2. 「서울, 1964년 겨울」의 주제의식을 1960년대의 시대적 배경과 연관시켜 설명하시오.

김승옥의 「서울, 1964년 겨울」에 등장하는 '나'와 '안'은 무의미한 대화를 일삼으면서 서로간의 의사소통에 너무나 무관심하다. '지난 십사 일 저녁 아홉 시 현재 단성사 옆 골목의 첫 번째 쓰레기통에는 초콜릿 포장지가 두 장 있다'는 '나'의 말을 받아 '안'은 '적십자병원 정문 앞에 있는 호두나무 가지 하나는 부러져 있다'고 맞받아친다. 이처럼 의사소통이 안 되는 그들의 대화는 파편화된 개인성이라는 이 작품의 주제를 떠오르게 만든다.

작품의 제목이 명명하고 있듯이 1964년은 4·19에 의해 성취된 혁명의 성과가 5·16 쿠데타에 의해 전복되어 시대적 전망이 불투명했던 시기였다. 정치적인 열망의 좌절이 사회적인 무관심과 냉소를 불러일으키는 것은 자명한 사실이다. 정부에 의해 대대적으로 시작된 경제 정책과 각종 사회운동에도 불구하고 젊은이들은 그들의 좌표를 잃은 채 내면 속으로만 침잠해 들어갔던 것이다.

이 작품은 이러한 와중에서 당대의 젊은 청년들이 가지고 있는 소외의식을 극단적으로 표출시킨 예에 해당된다. 작품의 말미에서 '안'과 '나'가 서로 너무 늙어버린 것 같지 않느냐는 자조적인 질문을 할 때, 그들은 이미 청년의 모습이 아니라 사회에 너무나도 쉽게 적응해버린 늙은이의 모습을 보여준다.

김승옥(1941~)

일본 오사카 출생. 김승옥은 1962년 단편 「생명 연습」이 「한국일보」 신춘문예에 당선되어 등단했다. 같은 해 김현, 최하림 등과 더불어 동인지 『산문시대』를 창간하고 이 동인지에 「건」 「환상수첩」 등을 발표하며 본격적인 문단활동을 시작하였다. 김승옥의 소설은 대체로 개인의 꿈과 낭만을 용인하지 않는 관념체계, 사회조직, 일상성, 질서 등에 대한 비판의식을 그 내용으로 하고 있다. 기성의 관념체계나 허구화된 제도, 내용 없는 윤리감각이라는 일상적인 질서로부터 벗어나고자 하는 열망이 김승옥 소설의 중심적이고 일관된 내용인 것이다. 그의 소설은 크게 두 시기로 나누어 볼 수 있다. 초기 소설은 아웃사이더를 향한 열정이 현실보다 강해서 낭만주의적인 색채를 강하게 띤다. 「환상수첩」 「확인해 본 열다섯 개의 고정관념」 「생명 연습」 등의 초기소설은 환각이나 환상을 좇는 삶 혹은 현실을 초월한 삶에 대한 강렬한 동경이 두드러진다. 그러다가 그의 소설은 「무진기행」 이후 현실의 엄정한 법칙성을 인정하면서 변화하기 시작하여, 그의 후기 소설은 초기의 아웃사이더를 향한 열정 대신에 꿈이나 환상을 잃고 살아갈 수밖에 없는 삶에 대한 환멸과 허무의지로 가득 차게 된다. 「서울 1964년 겨울」 「염소는 힘이 세다」 「1960년대식」 「서울의 달빛 0장」 등 김승옥의 후기 소설은 산업사회의 한 기호로서 살아가는 인간들의 상실감을 주로 형상화했다. 김승옥의 소설은 감각적인 문체, 언어의 조응력, 배경과 인물의 적절한 배치, 소설적 완결성 등 소설의 구성 원리 면에서 새로운 기원을 열었다고 평가된다.

이청준(1939~)

전남 장흥 출생. 1965년에 『사상계』에 발표된 「퇴원」이 신인상을 받으며 등단하였다. 「병신과 머저리」 「매잡이」 등의 초기작 중에는 현실과 관념, 허무와 의지 등의 대응관계를 구조적으로 형상화한 것들이 많다. 그는 경험적 현실을 관념적으로 해석하고 상징적으로 표현하는 경향이 강하다. 이청준의 소설 작업은 1970년대에 들어서면서 매우 활발하게 전개되어 「소문의 벽」 「조율사」 「떠도는 말들」 「이어도」 「자서전들 쓰십시다」 「서편제」 「잔인한 도시」 「살아 있는 늪」 등의 무게 있는 작품을 발표했다. 이청준은 그의 소설에서 정치, 사회적인 메커니즘의 횡포에 대한 인간정신의 대결 관계를 주로 형상화했다. 특히 언어의 진실과 말의 자유에 관심을 기울였다. 이러한 작업을 거치면서 「잔인한 도시」에서는 닫힌 상황과 그것을 벗어나는 자유의 의미를 보다 정교하게 그려내었고, 「살아 있는 늪」에서는 현실의 모순과 그 상황의 문제성을 강조하기도 했다. 이청준은 1980년대에 접어들면서 보다 궁극적인 삶의 본질적 양상에 대한 소설을 많이 창작했다. 「시간의 문」 「비화밀교」 「자유의 문」 등에서 인간존재와 거기에 대응하는 예술의 형식의 완결성에 대한 추구라는 새로운 테마를 다루고 있는데 여기서 우리는 예술에 대한 그의 신념을 확인할 수 있다.

출세한 촌놈의 귀향

무진기행

김승옥

눈길

이청준

출세한 촌

인간은 고향으로 돌아가고 싶은 충동을 항상 지니고 살아간다. 가까운 임진각에만 가봐도 북에 두고 온 고향을 그리는 할머니, 할아버지들을 심심찮게 볼 수 있는 것은, 아무리 새로운 곳에 정착해서 새 삶을 꾸린다해도 어린 시절을 보냈던 고향이 사람들의 마음속에 깊이 자리잡고 있기 때문일 것이다.

그래서인지 문학작품에서도 '귀향', 즉 '고향으로 돌아감'이라는 모티프는 동서고금을 막론하고 매우 빈번하게 등장한다.

그러나 모든 사람에게 고향이 향수나 추억의 대상으로 기억되는 것은 아니다. 때에 따라서 고향은 제발 잊혀졌으면 좋을 부끄러움의 대상일 수도 있다. 찢어지게 가난해서 쓰러져 가는 오두막집, 그곳이 잔뜩 늙은 부모가 웅크리며 살고 있는 고향이라면, 그립지만 한편 숨기거나 잊어버리고 싶어질 것이다.

사람이 고향에 대해 느끼게 되는 감정은 이렇듯 고향에서의 경험에 많이 좌우된다. 어린 시절 고향에서 무척 가난하게 살았던 사람은 고향은 벗어나야 할 낙후된 지역이라고 생각할 것이다. 그

놈 의 귀 향

리고 부모와의 불화나 고향사람들과의 안 좋은 기억을 가진 사람 역시 고향에 대한 거부감과 고향을 그리워하는 마음이 한데 뒤섞인 묘한 감정을 갖게 될 것이다.

1960~70년대에 들어와서 우리 나라에도 산업화가 진전되고 경제 개발과 성장이 본격화되자 많은 사람들이 정치, 경제, 문화의 중심지인 서울로 몰려들었다.

하지만 그렇게 발붙인 서울 생활이 풍요롭고 활기차기만 한 것은 아니었다. 서울은 변화와 발전의 상징이지만, 또한 약육강식과 황금만능주의가 판을 치는 비인간적인 공간이기도 했다. '눈 감으면 코 베어가는 곳'이라는 말도 서울의 그런 모습을 일컫는 말이다. 그 속에서 어쩔 수 없이 속물이 되어가기도 하고, 생활의 문제로 고향을 자주 찾지 못하게 되기도 했다.

이 장에서 다룰 소설들은 서울에 삶의 뿌리를 두게 된 시골 출신 직장인들의 귀향체험을 주제로 하고 있다는 공통점을 지닌다. 고향을 떠나 서울에 자리잡은 인물들이 고향에 돌아와서 느끼게 되는 복잡한 마음을 염두에 두면서 작품을 감상해보자.

:: 고향으로 떠나는 여행

1964년 『사상계』에 발표된 김승옥의 「무진기행」은 주인공 윤희중이 고향인 '무진'으로 떠나면서 시작된다. 젊고 부유한 미망인(과부)과 결혼을 했고, 또 얼마 후면 장인이 경영하는 제약회사의 전무가 될 서른 세 살의 주인공은 아내의 권유로 고향 '무진'을 향해 떠난다. 아내는 남편이 자리를 비운 사이에 회사의 전무가 될 수 있도록 손을 써 놓을 심산인 것이다. 자세히 밝혀져 있지는 않지만 아내가 주인공의 안색을 염려하는 대목을 보면, 주인공이 이와 같은 세속적인 삶의 방식에 대해 무척 망설이고 번민했다는 사실을 알 수 있다. 무진에 도착한 날 밤, 주인공은 중학교 교사로 있는 후배 '박'을 만나게 되고, 그와 함께 지금은 무진의 세무서장이 된 중학교 동창 '조'를 찾아간다. 세무서장 '조'는 "손금이 나쁜 사내가 스스로 손금을 파서 성공했다"는 이야기에 감격해할 만큼 세속적이고 속물적인 친구다. 세무서장을 찾아간 자리에서 주인공은 '하인숙'이라는 음악선생을 소개받는다. 성악을 전공했다는 그녀는 술자리에서 노래를 하라는 사람들의 부탁을 받자 청승맞게 유행가를 부른다. 자리가 파하고 주인공과 하인숙 단 둘만 동행하게 되자 하인숙은 주인공에게 자신을 서울로 데려가 달라고 부탁하며 다음날 만날 약속을 한다. 이튿날, 주인공은 어머니 산소에 다녀오는 길에 독약을 먹고 자살한 술집 여자의 시체를 보게 되고, 바다로 뻗은 방죽에 있는, 자신이 폐병으로 요양을 했던 집에서 하인숙과 정사(情事)를 나눈다. 그리고는 그녀에게 사랑을 느낀다. 다음날 아침, 아내로부터 온 전보를 받고 주인공은 서둘러 서울로 올라가게 된다. 하인숙에게 사랑한다는 편지를 쓰지만 곧 찢어버리고,

주인공은 부끄러움을 느끼며 무진을 떠난다.

이 작품에서 '무진'은 주인공의 고향이지만, 우리가 흔히 떠올리는 고향의 이미지로 묘사되지 않는다. 정지용의 「고향」이라는 시에 나타난 고향처럼 친근하고 따스한 정감이 넘치는 고향이 아니라는 얘기다. '무진'을 '서울'과 비교해보면 그 특징이 보다 명확하게 드러난다. 서울은 일상적인 공간이고 무척 세속적인 곳이다. 현실적인 가치들, 즉 돈과 명예, 권력과 같은 가치들이 중요한 의미를 갖는 곳이다. 그러나 '무진'은 그와 다르게 인간의 본능적인 일탈과 욕정의 세계를 드러내고 있다. '무진

시점

소설은 이야기다. 따라서 이야기를 전달하는 사람(화자, narrator)이 있어야만 한다. 이때 누가 이야기를 전달하는가에 따라 시점이 결정된다.

① 나는 동네 불량배에게 돈을 빼앗겼다. 정말 속상해서 나는 미쳐버릴 것만 같았다. -> 사건의 주인공인 '나'가 스스로에 대해 서술한 경우 : 1인칭 주인공 시점
② 내 친구 영수가 동네 불량배에게 돈을 빼앗겼다. 내가 보기에 영수는 정말 속이 많이 상한 것 같았다. -> 관찰자인 '나'가 사건의 주인공에 대해 서술한 경우 : 1인칭 관찰자 시점
③ 영수는 동네 불량배에게 돈을 빼앗겼다. 그는 속이 무척 많이 상한 모양이다. -> 작품 밖의 관찰자가 사건의 주인공에 대해 서술한 경우 : 3인칭 관찰자 시점
④ 영수는 속으로는 속상했지만 꾹 참고 불량배에게 돈을 건네줬다. 그는 다시는 이 길로 다니지 않겠다고 굳게 마음먹었다. -> 등장인물의 마음속까지 훤히 뚫어보고 서술한 경우 : 전지적 작가 시점

이야기를 전달하는 사람이 소설 내에 등장하는가, 그렇지 않은가에 따라 1인칭과 3인칭이 구분된다. ①과 ②의 화자는 '영수'와 '영수의 친구'로 명확하게 파악된다. 그러나 ③과 ④의 화자는 누구인지 알 수 없다. 한편, ①과 ②의 구분은 화자가 사건의 주인공인가 아닌가에 의해 나뉘고, ③과 ④는 화자가 등장인물의 생각을 짐작해서 쓰는지, 아니면 전지전능한 신처럼 모두 꿰뚫어보고 직접 서술하는지에 따라 나뉘어진다.

으로 가는 버스'의 마지막 부분을 보면 '무진'의 풍경이 묘사되어 있다. 분뇨 냄새와 병원의 크레졸 냄새가 풍겨나는 거리는 텅 비어있고, 사람들은 처마 밑 그늘에 쭈그리고 앉아 있다. 아이들은 벌거벗은 채 그늘을 걸어다닌다. 단조롭고 권태로우며 무기력한 고향 '무진'의 모습이 묘사되어 있는 것이다. 그리고 마지막 대목, "정적 속에서 개 두 마리가 혀를 빼물고 교미를 하고 있었다"에서 우리는 무진이 인간의 본능인 일탈과 욕정의 세계를 의미하고 있음을 알 수 있다. 무진의 명산물 '안개'는 바로 인간 내부에서 끓고 있는 일탈에 대한 욕망과 욕정을 드러내는 상징물인 것이다.

그런데 주인공은 이 무진이 '어둡던 나의 청년(시절)'을 떠올리게 한다고 말한다. 주인공의 청년 시절은 어떠했을까. 작가는 무진에서 주인공이 만난 인물들을 통해 주인공의 청년 시절을 환기시킨다. 하인숙을 짝사랑하는 고향 후배 '박'은 '때묻지 않은 순수'를 상징한다. 그 반대편에는 세속적인 가치를 상징하는 세무서장 '조'가 있다. 하인숙은 그 순수와 속됨 사이에서 갈등하는 인물로 묘사된다. 성악을 전공한 사람이 술자리에서 유행가를 부르는 모습은 순수함이 점차 세속화되어 가는 모습을 상징적으로 보여준다. 그런 하인숙은 끊임없이 무진을 떠나 서울로 가고 싶어 하는데, 그러한 모습은 바로 주인공의 청년 시절과 조금도 다름이 없는 것이다.

주인공 윤희중은 서울에서는 세무서장 '조'와 마찬가지로 세속적이었지만 고향으로 돌아온 그의 기억 속에는 '박'만큼 순수했던 자신의 모습이 있고, 또 단조롭고 권태로우며 무기력한 '무진'을 떠나려고 했던 하인숙과 같은 젊은 시절이 자리잡고 있다. 특히 '순수'와 '속됨'의 갈등은 하인숙과 주인공이 공통적으로 느끼는 감정이며, 두 사람은 그와 같은 공통점 때문에 자연스럽게도 수음과 같은 욕정에 빠져들었던 것이다.

그러나 이와 같은 주인공의 일시적인 일탈은 서울의 아내로부터 날아온 한 장의 전보로 인해 제자리를 찾게 된다. 주인공의 아내는 혈연과 지연에 의해 남편을 출세

시키려는 속물세계의 전형적인 인물이다. 이 아내의 전보는 세속적인 세계로 복귀하라는 신호와도 같은 것이다. 주인공은 이제 서울과 무진, 세속(일상)과 '원초적인 인간성', 아내와 하인숙 등의 사이에서 양자택일을 해야 하는 상황에 놓이게 된다. 무진에서의 일탈, 즉 서울에서의 삶에 대한 회의와 하인숙과의 정사 그리고 잠시 잊었던 자신의 옛 모습, 이 모든 것들이 어쩌면 주인공의 본모습일지도 모른다. 그러나 서울이라는 공간이 부여하는 일상의 안락함, 제약회사 전무라는 세속적인 명예 역시도 꿀처럼 달콤한 것임에는 틀림이 없다.

결국 주인공은 '무진'을 떠나 서울로, 일상으로 복귀하게 된다. 하인숙에게 남기려 했던 편지도 결국 찢어버린다. 주인공이 서울로 돌아오면서 느꼈던 부끄러움의 정체는, 그가 일상의 속물성을 깨닫고 있으면서도 그 일상이 제공하는 안락에 굴복하는 것에 대한 부끄러움이라고 할 수 있다. 작가는 이 작품에서 한국전쟁 후 산업화 사회에서 '출세한 촌놈'이 갖게 되는 심리 상태를 예리하게 형상화했다. 서울에서 무진으로 다시 무진에서 서울로의 여로 형태를 취하고 있는 이 작품에서 '무진'이라는

배금주의 拜金主義

배금(拜金)의 한자를 자세히 살펴보면, '돈(金)에 절한다(拜)'는 뜻이다. 이런 한자 풀이로 미루어보아도 배금주의의 뜻을 금방 알아챌 수 있다. 배금주의란 '돈이나 돈의 힘을 가장 소중한 것으로 여기고 그것에 집착하는 태도'를 말한다. 세상을 살아가는 데 있어 '물질', 즉 돈이나 재산은 물론 중요하다. 그러나 정도가 지나치면 모든 가치의 상위에 돈이 놓이게 된다. 어느 드라마에서 잘생긴 남자 배우가 한 여자를 너무 사랑한 나머지 건넨 대사 "얼마면 되겠니?"는 우리 사회의 배금주의적 경향을 패러디하는 유행어로 널리 전파되기도 했다. '사랑'도 돈으로 살 수 있다는 생각, 돈만 있다면 무엇이든 할 수 있다는 생각, 또 그런 돈을 벌기 위해서는 무슨 짓이든 할 수 있다는 생각은 바로 배금주의에서 비롯된 것이다. 때로는 '황금만능주의'라고도 한다.

가상의 공간은 서울이라는 세속적인 욕망의 도시와 대립되는 상징적 의미를 지니고 있다. 이는 젊은 날의 영혼이 몸부림치던 추억의 공간이기도 하지만, 하인숙에게서 볼 수 있듯이 탈출을 꿈꾸게 만드는 곳이기도 하다. 결국 돈이 지배하는 물신의 세계와 타협하는 주인공의 마지막 결단은 환상의 허망함을 의미하는 것으로 볼 수 있다.

1977년 『문예중앙』에 발표된 이청준의 「눈길」에 나타난 고향 역시 「무진기행」의 경우와 마찬가지로 주인공에게 그리 달가운 곳은 아니다. 이 소설의 주인공은 모처럼 휴가를 얻어 아내와 함께 시골에 살고 있는 어머니를 찾아간다. 고향에는 형의 술버릇과 노름빚 때문에 잘살던 시절의 큰 집은 남의 손에 넘어간 지 오래고, 나이 많은 어머니와 형수 그리고 조카들이 조그마한 집에 모여 살고 있다. 주인공은 형의 노름으로 집안이 몰락한 후 오로지 혼자 힘으로 서울에서 자수성가를 했으며, 따라서 어머니에게 빚진 것이 없다고 생각하는 인물이다. 그런데 마침 노모가 사는 마을에서 지붕 개량 사업이 한창 진행되고 있었고, 어머니는 아들에게 자신의 사후를 위해 집을 넓히고 싶어 하는 소망을 내비친다. 그러자 고등학교 시절 집안이 어려웠을 때 부모가 자신에게 물질적인 도움을 주지 못했기 때문에 자신도 어머니께 빚진 게 없다는 식으로 자신을 합리화하며 살아가고 있던 아들은 어머니의 의사를 못 들은 척하고 서둘러 돌아가고자 한다. 아내는 그런 남편의 태도를 못마땅하게 생각하며 어머니에게서 옛날이야기를 끊임없이 끄집어낸다. 마침내 어머니는 이미 남의 집이 된 옛날 시골집에서 주인공을 예전처럼 하룻밤 쉬어 가도록 했던 과거의 이야기를 꺼내놓게 된다. 그리고 노모와 아내가 잠자리에서 나누는 그 추억의 이야기를 들으며 주인공은 어머니의 사랑을 깨닫고 눈물을 흘리게 된다.

「눈길」에서 작가가 사건을 진행해 나가는 과정은 특이하다. 독자들이 어리둥절할 만큼 비밀스러운 사실들이 한 꺼풀씩 벗겨지면서 사건의 진실에 조금씩 접근해가는 방식으로 긴장감을 유발하고 있다. 작품 서두에서 오랜만에 고향을 찾은 아들이 곧바로 서울로 올라가겠다고 하는 대목이나, 어머니를 노인이라고 칭하면서 툭하면 '빚이 없다' 며 어머니와 자식 관계를 채무관계로 설정하는 대목은 독자들의 궁금증을 자아낸다.

그러나 작품을 읽어가다 보면, 주인공은 어머니에 대해서 물질적으로 아무것도 받은 것이 없다는 원망과 자식 노릇을 제대로 못했다는 죄책감이 뒤섞인 감정을 느끼고 있음을 알 수 있다. 그래서 주인공은 모자관계를 물질적인 채무관계로 환원시켜서 '내게 해준 것이 없으니, 나도 해줄 필요가 없다' 는 식으로 자신의 죄책감을 무마하고 자신을 정당화하는 태도를 취하는 것이다. 독자는 어머니가 집을 넓히고 싶다는 생각을 내비쳤을 때 주인공이 보이는 위악적인 태도도 곧 이해할 수 있게 된다. 현실적으로 돈을 드릴 능력이 없기 때문에 생기는 죄송한 마음에서 벗어나기 위해 주인공은 어머니가 자신에게 부당한 요구를 한다고 위악적으로 반응하는 것이다.

마찬가지로 어머니의 행동도 조금씩 조금씩 그 의미가 밝혀진다. 평소 욕심이라곤 조금도 없었던 어머니가 지붕 개량 사업에 관한 이야기를 하면서 집을 넓혔으면 하는 소망을 드러내는 대목은 독자로 하여금 궁금증을 갖게 한다. 이야기가 진행되면서 아내와 어머니의 대화 속에서 작가는 그 궁금증을 조금씩 풀어준다. 어머니는 자신이 편히 살기 위해서가 아니라, 자신이 세상을 떠난 후에 자식의 체면과 편의를 위해서 집을 넓히고 싶어 했다는 사실이 드러난다. 추운 겨울에 세상을 뜨게 되면 한 칸밖에 없는 방에 자신의 시신을 안치하고 또 거기서 문상을 받아야 할 아들이 어머니는 안쓰러웠던 것이다.

소설이 이와 같이 전개되는 데는 주인공의 아내가 맡은 역할이 크다. 아내는 남편과 시어머니의 정서적 거리를 눈치채고 그 사이의 거리를 좁히기 위해 노력하는 배려심 깊은 인물로 그려진다. 아내는 소설 내의 사건에서는 큰 비중을 차지하지 않지만, 시어머니의 마음속에 깃든 한과 자식에 대한 사랑을 계속 들춰냄으로써 자식과 어머니의 끈끈한 사랑을 이어내는 매개자라는 작지 않은 역할을 담당하고 있다.

결국 소설은 아내가 어머니의 마음속에 깊이 감춰진 '옷궤'와 '눈길'에 대한 사연을 들춰냄으로써 마침내 어머니에 대한 아들의 닫힌 마음을 열게 되는 결말에 이르게 된다. 어머니는 아들에게 마지막으로 번듯한 집에서 따뜻한 저녁을 먹이기 위해 이미 팔린 집에다가 '옷궤'만은 남겨두고 있었다. 이렇게 보면 '옷궤'는 자식에 대한 어머니의 사랑을 상징적으로 드러내고 있는 것이다.

그러나 '옷궤'에 얽힌 이야기는 아들도 함께 체험한 일이기에 잘 알고 있다. 그래서 아내와 어머니의 대화가 '옷궤'에 대한 일, 그리고 새벽 눈길에 주인공을 읍내 차부까지 바래다 준 일까지 이어졌을 때, 주인공은 불편한 마음을 갖게 되고 대화를 중단시켰던 것이다. 하지만 마침내 아내는 어머니에게서 아들을 떠나보낸 뒤의 이야기를 이끌어낸다. 아들을 배웅해주고 눈길에 찍힌 아들의 발자국을 벗삼아 혼자 돌아오는 어머니의 심정에는 아들에 대한 그리움, 옛 집을 잃은 서러움 그리고 아들에게 따뜻한 집안을 보여주지 못한 아쉬움이 뒤엉켜 있다. 따라서 '눈길'은 아들에 대한 사랑이 스며있는 장소이자 어머니의 한과 아픔이 고스란히 배어 있는 상징물인 것이다.

이와 같은 사실을 알기 전에 주인공에게 '눈길'은 기억하고 싶지 않은 과거의 쓰라린 추억이자 몰락해버린 집안과 스스로 자수성가해야만 하는 운명을 의미했다. 그러나 자신이 떠나버린 후에 어머니 홀로 걸어왔던 '눈길'에 담긴 눈물겨운 이야기를 들은 후에는 그 '눈길'이 바로 자신이 평생 갚을 길이 없는 빚인 어머니의 사랑임을 깨우치게 되었을 것이다. 한스러움과 아픔을 홀로 삼키며 자식을 위해 희생하는 우리의 보편적인 어머니상이 바로 이 '눈길'이라는 상징물을 통해 잘 드러나고 있는 것이다.

「무진기행」과 「눈길」, 이 두 편의 소설을 통해서 우리는 1960~70년대 서울로 상경해서 자리잡은 '출세한 촌놈'의 고향에 대한 인식을 짐작할 수 있다. 그들에게 고향이란 잃어버린 순수함이나 젊은 시절 혹은 서울과는 다른 환몽적인 공간을 의미하기도 했고, 남겨진 부모나 가족에 대한 부채의식(빚졌다는 느낌)으로 다가오기도 했던 것이다. 우리는 이 소설들을 통해 급속한 근대화의 과정에서 우리의 아버지 세대들이 고향을 떠나오면서 가졌던 내면의 떨림을 이해할 수 있을 것이다.

무진기행 _ 김승옥

무진으로 가는 버스

버스가 산모퉁이를 돌아갈 때 나는 '무진 Mujin 10km'라는 이정비(里程碑)를 보았다. 그것은 옛날과 똑같은 모습으로 길가의 잡초 속에서 튀어나와 있었다. 내 뒷좌석에 앉아 있는 사람들 사이에서 다시 시작된 대화를 나는 들었다. "앞으로 십 킬로 남았군요." "예, 한 삼십 분 후에 도착할 겁니다." 그들은 농사 관계의 시찰원들인 듯했다. 아니 그렇지 않은지도 모른다. 그러나 하여튼 그들은 색무늬 있는 반소매 셔츠를 입고 있었고 데드롱 직(織)의 바지를 입었고 지나쳐오는 마을과 들과 산에서 아마 농사 관계의 전문가들이 아니면 할 수 없는 관찰을 했고 그것을 전문적인 용어로 얘기하고 있었다. 광주(光州)에서 기차를 내려서 버스로 갈아탄 이래, 나는 그들이 시골 사람들답지 않게 낮은 목소리로 점잔을 빼면서 얘기하는 것을 반수면(半睡眠) 상태 속에서 듣고 있었다. 버스 안의 좌석들은 많이 비어 있었다. 그 시찰원들의 말에 의하면 농번기이기 때문에 사람들이 여행을 할 틈이 없어서라는 것이었다. "무진엔 명산물이…… 뭐 별로 없지요?" 그들은 대화를 계속하고 있었다. "별 게 없지요. 그러면서도 그렇게 많은 사람들이 살고 있다는 건 좀 이상스럽거든요." "바다가 가까이 있으니 항구로 발전할 수도 있었을 텐데요?" "가 보시면 아시겠지만 그럴 조건이 되어 있는 것도 아닙니다. 수심이 얕은 데다가 그런 얕은 바다를 몇백 리나 밖으로 나가야만 비로소 수평선이 보이는 진짜 바다다운 바다가 나오는 곳이니까요." "그럼 역시 농촌이군요?" "그렇지만 이렇다 할 평야가 있는 것도 아닙니다." "그럼 그 오륙만이 되는 인구가 어떻게들 살아가나요?" "그러니까 그럭저럭이란 말이 있는 게 아닙니까?" 그들은 점잖게 소리내어 웃었다. "원, 아무리 그렇지만 한 고장에 명산물 하나쯤은 있어야지." 웃음 끝에 한 사람이 말하고 있었다.

무진에 명산물이 없는 게 아니다. 나는 그것이 무엇인지 알고 있다. 그것은 안개다. 아침에 잠자리에서 일어나서 밖으로 나오면, 밤 사이에 진주해온 적군들처럼 안개가 무진을 뻥 둘러싸고 있는 것이었다. 무진을 둘러싸고 있는 산들도 안개에 의하여 보이지 않는 먼 곳으로 유배당해 버리고 없었다. 안개는 마치 이승에 한(恨)이 있어서 매일 밤 찾아오는 여귀(女鬼)가 뿜어 내놓은 입김과 같았다. 해가 떠오르고, 바람이 바다 쪽에서 방향을 바꾸어 불어오기 전에는 사람들의 힘으로써는 그것을 헤쳐 버릴 수가 없었다. 손으로 잡을 수 없으면서도 그것은 뚜렷이 존재했고 사람들을 둘러쌌고 먼 곳에 있는 것으로부터 사람들을 떼어놓았다. 안개, 무진의 안개, 무진의 아침에 사람들이 만나는 안개, 사람들로 하여금 해를, 바람을 간절히 부르게 하는 무진의 안개, 그것이 무진의 명산물이 아닐 수 있을까!

버스의 덜커덩거림이 좀 덜해졌다. 버스의 덜커덩거림이 더하고 덜하는 것을 나는 턱으로 느끼고 있었다. 나는 몸에서 힘을 빼고 있었으므로 버스가 자갈이 깔린 시골길을 달려오고 있는 동안 내 턱은 버스가 껑충거리는 데 따라서 함께 덜그럭거리고 있었다. 턱이 덜그럭거릴 정도로 몸에서 힘을 빼고 버스를 타고 있으면, 긴장해서 버스를 타고 있을 때보다 피로가 더욱 심해진다는 것을 알고 있었지만 그러나 열려진 차창으로 들어와서 나의 밖으로 드러난 살갗을 사정없이 간지럽히고 불어가는 유월의 바람이 나를 반수면 상태로 끌어넣었기 때문에 나는 힘을 주고 있을 수가 없었다. 바람은 무수히 작은 입자로 되어 있고 그 입자들은 할 수 있는 한 욕심껏 수면제를 품고 있는 것처럼 내게는 생각되었다. 그 바람 속에는 신선한 햇살과 아직 사람들의 땀에 밴 살갗을 스쳐보지 않았다는 천진스러운 저온(低溫) 그리고 지금 버스가 달리고 있는 길을 에워싸며 버스를 향하여 달려오고 있는 산줄기의 저편에 바다가 있다는 것을 알리는 소금기, 그런 것들이 이상스레 한데 어울리면서 녹아 있었다. 햇빛의 신선한 밝음과 살갗에 탄력을 주는 정도의 공기의 저온 그리고 해풍에 섞여 있는 정도의 소금기, 이 세 가지만 합성해서 수면제를 만들어낼 수 있다면 그것은 이 지상에 있는 모든 약방의 진열장 안에 있는 어떠한 약보다도 가장 상쾌한 약이 될 것이고 그리고 나는 이 세계에서 가장 돈 잘 버는 제약회사의 전무님이 될 것이다. 왜냐하면 사람들은 누구나 조용히 잠들고 싶어 하고 조용히 잠든다는 것은 상쾌한 일이기 때문이다.

그런 생각을 하자 나는 쓴웃음이 나왔다. 동시에 무진이 가까웠다는 것이 더욱 실감되었다. 무진에 오기만 하면 내가 하는 생각이란 항상 그렇게 엉뚱한 공상들이었고 뒤죽박죽이었던 것이다. 다른 어느 곳에서도 하지 않았던 엉뚱한 생각을 나는 무진에서는 아무런 부끄럼 없이, 거침없이 해내곤 했었던 것이다. 아니 무진에서는 내가 무엇을 생각하고 어쩌고 하는 게 아니라 어떤 생각들이 나의 밖에서 제멋대로 이루어진 뒤 나의 머릿속으로 밀고 들어오는 듯했었다.

"당신 안색이 아주 나빠져서 큰일났어요. 어머님의 산소에 다녀온다는 핑계를 대고 무진에 며칠 동안 계시다가 오세요. 주주총회에서의 일은 아버지하고 저하고 다 꾸며놓을게요. 당신은 오랜만에 신선한 공기를 쐬고 그리고 돌아와보면 대회생제약회사의 전무님이 되어 있을 게 아니에요?" 라고, 며칠 전날 밤, 아내가 나의 파자마 깃을 손가락으로 만지작거리며 나에게 진심에서 나온 권유를 했을 때 가기 싫은 심부름을 억지로 갈 때 아이들이 불평을 하듯이 내가 몇 마디 입안엣소리로 투덜댄 것도 무진에서는 항상 자신을 상실하지 않을 수 없었던 과거의 경험에 의한 조건반사였었다.

내가 나이가 좀 든 뒤로 무진에 간 것은 몇 차례 되지 않았지만 그 몇 차례 되지 않은 무진행이 그러나 그때마다 내게는 서울에서의 실패로부터 도망해야 할 때거나 하여튼 무언가 새 출발이 필요할 때였었다. 새 출발이 필요할 때 무진으로 간다는 그것은 우연이 결코 아니었고 그렇다고 무진에 가면 내게 새로운 용기라든가 새로운 계획이 술술 나오기 때문도 아니었었다. 오히려 무진에서의 나는 항상 처박혀 있는 상태였었다. 더러운 옷차림과 누우런 얼굴로 나는 항상 골방 안에서 뒹굴었다. 내가 깨어 있을 때는 수없이 많은 시간의 대열이 멍하니 서 있는 나를 비웃으며 흘러가고 있었고, 내가 잠들어 있을 때는 긴긴 악몽들이 거꾸러져 있는 나에게 혹독한 채찍질을 하였었다. 나의 무진에 대한 연상의 대부분은 나를 돌봐주고 있는 노인들에 대하여 신경질을 부리던 것과 골방 안에서의 공상과 불면(不眠)을 쫓아 보려고 행하던 수음(手淫)과 곧잘 편도선을 붓게 하던 독한 담배꽁초와 우편배달부를 기다리던 초조함 따위거나 그것들에 관련된 어떤 행위들이었었다. 물론 그것들만 연상되었던 것은 아니다. 서울의 어느 거리에서고 나의 청각이 문득 외부로 향하면 무자비하게 쏟아져 들어오는 소음에 비틀거릴 때거나, 밤늦게 신당동(新堂洞) 집 앞의 포장된 골목을 자동차로 올라갈 때, 나는 물이 가득한 강물이 흐르고 잔디로 덮인 방죽이 시오리 밖의 바닷가까지 뻗어나가 있고 작은 숲이 있고 다리가 많고 골목이 많고 흙담이 많고 높은 포플러가 에워싼 운동장을 가진 학교들이 있고 바닷가에서 주워 온 까만 자갈이 깔린 뜰을 가진 사무소들이 있고 대로 만든 와상(臥床)이 밤거리에 나앉아 있는 시골을 생각했고 그것은 무진이었다. 문득 한적이 그리울 때도 나는 무진을 생각했었다. 그러나 그럴 때의 무진은 내가 관념 속에서 그리고 있는 어느 아늑한 장소일 뿐이지 거기엔 사람들이 살고 있지 않았다. 무진이라고 하면 그것에의 연상은 아무래도 어둡던 나의 청년이었다.

그렇다고 무진에의 연상이 꼬리처럼 항상 나를 따라다녔다는 것은 아니다. 차라리, 나의 어둡던 세월이 일단 지나가버린 지금은 나는 거의 항상 무진을 잊고 있었던 편이다. 어제 저녁 서울역에서 기차를 탈 때에도, 물론 전송 나온 아내와 회사 직원 몇 사람에게 일러둘 말이 너무 많아서 거기에 정신이 쏠려 있던 탓도 있었겠지만, 하여튼 나는 무진에 대한 그 어두운 기억들이 그다지 실감나게 되살아오지는 않았다. 그런데 오늘 이른 아침, 광주에서 기차를 내려서 역 구내를 빠져 나올 때 내가 본 한 미친 여자가 그 어두운 기억들을 확 잡아 끌어당겨서 내 앞에 던져 주었다. 그 미친 여자는 나일론의 치마저고리를 맵시 있게 입고 있었고 팔에는 시절에 맞추어 고른 듯한 핸드백도 걸치고 있었다. 얼굴도 예쁜 편이고 화장이 화려했다. 그 여자가 미친 사람이라는 것을 알 수 있는 것은 쉬임없이 굴리고 있는 눈동자와 그 여자를 에워싸고 서서 선하품을 하며 그 여자를 놀려 대고 있는 구두닦이 아이들 때문이었다. "공부를 많이 해서 돌아버렸대." "아냐, 남자한테 채여서야." "저 여자 미국말도 참 잘한다. 물어볼까?" 아이들은 그런 얘기를 높은 목소리로 하고 있었다. 좀 나이가 든 여드름쟁이 구두닦이 하나는 그 여자의 젖가슴을 손가락으로 집적거렸고 그럴 때마다 그 여자는 여전히 무표정한 얼굴로 비명만 지르고 있었다. 그 여자의 비명이 옛날 내가 무진의 골방 속에서 쓴 일기의 한 구절을 문득 생각나게 한 것이었다.

그때는 어머니가 살아 계실 때였다. 6·25사변으로 대학의 강의가 중단되었기 때문에 서울을 떠나는 마지막 기차를 놓친 나는 서울에서 무진까지의 천여 리 길을 발가락이 몇 번이고 불어터지도록 걸어서 내려왔고 어머니에 의해서 골방에 처박혀졌고 의용군의 징발도 그 후의 국군의 징병도 모두 기피해 버리고 있었다. 내가 졸업한 무진중학교의 상급반 학생들이 무명지에 붕대를 감고 '이 몸이 죽어서 나라가 산다면……'을 부르며 읍 광장에 서 있는 트럭들로 행진해 가서 그 트럭들에 올라타고 일선으로 떠날 때도 나는 골방 속에 쭈그리고 앉아서 그들의 행진이 집 앞을 지나가는 소리를 듣고만 있었다. 전선이 북쪽으로 올라가고 대학이 강의를 시작했다는 소식이 들려왔을 때도 나는 무진의 골방 속에 숨어 있었다. 모두가 나의 홀어머님 때문이었다. 모두가 전쟁터로 몰려갈 때 나는 내 어머니에게 몰려서 골방 속에 숨어서 수음을 하고 있었다. 이웃집 젊은이의 전사통지가 오면 어머니는 내가 무사한 것을 기뻐했고, 이따금 일선의 친구에게서 군사우편이 오기라도 하면 나 몰래 그것을 찢어버리곤 하였었다. 내가 골방보다는 전선을 택하고 싶어 해 가는 것을 알고 있었기 때문이다. 그 무렵에 쓴 나의 일기장들은, 그 후에 태워 버려서 지금은 없지만, 모두가 스스로를 모멸하고 오욕을 웃으며 견디는 내용들이었다. '어머니, 혹시 제가 지금 미친다면 대강 다음과 같은 원인들 때문일 테니 그 점에 유의하셔서 저를 치료해 보십시오…….' 이러한 일기를 쓰던 때를, 이른 아침 역 구내에서 본 미친 여자가 내 앞으로 끌어당겨 주었던 것이다. 무진이 가까웠다는 것을 나는 그 미친 여자를 통하여 느꼈고 그리고 방금 지나친, 먼지를 둘러쓰고 잡초 속에서 튀어나와 있는 이정비를 통하여 실감했다.

"이번에 자네가 전무가 되는 건 틀림없는 거구, 그러니 자네 한 일주일 동안 시골에 내려가서 긴장을 풀고 푹 쉬었다가 오게. 전무님이 되면 책임이 더 무거워질 테니 말야." 아내와 장인영감은 자신들은 알지 못하는 사이에 퍽 영리한 권유를 내게 한 셈이었다. 내가 긴장을 풀어버릴 수 있는, 아니 풀어버릴 수밖에 없는 곳을 무진으로 정해준 것은 대단히 영리한 짓이었다.

버스는 무진 읍내로 들어서고 있었다. 기와지붕들도 양철지붕들도 초가지붕들도 유월 하순의 강렬한 햇볕을 받고 모두 은빛으로 번쩍이고 있었다. 철공소에서 들리는 쇠망치 두드리는 소리가 잠깐 버스로 달려들었다가 물러났다. 어디선지 분뇨 냄새가 새어 들어왔고 병원 앞을 지날 때는 크레졸 냄새가 났고 어느 상점의 스피커에서는 느려 빠진 유행가가 흘러나왔다. 거리는 텅 비어 있었고 사람들은 처마 밑의 그늘에 쭈그리고 앉아 있었다. 어린아이들은 빨가벗고 기우뚱거리며 그늘 속을 걸어다니고 있었다. 읍의 포장된 광장도 거의 텅 비어 있었다. 햇볕만이 눈부시게 그 광장 위에서 끓고 있었고 그 눈부신 햇살 속에서, 정적 속에서 개 두 마리가 혀를 빼물고 교미를 하고 있었다.

밤에 만난 사람들

저녁식사를 하기 조금 전에 나는 낮잠에서 깨어나서 신문지국들이 몰려 있는 거리로 갔다. 이모님 댁에서는 신문을 구독하고 있지 않았다. 그렇지만 신문은 도회인이 누구나 그렇듯이 이제 내 생활의 일부로서 내 하루의 시작과 끝을 맡아보고 있었던 것이다. 내가 찾아간 신문지국에 나는 이모님 댁의 주소와 약도를 그려 주고 나왔다. 밖으로 나올 때 나는 내 등뒤에서 지국 안에 있던 사람들이 그들끼리 무어라고 수군거리는 소리를 들었다. 아마 나를 알고 있는 사람들이었던 모양이다. "……그래애? 거만하게 생겼는데……." "……출세했다지?……" "……옛날……폐병……." 그런 속삭임 속에서, 나는 밖으로 나오면서 은근히 한마디를 기다리고 있었다. 그러나 결국 '안녕히 가십시오'는 나오지 않고 말았다. 그것이 서울과의 차이점이었다. 그들은 이제 점점 수군거림의 소용돌이 속으로 끌려 들어가고 있으리라, 자기 자신조차 잊어버리면서. 나중에 그 소용돌이 밖으로 내던져졌을 때 자기들이 느낄 공허감도 모른다는 듯이 수군거리고 수군거리고 또 수군거리고 있으리라. 바다가 있는 쪽에서 바람이 불어오고 있었다. 몇 시간 전에 버스에서 내릴 때보다 거리는 많이 번잡해졌다. 학생들이 학교에서 돌아오고 있었다. 그들은 책가방이 주체스러운 모양인지 그것을 뱅뱅 돌리기도 하며 어깨 너머로 넘겨 들기도 하며 두 손으로 껴안기도 하며 혀끝에 침으로써 방울을 만들어서 그것을 입바람으로 훅 불어 날리곤 했다. 학교 선생들과 사무소의 직원들도 달그락거리는 빈 도시락을 들고 축 늘어져서 지나가고 있었다. 그러자 나는 이 모든 것이 장난처럼 생각되었다. 학교에 다닌다는 것, 학생들을 가르친다는 것, 사무소에 출근했다가 퇴근한다는 이 모든 것이 실없는 장난이라는 생각이 든 것이다. 사람들이 거기에 매달려서 낑낑댄다는 것이 우습게 생각되었다.

이모댁으로 돌아와서 저녁을 먹고 있을 때, 나는 방문을 받았다. 박(朴)이라고 하는 무진중학교의 내 몇 해 후배였다. 한때 독서광이었던 나를 그 후배는 무척 존경하는 눈치였다. 그는 학생시대에 이른바 문학소년이었던 것이다. 미국의 작가인 피츠제럴드를 좋아한다고 하는 그 후배는 그러나 피츠제럴드의 팬답지 않게 아주 얌전하고 매사에 엄숙했고 그리고 가난하였다. "신문지국에 있는 제 친구에게서 내려오셨다는 얘길 들었습니다. 웬일이십니까?" 그는 정말 반가워해 주었다. "무진엔 왜 내가 못 올 덴가?" 그렇게 대답하며 나는 내 말투가 마음에 거슬렸다. "너무 오랫동안 오시지 않았으니까 그러는 거죠. 제가 군대에서 막 제대했을 때 오시고 이번이 처음이시니까 벌써……." "벌써 한 4년 되는군." 4년 전 나는, 내가 경리의 일을 보고 있던 제약회사가 좀더 큰 다른 회사와 합병되는 바람에 일자리를 잃고 무진으로 내려왔던 것이다. 아니 단지 일자리를 잃었다는 이유만으로 서울을 떠났던 것은 아니다. 동거하고 있던 희(姬)만 그대로 내 곁에 있어 주었던들 실의(失意)의 무진행은 없었으리라. "결혼하셨다더군요?" 박이 물었다. "흐응, 자넨?" "전 아직. 참 좋은 데로 장가드셨다고들 하더군요." "그래? 자넨 왜 여태 결혼하지 않고 있나? 자네 금년에 어떻게 되지?" "스물 아홉입니다." "스물 아홉이라. 아홉수가 원래 사납다고 하데만. 금년엔 어떻게 해보지 그래?" "글쎄요." 박은 소년처럼 머리를 긁었다. 사 년 전이니까 그 해의 내 나이가 스물 아홉이었고 희가 내 곁에서 달아나 버릴 무렵에 지금 아내의 전남편이 죽었던 것이다. "무슨 나쁜 일이 있었던 건 아니겠죠?" 옛날의 내 무진행의 내용을 다소 알고 있는 박은 그렇게 물었다. "응. 아마 승진이 될 모양인데 며칠 휴가를 얻었지." "잘 되셨군요. 해방 후의 무진중학 출신 중에선 형님이 제일 출세하셨다고들 하고 있어요." "내가?" 나는 웃었다. "예, 형님하고 형님 동기 중에서 조형(趙兄)하고요." "조라니, 나하고 친하게 지내던 애 말인가?" "예, 그 형이 재작년엔가 고등고시에 패스해서 지금 여기 세무서장으로 있거든요." "아, 그래?" "모르셨어요?" "서로 소식이 별로 없었지. 그 애가 옛날엔 여기 세무서에서 직원으로 있었지, 아마?" "예." "그거 잘됐군. 오늘 저녁엔 그 친구에게나 가볼까?" 친구 조는 키가 작았고 살결이 검은 편이었다. 그래서 키가 크고 살결이 창백한 나에게 열등감을 느낀다는 얘기를 내게 곧잘 했었다. '옛날에 손금이 나쁘다고 판단 받은 소년이 있었다. 그 소년은 자기의 손톱으로 손바닥에 좋은 손금을 파가며 열심히 일했다. 드디어 그 소년은 성공해서 잘 살았다.' 조는 이런 얘기에 가장 감격하는 친구였다. "참 자넨 요즘 뭘 하고 있나?" 내가 박에게 물었다. 박은 얼굴을 붉히고 잠시 동안 머뭇거리다가 모교에서 교편을 잡고 있다고, 그것이 무슨 잘못이라도 되는 것처럼 우물거리며 대답했다. "좋지 않아? 책 읽을 여유가 있으니까 얼마나 좋은가? 난 잡지 한 권 읽을 여유가 없네. 무얼 가르치고 있나?" 후배는 내 말에 용기를 얻었는지 아까보다는 조금 밝은 목소리로 대답했다. "국어를 가르치고 있습니다." "잘 했어. 학교측에서 보면 자네 같은 선생을 구하기도 힘들 거야." "그렇지도 않아요. 사범대학 출신들 때문에 교원자격고시 합격증 가지고 견디기가 힘들어요." "그게 또 그런가?" 박은 아무 말 없이 씁쓸한 미소만 지어 보였다. 저녁식사 후, 우리는 술 한 잔씩을 마시고 나서 세무서장이 된 조의 집을 향하여 갔다. 거리는 어두컴컴했다. 다리를 건널 때 나는 냇가의 나무들이 어슴푸레하게 물 속에 비쳐 있는 것을 보았다. 옛날 언젠가 역시 이 다리를 밤중에 건너면서 나는 저 시커멓게 웅크리고 있는 나무들을 저주했었다. 금방 소리를 지르며 달려들 듯한 모습으로 나무들은 서 있었던 것이다. 세상에 나무가 없다면 얼마나 좋을까 하고 생각하기도 했었다. "모든 게 여전하군." 내가 말했다. "그럴까요?" 후배가 웅얼거리듯이 말했다.

조의 응접실에는 손님들이 네 사람 있었다. 나의 손을 아프도록 쥐고 흔들고 있는 조의 얼굴이 옛날보다 윤택해지고 살결도 많이 하얘진 것을 나는 보고 있었다. "어서 자리로 앉아라. 이거 원 누추해서…… 빨리 마누랄 얻어야겠는데……." 그러나 방은 결코 누추하지 않았다. "아니 아직 결혼 안 했나?" 내가 물었다. "법률책 좀 붙들고 앉아 있었더니 그렇게 돼버렸어. 어서 앉아." 나는 먼저 온 손님들에게 소개되었다. 세 사람은 남자로서 세무서 직원들이었고 한 사람은 여자로서 나와 함께 온 박과 무언가 얘기를 주고받고 있었다. "어어, 밀담들은 그만 하시고, 하(河) 선생, 인사해요. 내 중학 동창인 윤희중이라는 친굽니다. 서울에 있는 큰 제약회사의 간사님이시고 이쪽은 우리 모교에 와 계시는 음악선생님이시고. 하인숙 씨라고, 작년에 서울에서 음악대학을 나오신 분이지." "아, 그러세요. 같은 학교에 계시는군요?" 나는 박과 그 여선생을 번갈아 가리키며 여선생에게 말했다. "네." 여선생은 방긋 웃으며 대답했고 내 후배는 고개를 숙여 버렸다. "고향이 무진이신가요?" "아녜요. 발령이 이곳으로 났기 땜에 저 혼자 와 있는 거예요." 그 여자는 개성 있는 얼굴을 가지고 있었다. 윤곽은 갸름했고 눈이 컸고 얼굴색은 노리끼했다. 전체로 보아서 병약한 느낌을 주고 있었지만 그러나 좀 높은 콧날과 두꺼운 입술이 병약하다는 인상을 버리도록 요구하고 있었다. 그리고 카랑카랑한 목소리가 코와 입이 주는 인상을 더욱 강하게 하고 있었다. "전공이 무엇이었던가요?" "성악공부 좀 했어요." "그렇지만 하 선생님은 피아노도 아주 잘 치십니다." 박이 곁에서 조심스런 목소리로 끼어들었다. 조도 거들었다. "노래를 아주 잘 하시지. 소프라노가 굉장하시거든." "아, 소프라노를 맡으시는가요?" 내가 물었다. "네, 졸업연주회 땐 「나비부인」 중에서 「어떤 개인 날」을 불렀어요." 그 여자는 졸업연주회를 그리워하고 있는 듯한 음성으로 말했다.

방바닥에는 비단방석이 놓여 있고 그 위에는 화투짝이 흩어져 있었다. 무진(霧津)이다. 곧 입술을 태울 듯이 타들어 가는 담배꽁초를 입에 물고 눈으로 들어오는 그 담배연기 때문에 눈물을 찔끔거리며 눈을 가늘게 뜨고, 이미 정오가 가까운 시각에야 잠자리에서 일어나서 그날의 허황한 운수를 점쳐보던 그 화투짝이었다. 또는, 자신을 팽개치듯이 끼어들던 언젠가의 노름판, 그 노름판에서 나의 뜨거워져 가는 머리와 손가락만을 제외하곤 내 몸을 전연 느끼지 못하게 만들던 그 화투짝이었다. “화투가 있군, 화투가.” 나는 한 장을 집어서 딱 소리가 나게 내려치고 다시 그것을 집어서 내려치고 또 집어서 내려치고 하며 중얼거렸다. “우리 돈내기 한판 하실까요?” 세무서 직원 중의 하나가 내게 말했다. 나는 싫었다. “다음 기회에 하지요.” 세무서 직원들은 싱글싱글 웃었다. 조가 안으로 들어갔다가 나왔다. 잠시 후에 술상이 나왔다.

“여기엔 얼마쯤 있게 되나?” “일주일 가량.” “청첩장 한 장 없이 결혼해버리는 법이 어디 있어? 하기야 청첩장을 보냈더라도 그땐 내가 세무서에서 주판알 튕기고 있을 때니까 별수도 없었겠지만 말이다.” “난 그랬지만 넌 청첩장 보내야 한다.” “염려 마라. 금년 안으로는 받아볼 수 있게 될 거다.” 우리는 별로 거품이 일지 않는 맥주를 마셨다. “제약회사라면 그게 약 만드는 데 아닙니까?” “그렇죠.” “평생 병 걸릴 염려는 없겠습니다그려.” 굉장히 우스운 익살을 부렸다는 듯이 직원들은 방바닥을 치며 오랫동안 웃었다. “참 박 군, 학생들한테서 인기가 대단하더구먼. 기껏 오 분쯤 걸어오면 될 거리에 살면서 나한테 왜 통 놀러오지 않나?” “늘 생각은 하고 있었습니다만…….” “저기 앉아 계시는 하 선생님한테서 자네 얘긴 늘 듣고 있지. 자, 하 선생, 맥주는 술도 아니니까 한 잔 들어봐요. 평소엔 그렇지도 않던데 오늘 저녁엔 왜 이렇게 얌전을 피우실까?” “네 네, 거기 놓으세요. 제가 마시겠어요.” “맥주는 좀 마셔봤지요?” “대학 다닐 때 친구들과 어울려서 방문을 안으로 잠가놓고 소주도 마셔본걸요.” “이거 술꾼인 줄은 몰랐는데.” “마시고 싶어서 마신 게 아니라 시험삼아서 맛 좀 본 거예요.” “그래서 맛이 어떻습디까?” “모르겠어요. 술잔을 입에서 떼자마자 쿨쿨 자버렸으니까요.” 사람들이 웃었다. 박만이 억지로 웃는 듯한 웃음이었다. “내가 항상 생각하는 바지만, 하 선생님의 좋은 점은 바로 저기에 있거든. 될 수 있으면 얘기를 재미있게 하려고 한다는 점, 바로 그거야.” “일부러 재미있게 하려고 하는 게 아네요. 대학 다닐 때의 말버릇이에요." "아하, 그러고 보면 하 선생의 나쁜 점은 바로 저기 있어. '내가 대학 다닐 때' 라는 말을 빼 놓곤 얘기가 안 됩니까? 나처럼 대학엔 문전에도 가보지 못한 사람은 서러워서 살겠어요?" "죄송합니다." "그럼 내게 사과하는 뜻에서 노래 한 곡 들려주시겠어요?" "그거 좋습니다." "좋지요." "한번 들어봅시다." 사람들이 박수를 쳤다. 여선생은 머뭇거렸다. "서울 손님도 오고 했으니까…… 그 지난 번에 부르던 거 참 좋습디다." 조는 재촉했다. "그럼 부릅니다." 여선생은 거의 무표정한 얼굴로 입을 조금만 달싹거리며 노래를 부르기 시작했다. 세무서 직원들이 손가락으로 술상을 두드리기 시작했다. 여선생은 「목포의 눈물」을 부르고 있었다. 「어떤 개인 날」과 「목포의 눈물」 사이에는 얼마큼의 유사성이 있을까? 무엇이 저 아리아들로써 길들여진 성대에서 유행가를 나오게 하고 있을까? 그 여자가 부르는 「목포의 눈물」에는 작부들이 부르는 그것에서 들을 수 있는 것과 같은 꺾임이 없었고, 대체로 유행가를 살려주는 목소리의 갈라짐이 없었고 흔히 유행가가 내용으로 하는 청승맞음이 없었다. 그 여자의 「목포의 눈물」은 이미 유행가가 아니었다. 그렇다고 「나비부인」 중의 아리아는 더욱 아니었다. 그것은 이전에는 없었던 어떤 새로운 양식의 노래였다. 그 양식은 유행가가 내용으로 하는 청승맞음과는 다른, 좀더 무자비한 청승맞음을 포함하고 있었고 「어떤 개인 날」의 그 절규보다도 훨씬 높은 옥타브의 절규를 포함하고 있었고, 그 양식에는 머리를 풀어헤친 광녀(狂女)의 냉소가 스며 있었고 무엇보다도 시체가 썩어가는 듯한 무진의 그 냄새가 스며 있었다.

그 여자의 노래가 끝나자 나는 의식적으로 바보 같은 웃음을 띠고 박수를 쳤고 그리고 육감으로써랄까, 나는 후배인 박이 이 자리에서 떠나고 싶어 하는 것을 알았다. 나의 시선이 박에게로 갔을 때, 나의 시선을 받은 박은 기다렸다는 듯이 자리에서 일어났다. 누군지가 그에게 앉아 있기를 권했으나 박은 해사한 웃음을 띠며 거절했다. "먼저 실례합니다. 형님은 내일 또 뵙지요." 조는 대문까지 따라나왔고 나는 한

길까지 박을 바래다주러 나갔다. 밤이 깊지 않았는데도 거리는 적막했다. 어디선지 개 짖는 소리가 들려왔고 쥐 몇 마리가 한길 위에서 무엇을 먹고 있다가 우리의 그림자에 놀라 흩어져버렸다. “형님, 보세요. 안개가 내리는군요.” 과연 한길의 저 끝이, 불빛이 드문드문 박혀 있는 먼 주택지의 검은 풍경들이 점점 풀어져가고 있었다. “자네, 하 선생을 좋아하고 있는 모양이군.” 내가 물었다. 박은 다시 그 해사한 웃음을 띠었다. “그 여선생과 조 군과 무슨 관계가 있는 모양이지?” “모르겠습니다. 아마 조 형이 결혼 대상자 중의 하나로 생각하고 있는 거 같아요.” “자네가 그 여선생을 좋아한다면 좀더 적극적으로 나가야 해. 잘 해봐.” “뭐 별로…….” 박은 소년처럼 말을 더듬거렸다. “그 속물들 틈에 앉아서 유행가를 부르고 있는 게 좀 딱해 보였을 뿐이지요. 그래서 나와 버린 거죠.” 박은 분노를 누르고 있는 듯이 나직나직 말했다. “클래식을 부를 장소가 있고 유행가를 부를 장소가 따로 있다는 것뿐이겠지. 뭐 딱할 거까지야 있나?” 나는 거짓말로써 그를 위로했다. 박은 가고 나는 다시 ‘속물’들 틈에 끼었다. 무진에서는 누구나 그렇게 생각하는 것이다. 타인은 모두 속물들이라고. 나 역시 그렇게 생각하는 것이다. 타인이 하는 모든 행위는 무위(無爲)와 똑같은 무게밖에 가지고 있지 않은 장난이라고.

밤이 퍽 깊어서 우리는 자리에서 일어났다. 조는 내가 자기 집에서 자고 가기를 권했다. 그러나 다음날 아침에 잠자리에서 일어나서 그 집을 나올 때까지의 부자유스러움을 생각하고 나는 기어코 밖으로 나섰다. 직원들도 도중에서 흩어져 가고 결국엔 나와 여자만이 남았다. 우리는 다리를 건너고 있었다. 검은 풍경 속에서 냇물은 하얀 모습으로 뻗어 있었고 그 하얀 모습의 끝은 안개 속으로 사라지고 있었다. “밤엔 정말 멋있는 고장이에요.” 여자가 말했다. “그래요? 다행입니다.” 내가 말했다. “왜 다행이라고 말씀하시는 줄 짐작하겠어요.” 여자가 말했다. “어느 정도까지 짐작하셨어요?” 내가 물었다. “사실은 멋이 없는 고장이니까요. 제 대답이 맞았어요?”

"거의." 우리는 다리를 다 건넜다. 거기서 우리는 헤어져야 했다. 그 여자는 냇물을 따라서 뻗어나간 길로 가야 했고 나는 곧장 난 길로 가야 했다. "아, 글루 가세요? 그럼……." 내가 말했다. "조금만 바래다주세요. 이 길은 너무 조용해서 무서워요." 여자가 조금 떨리는 목소리로 말했다. 나는 다시 여자와 나란히 서서 걸었다. 나는 갑자기 이 여자와 친해진 것 같았다. 다리가 끝나는 바로 거기에서부터, 그 여자가 정말 무서워서 떠는 듯한 목소리로 내게 바래다주기를 청했던 바로 그때부터 나는 그 여자가 내 생애 속에 끼어든 것을 느꼈다. 내 모든 친구들처럼, 이제는 모른다고 할 수 없는, 때로는 내가 그들을 훼손하기도 했지만 그러나 더욱 많이 그들이 나를 훼손시켰던 내 모든 친구들처럼. "처음 뵈었을 때, 뭐랄까요, 서울 냄새가 난다고 할까요, 퍽 오래 전부터 알던 사람처럼 느껴졌어요. 참 이상하죠?" 갑자기 여자가 말했다. "유행가." 내가 말했다. "네?" "아니 유행가는 왜 부르십니까? 성악 공부한 사람들은 될 수 있는 대로 유행가를 멀리하지 않았던가요?" "그 사람들은 항상 유행가만 부르라고 하거든요." 대답하고 나서 여자는 부끄러운 듯이 나지막하게 소리내어 웃었다. "유행가를 부르지 않으려면 거기에 가지 않는 게 좋다고 얘기하면 내정간섭이 될까요?" "정말 앞으론 가지 않을 작정이에요. 정말 보잘것없는 사람들이에요." "그럼 왜 여태까진 거기에 놀러 다녔습니까?" "심심해서요." 여자는 힘없이 말했다. 심심하다, 그래 그게 가장 정확한 표현이다. "아까 박 군은 하 선생님께서 유행가를 부르고 계시는 게 보기에 딱하다고 하면서 나가버렸지요." 나는 어둠 속에서 여자의 얼굴을 살폈다. "박 선생님은 정말 꽁생원이에요." 여자는 유쾌한 듯이 높은 소리로 웃었다. "선량한 사람이죠." 내가 말했다. "네, 너무 선량해요." "박 군이 하 선생님을 사랑하고 있다는 생각을 해본 적은 없었던가요?" "아이, '하 선생님 하 선생님' 하지 마세요. 오빠라고 해도 제 큰 오빠뻘이나 되실 텐데요." "그럼 무어라고 부릅니까?" "그냥 제 이름을 불러주세요. 인숙이라고요." "인숙이 인숙이." 나는 낮은 소리로 중얼거려보았다. "그게 좋군요." 나는 말했다. "인숙인 왜 내 질문을 피하지요?" "무슨 질문을 하셨던가요?" 여자는 웃으면서 말했다. 우리는 논 곁을 지나가고 있었다. 언젠가 여름 밤, 멀고 가까운 논에서 들려오는 개구리들의 울음소리를, 마치 수많은 비단조개 껍질을 한꺼번에 맞부빌 때 나는 듯한 소리를 듣고 있을 때 나는 그 개구리 울음소리들이 나의 감각 속에서 반짝이고 있는 수없이 많은 별들로 바뀌어져 있는 것을 느끼곤 했었다. 청각의 이미지가 시각의 이미지로 바뀌어지는 이상한 현상이 나의 감각 속에서 일어나곤 했었던 것이다. 개구리 울음소리가 반짝이는 별들이라고 느낀 나의 감각은 왜 그렇게 뒤죽박죽이었을까. 그렇지만 밤하늘에서 쏟아질 듯이 반짝이고 있는 별들을 보고 개구리의 울음소리가 귀에 들려 오는 듯했었던 것은 아니다. 별들을 보고 있으면 나는 나와 어느 별과 그리고 그 별과 또 다른 별들 사이의 안타까운 거리가, 과학책에서 배운 바로써가 아니라, 마치 나의 눈이 점점 정확해져 가고 있는 듯이 나의 시력에 뚜렷이 보여오는 것이었다. 나는 그 도달할 길 없는 거리를 보는 데 홀려서 멍하니 서 있다가 그 순간 속에서 그대로 가슴이 터져버리는 것 같았었다. 왜 그렇게 못 견디어 했을까. 별이 무수히 반짝이는 밤하늘을 보고 있던 옛날 나는 왜 그렇게 분해서 못 견디어 했을까. "무얼 생각하고 계세요?" 여자가 물어 왔다. "개구리 울음소리." 대답하며 나는 밤하늘을 올려다봤다. 내리고 있는 안개에 가려서 별들이 흐릿하게 떠 보였다. "어머, 개구리 울음소리. 정말예요. 제겐 여태까지 개구리 울음소리가 들리지 않았어요. 무진의 개구리는 밤 열두 시 이후에만 우는 줄로 알고 있었는데요." "열두 시 이후에요?" "네, 밤 열두 시가 넘으면, 제가 방을 얻어 있는 주인댁의 라디오 소리도 꺼지고 들리는 거라곤 개구리 울음소리뿐이거든요." "밤 열두 시가 넘도록 잠을 자지 않고 무얼 하시죠?" "그냥 가끔 그렇게 잠이 오지 않아요." 그냥 그렇게 잠이 오지 않는다. 아마 그건 사실이리라. "사모님 예쁘게 생기셨어요?" 여자가 갑자기 물었다. "제 아내 말씀인가요?" "네." "예쁘죠." 나는 웃으면서 대답했다. "행복하시죠? 돈이 많고 예쁜 부인이 있고 귀여운 아이들이 있고 그러면……." "아이들은 아직 없으니까 쬐금 덜 행복하겠군요." "어머, 결혼을 언제 하셨는데 아직 아이들이 없어요?" "이제 삼 년 좀 넘었습니다." "특별한 용무도 없이 여행하시면서 왜 혼자 다니세요?" 이 여자는 왜 이런 질문을 할까? 나는 조용히 웃어버렸다. 여자는 아까보다 좀더 명랑한 목소리로 말했다. "앞으로 오빠라고 부를 테니까 절 서울로 데려가 주시겠어요?" "서울에 가고 싶으신가요?" "네." "무진이 싫은가요?" "미칠 것 같아요. 금방 미칠 것 같아요. 서울엔 제 대학 동창들도 많고…… 아이, 서울로 가고 싶어 죽겠어요." 여자는 잠깐 내 팔을 잡았다가 얼른 놓았다. 나는 갑자기 흥분되었다. 나는 이마를 찡그렸다. 찡그리고 찡그리고 또 찡그렸다. 그러자 흥분이 가셨다. "그렇지만 이젠 어딜 가도 대학시절과는 다를걸요. 인숙은 여자니까 아마 가정으로 숨어버리기 전에는 어느 곳에 가든지 미칠 것 같을걸요." "그런 생각도 해봤어요. 그렇지만 지금 같아선 가정을 갖는다고 해도 미칠 것 같은 생각이 들어요. 정말 맘에 드는 남자가 아니면요. 정말 맘에 드는 남자가 있다고 해도 여기서는 살기가 싫어요. 전 그 남자에게 여기서 도망하자고 조를 거예요." "그렇지만 내 경험으로는 서울에서의 생활이 반드시 좋지도 않더군요. 책임, 책임뿐입니다." "그렇지만 여긴 책임도 무책임도 없는 곳인 걸요. 하여튼 서울에 가고 싶어요. 절 데려가 주시겠어요?" "생각해 봅시다." "꼭이에요, 네?" 나는 그저 웃기만 했다. 우리는 그 여자의 집 앞에까지 왔다. "선생님, 내일은 무얼 하실 계획이세요?" 여자가 물었다. "글쎄요. 아침엔 어머님 산소엘 다녀와야 하겠고, 그러고 나면 할 일이 없군요. 바닷가에나 가볼까 하는데요. 거긴 한때 내가 방을 얻어 있던 집이 있으니까 인사도 할 겸." "선생님, 내일 거긴 오후에 가세요." "왜요?" "저도 같이 가고 싶어요. 내일은 토요일이니까 오전수업뿐이에요." "그럽시다." 우리는 내일 만날 시간과 장소를 약속하고 헤어졌다. 나는 이상한 우울에 빠져서 터벅터벅 밤길을 걸어 이모댁으로 돌아왔다.

내가 이불 속으로 들어갔을 때 통금 사이렌이 불었다. 그것은 갑작스럽게 요란한 소리였다. 그 소리는 길었다. 모든 사물이 모든 사고(思考)가 그 사이렌에 흡수되어 갔다. 마침내 이 세상에선 아무것도 없어져 버렸다. 사이렌만이 세상에 남아 있었다. 그 소리도 마침내 느껴지지 않을 만큼 오랫동안 계속할 것 같았다. 그때 소리가 갑자기 힘을 잃으면서 꺾였고 길게 신음하며 사라져갔다. 내 사고만이 다시 살아났다. 나는 얼마 전까지 그 여자와 주고받던 얘기들을 다시 생각해 보려 했다. 많은 것을 얘기한 것 같은데 그러나 귓속에는 우리의 대화가 몇 개 남아 있지 않았다. 좀더 시간이 지난 후, 그 대화들이 내 귓속에서 내 머릿속으로 자리를 옮길 때는 그리고 머릿속에서 심장 속으로 옮겨갈 때는 또 몇 개가 더 없어져 버릴 것인가. 아니 결국엔 모두 없어져버릴지도 모른다. 천천히 생각해 보자. 그 여자는 서울에 가고 싶다고 했다. 그 말을 그 여자는 안타까운 음성으로 얘기했다. 나는 문득 그 여자를 껴안고 싶은 충동에 사로잡혔다. 그리고…… 아니, 내 심장에 남을 수 있는 것은 그것뿐이었다. 그러나 그것도 일단 무진을 떠나기만 하면 내 심장 위에서 지워져 버리리라. 나는 잠이 오지 않았다. 낮잠 때문이기도 하였다. 나는 어둠 속에서 담배를 피웠다. 나는 우울한 유령들처럼 나를 내려다보고 있는 벽에 걸린 하얀 옷들을 흘겨보고 있었다. 나는 담뱃재를 머리맡의 적당한 곳에 털었다. 내일 아침 걸레로 닦아내면 될 어느 곳에. '열두 시 이후에 우는' 개구리 울음소리가 희미하게 들려오고 있었다. 어디선가 한 시를 알리는 시계소리가 나직이 들려왔다. 어디선가 두 시를 알리는 시계소리가 들려왔다. 어디선가 세 시를 알리는 시계소리가 들려왔다. 어디선가 네 시를 알리는 시계소리가 들려왔다. 잠시 후에 통금해제의 사이렌이 불었다. 시계와 사이렌 중 어느 것 하나가 정확하지 못했다. 사이렌은 갑작스럽고 요란한 소리였다. 그 소리는 길었다. 모든 사물이 모든 사고가 그 사이렌에 흡수되어 갔다. 마침내 이 세상에선 아무것도 없어져 버렸다. 사이렌만이 세상에 남아 있었다. 그 소리도 마침내 느껴지지 않을 만큼 오랫동안 계속할 것 같았다. 그때 소리가 갑자기 힘을 잃으면서 꺾였고 길게 신음하며 사라져갔다. 어디선가 부부들은 교합하리라. 아니다. 부부가 아니라 창부와 그 여자의 손님이리라. 나는 왜 그런 엉뚱한 생각을 하고 있는지 알 수 없었다. 잠시 후에 나는 슬며시 잠이 들었다.

바다로 뻗은 긴 방죽

그날 아침엔 이슬비가 내리고 있었다. 식전에 나는 우산을 받쳐들고 읍 근처의 산에 있는 어머니의 산소로 갔다. 나는 바지를 무릎 위까지 걷어올리고 비를 맞으며 묘를 향하여 엎드려 절했다. 비가 나를 굉장한 효자로 만들어주었다. 나는 한 손으로 묘 위의 긴 풀을 뜯었다. 풀을 뜯으면서 나는 나를 전무님으로 만들기 위하여 전무선출에 관계된 사람들을 찾아다니며 그 호걸웃음을 웃고 있을 장인영감을 상상했다. 그러자 나는 묘 속으로 들어가고 싶었다.

돌아가는 길은 좀 멀긴 하지만 잔디가 곱게 깔린 방죽길을 걷기로 했다. 이슬비가 바람에 뿌옇게 날리고 있었다. 비를 따라서 풍경이 흔들렸다. 나는 우산을 접어버렸다. 방죽 위를 걸어가다가 나는 방죽의 경사 밑, 물가의 풀밭에 읍에서 먼 촌으로부터 등교하기 위하여 온 학생들이 모여서 웅성거리고 있는 것을 보았다. 나이 많은 사람들이 몇 사람 끼어 있었고 비옷을 입은 순경 한 사람이 방죽의 비탈 위에 쭈그리고 앉아서 담배를 피우며 먼 곳을 바라보고 있었고 노파 한 사람이 혀를 차며 웅성거리고 있는 학생들의 틈을 빠져나와서 갔다. 나는 방죽의 비탈을 내려갔다. 순경 곁을 지나면서 나는 물었다. “무슨 일입니까?” “자살 시첸니다.” 순경은 흥미없는 말투로 말했다. “누군데요?” “읍내에 있는 술집 여잡니다. 초여름이 되면 반드시 몇 명씩 죽지요.” “네에.” “저 계집애는 아주 독살스러운 년이어서 안 죽을 줄 알았더니, 저것도 별수없는 사람이었던 모양입니다.” “네에.” 나는 물가로 내려가서 학생들 틈에 끼었다. 시체의 얼굴은 냇물을 향하고 있었으므로 내게는 보이지 않았다. 머리는 파마였고 팔과 다리가 하얗고 굵었다. 붉은색의 얇은 스웨터를 입고 있었고 하얀 스커트를 입고 있었다. 지난 밤의 새벽은 추웠던 모양이다. 아니면 그 옷이 그 여자의 맘에 든 옷이었던가 보다. 푸른 꽃무늬 있는 하얀 고무신을 머리에 베고 있었다. 무엇인가를 싼 하얀 손수건이 그 여자의 축 늘어진 손에서 좀 떨어진 곳에 굴러 있었다. 하얀 손수건은 비를 맞고 있었고 바람이 불어도 조금도 나부끼지 않았다. 시체의 얼굴을 보기 위해서 많은 학생들이 냇물 속에 발을 담그고 이쪽을 향하여 서 있었다. 그들의 푸른색 유니폼이 물에 거꾸로 비쳐 있었다. 푸른색의 깃발들이 시체를 옹위하고 있었다. 나는 그 여자를 향하여 이상스레 정욕이 끓어오름을 느꼈다. 나는 급히 그 자리를 떠났다. "무슨 약을 먹었는지 모르지만 지금이라도 어쩌면……." 순경에게 내가 말했다. "저런 여자들이 먹는 건 청산가립니다. 수면제 몇 알 먹고 떠들썩한 연극 같은 건 안 하지요. 그것만은 고마운 일이지만." 나는 무진으로 오는 버스 칸에서 수면제를 만들어 팔겠다는 공상을 한 것이 생각났다. 햇빛의 신선한 밝음과 살갗에 탄력을 주는 정도의 공기의 저온 그리고 해풍에 섞여 있는 정도의 소금기, 이 세 가지를 합성하여 수면제를 만들 수 있다면…… 그러나 사실 그 수면제는 이미 만들어져 있었던 게 아닐까. 나는 문득, 내가 간밤에 잠을 이루지 못하고 뒤척거리고 있었던 게 이 여자의 임종을 지켜주기 위해서가 아니었을까 하는 생각이 들었다. 통금해제의 사이렌이 불고 이 여자는 약을 먹고 그제야 나는 슬며시 잠이 들었던 것만 같다. 갑자기 나는 이 여자가 나의 일부처럼 느껴졌다. 아프긴 하지만 아끼지 않으면 안 될 내 몸의 일부처럼 느껴졌다. 나는 접어든 우산에 묻은 물을 휙휙 뿌리면서 집으로 돌아왔다. 집에는 세무서장인 조가 보낸 쪽지가 기다리고 있었다. '할 일 없으면 세무서에 좀 들러 주게.' 아침밥을 먹고 나는 세무서로 갔다. 이슬비는 그쳤으나 하늘은 흐렸다. 나는 조의 의도를 알 것 같았다. 서장실에 앉아 있는 자기의 모습을 보여주고 싶은 거다. 아니 내가 비꼬아서 생각하고 있는지 모른다. 나는 고쳐 생각하기로 했다. 그는 세무서장으로 만족하고 있을까? 아마 만족하고 있을 게다. 그는 무진에 어울리는 사람이다. 아니, 나는 다시 고쳐 생각하기로 했다. 어떤 사람을 잘 안다는 것 — 잘 아는 체한다는 것이 그 어떤 사람의 입장에서 보면 무척 불행한 일이다. 우리가 비난할 수 있고 적어도 평가하려고 드는 것은 우리가 알고 있는 사람에 한하는 것이기 때문이다.

조는 러닝셔츠 바람으로, 바지는 무릎 위까지 걷어붙이고 부채를 부치고 있었다. 나는 그가 초라해 보였고 그러나 그가 흰 커버를 씌운 회전의자 위에 앉아 있는 것을 자랑스러워하는 듯한 몸짓을 해 보일 때는 그가 가엾게 생각되었다. "바쁘지 않나?" 내가 물었다. "나야 뭐 하는 일이 있어야지. 높은 자리라는 건 책임진다는 말만 중얼거리고 있으면 되는 모양이지." 그러나 그는 결코 한가하지 않았다. 여러 사람들이 드나들면서 서류에 조의 도장을 받아갔고 더 많은 서류들이 그의 미결함(未決函)에 쌓여졌다. "월말에다가 토요일이 되어서 좀 바쁘다." 그는 말했다. 그러나 그의 얼굴은 그 바쁜 것을 자랑스럽게 여기고 있었다. 바쁘다. 자랑스러워할 틈도 없이 바쁘다. 그것은 서울에서의 나였다. 그만큼 여기는 생활한다는 것에 서투를 수 있다고나 할까? 바쁘다는 것도 서투르게 바빴다. 그리고 그때 나는, 사람이 자기가 하는 일에 서투르다는 것은, 그것이 무슨 일이든지 설령 도둑질이라고 할지라도 서투르다는 것은 보기에 딱하고 보는 사람을 신경질 나게 한다고 생각하였다. 미끈하게 일을 처리해 버린다는 건 우선 우리를 안심시켜 준다. "참, 엊저녁, 하 선생이란 여자는 네 색시감이냐?" 내가 물었다. "색시감?" 그는 높은 소리로 웃었다. "내 색시감이 그 정도로밖에 안 보이냐?" 그가 말했다. "그 정도가 뭐 어때서?" "야, 이 약아빠진 놈아, 넌 빽 좋고 돈 많은 과부를 물어놓고 기껏 내가 어디서 굴러온 줄도 모르는 말라빠진 음악선생이나 차지하고 있으면 맘이 시원하겠다는 거냐?" 말하고 나서 그는 유쾌해 죽겠다는 듯이 웃어대었다. "너만큼만 사는 정도라면 여자가 거지라도 괜찮지 않아?" 내가 말했다. "그래도 그게 아니다. 내 편에 나를 끌어 줄 사람이 없으면 처가 편에서라도 누가 있어야 하는 거야." 그가 대답했다. 그의 말투로는 우리는 공모자였다. "야, 세상 우습더라. 내가 고시에 패스하자마자 중매쟁이가 막 들어오는데…… 그런데 그게 모두 형편없는 것들이거든. 도대체 여자들이 성기(性器) 하나를 밑천으로 해서 시집가 보겠다는 고 배짱들이 괘씸하단 말야." "그럼 그 여선생도 그런 여자 중의 하나인가?" "아주 대표적인 여자지. 어떻게나 쫓아다니는지 귀찮아 죽겠다." "퍽 똑똑한 여자일 것 같던데." "똑똑하기야 하지. 그렇지만 뒷조사를 해보았더니 집안이 너무 허술해. 그 여자가 여기서 죽는다고 해도 고향에서 그 여자를 데리러 올 사람 하나 변변한 게 없거든." 나는 그 여자를 어서 만나 보고 싶었다. 나는 그 여자가 지금 어디서 죽어가고 있는 것처럼 생각되었다. 어서 가서 만나보고 싶었다. "속도 모르는 박 군은 그 여자를 좋아한대." 그가 말하면서 빙긋 웃었다. "박 군이?" 나는 놀란 체했다. "그 여자에게 편지를 보내어 호소를 하는데 그 여자가 모두 내게 보여주거든. 박 군은 내게 연애편지를 쓰는 셈이지." 나는 그 여자를 만나보고 싶은 생각이 싹 가셨다. 그러나 잠시 후엔 그 여자를 어서 만나보고 싶다는 생각이 되살아났다. "지난 봄엔 그 여잘 데리고 절엘 한 번 갔었지. 어떻게 해보려고 했는데 요 영리한 게 결혼하기 전까지는 절대로 안 된다는 거야." "그래서?" "무안만 당하고 말았지." 나는 그 여자에게 감사했다.

시간이 됐을 때 나는 그 여자와 만나기로 한, 읍내에서 좀 떨어진, 바다로 뻗어나가고 있는 방죽으로 갔다. 노란 파라솔 하나가 멀리 보였다. 그것이 그 여자였다. 우리는 구름이 낀 하늘 밑을 나란히 걸어갔다. "저 오늘 박 선생님께 선생님에 관해서 여러 가지 물어봤어요." "그래요?" "무얼 제일 중요하게 물어보았을 것 같아요?" 나는 전연 짐작할 수가 없었다. 그 여자는 잠시 동안 키득키득 웃었다. 그리고 말했다. "선생님의 혈액형을 물어 봤어요." "내 혈액형을요?" "전 혈액형에 대해서 이상한 믿음을 가지고 있어요. 사람들이 꼭 자기의 혈액형이 나타내 주는—그, 생물책에 씌어 있지 않아요?—꼭 그 성격대로 이기만 했으면 좋겠어요. 그럼 세상엔 손가락으로 꼽을 정도의 성격밖에 없을 게 아니에요?" "그게 어디 믿음입니까? 희망이지." "전 제가 바라는 것은 그대로 믿어버리는 성격이에요." "그건 무슨 혈액형입니까?" "바보라는 이름의 혈액형이에요." 우리는 후텁지근한 공기 속에서 괴롭게 웃었다. 나는 그 여자의 프로필을 훔쳐보았다. 그 여자는 이제 웃음을 그치고 입을 꾹 다물고 그 커다란 눈으로 앞을 똑바로 응시하고 있었고 코끝에 땀이 맺혀 있었다. 그 여자는 어린아이처럼 나를 따라오고 있었다. 나는 나의 한 손으로 그 여자의 한 손을 잡았다. 그 여자는 놀란 듯했다. 나는 얼른 손을 놓았다. 잠시 후에 나는 다시 손을 잡았다. 그 여자는 이번엔 놀라지 않았다. 우리가 잡고 있는 손바닥과 손바닥 틈으로 희미한 바람이 새어나가고 있었다. "무작정 서울에만 가면 어떻게 할 작정이오?" 내가 물었다. "이렇게 좋은 오빠가 있는데 어떻게 해주겠지요." 여자는 나를 쳐다보며 방긋 웃었다. "신랑감이야 수두룩하긴 하지만…… 서울보다는 고향에 가있는 게 낫지 않을까요?" "고향보다는 여기가 나아요." "그럼 여기 그대로 있는 게……." "아이, 선생님. 절 데리고 가시잖을 작정이시군요." 여자는 울상을 지으며 내 손을 뿌리쳤다. 사실 나는 내 자신을 알 수 없었다. 사실 나는 감상이나 연민으로써 세상을 향하고 서는 나이도 지난 것이다. 사실 나는 몇 시간 전에 조가 얘기했듯이 '빽이 좋고 돈 많은 과부'를 만난 것을 반드시 바랐던 것은 아니지만 결과적으로는 잘 되었다고 생각하고 있는 사람인 것이다. 나는 내게서 달아나 버렸던 여자에 대한 것과는 다른 사랑을 지금의 내 아내에 대하여 갖고 있었다. 그러면서도 나는 구름이 끼어 있는 하늘 밑의 바다로 뻗은 방죽 위를 걸어가면서 다시 내 곁에 선 여자의 손을 잡았다. 나는 지금 우리가 찾아가고 있는 집에 대하여 여자에게 설명해 주었다. 어느 해, 나는 그 집에서 방 한 칸을 얻어들고 더러워진 나의 폐를 씻어내고 있었다. 어머니도 세상을 떠나간 뒤였다. 이 바닷가에서 보낸 일 년. 그때 내가 쓴 모든 편지들 속에서 사람들은 '쓸쓸하다' 라는 단어를 쉽게 발견할 수 있었다. 그 단어는 다소 천박하고 이제는 사람의 가슴에 호소해 오는 능력도 거의 상실해 버린 사어(死語) 같은 것이지만 그러나 그 무렵의 내게는 그 말밖에 써야 할 말이 없는 것처럼 생각되었었다. 아침의 백사장을 거니는 산보에서 느끼는 시간의 지루함과 낮잠에서 깨어나서 식은땀이 줄줄 흐르는 이마를 손바닥으로 닦으며 느끼는 허전함과 깊은 밤에 악몽으로부터 깨어나서 쿵쿵 소리를 내며 급하게 뛰고 있는 심장을 한 손으로 누르며 밤바다의 그 애처로운 울음소리에 귀를 기울이고 있을 때의 안타까움, 그런 것들이 굴껍데기처럼 다닥다닥 붙어서 떨어질 줄 모르는 나의 생활을 나는 '쓸쓸하다' 라는, 지금 생각하면 허깨비 같은 단어 하나로 대신시켰던 것이다. 바다는 상상도 되지 않는 먼지 낀 도시에서, 바쁜 일과 중에, 무표정한 우편배달부가 던져 주고 간 나의 편지 속에서 '쓸쓸하다' 라는 말을 보았을 때 그 편지를 받은 사람이 과연 무엇을 느끼거나 상상할 수 있었을까? 그 바닷가에서 그 편지를 내가 띄우고 도시에서 내가 그 편지를 받았다고 가정할 경우에도 내가 그 바닷가에서 그 단어에 걸어보던 모든 것에 만족할 만큼 도시의 내가 바닷가의 나의 심경에 공명할 수 있었을 것인가? 아니 그것이 필요하기나 했었을까? 그러나 정확하게 말하자면, 그 무렵 편지를 쓰기 위해서 책상 앞으로 다가가고 있던 나도, 지금에 와서 내가 하고 있는 바와 같은 가정과 질문을 어렴풋이나마 하고 있었고 그 대답을 '아니다' 로 생각하고 있었던 듯하다. 그러면서도 그는 그 속에 '쓸쓸하다' 라는 단어가 씌어진 편지를 썼고 때로는 바다가 암청색으로 서투르게 그려진 엽서를 사방으로 띄웠다. "세상에서 제일 먼저 편지를 쓴 사람은 어떤 사람이었을까요?" 내가 말했다. "아이, 편지. 정말 편지를 받는 것처럼 기쁜 일은 없어요. 정말 누구였을까요? 아마 선생님처럼 외로운 사람이었겠죠?" 여자의 손이 내 손 안에서 꼼지락거렸다. 나는 그 손이 그렇게 말하고 있는 듯한 느낌이 들었다. "그리고 인숙이처럼." 내가 말했다. "네." 우리는 서로 고개를 돌려 마주보며 웃음 지었다.

우리는 우리가 찾아가는 집에 도착했다. 세월이 그 집과 그 집 사람들만은 피해서 지나갔던 모양이다. 주인들은 나를 옛날의 나로 대해 주었고 그러자 나는 옛날의 내가 되었다. 나는 가지고 온 선물을 내놓았고 그 집 주인 부부는 내가 들어 있던 방을 우리에게 제공해 주었다. 나는 그 방에서 여자의 조바심을, 마치 칼을 들고 달려드는 사람으로부터, 누군지가 자기의 손에서 칼을 빼앗아주지 않으면 상대편을 찌르고 말 듯한 절망을 느끼는 사람으로부터 칼을 빼앗듯이 그 여자의 조바심을 빼앗아 주었다. 그 여자는 처녀는 아니었다. 우리는 다시 방문을 열고 물결이 다소 거센 바다를 내려다보며 오랫동안 말없이 누워 있었다. "서울에 가고 싶어요. 단지 그거뿐예요." 한참 후에 여자가 말했다. 나는 손가락으로 여자의 볼 위에 의미 없는 도화를 그리고 있었다. "세상에 착한 사람이 있을까?" 나는 방으로 불어오는 해풍 때문에 불이 꺼져버린 담배에 다시 불을 붙이며 말했다. "절 나무라시는 거죠? 착하게 보아주려는 마음이 없으면 아무도 착하지 않을 거예요." 나는 우리가 불교도라고 생각했다. "선생님은 착한 분이세요?" "인숙이가 믿어주는 한." 나는 다시 한번 우리가 불교도라고 생각했다. 여자는 누운 채 내게 조금 더 다가왔다. "바닷가로 나가요, 네? 노래 불러 드릴게요." 여자가 말했다. 그러나 우리는 일어나지 않았다. "바닷가로 나가요, 네? 방은 너무 더워요." 우리는 일어나서 밖으로 나왔다. 우리는 백사장을 걸어서 인가가 보이지 않는 바닷가의 바위 위에 앉았다. 파도가 거품을 숨겨 가지고 와서 우리가 앉아 있는 바위 밑에 그것을 뿜어 놓았다. "선생님." 여자가 나를 불렀다. 나는 여자 쪽으로 고개를 돌렸다. "자기 자신이 싫어지는 것을 경험하신 적이 있으세요?" 여자가 꾸민 명랑한 목소리로 물었다. 나는 기억을 헤쳐보았다. 나는 고개를 끄덕이며 말했다. "언젠가 나와 함께 자던 친구가 다음날 아침에 내가 코를 골면서 자더라는 것을 알려주었을 때였지. 그땐 정말이지 살맛이 나지 않았어." 나는 여자를 웃기기 위해서 그렇게 말했다. 그러나 여자는 웃지 않고 조용히 고개만 끄덕거렸다. 한참 후에 여자가 말했다. "선생님, 저 서울에 가고 싶지 않아요." 나는 여자의 손을 달라고 하여 잡았다. 나는 그 손을 힘을 주어 쥐면서 말했다. "우리 서로 거짓말은 하지 말기로 해." "거짓말이 아니에요." 여자는 방긋 웃으면서 말했다. "「어떤 개인 날」 불러 드릴게요." "그렇지만 오늘은 흐린걸." 나는 「어떤 개인 날」의 그 이별을 생각하며 말했다. 흐린 날엔 사람들은 헤어지지 말기로 하자. 손을 내밀고 그 손을 잡는 사람이 있으면 그 사람을 가까이 가까이 좀더 가까이 끌어당겨 주기로 하자. 나는 그 여자에게 '사랑한다' 고 말하고 싶었다. 그러나 '사랑한다' 라는 그 국어의 어색함이 그렇게 말하고 싶은 나의 충동을 쫓아버렸다.

우리가 바닷가에서 읍내로 돌아온 것은 저녁의 어둠이 밀려든 뒤였다. 읍내에 들어오기 조금 전에 우리는 방죽 위에서 키스했다. "전 선생님께서 여기 계시는 일주일 동안만 멋있는 연애를 할 계획이니까 그렇게 알고 계세요." 헤어지면서 여자가 말했다. "그렇지만 내 힘이 더 세니까 별수없이 내게 끌려서 서울까지 가게 될걸." 내가 말했다.

집으로 돌아와서 나는 후배인 박이 낮에 다녀간 것을 알았다. 그는 내가 '무진에 계시는 동안 심심하시지 않을까 하여 읽으시라' 고 책 세 권을 두고 갔다. 그가 저녁에 다시 오겠다고 하더라는 얘기를 이모가 내게 했다. 나는 피로를 핑계로 아무도 만나기 싫다는 뜻을 이모에게 알려 두었다. 이모는 내가 바닷가에서 아직 돌아오지 않았다고 대답하겠다고 말했다. 나는 아무것도 생각하고 싶지 않았다, 아무것도. 나는 이모에게 소주를 사오게 하여 취해서 잠이 들 때까지 마셨다. 새벽녘에 잠깐 잠이 깨었다. 나는 이유를 집어낼 수 없이 가슴이 두근거렸는데 그것은 불안이었다. "인숙이" 하고 나는 중얼거려 보았다. 그리고 곧 다시 잠이 들어버렸다.

당신은 무진을 떠나고 있습니다

나는 이모가 나를 흔들어 깨워서 눈을 떴다. 늦은 아침이었다. 이모는 전보 한 통을 내게 건네주었다. 엎드려 누운 채 나는 전보를 펴보았다. '27일회의참석필요, 급상경바람 영.' '27일' 은 모레였고 '영' 은 아내였다. 나는 아프도록 쑤시는 이마를 베개에 대었다. 나는 숨을 거칠게 쉬고 있었다. 나는 내 호흡을 진정시키려고 했다. 아내의 전보가 무진에 와서 내가 한 모든 행동과 사고를 내게 점점 명료하게 드러내 보여주었다. 모든 것이 선입관 때문이었다. 결국 아내의 전보는 그렇게 얘기하고 있었다. 나는 아니라고 고개를 저었다. 모든 것이, 흔히 여행자에게 주어지는 그 자유 때문이라고 아내의 전보는 말하고 있었다. 나는 아니라고 고개를 저었다. 모든 것이 세월에 의하여 내 마음속에서 잊혀질 수 있다고 전보는 말하고 있었다. 그러나 상처가 남는다고, 나는 고개를 저었다. 오랫동안 우리는 다투었다. 그래서 전보와 나는 타협안을 만들었다. 한 번만, 마지막으로 한 번만 이 무진을, 안개를, 외롭게 미쳐가는 것을, 유행가를, 술집 여자의 자살을, 배반을, 무책임을 긍정하기로 하자. 마지막으로 한 번만이다. 꼭 한 번만. 그리고 나는 내게 주어진 한정된 책임 속에서만 살기로 약속한다. 전보여, 새끼손가락을 내밀어라. 나는 거기에 내 새끼손가락을 걸어서 약속한다. 우리는 약속했다.

그러나 나는 돌아서서 전보의 눈을 피하여 편지를 썼다. '갑자기 떠나게 되었습니다. 찾아가서 말로써 오늘 제가 먼저 가는 것을 알리고 싶었습니다만 대화란 항상 의외의 방향으로 나가버리기를 좋아하기 때문에 이렇게 글로써 알리는 것입니다. 간단히 쓰겠습니다. 사랑하고 있습니다. 왜냐하면 당신은 제 자신이기 때문에 적어도 제가 어렴풋이나마 사랑하고 있는 옛날의 저의 모습이기 때문입니다. 저는 옛날의 저를 오늘의 저로 끌어다 놓기 위하여 갖은 노력을 다하였듯이 당신을 햇볕 속으로 끌어놓기 위하여 있는 힘을 다할 작정입니다. 저를 믿어 주십시오. 그리고 서울에서 준비가 되는 대로 소식 드리면 당신은 무진을 떠나서 제게 와주십시오. 우리는 아마 행복할 수 있을 것입니다.' 쓰고 나서 나는 그 편지를 읽어봤다. 또 한번 읽어봤다. 그리고 찢어버렸다.

덜컹거리며 달리는 버스 속에 앉아서 나는 어디쯤에선가 길가에 세워진 하얀 팻말을 보았다. 거기에는 선명한 검은 글씨로 '당신은 무진읍을 떠나고 있습니다. 안녕히 가십시오' 라고 쓰여 있었다. 나는 심한 부끄러움을 느꼈다.

1964년

눈길 _ 이청준

1

"내일 아침 올라가야겠어요."

점심상을 물러나 앉으면서 나는 마침내 입 속에서 별러 오던 소리를 내뱉어 버렸다.

노인과 아내가 동시에 밥숟가락을 멈추며 멀거니 내 얼굴을 건너다본다.

"내일 아침 올라가다니. 이참에도 또 그렇게 쉽게?"

노인은 결국 숟가락을 상 위로 내려놓으며 믿기지 않는다는 듯 되묻고 있었다.

나는 이제 내친걸음이었다. 어차피 일이 그렇게 될 바엔 말이 나온 김에 매듭을 분명히 지어두지 않으면 안 되었다.

"예, 내일 아침에 올라가겠어요. 방학을 얻어온 학생 팔자도 아닌데, 남들 일할 때 저라고 이렇게 한가할 수가 있나요. 급하게 맡아놓은 일도 한두 가지가 아니고요."

"그래도 한 며칠 쉬어 가지 않고…… 난 해필 이런 더운 때를 골라 왔길래 이참에는 며칠 좀 쉬어 갈 줄 알았더니……."

"제가 무슨 더운 때 추운 때를 가려 살 여유나 있습니까."

"그래도 그 먼 길을 이렇게 단걸음에 되돌아가기야 하겠냐. 넌 항상 한동자로만 왔다가 선걸음에 새벽길을 나서곤 하더라마는…… 이번에는 너 혼자도 아니고…… 하룻밤이나 차분히 좀 쉬어 가도록 하거라."

"오늘 하루는 쉬었지 않아요. 하루를 쉬어도 제 일은 사흘을 버리는걸요. 찻길이 훨씬 나아졌다곤 하지만 여기선 아직도 서울이 천릿길이라 오는 데 하루 가는 데 하루……."

"급한 일은 우선 좀 마무리를 지어 놓고 오지 않구선……." 노인 대신 이번에는 아내 쪽에서 나를 원망스럽게 건너다보았다.

그건 물론 나의 주변머리를 탓하고 있는 게 아니었다. 내게 그처럼 급한 일이 없다는 걸 그녀는 알고 있었다. 서울을 떠나올 때 급한 일들은 대충 다 처리해 둔 것을 그녀에게는 내가 미리 말을 해줬으니까. 그리고 이번에는 좀 홀가분한 기분으로 여름 여행을 겸해 며칠 동안이라도 노인을 찾아보자고 내 편에서 먼저 제의를 했었으니까. 그녀는 나의 참을성 없는 심경의 변화를 나무란 것이었다. 그리고 그 매정스런 결단을 원망하고 있는 것이었다. 까닭 없는 연민과 애원기 같은 것이 서려 있는 그녀의 눈길이 그것을 더욱 분명히 하고 있었다.

"그래, 일이 그리 바쁘다면 가봐야 하기는 하겠구나. 바쁜 일을 받아 놓고 온 사람을 붙잡는다고 들을 일이겄냐."

한동안 입을 다물고 앉아 있던 노인이 마침내 체념을 한 듯 다시 입을 열었다.

"항상 그렇게 바쁜 사람인 줄은 안다마는, 에미라고 이렇게 먼 길을 찾아와도 편한 잠자리 하나 못 마련해 주는 내 맘이 아쉬워 그랬던 것 같구나."

말을 끝내고 무연스런 표정으로 장죽 끝에 풍년초를 꾹꾹 눌러 담기 시작한다.

너무도 간단한 체념이었다. 담배통에 풍년초를 눌러 담고 있는 그 노인의 얼굴에는 아내에게서와 같은 어떤 원망기 같은 것도 찾아볼 수 없었다. 당신 곁을 조급히 떠나고 싶어 하는 그 매정스런 아들에 대한 아쉬움 같은 것도 엿볼 수가 없었다. 성냥불도 붙이려 하지 않고 언제까지나 그 풍년초 담배만 꾹꾹 눌러 채우고 앉아 있는 눈길은 차라리 무표정에 가까운 것이었다.

나는 그 너무도 간단한 노인의 체념에 오히려 불쑥 짜증이 치솟았다.

나는 마침내 자리를 일어섰다. 그리고는 그 노인의 무표정에 밀려나기라도 하듯 방문을 나왔다.

장지문 밖 마당가에 작은 치자나무 한 그루가 한낮의 땡볕을 견디고 서 있었다.

2

지열이 후끈거리는 뒤껼 콩밭 한가운데에 오리나무 무성한 묘지가 하나 있었다. 그 오리나무 그늘에 숨어 앉아 콩밭 아래로 내려다보니 집이라고 생긴 게 꼭 습지에 돋아오른 여름 버섯 형상을 닮아 있었다.

나는 금세 어디서 묵은 빚 문서라도 불쑥 불거져 나올 것 같은 조마조마한 기분이었다.

애초의 허물은 그 빌어먹게 비좁고 음습한 단칸 오두막 때문이었다. 묵은 빚이 불거져 나올 것 같은 불편스런 기분이 들게 해오는 것도 그랬고, 처음 예정을 뒤바꿔 하루 만에 다시 길을 되돌아갈 작정을 내리게 한 것 역시 그러했다. 하지만 내게 빚은 없었다. 노인에 대해선 처음부터 빚이 있을 수 없는 떳떳한 처지였다.

노인도 물론 그 점에 대해선 나를 완전히 신용하고 있었다.

"내 나이 일흔이 다 됐는데, 이제 또 남은 세상이 있으면 얼마나 길라더냐."

이가 완전히 삭아 없어져서 음식 섭생이 몹시 불편스러워진 노인을 보고 언젠가 내가 지나가는 말처럼 권해 본 일이 있었다. 싸구려 가치라도 해 끼우는 게 어떻겠느냐는 나의 말선심에 애초부터 그래 줄 가망이 없어 보여 그랬던지 노인은 단자리에서 사양을 해버리는 것이었다.

"이럭저럭 지내다 이대로 가면 그만일 육신, 이제 와 늘그막에 웬 딴 세상을 보겄다고……."

한 번은 또 치질기가 몹시 심해져서 배변을 힘들어하시는 걸 보고 수술 같은 걸 권해 본 일도 있었다.

노인은 그때도 역시 비슷한 대답이었다.

"나이를 먹어도 아녀자는 아녀자다. 어떻게 남의 눈에 궂은 데를 보이겄더냐. 그냥저냥 참다 갈란다."

남은 세상이 얼마 길지 못하리라는 체념 때문에도 그랬겠지만, 그보다 노인은 아무것도 아들에겐 주장하거나 돌려받을 것이 없는 당신의 처지를 감득하고 있는 탓에도 그리 된 것이었다.

고등학교 1학년 때 형의 주벽으로 가계가 파산을 겪은 뒤부터, 그리고 마침내 그 형이 세 조카 아이와 그 아이들의 홀어머니까지를 포함한 장남의 모든 책임을 내게 떠맡기고 세상을 떠난 뒤부터 일은 줄곧 그렇게만 되어온 셈이었다.

고등학교와 대학교와 군영 3년을 치러 내는 동안 노인은 내게 아무것도 낳아 기르는 사람의 몫을 못 했고, 나는 또 나대로 그 고등학교와 대학과 군영의 의무를 치르고 나와서도 자식놈의 도리는 엄두를 못 냈다. 노인이 내게 베푼 바가 없어서가 아니라 그럴 처지가 못 되었기 때문이다. 나는 나대로 형이 내게 떠맡기고 간 장남의 책임을 감당하기를 사양치 않을 수가 없었기 때문이었다.

노인과 나는 결국 그런 식으로 서로 주고받을 것이 없는 처지였다. 노인은 누구보다 그것을 잘 알고 있었다. 그렇기 때문에 내게 대해선 소망도 원망도 있을 수 없었다.

그런 노인이었다. 한데 이번에는 웬일인지 노인의 눈치가 이상했다. 글쎄 그 가치나 수술마저 한사코 사양을 해온 노인이, 나이 여든에서 겨우 두 해가 모자란 늘그막에 와서야 새삼스레 다시 딴 세상 희망이 생긴 것일까.

노인은 아무래도 엉뚱한 꿈을 꾸고 있는 것 같았다. 그것은 너무나 엄청난 꿈이었다.

지붕 개량 사업이 애초의 허물이었다.

"집집마다 모두 도당 아니면 기와들을 얹는단다."

노인은 처음 남의 말을 하듯이 집 이야기를 꺼냈었다. 어제 저녁때 노인과 셋이서 잠자리를 들기 전이었다. 밤이 이슥해서 형수는 뒤늦게 조카들을 데리고 이웃집으로 잠자리를 얻어 나가버리고, 우리는 노인과 셋이서 그 비좁은 오두막 단칸방에다 잠자리를 함께 폈다.

어기영차! 어기영…… 그때 어디선가 밤일을 하는 남정들의 합창 소리가 왁자하게 부풀어 올랐다. 귀를 기울이고 듣고 있다가 무슨 소리냐니까 노인이 문득 생각난 듯이 귀띔을 해왔다.

"동네가 너도나도 집들을 고쳐 짓느라 밤잠을 안 자고 저 야단들이구나."

농어촌 지붕 개량 사업이라는 것이었다. 통일벼가 보급된 후로는 집집마다 그 초가 지붕 개초가 어렵게 되었댔다. 초봄부터 시작된 지붕 개량 사업은 그래저래 제격이었다. 지붕을 개량하면 정부 보조금 5만 원을 얻는다는 것이었다. 모심기가 시작되기 전 봄철 한때하고 모심기가 끝난 초여름께부터 지금까지 마을 집들 거의가 일을 끝냈댔다.

나는 처음 그런 노인의 이야기를 들었을 때 무턱대고 가슴부터 덜렁 내려앉고 있었다. 노인에 대한 빚 생각이 처음으로 머릿속에 떠오른 순간이었다. 이 노인이 쓸데없는 소망을 지니면 어쩌나. 하지만 나는 곧 마음을 가라앉혔다. 무엇보다도 나는 노인에 대해서 빚이란 게 없었다. 노인이 그걸 잊었을 리 없었다. 그리고 그런 아들에게 선부른 주문을 내색할 리 없었다. 전부터도 그 점만은 안심을 할 만한 노인의 성깔이었다. 한데다가 그 노인이 설령 어떤 어울리잖을 소망을 지닌다 해도 이번에는 그 집 꼴이 문제 밖이었다. 도대체가 기와고 도당이고 지붕을 가꿀 만한 집 꼴이 못되었다. 그래저래 노인도 소망을 지녀 볼 엄두를 못 낸 모양이었다. 이야기하는 말투가 영락없는 남의 일이었다.

하지만 사실은 그게 오해였다. 노인의 속마음은 그게 아니었다.

"관에서 하는 일이라면 이 집에도 몇 번 이야기가 있었겠군요?"

사태를 너무 낙관한 나머지 위로 겸해 한마디 실없는 소리를 내놓은 것이 나의 실수였다.

노인은 다시 자리를 일어나 앉았다. 그리고 머리맡에 놓아둔 장죽 끝에다 풍년초 한 줌을 쏘아 박기 시작했다.

"왜 우리 집이라 말썽이 없었더라냐."

노인은 여전히 남의 말을 옮기듯 덤덤히 말했다.

"이장이 쫓아와 뜸을 들이고, 면에서 나와서 으름장을 놓고 가고…… 그런 일이 한두 번뿐이었으면야…… 나중엔 숫제 자기들 쪽에서 사정조로 나오더라."

"그래 어머닌 뭐라고 우겼어요?"

나는 아직도 노인의 진심을 모르고 있었다.

"우길 것도 뭣도 없는 일 아니겄냐. 지놈들도 눈깔이 제대로 박힌 인간들인 것인디…… 사정을 해오면 나도 똑같이 사정을 했더니라. 늙은이도 사람인디 나라고 어디 좋은 집 살고 싶은 맘이 없겄소. 맘으로야 천번 만번 우리도 남들같이 기와도 입히고 기둥도 갈아내고 하고는 싶지만 이 집 꼴을 좀 들여다보시오들, 이 오막살이 흙집 꼴에다 어디 기와를 얹고 말 것이 있겄소……."

"그랬더니요?"

"그랬더니 몇 번 더 발길을 스쳐가더니 그 담엔 흐지부지 말이 없더라. 지놈들도 이 집 꼴을 보면 사정을 모를 청맹과니들이라더냐?"

노인은 그 거칠고 굵은 엄지손가락 끝으로 뜨거운 장죽 끝을 꾹꾹 눌러 대고 있었다.

"그 친구들 아마 이 동네를 백 퍼센트 지붕 개량으로 모범 마을을 만들고 싶어 그랬던 모양이군요."

나는 이제 그만 기분이 씁쓸하여 그런 식으로 슬쩍 이야기를 얼버무려 넘기려고 하였다.

그런데 그게 오히려 결정적인 실수였다.

"하기사 그 사람들도 그런 소리들을 하더라. 오늘 밤일을 하는 저 집을 끝내고 나면 이 동네에서 이제 지붕 개량을 안 한 집은 우리하고 저 아랫동네 순심이네 두 집밖엔 안 남는다니 말이다."

"그래도 동네 듣기 좋은 모범 마을 만들자고 이런 집에까지 꼭 기와를 얹으라 하겠어요."

"그래 말이다. 차라리 지붕에 기와나 도당만 얹으랬으면 우리도 두 눈 딱 감고 한번 저질러 보고 싶기도 하더라마는, 이런 집은 아예 터부터 성주를 다시 할 집이라 그렇제……."

모범 마을이 꼬투리가 되어서 이야기가 다시 엉뚱한 곳으로 번지고 있었다. 나는 비로소 다시 가슴이 섬 해 왔다. 하지만 이미 때가 너무 늦고 말았다.

"하기사 말이 쉬운 지붕 개량이지 알속은 실상 새 성주를 하는 집도 여러 집 된단다."

한 번 이야기를 꺼낸 노인이 거기서부터는 새삼 마을 사정을 소상하게 털어놓기 시작했다.

그 지붕 개량 사업이라는 것은 알고 보니 사실 융통성이 꽤나 많은 일이었다. 원칙은 그저 초가 지붕을 벗기고 기와나 도당을 얹은 것이었지만, 기와의 하중을 견뎌내기 위해선 기둥을 몇 개쯤 성한 것으로 갈아넣어야 할 집들이 허다했다. 그걸 구실로 대부분의 사람들은 성주를 새로 하듯 집들을 터부터 고쳐 지어버렸다. 노인에게도 물론 그런 권유가 여러 번 들어왔다. 기둥이 허술해서 기와를 못 얹는다는 건 구실일 뿐이었다. 허술한 기둥을 구실로 끝끝내 기와 얹기를 미뤄 온 집이 세 가구가 있었는데, 이날 밤에 또 한 집이 새 성주를 위해서 밤일을 벌이고 있다는 것이었다. 노인이 기와 얹기를 단념한 것은 집 기둥이 너무 허해서가 아니었다. 노인은 새 성주가 겁이 나 일을 단념할 수밖에 없었던 것이다. 허술한 기둥만 믿을 수는 없었다.

일은 아직도 낙관할 수 없었다. 나는 불시에 다시 그 노인에 대한 나의 빚만을 생각하고 있었다.

노인도 거기서 한동안은 그저 꺼져가는 장죽불에만 신경을 쏟고 있는 기색이었다. 하더니 이윽고는 더 이상 소망을 숨기기가 어려운 듯 가는 한숨기를 삼켰다. 그러고는 그 한숨기 끝에 무심결인 듯 덧붙여왔다.

"이참에 웬만하면 우리도 여기다 방 한 칸쯤이나 더 늘여 내고 지붕도 도당으로 얹어버리면 싶긴 하더라만……."

마침내 노인이 당신의 소망을 내비친 것이었다.

"오늘 당할지 내일 당할지 모를 일이기는 하다만, 날짐승만도 못한 목숨이 이리 모질기만 하다 보니 별의별 생각이 다 드는구나. 저런 옷궤 하나도 간수할 곳이 없어 이리 밀치고 저리 밀치다 보면 어떤 땐 그저 일을 저질러 버리고 싶은 생각이 꿀떡 같아지기도 하고……."

노인은 결국 그런 식으로 당신의 소망을 분명히 해버리고 만 셈이었다. 지금은 아니더라도 적어도 그런 소망을 지녔던 것만은 분명히 한 것이다.

나는 이제 할 말이 없었다. 눈을 감은 채 듣고만 있었다. 노인에 대해선 빚이 없음을 골백 번 속으로 다짐하고 있었다.

"이번에는 면에서도 그냥 흐지부지 지나가 주더라만 내년엔 또 이번처럼 어떻게 잠잠해 주기나 할는지. 하기사 면 사람들 무서워 집을 고친다고 할 수도 없지마는,

늙은이 냄새가 싫어 그런지 그래도 한데서 등짝 붙이고 누울 만한 방 놔두고 밤마다 남의 집으로 잠자리 얻어다니는 저것들 에미 꼴도 모른 체하지는 못할 일이더니라."

내가 아예 대꾸를 않으니까 노인은 이제 혼잣말 비슷한 푸념을 계속했다. 듣다 보니 노인의 머릿속엔 이미 꽤 구체적인 계획표까지 마련되어 있었던 것 같았다.

"나라에서 보조금을 5만 원이나 내주겠다, 일을 일단 저지르고 들었더라면 큰돈이야 얼마나 더 들 일이 있었을라더냐……. 남정네가 없어 남들처럼 일손을 구하기가 쉽진 않았겠지만 네 형수가 여름 한철만 밭을 매주기로 했으면 건넛집 용석이 아배라도 그냥 모른 체하지는 않았을 것이다……."

흙일을 돌볼 사람은 그 용석이 아버지에게 부탁을 하고 기둥을 갈아낼 나무 가대는 이장네 산에서 헐값으로 몇 개 부탁해볼 수 있었다는 거였다.

노인의 장죽 끝에는 이제 불기가 꺼져 식어 있었다. 노인은 연신 그 불이 꺼진 장죽을 빨아대며, 예의 면 보조금 5만 원과 이웃의 도움이 아까워서라도 일을 단념하기가 아쉬웠다는 투였다.

하지만 노인은 그러면서도 끝끝내 내게 대한 주장이나 원망의 빛을 보이진 않았다. 이야기의 형식은 어디까지나 과거의 일로서 그런 생각을 해봤을 뿐이고, 그럴 뻔했다는 말일 뿐이었다. 그리고 그런 식으로 나에 대해선 어떤 형식으로도 직접적인 부담감을 느끼게 하지 않으려는 식이었다. 말하는 목소리도 끝끝내 그 체념기가 짙은 특유의 침착성을 잃지 않은 채였다.

"하지만 다 소용없는 일이다. 세상 일이 그렇게 맘같이만 된다면야 나이 먹고 늙은 걸 설워 안 할 사람이 있을라더냐. 나이를 먹으면 애기가 된다더니 이게 다 나이 먹고 늙어가는 노망기 한가지제."

종당에는 그 은밀스런 당신의 소망조차 당신 자신의 실없는 노망기 탓으로 돌려버리고 있었다.

하지만 나는 이제 노인의 내심을 못 알아볼 리 없었다. 한마디 말참견도 없이 눈을 감고 잠이 든 척 잠잠히 누워만 있던 아내까지도 그것을 분명히 눈치채고 있었다.

"당신, 어젯밤 어머니 말씀에 그렇게밖에 응대해 드릴 방법이 없었어요?"

오늘 아침 아내는 마당가로 세숫물을 떠 들고 나왔다가 낮은 소리로 추궁을 해왔다. 그때 나는 아내에게 그저 쓸데없는 참견 말라는 듯 눈매를 잔뜩 꺾아 떠보였었다. 하니까 아내는 그러는 나를 차라리 경멸조로 나무랐다.

"당신은 참 엉뚱한 데서 독해요. 늙은 노인네가 가엾지도 않으세요. 말씀이라도 좀더 따뜻하게 위로해드릴 수 있었을 텐데 말예요."

아내도 분명 노인의 말뜻을 알아듣고 있었다. 그리고 나보다도 더 노인의 일을 걱정하고 있었다. 노인에 대한 내 속마음도 속속들이 모두 읽고 있는 게 당연했다. 내일 아침으로 서둘러 서울로 되돌아가겠노라는 나의 결정에 아내가 은근히 분개하고 나선 것도 그런 사연을 모두 알고 있었기 때문이었다. 한다고 그년들 무슨 뾰족한 수가 있을 수가 있는가.

어쨌든 노인이 이제라도 그 집을 새로 짓고 싶어 하고 있는 건 분명했다. 아무래도 알 수가 없는 일이었다. 아닌게아니라 나이를 먹으면 노인들은 모두 어린애가 되어가는 것일까. 노인은 정말로 내게 빚이 없다는 사실을 잊어버리고 만 것인가. 노인의 말처럼 그건 일테면 노망기가 분명했다. 그런 염치도 못 가릴 정도로 노인은 그렇게 늙어버린 것이었다. 하지만 나는 굳이 노인의 그런 노망기를 원망할 필요도 없었다. 문제는 서로 간의 빚의 문제였다. 노인에 대해 빚이 없다는 사실만이 내게는 중요했다. 염치가 없어져서건 노망을 해서건 노인에 대해 내가 갚아야 할 빚만 없으면 그만이었다.

—빚이 있을 리 없지. 절대로! 글쎄 노인도 그걸 알고 있으니까 정면으로는 말을 꺼내지 못하질 않던가 말이다.

어디선가 무덥고 게으른 매미 울음 소리가 들렸다.

나는 비로소 마음을 굳힌 듯 오리나무 그늘에서 몸을 힘차게 일으켜 세웠다. 콩밭 아래로 흘러 뻗은 마을이 눈앞으로 멀리 펼쳐져 나갔다. 거기 과연 아직 초가 지붕을 이고 있는 건 노인네의 그 버섯 모양의 오두막과 아랫동네의 다른 한 채가 전부였다.

— 빌어먹을! 그 지붕 개량 사업인지 뭔지 하필 이런 때 법석들이지?

아무래도 심기가 편할 수는 없었다. 나는 공연히 그 지붕 개량 사업 쪽에다 애꿎은 저주를 보내고 있었다.

3

해가 훨씬 기운 다음에야 콩밭을 가로질러 노인의 집 뒤꼍으로 뜰을 들어서려다 보니, 아내는 결국 반갑지 않은 화제를 벌여 놓고 있었다.

"이 나이에 내가 살면 얼마나 더 좋은 세상을 살겄다고 속없이 새 방 들이고 기와 지붕을 덮자겄냐…… 집 욕심 때문이 아니라 나 간 뒷일이 안 놓여 그런다……."

뒤꼍에서 안뜰로 발길을 돌아 나서려는데, 장지문을 반쯤 열어젖힌 안방에서 노인의 말소리가 도란도란 흘러나오고 있었다.

"날씨가 선선한 봄가을철이나, 하다못해 마당에 채일(차일)이라도 치고들 지내는 여름철만 되더라도 걱정이 덜하겄다마는, 한겨울 추위 속에서나 운 사납게 숨이 딸깍 끊어져 봐라. 단칸방 아랫목에다 내 시신 하나 가득 늘여놓으면 그 노릇을 어찌할 것이냐."

이번에도 또 그 집에 관한 이야기였다. 노인을 어떻게 좀 위로해 드린다는 것인가. 아니면 아내는 내가 그 노인의 소망을 더 어떻게 외면할 수 없도록 드러내버리고 싶었던 것일까. 답답하게 눈치만 보고 도는 내게 대한 아내의 원망은 그토록 뿌리가 깊고 지혜로웠더란 말인가. 노인의 이야기는 아내가 거기까지 유도해낸 게 분명했다. 노인은 그 아내 앞에 당신의 집에 대한 소망을 분명한 목소리로 털어놓고 있었다.

그리고 이젠 당신의 소망에 대한 솔직한 사연을 말하고 있었다. 노인의 그 오랜 체념의 습관과 염치를 방패삼아 어물어물 고비를 지나가려던 내 앞에 노인의 소망이 마침내 노골적인 모습을 드러낸 것이었다. 노인의 소망은 이미 짐작하고 있었지만, 설마하면 그렇게 분명한 대목까지 만날 줄을 몰랐던 일이었다. 나는 마치 마지막 희망이 무너진 느낌이었다. 하지만 그 노인의 설명에는 나에게도 마침내 분명해진 것이 있었다. 노인이 갑자기 그 집에 대한 엉뚱한 소망을 지니게 된 내력이었다. 노인은 아직도 당신의 삶을 위해서는 새삼스런 소망을 지니지 않고 있었다. 노인의 소망은 당신의 사후에 내력이 있었다.

"떠돌아들어 살아오긴 했어도, 난 이 동네 사람들한테 못할 일은 한 번도 안 해보고 살아온 늙은이다. 궂은 밥 먹고 궂은 옷 입고 궂은 잠자리 속에 말년을 보냈어도 난 이웃이나 이 동네 사람들한테 궂은 소리는 안 듣고 늙어왔다. 이 소리가 무슨 소린고 하니 나 죽고 나면 그래도 이 동네 사람들, 이 늙은이 주검 위에 흙 한 삽, 뗏장 한 장씩은 덮어주러 올 거란 말이다. 늙거나 젊거나 그렇게 날 들여다봐 주러 오는 사람들을 어찌할 것이냐. 사람은 죽어서 고단해지는 것보다 더 고단한 것도 없는 법인디, 오는 사람 마다할 수 없고 가난하게 간 늙은이가 죽어서라도 날 들여다봐 주러 오는 사람들한테 쓴 소주 한잔이나마 대접해보내고 싶은 게 죄가 될 거나. 그래서 그저 혼자서 궁리해 본 일이란다. 숨 끊어지는 날 바로 못 내다 묻으면 주검하고 산 사람들이 이 방 하나뿐 아니냐. 먼 데서 온 느그들도 그렇고…… 그래서 꼭 찬바람이나 막고 궁둥이 붙여 앉을 방 한 칸만 어떻게 늘여 봤으면 했더니라마는…… 그게 어디 맘 같은 일이더냐. 이도저도 다 늙고 속없는 늙은이 노망길 테이제……."

노인의 소망은 바로 그 당신의 죽음에 대한 대비에서 비롯된 것이었다.

알 만한 노릇이었다. 살림이 망하고 옛 살던 동네를 나와 떠돌기 시작하면서부터 언제나 당신의 죽음에 대한 대비를 게을리해 오지 않던 노인이었다. 동네 뒷산 양지바른 언덕 아래다 마을 영감 한 분에게 당신의 집터(노인은 당신의 무덤 자리를 늘 그렇게 말했다)를 미리 얻어 놓고 겨울철에도 날씨가 좋으면 그곳을 찾아가 햇볕 바래기를 하다가 내려온다던 노인이었다. 노인은 이제 당신의 죽음에 마지막 준비를 서두르고 있는 것이었다. 나는 더 노인의 이야기를 엿듣고 있을 수가 없었다. 발길을 움직여 소리 없이 자리를 피해 버리고 싶었다.

한데 그때였다. 쓸데없는 일에 공연히 감동을 잘하는 아내가 아무래도 견딜 수가 없어진 모양이었다.

"전에 사시던 집은 터도 넓고 칸 수도 많았다면서요?"

아내가 느닷없이 화제를 바꾸고 나섰다. 별달리 노인을 달랠 말이 없으니까, 지나간 일이나마 그렇게 넓게 살던 옛집의 기억을 상기시켜서라도 노인을 위로하고 싶어진 것이리라. 그것은 노인도 한때 번듯한 집 살림을 해온 기억을 되돌이키게 하여 기분을 바꿔드리고 싶어서이기도 했겠지만, 그 외에도 그건 또 언제나 가난한 살림만을 보고 가게 하는 부끄러운 며느리 앞에 당신의 자존심을 얼마간이나마 되살려내게 할 가외의 효과도 있을 수 있었다. 어쨌거나 나는 당분간 다시 자리를 피할 필요가 없어진 셈이었다.

"옛날 살던 집이야, 크고 넓었제. 다섯 칸 겹집에다 앞뒤 터가 운동장이었더니라…… 하지만 이제 와서 그게 다 무슨 소용이냐. 남의 집 된 지가 20년이 다 된 것을……."

"그래도 어머님은 한때 그런 좋은 집도 살아 보셨으니 추억은 즐거운 편이 아니시겠어요? 이 집이 답답하고 짜증나실 땐 그런 기억이라도 되살려 보세요."

"기억이나 되살려서 어디다 쓰게야. 새록새록 옛날 생각이 되살아나다 보면 그렇지 않아도 심사가 어지러운 것을."

"하긴 그것도 그러실 거예요. 그렇게 넓은 집에 사셨던 생각을 하시면 지금 사시는 형편이 더 짜증스러워지기도 하시겠죠. 뭐니뭐니 해도 지금 형편이 이렇게 비좁은 단칸방 신세가 되고 마셨으니 말씀예요……."

노인과 아내는 잠시 그렇게 위론지 넋두린지 분간이 가지 않는 소리들을 주고받고 있었다. 한동안 그렇게 오가는 이야기를 듣다보니, 나는 그 아내의 동기가 다시 의심스러웠다. 아내의 말투는 그저 노인을 위로하기 위해서가 아니었다. 노인을 위로해 드리긴커녕 심기만 점점 더 불편스럽게 하고 있었다. 노인에게 옛집을 상기시켜 드리는 것은 당신의 불편스런 심기를 주저앉히기보다 오늘을 더욱더 비참스럽게 느끼게 만들고 있었다. 집을 고쳐 짓고 싶은 그 은밀스런 소망을 자꾸만 밖으로 후벼대고 있었다. 아내의 목적은 차라리 그쪽에 있었던 것 같았다.

아내에 대한 나의 판단은 과연 크게 빗나가지 않았다.

"방이 이렇게 비좁은데 그럼 어머니, 이 옷장이라도 어디 다른 데로 좀 내놓을 수 없으세요? 이 옷장을 들여놓으니까 좁은 방이 더 비좁지 않아요."

아내는 마침내 내가 가장 거북스럽게 시선을 피해 오던 곳으로 화제를 끌어들이고 있었다.

바로 그 옷궤 이야기였다. 17, 8년 전, 고등학교 1학년 때였다. 술버릇이 점점 사나워져 가던 형이 전답을 팔고 선산을 팔고, 마침내는 그 아버지 때부터 살아온 집까지 마지막으로 팔아넘겼다는 소식이 들려왔다. K시에서 겨울방학을 보내고 있던 나는 도대체 일이 어떻게 되어가는지나 알아보고 싶어 옛 살던 마을엘 찾아가 보았다. 집을 팔아 버렸으니 식구들을 만나게 될 기대는 없었지만, 그래도 달리 소식을 알아볼 곳이 없기 때문이었다. 어스름을 기다려 살던 집 골목을 들어서니 사정은 역시 K

시에서 듣고 온 대로였다. 집은 텅텅 빈 채였고 식구들은 어디론지 간 곳이 없었다. 나는 다시 골목 앞에 살고 있던 먼 친척간 누님을 찾아갔다. 그런데 그 누님의 말을 들으니, 노인이 뜻밖에 아직 나를 기다리고 있다는 것이었다.

"여기가 어디냐. 네가 누군데 내 집 앞 골목을 이렇게 서성대고 있어야 하더란 말이냐."

한참 뒤에 어디선가 누님의 소식을 듣고 달려온 노인이 문간 앞에서 어정어정 망설이고 있는 나를 보고 다짜고짜 나무랐다. 행여나 싶은 마음으로 노인을 따라 문간을 들어섰으나 집이 팔린 것은 분명해 보였다.

그날 밤 노인은 옛날과 똑같이 저녁을 지어 내왔고, 그날 밤을 거기서 함께 지냈다. 그리고 이튿날 새벽 일찍 K시로 나를 다시 되돌려 보냈다. 나중에야 안 일이지만 노인은 그렇게 나에게 저녁밥 한 끼를 지어 먹이고 마지막 밤을 지내게 해주고 싶어, 새 주인의 양해를 얻어 그렇게 혼자서 나를 기다리고 있었다 했다. 언젠가 내가 다녀갈 때까지는 내게 하룻밤만이라도 내게 옛집의 모습과 옛날 같은 분위기 속에 맘 편히 눈을 붙이고 가게 해주고 싶어서였을 터이다. 아무리 그렇더라도 문간을 들어설 때부터 썰렁한 집안 분위기가 이사를 나간 빈집이 분명했건만.

한데도 노인은 그때까지 매일같이 그 빈집을 드나들며 먼지를 털고 걸레질을 해온 것이었다. 그리고 그때 노인은 아직 집을 지켜 온 흔적으로 안방 한쪽에 이불 한 채와 옷궤 하나를 예대로 그냥 남겨 두고 있었다.

이튿날 새벽 K시로 다시 길을 나설 때서야 비로소 집이 팔린 사실을 분명히 해온 노인의 심정으로는 그날 밤 그 옷궤 한 가지로나마 옛집의 분위기를 되살려 내 괴로운 잠자리를 위로하고 싶었음에 분명한 물건이었다.

그러한 내력이 숨겨져 온 옷궤였다. 떠돌이 살림에 다른 가재 도구가 없어서도 그랬겠지만, 이 20년 가까이를 노인이 한사코 함께 간직해 온 옷궤였다. 그만큼 또 나를 언제나 불편스럽게 만들어온 물건이었다. 노인에게 빚이 없음을 몇 번씩 스스로 다짐하고 지내다가도 그 옷궤만 보면 무슨 액면가 없는 빚 문서를 만난 듯 기분이 꺼림칙스러워지곤 하던 물건이었다.

이번에도 물론 마찬가지였다. 노인의 방을 들어선 순간에 벌써 기분을 불편스럽게 해오던 옷궤였다. 그리고 끝내는 이틀 밤을 못 넘기고 길을 다시 되돌아갈 작정을 내리게 한 것도 알고 보면 바로 그 옷궤의 허물이 컸을지 모른다.

아내도 물론 그 옷궤에 관한 내력을 내게서 들을 만큼 듣고 있었다. 그리고 그걸 알고 있는 여자라면 그 옷궤에 대한 내 기분도 짐작을 못할 그녀가 아니었다. 아내는 일부러 그 옷궤 이야기를 꺼냈음이 분명했다. 더욱이 내가 바깥에서 두 사람의 이야기를 엿듣고 있는 걸 알고서 그랬을 수도 있었다.

나는 어느새 그 콧속을 후벼대는 못된 버릇이 되살아날 만큼 긴장을 하고 있었다. 생각지도 않았던 곳에서 갑자기 묵은 빚 문서가 튀어나올 것 같은 조마조마한 기분이었다. 노인이 치사하게 그 묵은 빚 문서로 나를 궁지에 몰아넣으려 덤빌 수도 있었다.

— 그래 보라지. 누가 뭐래도 내겐 절대로 빚진 게 없으니까. 그래 본들 없는 빚이 생길 리가 있을라구.

나는 거의 기구를 드리듯 눈을 감고 기다렸다.

하지만 다행스러운 것은 아직도 그 무심스러워 보이기만 한 노인의 대꾸였다.

"옷궤를 내놓으면 몸에 걸칠 옷가지는 다 어디다 간수하고야? 어디다 따로 내놓을 데가 있는 것도 아니지만, 그걸 어디다 내놓을 데가 생긴다고 해도 그것 말고는 옷가지 나부랑일 간수해 둘 데는 있어얄 것 아니냐."

알고 그러는지 모르고 그러는지 노인이 그 옷궤 쪽에는 그리 신경을 쓰고 있지 않은 것 같았다.

"옷이야 어떻게 못을 박아 걸더라도, 사람이 우선 좀 발이라도 뻗고 누울 자리가 있어야잖아요. 이건 뭐 사람보다도 옷장을 모시는 꼴이지 뭐예요."

아내는 거의 억지를 부리고 있었다. 옷궤에 대한 노인의 집착심을 시험해보기 위한 수작임이 분명했다.

하지만 노인의 반응은 여전히 의연했다.

"그건 네가 모르는 소리다. 그 옷궤라도 하나 없으면 이 집을 누가 사람 사는 집이라 할 수 있겠냐. 사람 사는 집 흔적으로 해서라도 그건 집안에 지녀야 할 물건이다."

"어머님은 아마 저 옷장에 그럴 만한 사연이 있으신가 봐요. 시집오실 때 해오신 건가요?"

노인의 나이가 너무 높다보니 아내는 때로 그 노인 앞에 손주딸처럼 버릇이 없어지기도 했지만, 이번에는 숫제 장난기 한가지였다.

"내력은 무슨……."

노인은 이제 그것으로 그만 입을 다물어 버리고 말았다. 옷궤 이야기는 더 이상 들추고 싶지가 않은 모양이었다.

하지만 아내 쪽도 그쯤 호락호락 물러설 여자가 아니었다. 노인이 입을 다물어 버리자 아내도 잠시 할 말을 잃은 듯 침묵을 지키고 있더니, 이윽고는 다시 새판잽이 공세를 펴기 시작했다.

"하긴 어쨌거나 어머님 마음이 편하진 못하시겠어요. 뭐니뭐니 해도 옛날에 사시던 집을 지켜오시는 게 제일 좋으셨을 텐데 말씀예요. 도대체 그 집은 어떻게 해서 팔리게 되었어요?"

다시 그 집 얘기였다. 그 역시 모르고 묻는 소리가 아니었다. 아내는 그 옷궤의 내력과 함께 집이 팔리게 된 사정에 대해서도 모두 알고 있었다. 하면서도 그녀는 다시 노인에게 그것을 되풀이시키려 하고 있었다. 옷궤를 구실로 그 노인의 소망을 유

인해내려는 그녀 나름의 노력의 연장이었다.

하지만 노인의 태도도 아직은 아내에 못지않게 끈질긴 데가 있었다.

"집이 어떻게 팔리기는…… 안 팔아도 좋은 집을 뭔 장난삼아 팔았을라더냐. 내 집 지니고 살 팔자가 못 돼 그리 된 거제……."

알고도 묻는 소릴 노인은 또 노인대로 내력을 얼버무려 넘기려고 하였다.

"그래도 사정은 있었을 게 아녜요? 그 집을 지을 때 돌아가신 아버님이 몹시 고생을 하셨다고 하던데요."

"집이야 참 어렵게 장만한 집이었지야. 남같이 한 번에 지어올린 집이 아니고 몇 해에 걸쳐서 한 칸씩 두 칸씩 살림 형편 좇아서 늘려 간 집이었더니라. 그렇게 마련한 집이 결국은 내 집이 못 되고…… 그런다고 이제 그런 소린 해서 다 뭣을 하겄냐. 어차피 내 집이 못 될 운수라 그리 된 일을 이런 소리 곱씹는다고 팔려간 집 다시 내 집이 되어 돌아올 것도 아니고……."

"하지만 그리 어렵게 장만한 집이라 애석한 생각이 더할 게 아녜요. 지금 형편도 그럴 수밖에 없고요. 어떻게 되어 그리 되고 말았는지 그때 사정이라도 좀 말씀해 보세요."

"그만둬라, 다 소용없는 일이다. 이제는 그럭저럭 세월이 흘러서 기억도 많이 희미해진 일이고……"

한사코 이야기를 피하려는 노인에게 아내는 마침내 마지막 수단을 동원하고 있었다.

"좋아요. 어머님께선 아마 지난 일로 저까지 공연히 속을 상하게 할까 봐 그러시는 모양인데요, 그래도 별 소용이 없으세요. 저도 사실은 이야기를 대강 다 들어 알고 있단 말씀예요."

"이야기를 들어? 누구한테서?"

노인이 비로소 조금 놀라는 기미였다.

"그야 물론 저 사람한테지요."

노인의 물음에 아내가 대답했다. 눈에는 보이지 않았지만, 밖에서 엿듣고 있는 나를 지목한 말투가 분명했다. 짐작대로 그녀는 벌써부터 내가 밖에서 엿듣고 있는 낌새를 알아차리고 있었음이 분명했다.

"제가 알고 있는 건 그 집을 팔게 된 사정만도 아니에요. 어머님께서 저 사람한테 그 팔려간 집에서 마지막 밤을 지내게 해주신 일도 모두 알고 있단 말씀예요. 모른 척하고 있기는 했지만 저 옷장 말씀예요. 그날 밤에도 어머님은 저 헌 옷장 하나를 집안에다 아직 남겨 두고 계셨더라면서요. 아직도 저 사람한테 어머님이 거기서 살고 계신 것처럼 보이시려고 말씀이에요."

아내는 차츰 목소리가 떨려 나오고 있었다.

"그렇담 어머님, 이제 좀 속시원히 말씀해 보세요. 혼자서 참아 넘기려고만 하지 마시고 말씀이라도 하셔서 속을 후련히 털어놔 보시란 말씀이에요. 저흰 어머님 자식들 아닙니까. 자식들한테까지 어머님은 어째서 그렇게 말씀을 참아 넘기려고만 하세요."

아내의 어조는 이제 거의 울먹임에 가까웠다.

노인도 이젠 어찌할 수가 없는지, 한동안 묵묵히 대꾸가 없었다.

나는 온통 입 안의 침이 다 말랐다. 노인의 대꾸가 어떻게 나올지 숨도 못 쉰 채 당신의 다음 말만 기다리고 있었다.

하지만 그 아내나 나의 조바심하고는 아랑곳없이 노인은 끝내 심기를 흐트리지 않았다.

"그래 그 아그(아이)도 어떻게 아직 그날 밤 일을 잊지 않고 있더냐?"

"그래요. 그리고 그날 밤 어머님은 저 사람이 집을 못 들어가고 서성대고 있으니까 아직도 그 집이 아직 안 팔린 것처럼 저 사람을 안으로 데려다가 저녁까지 한 끼 지어 먹이셨다면서요?"

"그럼 됐구나. 그렇게 죄다 알고 있는 일을 뭐하러 한사코 나한테 되뇌게 하려느냐."

"저 사람은 벌써 잊어가고 있거든요. 저 사람한테선 진짜 얘기를 들을 수도 없고요. 사람이 모질어 저 사람은 그런 일 일부러 잊어요. 그래 이번엔 어머님한테서 진짜 이야길 듣고 싶은 거예요. 저 사람 얘기말고 어머님의 그날 밤 진짜 심경을 말씀이에요."

"심경이나마나 저하고 별다른 대목이 있었을라더냐. 사세부득해서 팔았다곤 하지만 아직은 그래도 내 발길이 끊이지 않은 집인데, 그 집을 놔두고 그 아그가 그래 발길을 주춤주춤 어정대고 서 있더구나……."

아내의 성화를 견디다 못해 노인은 결국 마지못한 어조로 그날 밤 일을 돌이키고 들었다. 어조에는 아직도 그날 밤의 심사가 조금도 실려 있지 않은 채였다.

"그래 저를 나무래서 냉큼 집 안으로 데리고 들어갔더니라. 그리고 더운 밥 지어 먹여서 그 집에서 하룻밤을 재워가지고 동도 트기 전에 길을 되돌려 떠나 보냈더니라……."

"그래 그때 어머님 마음이 어떠셨어요?"

"마음이 어쩌기는야. 팔린 집이나마 거기서 하룻밤 저 아그를 재워 보내고 싶어 싫은 골목 드나들며 마당도 쓸고 걸레질도 훔치며 기다려 온 에미였는디, 더운 밥 해 먹이고 하룻밤을 재우고 나니 그만만 해도 한 소원은 우선 풀린 것 같더구나."

"그래 어머님은 흡족한 기분으로 아들을 떠나 보내셨다는 말씀이시군요. 하지만 정말로 그게 그러실 수 있었을까요? 어머님은 정말로 그렇게 흡족한 마음으로 아들을 떠나 보내실 수 있으셨을까 말씀이에요. 아들은 다시 학교로 돌아가는 길이었다

치더라도 어머님 자신은 그때 변변한 거처 하나 마련해두시지 못하셨을 처지에 말씀이에요."

"나더러 또 무슨 이야길 더 하라는 것이냐."

"그때 아들을 떠나 보내실 때 어머님 심경을 듣고 싶어요. 객지 공부 가는 어린 아들을 그런 식으로 떠나 보내시면서 어머님 자신도 거처가 없이 떠도셔야 했던 그때 처지에서 어머님이 겪으신 심경을 말씀예요."

"그만두거라. 다 쓸데없는 노릇이니라. 이야기를 한들 그때 마음이야 네가 어찌 다 알아들을 수가 있겄냐."

노인은 다시 이야기를 사양했다. 그러나 그 체념기가 완연한 노인의 어조에는 아직도 혼자 당신의 맘속으로만 지녀온 어떤 이야기가 남아 있는 것 같았다.

나는 이제 더 기다리고 있을 수가 없었다. 아내는 내 기미를 눈치채고 있었다 하더라도 노인만은 아직 그걸 알지 못하고 있었다. 노인의 말을 그쯤에서 그만 중단시켜야 했다. 아내가 어떻게 나온다 하더라도 내게까지 그것을 알게 하고 싶지는 않을 노인이었다. 내 앞에선 더 이상 노인의 이야기가 계속되어갈 수 없었다.

나는 이윽고 헛기침을 한 번 하고서 그 노인의 눈길이 닿고 있는 장지문 앞으로 모습을 불쑥 드러내고 나섰다.

4

위험한 고비는 그럭저럭 모두 지나가고 있었다.

저녁상을 들일 때 노인은 언제나처럼 막걸리 한 되를 가져오게 하였다. 형의 술버릇 때문에 집안 꼴이 그 지경이 되었는데도 노인은 웬일로 내게 그리 술 걱정을 하지 않았다. 집에만 가면 당신이 손수 막걸리 한두 되씩을 미리 마련해다 주곤 하였다.

—한 잔 마시고 잠이나 자거라.

그러면서 낮참부터 늘 잠자기를 권했다.

이날 저녁도 마찬가지였다.

"그래, 정 내일 아침으로 길을 나설라냐?"

저녁상이 들어왔을 때 노인은 그렇게 조심스런 목소리로 나의 내심을 한번 더 떠왔을 뿐이었다.

"가야 할 일이 있으니까 가겠다는 거 아니겠어요."

나는 노인에게 공연히 짜증기 선 목소리로 퉁명스럽게 대꾸했다.

하니까 노인은 그것으로 그만이었다.

"그래 알았다. 저녁하고 술이나 한 잔 하고 일찍 쉬거라."

아침부터 먼 길을 나서려면 잠이라도 일찍 자두라는 단속이었다. 나는 말없이 노인을 따랐다. 저녁 겸해서 술 한 되를 비우고 그리고 술기를 못 견디는 사람처럼 일찌감치 잠자리를 펴고 누었다. 이윽고 형수님이 조카들을 데리고 잠자리를 찾아나가자 이날 밤도 우리는 세 사람 합숙이었다.

어쨌거나 이제 위태로운 고비는 그럭저럭 거의 다 넘겨가고 있는 셈이었다. 눈을 붙였다 깨고 나면 그것으로 모든 건 끝난다. 지붕이고 옷궤고 더 이상 신경을 쓸 일이 없어진다. 노인에게 숨겨진 빚 문서가 있을까. 하지만 이날 밤만 무사히 넘기고 나면 노인의 빚 문서도 그걸로 영영 휴지가 되는 것이다.

—잠이나 자자. 빚이고 뭐고 잠들면 그만이다. 노인에게 빚은 내가 무슨 빚이 있단 말인가…….

나는 제법 홀가분한 기분으로 눈을 감고 잠을 청했다. 술기 탓인지 알알한 잠 기운이 이내 눈꺼풀을 덮어왔다.

한데 얼마쯤 그렇게 아늑한 졸음기 속을 헤매고 났을 때였을까. 나는 웬일인지 문득 다시 잠기가 서서히 엷어져가고 있었다. 그리고 아직도 그 어렴풋한 선잠기 속에 도란도란 조심스런 노인의 말소리가 들려왔다.

"그날 밤사말로 갑자기 웬 눈이 그리도 많이 내렸던지 잠을 잤으면 얼마나 잤겠느냐마는 그래도 잠시 눈을 붙였다가 새벽녘에 일어나 보니 바깥이 왼통 환한 눈 천지로구나…… 눈이 왔더라도 어쩔 수가 있더냐. 서둘러 밥 한술씩을 끓여다가 속을 덥히고 그 눈길을 서둘러 나섰더니라……."

나는 다시 정신이 번쩍 들고 말았다. 어찌된 일인지 노인이 마침내 그날 밤 이야기를 아내에게 가닥가닥 털어놓고 있는 중이었다.

"처지가 떳떳했으면 날이라도 좀 밝은 다음에 길을 나설 수도 있었으련만, 그땐 어찌도 그리 처지가 부끄럽고 저주스럽기만 했던지…… 그래 할 수 없이 새벽 눈길을 둘이서 나섰지만, 시오리나 되는 장터 차부까지 산길이 멀기는 또 얼마나 멀더라냐."

기억을 차근차근 더듬어 나가고 있는 노인의 몽롱한 목소리는 마치 어린 손주 아이에게 옛 얘기라도 들려주는 할머니의 그것처럼 아늑한 느낌마저 깃들이고 있었다.

아내가 결국은 노인을 거기까지 유도해냈음이 분명했다.

—이야기를 한들 네가 어찌 다 알아들을 수가 있겠냐…….

낮결에 노인이 말꼬리를 한 가닥 깔고 넘은 기미를 아내가 무심히 들어넘겼을 리 없었다.

그날 밤—아니 그날 새벽—아내에겐 한 번도 들려준 일이 없는 그날 새벽의 서글픈 동행을, 나 자신도 한사코 기억의 피안으로 사라져가 주기를 바라오던 그 새벽의 눈길의 기억을 노인은 이제 받아낼 길 없는 묵은 빚 문서를 들추듯 허무한 목소리로 되씹고 있었다.

"날은 아직 어둡고 산길은 험하고, 미끄러지고 넘어지면서도 차부까지는 그래도 어떻게 시간을 대어갈 수가 있었구나……."

이야기를 듣고 있는 나의 머릿속에도 마침내 그날의 정경이 손에 닿을 듯 역력히 떠올랐다. 어린 자식놈의 처지가 너무도 딱해서였을까. 아니 어쩌면 노인 자신의 처지까지도 그 밖엔 달리 도리가 없었을 노릇이었는지도 모른다. 동구 밖까지만 바래다주겠다던 노인은 다시 마을 뒷산 잿길까지 나를 좀더 바래주마 우겼고, 그 잿길을 올라선 다음에는 새 신작로가 나설 때까지만 산길을 함께 넘어가자 우겼다. 그럴 때마다 한 차례씩 애시린 실랑이를 치르고 나면 노인과 나는 더 이상 할 말이 있을 수 없었다. 아닌게아니라 날이라도 좀 밝은 다음이었으면 좋았겠는데, 날이 밝기를 기다려 동네를 나서는 건 노인이나 나나 생각을 안 했다. 그나마 그 어둠을 타고 마을을 나서는 것이 노인이나 나나 마음이 편했다. 노인의 말마따나 미끄러지고 넘어지면서, 내가 미끄러지면 노인이 나를 부축해 일으키고, 노인이 넘어지면 내가 당신을 부축해가면서, 그렇게 말없이 신작로까지 나섰다. 그러고도 아직 그 면소 차부까지는 길이 한참이나 남아 있었다. 나는 결국 그 면소 차부까지도 노인과 함께 신작로를 걸었다.

아직도 날이 밝기 전이었다.

하지만 그러고 우리는 어찌 되었던가.

나는 차를 타고 떠나갔고, 노인은 거기서 다시 그 어둠 속의 눈길을 되돌아서야 했다…….

내가 알고 있는 건 거기까지뿐이었다.

노인이 그 후 어떻게 길을 되돌아갔는지는 나로서도 아직 들은 바가 없었다. 노인을 길가에 혼자 남겨두고 차로 올라선 그 순간부터 나는 차마 그 노인을 생각하기가 싫었고, 노인도 오늘까지 그날의 뒷애기는 들려준 일이 없었다. 그런데 노인은 웬일로 오늘사 그날의 기억을 끝까지 돌이키고 있었다.

"어떻게어떻게 장터 거리로 들어서서 차부가 저만큼 보일 만한 데까지 가니 그

때 마침 차가 미리 불을 켜고 차부를 나오더구나. 급한 김에 내가 손을 휘저어 그 차를 세웠더니, 그래 그 운전수란 사람들은 어찌 그리 길이 급하고 매정하기만 한 사람들이더냐. 차를 미처 세우지도 덜하고 덜크렁덜크렁 눈 깜짝할 사이에 저 아그를 훌쩍 실어 담고 가버리는구나."

"그래서 어머님은 그때 어떻게 하셨어요?"

잠잠히 입을 다문 채 듣고만 있던 아내가 모처럼 한 마디 끼여들었다.

나는 갑자기 다시 노인의 이야기가 두려워졌다. 자리를 차고 일어나 다음 이야기를 가로막고 싶었다. 하지만 나는 이미 그럴 수가 없었다. 사지가 말을 들어주지 않았다. 온몸이 마치 물먹은 솜처럼 무겁게 가라앉아 있었다. 몸을 어떻게 움직여 볼 수가 없었다. 형언하기 어려운 어떤 달콤한 슬픔, 달콤한 피곤기 같은 것이 나를 아늑히 감싸오고 있었다.

"어떻게 하기는야. 넋이 나간 사람마냥 어둠 속에 한참이나 찻길만 바라보고 서 있을 수밖에야…… 그 허망한 마음을 어떻게 다 말할 수가 있을거나……."

노인은 여전히 옛 얘기를 하듯 하는 그 차분하고 아득한 음성으로 그날의 기억을 더듬어나갔다.

"한참 그러고 서 있다 보니 찬바람에 정신이 좀 되돌아오더구나. 정신이 들어보니 갈 길이 새삼 허망스럽지 않았겠냐. 지금까진 그래도 저하고 나하고 둘이서 함께 헤쳐 온 길인데 이참에는 그 길을 늙은 것 혼자서 되돌아서려니…… 거기다 아직도 날은 어둡지야…… 그대로는 암만해도 길을 되돌아설 수가 없어 차부를 찾아 들어갔더니라. 한 식경이나 차부 안 나무 걸상에 웅크리고 앉아 있으려니 그제사 동녘 하늘이 훤해져오더구나…… 그래서 또 혼자 서두를 것도 없는 길을 서둘러 나섰는데, 그 때 일만은 언제까지도 잊을 수가 없을 것 같구나."

"길을 혼자 돌아가시던 그때 일을 말씀이세요?"

"눈길을 혼자 돌아가다 보니 그 길엔 아직도 우리 둘말고는 아무도 지나간 사람이 없지 않았겄냐. 눈발이 그친 그 신작로 눈 위에 저하고 나하고 둘이 걸어온 발자국만 나란히 이어져 있구나."

"그래서 어머님은 그 발자국 때문에 아들 생각이 더 간절하셨겠네요."

"간절하다뿐이었겄냐. 신작로를 지나고 산길을 들어서도 굽이굽이 돌아온 그 몹쓸 발자국들에 아직도 도란도란 저 아그의 목소리나 따뜻한 온기가 남아 있는 듯만 싶었제. 산비둘기만 푸르륵 날아올라도 저 아그 넋이 새가 되어 다시 되돌아오는 듯 놀라지고, 나무들이 눈을 쓰고 서 있는 것만 보아도 뒤에서 금세 저 아그 모습이 뛰어나올 것만 싶었지야. 하다보니 나는 굽이굽이 외지기만 한 그 산길을 저 아그 발자국만 따라 밟고 왔더니라. 내 자석아, 내 자석아, 너하고 둘이 온 길을 이제는 이 몹쓸 늙은 것 혼자서 너를 보내고 돌아가고 있구나!"

"어머님 그때 우시지 않았어요?"

"울기만 했겄냐. 오목오목 디뎌논 그 아그 발자국마다 한도 없는 눈물을 뿌리며 돌아왔제. 내 자석아, 내 자석아, 부디 몸이나 성히 지내거라. 부디부디 너라도 좋은 운 타서 복받고 살거라…… 눈앞이 가리도록 눈물을 떨구면서 눈물로 저 아그 앞길만 빌고 왔제……."

노인의 이야기는 거진 끝이 나가고 있는 것 같았다. 아내는 이제 할 말을 잊은 듯 입을 조용히 다물고 있었다.

"그런디 그 서두를 것도 없는 길이라 그렁저렁 시름없이 걸어온 발걸음이 그래도 어느 참에 동네 뒷산까지 당도해 있었구나. 하지만 나는 그 길로는 차마 동네를 바로 들어설 수가 없어 잿등 위에 눈을 쓸고 아직도 한참이나 시간을 기다리고 앉아 있었더니라……."

"어머님도 이젠 돌아가실 거처가 없으셨던 거지요."

한동안 조용히 입을 다물고 있던 아내가 이제 더 이상 참을 수가 없어진 듯 갑자기 노인을 채근하고 나섰다. 그 목소리가 울먹임 때문에 떨리고 있었다.

나 역시 더 이상 노인을 참을 수가 없었다. 이제나마 노인을 가로막고 싶었다. 아내의 추궁에 대한 그 노인의 대꾸가 너무도 두려웠다. 노인의 대답을 들을 수가 없었다. 하지만 그 역시도 불가능한 일이었다.

나는 아직도 눈을 뜰 수가 없었다. 불빛 아래 눈을 뜨고 일어날 수가 없었다. 사지가 마비된 듯 가라앉아 있는 때문만이 아니었다. 졸음기가 아직 아쉬워서도 아니었다. 눈꺼풀 밑으로 뜨겁게 차오르는 것을 아내와 노인 앞에 보일 수가 없었다. 그것이 너무도 부끄러웠기 때문이다. 아내는 이번에도 그러는 나를 알고 있었던 것 같았다.

“여보, 이젠 좀 일어나 보세요. 일어나서 당신도 말을 좀 해보세요.”

그녀가 느닷없이 나를 세차게 흔들어 깨웠다. 그녀의 음성은 이제 거의 울부짖음에 가까웠다. 그래도 나는 일어날 수가 없었다. 뜨거운 것을 숨기기 위해 눈꺼풀을 꾹꾹 눌러 참으면서 내처 잠이 든 척 버틸 수밖에 없었다.

음성이 아직 흐트러지지 않고 있는 건 오히려 그 노인뿐이었다.

“가만두거라. 아침길 나서기도 피곤할 것인디 곤하게 자고 있는 사람 뭣 하러 그러냐.”

노인은 일단 아내의 행동을 말려두고 나서 아직도 그 옛 얘기를 하는 듯한 아득하고 차분한 음성으로 당신의 남은 이야기를 끝맺어 가고 있었다.

“그런디 이것만은 네가 잘못 안 것 같구나. 그때 내가 뒷산 잿등에서 동네를 바로 들어가지 못하고 있었던 일 말이다. 그건 내가 갈 데가 없어 그랬던 건 아니란다. 산 사람 목숨인데 설마 그때라고 누구네 문간방 한 칸이라도 산 몸뚱이 깃들일 데 마련이 안 됐겄냐. 갈 데가 없어서가 아니라 아침 햇살이 활짝 퍼져 들어 있는디, 눈에 덮인 그 우리 집 지붕까지도 햇살 때문에 볼 수가 없더구나. 더구나 동네에선 아침 짓는 연기가 한참인디 그렇게 시린 눈을 해갖고는 그 햇살이 부끄러워 차마 어떻게 동네 골목을 들어설 수가 있더냐. 그놈의 말간 햇살이 부끄러워져서 그럴 엄두가 안 생겨나더구나. 시린 눈이라도 좀 가라앉히자고 그래 그러고 앉아 있었더니라……."

1977년

주제심화 Q&A

1. 김승옥의 「무진기행」과 이청준의 「눈길」에는 귀향의식도 나타나 있지만 동시에 탈향의식도 드러나 있다. 이 두 작품에서 드러나는 탈향의식에 대해 말해보시오.

김승옥의 「무진기행」과 이청준의 「눈길」은 귀향 모티프가 사용되었다는 공통점이 있다. 그러나 이 두 작품에서 고향은 더 이상 단순히 자신이 태어난 아늑한 장소가 아니다. 「무진기행」의 주인공 윤희중에게 고향 무진은 안개 속에 가려진 무의식과 같은 공간이다. 아무 것도 보이지 않는 안개 속의 무진은 마치 어머니의 뱃속과 같은 아늑함을 줌과 동시에 현실의 냉정한 판단을 가리는 곳이기도 하다. 윤희중이 무진에서 하인숙과 정사(情事)를 나누고 또 그녀의 편지를 찢어버리는 일련의 행동들은 그가 서울에서 보여주는 행동과는 다를 것이다. 그는 무진 속에서는 한없이 나태하고 무기력해질 수 있지만, 서울에 두고 온 현실은 그를 무진에 있게만 놔두지는 않는다. 그에게 온 전보는 그를 무진에서의 꿈으로부터 깨어나게 만든다. 실제로 서울이라는 공간이 소설 속에 등장하지는 않지만, 서울은 윤희중을 고향에서 벗어나게 만드는 현실적인 공간으로서의 구실을 한다.

이청준의 「눈길」에 나타난 고향 역시 주인공 '나'에게 편안함만을 안겨주는 곳은 아니다. 노모가 기다리고 있는 고향은 언제나 기억 속에서 지우고 싶은 과거가 떠오르는 장소이다. 그래서 '나'는 의도적으로 어머니를 '노인'이라 부르고, 자신의 기억 속에서 어머니와의 사랑을 지우려고 애쓴다. 그가 진학을 이유로 고향을 떠나려 한 것도 이러한 이유 때문이다. 물론 작품의 결말에 이르러 '나'는 아내와 어머니의 대화를 엿들으면서 자신의 이러한 태도를 반성하게 된다. 그러나 이 작품에서도 역시 고향을 그리워하는 마음 그 위에 고향에 남아 있는 자신의 과거를 부끄러워하는 '나'의 의식이 드러나 있다. 이는 결국 '나'를 고향에서 멀어지게 하는 탈향의식으로 작동하게 되는 것이다.

2. 「무진기행」의 '나' 는 왜 작품 결말에서 심한 부끄러움을 느꼈는지 설명하시오.

「무진기행」은 작품 전체가 하룻밤의 꿈과 같은 구조를 지니고 있다. 우리는 꿈속에서 현실에서 이루지 못한 것을 상상하고 꿈꾸게 된다. 그러다보면 실제로는 도덕적으로 허용되지 않는 상상을 하게 되기도 한다. 실제로 작품에서 '무진' 은 우리가 흔히 꿈에서 마주치는 이미지들처럼 뚜렷하지 않고 뿌연 안개로 휩싸여 있다. 윤희중은 고향 무진에서 젊은 시절 전쟁에 참여할 기회를 박탈당한 채 골방에서 계속 수음을 했다. 이런 저런 기억이 겹쳐서 고향 '무진' 은 윤희중에게 무의식이 작동하는 공간으로 변모한 것이다.

윤희중이 하인숙과 나누는 정사는 서로에 대한 사랑 때문이 아니라, 자신의 외로움을 극복하기 위한 충동에 지나지 않는다. 그래서 작품 결말에서 '나' 는 서울로 돌아가고자 마음 먹고 하인숙에게 쓴 편지를 찢어버린다. 결국 무진을 떠나면서 '당신은 무진을 떠나고 있습니다.' 라고 쓰인 표지판을 보는 순간 그는 무의식의 세계에서 벗어나 현실의 세계로 돌아온다. 현실로 돌아오면 꿈에서 꾸었던 황당한 상상들이 부끄러워지는 법이다. 윤희중은 그 표지판을 보면서 자신이 고향 '무진' 에서 행했던 행동들이 부끄러워졌다. 마치 수음을 하다 들킨 사람처럼 부끄러워하면서 그는 서울로 향한다.

06
새로운 감수성과 목소리

이 상(1910~1937)

본명은 김해경(金海卿). 이상은 시, 소설, 수필에 걸쳐 두루 작품활동을 한 일제 시대의 대표적인 작가 중에 한 사람이다. 그의 시와 소설은 1930년대 모더니즘의 특성을 첨예하게 드러내준다. 시에서 이상은 현대인의 황량한 내면 풍경을 실험적인 기법으로 드러내었다. 그래서 그의 시는 「오감도 시제일호」처럼 반리얼리즘의 기법에 의해 불안과 공포라는 주제를 보여주는 것으로 요약된다. 또한 그의 소설은 전통적인 소설 양식의 해체를 통해 현대인의 삶의 조건을 보여주는데, 「날개」의 경우 의식의 흐름이라는 기법을 통해 어떤 일상적 현실과도 관계를 맺을 수 없는, 파편화되고 물화된 현대인의 소외를 드러내고 있다. 이상의 작품들은 그 형식과 기법이 무척 난해하다. 그래서 1934년에는 『조선중앙일보』에 「오감도」를 연재하다가 독자들의 비난으로 중단하기도 했다. 이상은 난해한 시와 소설 만큼이나 특이한 삶을 살았던 것으로도 유명하다. 원래 경성고등공업학교 건축과를 졸업한 건축학도였다. 건축도안 현상모집에 당선 경력도 있고 총독부에서 건축기사로 근무한 적도 있다. 또 한때는 다방 '제비'를 경영하기도 했고, 기생과의 연애담으로도 유명하다. 1934년에는 김기림, 이태준, 정지용 등이 중심이 된 구인회에 가담했고, 1936년에는 동인지 『시와 소설』을 편집하기도 했다. 다방면에서 재능을 보였던 그는 27세의 나이에 폐결핵으로 요절했다. 대표작으로는 「오감도」 연작시와 소설 「날개」 「지주회시」 「봉별기」 「종생기」 등이 있다.

오상원(1930~1985)

평북 선천 출생. 오상원은 전후의 시대 상황을 작품화한 대표적인 전후작가의 한 사람으로 꼽힌다. 1955년 《한국일보》 신춘문예에 단편 「유예」가 당선되어 등단했다. 오상원의 주된 관심은 해방과 동란이라는 혼란 속에서도 적극적으로 행동하는 인물상을 제시하는 데 있다. 이러한 관심의 바탕에는 실존주의 사상과 행동주의적 휴머니즘이 자리잡고 있다. 그래서 오상원의 소설에서 주인공들은 어려운 상황에 빠졌을 때 좌절하지 않고 그것을 극복하려는 인간의지를 보여준다. 오상원의 주요 작품으로는 1950년대 후반에 발표한 「유예」 「증인」 「모반」 「백지의 기록」 「파편」 등이 있다. 「유예」는 포로로 잡혀 죽음에 이르게 되는 병사의 내면적 상황을, 「모반」은 해방 직후 좌우 대립의 혼란 속에서 요인을 암살하고 내적인 방황을 겪는 테러리스트의 상황을 그리고 있다. 그러나 1960년대 이후에는 주목할 만한 창작 활동을 전개하지 않았으며, 그 내용의 측면에서도 행동주의적 특성이 많이 약화되어 있다. 이 시기에 발표한 작품으로는 「황선지대」 「무명기」 등이 있다.

1

새롭게 등장하는 내면의 갈등

새롭게 등장하

1900년을 전후하여 한국 근대문학이 시작될 당시 소설가들이 그리려 한 주제들은 대체로 계몽적인 성격을 띤 것들이었다. 물밀듯이 밀려드는 서구 문명의 영향을 받은 새로운 지식인 소설가들은, 소설을 통해 조선시대의 낡은 관습들을 깨뜨리고 사회개혁이나 남녀평등, 자유연애, 구습타파 등의 새로운 사상들을 사람들에게 알리고자 했다. 뒤따라 유입된 서구의 문예사조들은 새로운 소설 형태를 선보였다. 인생의 단면을 그대로 보여주는 자연주의나 현실 반영을 주된 테마로 삼는 사실주의 소설들이 그것으로, 이러한 경향은 1920년대 말까지 지속되었다.

그러나 1930년대 들어서 서양의 모더니즘(modernism) 문학이 유입되면서 사회상을 그 자체로 그려내는 것보다 소설 자체의 예술적 성취에 더 큰 비중을 두는 작품들이 생겨나게 되었다. 이러한 소설들은 사회에 속한 개인에 주목하기보다는 '그 자체로서의 개인'의 실재적인 상황들이나 내면적인 갈등을 그리는 데 초점을 둔다.

대체로 소설의 줄거리를 이끌어가는 것은 갈등이다. 현실의 삶이 갈등의 연속인 것처럼, 소설 또

는 내 면 의 갈 등

한 개인과 개인, 개인과 집단 혹은 사회와의 갈등이 여러 가지 형태로 형상화된다. 그러나 모더니즘 소설들의 경우는 시선이 개인에게 맞춰지면서 개인의 내면에서 일어나는 갈등에 가장 주목한다. 사실 내면의 갈등이 모든 유형의 갈등을 유발시키는 근원적인 동기가 되기도 한다. 그러므로 개인을 치밀하게 묘사한 소설을 주관적이다, 가치가 떨어진다, 고 폄하할 수는 없다. 이처럼 내면이 반영되는 것도 현 시대의 한 측면을 드러내는 진실을 담는 것이기 때문이다.

:: 등장 인물의 내면과 그 심리의 묘사

「날개」는 매춘부인 아내에게 붙어사는 무기력한 주인공의 자아 분열을 그린 한국 최초의 심리소설이자 1930년대 모더니즘 소설의 대표작이다. 이 작품의 주인공은 돈을 벌지도 못하고 사회활동도 전혀 없는 무기력한 남편이다. 그는 현실 감각이 거의 없고, 지쳐 있으며, 게으르고, 매사에 의욕이 없다. 아내에게 얹혀 살고 있는 그는, 특별히 하는 일없이 세월을 보낸다. 주인공이 사는 방은 아내의 방과 장지로 나뉘어져 있다. 아내의 방에는 가끔 내객이 찾아온다. 아내는 찾아온 손님과 식사를 같이 하고 좀 '해괴한 수작', 즉 매음을 해서 돈을 번다. 그러나 주인공은 그런 아내에게 격한 반응을 보이는 법이 없다. 그저 아내가 주는 밥을 먹고 낮잠을 자거나 혼자 공상에 잠기며 시간을 보낸다. 그러던 어느 날 외출했다가 돌아온 주인공은 아내와 손님이 함께 있는 장면을 목격한다. 아내는 그런 주인공에게 감기약이라고 속이고 수면제인 '아달린'을 먹인다. 한 달을 그렇게 지낸 어느 날 주인공은 외출에서 돌아와 절대로 보아서는 안 될 아내의 행위를 보고 만다. 주인공은 거리로 나와 경성역으로 가서 미스꼬시 백화점 옥상에 올라가 스물여섯 해의 과거를 회상하며 날개의 소생을 꿈꾼다.

주인공이 사는 '해가 들지 않는 서울의 33번지 구석방'은 단순한 공간적 배경이 아닌 주인공의 내적 풍경을 암시하는 곳이다. 장지로 나뉘어진 그 방 한쪽은 화려하고 햇빛이 드는 아내의 방이다. 주인공은 빈대가 들끓는 어두침침한 다른 쪽 공간을 사용한다. 주인공은 그 어두운 공간에서 무의미한 장난이나 낮잠, 공상에 잠겨 시간을 보낸다. 따라서 여기서 어두운 공간은 사회와 일상에서 격리된 주인공 내면의 유폐된 공간을 의미하고 있다.

이처럼 주인공이 자폐적인 공간에 움츠리게 된 이유는 무엇일까. 만약 경제적으

이상의 기이한 삶

이상은 본명이 김해경으로 1910년 서울에서 태어나 경성고등공업학교를 졸업하고 처음에는 내무국 기수(일종의 건축기사)로 근무했다. 당시 인부 중 한 사람이 김해경의 성을 이씨로 오해하고 '이상(李氏)!' 이라고 잘못 부른 것을 듣고는 이상으로 이름을 바꾸었다. 그는 건축 전문지인 『조선과 건축』의 표지 도안에 응모해서 1등과 3등을 차지했을 뿐만 아니라, 당시의 미술상이었던 '선전(鮮展)' 에서 〈자화상〉으로 입선하는 등 천재로서의 면모를 보였다. 그러다가 22살 때부터 기발한 시와 소설을 발표하게 된다.

이상은 폐결핵 때문에 건축기사 직업을 버리고 배천온천으로 요양갔다가 그곳 술집에서 금홍이라는 여인을 만나게 된다. 그녀를 데리고 서울로 올라온 이상은 금홍이를 마담으로 내세워서 다방 '제비', 카페 '쓰루(학)' 그리고 외설스러운 은어인 '69' 를 분홍색으로 쓴 간판을 건 다방을 개업했지만, 벌이는 족족 망하고 만다. 그 와중에 단정했던 복장은 엉망으로 바뀌었고 세수도 자주 안 하고 수염을 덥수룩하게 기르는 등 게으른 생활에 빠져든다. 낮에는 골방에서 잠을 자고 밤이면 금홍이를 술 팔러 보내고 자신은 술을 마시러 술집을 전전한다. 그러면서도 구인회(이태준, 박태원 등과 만들었던 모더니즘 문학단체)에 가입해서 「오감도」 등의 시와 「지주회시」 「날개」 「봉별기」 「동해」 등의 소설을 발표한다.

3년 동안 금홍이와 생활을 하다가 헤어지고, 1936년 여름, 친구의 동생이자 이화여전 문과 출신인 변동림이라는 신식 여성과 결혼한다. 그리고 그해 가을에 홀연히 동경으로 건너간다. 결핵과 배고픔으로 인해 이상한 몰골로 동경을 헤매던 이상은 '불령선인(不逞鮮人)' (불평불만이 많은 조선사람)이라고 구속되어 경찰서에서 고초를 겪다가 간신히 석방되지만 건강을 크게 상하게 된다. 그는 1937년 4월 17일에 동경에서 숨을 거두었는데, 죽기 전에 유언으로 레몬 향기를 맡고 싶어 했다고 전해진다. 천재와 기인의 면모를 보였던 이상은 유고작인 「종생기」에 자신의 묘비명을 미리 지어놓아서 더욱 이채롭다.

"묘지명(墓地銘)이라. 일세의 귀재 이상은 그 통생(通生)의 대작 「종생기」 한 편을 남기고 서력 기원후 1937년 정축 3월 3일 미시(未時) 여기 백일(白日) 아래서 그 파란만장(?)의 생애를 끝막고 문득 졸(卒)하다. 향년 만 25세와 11개월."

로 무능하고 성적으로도 무기력한 남편이 아내가 몸을 팔아서 벌어들인 돈으로 생계를 유지하는 상황에 처해 있다면, 아마 맨정신으로는 감당하기 힘든 상황일 것이다. 이런 경우 심한 무력감과 자기 비하로 알코올 의존증에 빠지거나 현실을 비관하고 직시하지 않으려 한다. 「날개」의 주인공이 자기만의 공간 속에서 자폐적인 생활을 하는 것 또한 그런 심리에서 비롯되었다고 추측할 수 있다.

다른 한편으로 주인공의 무기력함은 시대적인 이유에서 찾아볼 수도 있다. 「날개」가 창작된 시기는 1930년대로 일본이 한반도를 강점하던 시기다. 이때의 조선 지식인들은 취직을 하기도 힘들었고, 마땅한 일자리도 없었다. 일제에 적극적으로 협력하지 않으면 높은 지위에 오르기는커녕 돈을 벌기조차 힘들었다. 요직의 대부분은 일본인들이 차지했으며, 겨우 돌아오는 낮은 직급의 일자리는 지식인들의 수에 비해 턱없이 모자랐다. 고등교육을 받은 지식인들은 심한 무기력감에 사로잡힐 수밖에 없던 시기였다. 소설 속 주인공의 자폐적인 태도는 이런 면에서 보면 식민지 지식인의 암울한 내면이 반영된 결과라고도 할 수 있다.

주인공 '나'는 그런 자폐적인 생활에서 빠져나오려고 여러 번 시도를 하며, 이런 시도는 주인공이 생활의 굴레에서 벗어나는 여러 번의 외출로 묘사된다. 본래의 자신을 찾으려는 노력을 의미하는 그 외출은, 사회 속으로 뛰어들어 생활을 영위해 보려는 시도이기도 하다. 그러나 그런 시도가 만만한 것은 아니다. 주인공은 어디로 가야할지 모르고 정처 없이 돌아다니다가, 곧 피로를 느끼고 방으로 돌아오곤 한다. 그런 주인공의 모습은 다시금 사회적으로 무력한 지식인의 모습을 떠올리게 한다. 남편과 아내의 역할이 전도된 상황 그리고 무능력에서 비롯한 무기력에서 탈출하고자 하는 욕망은 점점 커지게 되는데, 그러한 욕망의 결정체가 바로 '날개'다. 정오라는 시간은, 대낮의 정점으로 양기(陽氣)가 가장 충천한 시간이다. 또 아내가 돌아오면 안 된다고 정해 놓은 자정과는 반대되는 시간, 즉 뒤바뀌어 있는 아내와 자신의 관계가 전복되기를 바라는 해방의 시간인 것이다. 이러한 시간인 정오에, 서울 도심의 중심지인 미스꼬시 백화점(지금의 신세계 백화점) 옥상에 올라가 날개가 돋기를 바라는 행위는, 자폐적인 상태에서 벗어나 분열된 자아를 다시 하나로 합치고자 하는 움직임이다. 소설 「날개」는 바로 이런 자기 구제의 욕망을 형상화시킨 작품이다.

이상의 「날개」는 심리 소설 중에서도 아주 독특한 경우에 속한다. 왜냐하면 이 소설의 화자는 둘로 분열되어 있기 때문이다. 작품은 서두의 에피그램(epigram, 사물

의식의 흐름 the stream of consciousness

우리는 살아가면서 항상 논리적이고 이성적인 생각만 하면서 살지는 않는다. 머릿속에는 온갖 생각이 뒤범벅되어 있다. 길을 가면서 어제 선생님이 내준 숙제 걱정을 하다가 갑자기 나타난 쇼윈도 속의 청바지를 보면 '아! 멋지군' 하고 감탄한다. 그러다가 마음속에 품고 있던 이성에 대한 은근한 감정이 떠오르기도 하고, 불현듯 배가 고프다고 생각하기도 한다. 이처럼 사람의 머릿속은 늘 생각과 의식이 끊어지지 않고 연속된다.

현대소설에서 '의식의 흐름' 이란 이처럼 여러 가지 생각이 무질서하고 잡다하게 펼쳐져 있는 소설 속 인물의 의식을 그대로 옮겨놓는 것으로 내면 묘사 방법 중의 하나이다. 이는 작가의 시선이 인물의 시선과 일치하게 되면서, 인물의 의식이 흘러가는 대로 소설이 전개되는 기법을 말한다. 따라서 객관적인 공간이나 시간 등에서 일어나는 사건에 대한 묘사가 아니라 극히 주관적인 감정, 느낌, 심리 등의 묘사가 주를 이루게 된다. 헨리 제임스(Henry James)에 의해 고안되고, 아일랜드의 소설가 제임스 조이스(James Joyce)가 『율리시즈 Ulysses』 등에서 자주 사용한 이 기법은, 많은 작가들에게 영향을 주면서 심리소설이 하나의 장르로 자리매김하는 데 결정적인 역할을 했다.

의식의 흐름 기법을 주로 사용하는 소설가들은 인간의 내면이란 겉으로 드러날 때처럼 조직적이고 논리적인 것이 아니라 비논리적이고 파편적인 생각이 뒤섞여 연속되어 있으며, 이는 잡다한 일상 체험의 연속성과 자유로운 연상 작용 때문이라고 생각한다. 그래서 현대의 여러 소설가들은 이야기의 흐름이나 논리, 수사법, 문법을 희생시키면서까지 그러한 무질서한 생각을 그대로 옮겨 놓고자 한다. 필요한 설명은 극히 간단하고 객관적으로 삽입할 뿐이다.

'의식의 흐름' 과 비슷한 명칭으로 사용되는 '내적 독백' 은 그런 복잡한 생각을 드러내기 위한 수법의 하나로 간주된다.

의 본질을 꿰뚫어보는 듯한 짧은 경구)과 실질적인 줄거리에 해당하는 본문으로 나뉘어져 있다. 이때 에피그램의 화자가 매우 특이하다. 화자는 스스로를 '정신분열자'라고 부르며, 자신이 '흡사 두 개의 태양처럼' 나뉘어져 있다고 쓰고 있다. 이 에피그램을 자세히 살펴보면, 서두 부분의 화자는 소설의 작가인 이상으로 볼 수 있고, 본문의 화자는 작가가 연기하는 백치 같은 주인공으로 볼 수 있다. 바로 이렇게 나뉘어진 두 화자의 상황에 걸맞는 — 화자에 따른 어휘나 행동양식 — 심리묘사가 이 작품이 뛰어나다고 평가받는 부분이다. 예를 들어 백치 같은 주인공은 아내가 외출한 후 아내의 화장대에 놓인 거울을 보거나 돋보기로 휴지와 개미를 태우고 화장품 냄새를 맡는다. 이러한 상황과 심리묘사는 그 자체로도 뛰어나지만, 그러한 자신을 뒤에서 지켜보고 있는 천재 작가의 권태까지 읽어낼 수 있도록 하는 특이하고 뛰어난 심리묘사라 할 수 있다.

오상원의 「유예」는 한국전쟁(6·25전쟁)을 무대로 인민군에게 포로가 된 소대장을 주인공으로, 그에게 주어진 한 시간이라는 삶의 유예 기간 동안 그의 의식의 흐름을 그린 작품이다. 주인공이 적군의 회유를 거부하고 처형을 기다리고 있는 이때, 그의 의식 속에는 전쟁의 무의미함, 인간생명이 경시되는 전쟁의 비극 그리고 그동안 주인공이 겪었던 여러 상황들이 시간의 순서와는 상관없이 떠오른다. 게다가 1인칭 시점과 3인칭 시점이 교차되면서 주인공의 의식 세계와 독백을 중심으로 서술되고 있기 때문에, 주인공이 처한 상황이나 줄거리를 파악하기가 쉽지는 않다.

주인공이 인솔한 수색대는 북으로 진격하면서 몇 차례의 전투를 벌였고, 적의 배후 깊숙이 들어간 뒤 본대와의 연락이 끊어졌다. 결국 어쩔 수 없이 후퇴를 하기로 결정하고, 눈 속에 쓰러진 부하들을 버려둔 채 여섯 명만이 눈을 헤치며 돌아오다, 선임하사마저 총을 맞고 쓰러진다. 결국엔 혼자 남게 된 주인공은 또다시 무릎까지 쌓인 눈을 헤치며 남쪽으로 내려가다 인적 없는 황량한 마을에서 인민군들이 청년을 처형하기 위해 총을 겨누고 있는 것을 발견한다. 주인공은 인민군을 향해 총을 쏘다가 반격을 받고 의식을 잃는다. 이후 인민군들은 몇 번의 심문을 통해 주인공을 회유하지만, 결국 사형이 결정된다. 주인공은 끌려나와 남쪽으로 향한 둑길을 걷다가 총살된다.

작품에서는 이와 같은 간략한 내용이 화자의 의식 속에서 마구 뒤섞여 있다. 사실주의 소설이 현실을 정확히 반영하고자 한다면, 심리소설은 말 그대로 머릿속이나 마음속을 그대로 옮겨 놓는 것이다. 그런데 사람의 머릿속에는 얼마나 다양한 생각들이 뒤죽박죽 스쳐 지나가겠는가. 그것도 죽음을 눈앞에 둔 사람이라면 그 머릿속은 너무도 복잡하고 무질서한 상념들로 채워질 것이다. 「유예」는 그런 복잡한 상념들을 1인칭 시점과 3인칭 시점의 교차, 과거와 현재의 교차를 통해 잘 드러내고 있다.

또한 이 작품은 흔히 '의식의 흐름' 수법을 사용한 것으로 평가된다. 이 기법은 주인공의 생각에 따라서 소설이 전개된다. 다시 말해서 시간의 순차적인 흐름에 따라 소설이 전개되는 것이 아니라, 인물의 기억과 느낌에 따라서 과거와 현재가 교차되면서 진행된다. 그래서 주변 인물의 대화도 화자의 의식 속에서 재편성되어 간접화법으로 진행되고, 묘사도 객관적이기보다는 화자의 의식 속에서 주관적으로 재구성된다.

이 작품의 주인공은 낙오병들의 소대장이다. 그는 자신의 의지와는 무관하게 전쟁의 소용돌이에 휘말리게 된 후로 여러 죽음을 접하게 된다. 그의 부하였던 선임하사도 숱한 전투를 겪은 사람으로 삶 자체가 싸움 같았던 사람이지만 그 역시도 숱한 죽음들 가운데 하나로 무의미하게 생을 마감할 뿐이다. 그리고 여러 부하들과 자기 자신의 죽음도 역시 그런 수많은 죽음 가운데 하나일 뿐이다. 화자는 죽기 전까지 '아니 아무 것도 아닌 것이다'는 말을 반복함으로써, 자신의 죽음 역시도 전쟁으로 죽어간 수많은 사람들 가운데 하나일 뿐 아무 의미가 없다는 것을 강조한다. 작가는 이렇게 무의미한 죽음을 강조함으로써, 가장 의미 있는 인간의 생명을 무의미하게 희생시키는 전쟁의 비인간성을 역설적으로 드러내고자 한 것이다.

「유예」는 한국전쟁과 같은 역사적 사건을 직접적이고 객관적으로 판단하기보다, 주인공의 심리 묘사에 치중해 역사 속에 휘말릴 수밖에 없는 개인의 실존적 상황에 초점을 맞추고 있다. 따라서 어떻게 보면 작가의 역사관은 허무주의에 가깝다고 볼 수도 있다. 이러한 생각은 '전쟁은 개인 의지의 선택이 아니었다' 라는 주인공의 말에서도 읽을 수 있다. 한국전쟁을 이데올로기로 분석한 것이 아니라, 허무하게 죽어가

이상한 '이상' - 시 「오감도」에 얽힌 이야기

조선중앙일보 학예부장으로 재직하고 있던 상허 이태준은 1934년 여름 소설가 박태원과의 상의 끝에 이상의 시 「오감도」를 신문에 연재하기로 결정했다. 지금 봐도 난해하기 그지없는 「오감도」의 연재가 일으킬 소동을 어느 정도 예감했던 이태준은 사표를 주머니에 넣고 다니면서 연재를 감행했다고 한다. 그러나 소동은 회사 안에서부터 먼저 일어났다. 당시에는 컴퓨터로 인쇄 조판을 했던 것이 아니라 식자공이 일일이 글자를 뽑아서 조판을 했는데, 식자공은 당연히 사전에도 없는 「오감도(烏瞰圖)」 대신 「조감도(鳥瞰圖)」로 인쇄해서 교정하는 사람에게 넘겼다. 그러자 교정부에서는 '오(烏)' 로 바로 잡아서 내려보냈다. 그러면 또다시 '조(鳥)' 로 바꿔서 올려보내고, 또 '오' 로 수정해서 내려보내고……. 이런 소동을 겪으면서 활자화된 「오감도」에 대한 독자들의 반응 역시 장난이 아니었다. 당시 독자들은 도저히 시라고 봐줄 수 없었던 이상의 시편들에 완전히 조롱당한다는 굴욕감을 느꼈던지, 독자들로부터 "미친놈의 잠꼬대냐" "무슨 개수작이냐" "도대체 어쩌자는 거냐" 등의 욕설과 항의가 편지와 전화로 빗발쳤다. 결국 오감도는 30회 예정이었지만, 15회의 연재로 끝을 맺고 말았다. 신문에는 실리지 않았던 이상의 대답은 이랬다. "왜 미쳤다고들 그러는지, 우리는 남보다 수십 년씩 떨어져도 마음놓고 지낼 작정이냐. 모르는 것은 내 재주도 모자랐겠지만 게을러 빠지게 놀고만 지내던 일도 좀 뉘우쳐보아야 아니하느냐" 며 무지한 독자들을 탓했다는 것이다. 〈해바라기〉로 유명한 빈센트 반 고흐도 생전에는 그의 예술을 이해받지 못했다고 한다. 「오감도」에 얽힌 일화는 이상의 문학이 시대를 너무 앞서갔던 탓으로 이해할 수 있을 것이다. 아무튼 이상의 시가 너무 어렵다고 생각했던 학생들은 조금 위안을 받을 수 있을지도 모르겠다.

는 개인의 생명을 강조해 사회의 흐름에 저항할 수 없는 개인들의 비극적인 삶에 무게를 두고 있는 것이다.

날개 _ 이상

'박제(剝製)가 되어 버린 천재(天才)'를 아시오? 나는 유쾌(愉快)하오. 이런 때 연애(戀愛)까지가 유쾌(愉快)하오.

육신(肉身)이 흐느적흐느적하도록 피로(疲勞)했을 때만 정신(精神)이 은화(銀貨)처럼 맑소. 니코틴이 내 회(蛔)배 앓는 뱃속으로 스미면 머리 속에 으레 백지(白紙)가 준비(準備)되는 법이오. 그 위에다 나는 위트와 패러독스를 바둑 포석(布石)처럼 늘어놓소. 가증(可憎)할 상식(常識)의 병(病)이오.

나는 또 여인(女人)과 생활(生活)을 설계(設計)하오. 연애 기법(戀愛技法)에마저 서먹서먹해진 지성(知性)의 극치(極致)를 흘깃 좀 들여다본 일이 있는, 말하자면 일종의 정신분일자(精神奔逸者)말이오. 이런 여인(女人)의 반(半) — 그것은 온갖 것의 반(半)이오 — 만을 영수(領收)하는 생활(生活)을 설계(設計)한다는 말이오. 그런 생활(生活) 속에 한 발만 들여놓고 흡사(恰似) 두 개의 태양(太陽)처럼 마주 쳐다보면서 낄낄거리는 것이오. 나는 아마 어지간히 인생(人生)의 제행(諸行)이 싱거워서 견딜 수가 없게쯤 되고 그만둔 모양이오. 굿바이.

굿바이. 그대는 이따금 그대가 제일 싫어하는 음식(飮食)을 탐식(貪食)하는 아이러니를 실천(實踐)해 보는 것도 좋을 것 같소. 위트와 패러독스와…….

그대 자신(自身)을 위조(僞造)하는 것도 할 만한 일이오. 그대의 작품은 한 번도 본 일이 없는 기성품(旣成品)에 의하여 차라리 경편(輕便)하고 고매(高邁)하리다.

19세기(世紀)는 될 수 있거든 봉쇄(封鎖)하여 버리오. 도스토예프스키 정신(精神)이란 자칫하면 낭비(浪費)인 것 같소. 위고를 프랑스의 빵 한 조각이라고는 누가 그랬는지 지언(至言)인 듯싶소. 그러나 인생(人生) 혹(或)은 그 모형(模型)에 있어서 디테일 때문에 속는다거나 해서야 되겠소? 화(禍)를 보지 마오. 부디 그대께 고하는 것이니…….

(테이프가 끊어지면 피가 나오. 상(傷)채기도 머지않아 완치(完治)될 줄 믿소. 굿바이.)

감정(感情)은 어떤 포즈. (그 포즈의 원소(元素)만을 지적(指摘)하는 것이 아닌지 나도 모르겠소.)

그 포즈가 부동자세(不動姿勢)에까지 고도화(高度化)할 때 감정(感情)은 딱 공급(供給)을 정지(停止)합네다.

나는 내 비범(非凡)한 발육(發育)을 회고(回顧)하여 세상(世上)을 보는 안목(眼目)을 규정(規定)하였소.

여왕봉(女王蜂)과 미망인(未亡人) — 세상(世上)의 하고많은 여인(女人)이 본질적(本質的)으로 이미 미망인(未亡人)이 아닌 이가 있으리까? 아니! 여인(女人)의 전부(全部)가 그 일상(日常)에 있어서 개개 '미망인(未亡人)'이라는 내 논리(論理)가 뜻밖에도 여성(女性)에 대(對)한 모독(冒瀆)이 되오? 굿바이.

그 33번지라는 것이 구조가 흡사 유곽이라는 느낌이 없지 않다.

한 번지에 18가구가 죽 — 어깨를 맞대고 늘어서서 창호가 똑같고 아궁이 모양이 똑같다. 게다가 각 가구에 사는 사람들이 송이송이 꽃과 같이 젊다.

해가 들지 않는다. 해가 드는 것을 그들이 모른 체하는 까닭이다. 턱살 밑에다 철줄을 매고 얼룩진 이부자리를 널어 말린다는 핑계로 미닫이에 해가 드는 것을 막아버린다. 침침한 방 안에서 낮잠들을 잔다. 그들은 밤에는 잠을 자지 않나? 알 수 없다. 나는 밤이나 낮이나 잠만 자느라고 그런 것은 알 길이 없다. 33번지 18가구의 낮은 참 조용하다.

조용한 것은 낮뿐이다. 어둑어둑하면 그들은 이부자리를 걷어 들인다. 전등불이 켜진 뒤의 18가구는 낮보다 훨씬 화려하다. 저물도록 미닫이 여닫는 소리가 잦다. 바빠진다. 여러 가지 내음새가 나기 시작한다. 비웃 굽는 내, 탕고도란 내, 뜨물 내, 비눗내…….

그러나 이런 것들보다도 그들의 문패가 제일로 고개를 끄덕이게 하는 것이다.

이 18가구를 대표하는 대문이라는 것이 일각이 져서 외따로 떨어지기는 했으나 있다. 그러나 그것은 한 번도 닫힌 일이 없는 한길이나 마찬가지 대문인 것이다. 온갖 장사아치들은 하루 가운데 어느 시간에라도 이 대문을 통하여 드나들 수 있는 것이다. 이네들은 문간에서 두부를 사는 것이 아니라 미닫이만 열고 방에서 두부를 사는 것이다. 이렇게 생긴 33번지 대문에 그들 18가구의 문패를 몰아다 붙이는 것은 의미가 없다. 그들은 어느 사이엔가 각 미닫이 위 백인당(百忍堂)이니 길상당(吉祥堂)이니 써 붙인 한 곁에다 문패를 붙이는 풍속을 가져 버렸다.

내 방 미닫이 위 한 곁에 칼표딱지를 넷에다 낸 것만한 내 — 아니! 내 아내의 명함이 붙어 있는 것도 이 풍속을 좇은 것이 아닐 수 없다.

나는 그러나 그들의 아무와도 놀지 않는다. 놀지 않을 뿐만 아니라 인사도 않는다. 나는 내 아내와 인사하는 외에 누구와도 인사하고 싶지 않았다.

내 아내 외의 다른 사람과 인사를 하거나 놀거나 하는 것은 내 아내 낯을 보아 좋지 않은 일인 것만 같이 생각이 들었기 때문이다. 나는 이만큼까지 내 아내를 소중히 생각한 것이다.

내가 이렇게까지 내 아내를 소중히 생각한 까닭은 이 33번지 18가구 가운데서 내 아내가 내 아내의 명함처럼 제일 작고 제일 아름다운 것을 안 까닭이다. 18가구에 각기 별러들은 송이송이 꽃들 가운데서도 내 아내가 특히 아름다운 한 떨기의 꽃으로 이 함석지붕 밑 볕 안 드는 지역에서 어디까지든지 찬란하였다. 따라서 그런 한 떨기 꽃을 지키고—아니 그 꽃에 매달려 사는 나라는 존재가 도무지 형언할 수 없는 거북살스러운 존재가 아닐 수 없었던 것은 물론이다.

나는 어디까지든지 내 방이—집이 아니다. 집은 없다—마음에 들었다. 방 안의 기온은 내 체온을 위하여 쾌적하였고, 방 안의 침침한 정도가 또한 내 안력을 위하여 쾌적하였다. 나는 내 방 이상의 서늘한 방도 또 따뜻한 방도 희망하지 않았다. 이 이상으로 밝거나 이 이상으로 아늑한 방은 원하지 않았다. 내 방은 나 하나를 위하여 요만한 정도를 꾸준히 지키는 것 같아 늘 내 방에 감사하였고 나는 또 이런 방을 위하여 이 세상에 태어난 것만 같아서 즐거웠다.

그러나 이것은 행복이라든가 불행이라든가 하는 것을 계산하는 것은 아니었다. 말하자면 나는 내가 행복되다고도 생각할 필요가 없었고, 그렇다고 불행하다고도 생각할 필요가 없었다. 그냥 그날그날을 그저 까닭 없이 펀둥펀둥 게으르고만 있으면 만사는 그만이었던 것이다.

내 몸과 마음에 옷처럼 잘 맞는 방 속에서 뒹굴면서, 축 처져 있는 것은 행복이니 불행이니 하는 그런 세속적인 계산을 떠난, 가장 편리하고 안일한, 말하자면 절대적인 상태인 것이다. 나는 이런 상태가 좋았다.

이 절대적인 내 방은 대문간에서 세어서 똑 일곱째 칸이다. 럭키 세븐의 뜻이 없지 않다. 나는 이 일곱이라는 숫자를 훈장처럼 사랑하였다. 이런 이 방이 가운데 장지로 말미암아 두 칸으로 나뉘어 있었다는 그것이 내 운명의 상징이었던 것을 누가 알랴?

아랫방은 그래도 해가 든다. 아침결에 책보만한 해가 들었다가 오후에 손수건만 해지면서 나가 버린다. 해가 영영 들지 않는 윗방이 즉 내 방인 것은 말할 것도 없다. 이렇게 볕 드는 방이 아내 방이요, 볕 안 드는 방이 내 방이요 하고 아내와 나 둘 중에 누가 정했는지 나는 기억하지 못한다. 그러나 나에게는 불평이 없다.

아내가 외출만 하면 나는 얼른 아랫방으로 와서 그 동쪽으로 난 들창을 열어 놓고, 열어 놓으면 들여비치는 볕살이 아내의 화장대를 비쳐 가지각색 병들이 아롱이지면서 찬란하게 빛나고 이렇게 빛나는 것을 보는 것은 다시없는 내 오락이다. 나는 쪼끄만 돋보기를 꺼내 가지고 아내만이 사용하는 '지리가미(휴지)'를 끄실려가면서 불장난을 하고 논다. 평행 광선을 굴절시켜서 한 초점에 모아가지고 그 초점이 따끈따끈해지다가, 마지막에는 종이를 끄실르기 시작하고 가느다란 연기를 내면서 드디어 구멍을 뚫어 놓는 데까지에 이르는 고 얼마 안 되는 동안의 초조한 맛이 죽고 싶을 만치 내게는 재미있었다.

이 장난이 싫증이 나면 나는 또 아내의 손잡이 거울을 가지고 여러 가지로 논다. 거울이란 제 얼굴을 비출 때만 실용품이다. 그 외의 경우에는 도무지 장난감인 것이다.

이 장난도 곧 싫증이 난다. 나의 유희심은 육체적인 데서 정신적인 데로 비약한다. 나는 거울을 내던지고 아내의 화장대 앞으로 가까이 가서 나란히 늘어놓인 그 가지각색의 화장품 병들을 들여다본다. 고것들은 세상의 무엇보다도 매력적이다. 나는 그 중의 하나만을 골라서 가만히 마개를 빼고 병구멍을 내 코에 가져다 대이고 숨죽이듯이 가벼운 호흡을 하여 본다. 이국적인 센슈얼한(관능적인) 향기가 폐로 스며들면 나는 저절로 스르르 감기는 내 눈을 느낀다. 확실히 아내의 체취(體臭)의 파편이다. 나는 도로 병마개를 막고 생각해 본다. 아내의 어느 부분에서 요 내음새가 났던가를…… 그러나 그것은 분명치 않다. 왜? 아내의 체취는 여기 늘어섰는 가지각색 향기의 합계일 것이니까.

아내의 방은 늘 화려하였다. 내 방이 벽에 못 한 개 꽂히지 않은 소박한 것인 반대로 아내 방에는 천장 밑으로 쫙 돌려 못이 박히고 못마다 화려한 아내의 치마와 저고리가 걸렸다. 여러 가지 무늬가 보기 좋다. 나는 그 여러 조각의 치마에서 늘 아내의 동체(胴體)와 그 동체가 될 수 있는 여러 가지 포즈를 연상하고 연상하면서 내 마음은 늘 점잖지 못하다.

그렇건만 나에게는 옷이 없었다. 아내는 내게 옷을 주지 않았다. 입고 있는 코르덴 양복 한 벌이 내 자리옷이었고 통상복과 나들이옷을 겸한 것이었다. 그리고 하이넥의 스웨터가 한 조각 사철을 통한 내 내의다. 그것들은 하나같이 다 빛이 검다. 그것은 내 짐작 같아서는 즉 빨래를 될 수 있는 데까지 하지 않아도 보기 싫지 않도록 하기 위한 것이 아닌가 한다. 나는 허리와 두 가랑이 세 군데 다—고무밴드가 끼어 있는 부드러운 '사루마다'를 입고 그리고 아무 소리 없이 잘 놀았다.

어느덧 손수건만해졌던 볕이 나갔는데 아내는 외출에서 돌아오지 않는다. 나는 요만 일에도 좀 피곤하였고 또 아내가 돌아오기 전에 내 방으로 가 있어야 될 것을 생각하고 그만 내 방으로 건너간다. 내 방은 침침하다. 나는 이불을 뒤집어쓰고 낮잠을 잔다. 한 번도 걷은 일이 없는 내 이부자리는 내 몸뚱이의 일부분처럼 내게는 참 반갑다. 잠은 잘 오는 적도 있다. 그러나 또 전신이 까칫까칫하면서 영 잠이 오지 않는 적도 있다. 그런 때는 아무 제목으로나 제목을 하나 골라서 연구하였다. 나는 내 좀 축축한 이불 속에서 참 여러 가지 발명도 하였고 논문도 많이 썼다. 시도 많이 지었다. 그러나 그것들은 내가 잠이 드는 것과 동시에 내 방에 담겨서 철철 넘치는 그 흐늑흐늑한 공기에 다 비누처럼 풀어져서 온데간데가 없고 한참 자고 깬 나는 속이 무명 헝겊이나 메밀 껍질로 띵띵 찬 한 덩어리 베개와도 같은 한 벌 신경이었을 뿐이고 뿐이고 하였다.

그러기에 나는 빈대가 무엇보다도 싫었다. 그러나 내 방에서는 겨울에도 몇 마리씩의 빈대가 끊이지 않고 나왔다. 내게 근심이 있었다면 오직 이 빈대를 미워하는 근심일 것이다. 나는 빈대에게 물려서 가려운 자리를 피가 나도록 긁었다. 쓰라리다. 그것은 그윽한 쾌감에 틀림없었다. 나는 혼곤히 잠이 든다.

나는 그러나 그런 이불 속의 사색 생활에서도 적극적인 것을 궁리하는 법이 없다. 내게는 그럴 필요가 대체 없었다. 만일 내가 그런 좀 적극적인 것을 궁리해 내었을 경우에 나는 반드시 내 아내와 의논하여야 할 것이고 그러면 반드시 나는 아내에게 꾸지람을 들을 것이고 — 나는 꾸지람이 무서웠다느니 보다는 성가셨다. 내가 제법 한 사람의 사회인의 자격으로 일을 해 보는 것도 아내에게 사설 듣는 것도 나는 가장 게으른 동물처럼 게으른 것이 좋았다. 될 수만 있으면 이 무의미한 인간의 탈을 벗어버리고도 싶었다.

나에게는 인간 사회가 스스러웠다. 생활이 스스러웠다. 모두가 서먹서먹할 뿐이었다.

아내는 하루에 두 번 세수를 한다.

나는 하루 한 번도 세수를 하지 않는다.

나는 밤중 세 시나 네 시 해서 변소에 갔다. 달이 밝은 밤에는 한참씩 마당에 우두커니 섰다가 들어오곤 한다. 그러니까 나는 이 18가구의 아무와도 얼굴이 마주치는 일이 거의 없다. 그러면서도 나는 이 18가구의 젊은 여인네 얼굴들을 거반 다 기억하고 있었다. 그들은 하나같이 내 아내만 못하였다.

열한 시쯤 해서 하는 아내의 첫 번 세수는 좀 간단하다. 그러나 저녁 일곱 시쯤 해서 하는 두 번째 세수는 손이 많이 간다. 아내는 낮에 보다도 밤에 더 좋고 깨끗한 옷을 입는다. 그리고 낮에도 외출하고 밤에도 외출하였다.

아내에게 직업이 있었던가? 나는 아내의 직업이 무엇인지 알 수 없다. 만일 아내에게 직업이 없었다면, 같이 직업이 없는 나처럼 외출할 필요가 생기지 않을 것인데—아내는 외출한다. 외출할 뿐만 아니라 내객이 많다. 아내에게 내객이 많은 날은 나는 온종일 내 방에서 이불을 쓰고 누워 있어야만 된다. 불장난도 못한다. 화장품 내음새도 못 맡는다. 그런 날은 나는 의식적으로 우울해하였다. 그러면 아내는 나에게 돈을 준다. 오십 전짜리 은화다. 나는 그것이 좋았다. 그러나 그것을 무엇에 써야 옳을지 몰라서 늘 머리맡에 던져두고 두고 한 것이 어느 결에 모여서 꽤 많아졌다. 어느 날 이것을 본 아내는 금고처럼 생긴 벙어리를 사다 준다. 나는 한푼씩 한푼씩 고속에 넣고 열쇠는 아내가 가져갔다. 그 후에도 나는 더러 은화를 그 벙어리에 넣은 것을 기억한다. 그리고 나는 게을렀다. 얼마 후 아내의 머리 쪽에 보지 못하던 누깔잠이 하나 여드름처럼 돋았던 것은 바로 그 금고형 벙어리의 무게가 가벼워졌다는 증거일까. 그러나 나는 드디어 머리맡에 놓였던 그 벙어리에 손을 대지 않고 말았다. 내 게으름은 그런 것에 내 주의를 환기시키기도 싫었다.

아내에게 내객이 있는 날은 이불 속으로 암만 깊이 들어가도 비 오는 날만큼 잠이 잘 오지 않았다. 나는 그런 때 아내에게는 왜 늘 돈이 있나 왜 돈이 많은가를 연구했다.

내객들은 장지 저쪽에 내가 있는 것을 모르나 보다. 내 아내와 나도 좀 하기 어려운 농을 아주 서슴지 않고 쉽게 해 던지는 것이다. 그러나 아내의 내객 가운데 서너 사람의 내객들은 늘 비교적 점잖았다고 볼 수 있는 것이 자정이 좀 지나면 으레 돌아들 갔다. 그들 가운데는 퍽 교양이 옅은 자도 있는 듯싶었는데 그런 자는 보통 음식을 사다 먹고 논다. 그래서 보충을 하고 대체로 무사하였다.

나는 우선 내 아내의 직업이 무엇인가를 연구하기에 착수하였으나 좁은 시야와 부족한 지식으로는 이것을 알아내기 힘이 든다. 나는 끝끝내 내 아내의 직업이 무엇인가를 모르고 말려나 보다.

아내는 늘 진솔버선만 신었다. 아내는 밥도 지었다. 아내가 밥짓는 것을 나는 한 번도 구경한 일은 없으나 언제든지 끼니때면 내 방으로 내 조석밥을 날라다 주는 것이다. 우리 집에는 나와 내 아내 외에 다른 사람은 아무도 없다. 이 밥은 분명히 아내가 손수 지었음에 틀림없다.

그러나 아내는 한 번도 나를 자기 방으로 부른 일이 없다.

나는 늘 웃방에서 나 혼자서 밥을 먹고 잠을 잤다. 밥은 너무 맛이 없었다. 반찬이 너무 엉성하였다. 나는 닭이나 강아지처럼 말없이 주는 모이를 넙죽넙죽 받아먹기는 했으나 내심 야속하게 생각한 적도 더러 없지 않다. 나는 안색이 여지없이 창백해 가면서 말라들어 갔다. 나날이 눈에 보이듯이 기운이 줄어들어 갔다. 영양 부족으로 하여 몸뚱이 곳곳이 뼈가 불쑥불쑥 내밀었다. 하룻밤 사이에도 수십 차를 돌쳐눕지 않고는 여기저기가 배겨서 나는 배겨내일 수가 없었다.

그렇기 때문에 나는 내 이불 속에서 아내가 늘 흔히 쓸 수 있는 저 돈의 출처를 탐색해 보는 일변 장지 틈으로 새어 나오는 아랫방의 음식은 무엇일까를 간단히 연구하였다. 나는 잠이 잘 안 왔다.

깨달았다. 아내가 쓰는 돈은 그, 내게는 다만 실없는 사람들로밖에 보이지 않는 까닭 모를 내객들이 놓고 가는 것에 틀림없으리라는 것을 나는 깨달았다. 그러나 왜 그들 내객은 돈을 놓고 가나, 왜 내 아내는 그 돈을 받아야 되나 하는 예의(禮儀) 관념이 내게는 도무지 알 수 없는 것이었다.

그것은 그저 예의에 지나지 않는 것일까? 그렇지 않으면 혹 무슨 대가일까 보수일까. 내 아내가 그들의 눈에는 동정을 받아야만 할 가엾은 인물로 보였던가.

이런 것들을 생각하노라면 으레 내 머리는 그냥 혼란하여 버리고 하였다. 잠들기 전에 획득했다는 결론이 오직 불쾌하다는 것뿐이었으면서도 나는 그런 것을 아내에게 물어 보거나 한 일이 참 한 번도 없다. 그것은 대체 귀찮기도 하려니와 한잠 자고 일어나는 나는 사뭇 딴사람처럼 이것도 저것도 다 깨끗이 잊어버리고 그만두는 까닭이다.

내객들이 돌아가고, 혹 밤 외출에서 돌아오고 하면 아내는 경편한 것으로 옷을 바꾸어 입고 내 방으로 나를 찾아온다. 그리고 이불을 들치고 내 귀에는 영 생동생동한 몇 마디 말로 나를 위로하려 든다. 나는 조소(嘲笑)도 고소(苦笑)도 홍소(哄笑)도 아닌 웃음을 얼굴에 띠우고 아내의 아름다운 얼굴을 쳐다본다. 아내는 방그레 웃는다. 그러나 그 얼굴에 떠도는 일말의 애수를 나는 놓치지 않는다.

아내는 능히 내가 배고파하는 것을 눈치채일 것이다. 그러나 아랫방에서 먹고 남은 음식을 나에게 주려들지는 않는다. 그것은 어디까지든지 나를 존경하는 마음일 것임에 틀림없다. 나는 배가 고프면서도 적이 마음이 든든한 것을 좋아했다. 아내가 무엇이라고 지껄이고 갔는지 귀에 남아 있을 리가 없다. 다만 내 머리맡에 아내가 놓고 간 은화가 전등불에 흐릿하게 빛나고 있을 뿐이다.

고 금고형 벙어리 속에 고 은화가 얼마큼이나 모였을까. 나는 그러나 그것을 쳐들어 보지 않았다. 그저 아무런 의욕도 기원도 없이 그 단추 구멍처럼 생긴 틈사구니로 은화를 떨어뜨려 둘 뿐이었다.

왜 아내의 내객들이 아내에게 돈을 놓고 가나 하는 것이 풀 수 없는 의문인 것같이 왜 아내는 나에게 돈을 놓고 가나 하는 것도 역시 나에게는 똑같이 풀 수 없는 의문이었다. 내 비록 아내가 내게 돈을 놓고 가는 것이 싫지 않았다 하더라도 그것은 다만 고것이 내 손가락에 닿는 순간에서부터 고 벙어리 주둥이에서 자취를 감추기까지의 하잘것없는 짧은 촉각이 좋았달 뿐이지 그 이상 아무 기쁨도 없다.

어느 날 나는 고 벙어리를 변소에 갖다 넣어 버렸다. 그때 벙어리 속에는 몇 푼이나 되는지는 모르겠으나 고 은화들이 꽤 들어 있었다.

나는 내가 지구 위에 살며 내가 이렇게 살고 있는 지구가 질풍신뢰의 속력으로 광대무변의 공간을 달리고 있다는 것을 생각했을 때 참 허망하였다. 나는 이렇게 부지런한 지구 위에서는 현기증도 날 것 같고 해서 한시바삐 내려 버리고 싶었다.

이불 속에서 이런 생각을 하고 난 뒤에는 나는 고 은화를 고 벙어리에 넣고 넣고 하는 것조차도 귀찮아졌다. 나는 아내가 손수 벙어리를 사용하였으면 하고 희망하였다. 벙어리도 돈도 사실에는 아내에게만 필요한 것이지 내게는 애초부터 의미가 전연 없는 것이었으니까 될 수만 있으면 그 벙어리를 아내는 아내 방으로 가져갔으면 하고 기다렸다. 그러나 아내는 가져가지 않는다. 나는 내가 아내 방으로 가져다 둘까 하고 생각하여 보았으나 그 즈음에는 아내의 내객이 원체 많아서 내가 아내 방에 가 볼 기회가 도무지 없었다. 그래서 나는 하는 수 없이 변소에 갖다 집어넣어 버리고 만 것이다.

나는 서글픈 마음으로 아내의 꾸지람을 기다렸다. 그러나 아내는 끝내 아무 말도 나에게 묻지도 하지도 않았다. 않았을 뿐 아니라 여전히 돈은 돈대로 머리맡에 놓고 가지 않나? 내 머리맡에는 어느덧 은화가 꽤 많이 모였다.

내객이 아내에게 돈을 놓고 가는 것이나 아내가 내게 돈을 놓고 가는 것이나 일종의 쾌감—그 외의 다른 아무런 이유도 없는 것이 아닐까 하는 것을 나는 또 이불 속에서 연구하기 시작하였다. 쾌감이라면 어떤 종류의 쾌감일까를 계속하여 연구하였다. 그러나 그것은 이불 속의 연구로는 알 길이 없었다. 쾌감 쾌감, 하고 나는 뜻밖에도 이 문제에 대해서만 흥미를 느꼈다.

아내는 물론 나를 늘 감금하여 두다시피 하여 왔다. 내게 불평이 있을 리 없다.

그런 중에도 나는 그 쾌감이라는 것의 유무를 체험하고 싶었다.

나는 아내의 밤 외출 틈을 타서 밖으로 나왔다. 나는 거리에서 잊어버리지 않고 가지고 나온 은화를 지폐로 바꾼다. 5원이나 된다. 그것을 주머니에 넣고 나는 목적을 잃어버리기 위하여 얼마든지 거리를 쏘다녔다. 오래간만에 보는 거리는 거의 경이에 가까울 만치 내 신경을 흥분시키지 않고는 마지않았다. 나는 금시에 피곤하여 버렸다. 그러나 나는 참았다. 그리고 밤이 이슥하도록 까닭을 잊어버린 채 이 거리 저 거리로 지향 없이 헤매었다. 돈은 물론 한푼도 쓰지 않았다. 돈을 쓸 아무 엄두도 나서지 않았다. 나는 벌써 돈을 쓰는 기능을 완전히 상실한 것 같았다.

나는 과연 피로를 이 이상 견디기가 어려웠다. 나는 가까스로 내 집을 찾았다. 나는 내 방으로 가려면 아내 방을 통과하지 아니하면 안 될 것을 알고 아내에게 내객이 있나 없나를 걱정하면서 미닫이 앞에서 좀 거북살스럽게 기침을 한 번 했더니, 이것은 참 또 너무 암상스럽게 미닫이가 열리면서 아내의 얼굴과 그 등 뒤에 낯설은 남자의 얼굴이 이쪽을 내다보는 것이다. 나는 별안간 내어쏟아지는 불빛에 눈이 부셔서 좀 머뭇머뭇했다.

나는 아내의 눈초리를 못 본 것은 아니다. 그러나 나는 모른 체하는 수밖에 없었다. 왜 나는 어쨌든 아내의 방을 통과하지 않으면 안 되니까…….

나는 이불을 뒤집어썼다. 무엇보다도 다리가 아파서 견딜 수가 없었다. 이불 속에서는 가슴이 울렁거리면서 암만해도 까무러칠 것만 같았다. 걸을 때는 몰랐더니 숨이 차다. 등에 식은땀이 쭉 내배인다. 나는 외출한 것을 후회하였다. 이런 피로를 잊고 어서 잠이 들었으면 좋았다. 한잠 잘—자고 싶었다.

얼마 동안이나 비스듬히 엎드려 있었더니 차츰차츰 뚝딱거리는 가슴 동기가 가라앉는다. 그만해도 우선 살 것 같았다. 나는 몸을 돌쳐 반듯이 천장을 향하여 눕고

쪽—다리를 뻗었다.

그러나 나는 또다시 가슴의 동기를 피할 수 없게 되었다. 아랫방에서 아내와 그 남자의 내 귀에도 들리지 않을 만치 옅은 목소리로 소곤거리는 기척이 장지 틈으로 전하여 왔던 것이다. 청각을 더 예민하게 하기 위하여 나는 눈을 떴다. 그리고 숨을 죽였다. 그러나 그때는 벌써 아내와 남자는 앉았던 자리를 툭툭 털며 일어섰고 일어서면서 옷과 모자 쓰는 기척이 나는 듯하더니 이어 미닫이가 열리고 구두 뒤축 소리가 나고 그리고 뜰에 내려서는 소리가 쿵 하고 나면서 뒤를 따르는 아내의 고무신 소리가 두어 발자국 찍찍 나고 사뿐사뿐 나나 하는 사이에 두 사람의 발소리가 대문간 쪽으로 사라졌다.

나는 아내의 이런 태도를 본 일이 없다. 아내는 어떤 사람과도 결코 소곤거리는 법이 없다. 나는 웃방에서 이불을 쓰고 누웠는 동안에도 혹 술이 취해서 혀가 잘 돌아가지 않는 내객들의 담화는 더러 놓치는 수가 있어도 아내의 높지도 얕지도 않은 말소리는 일찍이 한 마디도 놓쳐 본 일이 없다. 더러 내 귀에 거슬리는 소리가 있어도 나는 그것이 태연한 목소리로 내 귀에 들렸다는 이유로 충분히 안심이 되었다.

그렇던 아내의 이런 태도는 필시 그 속에 여간하지 않은 사정이 있는 듯싶이 생각이 되고 내 마음은 좀 서운했으나 그러나 그보다도 나는 좀 너무 피곤해서 오늘만은 이불 속에서 아무 것도 연구치 않기로 굳게 결심하고 잠을 기다렸다. 잠은 좀처럼 오지 않았다. 대문간에 나간 아내도 좀처럼 들어오지 않았다. 그러는 동안에 흐지부지 나는 잠이 들어 버렸다. 꿈이 얼쑹덜쑹 종을 잡을 수 없는 거리의 풍경을 여전히 헤매었다.

나는 몹시 흔들렸다. 내객을 보내고 들어온 아내가 잠든 나를 잡아 흔드는 것이다. 나는 눈을 번쩍 뜨고 아내의 얼굴을 쳐다보았다. 아내의 얼굴에는 웃음이 없다. 나는 좀 눈을 비비고 아내의 얼굴을 자세히 보았다. 노기가 눈초리에 떠서 얇은 입술이 바르르 떨린다. 좀처럼 이 노기가 풀리기는 어려울 것 같았다. 나는 그대로 눈을 감아 버렸다. 벼락이 내리기를 기다린 것이다. 그러나 쌔근하는 숨소리가 나면서 푸스스 아내의 치맛자락 소리가 나고 장지가 여닫히며 아내는 아내 방으로 돌아갔다. 나는 다시 몸을 돌쳐 이불을 뒤집어쓰고는 개구리처럼 엎드려서 배가 고픈 가운데서도 오늘밤의 외출을 또 한 번 후회하였다.

나는 이불 속에서 아내에게 사죄하였다. 그것은 네 오해라고…….

나는 사실 밤이 퍽으나 이슥한 줄만 알았던 것이다. 그것이 네 말마따나 자정 전인 줄은 정말이지 꿈에도 몰랐다. 나는 너무 피곤하였었다. 오래간만에 나는 너무 많이 걸은 것이 잘못이다. 내 잘못이라면 잘못은 그것밖에 없다. 외출은 왜 하였느냐고?

나는 그 머리맡에 저절로 모인 5원 돈을 아무에게라도 좋으니 주어보고 싶었던 것이다. 그뿐이다. 그러나 그것도 내 잘못이라면 나는 그렇게 알겠다. 나는 후회하고 있지 않나?

내가 그 5원 돈을 써 버릴 수가 있었던들 나는 자정 안에 집에 돌아올 수 없었을 것이다. 그러나 거리는 너무 복잡하였고 사람은 너무도 들끓었다. 나는 어느 사람을 붙들고 그 5원 돈을 내주어야 할지 갈피를 잡을 수가 없었다. 그러는 동안에 나는 여지없이 피곤해 버리고 말았던 것이다.

나는 무엇보다도 좀 쉬고 싶었다. 눕고 싶었다. 그래서 나는 하는 수 없이 집으로 돌아온 것이다. 내 짐작 같아서는 밤이 어지간히 늦은 줄만 알았는데 그것이 불행히도 자정 전이었다는 것은 참 안 된 일이다. 미안한 일이다. 나는 얼마든지 사죄하여도 좋다. 그러나 종시 아내의 오해를 풀지 못하였다 하면 내가 이렇게까지 사죄하는 보람은 그럼 어디 있나? 한심하였다.

한 시간 동안을 나는 이렇게 초조하게 굴지 않으면 안 되었다. 나는 이불을 홱 젖혀 버리고 일어나서 장지를 열고 아내 방으로 비칠비칠 달려갔던 것이다. 내게는 거의 의식이라는 것이 없었다. 나는 아내 이불 위에 엎드러지면서 바지 포켓 속에서 그 돈 5원을 꺼내 아내 손에 쥐어 준 것을 간신히 기억할 뿐이다.

이튿날 잠이 깨었을 때 나는 내 아내 방 아내 이불 속에 있었다. 이것이 이 33번지에서 살기 시작한 이래 내가 아내 방에서 잔 맨 처음이었다.

해가 들창에 훨씬 높았는데 아내는 이미 외출하고 벌써 내 곁에 있지는 않다. 아니! 아내는 엊저녁 내가 의식을 잃은 동안에 외출한 것인지도 모른다. 그러나 나는 그런 것을 조사하고 싶지 않았다. 다만 전신이 찌뿌드드한 것이 손가락 하나 꼼짝할 힘조차 없었다. 책보보다 좀 작은 면적의 볕이 눈이 부시다. 그 속에서 수없는 먼지가 흡사 미생물처럼 난무한다. 코가 칵 맥히는 것 같다. 나는 다시 눈을 감고 이불을 푹 뒤집어쓰고 낮잠을 자기에 착수하였다. 그러나 코를 스치는 아내의 체취는 꽤 도발적이었다. 나는 몸을 여러 번 여러 번 비비꼬면서 아내의 화장대에 늘어선 고 가지각색 화장품 병들과 고 병들의 마개를 뽑았을 때 풍기던 내음새를 더듬느라고 좀처럼 잠은 들지 않는 것을 나는 어찌하는 수도 없었다.

견디다 못하여 나는 그만 이불을 걷어차고 벌떡 일어나서 내 방으로 갔다. 내 방에는 다 식어빠진 내 끼니가 가지런히 놓여 있는 것이다. 아내는 내 모이를 여기다 주고 나간 것이다. 나는 우선 배가 고팠다. 한 숟갈을 입에 떠 넣었을 때 그 촉감은 참 너무도 냉회와 같이 써늘하였다. 나는 숟갈을 놓고 내 이불 속으로 들어갔다. 하룻밤을 비워 버린 내 이부자리는 여전히 반갑게 나를 맞아준다. 나는 내 이불을 뒤집어쓰고 이번에는 참 늘어지게 한잠 잤다. 잘—.

내가 잠을 깨인 것은 전등이 켜진 뒤다. 그러나 아내는 아직 돌아오지 않았나 보다. 아니! 들어왔다 또 나갔는지도 알 수 없다. 그러나 그런 것을 상고하여 무엇하나?

정신이 한결 난다. 나는 지난 밤 일을 생각해 보았다. 그 돈 5원을 아내 손에 쥐어 주고 넘어졌을 때에 느낄 수 있었던 쾌감을 나는 무엇이라고 설명할 수가 없었다. 그러나 내객들이 내 아내에게 돈 놓고 가는 심리며 내 아내가 내게 돈 놓고 가는 심리의 비밀을 나는 알아낸 것 같아서 여간 즐거운 것이 아니다. 나는 속으로 빙그레 웃어보았다. 이런 것을 모르고 오늘까지 지내 온 내 자신이 어떻게 우스꽝스러워 보이는지 몰랐다. 나는 어깨춤이 났다.

따라서 나는 또 오늘 밤에도 외출하고 싶었다. 그러나 돈이 없다. 나는 엊저녁에 그 돈 5원을 한꺼번에 아내에게 주어 버린 것을 후회하였다. 또 고 벙어리를 변소에 갖다 처넣어 버린 것도 후회하였다. 나는 실없이 실망하면서 습관처럼 그 돈 5원이 들어 있던 내 바지 포켓에 손을 넣어 한 번 휘둘러보았다. 뜻밖에도 내 손에 쥐어지는 것이 있었다. 2원밖에 없다. 그러나 많아야 맛은 아니다. 얼마간이고 있으면 된다. 나는 그만한 것이 여간 고마운 것이 아니었다. 나는 기운을 얻었다. 나는 그 단벌 다 떨어진 코르덴 양복을 걸치고 배고픈 것도 주제 사나운 것도 다 잊어버리고 활갯짓을 하면서 또 거리로 나섰다. 나서면서 나는 제발 시간이 화살 닫듯 해서 자정이 어서 홱 지나 버렸으면 하고 조바심을 태웠다. 아내에게 돈을 주고 아내 방에서 자보는 것은 어디까지든지 좋았지만 만일 잘못해서 자정 전에 집에 들어갔다가 아내의 눈총을 맞는 것은 그것은 여간 무서운 일이 아니었다. 나는 저물도록 길가 시계를 들여다보고 들여다보고 하면서 또 지향 없이 거리를 방황하였다. 그러나 이날은 좀처럼 피곤하지는 않았다. 다만 시간이 좀 너무 더디게 가는 것만 같아서 안타까웠다.

경성역 시계가 확실히 자정을 지난 것을 본 뒤에 나는 집을 향하였다. 그날은 그 일각 대문에서 아내와 아내의 남자가 이야기하고 섰는 것을 만났다. 나는 모른 체하고 두 사람 곁을 지나서 내 방으로 들어갔다. 뒤이어 아내도 들어왔다. 와서는 이 밤중에 평생 안 하던 쓰게질을 하는 것이다. 조금 있다가 아내가 눕는 기척을 엿듣자마자 나는 또 장지를 열고 아내 방으로 가서 그 돈 2원을 아내 손에 덥석 쥐어 주고 그리고—하여간 그 2원을 오늘밤에도 쓰지 않고 도로 가져온 것이 참 이상하다는 듯이 아내는 내 얼굴을 몇 번이고 엿보고—아내는 드디어 아무 말도 없이 나를 자기 방에 재워 주었다. 나는 이 기쁨을 세상의 무엇과도 바꾸고 싶지는 않았다. 나는 편히 잘 잤다.

이튿날도 내가 잠이 깨었을 때는 아내는 보이지 않았다. 나는 또 내 방으로 가서 피곤한 몸이 낮잠을 잤다.

내가 아내에게 흔들려 깨었을 때는 역시 불이 들어온 뒤였다. 아내는 자기 방으로 나를 오라는 것이다. 이런 일은 또 처음이다. 아내는 끊임없이 얼굴에 미소를 띠우고 내 팔을 이끄는 것이다. 나는 이런 아내의 태도 이면에 엔간치 않은 음모가 숨어 있지나 않은가 하고 적이 불안을 느끼지 않을 수 없었다.

나는 아내의 하자는 대로 아내 방으로 끌려갔다. 아내 방에는 저녁 밥상이 조촐하게 차려져 있는 것이다. 생각하여 보면 나는 이틀을 굶었다. 나는 지금 배고픈 것까지도 깅가밍가 잊어버리고 어름어름하던 차다.

나는 생각하였다. 이 최후의 만찬을 먹고 나자마자 벼락이 내려도 나는 차라리 후회하지 않을 것을. 사실 나는 인간 세상이 너무나 심심해서 못 견디겠던 차다. 모든 일이 성가시고 귀찮았으나 그러나 불의의 재난이라는 것은 즐거웁다. 나는 마음을 턱 놓고 조용히 아내와 마주 이 해괴한 저녁밥을 먹었다. 우리 부부는 이야기하는 법이 없었다. 밥을 먹은 뒤에도 나는 말이 없이 그냥 부스스 일어나서 내 방으로 건너가 버렸다. 아내는 나를 붙잡지 않았다. 나는 벽에 기대어 앉아서 담배를 한 대 피워 물고 그리고 벼락이 떨어질 테거든 어서 떨어져라 하고 기다렸다.

5분! 10분!—

그러나 벼락은 내리지 않았다. 긴장이 차츰 늘어지기 시작한다. 나는 어느덧 오늘밤에도 외출할 것을 생각하고 돈이 있었으면 하고 생각하고 있었다.

그러나 돈은 확실히 없다. 오늘은 외출하여도 나중에 올 무슨 기쁨이 있나. 나는 앞이 그냥 아뜩하였다. 나는 화가 나서 이불을 뒤집어쓰고 이리 뒹굴 저리 뒹굴 굴렀다. 금시 먹은 밥이 목으로 자꾸 치밀어 올라온다. 메스꺼웠다.

하늘에서 얼마라도 좋으니 왜 지폐가 소낙비처럼 퍼붓지 않나, 그것이 그저 한없이 야속하고 슬펐다. 나는 이렇게밖에 돈을 구하는 아무런 방법도 알지는 못했다. 나는 이불 속에서 좀 울었나 보다. 돈이 왜 없느냐면서…….

그랬더니 아내가 또 내 방에를 왔다. 나는 깜짝 놀라 아마 인제서야 벼락이 내리려나 보다 하고 숨을 죽이고 두꺼비 모양으로 엎디어 있었다. 그러나 떨어진 입을 새어 나오는 아내의 말소리는 참 부드러웠다. 정다웠다. 아내는 내가 왜 우는지를 안다는 것이다. 돈이 없어서 그러는 게 아니냔다. 나는 실없이 깜짝 놀랐다. 어떻게 저렇게 사람의 속을 환―하게 들여다 보는구 해서 나는 한편으로 슬그머니 겁도 안 나는 것은 아니었으나 저렇게 말하는 것을 보면 아마 내게 돈을 줄 생각이 있나 보다, 만일 그렇다면 오죽이나 좋은 일일까. 나는 이불 속에 뚤뚤 말린 채 고개도 들지 않고 아내의 다음 거동을 기다리고 있으니까 옛소 하고 내 머리맡에 내려뜨리는 것은 그 가뿐한 음향으로 보아 지폐에 틀림없었다. 그리고 내 귀에다 대이고 오늘을랑 어제보다도 좀더 늦게 들어와도 좋다고 속삭이는 것이다. 그것은 어렵지 않다. 우선 그 돈이 무엇보다도 고맙고 반가웠다.

어쨌든 나섰다. 나는 좀 야맹(夜盲)증이다. 그래서 될 수 있는 대로 밝은 거리를 골라서 돌아다니기로 했다. 그리고는 경성역 1·2 대합실 한겯 티룸에를 들렀다. 그것은 내게는 큰 발견이었다. 거기는 우선 아무도 아는 사람이 안 온다. 설사 왔다가도 곧 가니까 좋다. 나는 날마다 여기 와서 시간을 보내리라 속으로 생각하여 두었다.

제일 여기 시계가 어느 시계보다도 정확하리라는 것이 좋았다. 섣불리 서투른 시계를 보고 그것을 믿고 시간 전에 집에 돌아갔다가 큰코를 다쳐서는 안 된다.

나는 한 복스에 아무 것도 없는 것과 마주 앉아서 잘 끓은 커피를 마셨다. 총총한 가운데 여객들은 그래도 한 잔 커피가 즐거운가 보다. 얼른얼른 마시고 무얼 좀 생각하는 것같이 담벼락도 좀 쳐다보고 하다가 곧 나가버린다. 서글프다. 그러나 내게는 이 서글픈 분위기가 거리의 티룸들의 그 거추장스러운 분위기보다는 절실하고 마음에 들었다. 이따금 들리는 날카로운 혹은 우렁찬 기적소리가 모차르트보다도 더 가깝다. 나는 메뉴에 적힌 몇 가지 안 되는 음식 이름을 치읽고 내리읽고 여러 번 읽었다. 그것들은 아물아물한 것이 어딘가 내 어렸을 때 동무들 이름과 비슷한 데가 있었다.

거기서 얼마나 내가 오래 앉았는지 정신이 오락가락하는 중에, 객이 슬며시 뜸해지면서 이 구석 저 구석 걷어치우기 시작하는 것을 보면 아마 닫을 시간이 된 모양이다. 열한 시가 좀 지났구나, 여기도 결코 내 안주의 곳은 아니구나, 어디 가서 자정을 넘길까 두루 걱정을 하면서 나는 밖으로 나섰다. 비가 온다. 빗발이 제법 굵은 것이 우비도 우산도 없는 나를 고생을 시킬 작정이다. 그렇다고 이런 괴이한 풍모를 차리고 이 홀에서 어물어물하는 수는 없고, 에이 비를 맞으면 맞았지 하고 나는 그냥 나서 버렸다.

대단히 선선해서 견딜 수가 없다. 코르덴 옷이 젖기 시작하더니 나중에는 속속들이 스며들면서 처근거린다. 비를 맞아가면서라도 견딜 수 있는 데까지 거리를 돌아다녀서 시간을 보내려 하였으나 인제는 선선해서 이 이상 더 견딜 수가 없다. 오한이 자꾸 일어나면서 이가 딱딱 맞부딪는다.

나는 걸음을 늦추면서 생각하였다. 오늘 같은 궂은 날도 아내에게 내객이 있을라구. 없겠지, 하는 생각이 드는 것이다. 집으로 가야겠다. 아내에게 불행히 내객이 있거든 내 사정을 하리라. 사정을 하면 이렇게 비가 오는 것을 눈으로 보고 알아주겠지.

부리나케 와보니까 그러나 아내에게는 내객이 있었다. 나는 그만 너무 춥고 척척해서 얼떨김에 노크하는 것을 잊었다. 그래서 나는 보면 아내가 덜 좋아할 것을 그만 보았다. 나는 감발자국 같은 발자국을 내면서 덤벙덤벙 아내 방을 디디고 그리고 내 방으로 가서 쭉 빠진 옷을 활활 벗어버리고 이불을 뒤썼다. 덜덜덜덜 떨린다. 오한이 점점 더 심해 들어온다. 여전 땅이 꺼져 들어가는 것만 같았다. 나는 그만 의식을 잃어버리고 말았다.

이튿날 내가 눈을 떴을 때 아내는 내 머리맡에 앉아서 제법 근심스러운 얼굴이다. 나는 감기가 들었다. 여전히 으시시 춥고 또 골치가 아프고 입에 군침이 도는 것이 씁쓸하면서 다리 팔이 척 늘어져서 노곤하다.

아내는 내 머리를 쓱 짚어 보더니 약을 먹어야지 한다. 아내 손이 이마에 선뜩한 것을 보면 신열이 어지간한 모양인데, 약을 먹는다면 해열제를 먹어야지 하고 속생각을 하자니까 아내는 따뜻한 물에 하얀 정제약 네 개를 준다. 이것을 먹고 한잠 푹 자고 나면 괜찮다는 것이다. 나는 널름 받아 먹었다. 쌉싸름한 것이 짐작 같아서는 아마 아스피린인가 싶다. 나는 다시 이불을 쓰고 단번에 그냥 죽은 것처럼 잠이 들어버렸다.

나는 콧물을 훌쩍훌쩍하면서 여러 날을 앓았다. 앓는 동안에 끊이지 않고 그 정제약을 먹었다. 그러는 동안에 감기도 나았다. 그러나 입맛은 여전히 소태처럼 썼다.

나는 차츰 또 외출하고 싶은 생각이 났다. 그러나 아내는 나더러 외출하지 말라고 이르는 것이다. 이 약을 날마다 먹고 그리고 가만히 누워 있으라는 것이다. 공연히 외출을 하다가 이렇게 감기가 들어서 저를 고생시키는 게 아니냔다. 그도 그렇다. 그럼 외출을 하지 않겠다고 맹세하고 그 약을 연복하여 몸을 좀 보해 보리라고 나는 생각하였다.

나는 날마다 이불을 뒤집어쓰고 밤이나 낮이나 잤다. 유난스럽게 밤이나 낮이나 졸려서 견딜 수가 없는 것이다. 나는 이렇게 잠이 자꾸만 오는 것은 내가 몸이 훨씬 튼튼해진 증거라고 굳게 믿었다.

나는 아마 한 달이나 이렇게 지냈나 보다. 내 머리와 수염이 좀 너무 자라서 후틋해서 견딜 수가 없어서 내 거울을 좀 보리라고 아내가 외출한 틈을 타서 나는 아내 방으로 가서 아내의 화장대 앞에 앉아 보았다. 상당하다. 수염과 머리가 참 상당하였다.

오늘은 좀 이발을 하리라고 생각하고 겸사겸사 고 화장품 병들 마개를 뽑고 이것저것 맡아 보았다. 한동안 잊어버렸던 향기 가운데서는 몸이 배배 꼬일 것 같은 체취가 전해 나왔다. 나는 아내의 이름을 속으로만 불러 보았다. '연심(蓮心)이 ―' 하고…….

오래간만에 돋보기 장난도 하였다. 거울 장난도 하였다. 창에 든 볕이 여간 따뜻한 것이 아니었다. 생각하면 오월이 아니냐.

나는 커다랗게 기지개를 한 번 켜보고 아내 베개를 내려 베이고 벌떡 자빠져서는 이렇게도 편안하고도 즐거운 세월을 하느님께 흠씬 자랑하여 주고 싶었다. 나는 참 세상의 아무 것과도 교섭을 가지지 않는다. 하느님도 아마 나를 칭찬할 수도 처벌할 수도 없는 것 같다.

그러나 다음 순간, 실로 세상에도 이상스러운 것이 눈에 띄었다. 그것은 최면약 아달린 갑이었다. 나는 그것을 아내의 화장대 밑에서 발견하고 그것이 흡사 아스피린처럼 생겼다고 느꼈다. 나는 그것을 열어 보았다. 똑 네 개가 비었다.

나는 오늘 아침에 네 개의 아스피린을 먹은 것을 기억하고 있었다. 나는 잤다. 어제도 그제도 그끄제도 ― 나는 졸려서 견딜 수가 없었다. 나는 감기가 다 나았는데도 아내는 내게 아스피린을 주었다. 내가 잠이 든 동안에 이웃에 불이 난 일이 있다. 그때에도 나는 자느라고 몰랐다. 이렇게 나는 잤다. 나는 아스피린으로 알고 그럼 한 달 동안을 두고 아달린을 먹어 온 것이다. 이것은 좀 너무 심하다.

별안간 아뜩하더니 하마터면 나는 까무러칠 뻔하였다. 나는 그 아달린을 주머니에 넣고 집을 나섰다. 그리고 산을 찾아 올라갔다. 인간 세상의 아무 것도 보기가 싫었던 것이다. 걸으면서 나는 아무쪼록 아내에 관계되는 일은 생각하지 않도록 노력하였다. 길에서 까무러치기 쉬우니까다. 나는 어디라도 양지가 바른 자리를 하나 골라 자리를 잡아 가지고 서서히 아내에 관하여서 연구할 작정이었다. 나는 길가의 돌창 핀, 구경도 못한 진개나리꽃, 종달새, 돌멩이도 새끼를 까는 이야기, 이런 것만 생각하였다. 다행히 길가에서 나는 졸도하지 않았다.

거기는 벤치가 있었다. 나는 거기 정좌하고 그리고 그 아스피린과 아달린에 관하여 연구하였다. 그러나 머리가 도무지 혼란하여 생각이 체계를 이루지 않는다. 단 오 분이 못 가서 나는 그만 귀찮은 생각이 번쩍 들면서 심술이 났다. 나는 주머니에서 가지고 온 아달린을 꺼내 남은 여섯 개를 한꺼번에 질경질경 씹어 먹어 버렸다. 맛이 익살맞다. 그리고 나서 나는 그 벤치 위에 가로 길다랗게 누웠다. 무슨 생각으로 내가 그 따위 짓을 했나? 알 수가 없다. 그저 그러고 싶었다. 나는 게서 그냥 깊이 잠이 들었다. 잠결에도 바위틈을 흐르는 물소리가 졸졸 하고 귀에 언제까지나 아렴풋이 들려왔다.

내가 잠을 깨었을 때는 날이 환히 밝은 뒤다. 나는 거기서 일주야를 잔 것이다. 풍경이 그냥 노오랗게 보인다. 그 속에서도 나는 번개처럼 아스피린과 아달린이 생각났다.

아스피린, 아달린, 아스피린, 아달린, 맑스, 말사스, 마도로스, 아스피린, 아달린. 아내는 한 달 동안 아달린을 아스피린이라고 속이고 내게 먹였다. 그것은 아내 방에서 아달린 갑이 발견된 것으로 미루어 증거가 너무나 확실하다.

무슨 목적으로 아내는 나를 밤이나 낮이나 재웠어야 됐나?

나를 밤이나 낮이나 재워 놓고 그리고 아내는 내가 자는 동안에 무슨 짓을 했나?

나를 조금씩 조금씩 죽이려던 것일까?

그러나 또 생각하여 보면, 내가 한 달을 두고 먹어 온 것이 아스피린이었는지도 모른다. 아내는 무슨 근심되는 일이 있어서 밤이면 잠이 잘 오지 않아서 정작 아내가 아달린을 사용한 것이나 아닌지, 그렇다면 나는 참 미안하다. 나는 아내에게 이렇게 큰 의혹을 가졌다는 것이 참 안 됐다.

나는 그래서 부리나케 거기서 내려왔다. 아랫도리가 홰홰 내어저이면서 어찔어찔한 것을 나는 겨우 집을 향하여 걸었다. 여덟 시 가까이였다.

나는 내 잘못된 생각을 죄다 일러바치고 아내에게 사죄하려는 것이다. 나는 너무 급해서 그만 또 말을 잊어버렸다.

그랬더니 이건 참 너무 큰일났다. 나는 내 눈으로는 절대로 보아서 안 될 것을 그만 딱 보아 버리고 만 것이다. 나는 얼떨결에 그만 냉큼 미닫이를 닫고 그리고 현기증이 나는 것을 진정시키느라고 잠깐 고개를 숙이고 눈을 감고 기둥을 짚고 섰자니까 1초 여유도 없이 홱 미닫이가 다시 열리더니 매무새를 풀어헤친 아내가 불쑥 내밀면서 내 멱살을 잡는 것이다. 나는 그만 어지러워서 게서 그냥 나동그라졌다. 그랬더니 아내는 넘어진 내 위에 덮치면서 내 살을 함부로 물어뜯는 것이다. 아파 죽겠다. 나는 사실 반항할 의사도 힘도 없어서 그냥 넙죽 엎디어 있으면서 어떻게 되나 보고 있자니까 뒤이어 남자가 나오는 것 같더니 아내를 한 아름에 덥썩 안아 가지고 방으로 들어가는 것이다. 아내는 아무 말 없이 다소곳이 그렇게 안겨 들어가는 것이 내 눈에 여간 미운 것이 아니다. 밉다.

아내는 너 밤새워 가면서 도둑질하러 다니느냐, 계집질하러 다니느냐고 발악이다. 이것은 참 너무 억울하다. 나는 어안이 벙벙하여 도무지 입이 벌어지지를 않았다.

너는 그야말로 나를 살해하려는 것이 아니냐고 소리를 한번 꽥 질러보고도 싶었으나 그런 깅가밍가한 소리를 선불리 입 밖에 내었다가는 무슨 화를 볼는지 알 수 있나. 차라리 억울하지만 잠자코 있는 것이 우선 상책인 듯싶이 생각이 들길래 나는 이것은 또 무슨 생각으로 그랬는지 모르지만 툭툭 털고 일어나서 내 바지 포켓 속에 남은 돈 몇 원 몇십 전을 가만히 꺼내서는 몰래 미닫이를 열고 살며시 문지방 밑에다 놓고 나서는 그냥 줄달음박질을 쳐서 나와 버렸다.

여러 번 자동차에 치일 뻔하면서 나는 그대로 경성역을 찾아갔다. 빈자리와 마주 앉아서 이 쓰디 쓴 입맛을 거두기 위하여 무엇으로나 입가심을 하고 싶었다.

커피—. 좋다. 그러나 경성역 홀에 한 걸음 들여놓았을 때 나는 내 주머니에는 돈이 한푼도 없는 것을 그것을 깜빡 잊었던 것을 깨달았다. 또 아뜩하였다. 나는 어디선가 그저 맥없이 머뭇머뭇하면서 어쩔 줄을 모를 뿐이었다. 얼빠진 사람처럼 그저 이리 갔다 저리 갔다 하면서…….

나는 어디로 어디로 디립다 쏘다녔는지 하나도 모른다. 다만 몇 시간 후에 내가 미쓰꼬시 옥상에 있는 것을 깨달았을 때는 거의 대낮이었다.

나는 거기 아무 데나 주저앉아서 내 자라온 스물여섯 해를 회고하여 보았다. 몽롱한 기억 속에서는 이렇다는 아무 제목도 불그러져 나오지 않았다.

나는 또 내 자신에게 물어 보았다. 너는 인생에 무슨 욕심이 있느냐고. 그러나 있다고도 없다고도, 그런 대답은 하기가 싫었다. 나는 거의 나 자신의 존재를 인식하기조차도 어려웠다.

허리를 굽혀서 나는 그저 금붕어를 들여다보고 있었다. 금붕어는 참 잘들도 생겼다. 작은놈은 작은놈대로 큰놈은 큰놈대로 다 싱싱하니 보기 좋았다. 내려비치는 5월 햇살에 금붕어들은 그릇 바탕에 그림자를 내려뜨렸다. 지느러미는 하늘하늘 손수건을 흔드는 흉내를 내인다. 나는 이 지느러미 수효를 헤어 보기도 하면서 굽힌 허리를 좀처럼 펴지 않았다. 등어리가 따뜻하다.

나는 또 회탁의 거리를 내려다보았다. 거기서는 피곤한 생활이 똑 금붕어 지느러미처럼 흐늑흐늑 허비적거렸다. 눈에 보이지 않는 끈적끈적한 줄에 엉켜서 헤어나지들을 못한다. 나는 피로와 공복 때문에 무너져 들어가는 몸뚱이를 끌고 그 회탁의 거리 속으로 섞여 들어가지 않는 수도 없다 생각하였다.

나서서 나는 또 문득 생각하여 보았다. 이 발길이 지금 어디로 향하여 가는 것인가를…….

그때 내 눈앞에는 아내의 모가지가 벼락처럼 내려 떨어졌다. 아스피린과 아달린.

우리들은 서로 오해하고 있느니라. 설마 아내가 아스피린 대신에 아달린 정량을 나에게 먹여 왔을까? 나는 그것을 믿을 수가 없다. 아내가 대체 그럴 까닭이 없을 것이니 그러면 나는 날밤을 새면서 도적질을 계집질을 하였나? 정말이지 아니다.

우리 부부는 숙명적으로 발이 맞지 않는 절름발이인 것이다. 내가 아내나 제 거동에 로직을 붙일 필요는 없다. 변해할 필요도 없다. 사실은 사실대로 오해는 오해대로 그저 끝없이 발을 절뚝거리면서 세상을 걸어가면 되는 것이다. 그렇지 않을까?

그러나 나는 이 발길이 아내에게로 돌아가야 옳은가 이것만은 분간하기가 좀 어려웠다. 가야 하나? 그럼 어디로 가나?

이때 뚜우하고 정오 사이렌이 울렸다. 사람들은 모두 네 활개를 펴고 닭처럼 푸드덕거리는 것 같고 온갖 유리와 강철과 대리석과 지폐와 잉크가 부글부글 끓고 수선을 떨고 하는 것 같은 찰나, 그야말로 현란을 극한 정오다.

나는 불현듯이 겨드랑이가 가렵다. 아하, 그것은 내 인공의 날개가 돋았던 자국이다. 오늘은 없는 이 날개, 머릿속에서는 희망과 야심의 말소된 페이지가 딕셔너리 넘어가듯 번뜩였다.

나는 걷던 걸음을 멈추고 그리고 어디 한 번 이렇게 외쳐 보고 싶었다.

날개야 다시 돋아라.

날자. 날자. 날자. 다시 한 번만 더 날자꾸나.

한 번만 더 날아 보자꾸나.

1936년

유예猶豫 _ 오상원

몸을 웅크리고 가마니 속에 쓰러져 있었다. 한 시간 후면 모든 것은 끝나는 것이다. 손과 발이 돌덩어리처럼 차다. 허옇게 흙벽마다 서리가 앉은 깊은 움 속, 서너 길 높이에 통나무로 막은 문틈 사이로 차가이 하늘이 엿보인다. 퀴퀴한 냄새가 코를 찌른다. 냄새로 짐작하여 그리 오래된 것 같지는 않다. 누가 며칠 전까지 있었던 모양이군. 그놈이나 매한가지지, 하고 사닥다리를 내려서자마자 조그만 구멍으로 다시 끌어올리며 서로 주고받던 그자들의 대화가 아직도 귀에 익다. 그놈이라고 불린 사람이 바로 총살 직전에 내가 목격하고 필사적으로 놈들의 사수(射手)를 향하여 방아쇠를 당겼던 그 사람이었을까…… 만일 그 사람이 아니었다면 또 어떤 사람이었을까…… 몸이 떨린다. 뼈 속까지 얼음이 박힌 것 같다.

소속 사단은? 학벌은? 고향은? 군인에 나온 동기는? 공산주의를 어떻게 생각하시오? 미국에 대한 감정은? 그럼…… 동무의 말은 하나도 이치에 정치 않소.

동무는 아직도 계급의식이 그대로 남아 있소. 출신 계급을 탓하지는 않소. 오해하지 마시오. 그 근성이 나쁘다는 것뿐이오. 다시 한번 생각할 여유를 주겠소. 한 시간 후, 동무의 답변이 모든 것을 결정지을 거요.

몽롱한 의식 속에 갓 지나간 대화가 오고 간다. 한 시간 후면 모든 것은 끝나는 것이다. 사박사박 걸음을 옮길 때마다 발 밑에 부서지던 눈, 그리고 따발총구를 등 뒤에 느끼며, 앞장서 가는 인민군 병사를 따라 무너진 초가집 뒷담을 끼고 이 움 속 감방으로 오던 자신이 마음속에 삼삼히 아른거린다. 한 시간 후면 나는 그들에게 끌려 예정대로의 둑길을 걸어가고 있을 것이다. 몇 마디 주고받은 다음, 대장은 말할 테지. 좋소. 뒤를 돌아다보지 말고 똑바로 걸어가시오. 발자국마다 사박사박 눈 부서지는 소리가 날 것이다. 아니, 어쩌면 놈들은 내 옷에 탐이 나서 홀랑 빨가벗겨서 걷게 할지도 모른다.(찢어지기는 하였지만 아직 빛깔이 제 빛인 미(美) 전투복이니까……). 나는 빨가벗은 채 추위에 살이 빨가니 얼어서 흰 둑길을 걸어간다. 수발의 총성, 나는 그대로 털썩 눈 위에 쓰러진다. 이윽고 붉은 피가 하이얀 눈을 호젓이 물들여 간다. 그 순간 모든 것은 끝나는 것이다. 놈들은 멋쩍게 총을 다시 거꾸로 둘러메고 본대(本隊)로 돌아들 간다. 발의 눈을 털고 추위에 손을 비벼 가며 방 안으로 들어들 갈 테지. 몇 분 후면 그들은 화롯불에 손을 녹이며, 아무 일도 없었던 듯 담배들을 말아 피우고 기지개를 할 것이다.

누가 죽었건 지나가고 나면 아무 것도 아니다. 그들에겐 모두가 평범한 일들이다. 나만이 피를 흘리며 흰 눈을 움켜쥔 채 신음하다 영원히 묵살되어 묻혀 갈 뿐이다. 전 근육이 경련을 일으킨다. 추위 탓인가…… 퀴퀴한 냄새가 또 코에 스민다. 나만이 아니라 전에도 꼭같이 이렇게 반복된 것이다.

싸우다 끝내는 죽는 것, 그것뿐이다. 그 이외는 아무 것도 없다. 무엇을 위한다는 것, 무엇을 얻기 위한다는 것, 그것도 아니다. 인간이 태어난 본연의 그대로 싸우다 죽는 것, 그것 뿐이다라고 생각하였다.

북으로 북으로 쏜살같이 진격은 계속되었다. 수차의 전투가 일어났다. 그가 인솔한 수색대는 적의 배후 깊숙이 파고 들어갔다. 자주 본대와의 연락이 끊어지기 시작하였다.

초조한 소대원의 얼굴은 무전사에게로만 쏠려 갔다. 후퇴다! 이미 길은 모두 적에 의하여 차단되었다. 적의 어느 편을 뚫고 남하할 것인가? 자주 소전투가 벌어졌다. 한 명 두 명 쓰러지기 시작하였다. 될 수 있는 한 적과의 접근을 피하면서 산으로 타고 올랐다. 기아와 피로, 점점 낙오되고 줄어가는 소대원, 첩첩이 쌓인 눈과 추위,

그리고 알 수 없는 방향을 더듬으며 온갖 자연의 악조건과 싸우지 않으면 안 되었다. 연이어 계속되는 눈보라 속에 무릎까지 덮이는 눈 속에 헤매다 방향을 잃은 그들은 악전 고투 끝에 산 밑을 더듬어 내려와서 가까운 그 어느 마을로 파고 들어갔다. 텅 빈 마을, 집집마다 스산히 흩어진 채 눈 속에 호젓이 파묻혀 있다. 적의 들어온 흔적도 지나간 흔적도 없다. 됐다. 소대원들은 뿔뿔이 헤쳐져서 먹을 것을 샅샅이 뒤졌다. 아무 것도 없다. 겨우 얼어빠진 감자 한 자루뿐, 이빨에 서벅서벅 얼음이 마주치는 감자 알맹이를 씹었다. 모두 기운에 지쳐 쓰러졌다. 일시에 피곤과 허기가 연덩어리처럼 내린다. 발가락마다 얼음이 박혔다. 눈보라는 더욱 세차게 몰아치고 밤이 다가왔다. 산 속의 밤은 급히 내린다. 선임 하사만 이 피로를 씹어가며 문설주에 기대어 앉아 있었다.

밖은 휘몰아치는 눈보라뿐, 선임 하사도 잠시 눈을 붙였다. 마치 기습이라도 있을 듯한 밤이다.

그러나 아무 일도 없이 아침이 왔다.

또 눈과 기아와 추위와 싸움이 계속되었다. 한 사람, 두 사람, 이 자연과의 싸움에 쓰러지기 시작하였다. 소대장님, 하고 마지막 한 마디를 외치고 눈 속에 머리를 박고 쓰러지는 부하들을 볼 때마다 그는 그 곁에 무릎을 꿇고 그 싸늘한 마지막 시선을 지켰다. 포켓을 찾아 소지품을 더듬는 그의 손은 항시 죽어 간 부하의 시체보다도 차가웠다. 소대장님…… 우러러 쳐다보는 마지막 부하의 그 눈빛, 적막을 더듬어 가며 죽음을 재이는 그 눈은 얼음장보다도 더 차가운 그 무엇이 있었다.

"소대장님…… 북한 출신입니다. 홀몸입니다. 남한에는…… 누구도 없습니다. 이것이 이북 제 고향 주소입니다."

꾸겨진 기슭마다 닳아져서 떨어졌다. 그것을 받아 들던 그의 손, 부하의 손을 꽉 쥐어 주었다. 그 이상 더 무엇을 할 수 있었으랴…….

이제 남은 것은 그를 포함하여 여섯 명뿐.

눈 속에 쓰러져 넘어진 그들을 그대로 남겨 놓은 채 그들은 다시 눈 속을 헤쳤다. 그의 머릿속에 점점 불안이 다가왔다. 이윽고 ○○ 지점까지 왔을 때다. 산줄기는 급격히 부드러워져 이윽고 쑥 평지로 빠졌다. 대로(大路)다. 지형(地形)과 적정(敵情)을 탐지하러 내려갔던 선임 하사가 급히 달려 올라왔다.

노상에는 무수히 말굽 자리와 마차의 수레바퀴 그리고 발자국 자리가 있다는 것이다. 선임 하사의 손에는 말똥이 하나 쥐어져 있다. 능히 그것은 손 힘으로 부스러뜨릴 수 있었다. 그들이 지나간 것이 그리 오래되지 않았다는 증거다. 밤을 기다릴 수밖에 없다. 그리하여 어둠을 이용하여 도로를 횡단하고 다시 앞에 바라보이는 산줄기를 타고 오를 수밖에 없다. 밤이 왔다. 행동을 개시하였다. 그들은 될 수 있는 한 낮은 지대를 선택하고 대로에 연한 개천 둑을 이용하였다.

무난히 대로를 횡단하였다. 논두렁에 내려서자 재빠르게 엄폐물(隱蔽物)을 이용해 가며 걸음을 다그었다. 인제 앞산 밑까지는 불과 이백 미터밖에 안 된다. 그들은 약간의 안도감을 느끼고 걸음을 늦추었다. 그때다. 돌연 일발의 총성과 더불어 한 마디 비명을 남기고 누가 쓰러졌다. 모두 콱 눈 속에 엎드렸다.

일순간이 지났다. 도대체 총알은 어디서부터 날아온 것인가? 그 방향은 종잡을 수가 없다. 그가 적정을 살피려 고개를 드는 순간 또 총알이 날아왔다. 측면에서부터다. 모두 응전(應戰) 자세를 취하기 위하여 대로 쪽으로 각도를 돌렸다.

그러나 절대적으로 불리하다. 놈들은 우리의 위치를 알고 있지만 우리는 적 쪽의 위치를 잡을 수가 없다. 그렇다고 이대로 언제껏 있을 수도 없다. 아무리 밤이라 할지라도 눈 위다. 그들은 산기슭까지 필사적으로 포복을 단행하였다. 동시에 총알은 비 오듯 집중된다. 비명과 더불어 소대장님 하고 외치는 소리, 그는 눈을 꽉 감았다. 땀이 비 오듯 흐른다. 그는 눈을 꽉 감은 채 포복을 계속하였다. 의식이 자꾸 흐린다.

산기슭 흰 눈 속에 덮인 관목 숲이 눈앞에서 뿌여니 흩어진다. 총성은 약간 잦아졌다. 산기슭으로 타고 오르는 순간 선임 하사가 쓰러졌다. 그는 선임 하사를 부축하고 끌며 산 속으로 산 속으로 들어갔다.

얼마나 산 속 깊이 들어왔는지 모른다. 정신을 잃고 쓰러져서 누웠을 때는 이미 새벽이 가까워서였다.

몹시 춥다. 몸을 약간 꿈틀거려 본다. 전 근육이 추위에 마비되어 감각을 잃은 것만 같다. 인제 모든 것이 끝나는 것이다. 퀴퀴한 냄새가 코를 찌른다. 어렴풋이 눈 속에 부서지는 구두 발자국 소리가 들려 온다. 점점 가까워진다. 시간이 된 모양이다. 몸을 일으키려고 움직거려 본다. 잠시 몽롱한 시각이 흐른다. 발자국 소리가 점점 멀어지기 시작하였다. 아무 것도 아니다. 아무 것도 아닌 것이다. 몹시 춥다. 왜 오다가 다시 돌아가는 것일까……. 몽롱하게 정신이 흩어진다.

전공 과목은? 왜 동무는 법과를 선택했었소? 어렸을 때부터 벌써 동무는 출신 계급적인 인습 관념에 젖어 있었소, 그것을 버리시오.

나는 동무와 같은 인물을 아끼고 싶소, 나는 동무를 어느 때라도 맞아들일 마음의 준비를 가지고 있소. 문지방으로 스며오는 가는 실바람에 스칠 때마다 화롯불이 붉게 번지어 갔다.

나는 동무를 훌륭한 청년으로 보고 있소. 자, 담배를 태우시오.

꾸부러진 부젓가락으로 재 위를 헤칠 때마다 더욱 붉게 불꽃이 번진다.

그렇다면 동무처럼 불쌍한 청년은 이 세상에 또 없을 거요. 나는 심히 유감스럽소. 동무의 그 태도가 참으로 유감이오. (인제 모든 것은 끝나는 것이다.) 왜 동무는 그렇게 내 얼굴을 차갑게 쳐다보고만 있소. 한 마디 대답도 없이 입을 다문 채…… 알겠소. 나는 동무가 지키고 있는 그 침묵으로 동무가 말하고 있는 모든 것을 이해할 수 있소. 유감이오.

주고받던 대화, 조그만 방 안, 깨어진 질화로가 어렴풋이 머릿속을 스친다. 그는 무겁게 몸을 뒤틀었다. 희미하게 또 과거가 이어 온다.

그들이 정신을 잃고 쓰러졌을 때는 이미 새벽이 가까워서였다. 산 속의 새벽은 아름답다. 눈 속에 덮인 산 속의 새벽은 더욱 그렇다. 나뭇가지마다 소복이 쌓인 눈이 햇빛에 반짝인다. 해가 적이 높아졌을 때 그는 겨우 몸을 일으켰다. 선임 하사는 피에 붉게 젖은 한쪽 다리를 꽉 움켜쥔 채, 의식을 잃고 쓰러져 있다. 검붉은 피가 오른편 어깻죽지와 등에 짙게 얼룩져 있다. 그는 급히 선임 하사를 부축하여 일으켰다.

조용히 눈을 뜬다. 그리고 소대장을 보자 쓸쓸히 입가에 웃음을 지었다. 그 순간 그는 선임 하사를 꽉 움켜 안고 뺨을 비비대었다. 단둘뿐! 인제는 단둘이 남았을 뿐이었다.

"소대장님, 인제는 제 차례가 된 모양입니다."

그는 조용히 선임 하사의 얼굴을 지켰다. 슬픈 빛이라고는 조금도 없다. 오랜 군대생활에 이겨 온 굳은 의지가 엿보일 뿐이다.

선임 하사, 그는 이차 대전시 일본군에 소집되어 남양 전투에 종군하다 북지(北支)로 이동, 일본 항복과 더불어 포로생활 이 개월을 거쳐 팔로군(八路軍), 국부군(國府軍), 시조(時潮)가 변전(變轉)되는 대로 이역(異域)을 표류하다 고국으로 돌아와 다시 군문으로 들어선 것이었다. 군대 생활이 무엇보다도 재미있다는 그, 전투가 자기 생활 속에서 제일 신이 나는 순간이라는 그였다.

"사람은 서로 죽이게 마련이오. 역사란 인간이 인간을 학살해 온 기록이니까요. 그렇게 생각지 않으시오. 난 전투가 제일 재미있소. 전투가 일어나면 호흡이 벅차고 내가 겨눈 총구에 적의 심장이 아른거릴 때마다 나는 희열을 느낍니다. 그 순간 역사가 조각되고 있는 것같이 느껴지거든요. 사람이란 별게 아니라 곧 싸우다 쓰러지는 것을 의미할 겝니다."

이것이 지금껏 살아온 태도였다. 이것뿐이다. 인제 그는 총에 맞았다. 자기 차례가 된 것을 알 뿐이다. 어렴풋이 희미한 기억을 타고 선임 하사의 음성이 떠오른다. 그는 몸을 조금 일으키려고 꿈지럭거리다가 그대로 털썩 쓰러졌다. 바른편 팔 위에 경련이 일어난다. 혓바닥을 꾹 깨물고 고통의 일순을 넘겼다. 인제 모든 것은 끝나는 것이다. 선임 하사의 생각이 이어 온다.

"소대장님, 제 위치는 결정되었습니다. 안심하십시오."

분명히 말을 끝낸 선임 하사는 햇볕이 조용히 깃드는 양지 쪽으로 기어가서 늙은 떡갈나무에 등을 기대고 앉았다.

햇볕을 받아 가며 조용히 내려감은 눈, 비애도, 슬픔도, 고독도, 그 어느 하나도 없다. 다만 눈 속에 덮인 산 속의 적막, 이것이 그의 얼굴 위에 내릴 뿐이다. 의식을 잃은 듯 몸이 점점 비스듬히 허물어지다가 털썩 쓰러졌다. 그는 급히 다가가서 선임 하사를 일으키려 하였다. 그 순간 눈을 가늘게 떴다. 입가에 미소가 가벼이 흐른다. 햇볕이 따스이 그 입가의 미소를 지킨다.

"이대로……."

눈을 감았다. 잠시 가는 숨결이 중단되며 이어 갔다. 무릎까지 파묻히는 눈 속을 헤치며 남쪽으로 남쪽으로 걸었다. 몇 번이고 의식을 잃고 그대로 쓰러졌다. 때로는 눈보라와 종일 싸워야 했고 알 길 없는 방향을 더듬으며 헤매어야 했다. 발이 얼어 감각이 없다. 불안, 절망이 그를 엄습하기 시작하였다. 내가 잡은 이 방향이 정확한 것인가? 나의 지금 이 위치는? 상의할 아무도 없다. 나 하나뿐. 그렇다고 이대로 서 있을 수도 없다. 그는 한 걸음 한 걸음 눈 속을 헤치며 걸었다. 어디까지 이렇게 걸어야 하는 것인가? 언제껏 이렇게 걸어야 하는 것인가? 밤이면 눈 속에 묻혀서 잤다. 해가 뜨면 또 걸어야 한다. 계곡, 비탈, 눈이 쌓인 관목 숲, 깎아 세운 듯 강파르게 솟은 산마루, 그는 몇 번이고 굴러 떨어졌다. 무릎이 깨어지고 옷이 찢어졌다. 피로와 기아, 밤이면 추위와 더불어 고독이 엄습한다. 악몽, 다시 뒤덮이는 악몽, 신음 끝에 눈을 뜨면 적막과 어둠뿐. 자주 흩어지는 의식은 적막 속에 영원히 파묻혀만 간다. 나는 이대로 영원히 눈 속에 묻혀 사라져 버리는 것이 아닌가? 그러나 밤은 지새고 또 새벽은 온다. 그는 일어났다. 눈 속을 또 헤쳐야 한다. 산세는 더욱 험악하여만 가고 비탈은 더욱 모질다. 그는 서너 길이나 되는 비탈길에서 감각을 잃은 발길의 헛갈림으로 굴러 떨어졌다. 잠시 의식을 잃었다가 다시 본정신이 들기 시작하였을 때 그는 어떤 강한 충격으로 입술을 꽉 깨물었다. 전신이 쿡쿡 쑤신다.

그는 기다시피 하여 일어섰다. 부르쥔 주먹이 푸틀푸틀 떨고 있다. 세 길……네 길…… 까마득하다. 그러나 올라가야만 한다. 그는 입을 악물고 기어오르기 시작하였다. 전신에서 땀이 비 오듯 흐른다. 정신이 다자꾸 흐린다. 하늘이 빙그르르 돈다. 그는 눈을 꽉 감고 나무 뿌리를 움켜쥔 채 잠시 정신을 가다듬는다. 또 기어오른다. 나무 뿌리가 흔들릴 때마다 눈덩어리와 흙덩어리가 부서져서 내린다. 악전 끝에 그는 비탈에 도달하였다. 도달하던 순간 그는 의식을 잃고 그대로 쓰러졌다.

밤이 온다. 또 새벽이 온다. 그는 모든 것을 잊었다. 한 발자국, 한 발자국, 눈을 헤치며 발걸음을 옮기는 것 이것이 그에게 남은 전부였다.

총을 둘러멜 기운도 없어 허리에다 붙들어 매었다. 그는 다자꾸 흩어지는 의식을 가다듬어 가며 발을 옮겼다.

한 주일째 되던 저녁, 어슴푸레하게 저녁이 깃들 무렵 그는 이 험한 준령(峻嶺)을 정복하고야 말았다.

다음날, 해가 어언간 높아졌을 무렵에 그는 눈을 떴다. 그는 순간 놀라지 않을 수 없었다. 바로 눈앞, C자 형으로 산줄기가 돌아 나간 그 움푹 파인 복판에 집들이 점점이 산재하여 있는 것이 아닌가! 이것을 모르고 눈 속에서 밤을 보냈다니…… 소복이 집들이 돌려앉은 마을! 가슴이 뭉클하고 눈물이 핑 돌았다. 그는 눈물을 머금으며 마을로 내려갔다. 마을 어귀에 다다랐다. 집 문들이 제멋대로 열어젖혀진 채 황량하다. 눈이 마을 하나 가득히 쌓인 채 발자국 하나 없다. 돼지우리, 소 헛간, 아! 사람들이 사는 곳! 그는 방 안으로 들어갔다. 열어젖힌 장롱…… 방바닥 하나 가득히 먼지 속에 흩어진 물건들…… 옷! 찢어진 낡은 옷들! 그는 그 옷들을 꽉 움켜쥐었다. 아, 사람의 냄새!…… 때묻은 사람의 냄새…… 방 안을 둘러본다. 너무도 황량하다. 사람 사는 곳이 이렇게 황량해질 수는 없는 것만 같이 느껴진다. 아무리 몇 번이고 보아 온 그것이었다 할지라도…….

그 순간 그는 이상한 발자국 소리를 듣고 한쪽 벽으로 몸을 피했다. 흙이 부서진 벽 구멍으로 밖의 동정을 살폈다. 아무 일도 없는 것 같다. 스산한 내 정신의 탓인가? 그러나 다음 순간 그는 확실히 사람들의 음성을 들은 것 같았다. 기대와 긴장이 동시에 서린다. 그는 담 구멍을 통하여 사방을 유심히 살폈다. 약 오십 미터쯤 떨어진 맞은편 초가집 뒤 언덕길을 타고 한 떼가 몰려가고 있다. 그들은 얼마 안 가 걸음을 멈췄다.

멀리서 보기에도 확실히 군인임엔 틀림없다. 미군 전투 복장도 끼여 있는 듯하다. 벌써 아군 선내에 들어와 있는 것인가? 그러면……? 그는 숨죽여 이 광경을 지키고 있다. 그러나 좀 수상쩍은 데가 있다. 누비옷을 입은 군인의 그 누비옷의 형식이 문제다. 그는 좀더 자세히 이 정체를 파악하기 위하여 맞은편 초가집으로 옮겨가지 않으면 안 되었다. 그는 담벽을 따라 교묘히 소 헛간과 짚 낟가리 등, 엄폐물을 이용하여 그 집 뒷마당까지 갈 수 있었다. 뒷담장에 몸을 숨기고 무너진 담 구멍으로 그들의 일거 일동을 지켰다. 눈앞의 그림자처럼 아른거린다. 그들이 주고받는 말소리가 간간이 들려 온다.

동무…… 총살, 이 두 마디가 그의 머릿속에 못박혔다. 눈앞이 아찔하다. 그는 더욱 정신을 가다듬고 그들의 일거 일동을 살폈다. 머리가 텁수룩하고 야윈 얼굴에, 내의 바람의 한 청년이 양손을 등 뒤로 묶인 채 맨발로 서 있는 것이 눈에 띄었다.

"동무는 우리 인민의 처사에 대하여 이의가 있소?"

그 위엄으로 보아 대장인가 싶다.

"생명체와 도구와는 다른 것이오. 내 이상 더 무엇을 말하고 싶겠소? 나는 포로가 되었을 때 비로소 내가 확실히 호흡하고 있는 인간이라는 것을 알았을 뿐이오. 나는 기쁘오. 내가 한 개 기계나 도구가 아니었다는 것, 하나의 생명체인 인간으로서 살아 있었다는 것, 그리고 인간으로서 죽어 간다는 것, 이것이 한없이 기쁠 뿐입니다."

명확한 차가운 음성이었다.

"좋소."

경멸적인 조소가 입술에 어렸다.

"이 뚝길을 따라 곧바로 걸어가시오. 남쪽으로 내닫는 길이요. 그처럼 가고 싶어 하던 길이니 유감은 없을 거요."

피해자는 돌아섰다. 한 발자국, 한 발자국 걷기 시작하였다. 뒤에서 두 놈이 총을 재었다.

바야흐로 불길을 뿜으려는 총구를 등 뒤에 받으며, 조금도 주저 없이 정확한 걸음걸이로 피해자는 눈길을 맨발로 헤쳐 나가고 있다. 인제 몇 발의 총성과 더불어 그는 무참히 쓰러지고 말 것이다. 곧바로 정면에 눈 준 채 조금도 흩어질 줄 모르는 그의 침착한 걸음걸이…….

눈앞이 빙빙 돈다. 그는 마치 저 언덕길을 걸어가고 있는 것이 자기인 것만 같았다. 순간 그는 총을 꽉 움켜쥐었다. 내일을 위해 오늘의 싸움을 피한다는 것은 비겁한 수단이다. 지금 저 눈길을 걸어가고 있는 피해자는 그가 아니라 나 자신이다. 내가 지금 피살당하여 가고 있는 것이다. 쏴야 한다. 그는 사수를 겨누었다. 숨죽이는 순간, 이미 그의 두 총구에서는 빗발같이 총알이 쏟아져 나갔다. 쓰러진다. 분명히 두 놈이 쓰러졌다. 그는 다음다음 연달아 쏘았다. 일순간이 지나자 응수가 왔다. 이마에선 줄곧 땀이 흐른다. 눈앞이 돈다. 전신의 근육이 개머리판의 진동에 따라 약동한다. 의식이 자주 흐린다. 그는 푹 고개를 묻고 쓰러졌다. 위기 일발, 다시 겨눈다. 또 어깨 위에 급격한 진동이 지나간다. 다자꾸 흩어지는 의식, 놈들의 사격이 뚝 그쳤다. 적은 전후 좌후 방으로 흩어져서 육박하여 오고 있다. 의식을 잃은 난사, 그는 벌떡 일어섰다.

그 순간 푹 쓰러졌다. 의식이 깜빡 사라진다. 갓 지나간 격렬한 총성의 여음이 귓가에서 감돈다. 몸 어느 한구석이 쿡쿡 찌르고, 끈적끈적한 액체가 흘러내리고 있는 것 같다. 소리가 난다. 무엇이 다가오고 있다. 머리를 쾅 하고 내리친다. 그 순간 의식을 잃었다.

오른편 팔 위에 격동이 일어난다. 그는 간신히 왼편 손으로 오른편 팔을 얽쓸어 더듬었다. 손끝에 오는 감촉이 끈적끈적하다. 손을 떼었다.

눈앞으로 가져갔다. 그 손끝과 손가락 사이에는 피, 검붉은 피가 함빡 젖어 있다. 어디선가 두런두런 말소리가 들린다. 담배 연기가 자욱하다. 먼지와 거미줄이 뽀야니 늘어붙은 찢어진 천장 구멍으로 사라져 간다. 방 안이다. 방 안에 뉘어져 있는 것이다. 이따금 흰 눈을 밟고 지나가는 발자국 소리가 희미한 의식 속에 떠오다 점점 멀어져 가는 발자국 소리를 따라서 그의 의식도 희미해진다.

그후 몇 번이고 심문이 지나갔다. 모든 것은 결정되었다. 인제 모든 것은 끝나는 것이다. 얼음장처럼 밑이 차다. 아무 생각도 없다. 전신의 근육이 감각을 잃은 채 이따금 경련을 일으킨다. 발자국 소리가 난다. 말소리도. 시간이 되었나 보다. 문이 삐그덕거리며 열리고 급기야 어둠을 헤치고 흘러 들어오는 광선을 타고 사닥다리가 내려올 것이다. 숨죽인 채 기다린다. 일순간이 지났다. 조용하다. 아무런 동정도 없다. 어쩐 일일까……? 몽롱한 의식의 착오 탓인가. 확실히 구둣발 소리다. 점점 가까워

오는…… 정확한……. 그는 몸을 일으키려 애썼다. 고개를 들었다. 맑은 광선이 눈부시게 흘러 들어온다. 사닥다리다.

"뭐 하고 있어! 빨리 나와!"

착각이 아니었다. 그들은 벌써부터 빨리 나오라고 고함을 지르며 독촉하고 있었다. 한 단 한 단 정신을 가다듬고 감각을 잃은 무릎을 힘껏 괴어 짚으며 기어올랐다. 입구에 다다르자 억센 손아귀가 뒷덜미를 움켜쥐고 끌어당겼다. 몸이 밖으로 나가는 순간, 눈 속에 그대로 머리를 박고 쓰러졌다. 찬 눈이 얼굴 위에 스치자 정신이 돌아왔다. 일어서야만 한다. 그리고 정확히 걸음을 옮겨야 한다. 모든 것은 인제 끝나는 것이다. 끝나는 그 순간까지 정확히 나를 끝맺어야 한다.

그는 눈을 다섯 손가락으로 꽉 움켜 짚고 떨리는 다리를 바로잡아가며 일어섰다. 그리고 한 걸음 한 걸음 정확히 걸음을 옮겼다. 눈은 의지적인 신념으로 차가이 빛나고 있었다.

본부에서 몇 마디 주고받은 다음, 준비 완료 보고와 집행 명령이 뒤이어 떨어졌다.

눈에 함빡 쌓인 흰 둑길이다. 오오 이 둑길…… 몇 사람이나 이 둑길을 걸었을 거냐. 휜칠히 트인 벌판 너머로 마주 선 언덕, 흰 눈이다. 가슴이 탁 트이는 것 같다. 똑바로 걸어가시오. 남쪽으로 내닿은 길이요. 그처럼 가고 싶어하던 길이니 유감없을 거요. 걸음마다 흰 눈 위에 발자국이 따른다. 한 걸음 두 걸음 정확히 걸어야 한다. 사수(射手) 준비! 총탄 재는 소리가 바람처럼 차갑다. 눈앞에 흰 눈뿐, 아무 것도 없다. 인제 모든 것은 끝난다. 끝나는 그 순간까지 정확히 끝을 맺어야 한다. 끝나는 일초, 일각까지 나를, 자기를 잊어서는 안 된다.

걸음걸이는 그의 의지처럼 또한 정확했다. 아무리 한 걸음 한 걸음 다다가는 걸음걸이가 죽음에 접근하여 가는 마지막 길일지라도 결코 허튼, 불안한, 절망적인 것일 수는 없었다. 흰 눈, 그 속을 걷고 있다. 휜칠히 트인 벌판 너머로, 마주 선 언덕,

흰 눈이다. 연발하는 총성, 마치 외부 세계의 잡음만 같다. 아니, 아무 것도 아닌 것이다. 그는 흰 속을 그대로 한 걸음, 한 걸음, 정확히 걸어가고 있었다. 눈 속에 부서지는 발자국 소리가 어렴풋이 들려 온다. 두런두런 이야기 소리가 난다. 누가 뒤통수서 잡아 일으키는 것 같다. 뒤허리에 충격을 느꼈다. 아니 아무 것도 아니다. 아무 것도 아닌 것이다.

흰 눈이 회색빛으로 흩어지다가 점점 어두워 간다. 모든 것은 끝난 것이다. 놈들은 멋쩍게 총을 다시 거꾸로 둘러메고 본부로 돌아들 갈 테지. 눈을 털고 추위에 손을 비벼 가며 방 안으로 들어들 갈 것이다. 몇 분 후면 화롯불에 손을 녹이며 아무 일도 없었던 듯 담배들을 말아 피고 기지개를 할 것이다. 누가 죽었건 지나가고 나면 아무 것도 아니다. 모두 평범한 일인 것이다. 의식이 점점 그로부터 어두워 갔다. 흰 눈 위다. 햇볕이 따스히 눈 위에 부서진다.

1955년

1. 「날개」는 1인칭 시점을 따르고 있으며, 「유예」에는 1인칭과 3인칭 시점이 혼재하고 있다. 이러한 시점의 변화와 심리 묘사는 어떠한 연관이 있을지 생각해보자.

이상의 소설은 대부분 자전적인 경향을 띠는 경우가 많다. 물론 소설 속의 인물과 작가를 혼동해서는 안 되겠지만, 이상의 경우 자신의 삶을 소설의 소재로 삼아 이를 예술적으로 형상화 했다고 볼 수 있다. 「날개」는 이와 같은 자전적 경향을 대표하는 소설 중 하나이다. 「날개」에서 1인칭 시점을 고수하는 것 역시 자전적 경향과 무관하지 않다고 할 수 있을 것이다. 재미있는 것은 이상이 소설을 자신을 표현하기 위한 하나의 수단으로 생각했을지는 몰라도, 계몽의 수단으로 보지는 않았다는 점이다. 쉽게 말해 소설이란 것은 자기 자신의 이야기 그 자체로 족했다는 것이다. 따라서 개인의 심리를 대변하기에는 1인칭 시점이 가장 적절한 방식이 아니었나 생각해볼 수 있다.

오상원의 「유예」에서는 인민군이라는 외부적인 존재가 인물에 끊임없이 위협을 가하고 있다. 이상의 「날개」에서 외부 현실은 '나'에게 어떠한 충격을 주지 못하지만, 「유예」의 경우에는 그렇지 않다. 인물의 심리를 묘사하는 것과 동시에 외부 현실의 객관적인 정보 전달 또한 소설의 중요한 정보에 해당되는 것이다. 따라서 「유예」에서는 어떤 부분에서는 주인공의 심리를 묘사하기 위해 1인칭 시점에다 의식의 흐름을 따라 서술하고 있지만, 외부적인 시각을 드러낼 필요가 있는 부분에서는 과감하게 3인칭 시점을 도입해 변화를 꾀하고 있다.

2. 「날개」와 「유예」의 제목이 의미하는 바가 무엇인지 생각해보자.

「날개」의 등장인물 '나'는 마누라에게 얹혀산다는 느낌이 들 정도로 무력한 인물이다. 그는 밖에 나가 돈을 벌지도 않으며, 심지어는 돈을 어떻게 사용해야 할지도 정확하게 알지 못하는 약간 비정상적인 인물이다. 그러나 소설을 자세히 읽어보면 그가 이러한 행동을 보이는 것이 그의 무능력 때문만은 아님을 알 수 있다. 그는 소설 서두에서 자신을 두 개의 자아로 분리시켜 하나의 자신이 다른 자신을 관찰하고 있다고 말하고 있다. 따라서 '나'가 보여주는 일련의 무기력한 행동은 고의적으로 행하는 일종의 제스처임을 짐작할 수 있다.

왜 그가 이렇게 무기력한 행동을 보여줘야만 하는가에 대한 이유가 작품 내부에 정확하게 밝혀져 있지는 않다. 다만 짐작할 수 있는 것은 그가 이러한 고의적이고 냉소적인 제스처를 이제 그만 끝내고 싶다는 의지를 가지고 있다는 점이다. 이러한 그의 의지를 상징적으로 보여주는 것이 '날개'이다. 미스꼬시 백화점 옥상에 올라가 도시를 바라보면서 날개를 달고 날고 싶다고 외치는 장면은 식민지 시대의 지식인이 가질 수밖에 없었던 현실에 대한 무력함을 내면적으로나마 극복하고자 하는 의지의 표명이라고 할 수 있다.

「유예」는 인민군의 포로로 잡힌 수색대 소대장이 사형 당하기 전의 1시간 동안의 심리를 표현한 작품이다. 그는 전쟁터에서 곧바로 처형되지 않고 1시간 동안 삶이 '유예'된다. 결국에는 죽을 목숨이지만, 그 1시간 동안만큼은 살아 있는 것이다. 사람이 자신이 죽을 운명이라는 것을 안 순간 그의 내면은 어떤 심정일까? 이 소설 제목은 이런 질문에 대한 대답임과 동시에 한 개인의 실존적인 상황에 대한 묘사라고 할 수 있을 것이다.

양귀자(1955~)

전북 전주 출생. 양귀자는 1978년 문학사상 신인상에 「다시 시작하는 아침」이 당선되면서 문단에 데뷔했다. 감각적이고 세련된 문체를 구사하며, 일상적 삶의 모습을 정다운 모습으로 그려낸다는 평을 듣는 그녀는 1986년부터 「멀고 아름다운 동네」 「원미동 시인」 「비오는 날이면 가리봉동에 가야 한다」 등의 『원미동 사람들』 연작을 발표하면서 문단의 주목을 받게 되었다. 양귀자의 초기소설은 봉급생활자나 도시 변두리 지역에 거주하면서 각박한 현실에 적응하지 못하는 서민층을 주로 다루고 있다. '원미동'이라는 도시 외곽지역의 서민들을 세심하게 관찰하고 그들의 생태와 심리를 섬세하게 묘사한 원미동 연작들에는 소외된 계층을 바라보는 작가의 따뜻한 시선이 잘 드러나 있다. 1980년대 말에는 「천마총 가는 길」 「기회주의자」 「숨은 꽃」 등 이념적 지향이 좌절된 후 새로운 길찾기를 위한 고통스런 작가의 내면이 배어 있는 작품들을 발표해서 문단의 주목을 받았다. 특히 이상문학상을 수상한 「숨은 꽃」은 미로와도 같은 현실을 마주한 작가의 갈등과 혼란이 잘 드러나 있다. 이후 장편소설 『희망』 『나는 소망한다, 내게 금지된 것을』 『천년의 사랑』 『모순』 등의 작품을 통해 최고의 베스트셀러 작가의 위치에 올라 폭넓은 대중의 사랑을 받고 있다.

박완서(1931~)

경기 개풍 출생. 박완서는 3세 때 아버지를 여의고 홀로 된 어머니 밑에서 자랐다. 억척스러운 어머니의 교육열 덕분에 숙명여고를 거쳐 서울대 국문과에 입학할 수 있었는데, 재학중에 6.25가 터져서 중퇴하고 말았다. 박완서는 1970년에 장편 『나목』이 여성동아 현상모집에 당선되어 문단에 나왔는데, 이는 다른 작가들과 비교하면 상당히 늦은 나이의 문단데뷔였다. 그의 작품세계는 작가의 개인적인 가족사가 녹아있는 전쟁 체험부터 중산층의 삶에 대한 날카로운 해부, 그리고 남성 중심 사회에서 여성들이 겪어야만 하는 억압과 갈등 등 여러 분야에 다양하고 폭넓게 펼쳐져 있다. 『나목』에서는 6.25 전쟁으로 인해 황폐해진 인간의 삶과 민족 분단에 대한 비판적 의식을 소설적으로 형상화했고, 『도시의 흉년』 『그해 겨울은 따뜻했네』 『휘청거리는 오후』에서는 물질 만능주의적 세태와 속물주의적 근성 등을 비판함으로써 전쟁으로 인한 사회구조의 변화와 윤리의 붕괴를 드러냈다. 또 끊임없이 꿈으로부터 배반당하지만 늘 새로운 꿈을 꾸는 이혼녀의 이야기를 담은 『그대 아직도 꿈꾸고 있는가』와 같은 작품을 통해 남성 중심의 사회에서 여성들이 겪는 억압과 갈등을 탁월하게 드러내었다. 현재까지 왕성하게 활동하며 대중들의 사랑을 받는 박완서는 탁월한 이야기꾼이라 할 수 있다.

강경애(1906~1943)

황해도 장연 출생. 강경애는 1931년 잡지 『혜성』에 장편소설 『어머니와 딸』을 발표하면서 등단했다. 이듬해 그녀는 간도로 이주해서 단편 「부자」 「채전」 「소금」 등을 발표했고, 안수길, 박영준 등과 함께 동인지 『북향』에 참여해서 활동했다. 강경애의 대표작은 1934년 「동아일보」에 발표한 장편 『인간문제』이다. 이 작품에서 작가는 인간으로서 기본적인 생존권조차 얻을 수 없었던 당대 노동자들의 열악한 현실을 예리하게 파헤쳤다. 이 작품의 주인공 선비는 가난과 억압을 견디지 못하고 농촌을 탈출해서 도시노동자가 된다. 노동자로서의 자신을 자각하게 되는 각성의 과정을 밟다가 결국 병으로 죽어가는 선비의 삶을 통해 작가는 계급의 문제, 여성의 문제를 총체적으로 제시하고 있다. 1935년 이후에도 「해고」 「지하촌」 등 사회의식이 두드러지는 작품들을 많이 발표했으며 1939년 조선일보 간도지국장을 역임했다. 그녀는 건강이 악화되어서 1942년 귀국했지만, 이듬해 세상을 떠나고 말았다. 강경애는 박화성과 더불어 당대의 프로문학 진영에서는 수준급인 여성작가라는 평을 받았다.

2

여성작가의 문학세계

한계령

양귀자

황혼

박완서

원고료 이백 원

강경애

여 성 작 가 의

프랑스의 여성작가 시몬느 드 보봐르는 "여성은 다른 모든 인간들처럼 자유롭고 자율적인 존재임에도 불구하고 남성들이 그녀로 하여금 스스로를 어떤 다른 신분의 인간, 타자(the other)라고 생각하도록 강요하는 세계 속에 살고 있음을 깨닫게 된다"고 말한 적이 있다. 그녀의 이와 같은 말을 통해서 우리는 여성들이 여성이라는 이유만으로 남성들은 겪지 않거나 피해를 보지 않는 문제로 인해 고민해야만 했다는 사실을 알 수 있다.

산업화와 더불어 사회는 예전의 농업사회와는 달리 직장과 가정의 분화가 명확해졌다. 그러자 남성들이 밖에서 돈을 벌어오는 일을 전담하게 되었고, 여성들은 주로 가정에만 머물면서 집안일과 아이들을 돌보는 가사노동을 전담하게 되었다. 그와 함께 육아와 가사는 무척 힘들고 중요한 일임에도 불구하고 무의미하고 하찮은 일이라는 편견이 만들어지게 되었던 것이다.

지금은 여성들의 권익을 보호하고 남녀가 평등한 삶을 누릴 수 있도록 사회적 제도와 관습이 정비되었고 세상의 통념도 많이 바뀌었다. 각 분야에서 많은 능력 있는 여성들이 자신의 실력에 따

문 학 세 계

라 평가받고 활약하고 있기도 하다. 그러나 아직까지 충분한 것은 아니어서 여전히 크고 작은 여성문제들이 종종 이슈가 되고 있다.

이렇듯 여성에 대한 시각 변화와 함께 그동안 무의미하고 하찮은 것으로 간주되었던 여성들의 섬세함 역시 주목을 받게 되었다. 크고 거대하며 영웅적인 것을 높이 평가하는 이념의 시대가 지나가고 일상의 소소한 문제들이 관심사로 떠오르기 시작하면서 남성들이 갖지 못한 여성들의 섬세함이 거꾸로 높이 평가되기 시작한 것이라 할 수 있다. 우리 문학의 경우에도 여성작가들은 남성들과는 확연히 다른 섬세함으로 일상의 작지만 의미심장한 이야기들을 소설로 승화시켜 왔다. 우리가 미처 깨닫지 못했던 일상의 의미에 관심을 기울이면서 작품을 감상해 보도록 하자.

:: 사소하지만 의미심장한 일상의 이야기

조금 조심스러운 말이기는 하지만, 대체로 여성들은 일상 생활에서 겪는 사소한 사건에도 예사롭지 않게 반응하는 섬세함을 가지고 있는 것 같다. 남녀간에 차별을 두겠다는 얘기가 아니라 그만큼 여성들의 섬세함이 남다르다는 말이다. 특히 그 사소한 사건이 예민한 여성 소설가들의 눈을 통해 걸러지면 그 안에 뜻밖에 중요한 삶의 의미나 생활의 문제가 담겨 있다는 사실을 깨닫게 된다. 1987년 『한국문학』에 실렸던 양귀자의 「한계령」도 그와 같은 소설 중의 하나이다.

어느 날 소설 속의 화자에게 국민학교(지금의 초등학교) 동창이자 어린 시절 무척 절친했던 고향친구가 전화를 걸어온다. 처음에 화자는 그 목소리의 주인공이 누구인지 몰랐지만 곧 그 목소리가 이십오 년 만에 듣게 되는 찐빵집 딸 박은자의 것임을 알게 된다. 여기까지는 별로 대단한 사건이 아니다.

누구나 살면서 한번쯤은 이런 경험을 하게 된다. 우연히 전화가 왔건, 동창회 사이트를 통해서 만났건 처음에는 호들갑을 떨면서 반가워한다. 그러면서 우리 종종 만나자, 옛날처럼 허물없이 지내자, 이런 다짐들을 하게 된다. 하지만 그것도 단지 그때뿐, 곧 심드렁해지고 그 만남은 일회성으로 그치고 마는 경우가 많다. 어느 틈에 서로 사는 데 바빠서 다시 친구를 잊어버리게 되고, 모임도 서서히 시들해지게 된다. 섬세한 작가가 고향친구와의 만남이 갖기 쉬운 이러한 상투성을 모르고 지나칠 리 없다. 자주 만나자거나 하는 식의 말치레만으로 끝나는 일회성의 재회라는 사실을 화자는 너무나 잘 알고 있다.

하지만 전화를 걸어온 상대가 「검은 상처의 블루스」라는 노래를 기가 막히게 불렀던 찐빵집 딸 박은자라는 사실에 이르면 상황은 조금 달라진다. 부모님 밑에서 얌전하게 자랐던 화자와는 달리 은자의 삶이란 어릴 때부터 무척 험난했다. 화자의 어머니가 은자를 '마귀 새끼' 라고 부를 만큼 시쳇말로 발랑 까져 있었던 것이다. 화자가 '굶주림과 탐욕과 애증이 엇갈리는' 세계라고 부른 험한 세상에 은자는 먼저 발 담그고 있었던 것이다. 자연히 그녀의 이후 행적이 궁금해질 수밖에 없다. 화자의 예측대로 밤무대 삼류가수가 되어 있었던 박은자는 우여곡절 끝에 가수가 되었다는 내력을 전하며, 부천의 어느 나이트클럽으로 화자를 초청한다.

이 소설은 바로 여기서 시작되는 것이나 다름없다. 이상하게도 화자는 그토록 보고 싶었던 박은자와의 만남을 자꾸 회피하려고만 한다. 처음 은자의 전화가 걸려온 것은 수요일이었는데, 은자의 계약이 만료되는 일요일 오전까지도 화자는 계속 머뭇거리며 그녀를 만나러 가지 않는다. 은자의 전화가 왔을 때 화자가 느꼈던 '무작정한 반가움' 이 왜 그 이후 '알 수 없는 망설임' 으로 바뀌었는지 그 이유를 찾아가는 과정이 바로 이 소설을 읽을 때 가장 중시해야 할 부분일 것이다.

작가는 그 이유를 마지막에야 밝혀놓고 있다. 그 대신 단서를 던져놓고 있다. 그 단서는 바로 은자의 전화와 오버랩되는 고향의 큰오빠에 대한 이야기이다. 화자의 큰오빠는 집안일에 신경 쓰지 않고 일찍 세상을 떠난 아버지를 대신해서 어머니와 안간힘을 쓰며 동생들을 거두었다고 한다. 동생들은 마치 아버지처럼 큰오빠를 어려워하면서 그에게 기대어 살아왔다. 그처럼 든든하고 미덥던 오빠였는데, 그런 큰오빠가 조금씩 허물어지고 있다는 소식이 고향으로부터 들려왔던 것이다. 말수가 적어지고 술을 마시기 전에는 먼 곳만 쳐다본다고 한다. 그러다 술을 마시면 폭음을 하고, 홀연히 며칠씩 집을 나가기도 했다는 것이다. 도대체 무슨 까닭에서일까.

소설 말미에 화자는 그 이유를 이렇게 밝혀두고 있다. '열심히 뛰어 도달해보니 기다리는 것은 허망함뿐이더라'는 것을 큰오빠는 절실히 느꼈기 때문이란 것이다. 돌봐야 할 동생이 있고 가족이 있을 때는 큰오빠의 삶의 목표가 분명했다. 가족을 돌보는 일, 바로 그것이었다. 그것이 일생일대의 과제였던 것이다. 그러다 동생들이 다 커서 자립을 하고 품 안을 벗어났을 때, 그래서 자신에게 지워진 짐을 내려놓고 지난 세월을 돌아보니 스스로의 삶은 하나도 남아있지 않다는 것을 느끼게 된 것이다.

화자의 큰오빠가 집을 팔지 않고 마지막까지 버텼던 것, 마침내 집을 파는 계약서에 도장을 찍고는 종일토록 술을 마신 것은, 이제 팔려서 여관이 되어버릴 집과 함께 자신의 인생도 스러져가고 있음을 절실하게 자각했기 때문일 것이다. 오빠에게 그 집은 살아온 인생의 흔적이나 다름없으니까 말이다.

화자에게도 고향 동네를 방문하는 일은 쓸쓸함뿐이다. 옛날을 추억할 수 있는 풍경은 모두 스러져버렸기 때문이다. 화자는 그로부터 다음과 같은 깨달음을 얻게된

제2의 성

1949년에 간행된 『제2의 성』은 프랑스의 여성작가 보봐르(시몬느 드 보봐르, 1908~1986)가 자신의 사상과 체험을 조합적으로 정리한, 대담하고도 내용이 풍부한 여성론이다. 제1부 「사실과 신화」, 제2부 「체험편」 등 2권으로 구성된 이 책에서 '제2의 성'은 여성을 가리킨다. 보봐르는 이 책에서 남성본위의 여성론을 맹렬하게 반박한다. 즉, 여자의 특색이나 능력을 모두 생리적인 조건과 현상으로 설명하며 여성을 남자에게 종속된 존재라고 생각해 왔던 관점을 비판, 아내나 어머니로서의 생활이 얼마나 조작되어 온 것인가를 역설했던 것이다. '여성은 태어나는 것이 아니라 만들어지는 것이다'라는 보봐르의 도발적인 선언으로 출간 1주 만에 2만 부가 팔려나가 베스트셀러가 되었다. 시몬느 드 보봐르는 '자기보다 완전하고, 자기와 닮은 사람'인 사르트르와 계약결혼을 함으로써 세간의 주목을 받았고, 이후 피임, 낙태 합법화 운동 등을 통해 자신의 주장을 온몸으로 증명해 보였다. 1998년 미국의 「타임」지는 『제2의 성』을 20세기에 인간의 삶과 정신을 바꿔놓은 10대 논픽션 저서 중 한 권으로 선정함으로써 보봐르의 업적에 경의를 표했다.

다. '누구라 해도 다시는 고향으로 돌아가지 못할 것이었다. 고향은 지나간 시간 속에 있을 뿐이니까.' 화자가 박은자를 만나지 않고 머뭇거리는 이유, 그 '알 수 없는 망설임'의 이유가 바로 여기에 있다.

화자에게 은자는 지나간 시간 속에 머물러 있는 고향으로 돌아가는 마지막 표지판이었기 때문이다. 변해버린 은자의 모습을 보지 않는 한, 화자는 '상상 속의 은자'를 통해서 옛 고향을 추억할 수 있다. 작품의 초반부에 작가가 은자를 주인공으로 하는 유년시절에 관한 소설을 쓰는 일이 감미롭다고 생각했던 것은 바로 그 때문이다. 현실의 은자를 만나는 일은 '상상 속의 은자'를 지우는 일이다. 그리고 그것은 현실의 쓸쓸함을 달래줄 '지나간 시간 속의 고향'을 지우는 일과 같다.

그런 의미에서 화자의 큰오빠는 불행히도 '지나간 시간 속의 고향' 마저 갖지 못한 사람이었다. 고향을 떠나지 않았으니까. 추억할 과거도, 현실의 허망함과 쓸쓸함을 위로할 만한 '시간 속의 고향'도 없는 사람의 고독은 오직 땅 속에 묻힌 사람만이 받아 줄 수 있을 뿐이다. 아버지의 산소에 불쑥불쑥 찾아가서 한 병의 술을 비우고 오는 큰오빠의 마음속에는, 아마도 그런 허망함이 있었을 것이다. 「한계령」의 노래 가사처럼 큰오빠는 어쩌면 아버지를 향해 '나도 아버지가 그랬듯이 한 줄기 바람처럼 살다 가고 싶었단 말이에요' 하고 원망의 말을 건넸는지도 모른다.

결국 화자는 은자를 만나지 않고 멀리서 어렴풋이 은자의 '노래' 만을 만나고 돌아온다. 무수한 삶의 역경을 헤쳐오며 가다듬은 은자의 「한계령」이라는 노래만을 듣고 돌아와버린 것이다. 작가는 아마도 이 「한계령」이라는 노래에서 인생의 의미를 발견한 듯하다. 인생이란 노래 가사 속의 산처럼, 오르기 전에는 '오지 마라, 오지 마라' 하면서 시련과 역경을 주고, 그 시련과 역경을 간신히 이겨내고 나면 이번에는 '잊으라, 잊어버리라' 하며 허무를 주는 것이다, 이런 의미를 발견한 것일 것이다. 그 인생을 살아가며 사람들은 '한 줄기 바람처럼' 살다 가기를 바라지만 그게 마음대로 되지는 않는다. 그렇게 살기 위해서는 또 많은 것을 포기해야 하기 때문이다. 그래서 작가는 그런것이 인생이라면 그것을 위로할 만한 '시간 속의 고향'이 있어야 하지 않겠는가, 그리고 그 고향으로 돌아갈 표지판인 '상상 속의 은자'는 남겨둬야 한다, 이렇게 생각한 것이다.

「한계령」은 이처럼 고향친구로부터 불쑥 걸려온 전화 한 통과 그에 얽힌 일상의 자그마한 사건을 통해 인생의 의미를 드러내는 여성작가의 섬세한 시선이 잘 나타나 있는 소설이다.

1979년 『뿌리 깊은 나무』에 실렸던 박완서의 「황혼」도 여성작가의 섬세하면서도 날카로운 시선을 느낄 수 있게 하는 작품이다. 이 소설은 소위 '고부관계'를 중심적인 소재로 취하고 있다. 우리나라에서 시어머니와 며느리의 관계는 예전부터 무척 껄끄러웠다. 주로 시어머니가 며느리를 심하게 구박하는 일이 많았다고 한다. 그런데 산업화와 근대화가 진척되면서 많은 가족이 핵가족화됨에 따라 그 양상이 조금씩 달라지기도 한다. 점차 경제능력이 없는 노인들을 마치 불필요한 존재인 것처럼 취급하게 되었던 것이다. 「황혼」은 바로 그런 상황을 다루고 있다.

작품의 서두를 보면 고부간의 문제를 중심 소재로 다루겠다는 작가의 의도를 한눈에 알아챌 수 있다. 그러면서도 문제는 '젊은 여자', 즉 며느리에게 있다는 것을 '젊은 여자'에 대한 묘사를 통해 드러내고 있다. 좋은 가정 교육과 학교 교육을 받은 똑똑한 여자로 딱부러지는 성격을 가지고 있는 '젊은 여자'는 시집온 이후로 '늙은 여자', 즉 시어머니를 어머니라고 부르지 않는다. 시어머니 앞에서는 교묘히 호칭을 피하고, 그 대신 이웃에게는 '우리 집 노인네'라고 지칭했던 것이다. 이 대목만 봐도 며느리가 대충 어떤 사람인지 짐작할 수 있다. 겉으로 봐선 시어머니를 모시고 사는 착하고 똑똑한 신식 며느리일 것이다. 생활도 합리적으로 잘 꾸려나갈것 같다. 하지만 실제로는 잔소리를 늘어놓는 시대에 뒤떨어진 시어머니를 속으로는 무시하고 귀찮게 생각하는 인물이다. 아이를 낳자마자 시어머니를 할머니라고 부르는 것이나, 시어머니의 방을 아파트 방 중에서 유독 바깥으로 창이 나지 않은 '골방'으로 정해준 것을 보면 이 며느리가 자기 남편, 자기 새끼밖에 모르는 이기적인 여자라는 것을 금방 알아차릴 수 있다.

원래 구박을 하려면 차라리 심하게 하는 것이 낫다. 남들 보는 데서는 잘 해주고 몰래 사람들 없을 때 괴롭히는 것이 오히려 죽을 맛이다. 어디에 하소연할 수조차 없기 때문이다. 이런 경우 당연히 가슴에 응어리 같은 게 생길 수밖에 없다. 이 소설의 시어머니도 가슴 속에 응어리 같은 게 만져지는 듯한 느낌이 들게 된다. 아직 늙지도 않은 여자를 할머니라고 부르며 아파트 골방에 가둬놓고 푸대접을 하는데 어느 누가 가슴 속에 응어리가 생기지 않을 수 있을까.

옛날에는 그렇지 않았다. 시어머니의 시어머니 역시 가슴앓이를 했었다. 소설에는 언급이 되어 있지 않지만 그 시어머니의 시어머니는 해방과 한국전쟁을 겪었을 것이고, 시어머니보다 더 유교적인 가풍에서 살았을 것이기에 응당 여러 한이 가슴에 맺혔을 것이다. 하지만 그렇더라도 옛날에는 그런 시어머니를 며느리가 살갑게 보살폈다. 화로의 불돌을 누더기에 싸서 가슴에 올려주기도 하고 손으로 쓸어주기도 하면서 그 한을 달랬던 것이다. 시어머니와 며느리 간에 따뜻한 사랑과 관심이 존재했던 것이다.

그러나 시어머니는 그 옛날을 생각하며 '젊은 여자', 며느리에게 가슴을 쓸어달라고 부탁했다가 여자가 질겁을 하는 바람에 무안을 당하게 된다. 결국 병원에 가서 젊은 간호사에게 닦달을 당하며 엑스레이까지 찍게 된다. 그런데 묘하게도 엑스레이를 찍으려고 하니 응어리가 사라진 듯한 느낌이 들게 된다. 그리고 시어머니는 괜히 별 병도 아닌데 병원을 드나들면 며느리에게 민망할까봐 걱정을 한다. 얼마나 시어머니를 은근히 들볶았으면 이런 걱정을 하게 될까. 상황이 그렇다보니 집안의 파출부도 시어머니를 노인네 운운하며 무시하고, '젊은 여자'를 속썩이는 노인네 모시고 사는 훌륭한 며느리라고 부추겨 세우게 된다. '젊은 여자'나 병원의 간호사나 집안의 파출부 모두 시어머니를 늙었다고 푸대접하는 모습을 보면, 현대사회에서 노인이 직면하는 어려움을 절실히 느낄 수 있다.

바로 그날 늙은 여자는 젊은 여자의 전화를 엿듣다가 큰 충격을 받는다. 늙은 여자는 젊은 여자의 전화를 종종 엿듣는다. 물론 다른 사람의 전화를 몰래 엿듣는 것은 좋지 못한 일이다. 그러나 왜 이 늙은 여자가 젊은 여자의 전화를 엿듣는지를 생각하면 오히려 잘못은 젊은 여자 쪽에 있다는 것을 알게 된다. 늙은 여자는 그만큼 대화를 하고 싶었던 것이다. 몰래 엿듣는 전화선을 타고 흘러나오는 젊은 여자들의 대화는 늙은 여자가 들어도 충분히 이해할 수 있는 내용이다. 그런데도 그 젊은 여자들은 늙은 여자를 노인네로 취급하며 특별한 취급을 한다. 늙은 여자로서는 이해하기 힘든 일이었을 것이다.

아무튼 늘 하던 대로 전화를 엿듣던 늙은 여자는 자신의 며느리가 제 친구와 나누는 대화를 듣고 온몸이 와들와들 떨릴 만큼 분노를 느끼게 된다. 응어리진 가슴을 어루만져달라는 자신의 요구를 '억압된 성적인 욕구불만'으로 누명을 씌워버리는 그들의 대화에 눈물까지 흘리게 된다. 세상의 어떤 여자도 '성적인 욕구불만'으로 가득 차 있다, 즉 '너무 밝힌다'는 말을 들으면 치를 떨게 될 것이다. 하물며 단지 소외로 인해 응어리진 가슴을 쓸어달라고 한 것을 '성적인 욕구불만'이라고 자기들끼리 키득거리는 소리를 들었을 때, 늙은 여자의 마음은 아마 쓰리다 못해 찢어지는 것 같았을 것이다.

그날 저녁, 식구들이 저녁식사를 하고 연속극을 보며 웃고 떠드는 동안, 늙은 여자는 골방에서 자신이 뒤집어쓴 누명을 억울해 하며 아들을 원망한다. 어머니가 아픈데도 들어와보지 않고 안부도 묻지 않는 아들, 어머니의 심기가 어떤지 돌보지 않는 아들을 원망하면서, 늙은 여자는 사라진 가슴의 응어리를 찾아 명치께를 계속 주무른다. 엑스레이에도 나타나지 않을 것 같은 응어리, 하지만 그 응어리는 늙은 여자의 억울함의 증거다. 그게 없으면 젊은 여자의 눈에 보이지 않는 구박이, 가족들과의 대화에서 단절되는 소외감이 그냥 아무것도 아닌 것이 되어버릴 것 같기 때문이다.

하지만 늙은 여자는 그렇게 명치께를 주무르며 응어리를 찾는 일을 젊은 여자에게 들키게 된다. 젊은 여자는 그 광경을 보고 야릇한 미소를 남기고 말없이 나가버린다. 이제 완전히 젊은 여자에게 늙은 여자는 '억압된 성적인 욕구불만'으로 가득찬, 늘그막에 밝히는 여자가 되어버리고 만 것이다. 더 이상 빠져나갈 방법이 없는 늙은 여자는 이렇게 생각한다. 타인을 그리워하는 손길이 '성욕'이라면 너희들도 죽는 날까지 그 '성욕'에서 벗어나지 못할 거다…… 지금은 비록 젊기 때문에 외로움과 소외감의 고통을 모르지만, 곧 나이를 먹게 되면 그들도 자신처럼 타인이 그리워 명치께를 어루만지는 '성욕'에 시달릴 것이라는 생각이다. 그러면서 늙은 여자는 늙어서 혼자사는 것보다 자기 뜻대로 아무것도 할 수 없는 것이 정말 불쌍한 것이라고 생각하게 된다.

이 작품에서 작가는 고부간의 미묘한 갈등을 통해서 현대사회의 핵가족 안에서 벌어지는 세대간의 단절, 가족 간의 사랑이 메말라가는 세태를 비판하고 있다. 또 아울러서 중산층 가족의 허위에 찬 생활윤리를 드러내고 있다. 작가가 여성이 아니었다면 젊은 아들 부부와 함께 사는 늙은 여자의 고통을 포착하기 힘들었을 것이다. 작가는 바로 그런 늙은 여자의 처지를 통해 겉으로 보이지 않는 젊은 세대의 윤리적인 붕괴를 잘 짚어내었던 것이다.

이제 세월을 건너뛰어서 일제시대 여성작가가 바라본 일상을 강경애의 「원고료 이백 원」을 통해서 살펴보자. 1935년 『신가정』에 실렸던 이 소설은 화자가 동생인 K에게 보내는 편지의 형식으로 되어 있다. 아마도 그 시점은 동생 K가 여학교를 졸업

할 무렵인 것 같다. 이 소설은 언니인 화자가 졸업을 맞이하는 동생에게 해주는 충고라고도 할 수 있다.

이 소설의 화자는 작가이자 주부다. 화자는 자신이 신문에 장편소설을 연재해서 원고료로 거금 이백 원을 받았을 때 벌어졌던 일을 통해 동생에게 무언가 깨달음을 주려고 했던 것 같다. 실제로 강경애는 『인간조건』이라는 장편소설을 1934년 「동아일보」에 연재한 적이 있다. 그러니 작가의 자전적인 요소가 강한 소설이라고 할 수 있을 것이다.

하여간 이 원고료 이백 원이 갈등의 원인이 된다. 화자는 난생 처음으로 그렇게 큰 돈을 받게 되자 그 돈으로 무엇을 할까 공상에 빠지게 된다. 마치 요즘 사람들이 로또복권에 당첨되면 "집을 한 채 사고 좋은 자동차를 사고, 그리고 남태평양의 섬에서 휴양을 하고……" 이렇게 행복한 궁리를 하듯이, 화자도 그동안 사고 싶었던 털외투, 목도리, 구두, 금시계 등의 품목을 떠올린다. 화자가 떠올린 물건들은 그 당시 여학생들이나 젊은 여인들이 선망하고 또 그들 사이에서 유행하던 품목이었다. 지금의 소위 프라다나 구찌 같은 명품에 해당한다고 할 수 있을 것이다.

이렇게 허황된 사치품들을 꿈꾸는 화자가 어리석게 느껴질 수도 있지만, 동생 K에게 고백하는 화자의 과거를 들어보면 꼭 그렇지만도 않다. 화자는 너무도 어렵게 살았기 때문이다. 어린 시절에는 학교에서 시험을 칠 때 사용할 '종이 붓'이 없어서 어린 마음에 친구의 것을 훔치다가 선생님께 꾸중을 듣고, 친구들에게 놀림을 당한 적도 있다. 여학교 시절에는 학비를 제때 내지 못해 주눅이 든 적이 많았고 친구들이 양산이다 털목도리다 해서 몸을 치장하는 것을 다만 부러워해야만 했다. 친구가 장난삼아 건네준 부서진 양산을 보며 눈물을 머금어야만 하기도 했다. 그뿐만이 아니다. 결혼을 하고서도 사회운동을 하는 남편과 함께 살다보니 신발 하나 제대로 된 것을 신을 수 없었다. 그래서 남편 친구집을 방문했을 때, 보다 못한 남편 친구 김경호가 자신의 아내가 신던 신발을 건네주면서 신으라고 할 만큼 낡은 신발을 신고 다녀야만 했다.

그토록 가난에 허덕이며 살았던 주인공이 제 스스로 번 돈을 가지고 그동안 부러워만 했던 것을 사려고 하는 것은 현재의 시각에서 보면 하나도 이상할 것이 없다. 오히려 당연하게 여겨진다. 이 소설의 화자도 남편이 반지나 구두를 사라고 권해주기를 은근히 기다린다. 하지만 남편은 그런 화자의 마음은 전혀 모르는 듯, 원고료 이백 원으로 함께 사회운동을 하는 가난한 동지들을 보살피자고 제안한다. 당연히 화자의 마음속에 서운한 감정이 싹텄을 것이다. 아마 이런 생각을 했을 것이다. '지가 나한테 해준 게 뭐가 있어? 맨날 고생만 시키고……. 아니 그래 자기가 번 돈도 아니고 내가 번 돈인데 내 맘대로 쓰게 해줘야 하는 거 아냐?' 그러자 그만 서운하고 분한 마음에 아내는 울음을 터뜨린다.

하지만 남편은 그 울음의 의미를 깨닫고는 아내의 뺨을 때린다. 그리고 아내가 대들자 더 심하게 아내를 때린다. 남편은 아내더러 '모던걸'이라는 화냥년이 되고 싶은 게냐며 집 밖으로 내쫓기까지 한다.

아마도 남편과 아내는 사회주의 운동을 하고 있었던 모양이다. 남편이 아내를 비난하는 다음과 같은 말을 보면 그걸 짐작할 수 있다. "머리를 지지고 볶고, 상판에 밀가루 칠을 하구, 금시계에 금강석 반지에 털외투를 입고, 입으로만 아! 무산자여 하고 부르짖는 그런 문인이 되고 싶단 말이지. 당장 나가라!" 이런 대목을 보면 남편의 입장도 어느 정도는 이해할 수 있다. 무산자, 즉 사회의 하층민들을 위해 일하고 글 쓰는 사람이 원고료로 금시계나 털외투를 해 입는다면 그 사회운동이라는 것은 가식적이라는 남편의 말도 일리가 있다.

아내는 추운 겨울에 밖으로 쫓겨나자 우선 현실적인 걱정이 먼저 앞선다. 이혼을 하면 고향사람들의 비웃음을 받을 것이고 어머니는 무척 걱정할 것이라고 생각한다.

지금도 이혼한 여자에 대한 사회의 눈길이 곱지만은 않지만, 일제시대에는 이혼한 여자는 화냥년이라는 소리를 들을 만큼 행실이 안 좋은 여자로 간주되었기 때문이다. 그렇다고 그 당시 이혼한 여자가 취직을 하거나 유학을 가는 일도 쉽지 않았을 것이다. 화자는 자신을 받아줄 사람이 아무도 없을 것이라는 사실을 절감하게 된다.

또 화자는 현실적인 문제 외에 자기 자신에 대한 반성을 하게 된다. 동지들의 헐벗은 모습을 떠올리자 자신이 원고료로 받은 이백 원으로 금시계나 금반지, 털외투 등을 사고 싶어 하는 것은 '허영'일 뿐이라는 생각을 하게 되었던 것이다. 자신의 허영을 만족시키기 위해 별 필요도 없는 물건을 사는 돈으로 동지의 고귀한 생명을 살릴 수 있다는 깨달음을 얻은 아내는 결국 집으로 뛰어 들어가 남편에게 사죄한다. 그리고 원고료로는 값싼 옷을 한 벌씩 해입는 것을 빼고는 모두 동지들에게 쌀이나 나

사용가치와 교환가치

우리가 물건이나 상품을 필요로 하는 1차적인 이유는 그 물건의 유용성 때문이다. 배고프니까 밥을 먹고 추우니까 옷을 입는다. 그런데 또 곰곰이 생각해 보면 우리가 반드시 유용성 때문에 물건을 사는 것은 아니다. 값비싼 명품 브랜드가 값싼 상품에 비해 그 가격 차이만큼 유용성이 월등하게 높지는 않다. 이런 경우 우리는 사용가치와 교환가치라는 개념을 통해 상황을 이해할 수 있다. 원래 상품에는 인간의 필요를 채워주는 유용성이라는 속성이 있다. 이것이 바로 사용가치다. 따라서 이 사용가치는 늘어나거나 줄어들지 않는다. 반면에 상품은 또한 다른 상품과 교환될 수 있는 성질을 갖는다. 이 교환으로 발생하는 가치가 바로 교환가치다. 자급자족 경제가 무너지고 분업과 협업이 지배하는 상품 생산사회에서는 상품이 생산한 사람에 의해 소비되는 것이 아니라 시장에서 소비된다. 따라서 생산된 상품은 다른 상품이나 화폐와 교환되는 값어치가 중요해지게 된다. 아무리 비싸도 사겠다는 사람만 있으면 교환가치는 유지된다. 반면 아무리 상품이 좋아도 사겠다는 사람이 없으면 교환가치는 떨어지게 되는 것이다. 얼마 전까지만 해도 최고의 인기를 누리던 값비싼 브랜드 의류가 하루아침에 헐값에 처분되는 일이 생기는 것도 바로 이와 같은 교환가치의 하락 때문이다.

무를 사서 나눠주기로 결정한다.

화자는 이 원고료 이백 원에 얽힌 일화를 동생인 K에게 들려주며 조선의 가난한 군중들을 보살필 줄 알아야 한다고 가르친다. 책상 위에서 머리로만 배운 지식이 아니라 실제로 가난한 조선 군중들의 생활을 향상시키는 데 기여해야 한다는 자신의 신념을 가르치는 것으로 이 소설은 끝이 난다. 소설의 배경이 되는 시대는 식민지 시대였고, 따라서 당시의 사회주의 운동은 민족주의적인 색채가 강했다. 자연히 사회주의 운동을 하는 사람의 신념과 동지애도 대단했었다. 이 소설의 결말은 바로 이런 사회운동의 신념을 반영하고 있는 것이다.

우리는 이 소설에서도 여성작가의 섬세함을 느낄 수 있다. 어느 날 손에 쥐게 된 큰 돈으로 인해 주인공인 화자가 겪는 심리적인 갈등, 즉 허영심의 유혹과 동지애 사이의 갈등이 잘 묘사되어 있다. 남들처럼 모양을 내보고 싶은 마음은 따지고 보면 사람의 본능적인 부분일 것이다. 그리고 여성들에게 그런 유혹은 특히 더 컸을 것이다. 작가는 이처럼 좋은 물건을 몸에 걸침으로써 우쭐하게 되는 기분을 '교환가치'라고 부르고 있다. 그러면서 이 교환가치를 향상시키는 데만 몰두하기보다 '사회적 가치'를 향상시키기 위해 노력해야 한다고 주장한다. 이렇게 보면 이 소설 속의 갈등은 교환가치와 사회적 가치 사이의 갈등이라고 볼 수도 있을 것이다.

한계령 _ 양귀자

전화에서 흘러나오는 여자의 목소리는 지독히도 탁하고 갈라져 있었다. 얼핏 듣기에는 여자인지 남자인지 구분하기가 힘들 정도였다. 그 목소리를 듣자 나는 곧 기억의 갈피를 젖히고 음성의 주인공을 찾아보기 시작했다. 내게 전화를 건 적이 있는 그런 굵은 목소리의 여자는 두 사람쯤이었다. 한 명은 사보 편집자였고 또 한 명은 출판인이었다. 두 사람 다 만나본 적은 없었지만 아무래도 활동적이고 거침이 없는 여걸이 아니겠냐는 선입견을 가지고 있는 터였다.

두 사람 중의 하나라면 사보 편집자이기가 십상이라고 속단한 채 나는 전화 저편의 여자가 순서대로 예의를 지켜가며 나를 찾는 것에 건성으로 대꾸하고 있었다. 가스레인지를 켜놓고 무언가를 끓이고 있던 중이어서 내 마음은 급하기 짝이 없었다. 급한 내 마음과는 달리 여자는 쉰 목소리로 또 한번 나를 확인하고 나더니 잠깐 침묵을 지키기까지 하였다. 그리고는 대단히 자신 없는 목소리로 이렇게 말하였다.

"혹시 전주에서…… 철길 옆동네에서 살지 않았나요?"

수필이거나 꽁트거나 뭐 그런 종류의 청탁 전화려니 여기고 있던 내게는 뜻밖의 질문이었다. 그러나 어김없이 맞는 말이기는 하였다. 나는 전주 사람이었고 전주에서도 철길 동네 사람이었다. 주택가를 관통하며 지나가던 어린 시절의 그 철길은 몇 년 전에 시 외곽으로 옮겨지긴 하였지만 지금도 철로 연변의 풍경이 내 마음에는 고스란히 남아 있었다. 그렇다는 대답을 듣고 나서도 전화 속의 목소리는 또 한번 뜸을 들였다.

"혹시 기억할는지 모르겠지만 난 박은자라고, 찐빵집 하던 철길 옆의 그 은자인데…….”

잊었더라도 할 수 없다는 듯이, 그리고 이십 년도 훨씬 전의 어린 시절 동무 이름까지야 어찌 다 기억할 수 있겠느냐는 듯이 목소리는 한층 더 자신이 없었다.

박은자. 그러나 나는 그 이름을 또렷이 기억하고 있었다. 얼마큼이나 또렷하게 기억하고 있는가 하면 전화 속의 목소리가 찐빵집 어쩌고 했을 때 이미 나는 잡채 가닥과 돼지비계가 뒤섞여 있는 만두속 냄새까지 맡아버린 뒤였다. 하지만 나는 만두 냄새가 난다고 말하지는 않았다. 세월이 그간 내게 가르쳐 준 대로 한껏 반가움을 숨기고, 될 수 있으면 통통 튀지 않는 음성으로 그 이름을 분명히 기억하고 있음을 알렸을 뿐이었다. 그렇게 했음에도 반기는 내 마음이 전화선을 타고 날아가서 그녀의 마음에 꽂힌 모양이었다. 쉰 목소리의 높이가 몇 계단 뛰어오르고, 그러자니 자연 갈라지는 목소리의 가닥가닥마다에서 파열음이 튀어나오면서 폭포수처럼 말이 쏟아져 나오기 시작했다.

“반갑다. 정말 얼마 만이냐? 난 네가 기억하지 못할 줄 알았거든. 전화할까말까 꽤나 망설였는데…… 그런데 자꾸 여기저기에 네 이름이 나잖아? 사람들한테 신문을 보여주면서 야가 내 친구라고 자랑도 많이 했단다. 너 옛날에 만화책 좋아할 때부터 내가 알아봤어. 신문사에 전화했더니 네 연락처 알려주더라. 벌써 한 달 전에 네 전화번호 알았는데 이제서야 하는 거야. 세상에, 정말 몇 년 만이니?”

정확히 이십오 년 만에 나는 은자의 목소리를 듣고 있는 중이었다. 철길 옆 찐빵집 딸을 친구로 사귀었던 때가 국민학교 2학년이었으므로 꼭 그렇게 되었다. 여기저기 이름 석 자를 내걸고 글을 쓰다보면 과거 속에 묻혀 있던, 그냥 잊은 채 살아도 아무 지장이 없을 이름들이 전화 속에서 튀어나오는 경우가 더러 있었다. 물론 반갑기야 하고 추억을 떠올리게도 하지만 단지 그것뿐이었다. 서로 살아가는 행로가 다르다는 엄연한 사실을 확인하면서도 겉으로는 한 번 만나자거나 자주 연락을 취하자거나 하는 식의 말치레만으로 끝나는 일회성의 재회였다.

그렇지만 찐빵집 딸 박은자의 전화를 받으리라고는 상상도 하지 않았었다.

그 애가 설령 어느 지면에서 내 이름과 얼굴을 발견했다손 치더라도 나를 기억할 수 있겠느냐고 전혀 자신 없어 한 것은 오히려 내 쪽이었다. 만에 하나 기억을 해냈다 하더라도 신문사에 전화를 해서 내 연락처를 수소문할 이유는 전혀 없었다. 우리들은 그저 60년대의 어느 한 해 동안 한 동네에 살았을 뿐이었다. 지금 와서 돌이켜보면 나에게는 그 한 해가 커다란 위안이었지만 그 애에게는 지겨운 나날이었을 게 분명했다.

그 뜻밖의 전화는 이십오 년이란 긴 세월을 풀어놓느라고 길게 이어졌다. 무엇보다도 먼저 나는 그 애에게 왜 가수가 되지 않았느냐고 물을 참이었다. 「검은 상처의 블루스」를 너만큼 잘 부르는 사람은 아직 보지 못했노라고 말해 주고 싶었다. 하지만 좀처럼 말할 기회가 주어지지 않았다. 어디어디에서 너의 짧은 글을 읽었다는 것과 네가 내 친구라는 사실을 믿지 않던 주위 사람들의 어리석음과 네 이름을 발견할 때의 기쁨이 어떠했는가를 그 애는 몇 번씩이나 되풀이 말하였다. 그런 이야기 끝에 은자가 먼저 자신의 직업을 밝혔다. "난 어쩔 수 없이 여태도 노래로 먹고 산단다. 아니, 그런데 넌 부천에 살면서 '미나 박' 이란 이름도 들어보지 못했니? 네 신랑이 샌님이구나. 너를 한 번도 나이트클럽이나 스탠드바에 데려가지 않은 모양이네. 이래 봬도 경인 지역 밤업소에서는 미나 박 인기가 굉장하다구. 부천 업소들에서 노래 부른 지도 벌써 몇 년째란다. 내 목소리 좀 들어봐. 완전 갔어. 얼마나 불러 제끼는지. 어쩔 때는 말도 안 나온단다. 솔로도 하고 합창도 하고 하여간 징그럽게 불러댔다."

그제서야 난 전화에서 흘러나오는 쉰 목소리의 다른 모습들을 떠올릴 수 있었다. 가수들의 말하는 음성이 으레 그보다 훨씬 탁했었다. 목소리가 그 지경이 될 만큼 노래를 불렀구나 생각하니 갑자기 가슴이 뜨거워졌다. 노래를 빼놓고 무엇으로 은자를 추억할 것인지 나는 은근히 두려웠던 것이다. 노래와는 전혀 무관한 채 보통의 주부가 되어 있다가 내게 전화를 했더라면 어떤 기분이었을까. 비록 텔레비전에 자주 출연하는 인기 가수가 아니더라도, 밤업소를 전전하는 무명 가수로 살아왔더라도 그 애가 노래를 버리지 않았다는 것이 내게는 중요했다. 그래서 나는 슬쩍 「검은 상처의 블루스」나 버드나무 밑의 작은 음악회, 그리고 비 오는 날 좁은 망대 안에서 들려주었던 가수들의 세계 따위, 몇 가지 옛 추억을 그 애에게 일깨워 주었다. 짐작대로 은자는 감탄을 연발하면서 기뻐하였다. 그렇게 세세한 일까지 잊지 않고 있는 나의 끈질긴 우정을 그녀는 거의 까무러칠 듯한 호들갑으로 보답하면서 마침내는 완벽하게 옛 친구의 자리로 되돌아갔다.

그 밖에도 나는 아주 많은 부분을 기억하고 있었다. 그해 여름 장마 때 하천으로 떠내려오던 돼지의 슬픈 눈도, 노상 속치마바람이던 그 애의 어머니도, 다방 레지로 취직되었던 그 애 언니의 매끄러운 종아리도, 그 외의 더 많은 것들도 나는 말해줄 수 있었다. 그럴 수밖에 없는 것이 몇 년 전 나는 은자를 주인공으로 하는 유년 시절에 관한 소설을 한 편 발표한 적이 있었다. 소설을 쓰는 일이 과거를 되살려 불러낼 수도 있다는 것과 쓰는 작업조차도 감미로울 수 있다는 깨달음을 안겨 준 소설이었다. 마치 흑백사진의 선명한 명암 대비처럼 유난히 삶과 죽음의 교차가 심했던 유년의 한때를 글자 하나하나로 낚아올려 내던 그때의 작업만큼 탐닉했던 글쓰기는 경험해 본 적이 없었다. 육친의 철저한 보호 속에 갇혀 있다가 굶주림과 탐욕과 애증이 엇갈리는 세계로의 나아감, 자아의 뾰족한 새 잎이 만나게 되는 혼돈의 세상을 엮어나가던 그 사이사이 나는 몇 번씩이나 눈시울을 붉히곤 했었다. 은자는 그때 이미 나보다 한 발 앞서 세상 가운데에 발을 넣고 있었다. 유행가와 철길과 죽음이 그 애의 등을 떠밀어서 은자는 자꾸만 세상 깊은 곳으로 나아가고 있었다. 그 애가 세상과 익숙한 것을 두고 나의 어머니는 '마귀새끼' 라는 호칭까지 붙여 줄 지경이었으니까. 흡사 유황불이 이글거리는 지옥의 아수라장처럼 무섭기만 했던 그 세상에서 나는 벌써 몇십 년을 살고 있는가. 아니, 살아 내고 있는가…….

그러자 나는 은자에게 소설 이야기는 하지 않았다. 사실은 할 기회도 없었다. 어떻게 해서 밤업소 가수로 묶이고 말았는지를 설명하고 지금처럼 먹고 살 만큼 되기까지 어떤 우여곡절을 겪었는지 대충 말하는 데만도 시간이 많이 걸렸다. 나는 고작해야 십 몇 년 전에 텔레비전 전국노래자랑에 출전하지 않았느냐고, 그런 말을 들은 적이 있다는 것만 알려줄 수 있었을 뿐이었다.

"맞아. 그때 장려상인가 받았거든. 그리고 작곡가 선생님이 취입시켜준다길래 부지런히 쫓아다녔는데 밑천이 있어야 곡을 받지. 아까 전주 관광호텔 나이트클럽에서 잠깐 노래 부른 적이 있다고 했지? 그때가 스무 살이었어. 돈 좀 마련해서 취입하려고 거기서 노래 부른 거라구. 그러다 영영 밤무대 가수가 되고 말았어. 아무튼 우리 만나자. 보고 싶어 죽겠다. 니네 오빠들은 다 뭐 해? 참, 니네 큰오빠 성공했다는 소식은 옛날에 들었지. 암튼 장해. 넌 어때? 빨리 만나고 싶다. 응?"

전화로는 아무래도 이십오 년을 다 풀어놓을 수가 없다는 듯이 은자는 만나기를 재촉했다. 거절할 수도 없는 것이 매일 밤 바로 부천의 어느 나이트클럽에서 노래를 한다는 것이었다. 그녀의 무대는 밤 여덟 시에 한 번, 그리고 열 시에 또 한번 있었으므로 나는 아홉 시쯤에 시간 약속을 해서 나가야 했다. 작가라서 점잖은 척해야 한다면 다른 장소에서 만날 수도 있다고 그녀는 말하였다. 그래 놓고도 작가라면 술집 답사 정도는 예사가 아니겠느냐고 제법 나를 부추기기도 하였다.

물론 나 역시 은자를 만나고 싶었다. 그러나 당장 오늘이나 내일로 시간을 정하라는 그녀의 성화에는 따를 수 없었다. 밤 아홉 시면 잠자리에 들어야 할 딸도 있었고, 그 딸이 잠든 뒤에는 오늘이나 내일까지 꼭 써놓아야 할 산문이 두 개나 있었다. 이십오 년이나 만나지 않았는데 하루나 이틀 늦어진다고 무엇이 잘못되겠느냐, 매일 밤 부천에서 노래를 부른다면 기어이 만날 수는 있지 않겠느냐고 말을 했더니 은자는 갑자기 펄쩍 뛰었다.

"오늘이 수요일이지? 이번 주 일요일까지면 계약 끝이야. 당분간은 부천뿐 아니라 경인 지역 밤업소 못 뛴단 말야. 어쩌다 보니 돈을 좀 모았거든. 찐빵집 딸이 성공해서 신사동에다 카페 하나 개업한다니까. 보름 후에 오픈이야. 이번 주일 아니면 언제 만나겠니? 넌 내가 안 보고 싶어? 아휴, 궁금해 죽겠다. 일단 한 번 보자. 얼굴이라도 보게 잠깐 나왔다가 들어가면 되잖아? 너네 집이 원미동이랬지? 야, 걸어와도 되겠다. 그 옛날 전주로치면 우리 집서 오거리까지도 안 되는데 뭘. 그땐 맨날 뛰어서 거기까지 놀러갔었잖아?"

넌 내가 보고 싶지도 않아? 라고 소리치는 은자의 쉰 목소리가 또 한번 내 가슴을 뜨겁게 하였다. 그 닷새 중에 어느 하루, 밤 아홉 시에 꼭 가겠노라고 약속을 한 뒤에서야 우리는 비로소 그 긴 전화를 끊었다. 수화기를 내려놓으면서 나도 모르는 사이에 긴 한숨이 흘러나왔다. 이십오 년을 넘나드느라고 나는 지쳐 있었다. 그리고 현실로 돌아왔을 때 그제서야 나는 가스레인지의 푸른 불꽃과 끓고 있는 냄비가 생각났다. 황급히 달려가 봤을 때는 벌써 냄비 속의 내용물이 바삭바삭한 재로 변해버린 뒤였다.

이상한 일이었다. 난데없는 은자의 전화가 아니더라도 나는 요즘 들어 줄곧 그 시절의 고향 풍경을 떠올리고 있었다. 하필 이런 때에 불현듯 그 시절의 은자가 나타난 것이었다. 고향에 대한 잦은 상념은 아마도 그곳에서 들려오는 큰오빠의 소식 때문일 것이었다. 때로는 동생이, 때로는 어머니가 전해주는 이야기들은 어떤 가족의 삶에서나 다 그렇듯이 미주알고주알 시작부터 끝까지가 장황했지만 뜻은 매양 같았다. 항상 꿋꿋하기가 대나무 같고 매사에 빈틈이 없어 도무지 어렵기만 하던 큰오빠가 조금씩조금씩 허물어지고 있다는 것이었다. 처음에는 큰오빠의 말수가 점점 줄어

들고 있다는 소식이 고작이었다. 자식들도 대학을 다닐 만큼 다 컸고 흰머리도 꽤 생겨났으니 늙어가는 모습 중의 하나일 것이라고, 식구들은 그렇게 여겼을 뿐이었다. 그때가 작년 봄이었을 것이다. 술이 들어가기 전에는 거의 온종일 말을 잊은 채 어디 먼 곳만을 쳐다보고 있는 날이 잦다고 어머니의 근심어린 전화가 가끔씩 걸려 왔었다. 건강이 좋지 않아 절제해 오던 술이 폭음으로 늘어난 것은 그 다음부터였다. 때로는 며칠씩 집을 나가 연락도 없이 떠돌아다니기도 하였다. 온 식구가 발을 동동 구르며 애를 태우고 있으면 큰오빠는 홀연히 귀가하여 무심한 얼굴로 뜨락의 잡초를 뽑고 있기도 하였다. 그렇게 열심히 매달려 왔던 사업도 저만큼 던져놓은 채 그는 우두망찰 먼 곳의 어딘가에 시선을 붙박아 두고 있는 사람처럼 보였다. 어머니는 그런 큰오빠를 설명하면서 곧잘 "진이 다 빠져버린 것 같어……"라고 말하였다. 동생은 또 큰오빠의 뒷모습을 보면 눈물이 핑 돌 만큼 애닯다고 말하였다. 아닌게아니라 전화 저편의 어머니도 진이 빠진 목소리였고 동생 또한 목멘 음성이곤 하였다. 그것은 마치 믿고 있던 둑의 이곳저곳에서 물이 새고 있다는 보고를 듣는 것처럼 나에게도 허망한 느낌을 불러일으켰다.

그렇지 않아도 세상살이의 올곧지 못함에 부대껴 오던 나날이었다. 나는 자연 튼튼하고 믿음직스러웠던 원래의 둑을 그리워하지 않을 수 없었다. 이제는 결코 젊다고 할 수 없는 나이의 그가, 더욱이 몇 년 전의 대수술로 건강마저 염려스러운 그가 겪고 있는 상심(傷心)의 정체를 나는 알 것도 같았다. 아니, 정녕 모를 일인 것처럼 여겨지기도 하였다. 그를 짓누르고 있던 장남의 멍에가 벗겨진 것은 겨우 몇 해 전이었다. 아버지가 없었어도 우리 형제들은 장남의 어깨를 밟고 무사히 한 몫의 사람으로 커올 수 있었다. 우리들이 그의 어깨에, 등에 매달려 있던 때 그는 늠름하고 서슬퍼런 장수처럼 보였었다. 은자도 알 것이었다. 내 큰오빠가 얼마나 멋졌던가를. 흡사 증인(證人)이 되어주기나 하려는 듯 홀연히 나타난 은자를, 그 애의 쉰 목소리를 상기하면서 나는 문득 마음이 편안해졌다.

그러나 그날 밤에도, 다음 날 밤에도 나는 은자가 노래를 부르는 클럽에 가지 않았다. 그렇다고 그 애의 전화를 잊은 것은 절대 아니었다. 잊기는커녕 틈만 나면 나는 철길 동네의 풍경 속으로 걸어들어가곤 했다. 멀리는 기린봉이 보이고, 오목대까지 두 줄로 달려가던 레일 위로는 햇살이 눈부시게 반짝이며 미끄러지곤 했었다. 먼지 앉은 잡초와 시궁창 물로 채워져 있던 하천을 건너면 곧바로 나타나던 역의 저탄장. 하천은 역의 서쪽으로도 뻗어 있었고 그곳의 뚝방 동네는 홍등가여서 대낮에도 짙은 화장의 여인네들이 뚝길을 서성이곤 했었다. 동네에서 우리 집은 아들 부잣집으로 일컬어졌었다. 장대 같은 아들이 내리 다섯이었다. 그리고 순서를 맞추어 밑으로 딸 둘이 더 있었다. 먹는 입이 많아서 어머니는 겨울 김장을 두 접씩 하고도 떨어질까봐 노상 걱정이었다. 둥근 상에 모여 앉아 머리를 맞대고 숟가락질을 하다 보면 동작 느린 사람은 나중에 맨밥을 먹어야 했다. 단 한 사람, 우리 집의 유일한 수입원인 큰오빠만큼은 언제나 따로 상을 받았다. 그 많은 식구들을 책임지고 있는 가장답게 큰오빠는 건드리다가 만 듯한 밥상을 물렸고 그러면 그 밥상이 우리 형제의 별식으로 차례가 오곤 했었다.

학교에서 나누어 주는 옥수수빵 외에는 밀떡이나 쑥버무리가 고작인 우리들의 군것질 대상에서 은자네 찐빵이나 만두는 맛이 기가 막혔다. 그 애의 부모들이 평소 위생 관념에는 젬병이어서 어머니는 그 집 빵이라면 거저 주어도 먹지 말라고 신신당부를 했었지만 오빠들은 몰래 은자네 집을 드나들며 빵을 사먹곤 했었다. 비 오는 날, 오빠들이 서로서로의 옹색한 용돈을 털어 내어 내게 시키는 심부름은 대개 두 가지였다. 은자네 찐빵을 사오는 일과 만화가게에서 만화를 빌려오는 일이었다. 돈을 보태지 않았으니 응당 심부름은 내 몫이었다. 은자네 집에 빵을 사러 가면 은자는 제 엄마 몰래 두어 개쯤 더 얹어주었고 만화가게까지 우산을 받쳐주며 따라오기도 했었다. 그 우산 속에서 은자는 목청을 다듬어 노래를 불렀다. 오빠들 몫으로 전쟁 만화를, 내 몫으로는 엄희자의 발레리나 만화를 빌려 품에 안고 돌아오는 길에 나는 은자의 노래를 듣고 또 듣곤 했었다. 우리 집 대문 앞에까지 왔는데도 노래가 미처 끝나지 않았으면 제자리에 서서 끝까지 다 들어주어야만 집에 들어갈 수 있었다.

사는 모양새야 우리 집보다 더 옹색하고 구질구질한 은자네였지만 그래도 그 애는 잔돈푼을 늘 지니고 있어서 우리 또래 아이들 중에서는 제일 부자였다. 가게에서 찐빵 판 돈을 슬쩍슬쩍 훔쳐내다가 제 아버지에게 들켜 아구구구, 죽는 소리를 내며 두들겨맞는 은자를 나는 종종 볼 수 있었다. 은자 아버지는 은자만이 아니라 처녀인 그 애 큰언니도, 그 애의 어머니도 곧잘 때렸고 그래서 그 애네 집 앞을 지나노라면 아구구구, 숨 넘어가는 비명쯤은 예사로 들을 수 있었다. 은자가 가수의 꿈을 안고 밤도망을 쳤을 때 그 애 아버지는 이미 이 세상 사람이 아니었다. 만약 살아 있었다면 은자도 어린 나이에 밤도망을 칠 엄두는 못 냈을 것이었다. 가수가 되어 성공하면 돌아오겠노라던 은자는 그 뒤 철길 옆 찐빵집으로 금의환향하지는 못했다. 그 애가 성공하기도 전에 찐빵 가게는 문을 닫았고 내가 기억하기만도 그 자리에 양장점 · 문구점 · 분식센터 · 책방 등이 차례로 들어섰었다. 그리고 지금, 은자네 찐빵 가게가 있던 자리는 자취도 없이 사라졌다. 철길이 옮겨진 뒤 말짱히 포장되어 4차선 도로로 변해버린 그곳에서 옛 시절의 흙 냄새라도 맡아보려면 아스팔트를 뜯어내고 나서야 가능할 것이었다.

금요일 정오 무렵 다시 은자에게서 전화가 왔다. 첫마디부터가 오늘 저녁에는 꼭 오라는 다짐이었다. 이미 두 번째 전화여서 그 애는 스스럼 없이, 진짜 꾀복쟁이 친구처럼 굴고 있었다.

"일어나자마자 너한테 전화하는 거야. 어젯밤에는 너 기다린다고 대기실에서 복음밥 불러 먹었단다. 오늘은 꼭 오겠지? 네 신랑이 못 가게 하대? 같이 와. 내가 한 잔 살 수도 있어. 그 집 아가씨 하나가 말야, 네 소설도 읽었다더라. 작가 선생이 오신다니까 팔짝팔짝 뛰고 난리야."

그리고 나서 그 애는 아들만 둘을 두었다는 것과 악단 출신의 남편과 함께 사는 지금의 집이 꽤 값 나가는 아파트라는 사실을 알려주었다. 그 애의 전화를 받고 난 뒤 내내 파리가 윙윙거리던 그 애의 찐빵 가게만 떠올리고 있었던 것을 알고 있었다는 듯이 은자는 한창 때 열 군데씩 겹치기를 하던 시절에는 수입이 얼마였던가까지 소상히 일러주었다. 그 애가 잘살고 있다는 것은 어쨌든 기분좋은 일이었다. 그래 봤자 얼마나 부자일까마는 여태까지도 돼지비계 섞인 만두속 같은 퀴퀴한 냄새를 풍기고 있다면 얼마나 막막한 삶일 것인가.

"오늘 꼭 와야 된다. 니네 자가용 있지? 잠깐 몰고 나오면…… 뭐라구? 돈 벌어다 어데 쌓아두니? 유명한 작가가 자가용도 없어서야 체면이 서냐? 암튼 택시라도 타고 휭 왔다 가. 기다린다야."

그 애는 제멋대로 나를 유명한 작가로 만들어 놓았다. 그리곤 자가용이 없다는 내 말에 은자는 혀까지 끌끌 찼다. 짐작하건대 그 애는 나의 경제적 지위를 다시 가늠해 보기 시작했을 것이었다. 은자는 그만큼 확신을 가지고 자가용이 있느냐고 물었으니까. 어쩌면 그 애는 스스로가 오너드라이버란 사실을 말하고 있는 건지도 몰랐다. 은자는 내가 과거의 찐빵집 딸로만 자기를 기억하고 있는 것을 몹시 안타깝게 여기고 있었다. 얼마나 달라졌는가를, 지금은 어떤 계층으로 솟구쳤는가를 설명하는 쉰 목소리는 무척 진지하였다. 만나기만 한다면야 그 애의 달라진 현실을 확실히 알 수가 있을 것이었다. 만남을 회피하지 않고 오히려 간곡하게 재회를 원하는 그녀의 현실을 나는 새삼 즐겁게 받아들였다. 언젠가의 첫 여고 동창회가 열렸던 때를 기억하고 있는 까닭이었다. 서울 지역에 살고 있는 동창 명단 중에 불참자가 반 이상이었다. 물론 피치 못한 이유가 있어서 불참한 경우도 있겠지만 졸업 후의 첫 만남에 당당하게 나타날 만한 위치가 아니라는 자괴심이 대부분의 이유였을 것이다.

은자의 전화가 있고 난 뒤 곧바로 전주에서 시외전화가 걸려 왔다. 고춧가루는 떨어지지 않았느냐, 된장 항아리는 매일 볕에 열어 두고 있느냐 등을 묻는, 자식의 안부보다는 자식의 밑반찬 안부를 주로 묻는 친정어머니의 전화였다. 나는 어머니에게 은자의 소식을 전했다. 이름을 언뜻 기억하지 못했어도 찐빵집 딸이라니까 얼른 "박센 딸?"하고 받으시는데 목소리에 기운이 없었다. 어머니의 전화는 예사롭게 밑반찬 챙기는 것만으로 그칠 것 같지는 않았다. 따라서 나 역시 은자의 이야기를 길게 늘어놓을 일도 아니었다. 모녀는 잠깐 침묵을 지켰다. 어머니 쪽에서 무슨 말이 나오리라 기다리면서 나는 한편으로 전화 곁의 메모판을 읽어가고 있었다. 20매, 3일까지. 15매, 4일 오전중으로 꼭. 사진 잊지 말 것. 흘려 쓴 글씨들 속에 나의 삶이 붙박여 있었다. 한때는 내 삶의 의지였던 어머니의 나직한 한숨소리가 서울을 건너고 충청도를 넘어 전라도 땅의 한 군데에서 새어나왔다.

"아버지 추도 예배 때 못 오것쟈?"

어머니는 겨우 그렇게 물었다. 노상 바쁘다니까, 이제는 자식의 삶을 지휘할 수 없다는 것을 잘 아니까 어머니는 오 월이 가까워오면 늘 이렇게 묻는다. 그러나 오늘의 전화는 그것만도 아닐 것이다. 나는 잘 알고 있었다. 어젯밤에도 큰오빠는 어머니의 치마폭에 그 쇳조각 같은 한탄과 허망한 세월을 털어놓으며, 몸이 못 버텨주는 술기운으로 괴로워하며, 그 두 사람이 같이 뛰었던 과거의 행로들을 추억하자고 졸랐을 것이다. 어려웠던 시절의 뼈아픈 고생담을 이야기하면서, 춥고 긴 겨울밤을 뜬눈으로 지새며 앞날을 걱정했던 그 시절의 암담함을 일일이 들추어가면서 큰오빠는 낙루도 서슴지 않았으리라. 어머니는 그런 큰아들 때문에 가슴이 미어지도록 슬펐을 것이다. 그렇지만 나는 끝내 입을 열지 않았다.

"네 큰오빠, 어제 산소 갔더란다. 죽은 지 삼십 년이 다 돼가는 산소는 뭐 헐라고 쫓아가 쌌는지. 땅 속에 묻힌 술꾼 애비랑 청주 한 병을 다 비우고 왔어야……."

큰오빠가 공동묘지에 묻혀 있던 아버지를 당신의 고향 땅에 모신 것도 벌써 오래전의 일이었다. 추석날이면 나는 다섯 오빠 뒤를 따라 시(市)의 끝에 놓인 공동묘지를 찾아가곤 했었다. 큰오빠는 줄줄이 따라오는 동생들의 대열을 단속하면서 간혹 "니네들 아버지 산소 찾아낼 수 있어?"하고 묻곤 했었다. 대열 중에서는 아무 대답도 나오지 않았다. 찾을 수 있거나 찾지 못하거나 간에 큰형 앞에서는 피식 멋쩍게 웃는 것이 대화의 전부인 오빠들이었다. 똑같은 크기의 봉분들이 산 전체를 빽빽하게 뒤덮고 있는 공동묘지에 들어서면 큰오빠는 한 번도 멈추지 않고 단숨에 아버지가 누운 자리를 찾아냈다.

세월이 흐르고 하나씩 집을 떠나는 형제들 때문에 성묘 행렬에 구멍이 생기기 시작하던 무렵, 큰오빠는 아버지 묘의 이장을 서둘렀었다. 지금에 와서는 단 한 번도 형제들 모두가 아버지 산소를 찾아간 적은 없었다. 산다는 일은 언제나 돌연한 변명으로 울타리를 치는 것에 다름 아니니까. 일 년에 한 번, 딸기가 끝물일 때 맞게 되는 아버지의 추도식만은 온 식구가 다 모이도록 되어 있었다. 그 유일한 만남조차도 때때로 구멍난 자리를 내보이곤 하였지만.

"박센 딸은 웬일루?"

전화를 끊으려다 말고 어머니는 가까스로 은자에 대한 호기심을 나타냈다. 기어이 가수가 된 모양이라고, 성공한 축에 끼였달수도 있겠다니까 어머니는 "박센이 그 지경으로 죽었는데 그 딸이 무슨 성공을……"하고는 나의 말을 묵살하였다. 은자의 언니를 다방 레지로 취직시킨 것에 앙심을 품은 망대지기 청년이 장인이 될지도 모를 박씨를 살해한 사건은 그해 가을 도시 전체를 떠들썩하게 했었다. 어머니는 아직도 찐빵집 가족들을 마귀로 여기고 있는 모양이었다. 유황불에서 빠져나올 구원의 사다리는 찐빵집 식구들에게만은 영원히 차례가 가지 않으리라고 믿는지도 몰랐다.

살아 남은 자의 지독한 몸부림을 당신만큼은 더할 나위 없이 잘 알면서도 짐짓 그렇게 말하는 건지도 모를 일이었다.

어머니와의 통화는 언제나 그렇지만 마음을 심란하게 만들었다. 늦은 밤이나 이른 아침에 울리는 전화벨 소리가 가슴을 철렁 내려앉게 하듯이 요즘에는 고향에서 걸려오는 전화 또한 온갖 불길함을 예상하게 만들었다. 될 수 있는 한 외출을 삼가고 집에만 박혀 있는 나에겐 전화가 세상과의 유일한 통로인 셈이었다. 아마 전화가 없었다면 이만큼이나 뚝 떨어져 있을 수도 없을 것이다. 싫든 좋든 많은 이들을 만나야 하고 찾아가야 했으리라. 그런 의미에서 전화는 세상을 연결시키는 통로이면서 동시에 차단시키는 바람벽이기도 하였다. 고향에 대해서도 예외는 아니었다. 일 년에 한 번쯤이나 겨우 찾아가면서 그다지 격조함을 느끼지 못하는 이유는 전화가 있기 때문이었다. 또한 찾아가지 않아도 되게끔 선뜻 나서서 제 할 일을 해버리는 것도 전화였다.

마음이 심란한 까닭에 일손도 잡히지 않았다. 대충 들춰 보았던 조간들을 끌어당겨 꼼꼼히 기사들을 읽어 나가자니 더욱 머리가 띵해왔다. 신문마다 서명자 명단이 가지런하게 박혀 있고 일단 혹은 이단 기사들의 의미 심장한 문구들이 명멸하였다. 봄이라 해도 날씨는 무더웠다. 창가에 앉으면 바람이 시원했다. 이층이므로 창에 서면 원미동 거리가 한눈에 내려다보였다. 행복사진관 엄씨가 세 딸을 거느리고 시장길로 올라가고 있는 게 보였다. 써니전자의 시내 아빠는 요즘 새로 산 오토바이 때문에 늘 싱글벙글이었다. 지금도 그는 시내를 태우고 동네를 몇 바퀴씩 돌고 있었다. 냉동오징어를 궤짝째 떼어 온 김 반장네 형제슈퍼는 모여든 여자들로 시끄러웠다. 김 반장의 구성진 너스레에 누가 안 넘어갈 것인가. 오늘 저녁 원미동 사람들은 모두 오징어 요리를 먹게 될 모양이었다. 그들이 아니더라도 거리는 소란스럽기 짝이 없었다. 부천시 원미동이 고향이 될 어린아이들이, 훗날 이 거리를 떠올리며 위안을 받을 꼬마치들이 쉴새없이 소리지르고, 울어대고, 달려가고 있었다.

얼마를 그렇게 창가에 있었지만 쓰다 만 원고를 붙잡고 씨름할 기분은 도무지 생겨나지 않았다. 이제 다시 전화벨이 울린다면 그것은 분명코 저 원고를 챙겨 가야 할 충실한 편집자의 전화일 것이 분명했다. 그럼에도 불구하고 나는 불현듯 책꽂이로 달려가 창작집 속에 끼어 있는 유년의 기록을 들추었다. 그 소설은 낮잠에서 깨어나 등교 시간인 줄 알고 신발을 거꾸로 꿰어 신은 채 달려가는 이야기로부터 시작되고 있었다. 눈물 주머니를 달고 살았던 그때, 턱없이 세상을 무서워하면서 또한 끝도 없이 세상을 믿었던 그때의 이야기들은 매번 새롭게 읽혀지고 나를 위안했다. 소설 쓰는 것을 업으로 삼는 자가 자기가 쓴 소설을 읽으며 위안을 받는다는 사실을 어떻게 설명해야 할지 모른다. 깊은 밤 한창 작업에 붙들려 있다가도 마음이 편치 않으면 나는 은자가 나오는 그 소설을 읽었다. 시간을 거꾸로 돌려서, 자꾸만 뒷걸음쳐서 달려가면 거기에 철길이 보였다. 큰오빠는 젊고 잘생긴 청년이었고 밑의 오빠들은 까까중머리의 남학생이었다. 장롱을 열면 바느질통 안에 아버지 생전에 내게 사주었다는 연지 찍는 붓솔도 담겨 있었다. 아직 어린 딸에게 하필이면 화장도구를 사주었는지 지금에 와서 생각하면 알 듯도, 모를 듯도 싶은 장난감이었다.

네 큰오빠가 아니었으면 다 굶어죽었을 거여. 어머니는 종종 이런 말로 큰아들의 노고를 회상하곤 했지만 그 말은 사실이었다. 떠도는 구름처럼 세상 저편의 일만 기웃거리며 살던 아버지는 찌든 가난과, 빚과, 일곱이나 되는 자식을 남겨놓고 갑자기 세상을 떠났었다. 가장 심하게 난리 피해를 당했던 당신의 고향 마을에서도 몇 안 되는 생존자로 난리를 피한 아버지였다. 보리짚단 사이에서, 뒤뜰의 고구마움에서 숨어 살며 지켜 온 목숨이었는데 도시로 나와 아버지는 곧 이승을 떠나버렸다. 목숨을 어떻게 마음대로 하랴마는 어머니에게 있어 그것은 결코 용서 못 할 배반이었다. 나는 그래도 연지붓솔이나 받아보았다지만 내 밑의 여동생은 돌을 갓 넘기고서 아버지를 잃었다. 아버지 살았을 때부터 야간대학을 다니면서 생계를 돕던 큰오빠는 어머니와 함께 안간힘을 쓰며 동생들을 거두었다. 아침이면 우리들은 차마 입을 뗄 수 없어 수도 없이 망설이다가 큰오빠에게 손을 내밀었다. 회비, 참고서값, 성금, 체육복값 등등 내야 할 돈은 한없이 많았는데 돈을 줄 사람은 하나밖에 없었다. 밑으로 딸린 두 여동생들에겐 관대하기만 했던 큰오빠의 마음을 이용해서 오빠들은 곧잘 내게 돈 타오는 일을 떠맡기곤 했었다. 밑으로 거푸 물려줘야 할 책임이 있는 셋째오빠의 포댓자루 같은 교복이, 윗형 것을 물려 받아서 발목이 드러나는 교복 바지의 넷째오빠가, 한 번도 새옷을 입은 적이 없다고 불만인 다섯째오빠의 울퉁불퉁한 머리통이 골목길에 모여 서서 나를 기다렸다. 나는 오빠들이 일러준 대로 기성회비 · 급식값 · 재료비 따위를 큰오빠 앞에서 줄줄 외우고 있는 중이었다. 공장에서 돈을 찍어내도 모자라겠다, 그러면서 큰오빠는 지갑을 열었다.

자라면서 나 역시 그러했지만 오빠들은 큰형을 아주 어려워했다. 아무리 맛있는 음식이라도 큰형이 있으면 혀의 감각이 사라진다고 둘째가 입을 열면 셋째도, 넷째도, 다섯째도 맞장구를 쳤다. 여름의 어떤 일요일, 다섯 아들이 함께 모여 수박을 먹으면 큰오빠만 푸아푸아 시원스레 씨를 뱉어내고 나머지는 우물쭈물하다가 씨를 삼켜버리기 예사였다. 두레박으로 물을 길어올려 등멱이라도 하게 되면 큰오빠 등허리는 어머니만이 밀 수 있었다. 둘째는 셋째가, 셋째는 넷째가 서로서로 품앗이를 하여 등멱을 하고 난 뒤 큰오빠가 "내 등에도 물 좀 끼얹어라" 하면 모두들 쩔쩔매었다. 우리 형제들뿐만 아니라 동네 사람들도 큰오빠를 예사롭게 대하지 않았다. 인조 속치마를 펄럭이고 다니면서 동네의 온갖 일을 다 참견하곤 하던 은자 엄마도 큰오빠가 지나가면서 인사를 하면 허둥지둥 찐빵 가게로 들어갈 궁리부터 했으니까.

기다린다아, 고 길게 빼면서 끊었던 은자의 전화를 의식한 탓인지 나는 그날따라 일찍 저녁밥을 마쳤다. 서두르지 않더라도 아홉 시까지는 그 애가 일한다는 새부천 클럽에 갈 수가 있었다. 작은방에서 책을 읽고 있던 남편은 아이야 자기도 재울 수 있으니 가보라고 권하기도 하였다. 소설의 주인공이 부천의 한 클럽에서 노래를 부르고 있다는 사실에 대해 그 역시 은자에게 흥미가 많은 사람이었다. 시간은 자꾸 흘러가고 있었다. 아홉 시가 가까워 오자 아이는 연신 하품을 하기 시작했다. 재울 것도 없이 고단한 딸애는 금방 쓰러져 꿈나라로 갈 것이었다. 집 앞 큰길에는 귀가하는 이들이 타고 온 택시가 심심치 않게 빈 차로 나가곤 하였다. 일어서서 집을 나가 택시만 타면 되었다. 택시기사에게 "시내로 갑시다"라고 이르기만 하면 되었다. 그런데도 얼른 몸을 일으킬 수가 없었다.

여덟 시 무대를 끝내고 은자는 내가 올까봐 입구 쪽만 주시하며 있을 것이었다. 아홉 시를 알리는 시보가 울리고 텔레비전에서 저녁뉴스가 시작될 때까지도 나는 그대로 있었다. 아이는 마침내 잠이 들었고 남편은 낚시잡지를 뒤적이면서 월척한 자의 함박웃음을 부러운 듯이 들여다보고 있었다. 몇 가지 낚시도구를 사들이고, 낚시에 관한 정보를 놓치지 않으려고 귀를 모으면서, 매번 지켜지지 않을 낚시 계획을 세우는 그는 단 한 번의 배낚시 경험밖에 없는 사람이었다. 단 한 번의 경험은 그를 사로잡기에 충분하였다. 어느 주말 홀연히 떠나가 낚싯대를 드리우게 되기까지는 그 자신 풀어야 할 매듭이 많은 사람이었다. 어떤 때 그는 마치 낚시꾼이 되기 직전의 그 경이로움만을 탐하는 것처럼 보이기도 하였다. 봉우리를 향하여 첫발을 떼는 자들이 으레 그렇듯 그는 세상살이의 고단함에 빠질 때마다 낚시터의 꾼들 속에 자기를 넣어 두고 싶어 하였다. 나는 그가 뒤적이는 낚시잡지의 원색화보를 곁눈질하면서 미구에 그가 낚아 올릴 물고기를 상상해 보았다. 상상 속에서 물고기는 비늘을 번뜩이며 파닥거리고 시계는 은자의 두 번째 출연 시간을 가리키며 째깍거리고 있었다.

다음 날 아침 어김없이 은자의 전화가 걸려 왔다. 토요일이었다. 이제 오늘 밤과 내일 밤뿐이었다. 은자도 그것을 강조하였다.

"설마 안 올 작정은 아니겠지? 고향 친구 한번 만나보려니까 되게 힘드네. 야, 작가 선생이 밤무대 가수 신세인 옛 친구 만나려니까 체면이 안 서대? 그러지 마라. 네 보기엔 한심할지 몰라도 오늘의 미나 박이 되기까지 참 숱하게도 넘어지고 또 넘어지고 했으니까."

그렇게 말할 만도 하였다. 고상한 말만 골라서 신문에 내고 이렇게 해야 할 것 아니냐, 저렇게 되면 곤란하다, 라고 말하는 게 능사인 작가에게 밤무대 가수 친구가 웬말이냐고 볼멘소리를 해볼 만도 하였다. 나는 아무런 대꾸도 할 수 없었다. 우리들의 대화가 어긋나고 있더라도 수수방관할 수밖에 없었다. 박은자에서 미나 박이 되기까지 그 애는 수없이 넘어지고 또 넘어진 모양이었다. 누군들 그러지 않겠는가.

부천으로 옮겨와 살게 되면서 나는 그런 삶들의 윤기 없는 목소리를 많이 듣고 있었다. 딱히 부천이어서가 아니라 내가 부천 사람이어서 그랬을 것이었다. 창가에 붙어 앉아 귀를 모으고 있으면 지금이라도 넘어져 상처 입은 원미동 사람들의 이야기를 들을 수 있었다. 넘어졌다가 다시 일어나고, 또 넘어지는 실패의 되풀이 속에서도 그들은 정상을 향해 열심히 고개를 넘고 있었다. 정상의 면적은 좁디좁아서 아무나 디딜 수 있는 곳이 아니라는 엄연한 현실도 그들에게는 단지 속임수로밖에 납득되지 않았다.

설령 있는 힘을 다해 기어올랐다 하더라도 결국은 내리막길을 마주해야 한다는 사실 또한 수긍하지 않았다. 부딪치고, 아등바등 연명하며 기어나가는 삶의 주인들에게는 다른 이름의 진리는 아무런 소용도 없는 것이었다. 그들에게 있어 인생이란 탐구하고 사색하는 그 무엇이 아니라 몸으로 밀어 가며 안간힘으로 두들겨야 하는 굳건한 쇠문이었다. 혹은 멀리 보이는 높은 산봉우리였다.

은자는 마침내 봉우리 하나를 넘었다고 믿는 사람 중의 하나였다. 노래로는 도저히 먹고 살 수 없어서 노래를 그만둔 적도 있었다고 했다. 처음의 전화 이후, 아니 더 정확히 말하면 내가 허겁지겁 달려나오지 않으리란 것을 그 애가 눈치 챈 이후 은자는 하나씩 둘씩 자신의 과거를 털어놓곤 했었다. 싸구려 흥행단에 끼어 일본 공연을 갔던 적이 있었는데 돌아오지 않을 작정으로 마지막 공연날, 단체에서 이탈해 무작정 낯선 타국 땅을 헤맨 경험도 있다는 말은 두 번째 전화에서 들었던가. 그런데 오늘은 더욱 비참한 과거 하나를 털어놓았다. 악단 연주자였던 지금의 남편을 만나 살림을 차린 뒤 극장식 스탠드바의 코너를 하나 분양받았다가 빚더미에 올라앉게 되었던 모양이었다. 은자는 주안 · 부평 · 부천 등을 뛰어다니며 겹치기를 하고 남편 역시 전속으로 묶여 새벽까지 기타 줄을 퉁겨야 했다고 하였다. 첫아이를 임신하고 있는 중이었으나 부른 배를 내민 채 술집 무대에 설 수가 없었다. 코르셋으로, 헝겊으로 배를 한껏 조이고서야 허리가 쏙 들어간 무대 의상을 입을 수가 있었다. 한 달쯤 그렇게 하고 났더니 뱃속에서 들려오던 태동이 어느 날부터인가 사라져버렸다. 이상하긴 했지만 그런대로 또 보름 가량 배를 묶어놓고 노래를 불렀다. 그러고 나서야 병원에 갔다가 아이가 이미 오래전에 숨졌다는 사실을 알게 되었다면서 은자는 이렇게 말하였다.

"유명하신 작가한테는 소설 같은 이야기로밖에 안 들리겠지? 아무리 슬픈 소설을 읽어봐도 내가 살아온 만큼 기막힌 이야기는 없더라. 안 그러면 무슨 소리인지 도통 못 알아먹을 소설뿐이고. 너도 읽으면 잠만 오는 소설을 쓰는 작가야? 하긴 네 소설은 아직 못 읽어봤지만 말야. 인제 읽어야지. 근데, 너 돈 좀 벌었니?"

은자가 내 소설들을 읽지 않았다는 것은 참으로 다행한 일이었다. 바로 어젯밤에도 나는 '읽으면 잠만 오는' 소설을 쓰느라 밤새 진을 빼고 있었는지도 모를 일이었다. 그래놓고도 대단한 일을 한 사람처럼 이 아침 나는 잠잘 궁리만 하고 있는 중이었다. 그런데 은자 또한 이제부터 몇 시간 더 자야 한다고 말하는 것이었다. 귀가시간은 언제나 새벽이 다 되어서라고 했다. 그 애나 나나 밤일을 한다는 하나의 공통점이 있다는 사실을 떠올리며 나는 씁쓰레하게 웃어버렸다.

은자는 졸음이 묻어 있는 목소리로 다시 오늘 저녁을 약속했다. 주말의 무대는 평일과 달라서 여덟 시부터 계속 대기중이어야 한다고 했다. 합창 순서도 있고 백코러스로 뛸 때도 있다면서 토요일 밤의 손님들은 출렁이는 무대를 좋아하므로 시종일관 변화무쌍하게 출연진을 교체시키는 법이라고 일러주었다.

"무대에 올라도 잠깐잠깐이야. 자정까진 거기 있으니까 아무 때나 와도 좋아. 오늘하고 내일까지는 그 집에 마지막 서비스를 하는 거지 뭐. 내 노래 안 듣고 싶어? 옛날엔 내 노래 잘 들어줬잖니? 그리고 말야, 입구에서 미나 박 찾아왔다고 말하면 잘 모실 테니까 괜히 새침 떠느라고 망설이지 마라."

물론 가겠노라고, 어제는 정말 짬이 나지 않았노라고 자신 있게 입막음을 하지도 못한 채 나는 어영부영 전화를 끊었다. 처음 그 애가 "혹시 은자라고, 철길 옆에 살던……"하면서 전화를 걸어 왔을 때의 무작정한 반가움은 웬일인지 그 이후 알 수 없는 망설임으로 바뀌어져 있었다.

은자는 내 추억의 가운데에 서 있는 표지판이었다. 은자를 기둥으로 하여 이십오 년 전의 한 해를 소설로 묶은 뒤로는 더욱 그러하였다. 기록한 것만을 추억하겠다고 작정한 바도 없지만 나의 기억은 언제나 소설 속 공간에서만 맴을 돌았다. 일 년에 한 번, 아버지 추도식에 참석하기 위해 고속버스를 타고 전주에 갈 때마다 표지판이 아니면 언뜻 알아볼 수 없을 만큼 달라져 있는 고향의 모습이 내게는 낯설기만 하였다. 이제는 사방팔방으로 도로가 확장되어 여관이나 상가 사이에 홀로 박혀 있는 친정집도 예전의 모습을 거의 다 잃고 있었다. 옛집을 부수고 새로이 양옥으로 개축한 친정집 역시 여관을 지으려는 사람이 진작부터 눈독을 들이고 있는 중이었다. 집 앞을 흐르던 하천이 복개되면서 동네는 급격히 시가지로 편입되기 시작하였다. 그나마 철길이 뜯기면서는 완벽하게 옛 모습이 스러져버렸다. 작은 음악회를 열곤 하던 버드나무도 베어진 지 오래였고 찐빵 가게가 있던 자리로는 차들이 씽씽 달려가곤 했다. 아무래도 주택가 자리는 아니었다. 예전에는 비록 정다운 이웃으로 둘러싸인 채 오손도손 살아왔다 하더라도 지금은 아니었다. 은성장여관, 미림여관, 거부장호텔 등이 이웃이 될 수는 없었다. 게다가 한창 크는 아이들이 있었다. 우리 형제들은 물론, 조카들까지 제 아버지에게 이사를 하자고 졸랐었다. 하지만 큰오빠는 좀체 집을 팔 생각을 굳히지 못하였다. 집을 팔라는 성화가 거세면 거셀수록 그는 오히려 집 수리에 돈을 들이곤 하였다. 그 동네에서 마지막까지 버티고 있는 유일한 사람이 바로 큰오빠였다.

일 년에 한 번씩 타인의 낯선 얼굴을 확인하러 고향 동네에 가는 일은 쓸쓸함뿐이었다. 이제는 그 쓸쓸함조차도 내 것으로 남지 않게 될 것이었다. 누구라 해도 다시는 고향으로 돌아가지 못할 것이었다. 고향은 지나간 시간 속에 있을 뿐이니까. 누구는 동구 밖의 느티나무로, 갯마을의 짠 냄새로, 동네를 끼고 흐르는 긴 강으로 고향을 확인하며 산다고 했다. 내게 남은 마지막 표지판은 은자인 셈이었다. 보이는 것들은, 큰오빠까지도 다 변하였지만 상상 속의 은자는 언제나 같은 모습이었다. 은자만 떠올리면 옛 기억들이, 내게 남은 고향의 모든 숨소리가 손에 잡힐 듯이 다가오곤 하였다. 허물어지지 않은 큰오빠의 모습도 그 속에 온전히 남아 있었다. 내가 새부천 클럽에 가서 은자를 만나버리고 나면 그때부터는 어떤 표지판에 기대어 고향을 찾아갈 수 있을 것인지 정말 알 수 없었다.

은자의 지금 모습이 어떤지 나는 전혀 떠올릴 수가 없다. 설령 클럽으로 찾아간다 하여도 그 애를 알아볼 수 있을지 자신할 수도 없었다. 내 기억 속의 은자는 상고머리에, 때 낀 목덜미를 물들인 박씨의 억센 손자국, 그리고 터진 겨드랑이 사이로 내보이던 낡은 내복의 계집아이로 붙박여 있었다. 서른도 훨씬 넘은 중년 여인의 그 애를 어떻게 그려낼 수 있는가. 수십 년간 가슴에 품어온 고향의 얼굴을 현실 속에서 만나고 싶지는 않다, 라고 나는 생각하였다. 만나버린 뒤에는 내게 위안을 주었던 유년의 소설도, 소설 속의 한 시대도 스러지고야 말리라는 불안감을 떨쳐버릴 수가 없었다. 그렇다 하더라도 이미 현실로 나타난 은자를 외면할 수 있을는지 그것만큼은 풀 수 없는 숙제로 남겨둔 채 토요일 밤을 나는 원미동 내 집에서 보내고 말았다.

일요일 낮 동안 나는 전화 곁을 떠나지 못하였다. 이제 은자는 가시 돋친 음성으로 나의 무심함을 탓할 것이었다. 그녀의 질책을 나는 고스란히 받아들일 작정이었다. 나는 그 애가 던져올 말들을 하나하나 상상해 보면서 전화를 기다렸다. 오전에는 그러나 한 번도 전화벨이 울리지 않았다. 일요일은 언제나 그랬다. 약속을 못 지킨 원고가 있더라도 일요일에까지 전화를 걸어 독촉해 올 편집자는 없었다. 전화벨이 울린다면 그것은 분명 은자라고 나는 생각하였다.

오후가 되어서 이윽고 전화벨이 울렸다. 그러나 수화기에선 쉰 목소리 대신에 귀에 익은 동생의 목소리가 흘러나왔다. 고향에서 들려오는 살붙이의 음성은 모든 불길한 예감을 젖히고 우선 반가웠다. 여동생이 전하는 소식은 역시 큰오빠에 관한 우울한 삽화들뿐이었다. 마침내 집을 팔기로 하고 계약서에 도장을 찍었다는 것과, 한 달 남은 아버지 추도 예배는 마지막으로 그 집에서 올리기로 했다는 이야기였다. 계약서에 도장을 찍은 것은 어제였는데 큰오빠는 종일토록 홀로 술을 마셨다고 했다. 집을 팔기 원했으나 지금은 큰오빠의 마음이 정처없을 때라서 식구들 모두 조마조마한 심정이라고 동생은 말하였다.

집을 팔았다고는 하지만 훨씬 좋은 집으로 옮길 수 있는 힘이 큰오빠에게 있으므로 걱정할 일은 아니었다. 하지만 큰오빠는 어제 종일토록 홀로 술을 마셨다고 했다. 나도, 그리고 동생도 걱정하지 않을 수 없을 만큼.

"이번 추도 예배는 한 사람이라도 빠지면 안 되겠어. 내가 오빠들한테도 모두 전화할 거야. 그렇지 않아도 큰오빠 요새 너무 약해졌어. 여관 숲이 되지만 않았어도 그 집 안 팔았을 텐데. 독한 소주를 얼마나 마셨는지 오늘 아침엔 일어나지도 못했대. 좋은 술 다 놓아두고 왜 하필 소주야? 정말 모르겠어. 전화나 한 번 해봐. 그리고 추도식 때 꼭 내려와야 해. 너무들 무심하게 사는 것 같아. 일 년 가야 한 번이나 만날까, 큰오빠도 그게 섭섭한 모양이야…….”

그 집에서 동생들을 거두었고 또한 자식들을 길러냈던 큰오빠였다. 그의 생애 중 가장 중요했던 부분이 거기에 스며 있었다. 큰오빠는, 신화를 창조하며 여섯 동생을 가르쳤던 큰오빠는 이미 한 시대의 의미를 잃은 사람이 되고 말았다. 이십오 년 전에는 젊고 잘생긴 청년이었던 그가 벌써 쉰 살의 나이로 늙어가고 있었다. 이십오 년을 지내오면서 우리 형제 중 한 사람은 땅 위에서 사라졌다. 목숨을 버린 일로 큰오빠를 배신했던 셋째말고는 모두들 큰오빠의 신화를 가꾸며 살고 있었다. 여태도 큰형을 어려워하는 둘째오빠는 큰오빠의 사업을 돕는 오른팔의 역할을 묵묵히 수행하면서 한편으로는 화훼에 일가견을 이루고 있었다. 내과 전문의로 개업하고 있는 넷째오빠도, 행정고시에 합격하여 고급 공무원이 된 공부벌레 다섯째오빠도 큰오빠의 신화를 저버리지 않았다. 고향의 어머니나 큰오빠가 보기에는 거짓말을 능수능란하게 지어낼 뿐인, 책만 끼고 살더니 가끔 글줄이나 짓는가보다는 나 또한 궤도 이탈자는 결코 아닌 셈이다. 아버지가 세상을 뜨던 해에 고작 한 살이었던 내 여동생은 벌써 두 아이의 엄마가 되어 음악 선생으로 일하고 있는 중이었다.

그러나 정작 큰오빠 스스로가 자신이 그려놓은 신화에 발이 묶이고 말았다. 공장에서 돈을 찍어내서라도 동생들을 책임져야 했던 시절에는 우리들이 그의 목표였다. 새로운 사업을 시작할 때마다 실패할 수 없도록 이를 악물게 했던 힘은 그가 거느린 대가족의 생계였었다. 하지만 지금은 동생들이 모두 자립을 하였다. 돈도 벌 만큼 벌었다. 한때 그가 그렇게 했듯이 동생들 또한 젊고 탱탱한 활력으로 사회 속에서 뛰어가고 있었다. 저들이 두 발로 달릴 수 있게 된 것은 누구 때문인가, 라고는 묻고 싶지 않지만 노쇠해가는 삶의 깊은 구멍은 큰오빠를 무너지게 하였다. 몇 년 전의 대수술로 겨우 목숨을 건진 이후부터는 눈에 띄게 큰오빠의 삶이 흔들거렸었다. 이것도 해선 안 되고 저것도 위험하며 이러저러한 일은 금하여라, 는 생명의 금칙이 큰오빠를 옥죄었다. 열심히 뛰어 도달해 보니 기다리는 것은 허망함뿐이더라는 그의 잦은 한탄을 전해들을 때마다 나는 큰오빠가 잃은 것이 무엇인가를 생각해보지 않을 수 없었다. 내가 수없이 유년의 기록을 들추면서 위안을 받듯이 그 또한 끊임없이 과거의 페이지를 넘기며 현실을 잊고 싶어 하는지도 모를 일이었다. 그러면서 한 발자국 한 발자국씩 이 시대에서 멀어지는 연습을 하는지도.

머지않아 여관으로 변해버릴 집을 둘러보며, 집과 함께 해온 자신의 삶을 안주삼아 쓴 술을 들이키는 큰오빠의 텅 빈 가슴을 생각하면 무력한 내 자신이 안타까웠다. 아버지 산소에 불쑥불쑥 찾아가서 죽은 자와 함께 한 병의 술을 비우는 큰오빠의 마음을 알 수 있을 것도 같았다. 한 인간의 뼈저린 고독은 살아 있는 자들 중 누구도 도울 수 없다는 것, 오직 땅에 묻힌 자만이 받아 줄 수 있다는 것은 의미심장하였다. 동생은 마지막으로 어머니의 결심을 전해주고 전화를 끊었다. 말하자면 그것은 어머니가 큰아들을 위해 할 수 있는 유일한 방법인 셈이었다.

"오늘 아침부터 엄마, 금식 기도 시작했어. 큰오빠가 교회에 나갈 때까지 아침 금식하고 기도하신대. 몇 달이 걸릴 지 몇 년이 걸릴 지, 노인네 고집이니 어련하겠수."

교회만 다니게 된다면, 그리하여 주님을 맞아들이기만 한다면 당신이 견뎌온 것처럼 큰오빠 또한 허망한 세상에 상처받지 않으리라 믿는 어머니였다. 어쨌거나 간에 나로서는 어머니의 금식기도가 가까운 시일 안에 끝나지길 비는 수밖에 다른 도리가 없었다. 동생의 전화를 받고 난 다음 나는 달력을 넘겨서 추도식 날짜에 붉은 동그라미를 두 개 둘러 놓았다.

오후가 겨웁도록 은자에게서는 아무런 연락도 없었다. 지난 밤에도 나타나지 않은 옛 친구를 더 이상은 알은 체 않겠다고 다짐한 것은 아닌지 슬그머니 걱정이 되기도 하였다. 오늘 밤의 마지막 기회까지 놓쳐버리면 영영 그 애의 노래를 듣지 못하리라는 생각도 나를 초조롭게 하였다. 그 애가 나를 애타게 부르는 것에 답하는 마음으로라도 노래만 듣고 돌아올 수는 없을까 궁리를 하기도 했다. 진달래가 흐드러지게 피었더라고, 연초록 잎사귀들이 얼마나 보기 좋은지 가만히 있어도 연초록물이 들 것 같더라고, 남편은 원미산을 다녀와서 한껏 봄소식을 전하는 중이었다. 원미동 어디에서나 쳐다볼 수 있는 길다란 능선들 모두가 원미산이었다. 창으로 내다보아도 얼룩진 붉은 꽃무더기가 금방 눈에 띄었다. 진달래꽃을 보기 위해서는 꼭 산에까지 가야만 된다는 법은 없었다. 나는 딸애 몫으로 사준 망원경을 꺼내어 초점을 맞추었다. 원미산은 금방 저만큼 앞으로 걸어와 있었다. 진달래는 망원경의 렌즈 속에서 흐드러지게 피어났고 새순들이 돋아난 산자락은 푸른 융단처럼 부드러웠다. 그 다음에 그가 길어온 약수를 한 컵 마시면 원미산에 들어갔다 나온 자나 집에서 망원경으로 원미산을 살핀 자나 다를 게 없었다. 망원경으로 원미산을 보듯, 먼 곳에서 은자의 노래만 듣고 돌아온다면…….

마침내 나는 일요일 밤에 펼쳐질 미나 박의 마지막 무대를 놓치지 않겠다고 작정하였다. 「검은 상처의 블루스」를 다시 듣게 된다면 더 이상 바랄 게 없겠지만 미나 박의 레퍼토리가 어떤 건지는 짐작할 수 없었다. 미루어 추측하건대 그런 무대에서는 흘러간 가요가 아니겠느냐는 게 짐작의 전부였다. 그렇다 하더라도 내 귀가 괴로울 까닭은 없었다. 나는 이미 그런 노래들을 좋아하고 있었다. 얼마 전 택시에서 흘러나오는, 끝도 없이 이어지는 트로트 가요의 메들리가 그렇게 듣기 좋을 수가 없었다. 부천역에서 원미동까지 오는 동안만 듣고 말기에는 너무 아쉬웠다. 그래서 나는 택시 기사에게 노래 테이프의 제목까지 물어 두었다. 아직까지 그 테이프를 구하지는 못했지만 구성지게 흘러나오는 옛 가요들이 어째서 술좌석마다 빠지지 않고 앙코르 되는지 이제는 확실하게 이해할 수 있었다.

새부천나이트클럽은 의외로 이층에 있었다. 막연히 지하의 음습한 어둠을 상상하고 있었던 나는 입구의 화려하고 밝은 조명이 낯설고 계면쩍었다. 안에서 들려오는 요란한 밴드소리, 정확히 가려낼 수는 없지만 수많은 사람들이 어우러져 내는 소음들 때문에 나는 불현듯 내 집으로 돌아가고 싶어졌다. 이럴 줄도 모르고 아까 집 앞에서 지물포 주씨에게 좋은 데 간다고 대답했던 게 우스웠다. 가게 밖에 진열해 놓은 벽지들을 안으로 들이던 주씨가 늦은 시각의 외출이 놀랍다는 얼굴로 물었었다. "어데 가십니꺼?" 봄철 장사가 꽤 재미있는 모양, 요샌 얼굴 보기 힘든 주씨였다. 한겨울만 빼고는 언제나 무릎까지 닿는 반바지 차림인 주씨의 이마에 땀이 번들거리고 있었다. 가죽문을 밀치고 나오는 취객들의 이마에도 땀이 번뜩거리는 것을 나는 보았다. 계단을 내려가는 취객들의 어지러운 발자국 소리를 세고 있다가 나는 조심스럽게 가죽문을 밀고 안으로 들어섰다.

기대했던 대로 홀 안은 한껏 어두웠다. 살그머니 들어온 탓인지 취흥이 도도한 홀 안의 사람들 가운데 나를 주목한 이는 한 사람도 없었다. 구석에 몸을 숨기고 서서 나는 무대를 쳐다보는 중이었다. 이제 막 여가수 한 사람이 스포트라이트를 받으며 등장하는 중이었다. 은자의 순서는 끝난 것인지, 지금 등장한 여가수가 바로 은자인지 나로서는 전혀 알 도리가 없었다. 내가 서 있는 자리에서 무대까지는 꽤 먼 거리였고 색색의 조명은 여가수의 윤곽을 어지럽게 만들어 놓기만 하였다. 짙은 화장과 늘어뜨린 머리는 여가수의 나이조차 어림할 수 없게 하였다. 이십오 년 전의 은자 얼굴이 어땠는가를 생각해 보려 애썼지만 내 머릿속은 캄캄하기만 하였다. 노래를 들으면 혹시 알아차릴 수도 있을 것 같아 나는 긴장 속에서 여가수의 입을 지켜보았다. 서서히 음악이 흘러나오기 시작하였다. 악단의 반주는 암울하였으며 느리고 장중하였다. 이제까지의 들떠 있던 무대 분위기는 일시에 사라지고 오직 무거운 빛깔의 음악만이 좌중을 사로잡았다.

그리고 탁 트인 음성의 노래가 여가수의 붉은 입술에서 흘러나오기 시작하였다. 저 산은 내게 오지 마라, 오지 마라 하고 발 아래 젖은 계곡 첩첩산중……. 가수의 깊고 그윽한 노랫소리가 홀의 구석구석으로 스며들면서 대신 악단의 반주는 점차 희미해져갔다. 나는 자신도 모르게 한 걸음 앞으로 나가서 노래를 맞아들이고 있었다. 무언지 모를 아득한 느낌이 내 등허리를 훑어내리고, 팔뚝으로 번개처럼 소름이 돋아났다. 나는 오싹 몸을 떨면서 또 한 걸음 앞으로 나갔다. 가수는 호흡을 한껏 조절하면서, 눈을 감은 채 노래를 이어가고 있었다. 저 산은 내게 잊으라, 잊어버리라 하고 내 가슴을 쓸어내리네……. 가수의 목소리는 그윽하고도 깊었다. 거기까지 듣고 나서야 나는 비로소 저 노래를 예전부터 알고 있었다는 데 생각이 미쳤다. 분명 몇 번 들은 적이 있었다. 그랬음에도 전혀 처음 듣는 것처럼 나는 노래에 빠져 있었다. 아니, 노래가 나를 몰아대었다. 다른 생각을 할 틈도 없이 노래는 급류처럼 거세게 흘러 들이닥쳤다. 아, 그러나 한 줄기 바람처럼 살다 가고파. 이 산 저 산 눈물구름 몰고 다니는 떠도는 바람처럼……. 여가수의 목에 힘줄이 도드라지고 반주 또한 한껏 거세어졌다. 나는 훅, 숨을 들이마셨다. 어느 한순간 노래 속에서 큰오빠의 쓸쓸한 등이, 그의 지친 뒷모습이 내게로 다가왔다. 그 모습을 보지 않으려고 나는 눈을 감았다. 눈을 감으니까 속눈썹에 매달려 있던 한 방울의 눈물이 볼을 타고 흘러내렸다.

노래의 제목은 '한계령'이었다. 그러나 내가 알고 있었던 「한계령」과 지금 듣고 있는 「한계령」 사이에는 커다란 차이가 있었다. 노래를 듣기 위해 이곳에 왔다면 나는 정말 놀라운 노래를 듣고 있는 셈이었다. 무대 위에서 혼신의 힘을 다해 노래를 부르는 저 여가수가 은자 아닌 다른 사람일지라도 상관없는 일이었다. 나는 온몸으로 노래를 들었고 여가수는 한순간도 나를 놓아주지 않았다. 발밑으로, 땅밑으로, 저 깊은 지하의 어딘가로 불꽃을 튕기는 전류가 자꾸 쏟아져내리는 것 같았다. 질펀하게 취하여 흔들거리고 있는 테이블의 취객들을 나는 눈물어린 시선으로 어루만졌다.

그들에게도 잊어버려야 할 시간들이, 한 줄기 바람처럼 살고 싶은 순간들이 있을 것이었다. 어디 큰오빠뿐이겠는가. 나는 다시 한번 목이 메었다. 그때, 나비넥타이의 사내가 내 앞을 가로막고 정중하게 고개를 숙였다.

"테이블로 안내해 드릴까요?"

웨이터의 말대로 나는 내가 앉아야 할 테이블이 어딘가를 생각했다. 그리고는 막막한 심정으로 뒤를 돌아다보았다. 뒤는, 내가 돌아본 그 뒤는 조명이 닿지 않는 컴컴한 공간일 뿐이었다. 아마도 거기에는 습기차고 얼룩진 벽이 있을 것이었다. 나는 웨이터에게 무언가를 말하려고 하였다. 하지만 아무런 말도 나오지 않았다. 저 산은 내게 내려가라, 내려가라 하네. 지친 내 어깨를 떠미네……. 더듬거리고 있는 내 앞으로 「한계령」의 마지막 가사가 밀물처럼 몰려오고 있었다.

집에 돌아와서야 나는 내가 만난 그 여가수가 은자라는 것을 확신하였다. 넘어지고 또 넘어지고, 많이도 넘어져가며 그 애는 미나 박이 되었지 않은가. 울며울며 산등성이를 타오르는 그 애, 잊어버리라고 달래는 봉우리, 지친 어깨를 떨구고 발 아래 첩첩산중을 내려다보는 그 막막함을 노래 부른 자가 은자였다는 것을 그제서야 깨달은 것이었다.

그날 밤, 나는 꿈속에서 노래를 만났다. 노래를 만나는 꿈을 꿀수도 있다는 사실을 그 밤에 나는 처음 알았다. 노래 속에서 또한 나는 어두운 잿빛 하늘 아래의 황량한 산을 오르고 있는 한 무리의 사람들도 만났다. 그들은 모두 지쳐 있었고 제각기 무거운 짐꾸러미를 어깨에 메고 있었다. 짐꾸러미의 무게에 짓눌려 등은 휘어졌는데, 고갯마루는 가파르고 헤쳐야 할 잡목은 억세기만 하였다. 목을 축일 샘도 없고 다리를 쉴 수 있는 풀밭도 보이지 않는 거친 숲에서 그들은 오직 무거운 발자국만 앞으로 앞으로 옮길 뿐이었다.

그들 속에 나의 형제도 있었다. 큰오빠는 앞장을 섰고 오빠들은 뒤를 따랐다. 산

봉우리를 향하여 한 걸음씩 옮길 때마다 두고 온 길은 잡초에 뒤섞여 자취도 없이 스러져버리곤 하였다. 그들을 기다려주는 것은 잊어버리라는 산울림, 혹은 내려가라고 지친 어깨를 떠미는 한 줄기 바람일 것이었다. 또 있다면 그것은 잿빛 하늘과 황토의 한 뼘 땅이 전부일 것이었다. 그럼에도 등을 구부리고 짐꾸러미를 멘 인간들은, 큰오빠까지도 한사코 봉우리를 향하여 무거운 발길을 옮겨놓고 있었다.

그리고 사흘이 지났다. 은자는 늦은 아침, 다시 쉰 목소리로 내게 나타났다.

"전라도 말로 해서 너 참 싸가지 없더라. 진짜 안 와버리대?"

고향의 표지판답게 그녀는 별수없이 전라도 말로 나의 무심함을 질타하였다. 일요일 밤에 새부천클럽으로 찾아갔다는 말은 하지 않은 채 나는 그냥 웃어버렸다. 물론 「한계령」을 부른 가수가 바로 너 아니었느냐는 물음도 하지 않았다.

"내가 지금 바쁜 몸만 아니면 당장 쫓아가서 한바탕 퍼부어 주겠지만 그럴 수도 없으니, 어쨌든 앞으로 서울 나올 일 있으면 우리 카페로 와. 신사동 로타리 바로 앞이니까 찾기도 쉬워. 일주일 후에 오픈할 거야. 이름도 정했어. 작가 선생 마음에 들는지 모르겠다. '좋은 나라' 라고 지었는데, 네가 못마땅해도 할 수 없어. 벌써 간판까지 달았는 걸 뭐."

좋은 나라로 찾아와. 잊지 마라. 좋은 나라. 은자는 거듭 다짐하며 전화를 끊었다. 그녀가 카페 이름을 '좋은 나라' 로 지은 것에 대해 나는 조금도 못마땅하지 않았다. 얼마나 좋은 이름인가. 다만 내가 그 좋은 나라를 찾아갈 수 있을는지, 아니 좋은 나라 속에 들어가 만날 수 있게 될는지 그것이 불확실할 뿐이었다.

1987년

황혼 _ 박완서

강변 아파트 칠 동 십팔 층 삼 호에는 늙은 여자와 젊은 여자와 젊은 여자의 남편과 두 아이가 살고 있었다. 늙은 여자와 젊은 여자는 고부간이었다. 고부간의 의는 좋지도 나쁘지도 않았다.

젊은 여자는 좋은 가정 교육과 학교 교육을 받은 똑똑한 여자로서 매사에 완전한 걸 좋아했다. 비뚤어지거나 모자라거나 흠나거나 더럽거나 넘치는 걸 참지 못했다. 그러나 사람의 행복이라는 데 대해서만은 대단히 융통성 있는 생각을 갖고 있었다. 아무리 행복한 사람에게도 한 가지 근심이 있기 마련이라는 게 그것이었다. 늙은 여자는 젊은 여자의 바로 이 한 가지 근심이었다. 젊은 여자는 늙은 여자를 한 가지 근심으로서밖에 인정하지 않았다.

늙은 여자는 실상 늙은 여자가 아니었다. 아직 환갑도 안 되었고 소녀처럼 혈색 좋은 볼과 검고 결 좋은 머리와 맑은 눈을 가지고 있었다. 젊은 여자를 며느리로 맞을 때는 더 젊었었다. 하객들은 동서간처럼 보이는 고부간이라고 수군댔었다.

시집온 지 며칠이 지나도록 젊은 여자는 늙은 여자를 결코 어머니라고 부르지 않았다. 꼭 불러야 할 기회는 젊은 여자 쪽에서 교묘하게 피했기 때문에 늙은 여자는 그걸 별로 부자연스럽게 여기지 않았다. 그러던 어느 날 젊은 여자는 친구를 초대했다. 친구들은 오이소배기 맛을 특히 칭찬하면서 누가 어떻게 담갔는가를 알고 싶어 했다. 그것은 늙은 여자의 솜씨였다. 늙은 여자는 젊은 여자가 우리 어머님이 담그셨다고 그래주길 가슴 두근대며 기다렸다. 그러나 젊은 여자는 간결하게 말했다.

"우리 집 노인네 솜씨야."

늙은 여자는 그 말이 섭섭해 며칠 동안 입맛을 잃었다.

그러나 그것은 다만 시작에 불과했다. 감기 기운만 있어 봬도 노인네가 옷을 얇게 입으시니까 그렇죠. 화장실만 자주 들락거려도 노인네가 과식을 하시니까 그렇죠. 질긴 거나 단단한 걸 먹으려 해도 노인네가 그걸 어떻게 잡수실려고 그래요. 이런 식으로 그 여자는 모든 자연스러운 행동을 하나하나 간섭받으면서 늙은 여자로 만들어졌다.

그러다가 젊은 여자는 아이를 낳았다. 늙은 여자에게 손자가 생긴 것이다. 그때부터 젊은 여자는 늙은 여자를 할머니라고 불렀다. 늙은 여자의 아들까지 덩달아서 할머니라고 불렀다. 마땅히 어머니라고 불러야 할 사람들이 할머니라고 부르기 위해 대화의 방법까지 간접적인 것으로 고쳐 나갔다.

할머니 진지 잡수시라고 해라. 할머니 그만 주무시라고 해라. 할머니 전화 받으시라고 해라. 이런 식이었다.

오늘 아침에도 늙은 여자는 깨어서 누워 있었다. 늙은 여자의 방은 아파트의 방 중 바깥으로 창이 나지 않은 단 하나의 방이었기 때문에 밖이 어느 만큼 밝았나를 알 수 없었다. 문은 부엌으로 나 있었다. 그 방은 방이 아니라 골방이었다.

늙은 여자는 눈 감고 창 밖의 어둠이 군청색으로, 남빛으로, 엷어지면서 창호지의 모공을 통해 청량한 샘물 같은 새벽 바람이 일제히 스며들던 옛집의 새벽을 회상했다. 그 여자의 회상은 회상치곤 아주 사실적이었다. 아파트촌의 새벽이 그 여자의 회상을 따라 밝아 왔다.

부엌에서 그릇 부딪는 소리가 들리고 이어서 할머니 일어나시라고 해라 하는 젊은 여자의 차가운 목소리가 들렸다. 아이들은 아직 자고 있었기 때문에 그것은 늙은 여자 들으라고 하는 소리였다.

늙은 여자는 못 들은 척하고 반듯이 누워서 명치께를 쓱쓱 쓸어도 보고 꼭꼭 주물러도 보았다. 그것은 요즈음 늙은 여자의 버릇이었다. 늙은 여자는 요새 건강이 좋지 않았다. 입맛이 없고, 신트림이 나고 가슴이 답답했다. 입맛이 없어 끼니를 거르고 누워서 명치를 짚어 보면 속에 응어리 같은 게 어떤 때는 확실하게 어떤 때는 희미하게 만져졌다. 늙은 여자는 환갑 전에 가슴앓이로 죽을 지도 모른다는 막연한 두려움을 갖고 있었다.

늙은 여자의 시어머니도 환갑 전에 가슴앓이로 죽었다. 사변 중 피난지 역촌에서였다. 돈도 없었고 약도 없고 병원도 없었다. 그 대신 사람들의 뱃속은 아무리 거친 음식도 눈 녹이듯이 삭였고, 헐벗고 한데 잠을 자도 고뿔 한 번 안 걸렸다.

그러나 그 여자의 시어머니는 죽을 먹고도 냉수를 마시고도 신트림을 하였고 명치를 쥐어뜯었다. 하루하루 수척해졌지만 속수무책이었다. 시어머니는 누워서 자기 명치를 쓸면서 안에 꼭 바나나만한 게 가로 걸렸으니 먹은 게 내려갈 재간이 있나 하면서 한숨을 쉬었다. 그럴 때마다 그 여자는 시어머니의 명치의 가로 걸린 바나나만한 걸 어떡하던 달래서 풀어지게 해볼 양으로 정성껏 명치를 쓸어 드렸다. 해드릴 수 있는 건 오로지 약 치료밖에 없었다. 두메사람들이 일러준 민간요법을 따라 화로의 불돌이 뜨끈뜨끈할 때 누더기에 싸서 명치에 얹어 드리기도 했다. 손으로 쓸어 드릴 때도 불돌을 얹어 드릴 때도 시어머니는 화사하게 웃으며 아이고 시원해, 아이고 시원해, 그놈의 게 스르르 풀어지고 이제 다 나은 것 같다고 하셨다. 아무리 고통이 심할 때도 며느리의 손만 가면 화사하게 웃으셨다. 그러다가 바나나만한 건 약손 힘으로 풀어지기는커녕 살찐 애호박만하게 자랐고 병자는 눈 뜨고 바로 보기 민망하도록 피골이 상접해지더니 어느 날 숨을 거두었다. 지금 늙은 여자는 그때 병자의 명치에서 바나나만한 게 정말로 만져졌는지 생각나지 않는다. 다만 며느리의 손길이 닿을 때마다 억지로 웃던 웃음만은 지금도 고스란히 떠올릴 수가 있었다. 그리고 고통 속에서도 그 웃음이 그토록 화사했던 까닭을 알 듯도 했다.

늙은 여자는 지금 그때의 시어머니와 비슷한 증세로 괴로워하고 있는 곳을 어루만져 주기를 바라고 있었다.

그러나 젊은 여자는 노인네가 과식을 하셔서 그렇죠, 하면서 소화제를 한 봉지 주고 끝냈다. 하긴 요새 세상에 누가 약손 따위를 믿을까마는 그래도 늙은 여자는 그게 아쉬웠다. 소화가 잘 되고 안 되고가 문제가 아니었다. 자기의 손에 만져지는 게 확실한가 아닌가 남의 손으로 확인하고 싶었다. 그래서 늙은 여자는 아들과 며느리한테 조르고 애걸했다.

"얘들아, 명치 속에 이게 뭔가 한 번만 만져 줘 다오."

어느날인가 젊은 여자가 가까이 있길래 늙은 여자는 느닷없이 치마끈을 풀으면서 젊은 여자의 손을 끌어다가 명치를 만져 보게 하려고 했다. 젊은 여자는 질겁을 하며 손을 뿌리쳤다. 그리고 늙은 여자가 충격을 받을 만큼 적나라하게 불쾌한 얼굴을 했다. 늙은 여자는 얼른 그 자리를 피하는 수밖에 없었다. 젊은 여자가 명치 끝에 닿았던 손을 마음껏 흐르는 수돗물에 씻어낼 수 있도록.

그 일은 사소한 일이었지만 늙은 여자뿐 아니라 젊은 여자에게도 충격이 됐던 것 같다. 다시 그런 일을 당할까봐 꽤나 겁이 났던지 당장 늙은 여자를 병원으로 데리고 갔다. 늙은 여자는 병원 갈 만큼 큰 병은 아니라고 극구 사양했건만 소용이 없었다. 늙은 여자는 진찰받으면서 내내 명치의 이물감에 대해서만 이야기했다. 젊고 냉철해 뵈는 의사는 듣기만 하고 대답은 하지 않았다. 옷을 벗으라든가, 돌아앉으라든가 누우라든가 하는 말도 간호원을 통해 간접적으로 말했다.

"선생님 제 병은 아무리 생각해도 보통 병은 아네요. 유전일 거예요. 유전은 고치기 힘들죠? 시어머님이 저처럼 이렇게 가슴앓이로 고생을 하다가 돌아가셨거든요. 그때 시절론 좋다는 건 다 해봤지만 소용이 없더군요."

"고부간에 무슨 유전입니까?"

의사는 경멸하는 것처럼 말했다. 경멸이나마 다음 환자를 위해 순식간에 지나가 버리고 말았다. 그것이 늙은 여자가 지껄인 여러 말에 대한 의사의 단 한마디의 대답이었고 말로 표현된 관심의 전부였다.

그날 저녁을 굶고, 다음 날 아침 먹기 전에 와서 엑스레이를 찍으란 소리도 간호원이 했다.

저녁을 굶고 나서 그런지 명치가 푹 꺼지고 아무것도 만져지지 않았다. 이래 가지고서야 세상 없는 엑스레이로도 명치 속에 아무것도 없다는 것을 증명할 수밖에 없을 것 같았다.

늙은 여자는 병원에서 큰 병이 걸렸다고 할까봐도 겁이 났지만 아무것도 없다고 할까봐 더 겁이 났다. 큰 돈 들이고, 수선은 수선대로 떨고 나서 아무 병도 없다는 게 탄로가 나면 무슨 낯으로 식구를 대할까 싶었다.

부엌에서 구수한 토장국 냄새가 훌훌 코끝으로 끼쳐오자 늙은 여자는 느닷없이 맹렬한 식욕을 느꼈다. 한 끼 굶은 것으로 명치에서 오르락내리락 하던 건 간데 없고 다만 허기증만이 선명했다. 늙은 여자는 부끄럽고 당황했다. 어제 병원에서 주사를 한 대 놓아 주던지, 약이라도 몇 봉지 주었더라면 그 핑계를 대고 다 나았다고 하련만 그럴 수도 없었다.

늙은 여자는 병원에 가기 싫었다. 처음부터 늙은 여자가 바란 건 엑스레이나 주사나 약이 아니었다.

"할머니 일어나시라고 해라. 병원 가실 시간 늦으시겠다."

젊은 여자가 재차 간접적으로 여자를 깨우는 소리가 났다.

손자들은 아직 안 일어나고 식탁에선 아들이 혼자서 신문을 읽고 있었다.

늙은 여자는 아들을, 며느리보다 가깝게 느끼면서 자기가 병원에 안 가는 데 아들이 도움이 돼주길 바랐다.

"애비야 나 잠깐 보자."

늙은 여자는 아들에게 은밀하게 손짓과 눈짓을 함께 했다.

아들이 곧장 오지 못하고 두리번두리번 한눈 팔며 비실비실 늙은 여자 곁으로 왔다.

"나 말이지 병원에 안 갈란다. 다 나았어. 정말이야, 여기서 뭐가 오르락내리락 도무지 밥을 먹을 수가 없더니 글쎄 밤새 고놈의 게 감쪽같이 없어졌지 뭐냐. 정말이지 너 그런 얼굴 하지 말고 어디 한번 만져 볼래?"

늙은 여자는 무심히 아들의 손을 끌어당겼다. 아들이 털벌레를 털어내듯이 방정맞게 늙은 여자의 손을 뿌리쳤다.

"노인네도 참……."

그러면서 일어섰다. 어느 틈에 젊은 여자가 따라들어와 그 광경을 지켜보고 있었다.

"빨리 준비하세요. 여덟 시까지는 가셔야 하니까요."

젊은 여자는 아이들을 아침밥 먹여 학교에 보내야 하기 때문에 오늘은 모시고 갈 수 없다면서 엘리베이터까지 배웅을 해주었다.

외래 환자의 진찰은 아직 시작되기 전인 이른 아침에 지하 일 층에 있는 각종 검사실과 방사선실 앞은 많은 환자들로 붐비고 있었다. 벽도 희고 불빛도 희어서 그곳에서 차례를 기다리는 환자들까지 알맞게 탈색되어 보였다. 환자들도 미리 지쳐 있으면서 긴장하고 있었다. 그래서 더욱 환자다워 보였다.

늙은 여자는 생각보다 일찍 호명되어 입술이 붉은 간호원으로부터 걸직하게 갠 횟가루가 든 컵을 받았다. 늙은 여자는 그것을 어떻게 해야 하는지 알지 못했다. 간호원이 말했다.

"마시세요. 쭉."

늙은 여자는 처음 보는 음식이었기 때문에 우선 냄새를 맡기 위해 코를 들이댔다. 아무 냄새도 안 났다. 먹는 것에서 아무 냄새도 안 난다는 게 도리어 비위에 거슬렸다. 먹고 싶지 않았다.

"쭉 들이마시라니까요, 빨리."

사무적인 목소리에 짜증이 가미되자 늙은 여자는 얼른 그걸 들이마셨다. 아무 맛도 없는 고약한 이물질이 명치를 뿌듯이 채웠다.

엑스레이 촬영이 끝나자 늙은 여자는 화장실로 달려가 곧 그것을 토해내려고 했지만 되지 않았다. 집에 가서 소금이라도 한 움큼 집어먹고 토할 수밖에 없을 것 같았다.

아이들이 학교에 가고, 시간제 파출부는 집안 청소를 하고, 젊은 여자는 다리를 꼬고 앉아 커피를 마시고 있었다. 늙은 여자는 너무 일찍 돌아온 게 아닌가 싶어 쭈뼛쭈뼛했다.

그러나 젊은 여자는 깍듯이 예의바랐다. 흠잡을 데라곤 없었다.

"이제 뭘 좀 잡수셔야죠. 미음을 끓이도록 할까요?"

"아무 생각 없다. 병원에서 병을 고치기는커녕 얻어 왔나 보다."

늙은 여자는 명치를 쓸면서 말했다.

"왜 그러세요 또. 오늘은 엑스레이만 찍었을 텐데요."

"내가 엑스광선을 처음 찍는 줄 아냐. 예전에도 몇 번 찍어 봤어. 그렇지만 그렇게 고약한 걸 먹이고 찍는 병원은 처음 봤다. 세상에 딴 병도 아니고 체증에 그런 고약한 걸 강제로 먹여 놨으니 덧날 수밖에. 아유 비위 뒤집혀."

"그건 조금도 고약한 게 아녜요. 맛도 냄새도 없는 거예요."

"그럼 너도 그걸 먹어 봤단 말이냐?"

"제가 그걸 왜 먹어 봐요?"

"그럼 그 맛을 어떻게 알아?"

"소화기 촬영을 할 때 그런 걸 미리 먹고 해야 한다는 것쯤은 상식이에요. 물을 먹고도 비위가 뒤집히는 사람만 아니면 누구나 다 먹을 수 있는 거예요."

젊은 여자는 옳은 말을 하고 있기 때문에 사뭇 당당하고 늙은 여자는 기가 꺾였다. 젊은 여자는 언제나 이치에 맞는 말만 했다. 아는 것도 많았다. 늙은 여자가 병원에서 얻어 먹은 걸 맛보지 않고도 그 맛을 정확하게 안다. 그러나 먹는 것에 냄새도 맛도 없다는 게, 먹기에 얼마나 고약한 것인가는 모르고 있다.

먹는 것이라면 쓴 맛이라도 맛이 있어야 하고 썩는 내라도 냄새가 나야 한다. 그러니까 무미무취한 것은 먹는 게 아니다. 세상에서 가장 고약한 맛은 먹는 게 아닌 걸 먹는 맛이다. 늙은 여자는 그렇게 생각했지만 이치에 닿지 않는 것 같아 말로 하진 않았다.

늙은 여자가 아무것도 안 먹을 것처럼 말했는데도, 젊은 여자는 파출부에게 미음과 죽을 쑬 것을 일렀다.

파출부는 미음을 쑤면서 거침없이 지껄였다.

"저는요, 사모님. 이래 봬도 서울 장안에서 행세 깨나 하고 사시는 댁 안방과 부엌을 내 집 드나들 듯하면서 삽니다요. 그러다 보니 눈치만 발달해서 사람 사는 켯속이라면 저 밑바닥까지 환합니다요. 사모님도 워낙 교양이 있으신 분이라 말씀은 안 하셔도 사모님 속상하시는 거 저 다 압니다요. 노인네가 속 좀 썩이죠? 그렇죠? 아드님 돈벌이하기 힘든 생각은 눈꼽만큼도 안 하고 노인네가 구미 좀 떨어진 걸 가지고 병원 출입하는 것 보면 몰라요. 속 썩이는 노인네도 가지가지라구요, 놀이 좋아하는 노인네, 보약 좋아하는 노인네, 교회나 절 좋아하는 노인네, 병원 좋아하는 노인네, 일 좋아하는 노인네……. 그래도 사모님은 참 효부셔. 싫은 내색 한번 안 하시고 그 치다꺼리를 다 해내시니."

늙은 여자도 이런 소리가 귀에 안 들어온 건 아니었지만 그 소리보다는 다용도실에서 나는 세탁기 소리가 더 견디기 어려웠다. 엉뚱한 것으로 채워진 시장기 때문에 늙은 여자는 손끝 하나 까딱할 수 없을 만큼 무력해져 있었다. 괘씸한 딴으론 한바탕 나무래주고도 싶었지만 더욱 간절한 소망은 잠을 자는 일이었다. 세탁기 소리가 멎자 늙은 여자는 방바닥 속으로 곧장 침몰하듯이 깊은 잠에 빠져들었다.

얼마나 잤을까. 시끄러운 전화벨 소리에 깨어났다. 얼떨결에 늙은 여자는 자기가 병자라는 걸 잊어버리고 있었기 때문에 민첩하게 수화기를 들었다. 늙은 여자 방은 작았지만 전화기도 따로 있고 텔레비전도 따로 있었다. 그래서 젊은 여자는 외출할 때 마음놓고 안방을 잠글 수가 있었다.

수화기를 들고 여보세요 하기 전에 통화는 이미 시작되어 있었다. 젊은 여자는 외출하지 않고 있었던 것이다. 그런 일은 얼마든지 있을 수 있는 일이었다. 그런 일 아니더라도 늙은 여자는 심심할 때 곧잘 젊은 여자의 전화를 엿들었다. 그러지 않고서는 늙은 여자가 젊은 여자들이 얘기하는 데 참여할 기회란 좀처럼 없었기 때문이다. 젊은 여자의 친구들이 떼를 지어 놀러 올 때도 있었지만 늙은 여자에게 간단한 인사를 하는 적도, 그나마 생략하는 적도 있었고, 한번도 끼워 준 적은 없었다.

전화를 엿들으면서 늙은 여자는 차츰 생기가 나기 시작했다. 젊은 여자들은 늙은 여자가 들어서 언짢은 얘기는 결코 하지 않았다. 젊은 여자는 교양이 있는 여자였다. 집 밖에서 일어나는 여러 가지 문제에 깊은 관심을 가지고 있었고, 제 나름의 의견도 가지고 있었다. 노인네를 화제에 올릴 만큼 화제에 궁하지 않았다.

젊은 여자들은 공립 학교와 사립 학교의 장단점에 대해 토론했고, 아이들의 특기 교육과 소질에 대한 의견을 교환했고, 남편의 승진과 아내의 능력과의 상관 관계에 대한 논쟁에선 과열해져서 언성이 높아졌다가, 명동 어느 가게에 기막히게 세련된 수직 실크가 나와 있더란 새로운 정보에서 다시 화기애애해졌다.

늙은 여자가 몰래 엿듣는 전화였으므로 숨 죽여야 했고, 아무리 우스워도 소리 죽여 웃어야 했다. 그래서 더욱 늙은 여자의 표정은 판토마임처럼 과장되어 변해 갔다. 늙은 여자는 통화에 끼어들진 못했지만 젊은 여자들이 하는 말에 늘 흥미진진했다. 젊은 여자들은 한번도 늙은 여자의 귀에 거슬리거나 못 알아들을 말을 한 적이 없었다. 젊은 여자들이 재미있어 하는 얘기는 늙은 여자도 재미있었고, 젊은 여자들이 분개하는 문제에 대해선 늙은 여자도 분개했다. 젊은 여자들의 기쁨이나 슬픔, 바람을 늙은 여자는 특별히 노력하거나 가장하지 않고도 따라할 수 있었던 것이다.

전화로 젊은 여자들의 이야기에 숨어서 참여할 때마다 늙은 여자는 자기가 왜 늙은 여자여야 하는지 이상하게 생각했다. 고립되어 특별히 취급되어야 할 아무런 이유도 그 자신에겐 없었다.

전화의 화제가 비약했다.

"참 수다 떠느라 정작 용건을 잊어먹을 뻔했고나. 내일 좀 모여야겠다. 인애 시어머님이 돌아가셨어. 그냥 있을 수 있니? 부조금 좀 걷어 가지고 문상을 가 봐야지."

"그래? 언제 돌아가셨어?"

"어제. 너 왜 그렇게 긴 한숨을 쉬니?"

"그냥."

"너 혹시 부러운 거 아냐?"

"아무렇게나 좋을 대로 생각해."

"그분 아직도 새파라시지?"

"새파라시기만 하면 좋게."

"왜 무슨 트러블 있었어?"

"아니."

"그럼 왜 그래?"

"더 새파래지시지 못해 병원에 다니신단다, 요새."

"그래도 어디가 편찮으시다는 핑계는 있을 거 아냐?"

"뭐 구미가 없으시다나."

"느네가 너무 효자 효부라서 그래. 구미가 떨어지셨다면 무해무익한 비타민제나 한 병 사다 드렸으면 됐지. 병원이 어디 한두 푼 드는 데니?"

"우리 식구 모두 건강해서 여지껏 의료보험 혜택 한 번도 못 받았잖아. 그러니까 그냥 보내드리는 거지 뭐."

"얘 모르는 소리 좀 작작해. 병 없이 엄살부리는 사람 병원비를 아무리 의료보험 덕 봐도 무시 못 한다. 두구 봐라. 갖은 검사를 다 시킬 테니. 생각해 봐. 감춘 보물 찾기보다는 안 감춘 보물 찾기가 더 골빠지는 건 정한 이치고, 병원에서 왜 거저 골이 빠지니? 터무니없이 돈 들걸."

"그것쯤 누가 모르니? 그렇지만 이번 일은 정말 참을 수가 없었어."

"왜 무슨 일인데. 요것아 빨리 실토를 해봐."

"글쎄 허구한 날 명치에 뭐가 있다고 그러면서, 이 사람 저 사람 아무나 보고 거길 주물러 달라는 거야. 노인네가 왜 그렇게 자기 살 만지는 걸 밝히는지 딴 건 다 참을 수 있어도 그것만은 정말 못 참겠더라."

"드디어 왔구나. 예외도 있나 싶더니."

"뭐가?"

"느네 노인네 말야. 외아들의 홀시어머니인데 그동안 어째 너무 구순하다 싶더니. 그게 바로 억압된 성적인 욕구 불만의 표현일 거야."

"성적인 욕구 불만? 그럼 성욕 비슷한 건가?"

"비슷한 말이 아니라 준말이지. 요새 애들이 그런 거 잘하지. 왜 홍도야 우지 마라의 준말은 홍도야 뚝, 가방을 든 여자의 준말은 빽 든 년 하는 식으로 말야. 늙고 젊고 사람 하는 짓은 성욕으로 설명 안 되는 게 없거든."

"너니까 그렇지. 너는 애가 아무튼 불순해. 꼭 그 방면으로 뭔 일이던지 꽈다붙이더라."

"얘, 뭔 일이던지 그 방면으로 꽈다붙인 게 나래? 무식하게스리, 그건 프로이트야."

"프로이트?"

"그래 프로이트. 너도 대학교 때 들은 강의 그 정도는 기억하고 있다가 써먹을 줄도 좀 알거라."

"억압된 성적인 욕구의 표현이라? 그러고 보니 나에게도 이것저것 짚이는 게 있어."

"프로이트 선생을 꽈다붙이니까 금세 내 말에 권위가 붙는구나 얼씨구."

"까불지 말아. 남은 속상해 죽겠는데."

"뭐가 또 속상해? 내가 해석을 잘해 줬는데."

"네 해석을 듣고 보니 얼마나 징그러우냐 말야."

"얘는 성욕이 뭐가 징그럽니? 그야말로 인류 영원의 문젠데. 그 문제가 사라지는 날은 인류가 멸종하는 날일 텐데."

"듣기 싫어. 노인네 안 모신다고 남 너무 약올리지 마."

늙은 여자는 통화중에 슬그머니 수화기를 놓았다. 손에서 힘이 빠져 더 이상 수화기를 감당할 수가 없었다. 늙은 여자는 프로이트를 못 알아들었지만 성욕은 알아듣기 때문에 심한 모욕감을 느꼈다. 세상에 다 죽게 된 늙은이에게 무슨 누명을 못 씌워 그런 더러운 누명을 씌울 게 뭐란 말인가. 늙은 여자는 텅 빈 오장이 와들와들 떨리게 분했다.

프로이트가 뭔지는 그게 외래어라는 것밖에 알 수가 없었다. 늙은 여자는 젊은 여자들이 즐겨 쓰는 외래어를 거의 못 알아 듣는 게 없었다. 액세서리니 에티켓이니 노이로제니 프리미엄이니 덤핑이니 섹스니 하는 외래어의 뜻을 누가 가르쳐 주지 않았는데도 뜻을 정확하게 파악해서 알아들을 수 있을 뿐더러 써먹기도 했다. 그러나 프로이트만은 생각할수록 오리무중이었다. 설사 그 뜻을 짐작할 수 있다손치더라도 성욕에서 받은 모욕감을 덜 수 있을 것 같지 않았다.

늙은 여자의 눈엔 눈물이 고였다.

아이들이 학교에서 돌아오는 소리가 났다. 아이들은 늙은 여자에게 친절했다. 안방에서 텔레비전을 보다가 쫓겨나면 저희들 방으로 가는 척하다가 할머니 방으로 숨어들어와 이불 속으로 파고 들어 텔레비전을 켜 달라고 조를 때도 있었다. 그럴 때 늙은 여자는 처음엔 안 된다고 하다가도 곧 아이들 하자는 대로 했다. 아이들의 엄마 아빠가 해롭다고 생각하는 건 늙은 여자도 아이들에게 해롭다고 생각했지만 아이들을 양 옆구리에 끼고 어리고 싱싱한 체온과 숨결에 접한다는 건 늙은 여자가 도저히 거역할 수 없는 기쁨이었다.

오늘따라 아이들은 할머니 방에 들어오지 않았다. 아이들은 들어올 때도 안 들어올 때도 있었지만 늙은 여자는 젊은 여자가 일부러 아이들을 안 들여보내는 것처럼 느꼈다.

젊은 여자가 아래 윗물이 지게 멀겋게 끓인 미음을 들고 들어와서 머리맡에 놓으며 말했다.

"구미가 안 당기시더라도 좀 마시세요."

늙은 여자는 대답하지 않았다. 젊은 여자는 대답을 기다리지 않고 나갔다. 늙은 여자는 미지근한 미음을 마셨다.

아이들이 아빠 아빠 하고 반기는 소리가 났다. 부엌에서 환풍기 돌아가는 소리가 시끄럽게 났다. 늘 듣던 소린데도 톱니바퀴가 뇌수에 파고드는 것처럼 그 소리는 여자를 괴롭혔다. 늙은 여자는 엎드려서 귀를 틀어막았다. 그 소리가 멎자 식당에서 밥 먹는 소리가 났다. 식구가 모두 늙은 여자를 약올리기로 약속이나 한 듯이 즐겁게 웃고 소리나게 씹으며 식사를 했다. 향긋한 김 냄새 구뜰한 토장국 냄새도 끼쳐왔다. 아침에도 같은 냄새를 맡은 것으로 봐서 환각인지도 몰랐다.

텔레비전 소리가 났다. 연속극에서 늙은 여자가 악 쓰는 소리가 났다. 늙은 여자의 방에도 텔레비전은 있었지만 보지 않았다. 연속극에 나오는 늙은이들은 젊은이한테 무조건 아첨하지 않으면 사사건건 대립했다. 늙은 여자는 그렇게 사는 늙은이가 마음에 안 들었다.

연속극 속의 식구들 소리 때문에 정작 식구들의 말소리는 들리지 않았다. 늙은 여자는 기다렸다. 식구들이 연속극에 정신이 팔린 사이 아들이 살금살금 발소리를 죽여 가며 문병 와주길. 몇 번인가 문밖에 숨죽인 아들의 발자국 소리를 들었다. 그러나 실제로 문이 열리진 않았다. 늙은 여자는 안절부절 아들이 문병 들어와 주길 기다리다 지쳐서 다시 쓰러졌다. 뱃속에서 쪼르륵 소리가 나면서 명치 속이 까진 살갗처럼 싱싱하게 쓰려왔다. 그 여자는 반듯이 누워서 명치를 쓸어봤다. 아무것도 만져지지 않았다. 아마 엑스레이는 더 정확하게 그 속에 아무것도 없다는 걸 증명해 줄 것이다. 그 속에 아무것도 없다는 게 마치 몰래 길들인 친구를 잃은 것처럼 허전했다. 그거야말로 늙은 여자의 마지막 친구였었거늘.

늙은 여자는 응어리를 되찾기 위해 미친 듯이 명치를 쓸고 주무르고 더듬었다. 그러면서 이게 성욕이라니 천부당 만부당하다고 생각했다. 늙은 여자는 성욕이라는 말에 게울 것처럼 추잡한 느낌밖에 들지 않았다. 늙은 여자는 지금은 과부지만 쉰 살 가까이까지 부부생활을 했고 불감증은 아니었지만 먼저 성욕을 느낀 일은 없었다. 남편이 죽자 궂은 일에도 남편 생각 좋은 일에도 남편 생각 구비구비 남편 생각이었지만, 기쁨이나 슬픔을 같이 나눌 대상으로서 그리워했지 성욕의 대상으로 그리워해

본 적은 절대로 없었노라고 늙은 여자는 자신 있게 장담할 수 있었다.

그럴수록 전화로 들은 젊은 여자의 말은 괘씸하고 치가 떨렸다. 늙은 여자에게 성욕이란 음란과 같은 의미밖에 못 지녔다. 젊어서 서방질을 했다는 누명을 썼어도 이보다는 덜 분할 것 같았다.

연속극이 끝났다. 그리고 가수의 노래가 들렸다. 아이들이 따라 부르는 소리가 났다. 부부가 같이 웃는 소리가 났다. 다시 연속극 소리가 났다. 연속극이 끝났다. 텔레비전을 끄고 식구들이 웃고 떠드는 소리가 났다.

아들이 문병 오긴 틀린 일이라고 늙은 여자는 생각했다. 아들의 문병을 단념한 늙은 여자는 마침내 아들에게 악담을 하기 시작했다.

너도 자식 기르는 놈이 그러는 게 아냐, 너도 곧 당할 거다. 암 당하고 말고 더도 말고 덜도 말고 내가 너한테 당한 것만큼만 너도 네 자식에게 당하거라. 고려장 얘기가 옛말이 아니야. 늙은이를 산 채로 내다 버리고 온 지게를 자식이 훗날 자기를 내다버리기 위해 거두어 두더란 옛말은 재미는 없었지만 기분 나쁘고 겁나는 얘기였다. 그래서 자식 보는 앞에서 더욱 부모에게 효도를 극진히 했었다. 고려장 이야기는 곧 그 시대의 늙은이들을 위한 사회 보장 제도 같은 거였다.

늙은 여자도 자식 보는 데서건 안 보는 데서건 부모에게 불효한 바 없었다. 그래도 자식 보는 앞에서 좀더 효도를 극진히 했다면 그것은 자식이 훗날 본받게 하고자 함이었을 게다.

그러나 자식은 지금 그것을 본받고 있지 않다. 아마 훗날 그의 자식 역시 그를 본받지 않으리라는 걸 알고 있기 때문일 것이다. 어쩌면 아예 그런 것에 의지할 필요가 없는 새로운 삶의 모습이 생겨났는지도 모르고. 그렇다면 고려장을 건 저주가 무슨 소용일까. 늙은 여자는 그 유구하고도 진부한 사회 보장 제도가 자기 대에 와서 단절됐음을 느꼈다.

그렇담 저 막심한 불효는 영영 갚아질 길이 없는 것일까. 늙은 여자는 아직도 아들의 불효에 대한 앙갚음을 단념 못 한다.

어느 틈에 밖의 일가 단란의 소리가 멎고 늙은 여자의 방문이 소리없이 열렸다. 기다리던 아들이 아니라 젊은 여자였다.

그때까지 늙은 여자의 손은 명치 속에서 응어리를 찾는 일에 열중하고 있었기 때문에 마치 자위를 하다가 들킨 것처럼 화들짝 놀랐다. 젊은 여자 역시 자위의 현장을 목격한 것처럼 고개 먼저 돌리고 야릇한 미소를 짓더니 말없이 나가 버렸다.

늙은 여자는 죄 지은 것 없이 가슴이 울렁대면서 낮에 들은 전화의 목소리를 생각했다. 성욕은 인류 영원의 문제라고 했겠다. 거북한 명치를 쓸어 줄 타인의 손을 그리워하는 것도 성욕이라고 했겠다. 그렇담 너희들도 늙어 죽는 날까지 성욕에서 놓여나지 못하겠구나. 고려장의 저주로부터는 놓여났어도 성욕의 저주로부터는 못 놓여나겠구나.

늙은 여자를 그렇게 심하게 망신 주던 성욕이 도리어 늙은 여자를 구원한다. 늙은 여자는 고려장으로 못 푼 앙갚음의 꿈을 성욕을 통해 풀려 든다. 비로소 기분이 좀 나아진다.

늙은 여자는 웃으면서 일어나 앉아 거울을 본다. 거울 속의 여자는 울고 있었다. 엉엉 울고 있었다. 아무리 웃길려도 말을 듣지 않았다. 그래도 거울 속의 여자쯤은 자기 마음대로 될 수 있으려니 했는데 그게 아니었다.

늙은 여자는 과부 되고 외아들 기르면서 늙게 혼자 살게 될까봐 그걸 항상 두려워하며 살았었다. 지금 늙은 여자는 혼자 살지 않는다.

그러나 늙은 여자는 지금 정말 불쌍한 건 혼자 사는 여자가 아니라 자기 뜻대로 아무것도 할 수 없는 여자임을 깨닫는다.

1979년

원고료 이백 원 _ 강경애

친애하는 동생 K야.

간번 너의 편지는 반갑게 받아 읽었다. 그리고 약해졌던 너의 몸도 다소 튼튼해짐을 알았다. 기쁘다. 무어니 무어니 해야 건강밖에 더 있느냐.

K야, 졸업기를 앞둔 너는 기쁨보다도 괴롬이 앞서고 희망보다도 낙망을 하게 된다고? 오냐, 네 환경이 그러하니만큼 응당 그러하리라. 그러나 너는 그 괴롬과 낙망 가운데서 당연히 깨달음이 있어야 한다. 그래서 기쁘고 희망에 불타는 새로운 길을 발견해야 한다.

K야, 네가 물은 바 이 언니의 연애관과 내지 결혼관은 간단하게 문장으로 표현할 만한 지식이 아직도 나는 부족하구나. 그러니 나는 요새 내가 지내는 생활 전부와 그 생활로부터 일어나는 나의 감정 전부를 아무 꾸밀 줄 모르는 서투른 문장으로 적어 놀 터이니 현명한 너는 거기서 버릴 것은 버리고 취하여다오.

K야, 내가 요새 D신문에 장편소설을 연재하여 원고료 이백여 원을 받은 것은 너도 잘 알지. 그것이 내 일생을 통하여 처음으로 많이 가져 보는 돈이구나. 그러니 내 머리는 갑자기 활기를 얻어 온갖 공상을 다 하게 되더구나.

K야, 너도 짐작하는지 모르겠다마는! 나는 어려서부터 순조롭지 못한 가정에서 자랐고 또 커서까지라도 순경에 처하지 못한 나는 그나마 쥐꼬리만큼 배운 이 지식까지라도 우리 형부의 덕이었니라. 그러니 어려서부터 명일 빔 한 벌 색 들여 못 입어 봤으며 먹는 것이란 언제나 조밥이었구나. 그리고 학교에 다니면서도 맘대로 학용품을 어디 써보았겠니. 학기 초마다 책을 못 사서 울고 울다가는 겨우 남의 낡은

책을 얻어 가졌으며 종이와 붓이 없어 나의 조그만 가슴은 그 몇 번이나 달막거리었는지 모른다.

K야, 나는 아직도 잘 기억한다. 내가 학교 일 년급 때 일이다. 내일처럼 학기 시험을 치겠는데 종이 붓이 없구나. 그래서 생각다 못해서 나는 옆의 동무의 것을 훔치었다가 선생님한테 얼마나 꾸지람을 받았겠니. 그러구 애들한테서는 '애! 도적년 도적년' 하는 놀림을 얼마나 받았겠니. 더구나 선생님은 그 큰 눈을 부라리면서 놀 시간에도 나가 놀지 못하게 하고 벌을 세우지 않겠니. 나는 두 손을 벌리고 유리창 곁에 우두커니 서 있었구나. 동무들은 운동장에서 눈사람을 만들어 놓고 손뼉을 치며 좋아하지 않겠니. 나는 벌을 서면서도 눈사람의 그 입과 눈이 우스워서 킥 하고 웃다가 또 울다가 하였다.

K야, 어려서는 천진하니까 남의 것을 훔칠 생각을 했지만 소위 중학교까지 오게 된 나는 아무리 바쁘더라도 그러한 맘은 먹지 못하였다. 형부한테서 학비로 오는 돈은 겨우 식비와 월사금밖에는 못 물겠더구나. 어떤 때는 월사금도 못 물어서 머리를 들고 선생님을 바루 보지 못한 적이 많았으며 모르는 학과가 있어도 맘놓고 물어 보지를 못했구나. 그러니 나는 자연히 기운이 죽고 바보같이 되더라. 따라서 친한 동무 한 사람 가져 보지 못하였다. 이렇게 외로운 까닭에 하느님을 더 의지하게 되었으니, 나는 밤마다 기숙사 강당에 들어가서 목을 놓고 울면서 기도하였다. 그러나 그 괴롬은 없어지지 않고 날마다 날마다 자라만 가더구나. 동무들은 양산을 가진다, 세루 치마 저고리를 입는다, 털목도리 재킷을 짠다, 시계를 가진다, 지금 생각하면 그 모든 것이 우습게 생각되지만은 그때는 왜 그리도 부러운지 눈물이 날 만큼 부럽더구나. 그 폭신폭신한 털실로 목도리를 짜는 동무를 보면 나도 모르게 그 실을 만져보다가는 앞서는 것이 눈물이더구나. 여학교 시대가 아니고서는 맛보지 못하는 이 털실의 맛! 어떤 때 남편은 당신은 왜 재킷 하나 짤 줄을 모르우? 하고 쳐다볼 때마다 나는

문득 여학교 시절을 회상하며 동무가 가진 털실을 만지며 간이 짜르르하게 느끼던 그 감정을 다시 한번 느끼곤 하였다.

K야, 어느 여름인데 내일같이 방학을 하고 고향으로 떠날 터인데 동무들은 떠날 준비에 바쁘더구나. 그때는 인조견이 나지 않았을 때이다. 모두가 쟁친 모시 치마 적삼을 잠자리 날개처럼 가볍게 해입고 흰 양산 검은 양산을 제각기 사더구나. 그때에 나는 어째야 좋을지 모르겠더라. 무엇보다도 양산이 가지고 싶어 영 죽겠더구나. 지금은 여염집 부인들도 양산을 가지지만 그때야말로 여학생이 아니고서는 양산을 못 가지는 줄로 알았다. 그러니 양산이야말로 무언중에 여학생을 말해 주는 무슨 표인 것같이 생각되었니라. 철없는 내 맘에 양산을 못 가지면 고향에도 가고 싶지를 않더구나. 그래서 자꾸만 울지 않았겠니. 한 방에 동무 하나가 이 눈치를 채었음인지 혹은 나를 놀리느라구 그랬는지는 모르나 대 부러진 낡은 양산 하나를 어디서 갖다 주더구나. 나는 그만 기뻤다. 그러나 어쩐지 화끈 달며 냉큼 그 양산을 가질 수가 없더구나. 그래서 새침하고 앉았노라니 동무는 킥 웃으며 나가더구나. 그 동무가 나가자마자 나는 얼른 양산을 쥐고 펼쳐 보니 하나도 성한 곳이 없더라. 그때 나는 무어라 말할 수 없는 울분과 슬픔이 목이 막히도록 치받치더구나. 그러나 나는 그 양산을 버리지는 못하였다.

K야, 나는 너무나 딴 길로 달아나는 듯싶다. 이만하면 나의 과거 생활을 너는 짐작할 터이지……. 나의 현재를 말하려니 말하기 싫은 과거까지 들추어 놓았다. 그런데 K야, 아까 말한 그 원고료가 오기 전에 나는 밤 오래도록 잠을 못 이루고 그 돈으로 무엇을 할까 하고 생각하였다. 지금 생각하면 부끄러운 말이지만 '우선 겨울이니 털외투나 하고 목도리, 구두, 내 앞니가 너무 새가 넓으니 가늘게 금니나 하고, 가늘게 금반지나 하고, 시계나…… 아니 남편이 뭐랄지 모르지. 그래도 뭘 내 벌어서 내 해가지는 데야 제가 입이 열이니 무슨 말을 한담. 이번 기회에 못 하면 나는 금시계

하나도 못 가지게. 눈 딱 감고 한다. 그러고 남편의 양복이나 한 벌 해줘야지, 양복이 그 꼴이니.' 나는 이렇게 깡그리 생각해 두었구나. 그런데 어느 날 원고료가 내 손에 쥐어졌구나. K야, 남편과 나와는 어쩔 줄을 모르게 기뻐했다.

그날 밤 나는 유난히 빛나는 등불을 바라보면서,

"이 돈으로 뭘 하는 것이 좋우?"

남편의 말을 들어보기 위하여 나는 이렇게 물었구나. 남편은 묵묵히 앉았다가 혼자 하는 말처럼,

"거 참, 우리 같은 형편에는 돈이 없는 것이 오히려 맘 편하거던……. 글쎄 이왕 생긴 것이니 써야지. 우선 제일 급한 것이 웅호 동무를 입원시키는 게지……."

나는 이같이 뜻밖의 말에 앞이 아뜩해지며 아무 말도 할 수가 없더구나. 그리고 나를 쳐다보는 남편의 그 얼굴이 금시로 개 모양 같고 또 그 눈이 예전 소 눈깔 같더구나.

"그러고 다음으로는 홍식의 부인이지. 이 겨울 동안은 우리가 돌봐야지 어쩌겠수?"

나는 이 이상 남편의 말을 듣고 싶지 않더라. 그래서 머리를 돌려 저편 벽을 물끄러미 바라보았구나. 물론 남편의 동지인 웅호라든지 혹은 같은 친구인 홍식의 부인이라든지를 나 역시 불쌍하게 생각하지 않는 바는 아니요, 그래서 이 돈이 오기 전까지는 우리의 힘 미치는 데까지는 도와주고 싶은 맘까지 가졌지만 그러나 막상 내 손에 이백여 원이라는 돈을 쥐고 나니 그때의 그 생각은 흔적도 없이 사라지더구나. 어쩔 수 없는 나의 감정이더라. 남편은 대답이 없는 나를 한참이나 바라보다가 약간 거센 음성으로,

"그래, 당신은 그 돈을 어떻게 썼으면 좋을 듯싶소?"

그 물음에 나는 혀를 깨물고 참았던 눈물이 샘솟듯 쏟아지더구나. 그 순간에 남

편이야말로 돌이나 깎아논 듯 그렇게도 답답하고 안타깝게 내 눈에 비치어지더구나. 무엇보다도 제가 결혼 당시에 있어서도 남들이 다 하는 결혼반지 하나 못 해주었고 구두 한 켤레 못 사주지 않았겠니. 물론 그것이야 제가 돈이 없어서 그러한 것이니 내가 그만한 것은 이해 못 하는 것은 아니다. 그러나 돈이 생긴 오늘에 그것도 남편이 번 것도 아니요, 내 손으로 번 돈을 가지고 평생의 원이던 반지나 혹은 구두나를 선선히 해 신으라는 것이 떳떳한 일이 아니겠니. 그런데 이 등신 같은 사내는 그런 것은 염두에도 먹지 않는 모양이더라. 나는 이것이 무엇보다도 원망스러웠다. 그러고 지금 신는 구두도 몇 해 전에 내가 중이염으로 서울 갔을 때 남편의 친구인 김경호가 그의 아내가 신다가 벗어논 구두를 자꾸만 신으라고 하더구나. 내 신발이 오죽잖아야 그리했겠니. 그때 나의 불쾌함이란 말할 수 없었다. 사람의 맘은 일반이지 낸들 왜 남이 신다 벗어논 것을 신고 싶겠니. 그러나 내 신발을 굽어볼 때는 차마 딱 잘라 거절할 수는 없더구나. 그래서 그 구두를 둘러보니 구멍난 곳은 없더라. 그래서 약간 신고 싶은 맘이 있지만 남편이 알면 뭐라고 할지 몰라 그 다음으로 남편에게 편지를 했구나. 며칠 후에 남편에게서는 승낙의 편지가 왔겠지. 그래서 나는 그 구두를 신게 되지 않았겠니. 그러나 항상 그 구두를 볼 때마다 나는 불쾌한 맘이 사라지지 않더구나. 그런데 오늘밤 새삼스러이 그 구두를 빌어 신던 그때의 감정이 목구멍까지 치받치며 참을 수 없이 울음이 웅웅 터지는구나. 나는 마침내 어린애같이 입을 벌리고 울지 않았겠니. 남편은 벌떡 일어나며 윙 소리가 나도록 나의 뺨을 후려치누나. 가뜩이나 울분에 못 이겨 울던 나는 악이 있는 대로 쓸어나더구나.

"왜 때려, 날 왜 때려!"

나는 달려들지 않았겠니. 남편은 호랑이 눈 같은 눈을 번쩍이며 재차 달려들더니 나의 머리끄댕이를 치는 바람에 등불까지 왱그랑 쨍 하고 깨지더구나. 따라서 온 방안에 석유내가 확 뿜기누나.

"죽여라. 죽여라."

나는 목이 메어 소리쳤다. 이제야말로 이 사나이와는 마지막이다 싶더라. 남편은 씨근벌떡이며,

"응, 너 따위는 백 번 죽여 싸다. 내 네 맘을 모르는 줄 아니. 흥 돈푼이나 생기니까 남편을 남편같이 안 알구. 에이 치사한 년, 가라! 그 돈 다 가지고 내일 네 집으로 가. 너 같은 치사한 년과는 내 못 살아. 온 여우 같은 년……. 너도 요새 소위 모던걸이라는 두리홰능년이 되고 싶은 게구나. 아, 일류 문인으로서 그리해야 하는 게지. 허허, 난 그런 일류 문인의 사내 될 자격은 못 가졌다. 머리를 지지고 볶고, 상판에 밀가루 칠을 하구, 금시계에 금강석 반지에 털외투를 입고 입으로만 아! 무산자여 하고 부르짖는 그런 문인이 되고 싶단 말이지. 당장 나가라!"

내 손을 잡아 끌어내누나. 나는 문밖으로 쫓기어 났구나.

K야, 북국의 바람이 얼마나 찬 것은 말할 수 없다. 내가 여기 온 지 사개성상을 맞이했건만 그날 밤 같은 그러한 매서운 바람은 맛보지 못하였다. 온 세상이 얼음덩이로 된 듯하더구나. 쳐다보기만 해도 눈등이 차오는 달은 중천에 뚜렷한데 매서운 바람결에 가루눈이 씽씽 날리누나. 마치 예리한 칼끝으로 내 피부를 찌르는 듯 내 몸에 부딪치는 눈발이 그렇게 따갑구나. 나는 팔짱을 찌르고 우두커니 눈 위에 서 있었다. 그때에 나의 머리란 너무나 많은 생각으로 터질 듯하더구나. 어떻게 하나? 나는 이 여러 가지 생각 중에서 어떤 결정적 태도를 취하려고 이렇게 중얼거리며 머릿속에 돌아가는 생각을 한 가지씩 붙잡아 내었다. 제일 먼저 내달아오는 것이 저 사나이와는 이젠 못 사는 게다. 금을 줘도 못 사는 게다. 그러면 나는 어떡하나. 고향으로 가나? 고향…… 저년 또 다 살았나, 글쎄 그렇지. 며칠 살겠지, 저런 화냥년 하고 비웃는 고향 사람들의 얼굴과 어머니의 안타까워하는 모양! 나는 흠칫하였다. 그러면 서울로 가서 어느 신문사나 잡지사에 취직을 해? 종래의 여기자들이 염문만 퍼친 것

을 보아 나 역시 별다른 인간이 못 된다는 것을 깨닫자 그 말로는 타락할 것밖에 없는 듯…… 그러면 어디로 어떡허나. 동경으로 가서 공부나 좀 해봐. 학비는 무엇이 대고. 내 처지로서는 공부가 아니라 타락 공부가 될 것 같다. 나는 이러한 결론을 얻을 때 어쩐지 이 세상에서 버림을 받은 듯, 나는 여기를 가나 저기를 가나 누가 반가이 맞받아줄 사람이라고는 없는 듯하구나. 그나마 호랑이같이 씨근거리며 저 방안에 앉아 있을 저 사나이가 아니면 이 손을 잡아 줄 사람이 없는 듯하구나.

K야, 이것이 애정일까? 무엇일까. 나는 그때 또다시 더운 눈물을 푹푹 쏟았다. 동시에 그 호랑이 같은 사나이가 넙적넙적 지껄이던 말을 문득 생각하였다. 그리고 홍식의 부인이며 그 어린것이 헐벗은 모양, 또는 뼈만 남은 웅호의 얼굴이 무시무시하리만큼 떠오르는구나. 남편을 감옥에 보내고 떠는 그들 모자! 감옥에서 심장병을 얻어가지고 나와서 신음하는 웅호! 내 손에 쥐어진 이백여 원…… 이것이면 그들을 구할 수가 있는 것이다. 나는 아직까지 몸이 성하다. 그리고 헐벗지는 않았다. 이 위에 무엇을 더 바라는 것이 허영 그것이 아니냐! 나는 갑자기 이때까지 어떤 위태한 꿈을 꾸고 있었다는 것을 확실히 알았다.

K야, 나와 같은 처지에서 금시계, 금반지, 털외투가 무슨 소용이 있는 게냐. 그것을 사는 돈으로 동지의 한 생명을 구원할 수 있다면 구원하는 것이 얼마나 떳떳한 일이냐. 더구나 남편의 동지임에랴. 아니 내 동지가 아니냐. 나는 단박에 문 앞으로 뛰어갔다.

"여보, 나 잘못했소."

뒤미처 문이 확 열리더구나. 그래서 나는 뛰어들어가 남편을 붙들었다.

"여보, 나 잘못했소. 다시는 응."

목이 메어 울음이 쓸어 나왔다. 이 울음은 아까 그 울음과는 아주 차이가 있는 울음이었던 것만은 알아다오.

K야, 남편은 한숨을 푹 쉬면서 내 머리를 매만진다.

"당신의 맘을 내 전연히 모르는 배는 아니오. 단벌 치마에 단벌 저고리를 입고 있으니…… 그러나 벗지는 않았지. 입었지. 무슨 걱정이 있소. 그러나 웅호 동무라든가 홍식의 부인을 보구려. 그래 우리 손에 돈이 있으면서 동지는 앓아 죽거나 굶어 죽거나 내버려 둬야 옳단 말이오……. 그러기에 환경이 같아야 하는 게야, 환경이. 나부터라도 그 돈이 생기기 전과는 확실히 다르니까."

남편은 입맛을 다시며 잠잠하다. 그도 나 없는 동안에 이리저리 생각해 본 후의 말이며 그가 그렇게 분풀이를 한 것도 내게 함보다도 자기 자신에게 일어나는 모든 불쾌한 생각을 제어하고자 함이었던 것을 나는 알 수가 있었다. 나는 도리어 대담해지며 가슴에서 뜨거운 불길이 확 일어나더구나.

"여보, 값 헐한 것으로 우리 옷이나 한 벌씩 하고 쌀이나 한 말, 나무나 한 바리 사구는 그들에게 노나 줍시다! 우리는 앞으로 또 벌지 않겠소."

남편은 와락 나를 쓸어 안으며,

"잘 생각했소!"

K야, 네가 지루할 줄도 모르고 내 말만 길게 늘어놓았구나. 너는 지금 졸업기를 앞두고 별의별 공상을 다 할 줄 안다. 물론 그 공상도 한때는 없지 못할 것이니 나는 결코 너의 그 공상을 나무라려고 드는 것은 아니다. 그러나 그 공상에서 한 보 뛰어나와서 현실에 착안하여라.

지금 삼남의 이재민은 어떠하냐? 그리운 고향을 등지고 쓸쓸한 이 만주를 향하여 몇만의 군중이 달려오고 있지 않느냐. 만주에 와야 누가 그들에게 옷을 주고 밥을 주더냐. 그러나 행여 고향보다는 날까 하고 와서는 처자는 요리관에, 혹은 부호의 첩으로 빼앗기고 울고불고 하며 이 넓은 벌을 헤매이지 않느냐. 하필 삼남의 이재민뿐이냐. 요전에 울릉도에서도 수많은 군중이 남부여대하여 원산에 상륙하지 않았더냐.

하여간 전 조선의 빈한한 군중은, 아니 전세계의 무산 대중은 방금 기아선상에서 헤매고 있는 것을 너는 아느냐 모르느냐.

K야, 이 간도는 토벌단이 들이밀리어서 지금 한창 총소리와 칼소리에 전 대중이 공포에 떨고 있는 중이다. 그러니 농민들은 들에서 농사를 짓지 못하였으며 또 산에서 나무를 베지 못하고 혹시 목숨이나 구해볼까 하여 비교적 안전 지대인 용정시와 국자가 같은 도시로 몰려드나 장차 그들은 무엇을 먹고 살겠느냐. 이곳에서는 개 목숨보다도 사람의 목숨이 헐하구나.

K야, 너는 지금 상급학교에 가게 되지 못한다고, 혹은 스위트 홈을 이루게 되지 못한다고 비관하느냐? 너의 그러한 비관이야말로 얼마나 값없는 비관인가를 눈 감고 가만히 생각해 보아라. 네가 만일 어떠한 기회로 잠시 동안 너의 이상하는 바가 실현될지 모르나 그러나 그것은 잠깐 동안이고 너는 또다시 대중과 같은 그러한 처지에 서게 될 터이니 너는 그때에는 그만 자살하려느냐.

K야, 너는 책상 위에서 배운 그 지식은 그것만으로도 훌륭하다. 이제야말로 실천으로 말미암아 참된 지식을 얻어야 할 때이다. 그리하여 너는 오직 너의 사회적 가치를 향상시킴에 힘써야 한다. 이 사회적 가치를 떠난 그야말로 교환가치를 향상시킴에만 몰두한다면 낙오자요 퇴패자이다. 이것은 결코 너를 상품시 혹은 물건시하는 데서 하는 말이 아니요, 사람이란 인격상 취하는 방면도 이러한 두 방면이 있다는 것을 네게 알려 주고자 함이다.

1935년

1. 식민지 시대의 여성이 겪어야 했던 현실적 상황을 강경애의 「원고료 이백 원」을 예로 들어 설명해 보시오.

1930년대 식민지 조선의 특히 하층민 여성들은 경제적 빈곤, 봉건적 가부장제, 식민제국의의 자본주의라는 세 가지 유형의 억압적인 상황에 놓여 있었다. 남성들이 주로 경제적 빈곤의 해결과 식민통치로부터의 탈출을 꿈꾸었던데 반해 여성들은 가부장제의 극복이라는 새로운 과제를 더 떠넘겨 받지 않으면 안 되었던 것이다. 이 세 가지의 질곡들은 따로 독립된 것이 아니라 성격은 다르지만 서로 인과적 관계에 놓이기도 하고 억압의 효과를 서로 부추기기도 하면서 여성인물들의 삶을 제약하는 환경으로 제시되어 있다. 지식인 여성도 가난으로 인해 가족에 의해 팔려지거나 물질적으로 어려움을 겪지는 않으나, 봉건적 가부장제라는 억압적 상황에 놓여 있었던 것이다.

이러한 모습은 「원고료 이백 원」에서 가난한 생활의 연속이었던 '나'가 어느 날 장편소설의 연재비로 원고료 이백 원을 받게 되면서 남편과의 갈등을 일으키게 되는데, 이러한 봉건적 가부장제의 상황은 돈의 용도에 대해 '나'와 '남편' 간의 다투는 장면에서 뚜렷하게 나타난다. '남편'은 강경애의 작품 속에 등장하는 인물들 중에서 가장 지적 수준이 높은 남녀주인공이며 진보적 사회주의자이다. 그럼에도 불구하고 그는 부부라는 공동으로 영위해 나가는 가정에서 자신의 의견에 그대로 순종하지 않는 아내를 때리는 것은 물론 내쫓을 수도 있는 권리를 가졌다. 그는 자신의 경제적인 무능력 때문에 고통을 당하는 아내에 대한 배려는 전혀 없이 '남편을 남편같이' 인정해 주기만을 요구하며 가부장적 권위를 휘두르는 것이다.

2. 페미니즘(feminism)이 한국 사회에 등장하면서 일어난 변화를 위의 세 소설과 연관지어 설명해 보시오.

오랫동안 유교사상이 지배했던 한국사회가 시대의 변천에 따라 가부장적인 인습에서 벗어나서 민주사회를 지향함에 따라 여권은 크게 신장되었다. 이러한 사회변동은 최근 서구를 중심으로 일어나고 있는 페미니즘 운동에 힘입어 더욱더 큰 운동량을 가지고 우리 사회의 전역으로 확대되어 가고 있다. 근자에 와서 여성작가들이 남성작가를 능가하는 능동적인 활동을 보이고 있는 것 또한 이런 활동과 무관하지 않다. 이러한 환경은 여성 작가들이 사회적인 제약에서 벗어나서 정체성을 탐구하기 시작한 결과에서 비롯된 것이다.

강경애의 「원고료 이백 원」에 등장하는 '나'는 식민지 지식인이면서 동시에 여성이라는 질곡을 동시에 걸머지고 있다. 그녀에게는 작가로서의 의무와 동시에 남편의 가부장적인 세계관을 극복해야 하는 이중의 과제가 주어져 있는 것이다. 그러나 양귀자의 소설이나 박완서의 소설에서 식민지적인 상황은 그대로 재현되고 있다. 물론 한국 사회는 일제의 강점기로부터 해방되어 정치적인 예속은 면할 수 있었지만, 그와 유사한 가부장적인 예속은 계속해서 여성들을 짓누르고 있는 것이다.